Jens Henrik Jensen
Das Axtschiff

2,–

Zu diesem Buch

Es herrschte gespenstische Stille auf dem Schiff, von der Mannschaft keine Spur. Führerlos trieb der Frachter vor der jütischen Küste. In der Nähe barg die dänische Polizei ein Schlauchboot mit einem blutbefleckten Passagier, dem Russen Vitali Romaniuk. Hatte er die fünf erschlagenen Seeleute, die man wenig später fand, auf dem Gewissen? Die junge Esbjerger Kommissarin Nina Portland wurde mit dem mysteriösen Fall betraut. Doch am Ende mußte sie Romaniuk laufen lassen, aus Mangel an Beweisen. Auch zehn Jahre später läßt der Fall Nina Portland keine Ruhe. Sie glaubt nicht an Romaniuks Unschuld – und dann mischt der Zufall die Karten neu: Auf einer Konferenz in Estland kreuzen sich ihre Wege wieder. Und Nina erfährt, daß Romaniuk offenbar auf Befehl der russischen Mafia und des britischen Geheimdienstes arbeitete – schlagartig begreift sie, daß sie in höchster Lebensgefahr schwebt … Jens Henrik Jensens Thriller avancierte in Dänemark zum Bestseller und wird verfilmt.

Jens Henrik Jensen, geboren 1963 in Søvind/Dänemark, lebt als Journalist und Autor in Esbjerg an der dänischen Nordseeküste. »Das Axtschiff«, das auf einen wahren Kriminalfall aus dem Jahr 1993 zurückgeht, ist der erste Fall für Nina Portland. Weiteres zum Autor auf seiner mehrsprachigen Website: www.thrillerman.com

Jens Henrik Jensen

Das Axtschiff

Ein Nina-Portland-Thriller

Aus dem Dänischen von
Christel Hildebrandt

Piper München Zürich

Mehr über unsere Autoren und Bücher:
www. piper.de

Die Übersetzung wurde vom Literature Committee of the Danish Arts Council, Kopenhagen, gefördert.

Ungekürzte Taschenbuchausgabe
Mai 2008

Published by agreement with Borgens Forlag A/S
and Leonhardt & Høier Literary Agency aps, Copenhagen
Titel der dänischen Originalausgabe:
»Økseskibet«, Borgen Verlag, Kopenhagen 2004

Umschlag: Büro Hamburg. Anja Grimm, Stefanie Levers
Bildredaktion: Büro Hamburg. Alke Bücking, Charlotte Wippermann
Umschlagfotos: joSon/Getty Images (Hintergrund) und
Ghislain & Marie David de Lossy/Getty Images (Frau)
Autorenfoto: Lotte Lambæk
Satz: Satz für Satz. Barbara Reischmann, Leutkirch
Papier: Munken Print von Arctic Paper Munkedals AB, Schweden
Druck und Bindung: CPI – Clausen & Bosse, Leck
Printed in Germany ISBN 978-3-492-25188-4

Danke, Lotte

ERSTER TEIL

1

Dieses Lächeln ... Dieses verfluchte Lächeln brannte ihr auf der Haut. Sie hatte das Foto in den Hosenbund geschoben, direkt auf den nackten Bauch, damit es so trocken wie möglich blieb.

Ihre Beine fühlten sich eiskalt an. Die abgewetzte Jeans war vollkommen durchnäßt, als sie endlich einen Unterschlupf fand, aber eigentlich fror sie nicht. Obwohl die alte Lammfelljacke außen klitschnaß war, hielt sie warm. Sie hatte sie im letzten Moment doch noch eingepackt, weil Estland so klang, als könnte es dort Mitte Oktober verdammt kalt sein.

Der Regen prasselte auf das Dach und erzeugte einen metallischen Ton, der die Luft nahezu vibrieren ließ. Sie saß auf einer Planke am Boden eines ausrangierten Schiffscontainers, umgeben von einer so massiven Dunkelheit, daß es keinen Unterschied machte, ob sie die Augen schloß oder nicht. Sie lehnte sich mit dem Rücken gegen die Wand und wartete. In regelmäßigen Abständen drückte sie den Knopf, der die Ziffern auf ihrer Armbanduhr aufleuchten ließ – noch eine halbe Stunde.

Das Lächeln ... dieses verfluchte Lächeln ließ ihr Zwerchfell vor Nervosität zittern.

Sie zündete sich eine Zigarette an, die dritte innerhalb kurzer Zeit. Die Flamme des Feuerzeugs verscheuchte die Dunkelheit, doch es war nichts zu sehen außer vier nackten Metallwänden und dem dichten Nebel des Zigarettenrauchs, der sich zu einer wogenden Decke unter dem Dach zusammenfand, als sie den Rauch durch die Lippen ausstieß. Erst jetzt entdeckte sie, daß ein Hosenbein offensichtlich am Zaun einen Riß bekommen hatte.

Sie hatte sich gründlich umgesehen, bevor sie zur Tat schritt. Links vom Hafen lag die Konzerthalle wie eine niedergetretene Betonpyramide mit breiten Stufen, die übers Dach und auf der anderen Seite wieder hinunter bis zu der kleinen Kaianlage mit dem Hubschrauberlandeplatz führten. Das Gebäude wirkte heruntergekommen, aber schön war es wahrscheinlich nie gewesen.

Vom Dach des Gebäudes aus hatte sie sorgfältig die Umgebung studiert, bevor das matte Herbstlicht in die Dämmerung überging. Der Hafen war Tallinns klopfendes Herz, mit einem gewaltigen Aufkommen an Passagieren und Fracht. Das große Haupttermінal A und das etwas kleinere Terminal B in der Mitte, flankiert vom Terminal C, der Hafenverwaltung und dem pastellblauen Zollgebäude umringten den großen Parkplatz, auf dem ein Schwarm Reisebusse seine Fracht entlud oder aufnahm, während große Lastwagen nach jeder neuen Schiffsankunft mit dröhnenden Motoren vom Gelände rasten.

Sie war dort unten inmitten einer Horde finnischer und schwedischer Reisender herumgelaufen und hatte sich die Details eingeprägt. Das hier war wirklich das Gegenstück zum Amoklauf der Dänen in den deutschen Grenzläden. Die Finnen kostete es nur ein paar Stunden Fährzeit von Helsinki, während es für die Schweden von Stockholm und Kapellskär fast eine Tagesreise bedeutete, doch alle schienen offenbar nur ein Ziel zu haben – Alkohol.

Bewaffnet mit den unvermeidlichen Marktrollern zog sich der Strom, schwer beladen mit Bier aus dem großen Einkaufszentrum des Hafens, Sadamarket, hinunter zu den Passagierterminals. Im Sadamarket gab es alles, was das Touristenherz an billigen Kopien von Markenwaren begehrte, außerdem Souvenirs und vor allem ein gut sortiertes Spirituosenlager, in dem offensichtlich kistenweise dänisches Bier der Marke Bjørne Bryg erfolgreich seine Acht-Prozent-Klauen in die Leute schlug.

Beim Terminal D, der wie eine Enklave mit eigenem Anleger ein Stück entfernt lag, hatte sie schließlich einen Hafenarbeiter dazu bringen können, sich das Foto anzusehen. Er meinte, der

Overall ähnele denen der Tallink-Reederei. Deshalb richtete sie ihre Aufmerksamkeit auf das Hauptterminal. Deshalb saß sie jetzt hier.

Sie drückte die Glut auf dem Metallboden aus und verschwand wieder im Dunkel.

Das Lächeln ... Dieses verfluchte Lächeln auf dem Foto war ihr bis ins Mark gedrungen. Zum Umkehren war es zu spät. Und sie wollte auch gar nicht umkehren. Dieses zitternde Gefühl im Zwerchfell war eigentlich gar nicht unangenehm, es war eher ein prickelndes Gefühl unerlöster Spannung.

Es war unmöglich, an die Männer heranzukommen, die sie eigentlich fragen wollte, denn der Hafen war durch hohe Zäune hermetisch abgeriegelt. An der Zollstation auf der rechten Seite des Terminals, wo die Lastwagen kontrolliert wurden, saßen hellwache Zöllner an den Schlagbäumen. Ebenso auf der linken Seite, wo die Personenautos hereinfuhren – zu Fuß konnten Fahrgäste gar nicht auf das Gelände gelangen. Sie gingen vom obersten Stockwerk des Terminals über die lange überdachte Brücke direkt an Bord, genau wie auf einem Flughafen.

Es hatte nur eine Möglichkeit gegeben: Im Schutz der Dunkelheit war sie über das offene Geländestück zwischen Konzertsaal und Hafen geschlichen, hatte den Zaun überwunden und, während sie sich dicht am Wasser hielt, weit außerhalb des Lichtscheins, nach einem Regenschutz Ausschau gehalten. Drei kaputte Container, die man neben einem Haufen Eisenschrott abgestellt hatte, waren ihre Rettung. Die Riegel der ersten beiden waren festgerostet, doch es gelang ihr, die Luke des dritten aufzutreten. Und jetzt saß sie hier – und wartete.

Eine Kakophonie großer Lastwagenmotoren drang nach einer Weile durch den Geräuschteppich des Regens. Sie erhob sich mit steifen Beinen, schob die Luke vorsichtig einen Spalt weit auf und schaute sich wachsam um, bevor sie hinaustrat.

Das gesamte Hafengelände um die Anleger lag im Flutlicht gewaltiger Scheinwerfer, die an einer ganzen Reihe hoher Masten hingen. Der heftige Regen, der ihr geradewegs ins Gesicht fegte, schlug Silberfunken aus dem harten Licht. Sie wischte sich die Augen mit dem feuchten Ärmel ab, und für einen kurzen Moment verschwanden die Lichtreflexe, so daß sie deutlich die schwarzen Silhouetten emsiger Arbeiter erkennen konnte, die wie flackernde Schatten hin und her liefen, um den Kai freizuräumen, während ein Schwarm von Trucks mit orangefarbenen Blinklichtern Kühlcontainer an ihren Platz bugsierten.

Hinten zwischen einer Reihe hoher Kräne glitt ein wahres Lichtermeer langsam näher. Das war die Tallink-Fähre Meloodia, die wie ein überladener Weihnachtsbaum von Helsinki heranstampfte, pünktlich auf die Minute.

Sie wollte warten, bis die erste Hektik vorüber war und der Autostrom vom Fährdeck herunter begann. Sie wollte sich vorsichtig nähern, auf Englisch fragen, zögernd und entschuldigend wie eine schiffbrüchige Frau, die die Hilfe eines starken Seemanns brauchte.

Der Regen tropfte ihr vom Haar, lief in den hochgeschlagenen Kragen hinein und das Rückgrat hinunter. Ihr gesamter Körper zitterte einen kurzen Moment lang, und sie spürte einen Schauder. Vielleicht war das nicht nur die Kälte. Sie schaute sich wachsam über die Schulter um und ärgerte sich, daß sie dieses merkwürdige Gefühl von Schuldbewußtsein verspürte, als hätte sie etwas getan, was sie nicht tun durfte. Sie befand sich auf verbotenem Terrain. Wenn sie erwischt wurde, konnte das Konsequenzen haben, die sie schon längst nicht mehr überblickte.

Sie hockte sich neben den Container. Jetzt mußte sie nur noch dem Schauspiel folgen und handeln, wenn der richtige Zeitpunkt gekommen war.

Die Fähre glitt unerträglich langsam an den Kai heran, und auch als sie bereits vollkommen unbeweglich an ihren Platz lag, verging noch eine ganze Zeit, bevor sich die Klappe wie das Maul eines Wals öffnete und eine Zahnreihe aus grellen Autoscheinwerfern entblößte.

Sie ließ den ersten Schwung langer Überlandtrucks aus dem Bug herausrollen. Auf die Entfernung war es unmöglich, die

Hafenarbeiter von der Schiffsmannschaft zu unterscheiden. Sie wischte sich noch einmal das Gesicht mit dem Ärmel trocken und versuchte krampfhaft, etwas zu erkennen. Es schien, als sei inzwischen etwas mehr Ruhe unter den dahinhuschenden Schatten am Bug eingekehrt. Drei von ihnen standen jetzt zusammen, suchten offenbar gegenseitig etwas Windschutz, während sie die Fahrzeuge betrachteten. Sie sah die Flamme eines Feuerzeugs und den schwachen Schein eines Gesichts. Sie machte sich bereit.

Ich nehme Anlauf, um in der Zeit zurückzuspringen. Ich könnte ja mit den Schultern zucken und sagen: »Du irrst dich, meine Süße, das ist nur dein Dickkopf, vergiß es, laß es sein!« Aber das kann ich nicht. Der Zufall hat mich auf die Spur eines Lächelns gebracht, das mich jetzt seit elf Jahren heimsucht. Und die Chance soll ich mir entgehen lassen?

Dieses perfide Lächeln ist Teil meines Lebens. Es kam vom Meer und wurde zum Anfang von etwas, das mein ganzes Leben veränderte. Es gibt eine Zeit in meiner Erinnerung, ein paar Tage, ein paar Wochen, ein paar Monate, in denen es allzu viele schlaflose Nächte gab. 1993 ist meine Zeit, meine Jahreszahl.

Ich heiße Nina Portland. Ich bin eine ganz normale Frau, 39 Jahre alt, Kriminalkommissarin bei der Kripo Esbjerg, also was um alles in der Welt mache ich dann hier? Ich stehe hier im Regen, weil ich keine andere Wahl habe. Ich habe noch eine Rechnung offen mit dem Jahr 1993. Das bringt mich zur Weißglut.

Sie lief los, einen langen Spurt hinüber zur Breitseite des Terminalgebäudes, das in seinem eigenen Schatten lag. Sie preßte sich gegen die Mauer, während sie ihren Atem wieder unter Kontrolle brachte. Dann schlich sie weiter zur Ecke, trat ins Licht hinaus, als wäre sie gerade aus der Tür ein paar Meter hinter ihr gekommen. Sie ging, wie es jeder in dem strömenden Regen tun würde – mit eiligen Schritten, beide Hände in den Jackentaschen, die Schultern hochgezogen. Sie ging direkt auf die drei

Männer an der Rampe zu, die alle Overalls in den Farben der Tallink-Reederei trugen. Sie rief sich in Erinnerung, daß sie eine Frau in Not war, und wurde zögernd langsamer.

»Hello! Excuse me, I'm sorry ... Can you help me, please?«

Die drei Männer drehten sich verwundert nach ihr um. Sie zog den Reißverschluß auf, holte das Foto hervor und hielt die Jacke darüber, um es gegen den Regen zu schützen. Sie sprach mit unsicherer Stimme weiter: »Ich suche nach diesem Mann. Kennen Sie ihn?«

Sie zeigte auf das Foto, und der älteste der drei Männer trat ganz nah an sie heran und schob fast seinen Kopf unter ihre Jacke, während er das Foto betrachtete. Sie beobachtete seinen Gesichtsausdruck, doch der verriet nichts. Der Mann sah sie mißtrauisch an, dann schaute er zu seinen Kollegen und schüttelte bedauernd den Kopf.

Das gleiche tat Nummer zwei, ein kleiner Mann mittleren Alters. Es stellte mit einem »No, sorry« fest, daß er ihr nicht helfen konnte. Sie ging einen Schritt auf den letzten zu, einen jungen, breitschultrigen Kerl, und schlug ihre Jacke auf. Er schob den Kopf ganz hinein, und erst jetzt spürte sie den leichten Schmerz, der besagte, daß ihre Brustwarzen sich verfroren am Stoff der engen Bluse rieben. Sie war zu konzentriert, um verlegen zu werden, und jetzt richtete der Typ seine Aufmerksamkeit voll und ganz auf das Foto. Er kannte den Mann auf dem Bild, den Mann mit dem Lächeln. Da war sie ganz sicher. Es war etwas Aufgesetztes an seiner gleichgültigen Miene und seinem Tonfall, als er sie ansah und in fließendem Englisch sagte:

»Nein, den kenne ich nicht. Ist er Seemann? Wie heißt er?«

»Ja, ich denke schon, daß er immer noch Seemann ist. Er heißt Vitali, Vitali Romaniuk.«

»Warum suchen Sie nach ihm?«

»Er ist ein guter Freund von mir, den ich seit vielen Jahren nicht mehr gesehen habe.«

»Nein, tut mir leid ... Romaniuk ... das sagt mir überhaupt nichts«, erklärte der junge Mann, wobei sein Blick verstohlen über sie hinwegglitt und wieder einen kurzen Moment auf ihren Brüsten verweilte.

»Okay, trotzdem vielen Dank.«

Sie schob das Foto wieder zurück unter die Jacke und schaute sich um. Dann lief sie zwischen zwei Lastwagen hinüber auf die andere Seite der Rampe, wo sie zwei weitere Männer im Overall der Reederei entdeckt hatte.

Das Ergebnis war das gleiche – Mißtrauen, ein Kopfschütteln und ein bedauerndes Achselzucken. Zögernd ging sie die Rampe hinauf, obwohl einer der Männer hinter ihr herrief und warnend gestikulierte. Ein paar Meter vor dem Autodeck, wo die erstikkenden Dünste konzentrierter Dieselabgase schwer unter dem grellen Licht hingen, blieb sie stehen und tippte einem jüngeren Mann, der in ein Walkie-talkie sprach, auf die Schulter.

Ziemlich ungehalten musterte er das Foto, das sie ihm reichte. Sie bemerkte gerade noch, wie er leicht nickte und den Mund öffnen wollte, als sie aus dem Augenwinkel heraus weiter hinten auf dem Deck eine dunkle Gestalt entdeckte. Es war, als streiften sich ihre Blicke eine Sekunde lang, vielleicht lächelte er sogar? Trug er nicht einen dünnen, schwarzen Schnurrbart? War er es? Dann wandte der Mann schnell sein Gesicht ab und verschwand mit einem Satz durch eine Türöffnung.

Ohne zu überlegen riß sie dem Walkie-talkie-Mann das Foto aus der Hand und rannte das Deck hinunter. Auf halbem Weg entdeckte sie eine massive Metalltür, die weit offenstand. Sie bremste so plötzlich davor, daß sie auf einem Ölfleck ausrutschte, die Füße glitten ihr weg, und sie landete hart auf einem Ellbogen, war aber gleich wieder auf den Beinen. Sie lief hinein und hastete eine Metallstiege hinauf. Die Abgase brannten ihr in den Augen, der Atem ging stoßweise, und ihr Herz hämmerte. Sie bemerkte es kaum, registrierte nur ein leichtes Schwindelgefühl, als sie das nächste Deck erreichte und einen Moment stehenblieb, um zu horchen.

Waren da nicht schwere Stiefel auf Metall zu hören? Doch … Sie lief das nächste Stück der Stiege hinauf, hörte über ihrem

Kopf eine Tür ins Schloß fallen, riß sie kurze Zeit später auf und schaute sich um – keine Menschenseele zu sehen.

Vorsichtig betrat sie den schmalen, abgenutzten Streifen Teppichboden. Links, geradeaus und rechts von ihr verzweigten sich die Gänge, gesäumt von einer Reihe kleiner Kajüten, jede mit einem weißen Schild an der Tür. Sie lauschte aufmerksam. Abgesehen vom Lärm der Motoren war kein Geräusch zu hören. Wo zum Teufel war er abgeblieben? War er es überhaupt? Oder hatte sie Gespenster gesehen?

Da war nichts zu machen. Der Mann war tief im Bauch des Wals verschwunden. Dann ging am Ende des Ganges rechts von ihr eine Tür auf, und ein dickbäuchiger Mann in Uniformjacke mit Streifen auf den Schultern kam herangewatschelt. Er entdeckte sie und rief sie mit wütender Baßstimme an. Sie hätte warten und ihm erklären können, worum es sich drehte, aber wieder handelte sie reflexartig. Vielleicht brachte dieses idiotische Gefühl, etwas Ungesetzliches getan zu haben, sie dazu, jedenfalls sprang sie die Stiege wieder mit ein paar großen Schritten hinunter, während sie noch die schweren Schritte des Mannes und seine immer lauter werdenden Rufe über sich hören konnte.

Sie mußte weg, raus aus dem Bug dieses ungastlichen Schiffes, zurück in den strömenden Regen.

Vanalinn, der alte Stadtteil, lag in einem weichen, goldenen Licht hinter der Stadtmauer zu ihrer rechten Hand, als sie die Mere Puistee hinuntertrabte. Der Regen strömte immer noch unablässig herab, und jetzt war sie so durchgefroren und naß, daß sie kaum die Kontraste zwischen den beiden Welten wahrnahm, die sich auf beiden Seiten des Boulevards auftaten. Die erleuchtete grüne Spitze der Olavskirche, die grünen Türme und Schießscharten in den Steinquadern im Gegensatz zu den grellen Scheinwerfern und Lichtern des Hafens.

Es war nur knapp einen Kilometer bis zum Hotel, und sie beeilte sich, überquerte den Boulevard direkt vor einer heranschaukelnden Straßenbahn und ging im Schutz der Bäume auf der linken Seite weiter. Plötzlich blieb sie vor einem blinkenden Neonschild stehen, das die Form einer Flasche hatte. Ein Schnapsladen, Tag und Nacht geöffnet, wie all die anderen auch, sie hätte diese Geschäfte im Stadtbild gar nicht übersehen können. Anscheinend war Schnaps das Big Business in Tallinn, und mit der Aussicht auf ein langes, heißes Duschbad – aber ohne Minibar im Hotelzimmer – war der Entschluß schnell gefaßt.

Nur wenige Minuten später eilte sie weiter in Richtung Hotel, zwei Halbliterflaschen Bier in den Jackentaschen. Es waren nicht viele Menschen auf der Straße, trotzdem war der Verkehr die große Narva Maantee hinunter ziemlich hektisch. An neuen Autos fehlte es nicht in diesem wirtschaftlich aufstrebenden kleinen Staat. Sie steuerte geradewegs eine rote Markise weiter hinten auf dem Bürgersteig an. Dort mußte sie durch die Einfahrt, und hinter den Höfen lag ihr Hotel auf einem offenen Gelände, das Reval Hotel Central, neu und modern und dennoch mit einem Preisniveau, das dem dänischen Staat genehm war.

»Frau Portland, Zimmer 207, nicht wahr?«

Die zierliche Frau hinter dem Empfangstresen lächelte und schaute fragend vom Computerbildschirm auf.

»Ja …«

»Da ist eine Nachricht für Sie, Frau Portland.«

Die Frau überreichte ihr das gelbe, fest gefaltete Stück Papier und lächelte wieder.

»Danke schön.« Sie las die kurze Nachricht und seufzte erleichtert. Das Seminar am nächsten Tag war um zwei Stunden verschoben worden, weil der Referent, Kriminalkommissar Aro, verhindert war. Dann gab es also doch noch gute Nachrichten. Statt um neun Uhr mußte sie erst um elf Uhr erscheinen.

Tropfend und zitternd eilte sie durch das Foyer. Sie wollte möglichst vermeiden, in diesem nassen und durchgefrorenen Zustand auf irgendeinen ihrer Kollegen zu stoßen, die sicher neugierige Kommentare zum besten geben würden. Sie nahm den Fahrstuhl hinauf in den dritten Stock, schloß ihr Zimmer auf und öffnete gleich den Warmwasserhahn der Dusche.

Sie ging zurück ins Zimmer und hob ihren Koffer aufs Bett, suchte die Kulturtasche und war in Sekundenschnelle aus den nassen Sachen heraus, die sie auf dem Weg ins Badezimmer auf dem Boden zurückließ. Das Foto legte sie auf die Heizung.

Sie blieb unter der heißen Dusche, bis ihre Haut rot war und brannte. Der Ellbogen tat noch vom Fall auf dem Autodeck weh. Sie roch den schwachen Lavendelduft des Shampoos und spürte das Gefühl der Entspannung, das sich in ihrem Körper ausbreitete, nachdem jeder einzelne Muskel durchgewärmt worden war.

Sie blieb noch ein paar Minuten stehen, bevor sie das Wasser abstellte, aus der Duschkabine heraustrat, ein Handtuch um ihr halblanges, kastanienrotes Haar wickelte und das andere über dem Toilettensitz ausbreitete, um sich darauf zu setzen.

Dampfend von der Wärme zündete sie sich eine Zigarette an, öffnete mit dem Feuerzeug eine der beiden Flaschen und goß das Bier in das hoteleigene Zahnputzglas ein. Sie wußte ein gutes Bier zu schätzen, deshalb nahm sie sich die Zeit, seine dunkle, karamelartige Farbe zu studieren und die Kohlensäureperlen, die vom Grund hochstiegen. Sie ließ den ersten Schluck in der Mundhöhle kreisen. Er schmeckte himmlisch. Das war ein Saaremaa, von einer lokalen Brauerei, zehn Prozent stark, was offenbar in dieser Gegend nichts Besonderes war. Sie nahm noch einen Mundvoll, schnippte die Asche ins Waschbecken, lehnte sich mit geschlossenen Augen zurück und seufzte zufrieden. Es war schon paradox, daß man ganz bis nach Estland fahren mußte, um Zeit zu finden, sich selbst ein wenig zu verwöhnen.

Sie stellte das leere Glas ab und erhob sich gerade so weit von ihrem Sitz, daß sie die Zigarettenkippe ins Toilettenbecken schnipsen konnte.

Das klare Gel fühlte sich angenehm an den Fingern an, und sie verrieb eine dünne Schicht auf Schenkeln und Schienbeinen. Es war in letzter Zeit einfach zu hektisch gewesen, so daß die Haare lang, schwarz und steif hervorwuchsen.

Ein paar Strophen von »Rule Britannia« summend, rasierte sie sorgfältig ihre Beine, bis sie überall schön glatt waren, dann erhob sie sich widerwillig, um sie unter der Dusche abzuspülen. Anschließend wischte sie den Spiegel ab und entfernte mit einem Wattebausch die Reste der Wimperntusche, die ihre blauen Augen diskret umrahmte. Sie setzte sich wieder auf den Klodeckel und ging zur »Marseillaise« über, während sie langsam den ganzen Körper mit der teuren Feuchtigkeitscreme einrieb, die normalerweise bei ihr zu Hause ein stiefmütterliches Dasein ganz oben auf dem Badezimmerregal fristete und die sie ganz spontan schnell noch in die Kulturtasche geworfen hatte, bevor sie das Haus verließ.

Sie machte den Kneiftest mit Daumen und Zeigefinger, doch, ja, der Bauch war immer noch so fest und flach, wie sie es erwarten konnte, auch wenn sie die Lage vor ein paar Jahren sicher noch kritischer beurteilt hätte. Die Brüste waren durch die Wärme weich und schwer, hielten aber einigermaßen ihre Form, und sie dachte dankbar an Jonas, der als Baby so rücksichtsvoll gewesen war, sie nicht zu Topflappen auszulutschen. Er hatte sie schlicht und einfach nicht haben wollen. Er wollte lieber die Nuckelflasche, und die salomonische Lösung hatte beiden einen ruhigeren Nachtschlaf beschert.

Oben auf der Außenseite ihrer Schenkel war ein wenig Orangenhaut. Die hatte sich in den letzten Jahren eingeschlichen und wollte nicht mehr verschwinden. Das ärgerte sie jedesmal wieder maßlos, wenn sie es sah.

Sie streckte das rechte Bein aus und spannte die Muskeln an. Die traten hervor, so daß sie sie sehen und spüren konnte, hart und deutlich. Die vielen Stunden Training waren nicht vergeblich gewesen. Es gehörte ganz einfach zu ihrem Job, in Form zu bleiben, in letzter Konsequenz konnte das den Unterschied zwischen Leben und Tod bedeuten, wenn das Schicksal es eines Tages so wollte. Und besonders in ihrem Alter war es wichtiger als je zuvor, den Körper nicht zu vernachlässigen. Bei weitem nicht alle ihrer Kollegen und Kolleginnen fühlten sich gleichermaßen verpflichtet dazu, und es machte sie manchmal richtig verrückt, sich ihre dummen Ausreden anhören zu müssen. Ihr Laster waren nur die Zigaretten. Nun ja, jetzt wollte sie es damit erst einmal gut sein lassen …

Auf dem Weg aus dem Bad kickte sie geschickt mit dem rechten Fuß ihre Kleidung vom Boden hoch, fing sie in der Luft und legte sie über die Heizung. Sie zog die Tagesdecke ab, drapierte sie über einen Stuhl und holte den Pyjama aus dem Schrank. Er war aus schwarzer Seide. Ein altes Geburtstagsgeschenk, das sie so gut wie nie benutzt hatte. Normalerweise schlief sie in dem verwaschenen T-Shirt, das gerade zuoberst auf dem Stapel lag. Der Pyjama war genauso instinktiv im Koffer gelandet wie die Feuchtigkeitscreme. Sie zog ihn an, setzte sich im Schneidersitz aufs Bett und goß sich ein.

Mit dem Glas in der Hand ließ sie sich langsam nach hinten sinken, blieb ausgestreckt auf dem Rücken liegen und genoß den Duft und das Gefühl von frischgewaschener, gestärkter Bettwäsche und glatter Seide.

Sie stand erst wieder auf, als sie diese schwere Schläfrigkeit spürte, die auf das Gefühl von Wärme im Körper folgt. Sie nahm das Foto von der Heizung. Es war warm und etwas zerknickt. Dann setzte sie sich im Bett zurecht, dieses Mal mit zwei Kissen im Rücken.

Das Foto war an einem der Anleger im Hafen gemacht worden, eine Fähre war im Hintergrund zu sehen. Es zeigte eine Alltagssituation – und doch wieder nicht. Am linken Rand fuhr ein Lastwagen auf die Rampe zu, in der Mitte standen zwei Männer in Polizeiuniform und redeten mit zwei Leuten von der Fähre. Im Vordergrund rechts stand ein Dritter in dem blauen Overall der Reederei. Er hatte offensichtlich den Fotografen entdeckt, denn er sah direkt in die Kamera – und lächelte.

Es war ein ungewöhnlich markantes Gesicht, mit hohen Wangenknochen und einem kleinen, schmalen Schnurrbart. War es der Mann, den sie vor ein paar Stunden an Deck gesehen hatte? Die Zweifel wurden immer stärker – war sie sich jetzt vielleicht auch nicht mehr sicher, daß der junge Typ, der ihr auf die Brust gestarrt hatte, ihn kannte? Doch ... Und der Mann mit dem Walkie-talkie hatte auch leicht genickt.

Gott mochte wissen, zum wievielten Mal sie seine Gesichtszüge musterte. Der Mann auf dem Bild war auf jeden Fall Vitali Romaniuk. Daran bestand kein Zweifel.

Das Foto hatte sie heimlich mitgehen lassen, als ihre Gruppe zu Besuch beim Polizeichef gewesen war. Er hatte bereitwillig einen Stapel Fotos herumgehen lassen, damit die skandinavischen Gäste sehen konnten, wie effektiv und durchorganisiert die Tallinner Polizeikräfte bei den regelmäßigen Schmuggelkontrollen im Hafengelände zuschlugen. Zusammen mit dem Zoll hatte die Polizei einen Absperrgürtel um das Terminalgelände gelegt und penibel jeglichen Ausgangsverkehr kontrolliert.

Sie hatte genau wie die anderen höflich in den Bildern geblättert, und ... peng, da knallte ihr dieses unverschämte Lächeln direkt ins Gesicht.

Nachdem sie den ersten Schock überwunden hatte, wartete sie, bis sich eine Gelegenheit fand, das Foto in ihrer Tasche unter dem Tisch verschwinden zu lassen. Und jetzt saß sie schön warm, weich und entspannt nach einem nassen Hafenabenteuer auf ihrem Bett und betrachtete das Bild des lächelnden Mannes – ein lächelnder Doppelmörder, wenn man seinen eigenen Erklärungen Glauben schenkte, denen zufolge er in Notwehr zwei Seeleute mit einer Axt erschlagen hatte. Oder ein lächelnder fünffacher Mörder, wenn man der Anklage glauben wollte, die davon ausging, daß er die gesamte Besatzung aus dem Weg geräumt und ihre Leichen über Bord geworfen hatte.

Ein Mörder war er auf jeden Fall, wie die meisten ihrer Kollegen daheim in Esbjerg wohl behaupten würden.

Mit neutralen Augen gesehen war es übrigens eine ziemliche Übertreibung, es ein Lächeln zu nennen, doch die Presse hatte geschrieben, daß es ein Lächeln war, also war es eines.

Es gab viele Arten zu lächeln: fröhlich, bescheiden, schüchtern, überwältigend, falsch, echt, glücklich, verschmitzt, verführerisch und eine ganze Menge mehr. Ein Lächeln, das hatte schon etwas. Diskutierte nicht die ganze Welt darüber, wie das Lächeln der Mona Lisa zu interpretieren war? Normalerweise bedeutete ihr ein Lächeln überhaupt nichts. Sie hatte keine romantischen Vorstellungen. Wie sollte eine Beamtin der Kriminalpolizei überhaupt so etwas haben – und dann etwa noch über ein Lächeln?

Aber mit Vitali Romaniuk war es etwas anderes, mit diesem lächelnden Mörder, dem russischen Seemann vom Axtschiff, das vor mehr als elf Jahren in den Hafen von Esbjerg gekommen war.

In Wirklichkeit war das gar kein Lächeln. Denn sein Lächeln erreichte die Augen nicht. Es war ein unergründlicher, rätselhafter, verführerischer Ausdruck für einen fälschlicherweise als unbekümmert angesehenen Gemütszustand. Eine undurchschaubare Maske vor einem Geheimnis, das niemand hatte lösen können. Vielleicht eine Schuld – doch niemandem war es gelungen, das zu beweisen. Und deshalb kam er zum Schluß frei.

Sie zündete sich eine Zigarette an. Nur Dummköpfe rauchten im Bett, und einige von ihnen starben daran, aber in diesem Augenblick brauchte sie eine. Sie blies nachdenklich einige Rauchringe zur Decke und folgte ihnen mit dem Blick, bis sie sich auflösten. Manche Jahre, vielleicht die meisten, waren wie Rauchringe. Sie verschwanden. Hinterließen keinerlei Spuren. Aber nicht das Jahr 1993 … Es kam ihr vor, als könnte sie gerade dieses Jahr wie einen Film aus der Erinnerung wieder ins Gedächtnis rufen. Als könnte sie es ins Bewußtsein holen, die Szenen ablaufen sehen, sich an die Texte erinnern, die Musik und die Stimmung unter der Haut vibrieren spüren, von der heißen Aufregung bis hin zur Wut, Verwirrung und Enttäuschung.

1993 hatte zwei Hauptdarsteller – abgesehen von ihr selbst. Der eine war der russische Seemann. Der andere wurde ihre große, kurze Liebe, der englische Geologe, der offshore in der Nordsee arbeitete. Wie ein Wink des Schicksals waren sie beide vom Meer gekommen und fast gleichzeitig in ihr Leben getreten.

Sie leerte das Glas mit einem Zug. Einen Moment lang überlegte sie, ob sie ins Badezimmer gehen und sich die Zähne putzen sollte, aber sie hatte keine Lust. Sie schloß die Augen wieder und sah, wie sie 1993 ihren ersten Arbeitstag bei der Esbjerger Polizei antrat. Es war Frühling, grün und mild, als sie am ersten Montag im Mai dort begann.

Zu der Zeit mußten alle jungen Beamten ihre gesamte Ausbildung in Kopenhagen absolvieren. Aber sie hatte keine Sekunde daran gezweifelt, daß sie sich anschließend nach Westjütland bewerben würde, in ihre alte Heimat Esbjerg. Es gab zu viele Menschen in Kopenhagen, zuviel Verkehr, Hektik und zu viele Trendsetter. Der Himmel hing zu niedrig, es gab keine breiten Strände, keine Steilküsten und keinen Westwind, der frische Luft hereinbrachte.

Die Arbeit in Esbjerg war spannend, die Kollegen waren nett, sie konnte ihre alten Freundschaften wieder pflegen, die bis in die Schulzeit zurückreichten, und die freien Tage, von denen sie die meisten bei Onkel und Tante auf Fanø verbrachte, vergingen wie im Fluge. Die Wiedersehensfreude und eine Leichtigkeit des Daseins, die zu nichts verpflichtete, prägten diesen Sommer. Bis zu jenem Dienstag, dem 19. August. Bis zu der Nacht, in der sie geweckt und zum Hafen gerufen wurde, wo sie als frischgebakkene Kriminalassistentin, noch vollkommen unwissend, was sie da erwartete, direkt in einen der makabersten und geheimnisvollsten Fälle der dänischen Kriminalgeschichte hineingezogen wurde.

Sie sah sich wieder das Bild an. Der große, schlanke Vitali Romaniuk … Mein Gott, er wirkte in seinen Bewegungen so zart und edel … Hatte er tatsächlich zwei seiner Seemannskollegen überwältigt und ihnen mit einer Axt den Schädel eingeschlagen? Die beiden Seeleute, die laut seiner Aussage zuerst den Kapitän umgebracht und dann noch zwei weitere Seemänner ermordet hatten, bevor sie sich daranmachten, den armen Romaniuk zu jagen, der in reiner Notwehr gezwungen war, »ihre Köpfe zu spalten«, wie er es so malerisch beschrieben hatte. Oder hatte dieser Mann ganz allein die gesamte fünfköpfige Besatzung erschlagen, um die 60000 DM zu stehlen, die man bei ihm fand, nachdem man ihn aus der Nordsee gefischt hatte?

Sie weigerte sich zu glauben, daß da draußen auf hoher See nicht noch etwas anderes passiert war. Etwas, das die ganze Sache auf logische Art und Weise erklären konnte. Romaniuk war ein gerissener Halunke, aber er war kein Killer. Fünf Morde für lächerliche 60000 DM, und dann Hals über Kopf raus aufs offene Meer, in einer Rettungsinsel? Nein und nochmals nein … Weder seine eigene Erklärung noch die Theorie der Polizei waren hieb- und stichfest. Sie hatte das so oft gesagt, daß es keiner mehr von ihr hören wollte.

Hatten sie bei ihren Ermittlungen etwas übersehen? War da ein Detail irgendwo versteckt, eine Spur, die weiterführen konnte? Ein einzelnes kleines Blatt, das ihnen mehr als ein ganzer Wald zeigen könnte?

Nein … Das mußte sie den Kollegen zugestehen. Sie hatten dieses verdammte Schiff auf den Kopf gestellt, es in seine einzelnen Atome zerlegt – ohne etwas zu finden. Es war und blieb ein Rätsel …

Die Deutschen hatten Romaniuk für die Gerichtsverhandlung ausgeliefert bekommen, weil der ermordete Kapitän ein Deutscher war. Die Sache zog sich drei ganze Jahre hin. Zum Schluß konnte Vitali Romaniuk als freier Mann heimreisen. Die Beweise reichten nicht aus. Sogar das Geld durfte er behalten, als er den Gerichtssaal mit einem breiten Siegerlächeln verließ.

Ich bin die reine Pest für mich selbst, ich bin von meinem Job infiziert. Ich will verdammt noch mal wissen, was da an Bord der MS Ursula passiert ist. Ich will das schon seit mehr als elf Jahren wissen. Ich will wissen, was sich hinter diesem Lächeln verbirgt. Ha! Und jetzt liege ich hier in schwarzer Seide mit frisch rasierten Beinen, rauche im Bett und bilde mir ein, ich wäre auf der Spur wie ein gewitzter Sherlock Holmes. Ich bin naiv. In Wirklichkeit kann ich nichts anderes tun als mit den Augen zu klimpern und honigsüß zu fragen: »Lieber Seemann, erzähl mir doch die Wahrheit, äh, ich habe schon so lange darauf gewartet, bist du so nett?« Aber ich will es wissen, Kumpel, ich werde dich fragen, wie nur ein einfältiger Mensch es kann.

Und ganz gleich, was du mir antwortest, ich kann zumindest sagen, daß ich alles versucht habe. Wenn ich dir den Rücken zudrehe, du kleines Stück Scheiße, dann drehe ich dem Jahr 1993 den Rücken zu.

Ihr Kopf glitt langsam auf die Schulter hinunter. Sie wusste nicht, wie lange sie so gedöst hatte, als sie plötzlich mit einem Ruck aufwachte. Verdammt, warum hatte sie es nicht gemacht, bevor sie zum Hafen ging? Sie rief jeden Abend zu Hause an, und sie vergaß es nie, ganz gleich, wo sie auch war. Die einzigen mildernden Umstände: Daß es Jonas garantiert wie Gott in Frankreich ging, bei Tante Astrid und Onkel Jørgen auf Fanø.

Sie rutschte unter die Bettdecke und merkte, wie sie schnell wieder in den Schlaf fiel.

2

»Coffee, please …« Sie konnte es kaum abwarten. Sie brauchte jetzt wirklich einen Kaffee – auf der Stelle. Es war gerade erst eine Viertelstunde her, seit sie das Seminar verlassen hatte. Sie schwänzte wie ein Schulmädchen, aber das war ihr egal.

»Das tut mir wirklich leid, Frau Portland … Ja, gute Besserung. Ich hoffe, wir sehen uns morgen.« Der Kollege von der Tallinner Polizei, ihre Kontaktperson und der Organisator der verschiedenen Veranstaltungen, hatte verständnisvoll gelächelt, als sie während des Vormittagsprogramms erklärte, daß sie wegen ihrer stechenden Kopfschmerzen leider gezwungen sei, ins Hotel zu gehen und sich ins Bett zu legen.

Es war nicht direkt gelogen, das mit den Kopfschmerzen. Obwohl sie müde und entspannt gewesen war, als sie einschlief, hatte die Nacht sich zu einem unglaublichen Marathon entwickelt, bei dem sie die ganze Zeit versuchte, vor einem unheimlichen Lächeln davonzulaufen. Sie hatte die verrücktesten Szenen geträumt, die sich in surrealistischen, nackten Räumen mit grellen Farben an den Wänden abspielten.

Man brauchte nicht das kleine Schamanenexamen, um das zu verstehen. Der russische Seemann war ganz eindeutig Dreh- und Angelpunkt. Sie konnte sich an keine einzelnen Worte aus dem Traumchaos mehr erinnern, aber alle Personen hatten anfänglich ganz normal ausgesehen. Erst als sie mit ihr sprachen, nahmen ihre Gesichter die Züge des Seemanns an, und dieses Lächeln, das vielleicht gar kein Lächeln war, bekam unglaubliche Dimensionen, und dann begannen die Lippen sich zu bewegen. Im Traum fürchtete sie sich vor all diesen schmalen Köpfen, bis sie ihre Faust geradewegs in das verzerrte Gesicht einer alten Frau schmetterte. Da zerplatzte es wie eine Seifenblase – und sie wachte auf.

Sie fühlte sich zerschlagen und unendlich müde, als sie die Augen aufschlug, und brauchte einige Sekunden, um sich klar darüber zu werden, daß sie sich in einem Hotelzimmer in Tallinn in Estland befand.

Von dem Vortrag des Kriminalkommissars hatte sie nicht besonders viel mitbekommen. Ihre Gedanken verflüchtigten sich in die verschiedensten Richtungen, und es war sinnlos, das aufhalten zu wollen, was sie selbst in Gang gesetzt hatte.

Der Kaffee wurde in letzter Sekunde serviert. Sie riß ihn der Kellnerin beinahe aus den Händen, trank gierig einen großen Schluck, verbrannte sich die Zunge und zündete sich schnell eine Zigarette an.

Sie hatte die Lösung gefunden, gerade als der gute Kriminalkommissar anfing, sich über die Statistik der letzten Jahre und die guten Ergebnisse auszulassen, die sie in Tallinn erreicht hatten. Statistiken waren Teufelszeug. Nichts konnte einem die letzten Kräfte so effektiv rauben wie endlose Zahlenkolonnen.

Der Plan war in Ordnung, einfach und direkt. Das Problem war nur, daß sie nicht einfach zur Reederei gehen und fragen konnte. Auch wenn es ihr nie im Traum einfallen würde, sich als Kriminalkommissarin aus Dänemark zu erkennen zu geben, so würde ihre Frage dem ganzen dennoch einen offiziellen Anschein geben, den sie vermeiden wollte. Auf jeden Fall würde es Aufsehen erregen und Neugier wecken, wenn eine Ausländerin dumme Fragen stellte. Sie erschauderte jetzt noch bei dem Gedanken, was alles hätte geschehen können, wenn sie im Hafen festgehalten worden wäre.

Nachdem sie fast eine Stunde über das Kopfsteinpflaster der Altstadt gelaufen war, wollte sie schon aufgegeben, ein Taxi anhalten und den Fahrer um Hilfe bitten. Sie hatte gerade den kleinen Stadtplan in der Hotelbroschüre zu Rate gezogen, als sie urplötzlich auf dem Bürgersteig stehenblieb. Ein Stück die Straße hinunter explodierte eine Farborgie dessen, was sie die ganze Zeit gesucht hatte – Blumen.

Offenbar hatten sich sämtliche Blumenhändler der Stadt verabredet, ihre Stände am Ende der Viru-Fußgängerstraße direkt vor dem östlichen Stadttor zu plazieren. Auf der rechten Straßenseite waren sie Seite an Seite unter dem gemeinsamen Dach eines flachen Geschäftsgebäudes aufgebaut. Acht, neun zum Verwechseln ähnliche Blumenstände, offenbar auch mit haargenau dem gleichen Angebot.

Sie entschied sich für den hintersten Stand. Dort waren keine Kunden, eine Frau mittleren Alters und ein junges Mädchen standen hinter dem Tresen und unterhielten sich, fast versteckt von einer Blumenwand. Sie war kaum am Tresen angekommen, als die Frau sie bereits ansprach, etwas sagte, wovon sie kein Wort verstand.

»Flowers?« Ihre Frage mußte einfach schwachsinnig erscheinen, stand sie doch in einer Miniaturausgabe eines Botanischen Gartens. Ihr fiel nur einfach nichts anderes ein, und sie hatte keine Ahnung, ob Englisch überhaupt eine Möglichkeit war.

Die Frau nickte eifrig und lächelte übers ganze Gesicht.

»Do you speak English?«

»Moment«, antwortete die Frau und tippte dem Mädchen auf die Schulter. Das drehte sich um und fragte in formvollendetem Englisch:

»Hello, can I help you, please?«

Sie erzählte schnell ihre Geschichte: Sie wollte einem alten Bekannten einen Blumenstrauß zukommen lassen. Er hieß Vitali Romaniuk. Leider hatte sie seine Adresse nicht, war sich aber ziemlich sicher, daß er immer noch bei der Reederei Tallink arbeitete. Ob es möglich wäre, daß sie ihr halfen? Beispielsweise ins Büro der Reederei gingen und nach seiner Adresse fragten?

Das Mädchen erzählte die Geschichte schnell der Frau, die bei näherem Augenschein wohl ihre Mutter war.

»Natürlich können wir helfen. Tallinks Hauptsitz liegt gleich um die Ecke an der Pärnu Maantee«, erklärte das Mädchen mit einem Kopfnicken in die Richtung. »Meine kleine Schwester kommt nach der Schule hierher. Sie kann das mit dem Blumenstrauß herausfinden, kein Problem. An welche Blumen haben Sie gedacht?«

Während Nina ein paar rote und weiße Blumen aussuchte, fragte sie:

»Kann ich dann heute Nachmittag wieder vorbeischauen und nachfragen, ob deine Schwester es herausgefunden hat?«

»Ja, gerne doch.«

»Nur sicherheitshalber …«

Sie bezahlte und legte hundert estnische Kronen extra für die Schwester dazu, dann nutzte sie gleich die Gelegenheit zu fragen, wo die nächste Apotheke war.

Die Wirkung von zwei Kopfschmerztabletten setzte schnell ein. Es war erst Viertel vor zwölf, als sie die Vorhänge in ihrem Zimmer zuzog und sich aufs Bett legte. So konnte sie sich einen ausgiebigen Mittagsschlaf erlauben.

Sie hatte beschlossen, dem lächelnden Seemann am Abend einen Besuch abzustatten, vielleicht so gegen zehn Uhr. Nicht, daß dieser Zeitpunkt logischer war als viele andere – der Mann konnte ja auch die ganze Nacht durch arbeiten – sie brauchte nur selbst etwas Zeit, um das ganze zu durchdenken. Aber der erste Schritt war natürlich, zurück zu dem Blumenstand zu gehen und sich die Adresse geben zu lassen. Falls Vitali Romaniuk tatsächlich bei Tallink arbeitete, und falls es der kleinen Schwester gelungen war, die Adresse zu besorgen. Wenn nicht, mußte sie von vorn anfangen und einen neuen Plan schmieden.

Die vielen Wenns und Abers waren aus dem Weg geräumt, als sie sich am Abend an dem kleinen Schreibtisch in ihrem Zimmer zurechtsetzte und die Haube über dem bestellten indischen Hähnchencurry abnahm. Sie hatte sich das Essen aufs Zimmer bringen lassen, um nicht zu riskieren, auf einen ihrer Kollegen zu stoßen, die sich vermutlich mit einem Bier an der Bar aufwärmten, bevor sie gemeinsam zum Essen gingen.

Sie haßte es, in fester Gruppe zu gehen. Erwachsene Menschen in einer langen Kolonne im Gänsemarsch auf dem Bürgersteig, das hatte zuviel von kurzen Hosen und Pfadfindermentalität, und dann gab es immer einen Schafskopf, immer war es ein Mann, der den Zeitpunkt gekommen sah, als Truppenführer aufzutreten und den Weg zu zeigen, das Restaurant und den Tisch auszusuchen, um dann mit altväterlichen Bemerkungen zu kommen wie: »Na, ist das nicht nett?«, sich später die Rechnung bringen zu lassen und dann mit entschlossener Miene festzustellen, daß der Betrag ja umgelegt werden könnte und pro Nase soundso viel ausmachte, und »vergeßt das Trinkgeld nicht«.

Die Reisespesen der dänischen Polizei reichten nicht besonders weit, und bereits am ersten Abend hatte sie beschlossen, daß sie keine Lust hatte, für die teuren Weine der Herren zu bezahlen, wenn sie selbst nur Bier trank, und sie wollte auch nicht deren Cognac zum Kaffee finanzieren.

Der Anführer in dieser Beziehung war der Schwede Sture Magnusson, der sich dazu berufen fühlte, die Gruppe der vierzehn Polizeibeamten zu führen, die sich fünf Tage lang in das Thema »Schmuggel« vertiefen und studieren sollten, wie ihre estnischen Kollegen sich zu diesem Thema verhielten. Sie waren drei Dänen, vier Schweden, vier Finnen und drei Norweger. Abgesehen von ihr war nur noch eine Frau dabei, eine Schwedin. Allein die extreme Aufmerksamkeit und die Bemühungen, die aus dieser deutlichen Minderheitsposition resultierten, waren zum Kotzen.

Um Sture Magnusson zu durchschauen, hatte sie nur wenige Minuten gebraucht, denn unglücklicherweise hatte sie am ersten Abend ihren Platz ausgerechnet neben dieser muskulösen Bestie gehabt. Er meinte einen Charme und eine Weltgewandtheit zu besitzen, die, kombiniert mit ein wenig kollegialer Frechheit in den Worten, ihn für alle Frauen auf dem ganzen Globus unwiderstehlich machen mußte. Daß er darüber hinaus auch noch von der Säpo kam, der schwedischen Sicherheitspolizei, machte ihn natürlich in jeder Hinsicht den anderen überlegen.

Als er begann, vor der Gruppe mit der doch wirklich absolut phantastischen Polizeiarbeit in Verbindung mit den Ermittlungen zum Mord an der Außenministerin Anna Lindh zu prahlen, verlor Nina die Geduld.

»Ja, das war wirklich ein Geniestreich, einen armen Kerl sofort festzunehmen und sein ganzes Leben vor den Medien auszubreiten. Zieht euer Chef das Geld für den Schadensersatz von eurem Monatslohn ab?«

»Nanu, meine kleine Portland, so spöttisch? Du hast sicher langjährige Erfahrung mit berühmten Mordsachen bei euch in Dänemark – oder besser gesagt in Esbjerg, was?« Magnussons versöhnliches Grinsen war falsch, schließlich hatte er den Krieg in ihr Lager getragen, aber er ignorierte offensichtlich bewußt das anerkennende Nicken, das ihre Salve am Tisch ausgelöst hatte.

»Nun ja, aber dieses Mal habt ihr ja jedenfalls den einsamen Mörder gekriegt, den ihr so gern habt, nicht wahr?«

Er sollte nicht ungestraft mit seinem »meine kleine Portland« davonkommen.

»Was um alles in der Welt meinst du damit?« Das überhebliche Lächeln war verschwunden, und es war still am Tisch geworden, jetzt, wo das Duell härter ausgetragen wurde. Sie wollte nicht klein beigeben.

»Ich meine nur, nachdem ihr Christer Pettersson den Palme-Mord nicht anhängen konntet. Bei Säpos großer Erfahrung kann es einen doch nur wundern, daß ihr immer noch mit leeren Händen dasteht und eine ganze Reihe unglaublicher Fehler gemacht habt.«

Was weder Sture Prahlhans noch die anderen wußten: Alles, was den Palme-Mord betraf, war für sie das reinste Heimspiel. Der Fall war ihr Hobby Nummer zwei, gleich nach der Sache mit dem russischen Seemann. Sie hatte alles gelesen, was sie über den Palme-Mord nur in die Finger kriegen konnte.

Sie hatte resolut aus der Hüfte geschossen. Ohne zu zögern hatte sie Punkt für Punkt die Fehler vor den verblüfften Augen des Schweden aufgezählt. Die Polizeispur. Die sechs verschwundenen Minuten. Die Baseball-Liga bei der uniformierten Polizei. Die Chile-Südafrika-CIA-Spur. Sie hätte noch lange so weitermachen können. Zum Glück konnte sie sich schließlich bremsen.

Der Mann von der Säpo hatte erstarrt mit seinem Weinglas in der Hand dagesessen und einige Zeit gebraucht, um sich zu berappeln.

»Beeindruckend, das muß ich schon sagen ... Aber Palme ist ein ganz anderer Fall, verdammt kompliziert ... Und es gibt da natürlich Dinge, die ich nicht ausplaudern darf, das verstehst du wohl ... Aber mein Gott, laß uns jetzt nicht weiter in der Vergangenheit herumbohren, sondern diesen herrlichen Abend genießen – Skål!«

»Skål – auf die Säpo«, hatte sie gesagt.

Sie hatte bemerkt, daß sich ein Ausdruck der Erleichterung bei einigen der zwölf Kollegen am Tisch zeigte. War es so peinlich gewesen? Hatte sie zu hartnäckig darauf herumgehackt? Sie wußte selbst, daß sie sich manchmal nur schwer zurückhalten konnte. Und Sture Magnusson hatte das Faß einfach zum Überlaufen gebracht. Sie hatte ja auch anerkennende Blicke und dieses oder jenes Lächeln aufgefangen ... Sie war wohl kaum die Einzige, der es so mit dem Schweden ging.

Bei dem Gedanken an den ersten Abend in der Gruppe mußte sie lächeln. Sie öffnete ihre Bierflasche und machte sich über das indische Currygericht her, während CNN von dem kleinen Hotelfernseher oben an der Wand herabflimmerte.

Nach ihrem einsamen Mahl breitete sie den frisch gekauften Stadtplan auf dem Bett aus. Das Blumenmädchen hatte ihr die Adresse des russischen Seemanns aufgeschrieben, und jetzt suchte sie im Register nach dem Straßennamen. Die Straße hieß Kopli. Da war sie, im Feld K7. Sie ließ ihren Zeigefinger suchend über den Plan gleiten. Kopli begann offenbar am Bahnhof und erstreckte sich parallel zu einem ganzen Bündel von Eisenbahngleisen in nordwestlicher Richtung. Vitali Romaniuk wohnte Nummer 36, vermutlich fast am Ende der sich lang hinziehenden Straße, vielleicht zwanzig Minuten Fußweg entfernt.

Schon daß ich hier mit einer Adresse sitze … Auf dem Plan sind es zehn Zentimeter bis dort … Elf Jahre und zehn kleine, kurze Zentimeter. Es fühlt sich unwirklich an, so nah dran zu sein. Diesem merkwürdigen Wesen so nah, und trotzdem immer noch genausoweit entfernt von der Lösung dieses Rätsels, wie ich es schon die ganze Zeit war. Es wird doch sowieso nach seinen Plänen ablaufen. Ist dir das nicht klar, du Dummkopf?

Ob er mich wohl wiedererkennt? Er kann mich ja einfach auffordern zu verschwinden. Dann bleibt mir nichts anderes übrig. Er kann mir einen Bären aufbinden, den zu durchschauen mich viel Kraft und vielleicht jahrelanges Grübeln kostet – oder er kann zwei Morde zugeben, wie er es damals getan hat, oder auch mehrere. Und dann bin ich kein Stück weiter. Er ist der einzige Mensch, der die Wahrheit kennt. Ich könnte ihn zusammenschlagen, die Wahrheit aus ihm herauszuprügeln versuchen. Aber ich würde nie mit Sicherheit wissen, ob ich die Wahrheit erfahren habe. Die einzigen Zeugen waren der Himmel und das Meer. Kann ein Meer reden? Natürlich nicht! Also was erwarte ich eigentlich? Nichts – und alles … Das ist eine vage Chance, aber ich kann sie mir nicht entgehen lassen.

Sie begann rastlos in dem kleinen Zimmer herumzulaufen, ins Bad, wieder zurück, wühlte im Koffer herum, rauchte eine Zigarette, schaute aus dem Fenster auf die verkehrsreiche Narva Mantee hinunter. Mist, es hatte wieder angefangen zu regnen. Nicht so heftig wie am Abend zuvor, aber dafür ausdauernd. Sie setzte sich aufs Bett, stopfte sich die Kissen in den Rücken und zappte die Programme durch. Es war ja erst kurz nach sieben. In einer Stunde – in genau einer Stunde würde sie sich auf den Weg machen. Sie landete bei BBC World mit einem hübschen Mann in einer hübschen Jacke, der ein hübsches Englisch sprach. Das ganze vermischte sich zu einem Brei aus Worten und Bildern.

Damals, vor elf Jahren, klingelte ihr Telefon gegen halb vier Uhr morgens. Sie hatte fest geschlafen, doch der Anruf vom Revier brachte sie sofort auf die Beine. Sie sollte sich bereithalten, in wenigen Minuten würde sie von einem Kollegen abgeholt werden. Alle beide hatten sich so schnell wie möglich im Hafen einzufinden.

Sie konnte sich noch an alles erinnern. Es war damals dunkel gewesen, doch der Mond hatte bleich auf die Stadt geschienen, während sie auf dem Bürgersteig wartete. Sie trug ihre verwaschene Jeansjacke und eine schwarze Jeans, die so neu war, daß sie ihr noch viel zu schwarz und steif erschien. Es war Kristian Arnum, der anhielt und sie einsammelte. Er kam direkt vom Revier, wußte aber nur, daß es um ein Schiff ging, das sie in Empfang nehmen sollten.

Im selben Moment wurden sie über Funk gerufen. Der Wachhabende wollte wissen, wie weit sie schon waren. Sie hatte ihn gefragt, was denn los sei.

»Dieses deutsche Schiff, davon habt ihr gestern doch auch gehört, oder? Es ist auf dem Weg in den Hafen. Laugesen wartet schon unten. Er wird euch über alles weitere informieren.«

Der Wachhabende an diesem Tag war Dalmose. Er starb zwei Jahre später an einem Herzinfarkt, ein guter Mensch, dessen sanfte Stimme selbst über Funk beruhigend wirkte. Wenn Kriminalhauptkommissar Laugesen bereits seinen Hintern in der nächtlichen Kälte und Dunkelheit Richtung Hafen bewegt hatte, dann war es ernst. Der Mann mit dem messerscharfen Kriminalistenverstand saß am liebsten konzentriert hinter seinem Schreibtisch über jeder Menge Papier.

Sie hatte die Gerüchte am Tag zuvor gehört – daß Laugesen am Flughafen gewesen sei, um einen Seemann abzuholen, den die Einsatzleitung der Marine mit dem Hubschrauber von der Nordsee hereingeflogen hatte. Die Fischer, die ihn aufgegriffen hatten, waren der Meinung gewesen, er hätte so etwas Geheimnisvolles an sich. Mehr wußte sie nicht. Doch, der oberste Chef, Kriminaldirektor Birkedal, war in Urlaub. Er planschte auf einem Gummitier unten im Gardasee herum, deshalb rotierte Laugesen jetzt sicher auf Hochtouren.

Sie waren sofort in den Hafen hinuntergefahren. Dort am Doggerkai hielten bereits mehrere Wagen mit Kollegen. Es sah aus, als könnte man da etwas verpassen.

»Portland und Arnum, laßt alles andere sausen. Ihr bleibt den Rest des Tages hier. Ich habe so ein Gefühl, als ob das ein verdammt großes Ding ist, und wenn ich recht habe, werden wir reichlich zu tun kriegen.« Hauptkommissar Laugesen lehnte sich an eine Mauer und redete unkonzentriert mit ihnen, während er übers Wasser spähte, das im Mondschein glitzerte.

»Sie müßten jetzt eigentlich bald reinkommen«, seufzte er und schaute auf seine Armbanduhr.

»Wer?« hatte sie gefragt.

»Äh ... ja, ein norwegisches Versorgungsschiff ... Aber Alarm geschlagen hat ein Kutter oben im Norden, vor Hirtshals. Er hat gestern Blåvand Radio gerufen, und von dort kam die Meldung über das Hauptquartier der Küstenwache zu uns. Sie sind auf ein verlassenes deutsches Küstenmotorschiff gestoßen, mitten in der Nordsee, bei ruhigem Wetter ... In der Nähe trieben zwei Rettungsinseln, solche orangen Dinger mit Dach und Einstieg, sehen ein bißchen aus wie Weltraumkapseln, nicht? Die eine war leer, in der anderen haben sie einen Mann gefunden, mit einem Vorrat an Cola und sechs Dosen Pfirsichen – und auch noch einer ganzen Menge Geld. Er soll aus Osteuropa stammen, wie sie sagen, vielleicht ein Russe ... Jetzt sitzt er hier in Gewahrsam. Ich habe ihn gestern nachmittag vom Flughafen abgeholt, zusammen mit Påske. Sie haben ihn mit dem Hubschrauber hergebracht. Wir wollen ihn heute vernehmen ... Jedenfalls, der Kümo ist herrenlos da herumgetrieben. Ein norwegisches Versorgungsschiff, das in der Nähe war, ist längsseits gegangen und hat ein paar Männer an Bord geschickt. Und später sind auch noch Leute von einem anderen Hirtshals-Kutter dazugekommen. Es waren Spuren von Brandstiftung an Bord und wohl auch Blutspuren – aber keine Leichen. Und jetzt sind die Norweger unterwegs hierher. Mit dem Kümo im Schlepptau. Das stinkt nach einer dicken, widerlichen Geschichte …«

Kriminalhauptkommissar Laugesen machte ein sonderbar besorgtes Gesicht, als er seine Pfeife an der Schuhsohle ausklopfte.

Es verging nur eine knappe halbe Stunde, dann konnten sie endlich das Versorgungsschiff sehen. Wie ein dunkler Schatten, nur mit einzelnen Positionslichtern bestückt, glitt es langsam um Fanøs Nordspitze herum, die wie eine flache Hutkrempe im Meer lag. Es erschien ihnen wie eine Ewigkeit, bis die Norweger endlich in Grådyb angekommen waren, sich durch die Hafeneinfahrt manövriert und den deutschen Kümo und sich selbst an Ort und Stelle im Dokhavn bugsiert hatten.

Die ganze Kette an Polizeifahrzeugen fuhr eilig dorthin. Sie standen gespannt am Kai, alle Kollegen und dazu einige Hafenarbeiter der Nachtschicht, entweder weil sie mit dem Bugsieren zu tun hatten oder auch nur, weil ihnen die Sensation zu Ohren gekommen war. Um Viertel nach vier machten sie sich an die Arbeit.

Es waren die alten Hasen Larsen und Påske, die zuerst aufs Fallreep und an Bord der MS Ursula kommandiert wurden, die am Vestre Dokkaj festgemacht hatte.

»Seid vorsichtig«, rief Laugesen. »Wo zum Teufel bleibt denn die Spurensicherung? Die sollte doch schon längst dasein.«

Sie selbst brauchte nur ein paar Minuten an Bord, bevor ihr klar wurde, daß Laugesen recht hatte: Das stank nach einer dikken, widerlichen Geschichte. Man brauchte kein Kriminaltechniker zu sein, um Blut, Haare und Reste von Menschenhaut zu erkennen, wenn man die Planken im hellen Licht einer Taschenlampe absuchte. Als die Sonne kurz danach aufging, waren sich alle klar darüber, daß sie vor einer großen Herausforderung standen.

Ein neuer Zwilling des vorherigen Sprechers tauchte auf dem

Bildschirm auf, dieses Mal eine hübsche Frau in einer hübschen Hemdbluse mit einem hübschen Englisch. Nina hörte immer noch nicht zu, zappte statt dessen ein wenig hin und her, landete dann aber doch wieder bei BBC.

Die Welt war schon merkwürdig. Damals am Kai hatte sie natürlich noch nicht ahnen können, daß der Fall ihr im Laufe der kommenden dreieinhalb Monate, die sie an ihm arbeitete, bis sie den Mann an die Deutschen übergeben mussten, einen Berg an Überstunden bescheren würde. Und sie konnte auch nicht ahnen, daß der russische Seemann für sie zu einer Obsession werden sollte, die sie jetzt nach mehr als elf Jahren wieder mit gleicher Wucht gepackt hatte.

»Liebe Mitwirkende, wollen Sie weitermachen?« Wenn es zwei Knöpfe gäbe, einen Ja- und einen Nein-Knopf, die man drücken könnte, jedesmal, wenn man in seinem Leben an einen Scheideweg kam, dann würde sie aus heutiger Sicht keine Sekunde zögern. Sie hätte an diesem Morgen unten im Hafen auf Nein gedrückt. All die Stunden, all die Spekulationen, was für eine verdammte Menge an Energie hatte sie auf Arbeit vergeudet, die nie zu etwas führen würde.

Die Wartezeit im Hotelzimmer war unerträglich. Sie schaltete die hübsche BBC-Dame aus. Ungeduld und Nervosität trieben sie in den Mantel und hinaus in den Regen, lange bevor sie eigentlich hatte aufbrechen wollen.

Die Gegend hinter dem Bahnhof wurde von einem langgestreckten Marktplatz dominiert. Einige Buden hatten geschlossen, andere waren dabei, einzupacken, während wieder andere standhaft die Hoffnung auf ein Schnäppchen vor Ladenschluß noch nicht aufgegeben hatten. Die Beleuchtung variierte von ein paar schwachen Glühbirnen, die an einem nackten Kabel unter einem Sonnenschirm hingen, bis zu einem Meer von Kerzen auf einem Teller mitten in einer reichen Auswahl an Gemüse.

Einige der Gassen mit ihren schmalen Häusern lagen fast

ganz im Dunkel, an anderen Stellen sprangen vereinzelt Schatten hervor und führten ihr Eigenleben auf den Mauersteinen. Irgendwo in der Dunkelheit duftete es nach würzigem Fleisch, an anderer Stelle hörte sie das Geräusch klirrender Flaschen. Unter einer löchrigen Markise saßen ein Mann und eine Frau mit ihrem Angebot an allem möglichen Krimskrams, von altem Zaumzeug über abgenutzte Autoreifen bis hin zu Zündkerzen. Ihr eigener Lebensfunke war schon vor langer Zeit erloschen. Sie hockten alt und runzlig unter Schichten von Decken und dicken Mänteln.

Es war eine dunkle, merkwürdige Welt nach dem Untergang der alten Ordnung, bevölkert von Gestalten, die jeden Tag ums Überleben kämpften und anderen, die sich eher zufällig hier herumtrieben, so wie sie selbst. Hier machte man offensichtlich seine Einkäufe, wenn das Geld knapp war und nicht für einen Besuch in den extravaganten Geschäften der Altstadt reichte.

Sie sah auf ihre Uhr. Jetzt war es soweit. Sie ging an den Buden parallel zu der Straße entlang, die Kopli hieß. Zwei Männer mittleren Alters hatten in einem der Aufgänge Schutz vor dem Regen gesucht, und unter wachsam sichernden Blicken wechselte eine Plastiktüte ihren Besitzer. Sie stapfte durch eine Matschpfütze und überquerte die Straße.

Die Hausnummern bestätigten ihr, daß sie das richtige Ende erwischt hatte. Es war nicht mehr weit bis Nummer 36. Die linke Seite der Kopli-Straße war nichts anderes als eine Reihe von Holzlatten und Blechplatten, die das Rangiergelände abschirmten. Sie ging den Fußweg unter den Bäumen auf der anderen Seite entlang. Alle Häuser waren hier aus Holz, ein oder zwei Stockwerke hoch, einzelne sahen gut erhalten aus, aber die meisten schienen ziemlich heruntergekommen zu sein.

Da war Nummer 30 … Sie verlangsamte ihre Schritte. Ein Mann mit seinem Hund an der Leine ging an ihr vorbei. Aus einem Lokschuppen war der ohrenbetäubende Lärm von zwei Zugteilen zu hören, die aneinandergekoppelt wurden, und der Stoß pflanzte sich bis in ihre Fußsohlen fort. Nummer 32, wacklig mit einem schwachen Licht hinter den Gardinen, Nummer 34 ohne Licht. Nummer 36 – baufällig. Eine morastige Einfahrt führte in einen Hinterhof mit Schuppen und Ställen. War da ein Lichtschimmer zwischen den Gardinen zu erkennen? Nein … Nummer 36 lag im Dunkeln. Sie ging langsam vorbei. Ein paar Häuser weiter blieb sie unter einem Baum stehen und schaute zurück. Der holprige Bürgersteig war leer. Das Haus, das wahrscheinlich einmal gelb gewesen war, lag mit eingeschlagenen Kellerfenstern wie tot da. Auch eines der Fenster im ersten Stock war mit Brettern zugenagelt.

Sie ging zurück und drückte vorsichtig die Türklinke herunter. Vielleicht war doch jemand zu Hause? Die Bewohner konnten sich ja in einem Zimmer zum Hinterhof hin aufhalten. Die Haustür war verschlossen. Nein, sie klemmte nur. Sie mußte mit der Schulter dagegendrücken, um sie zu öffnen. Der Eingangsflur war kohlrabenschwarz und stank vermodert nach feuchtem Holz und abgestandener Luft. Sie hielt ihr Feuerzeug in die Höhe. An der Wand neben der Treppe hing ein Stück Papier an einem Nagel. Darauf standen zwei Namen. Obwohl sie mit kyrillischen Buchstaben geschrieben waren, hatte sie keinen Zweifel – hinter der Zahl 1 stand »Romaniuk«.

Eine nackte Birne hing von der Decke herab, aber sie machte sich erst gar nicht die Mühe, den Lichtschalter zu suchen. Auch wenn es ja vollkommen legal war, einen russischen Seemann in seiner Wohnung aufzusuchen, hatte sie dennoch ein komisches Gefühl im Bauch, das schlechte Gewissen, hier unerlaubt einzudringen.

Die untersten ausgetretenen Stufen knackten und knarrten, daß es im ganzen Haus zu hören sein mußte. Sie blieb einen Augenblick stehen und überlegte. Dann ging sie trotz des unheimlichen Gefühls bei jedem Schritt die Treppe weiter hinauf.

Sie klopfte an die Tür, zuerst vorsichtig, dann immer heftiger – doch es passierte nichts. Sie zögerte einen Moment, dann holte sie ihr Taschenmesser heraus und versuchte die große Klinge zwischen Tür und Rahmen zu stecken, doch das brachte nichts. Im Film war das immer so leicht. Jeder konnte mit einem abgelutschten Pommes frites das beste Schloß öffnen, aber in der realen Welt war es verdammt schwer, und es gab kein Fach in der Polizeischule, das da hieß »Wie ich einen Einbruch begehe«.

Sie setzte sich auf den Treppenabsatz, holte das Zigarettenpäckchen aus der Innentasche und zündete sich eine an. Und jetzt? Sie war entschlossen, hier stundenlang zu warten, wenn es sein mußte, und wenn das nichts brachte, würde sie es am nächsten Tag wieder versuchen – und am übernächsten Tag. Sie würde jeden verdammten Tag herkommen und klopfen, bis sie wieder nach Hause mußte. Vorsichtig streifte sie die Asche an der obersten Stufe ab, saß nur da, starrte in die Dunkelheit und horchte auf die Geräusche vom Rangiergelände.

Als die Zigarette von allein ausging, faßte sie einen Entschluß. Im Licht des Feuerzeugs strich sie die Asche in die hohle Hand und schlich sich die Treppe wieder hinunter.

Der Hinterhof war ein einziger Morast mit abbruchreifen Schuppen, alten Autowracks und anderem Müll, den sie nicht identifizieren konnte, und sie hatte erst wenige Schritte getan, als sie bereits in einer Pfütze aus schlammigem Regenwasser landete und spürte, wie es ihr in die Schuhe lief. Sie sprang auf einen umgeworfenen Kühlschrank und balancierte weiter über einen Haufen Alteisen und das Dach eines der Autowracks. Von hier aus konnte sie bequem auf das Dach eines Schuppens klettern, der ans Haus gebaut worden war. Im ersten Stock gab es einen kleinen Balkon oder besser gesagt die Reste eines Balkons. Das Geländer fehlte, aber der größte Teil des Fußbodens war noch da, und die Balken und dreckigen Bretter schienen solide genug, um sie zu tragen. Sie kroch vorsichtig auf die Plattform und richtete sich langsam auf.

Bist du wahnsinnig geworden? Bist du dir eigentlich klar darüber, was du da machst? Es ist eine Sache, sich im Hafensperrgebiet aufzuhalten. Da hättest du dich vielleicht noch rausreden können … Und wenn du es geschafft hättest, die Tür aufzukriegen, hättest du behaupten können, daß sie offen war. Aber das hier, das schlägt dem Faß den Boden aus.

Du bist gerade im Begriff, einen richtiggehenden Einbruch zu begehen. Das kann dich Kopf und Kragen kosten, wenn du erwischst wirst. Dein Job, den du liebst, schon schwimmt er dir davon. »Dänische Kriminalbeamtin beim Einbruch in Estland gefaßt.« Na, klingt das nicht hinreißend?

Ich passe auf, und ich werde rechtzeitig abhauen. Ich bin über die Bretterzäune und Hinterhöfe schneller weg, als irgendeine verschlafene Patrouille mir folgen kann.

Nein, laß das. Jetzt hast du elf Jahre gewartet, da kannst du verdammt noch mal wohl noch ein bißchen länger warten. Kehr um, spring runter – und geh nach Hause!

Es schien, als sei die Balkontür verschlossen, und sie traute sich nicht, mit aller Kraft daran zu ziehen, denn wenn sie plötzlich nachgab, würde sie mehrere Meter tief fallen und rückwärts im Dreck landen. Statt dessen stieß sie mit dem Ellbogen durch eine der Glasscheiben, tastete an der Türinnenseite entlang und fand einen einfachen Riegel. Ein Teil der Türschwelle gab mit nach, als sie endlich die Tür aufbekommen hatte und das Revier des Seemanns betreten konnte.

Sie stand in einer kleinen Küche mit Linoleumfußboden. Es roch auch hier feucht, doch jetzt gemischt mit Nikotin und dem süßlichen Gestank von Abfällen. Sie benutzte ihr Feuerzeug und konnte einen Berg schmutzigen Geschirrs auf der Küchenanrichte sehen und eine Reihe von Plastiktüten mit Abfall, die sich in einer Ecke stapelten. Sie ging auf den Flur, der mit alten Zeitungen und Schuhen übersät war, und weiter in ein Wohnzimmer. Auch dort war es nicht ordentlicher. Mitten im Raum stand ein riesiger Pappkarton, und rundherum lagen Plastik und Styropor verstreut, während der funkelnagelneue Sony-Fernseher seinen Platz auf einer Kommode neben einem Fenster bekommen hatte. Ein gekachelter Couchtisch war vollgestellt mit Bierflaschen und Gläsern, und irgend jemand hatte wohl den Aschenbecher auf den Boden gefeuert, wo er zwischen Asche und Zigarettenstummeln lag.

Vitali Romaniuk hatte damals vor elf Jahren auf der MS Ursula die gleichen Probleme gehabt, Ordnung zu schaffen, aber es war ihm zumindest gelungen, die Leichen über Bord zu werfen. Das hätte er doch auch mit dem schmutzigen Geschirr machen können ...

Sie lief schnell durch die anderen Räume, um sich einen Überblick zu verschaffen. Da gab es ein kleineres Zimmer, ein Schlafzimmer und ein Bad, das ekliger war als das Klo in einem dänischen Eisenbahnzug. Im Schlafzimmer standen Schrank und Kommode weit offen. Alle sichtbare Kleidung war Männerkleidung, aber auch wenn dieser russische Seemann anscheinend das verlotterte Leben eines Junggesellen führte, war er ja wohl doch nicht ganz so unordentlich. Es sah eher so aus, als hätte er es eilig gehabt, wegzukommen.

Beruhigt von dieser Feststellung zog sie die Vorhänge zu und machte Licht. Sie erwartete nicht, die Antwort darauf zu finden, warum der Mann offensichtlich Hals über Kopf abgehauen war. Ehrlich gesagt erwartete sie nichts anderes als eine gewisse Anzahl von Details, ungefähr wie an einem Tatort, die ihr ein wenig Einsicht in sein Leben geben konnte, nur ein wenig ihre Neugier befriedigen, wo sie doch jetzt endlich am Ende des Weges angekommen war.

Sie begann die Wohnung sorgsam zu durchsuchen. Ging dabei methodisch vor und arbeitete sich von der Küche aus systematisch durch die Zimmer. Weder in der Küche noch in dem kleinen Raum war etwas Interessantes zu finden.

Eine gewissenhaftere Untersuchung des Schlafzimmers bestärkte ihren Verdacht, daß Vitali Romaniuk es eilig gehabt hatte. Es sah so aus, als hätte er im wahrsten Sinne des Wortes seine Kleider von den Bügeln gerissen, einiges war dabei zu Boden gefallen, und hinten neben der Kommode lag eine saubere Unterhose. Sie stellte sich auf einen Stuhl und schaute oben auf den Schrank. Er war von einer dicken Staubschicht bedeckt, ausgenommen ein Stück, das in seiner Größe genau einem Koffer entsprach. In einer Schublade im Nachttisch fand sie ein Paket Kondome auf zwei Pornoheften, also war der gute Seemann in seiner Freizeit jedenfalls kein Mönch gewesen.

Im Wohnzimmer, zwischen den Bierflaschen, fand sie den Garantieschein für den neuen Fernseher. Er war vor drei Tagen gekauft worden, also einen Tag, bevor sie Romaniuk vielleicht auf der Fähre gesehen hatte. Wenn er es wirklich gewesen war, konnte ihn ihr Anblick so in Panik versetzt haben, daß er einfach abgehauen war? Und wenn ja – warum?

Auf einem Regal fand sie ein Fotoalbum, das genauso unordentlich war wie der Alltag des Mannes. Es enthielt Familienfotos, Bilder aus seiner Jugend mit seinen Schulkameraden, Fotos aus seiner Militärzeit, anscheinend bei der Marine, gestellte Fotos von ihm und verschiedenen Besatzungsmitgliedern aus seiner Zeit als Seemann. Alles ganz normale Fotos – in keiner Weise verdächtig, einfach nur langweilige, phantasielose Bilder.

Eine Regalschublade quoll von Papieren nur so über, die meisten sahen offiziell aus, einige davon waren auf Russisch, die Worte »Tallinn«, »Estland« und »Tallink« tauchten wiederholt auf. Sie sahen aus wie Papiere von Behörden und Arbeitgebern, genau wie die Dokumente, die sie selbst daheim liegen hatte, abgesehen davon, daß ihre in einen Ordner geheftet waren.

Nur in der untersten Schublade fand sie etwas Interessantes. Ein kleines Notizbuch mit Plastikeinband, das in einem Umschlag lag. Einige Blätter waren herausgerissen worden. Auf den ersten Seiten stand etwas gekritzelt, das wie Rechenaufgaben aussah, danach kam eine Seite mit zwei Namen, jeder mit einer Nummer darunter. Vielleicht Telefonnummern? Die Namen waren in kyrillischer Schrift geschrieben und gaben erst einmal keinen Sinn. Sie riß eine weitere Seite heraus, schrieb sorgfältig die Schriftzeichen und die Nummern ab und steckte den Zettel in die Tasche.

Sie schaute sich noch ein letztes Mal in allen Zimmern um. Mehr war wohl kaum herauszukriegen. Morgen würde sie ihm eine weitere Chance geben, diesmal die Wohnungstür nehmen und höflich anklopfen – aber sie hatte das deutliche Gefühl, daß Vitali Romaniuk in nächster Zeit nicht an die Tür kommen und sie öffnen würde.

3

Der junge Mann an der Rezeption lächelte ihr freundlich zu und begrüßte sie mit: »Guten Morgen, Frau Portland.«

Sie lächelte überrascht zurück. Ob das Personal wohl seinen ganzen Ehrgeiz daransetzte, sich die Namen aller Gäste zu merken?

Sie war früh aufgestanden, so früh, daß sie ihr kleines Unternehmen vorbereiten und sogar noch in Ruhe frühstücken konnte, bevor Sture Magnusson und die anderen herunterkamen und sich vermutlich darüber unterhalten würden, wie gemütlich und nett der gestrige Abend doch gewesen war, während sie ja leider im Bett liegen und sich gesundschlafen mußte.

Sie legte den kleinen Zettel auf den Tresen vor dem jungen Mann.

»Ob Sie so nett sein könnten und mir sagen, was da steht?«

Sie zeigte auf die Namen aus dem Notizbuch des Seemanns.

»Aber natürlich. Das ist russisch, es sind die Namen von Frauen … Die erste heißt Jelena Mastykina, die andere Larisa Tarasowa. Die Nummern sind Telefonnummern, hier aus dem Tallinner Netz.«

»Und könnten Sie mir auch noch den Gefallen tun und die Auskunft anrufen, wenn es so etwas gibt, und nach den beiden Adressen fragen?«

»Aber selbstverständlich.«

Der junge Mann setzte sich ans Telefon, sprach einen kurzen Moment, während er sich etwas notierte, dann kam er zurück.

»Da haben wir's. Die erste Nummer ist nicht mehr in Gebrauch, da gibt es also keine Adresse. Zu der anderen, also Larisa Tarasowa, habe ich die Adresse bekommen: Liivamäe 10. Ich habe sie hier aufgeschrieben, bitte schön.«

»Vielen Dank für Ihre Hilfe.«

Sie lächelte und ließ einen zerknitterten Hundert-Kronen-Schein hinter den Tresen fallen.

Das Tagesprogramm zog sich im Schneckentempo dahin. Jedenfalls hatte sie das Gefühl. Ihre Gastgeber hatten Repräsentanten aus Lettland und Litauen für eine breiter angelegte Debatte über Schmuggel und organisierte Kriminalität im heutigen Baltikum eingeladen.

Unter normalen Umständen hätte sie vermutlich zu den interessiertesten Teilnehmern gehört, doch jetzt reichte ihre Konzentration nur für ein paar vertiefende Fragen. Aber die hatten es in sich. Ihre beiden dänischen Kollegen sollten nicht nach Hause fahren und erzählen können, daß sie einen blinden Passagier aus Westjütland im Gepäck gehabt hatten, denn eigentlich interessierte sie dieses Thema sehr, und sie wollte gern wieder zur Fortbildung fahren.

Aber irgendwie hatte sie mehr als elf Jahre im friedlichen Auge des Orkans gelebt und jetzt, innerhalb weniger Augenblicke, war sie in dessen tosende Peripherie geschleudert worden, wo das Axtschiff, die Ursula, immer noch herumfuhr. Zum Teufel, wer konnte da einen ganzen Tag lang stillsitzen und sich auf die Referenten konzentrieren?

»Alles okay? Sie sehen noch etwas mitgenommen aus, aber ich hoffe doch, daß es Ihnen heute besser geht, Frau Portland?«

Ihr estnischer Kontaktmann fragte mitfühlend während einer Pause, und sie nickte eifrig lächelnd und versicherte, daß sie sich viel besser fühle. Als der Mann endlich ging, fragte sie sich dennoch, ob man ihr vielleicht ansah, daß sie mit den Gedanken woanders und außerdem müde war, weil sie so wenig geschlafen hatte.

Der Begriff »Workshop« war bis ins aufgeschlossene Estland

gedrungen, denn er stand als letzter Punkt auf der heutigen Tagesordnung. Allein das Wort erweckte bei ihr Widerwillen. Sie hatte schon zu viele Kurse mitgemacht, in denen aufgekratzte Referenten mit selbstkreierten Begriffen ohne realen Inhalt herumjonglierten, nur weil sie unbedingt immer neue Phänomene darbieten, die Suppe am Kochen halten und ihre Existenzberechtigung beweisen wollten, so daß sie diverse Fortbildungskonten abräumen konnten.

Es war eine Stunde für einen Workshop angesetzt worden, in dem sie Vorschläge für eine verstärkte Polizeizusammenarbeit zwischen Skandinavien und dem Baltikum erarbeiten sollten. Eine Stunde Gelaber über eine Aufgabe, die bei ernsthafter Behandlung Wochen oder Monate in Anspruch nähme ... Wenn Noah mit seiner Arche noch einmal anlegen würde, um das Überleben der Arten zu sichern, dürfte er den Workshop gern an Land zurücklassen.

Es war 16 Uhr, als sie endlich fertig waren, und sie eilte zurück ins Hotel, um schnell ein Bad zu nehmen und in aller Ruhe die Möglichkeiten zu durchdenken. Da war Larisa Tarasowa – die einzige Kugel im Lauf.

Morgen war der letzte Seminartag. Dann sollten sie nachmittags wieder nach Hause fliegen, aber vorher fand heute abend noch das Galadiner statt. Der schwedische Botschafter wollte sich gern bei den Gastgebern für ihre großartige Initiative bedanken und die Gruppe so effektiver Polizeibeamter aus den skandinavischen Bruderländern begrüßen.

Das Essen in der Botschaft war auf 19.30 Uhr angesetzt. Wenn sie Glück hatte, konnte sie bis dahin gerade noch ihre eigenen Sachen erledigen. Zuerst mußte sie einen Bankautomaten finden und so viel Geld abheben, wie sie überhaupt nur entbehren konnte.

Es wurde schon langsam dunkel, als sie das Hotel verließ und auf die Narva Mantee hinaustrat. Sie hatte sich den Weg auf der Karte eingeprägt, und er war nicht schwer zu finden. Es waren so ungefähr zwei Kilometer, aber nach einem ganzen Tag in geschlossenen Räumen zog sie es vor, zu Fuß zu gehen.

Sie bog auf die Pronksi ab, und dann brauchte sie nur immer geradeaus zu gehen bis zu einer großen Kreuzung, an der der Boulevard seinen Namen in Liivalaia änderte. Nach einem halben Kilometer mußte sie in die erste große Straße links abbiegen, Juhkentali, und diese ein gutes Stück weitergehen.

Sie war überraschend schnell an ihrem Ziel, hatte sich nicht ein einziges Mal verlaufen. Larisa Tarasowa wohnte in der Liivamäe Nummer 10. Das war eine lange, offene Nebenstraße, die, ganz ungewöhnlich für das, was sie bis jetzt von Tallinn gesehen hatte, auf der einen Seite von riesigen Betonblocks flankiert wurde. Ohne jemals in Rußland gewesen zu sein, war sie dennoch überzeugt, daß diese Wohnblocks das Werk der Russen sein mußten – effektive, unattraktive und leicht ramponierte Klötze mit schmalen Holzbalkons, auf denen jede Menge Leinen mit flatternder Wäsche zu sehen waren.

Jeder Aufgang war mit einem Windfang versehen, einem kleinen Holzverschlag, in dem eine ganze Batterie brauner Briefkästen angebracht war. Was sie nicht erwartet hatte, war das Monstrum von Gegensprechanlage. Larisa Tarasowa wohnte im dritten Stock links. Wenn es etwas gab, was sie um jeden Preis vermeiden wollte, dann als Wildfremde in zweifelhafter Mission über die Gegensprechanlage um Einlaß zu bitten. Nein, lieber würde sie einen Fuß in die Tür schieben, wenn es denn nötig sein sollte.

Inzwischen war es 17.30 Uhr. Falls die Tarasowa in einem Laden arbeitete, war sie möglicherweise noch nicht zu Hause. Arbeitete sie in einem Büro, dann waren die Chancen größer. War sie arbeitslos, dann ... Nun ja, wie auch immer, Nina würde die erste Gelegenheit nutzen, die sich ihr bot.

Sie bezog Posten in der Ecke neben den Briefkästen, lehnte sich entspannt an die Wand und zündete sich eine Zigarette an. Von hier aus hatte sie alles im Blick und war bereit. Der Strom von Hausbewohnern, die zum Abendessen nach Hause kamen, war stetig, aber keiner von ihnen wohnte offenbar in Nummer 10. Erst nach zwanzig Minuten kamen ein paar kleine Schuljungen. Sie schmissen ihre Fahrräder auf den Rasen und kamen, jeder mit seiner Sporttasche unterm Arm, geradewegs auf sie zu. Sie lächelte sie an, und nach einem Druck auf einen der Knöpfe und einem kurzen Bescheid schnarrte der Türsummer, und die Jungen verschwanden im Treppenhaus. Kurz bevor die schwere Tür wieder ins Schloß fiel, griff sie den Türknauf und schlüpfte hinein.

Das Treppenhaus war sauber, ordentlich und trostlos, wie ein Betontreppenhaus eben sein muß. »L. Tarasowa« stand auf einem selbstgemachten Farbdruck mit einer bunten Blumenranke um den Namen. Sie spürte erneut dieses angespannte, bebende Gefühl im Zwerchfell, als sie anklopfte. Sogleich hörte sie das Knallen fester Absätze im Flur, es folgten ein paar laute Rufe, und dann öffnete eine Frau weit die Tür, während sie sich gleichzeitig nach hinten umdrehte. Erst als sie ein paar Schritte in den Flur zurückgetreten war, blieb sie abrupt stehen, drehte sich um und starrte Nina verblüfft an, mit einem fast verängstigten Gesichtsausdruck.

Die Frau war ungefähr in ihrem Alter, vielleicht etwas älter. Sie war klein und drahtig wie ein Hermelin, dünn und ganz hübsch in ihrem halblangen Rock und dem Wollpullover. Als sie die Hand vom Mund nahm, brach ein heftiger Wortschwall hervor. Larisa Tarasowa klang erregt.

Nina schloß ruhig die Tür hinter sich und lächelte die russische Frau beruhigend an.

»Do you speak English?«

Nach kurzer Bedenkzeit nickte Larisa.

»Entschuldigen Sie, daß ich so hereingeplatzt komme … Aber ich würde mich gern mit Ihnen unterhalten …«

»Ich … Ich dachte, es wäre meine Tochter, daß sie vielleicht mit einem der Nachbarn heraufgekommen ist … Was wollen Sie?«

»Können wir uns setzen? Ich würde Ihnen gern in aller Ruhe erklären, was ich auf dem Herzen habe.«

Sie konnte sehen, daß Larisa Tarasowa sich langsam wieder beruhigte.

»Ja, kommen Sie herein, aber, äh, ich bin gerade dabei, Essen zu kochen.«

Die Frau ging mit ihr in die Küche, und während sie in einem Topf rührte, beäugte sie die Fremde mißtrauisch. Mit einem Fuß schob sie ihr einen Stuhl hin, und Nina setzte sich an den Küchentisch.

»Mein Name ist Nina Portland«, begann sie. »Ich bin gekommen, um Sie über einen gemeinsamen Bekannten zu befragen, Vitali Romaniuk …«

Frau Tarasowa schüttelte den Kopf.

»Ich kenne keinen Vitali Romaniuk«, erwiderte sie und drehte den Kopf weg, doch ihre Augen hatten bereits etwas anderes erzählt.

»Ich weiß, daß Sie ihn kennen, aber keine Angst. Es ist ihm nichts passiert, er hat nichts gemacht – ich kann ihn nur nicht finden.«

»Dieser Schuft …« Sie grinste und schien sich bei dem Gedanken an ihn köstlich zu amüsieren. »Aber eigentlich sehen Sie ja nicht so aus, als ob …« Sie biß sich auf die Zunge und schwieg.

»Verstehen Sie mich nicht falsch. Es ist nicht so, daß … Es ist mehr als elf Jahre her, seit wir uns das letzte Mal gesehen haben. Und ich will ihn nur über ein paar Dinge ausfragen. Dinge, über die ich mir den Kopf zerbreche, und auf die ich gern eine Antwort hätte.«

»Ein Seemann hat in jedem Hafen ein Mädchen, wußten Sie das nicht?«

Larisa Tarasowa lächelte süßsäuerlich und legte einen Deckel auf den Topf. Dann setzte sie sich an den Küchentisch und zündete sich eine Zigarette an.

»Glauben Sie mir, es ist nie etwas zwischen uns gewesen. So ist es wirklich nicht«, versicherte Nina.

»Woher kommen Sie?«

»Aus Dänemark.«

»Und was arbeiten Sie?«

Sie hatte gewußt, daß diese Frage kommen mußte, und schon vorher überlegt, was sie darauf antworten sollte. Sie wollte sich nicht von vornherein als Polizistin zu erkennen geben, aber da das Gespräch nun schon einmal darauf gekommen war, konnte es ihre Glaubwürdigkeit nur stärken und es vielleicht einfacher machen, hier Hilfe zu bekommen.

»Ich bin bei der Kriminalpolizei …«

»Dann hat er also etwas verbrochen. Was denn?«

»Nein, hat er nicht. Ich möchte ihn nur über eine Episode befragen, in die er vor vielen Jahren verwickelt war, als er auf einem deutschen Frachter fuhr. Da stimmte etwas mit einem Teil der Ladung nicht, ja, also, das Schiff lag am Kai in Esbjerg, und ich habe an dem Fall mitgearbeitet.«

»Und jetzt tauchen Sie so mir nichts, dir nichts hier in Tallinn auf, elf Jahre später, nur um ein paar Fragen zu stellen …«

Die russische Frau lächelte und zog heftig an ihrer Zigarette.

»Nein, das nun auch wieder nicht. Ich habe hier in der Stadt an einer Fortbildung teilgenommen, und ob Sie's nun glauben oder nicht, ich habe ihn zufällig gesehen, als wir einen Rundgang im Hafen gemacht haben. Ich nehme an, daß er für Tallink arbeitet.«

»Ja, aber ich weiß überhaupt nichts von diesem deutschen Schiff in Dänemark, deshalb kann ich Ihnen leider nicht helfen.«

Larisa Tarasowa stand auf und rührte wieder im Topf herum.

»Darf ich Sie fragen, woher Sie Vitali Romaniuk kennen?«

Die Frau zuckte mit den Schultern.

»Warum nicht … Wir waren eine Weile zusammen, ganz einfach.« Sie gluckste und schüttelte resolut den Kopf. »Da gab es noch andere – und dann noch gleichzeitig …«

Nina nickte verständnisvoll. Jetzt waren sie auf einer Wellenlänge. Larisa Tarasowa war eine betrogene Frau, aber glücklicherweise eine von der Sorte, die damit zurechtkam. Kein schlechter Ausgangspunkt.

»Ich wäre Ihnen sehr dankbar, wenn Sie mir erzählen könnten, wo ich ihn möglicherweise finde. Ich bin bereits in seiner Wohnung in Kopli gewesen ... Da sah es aus, als hätte er nicht die Absicht, so bald wieder zurückzukommen.«

Die Tarasowa seufzte schwer und schnalzte ein paarmal mit der Zunge, während sie an die Decke starrte. Dann lachte sie wieder und ließ fröhlich den Deckel auf den Topf fallen.

»Ach, wissen Sie was? Ich habe weiß Gott schon einige Fehler in meinem Leben gemacht – aber er war der größte. Doch was soll's? Schließlich ist es menschlich, Fehler zu machen, nicht wahr? Wie ist das Leben in Dänemark, Frau Portland, so heißen Sie doch, oder?«

»Ja, Nina mit Vornamen ... Das Leben? Nun ja, das ist eigentlich ganz gut, friedlich und sicher, könnte man sagen.«

»Hm, ich bin Russin, wie Sie wohl wissen. Früher einmal waren wir hier ganz oben, jetzt sind wir ganz unten ... Sie können uns nicht ausstehen, die Esten. Dagegen ist wohl eigentlich gar nichts zu sagen, aber es wäre fairer, wenn sie uns gleichberechtigt behandelten. Schließlich sind ein Drittel der Bevölkerung nun einmal Russen. Und für all das, was damals passiert ist, kann ich doch nichts, daran haben doch die ganz normalen Russen keine Schuld. Ich hatte einen guten Job in der Stadtverwaltung. Ich habe eine gute Ausbildung, spreche Englisch und Deutsch. Und trotzdem hat jemand anderes meinen Job übernommen, ein Este. Jetzt sitze ich im Büro einer Speditionsfirma und sortiere Frachtpapiere – für einen Hungerlohn. Ich glaube, wenn ich morgen alles hinschmeißen würde, wäre die Firma bankrott! Ja, vielleicht weiß ich sogar, wo sich die Ratte aufhält.«

Nina beobachtete die Frau, die zwischen Stolz und Scham hin und her schwankte. Jetzt würde es gleich kommen.

»Mein Mann war beim Militär. Er ist damals abgehauen, als alles drunter und drüber ging. Wir hatten es nicht besonders gut miteinander, aber trotzdem ... Mich einfach mit drei Kindern sitzenzulassen. Später hat er in einem Brief die Scheidung verlangt. Ich habe ihn seit neun Jahren nicht gesehen. Der Jüngste, Alexander, ist dreizehn. Die Mädchen sind fünfzehn und siebzehn.

Sie sollen nur das Beste haben, die Kinder. Sie sollen daheim in Rußland eine Ausbildung kriegen. Das kostet viel Geld … Wenn Sie meine Informationen gebrauchen können und ich Ihnen sagen kann, wo sich Vitali vielleicht versteckt hält, ist es dann nicht nur recht und billig, wenn Sie sich dafür erkenntlich zeigen, Frau Portland?«

Nina nickte nachdenklich und legte tausend estnische Kronen auf den Tisch.

»Doch, das ist nur recht und billig. Lassen Sie mich hören.«

»Wir waren ein halbes Jahr zusammen. Die Kinder konnten den Kerl sogar ganz gut leiden. Es verging eine ganze Weile, bis ich entdeckte, daß er zeitweise ganz komisch war. Psychisch labil nennt man das wohl. Er hat nie viel von seiner Vergangenheit erzählt, abgesehen von seinen Prahlereien über das griechische Inselparadies, aber wenn er wunderlich wurde, fing er an herumzuspinnen, daß unsichtbare Feinde hinter ihm her wären. Ich glaube, das habe ich dreimal erlebt, und in dieser Zeit soff er immer reichlich. Und dann verschwand er manchmal ganz plötzlich für ein oder zwei Wochen. Er tauchte einfach in eine Phantasiewelt ab und kam erst wieder zurück, wenn er wieder normal war. Und dann tat er, als sei nichts gewesen. Das mit den anderen Frauen habe ich erst später herausgefunden, und da war dann sofort Schluß. Aber einmal hat er mir in seinem Rausch erzählt, wo sein Versteck liegt …«

Larisa Tarasowa hielt inne, um das bisherige Ergebnis abzuschätzen.

Nina legte schweren Herzens noch einen Tausend-Kronen-Schein auf den Tisch, und die russische Frau fuhr zögernd fort.

»Er versteckt sich draußen in Lahemaa Ravhuspark, Estlands größtem Nationalpark, östlich von Tallinn. Ein riesiges Gelände, das sich bis zur Küste hin erstreckt. Es sind höchstens 70 Kilometer bis dorthin.«

»In einem Nationalpark? Ist das nicht ein Naturschutzgebiet?«

»Nein, da gibt es Straßen und kleine Orte. Das ist alles offen zugänglich. Große Waldgebiete, Sümpfe – und wilde Tiere. Zu Sowjetzeiten war es verbotenes Terrain. Die Küstenbewohner wurden vertrieben, weil es dort geheime Militäranlagen gab, und weil man fürchtete, sie könnten übers Meer fliehen. Da draußen wohnen kaum Menschen, aber ein paar sind doch zurückgekehrt. Vitalis Onkel war beim Küstenwachdienst. Von ihm hat er eine kleine Hütte geerbt.«

»Wenn das Gelände so groß ist, dann kann ich ja ebensogut gleich anfangen, im Weltall zu suchen …«

Larisa Tarasowa setzte sich wieder und zündete sich eine neue Zigarette an. Dieses Mal bot sie Nina auch eine an, und diese nahm sie entgegen, um damit den Handel zu besiegeln, den sie soeben abschlossen.

»Sind meine Informationen nicht … Ich meine, könnten wir nicht viertausend sagen?« Larisa schaute auf die Tischplatte.

»Okay, vier …«

Nina legte ihre letzten beiden Tausend-Kronen-Scheine auf den Tisch. Mehr hatte sie nicht mit einem Mal abheben können, aber genaugenommen handelte es sich dabei ja nur um zweitausend dänische Kronen. Kein hoher Preis, wenn man alles in Betracht zog. Sie konnte es sich nur eigentlich nicht leisten, aber jetzt gab es kein Zurück mehr.

»Die Hütte liegt in einem kleinen Ort, der Koljaku heißt. Er hat mir erzählt, daß das nicht direkt ein Ort ist, nur ein paar vereinzelte Häuser. Es liegt kurz vor Vösu, und das ist wiederum ein richtiges kleines Dorf, draußen an der Bäsmu-Bucht. Im Sommer herrscht dort wohl ziemliches Treiben, es gibt eine Jugendherberge, einen Kaufmann und so. Aber jetzt ist da wohl alles zu. Vielleicht wohnt da draußen in dieser Jahreszeit überhaupt niemand mehr, was weiß ich. Es ist ja wohl nur fair, wenn ich mich ein bißchen an ihm räche, oder? Daß ich auf seine Kosten etwas für die Kinder verdiene, nicht wahr? Die Wohnungsmiete ist für einen Alleinversorger verdammt hoch, und wir wollen unter keinen Umständen da hinten im Russenslum enden, da im Osten.«

»Das ist alles nur gerecht, wie ich finde. Und es gibt keinen Grund, ein schlechtes Gewissen zu haben. Ich hoffe, es wird Ihnen und Ihren Kindern gut ergehen, ich bin Ihnen für Ihre Hilfe äußerst dankbar. Wenn Sie mir nur noch einen letzten Gefallen tun und mir die Ortsnamen aufschreiben könnten?«

»Aber natürlich – haben Sie eigentlich Mann und Kinder, Nina Portland?«

»Ein Kind, ja. Einen Jungen … aber keinen Mann …«

»Na, dann verstehen Sie mich ja.«

4

Ich habe gelogen ... ich habe meinen Sohn angelogen, meine Tante, meinen Onkel. Die einzigen drei Menschen, die ich liebe. Ich habe gelogen wie ein heruntergekommener Junkie, der versucht, einen Diebstahl zu vertuschen.

Daran ist der Seemann schuld ... Daran ist mein Job schuld ... Nein! Daran bin einzig und allein ich schuld. Ich selbst bin ein jämmerlicher Junkie, vergiftet vom Axtschiff und allem, was in seinem dreckigen Kielwasser dümpelt. Hätte ich doch einfach die Finger davon gelassen, dann wäre ich jetzt zu Hause, zu Hause bei Jonas. Und er hätte schon heute abend mein Geschenk bekommen. Wir hätten alle vier in Sønderho am Küchentisch gesessen und es uns gutgehen lassen.

Du bist eine Versagerin, Nina Portland! Mach dir doch nur mal klar, auf was du dich da einläßt ...

Sie zwinkerte mehrere Male mit den Augenlidern, als könnte sie so das aufkommende Schwindelgefühl vertreiben, das mit der intensiven Konzentration und dem Bombardement einherging, dem ihre Sinne ausgesetzt wurden, während die dicken Schneeflocken auf die Windschutzscheibe ihres Wagens klatschten und wieder verschwanden.

Sie mußte den Kampf gegen die inneren Dämonen aufgeben und sich auf die Straße konzentrieren, die peitschenden Scheibenwischer ignorieren und alle Aufmerksamkeit auf die Fahrbahn richten.

Sie sah im Rückspiegel, wie sich die Scheinwerfer näherten, dann hörte sie den Lastwagen hupen und steuerte vorsichtig näher an den Straßenrand. Der Lastwagen, der sicher die richtigen

Reifen hatte, rauschte an ihr vorbei, ohne daß der Fahrer den Matsch auf dem Asphalt nur eines Blickes zu würdigen schien.

Wer hätte damit auch rechnen können? Daß ein so starker Schneefall über sie hineinbrechen würde, als hätte jemand da oben im Himmel den Boden aus einem gigantischen Silo mit weißem Pulver herausgeschlagen.

Als sie den kleinen VW Polo bei einem Büro im Hinterhof des Hotels gemietet hatte, waren nur kleine Partikel herabgerieselt, die gleich wieder verschwanden, sobald sie den Boden berührten. Jetzt, eine Stunde später, waren Himmel und Meer nicht mehr zu unterscheiden, und das kleine Auto tanzte und rutschte in seinen Sommerschuhen.

Es lagen bereits wohl gut und gern zwanzig Zentimeter Schnee, und vor ihr war nur eine matschige Fahrspur und nirgends ein Schneepflug in Sicht. Sie traute sich kaum, den Wagen an die Seite zu lenken, aus Angst, im Graben zu landen, während die Lastwagen einer nach dem anderen aus Tallinn losbretterten, sie einholten und Richtung Osten auf die russische Grenze zu an ihr vorbeibrausten.

Es war Freitag nachmittag. Sie war auf dem Weg zum Lahemaa Nationalpark, dem Versteck des Seemanns. Und sie hatte tatsächlich alle angelogen.

»Ich habe erst Dienstag nachmittag Dienst, deshalb habe ich beschlossen, mir hier noch ein paar Tage zu gönnen, einen kleinen Wochenendurlaub, die Stadt ist so hübsch, wißt ihr? Und es gibt so viel im alten Stadtteil, was ich noch nicht gesehen habe. Und netterweise habe ich mein Ticket auf Montagmorgen umbuchen können.«

So ungefähr hatte es geklungen, als sie ihren Kollegen erklärte, daß sie nicht mit ihnen nach Hause fahren würde. Der blöde Sture Magnusson hatte darauf bestanden, sie in den Arm zu nehmen ... Und die Worte waren ungefähr die gleichen, als sie ihre Tante Astrid anrief und erklärte, daß sie erst am Montag zurückkommen würde. Ob sie auch noch am Wochenende auf Jonas aufpassen könnten? Derartig plötzliche Einfälle sahen ihr gar nicht ähnlich. Normalerweise wäre sie so schnell wie möglich nach Hause zu Jonas geeilt. Astrids Zögern und schlecht verborgene mütterliche Sorge hatte sie ganz einfach überhört. In gewisser Weise war Astrid so etwas wie ihre Mutter, genau wie Jørgen eine Art Vater für sie war. Um so schlimmer war es, sie am Telefon zu belügen.

Ihr Onkel, Jørgen Hovborg, war pensionierter Polizist. Er war fast ein Menschenalter lang Streife auf Fanø gegangen. Sie hatte mit ihm unzählige Male den Fall des Axtschiffs und des russischen Seemanns diskutiert. Hätte der Onkel mitgekriegt, daß sie dem Matrosen auf den Fersen war, wären er und Astrid vor Sorge krank geworden. Jonas hatte ihre Nachricht leichtgenommen, wie es von einem zehnjährigen Jungen zu erwarten ist, der viel um die Ohren hat. Ihn interessierte in erster Linie, ob sie denn ein Geschenk für ihn mitbrächte.

Ein weiterer Lastwagen kündigte sich hinter ihr an, und sie manövrierte den Polo in den Schnee, damit der Teufel vorbeikam. Bald mußte sie ja wohl am Ziel sein.

Zehn Minuten später entdeckte sie das Schild. Nach Larisa Tarasowas Anweisung sollte sie links in den kleinen Ort Viitna abbiegen und Richtung Palmse fahren, eine Art altem Gutshof, in dem sich das Informationszentrum für den gesamten Nationalpark befand. Dort würde sie sich ja wohl eine detaillierte Karte über die Gegend kaufen können.

Die Straße von Viitna hinaus zum Gutshof entpuppte sich als ein Weg von der Größe einer kleinen dänischen Dorfstraße, und hier war keine Fahrspur zu entdecken, also ließ sie den Wagen vorsichtig mit höchstens fünfzig Stundenkilometern weiterrollen.

Als sie endlich auf dem kleinen Parkplatz aussteigen konnte, spürte sie Erleichterung. Sie streckte die Arme nach hinten und konnte hören, wie es im Rückgrat knackte, bis in den angespannten Nacken hinauf. Die Fahrt war verdammt anstrengend gewesen, und als sie sich wieder hineinsetzte, um sich eine Zigarette anzuzünden, ließ sie die Fahrertür offen, damit sie die Beine ausstrecken konnte. Hier draußen war noch mehr Schnee gefallen, vielleicht dreißig Zentimeter, aber jetzt hatte es aufgehört, und ein Sonnenstreifen glitt über die weißgepolsterte Landschaft hinweg und ließ sie grell erglänzen. Hinter einem hohen, schmiedeeisernen Gitter mit Spitzen und Ornamenten thronte das Hauptgebäude golden und verspielt.

Das Informationszentrum selbst lag in einem Anbau zur Straße hin. Nach einem Moment Pause schlug sie die Wagentür zu und ging zu dem Gebäude. Das Innere erwies sich als hohes Gewölbe, dessen Wände mit den verschiedensten Plakaten bedeckt waren. Abgesehen von einer Frau, die in einer Ecke hinter einem Tisch saß, war es menschenleer. Schnell kaufte sie eine Straßenkarte und nahm aus dem Augenwinkel heraus gerade noch ein Plakat mit einem Bären und einem Wolf wahr, bevor sie auch schon wieder auf dem Weg nach draußen war. Sie hatte nur an einem einzigen Bewohner dieser Naturlandschaft Interesse – an dem Seemann.

Nachdem sie die Karte gewissenhaft studiert hatte, lenkte sie den Polo vom Parkplatz hinunter und fuhr den schneebedeckten Weg weiter. Es waren ungefähr acht Kilometer bis Koljaku, das tatsächlich auf der Karte mit ein paar Vierecken markiert war, die offensichtlich Bebauung darstellen sollten.

Das erste Stück war offenes Gelände. Dann schlängelte sich die Straße zwischen kleinen Gruppen von Laubbäumen hindurch, die schließlich in einen Nadelwald mit dicker Schneeglasur übergingen. Es sah aus, als wäre die Straße beidseitig eingemauert. Die Bäume standen dicht zusammen, ein Stamm neben dem anderen, so weit sie in den dunklen Wald gucken konnte.

Es gab ab und zu Lichtungen und offene Flächen mit einem einzelnen Haus und hier und da vereinzelt Gebäude, doch als sie das Schild sah, auf dem »Vösu« stand, wurde ihr klar, daß sie bereits zu weit gefahren war und Koljaku übersehen hatte.

Vösu sah aus wie ein Gespensterdorf. Es gab nicht viele Häuser, und die meisten starrten sie mit offenen, leeren Fensterhöhlen an. Sie folgte der Straße weiter und entdeckte einen älteren Mann, der Schnee schaufelte, und auf einem Weg näherte sich eine kleine Greisin am Stock, gefolgt von einem Hund, der hinter ihr herschlich. Linkerhand lag ein viereckiger Betonklotz zwischen den Bäumen. Die Scheiben der Eingangstüren waren zerbrochen und die Löcher mit ein paar Brettern zugenagelt worden. Über der Tür hing ein Schild mit der Aufschrift »Hotel«. Daß momentan keine Saison war, leuchtete ein. Aber das galt für das dahinbrökkelnde Betongebäude sicher schon seit mehreren Jahren.

Sie wendete den Wagen auf der Einfahrt und fuhr zurück, während sie konzentriert die Umgebung musterte. Auf einer Lichtung einen Kilometer weiter hielt sie an. Dort lag ein kleines Haus an der Straße, und zwei Meter weiter noch eines an einer Art Kiesweg. Sie setzte zurück und parkte den Wagen möglichst dicht am Straßenrand, in der Hoffnung, immer noch festen Grund zu haben. In Haus Nummer zwei hingen Gardinen. Eine kleine Rauchsäule stieg aus dem Schornstein auf.

Sie ging zu dem Haus und klopfte an die schiefe Tür. Ein alter Mann mit Pudelmütze öffnete ihr. Als er sie sah, fiel ihm fast die Zigarette aus dem Mundwinkel.

»English? Deutsch?« fragte sie versuchsweise. Wie um alles in der Welt sollte sie es nur anstellen?

»Nur bißchen«, antwortete der Alte zögernd auf Deutsch, und ihr kam in den Sinn, daß die Deutschen ja damals die Russen hinausgeworfen hatten, und daß sie an vielen Orten sogar als Befreiungsmacht bejubelt worden waren.

Ihr Deutsch war ziemlich eingerostet, aber sie konnte in einfachen Worten erklären, daß sie einen Mann suchte, der Vitali Romaniuk hieß und in der Gegend wohnen sollte.

»Romaniuk …« Der Alte nickte. Dann zeigte er auf die Straße und zog einen imaginären Strich nach links. »Bißchen gerade, nächstes Weg links und gerade – in Wald …«

Sie wiederholte seine Erklärung, lächelte, reichte ihm die Hand und sagte: »Danke.« Seine feuchten Augen schauten ihr immer noch verwirrt hinterher, als sie sich umdrehte und zurück zum Auto ging.

Sie wollte es stehenlassen. Sie konnte ja sowieso nicht durch den tiefen Schnee auf einem zerfurchten Waldweg fahren, von dem sie nicht einmal ahnte, wo er enden würde. Schnell zog sie sich andere Schuhe an, stopfte die Hosenbeine in die Strümpfe und zog sich noch einen zusätzlichen Pullover über, dann schlüpfte sie wieder in ihre Lammfelljacke.

Kurz darauf hatte sie den Weg gefunden. Er zweigte hundert Meter weiter ab. Der einzige Grund, daß sie ihn überhaupt entdeckte, waren die Reste einer Pforte, die an einem Pfeiler in den Scharnieren hing. Frühere Wagenspuren waren unter dem dreißig, vierzig Zentimeter hohen Schnee verschwunden.

Sie stapfte mit großen Schritten los. Zunächst führte der Weg am Waldrand entlang, mit einem Acker auf der einen Seite, dann schloß der Wald sie langsam ein, und nach einer Wegbiegung standen die Baumstämme zu beiden Seiten dicht um sie herum. Es war nirgends eine Hütte zu sehen. Kein einziges Lebenszeichen. Nur eine Reihe großer, undeutlicher Spuren, die sie einen Moment lang sorgfältig studierte. Die Spuren kreuzten den Weg und schienen von einem großen Tier zu stammen. Sie schob den Gedanken an Bären mit einem leichten Schaudern von sich. Schliefen die nicht im Winter? Aber es war ja noch gar kein richtiger Winter, nur ein Vorgeschmack darauf. Aber vielleicht handelte es sich ja um einen Elch?

Nach einem halben Kilometer stieg der Weg steil an, und sie bemerkte große Felsbrocken, die aus dem Unterholz hervorwuchsen. Als sie die Hügelspitze erreicht hatte, entdeckte sie eine Hütte aus rohen Brettern und ein paar Schuppen, die auf einer Lichtung einige hundert Meter vor ihr lagen, wo das Gelände wieder abfiel.

In diese unzugängliche Wildnis flüchtete sich der kleine Matrose also, wenn die Welt zu gemein wurde.

Dort unten regte sich nichts. Vielleicht hatte er sich vor oder während des Schneesturms abgesetzt? Sie beschloß, vorsichtig zu Werke zu gehen und sich im Dunkel der engstehenden Baumstämme zu nähern.

Im Wald lag nicht viel Schnee. Das bißchen, das auf die Erde gefallen war, lag auf einem dicken Teppich brauner Tannennadeln und ermöglichte es ihr, lautlos vorwärtszuschleichen.

Als ihr noch siebzig, achtzig Meter bis zur Lichtung mit der Hütte fehlten, blieb sie plötzlich stehen und hockte sich hinter einen Baumstamm. Was war das für ein Geräusch? Sie schlich näher heran. Es kam aus dem Dickicht direkt vor dem Hausgiebel. Einmal, zweimal, dreimal ein scharfes Knacken von Zweigen, die gebrochen wurden.

Sie kroch auf Knien und Ellbogen von einem Stamm zum nächsten. Da konnte sie ihn plötzlich sehen. Eine kleine Gestalt, die auf dem Waldboden kniete und mit den Händen Tannennadeln, Zweige und Schnee zusammenkratzte.

Als der Mann aufstand, gab es keinen Zweifel mehr. Das war er, der russische Seemann, Vitali Romaniuk. Die spitze Nase, das struppige Haar und seine geschmeidige Art, sich zu bewegen.

Jetzt ging er langsam rückwärts, vornübergebeugt, während er mit einem Tannenzweig über den Waldboden fegte. Dann richtete er sich auf, blieb einen Augenblick lang still stehen und betrachtete das Ergebnis, bevor er sich wieder zwischen den Bäumen hindurch entfernte. Dort verlor sie ihn aus den Augen, und kurz darauf hörte sie das Geräusch einer Tür, die zuklappte.

Sie blieb liegen und prägte sich genau den Punkt ein, wo der Russe den Waldboden geglättet hatte – zwei, drei Meter vor einem umgestürzten Baum, ein bis zwei Meter links von einem dünnen, hellen Birkenstamm. Dann drehte sie sich auf den Rücken und starrte in die schneebedeckten Tannenzweige, während sie ein paarmal tief Luft holte und spürte, wie der Puls zur Ruhe kam.

Nach elf Jahren … So nahe dran … Was zum Teufel sollte sie jetzt tun?

Sie krabbelte auf allen vieren bis zu dem Punkt, wo der Seemann irgend etwas Geheimnisvolles vorgehabt hatte. Wenn man es wußte, konnte man genau sehen, daß hier im Boden gewühlt worden war. Um ganz sicher zu gehen, markierte sie den Punkt so genau sie konnte, indem sie den Filter einer Zigarette abbrach und ihn in die dünne Schneedecke drückte. Anschließend schlich sie vorsichtig zurück zur Lichtung.

Sie konnte nicht weiter darüber nachdenken, wie sie die Sache anpacken sollte, denn jetzt hörte sie wieder eine Tür klappen. Kurz darauf das Rasseln einer Kette, ein Knirschen und Knakken, dann war es für einige Momente still.

Sie kroch noch ein paar Meter weiter vor. Da ertönte plötzlich ein Dröhnen aus einem der Schuppen, und Sekunden später rollte ein sonderbares Fahrzeug in den Schnee hinaus. Ein militärgrünes Zwischending zwischen einem Jeep und einem Kettenfahrzeug. Es bestand aus dünnen Metallplatten, und hinten besaß es eine kleine Ladefläche. Die Räder waren riesig und hatten ein Profil wie bei einem Trecker. Auf einer Tür konnte sie einen roten Stern erkennen, den die grüne Farbe nicht ganz überdeckt hatte. Dann gab der Seemann Gas und verschwand, eine stinkende schwarze Abgaswolke hinter sich herziehend, durch den tiefen Schnee in Richtung Straße.

Als das Geräusch fast verschwunden war, stand sie auf und ging zur Hütte. Die war ziemlich groß und aus dicken Baumstämmen gezimmert. Um den Schornstein herum konnte sie eine rostige Metallplatte erkennen, auf der der Schnee geschmolzen war. Es gab zwei winzige Fenster auf der Stirnseite, eines auf jeder Seite der Tür. Sie schaute durch das eine hinein, konnte aber kein Lebenszeichen entdecken. Dann schob sie die Tür auf und blieb auf der Türschwelle stehen.

Es gab nur einen großen Raum mit Bretterfußboden, einen Alkoven auf der einen Stirnseite, einen Tisch aus rohen Brettern, drei Stühle, ein abgenutztes Sofa und mitten im Raum ein Monstrum von einem Ofen, von dem aus ein Metallrohr geradewegs durch das Dach hinausragte. Sie zog die Tür wieder zu. Die Hütte konnte noch warten, lieber wollte sie untersuchen, was der Seemann da so sorgfältig zwischen den Bäumen versteckt hatte. Ihr blieb kaum noch eine Stunde, bis es dunkel wurde, und dann mußte sie zu ihrem Auto zurück, falls Romaniuk nicht vorher wieder auftauchte.

Sie brauchte nicht lange, um die Stelle wiederzufinden, wo der Zigarettenfilter aus dem Schnee herausragte. Mit einem Ast stocherte sie den Waldboden nach einem Flecken ab, an dem die Erde locker war. Doch statt dessen erklang ein hohles Geräusch, als sie fest in den Schnee stieß. Sie fegte Schnee und Zweige zur Seite und entdeckte eine Holzplatte. Auch die entfernte sie. Unten in einem Loch stand eine kleine Holzkiste. Sie öffnete den Deckel. Drinnen lagen eine Plastiktüte und eine Blechdose. Sie nahm beides heraus. Die Blechdose enthielt ein Stück Stoff, von Öl und Fett klebrig. Es war um etwas Schweres gewickelt – und als sie das auswickelte, hielt sie eine Makarov in der Hand. Die Pistole war sauber und glänzte vom Öl.

Sie legte sie sorgfältig wieder zurück und holte die Plastiktüte aus der Kiste. Die war schwer, sie war voll mit Notizbüchern und Kladden. Sie blätterte wahllos in ihnen herum. Alles war auf Russisch geschrieben. In einigen der Hefte standen nur Zahlenkolonnen und etwas, das aussah wie Rechenaufgaben. Ihr fiel ein dünnes Bündel von Kladden auf, das von einem Gummiband zusammengehalten wurde. Auf den Deckeln standen verschiedene Jahreszahlen. Sie blätterte sie durch, ohne etwas anderes als eine lange Reihe von Bleistiftskizzen zu finden, Gesichter und Landschaften, einige davon ziemlich gut, und außerdem Geschriebenes, böhmische Dörfer für sie, ab und zu in Versen, anscheinend Gedichte. Einen Moment lang zögerte sie. Dann nahm sie das Heft, auf dem 1993 stand, rollte es zusammen und schob es sich in die Innentasche mit dem Gefühl, vielleicht etwas Dummes zu tun – vielleicht aber auch etwas Kluges.

Sie warf einen Blick auf ihre Armbanduhr. Die zeigte 17.35 Uhr, die Zeit lief ihr davon. Zwischen den Bäumen war es noch dunkler geworden, und bald würde es stockfinster sein. Es kam ihr so vor, als ob die Dunkelheit hier früher und abrupter einsetzte als zu Hause in Dänemark.

Sie packte alles sorgfältig genauso wieder ein, wie sie es vorgefunden hatte. Anschließend tat sie es dem Seemann nach, legte die Holzplatte zurück und fegte mit einem Tannenzweig Schnee über die Stelle. Den Zweig behielt sie in der Hand, als sie zurückging, um die Hütte genauer zu untersuchen. Sollte Vitali Romaniuk nicht innerhalb der nächsten halben Stunde auftauchen, würde sie ihre Spuren so gut wie möglich verwischen und zum Auto zurückgehen.

Weder in der Hütte noch in den Schuppen fand sie etwas von Interesse, und sie hatte gerade beschlossen, sich auf den Rückweg zu machen, als ein Paar greller Scheinwerfer oben auf dem Waldweg auftauchten. Sie kamen schnell näher, schneller, als es dem ausrangierten sowjetischen Fahrzeug möglich sein sollte. Und es war auch kein ohrenbetäubender Lärm zu hören. Sie starrte aus dem Fenster. Das war ein richtiges Auto, einer dieser modernen Geländewagen mit Allradantrieb. Sie saß in der Falle. Aus der Tür kam sie nicht, ohne gesehen zu werden. Und zu bleiben, wo sie war, konnte sie auch nicht riskieren.

Sie warf die Tür hinter sich zu und rannte so schnell sie konnte quer über die Lichtung hinter der Hütte auf das Walddunkel zu. Jetzt hörte sie Autotüren klappen und laute Rufe, fast wie Befehle. Sie war inzwischen dicht am Waldrand, es fehlten keine zehn Meter. Sie schaute sich um. Es waren drei – drei Männer, die sie verfolgten.

Ein Schuß knallte ihr um die Ohren. Dann noch einer, sie bekam gerade noch mit, wie ein Stück Rinde dicht neben ihrem Kopf von einem Baum abgerissen wurde. Sie warf sich ins Dunkel zwischen den Bäumen, rollte sich ab, kam wieder auf die Beine und rannte im Zickzack durch das Unterholz, dessen herabhängende nackte Zweige ihr Gesicht aufrissen wie die Zähne einer Säge. Sie kümmerte sich nicht darum. Sie hetzte weiter, sprang und taumelte voller Panik durch das schwarze Labyrinth der Baumstämme.

Als sie fiel, war ihr Körper nur noch eine große, pumpende Masse, die nicht mehr genügend Luft bekam, alles schnürte sich in ihr zusammen, als müßte sie sich übergeben. Aber sie kam wieder auf die Beine und spürte, wie sie zitterten, wie sie drohten, ihr den Dienst zu versagen. Dann hörte sie hinter sich Rufe, und die Angst brachte ihre Muskeln dazu, wieder richtig zu reagieren.

Plötzlich hörte der Wald ebenso abrupt auf, wie er begonnen hatte. Das Gelände fiel ab und ging in eine offene Senke über, in der sie noch die Konturen einiger kahler Bäume zwischen Wasserpfützen, Büscheln aus hohem Gras und Gestrüpp wahrnehmen konnte.

Es war ein Moor, ein bedrohliches Gelände aus schwarzem Wasser und Morast. Sie saß in der Falle: Entweder wurde sie geschnappt, oder sie überquerte den Sumpf und floh weiter durch den Wald, der sich wie eine Mauer auf der anderen Seite erhob. Wenn sie die Männer hinhalten konnte, bis es stockfinster war, hatte sie eine Chance …

Sie merkte es, sobald sie den Abhang hinuntergeklettert war und zwischen den Grasbüscheln lief. Die Erde unter ihren Füßen fühlte sich elastisch an, aber der Frost war von Vorteil. Er versteifte den Morast und den Torf unter der Schneeschicht und band das Wurzelnetz zusammen.

Sie blickte sich um. Die Männer hatten den Wald noch nicht hinter sich gelassen. Sie verlangsamte das Tempo, um besser Luft zu kriegen und sich darauf konzentrieren zu können, den geeignetsten Weg zu finden.

Sie entschied sich für die linke Moorseite, wo die Grasinseln und Bäumchen dichter standen. Plötzlich war vor ihr offenes Wasser, aber glücklicherweise führte ein gewundener, schneebedeckter Pfad auf eine kleine Insel. Jemand mußte Bretter im Moor ausgelegt haben … Vorsichtig balancierte sie auf dem Schneestreifen, der kaum zwei Planken breit war, und erreichte so die Insel, einen Morast aus Grasbulten und Schilf.

Eine neue Reihe schneebedeckter Planken führte sie weiter ins Moor hinaus auf die nächste Insel. Jetzt konnte sie die Rufe der Männer ein Stück entfernt hören, aber sie konzentrierte sich nur darauf, das Gleichgewicht zu halten, nur noch die wenigen Meter, bis sie auf eine etwas größere Insel gelangte, auf der eine kleine Baumgruppe stand.

Inzwischen hatte die Dunkelheit sich dicht um sie gelegt, es war so gut wie nichts mehr zu erkennen. Mond und Sterne waren fast nicht zu sehen.

Es vergingen etliche Minuten, bevor sie wieder Bretter entdeckte, die sie weiterführten. Nach nur wenigen Schritten wurde es ihr plötzlich klar. Der weiße Streifen hörte ganz plötzlich auf … Entweder waren die Bretter kaputtgegangen, oder sie waren verschwunden. Das war eine Sackgasse, sie saß in der Falle. Nicht mehr lange, dann war alles zu Ende.

Sie starrte in die Dunkelheit, dorthin, wo die Bretter im Nichts verschwanden. Aber was war das? Ein Stück weiter konnte sie eine Art Fleck ausmachen, das war es doch, oder? Das mußte die nächste Grasinsel sein. Es waren sicher fünfzehn, zwanzig Meter bis dort, wenn sie es richtig einschätzte, und dazwischen war nur Wasser.

Sie zog die Stiefel aus, stopfte die Strümpfe hinein und zog den Ledergürtel aus dem Hosenbund. Hastig legte sie alle Kleider ab, bis sie nur noch in Slip und BH dastand. Der Schnee biß ihr in die nackten Zehen, während sie Hose, T-Shirt und Pullover fest zusammenrollte, alles zusammen mit den Stiefeln in die Lammfelljacke legte, diese eng drum herum rollte und das Bündel schließlich mit dem Gürtel verschnürte.

Eine Sekunde lang blieb sie reglos stehen. Doch, sie konnte immer noch die Männer irgendwo hinter sich lärmen hören, vernahm ihre Rufe. Wenn sie auf dem Rücken schwamm, müßte es gehen. Das sollte klappen. Wenn Winterschwimmer es ein paar Minuten lang aushalten konnten, dann schaffte sie das auch. Mit der rechten Hand drückte sie das Kleiderbündel fest auf den Kopf, dann ging sie in die Hocke und ließ sich von dem äußersten Grasbult ins Wasser gleiten.

Sie merkte noch, wie der Torf zwischen ihren Zehen hochquoll, dann stieß sie sich ab, und die schwarze Oberfläche schloß sich um sie. Das eiskalte Wasser traf sie wie ein Schock, doch die Panik trieb sie voran. Sie strampelte verzweifelt mit den Beinen und versuchte, mit dem linken Arm im Wasser das Gleichgewicht zu halten. Ihr einziger Gedanke galt dem Bündel auf ihrem Kopf. Die Angst, einen Starrkrampf zu bekommen und unterzugehen, erfüllte all ihre Sinne.

Sie hatte keine Ahnung, ob sie überhaupt geatmet hatte, doch plötzlich spürte sie, wie ihr Hinterkopf gegen etwas Weiches, Stachliges stieß und ihre schwachsinnigen Froschbewegungen sie nicht mehr voranbrachten. Sie drehte sich um und ließ das Kleiderbündel auf einen Grasbult fallen. Da war kein Grund unter ihren Füßen, von dem sie sich abstoßen konnte. Mit letzter Kraft packte sie entschlossen das scharfe Gras, zog sich hoch und schwang ein Bein auf einen Grasbult. Sie war oben und ließ sich auf Gras und Schnee rollen.

Auf einmal spürte sie die Kälte. Am ganzen Körper zitternd kam sie auf die Knie, riß das Bündel auf, und während sie den stinkenden BH und den Slip wegwarf, wischte sie sich mit dem T-Shirt Wasser und Torf vom Leib.

Draußen in der Dunkelheit hörte sie wütende Flüche. Schnell zog sie ihre Kleidung an und duckte sich hinter einen großen Grasbult. Keine Sekunde zu früh. Die Männer waren angekommen. Aber sie würden ihr nicht weiter folgen. Keiner würde freiwillig das tun, was sie gerade getan hatte. Vermutlich gingen sie davon aus, daß sie ertrunken war.

Wenige Minuten später hatten die Männer zu Ende diskutiert, und sie hörte, wie sie sich durch den Sumpf zurückzogen. Rasch setzte sie ihren Weg durch die Dunkelheit fort. Sie fürchtete, noch weiter auf rutschigen Brettern balancieren zu müssen, doch zu ihrer großen Erleichterung war dem nicht so. Offenbar bewegte sie sich nun auf einer schmalen Landzunge, die mit jedem Meter breiter wurde, und je mehr sich ihr Körper erwärmte, desto geschmeidiger wurden auch ihre Muskeln.

Sie spürte neue Hoffnung. Die Landzunge mußte mit dem anderen Ufer des Moors verbunden sein. Bald würde sie auf festem Grund stehen. Sie stolperte zwischen Grasbulten und Schilf vorwärts.

Schließlich öffnete die Landschaft sich und wurde ebener, und sie merkte, daß die Erde unter der Schneeschicht fest wurde. Ihre Stiefelspitze stieß gegen einen Stein, und da wußte sie, daß sie der Umklammerung des Moors entkommen war.

Jetzt stieg das Gelände an, und sie mühte sich die letzten Meter zu einer Baumgruppe hinauf. Dort ließ sie sich auf die weiche Schicht brauner Nadeln sinken, nach Luft schnappend. So blieb sie regungslos ein paar Minuten liegen, bis die nagende Angst sie wieder auf die Beine zwang. Die Verfolger waren weg. Jetzt war die Kälte ihr Feind. Sie konnte hier draußen erfrieren.

Die Muskeln waren unter ihrer Jeans wieder steif und gefühllos geworden, die Hose war voller Flecken und stank nach Verwesung und fauligem Wasser. Jetzt durfte sie nur nicht in Panik geraten.

Erst da fiel ihr ein, daß sie doch immer noch Zigaretten und Feuerzeug in der Innentasche haben mußte. Mit der festen Überzeugung des Rauchers, daß Tabak wärmt, zündete sie sich eine an. Die Glut leuchtete auf, als sie gierig inhalierte. Nach einigen hastigen Zügen kam sie zur Ruhe und konnte langsam wieder klar denken.

Sie mußte weiterlaufen und in Bewegung bleiben, sich warmarbeiten. Ihre Karte vom Nationalpark lag natürlich im Auto, sie versuchte, sie vor sich zu sehen. Das Gelände wurde von unzähligen kleinen Straßen durchschnitten, und wo eine Straße war, mußte ja wohl früher oder später auch ein Haus sein – mit Menschen. Aber sie konnte sich nicht an die Anordnung der Straßen erinnern. Am besten, sie ging am Waldrand entlang, um das große Moorgebiet herum, über den Bergrücken und zurück zur Hütte des Seemanns, zur Asphaltstraße und ihrem Auto. Da gab es wenigstens den alten Mann, den sie nach dem Weg gefragt hatte, und in Vösu hatte sie ja auch ein paar Menschenseelen gesehen.

Der schwarze Himmel klarte ein wenig auf, und der Mond warf einen blassen Schein über die Landschaft, als sich der Wald erneut lichtete. Sie blieb stehen. Das Gelände war etwas abschüssig, und unten in der Senke sah sie vereinzelte Bäume. Sie standen wie verkohlte Überreste nach einem Feuer dort und ragten heraus wie Bruchstücke eines Spiegels, der einen Teil des Mondlichts zurückwarf.

Sie stand vor einem weiteren Moor, oder besser gesagt vor einem Ausläufer des Moors, das sie durchquert hatte. Es lag wie ein unüberwindliches Hindernis zwischen ihr und dem Weg zum Auto. Nichts könnte sie dazu bringen, es noch einmal zu versuchen.

Es war jetzt kurz nach neun Uhr, also waren mehr als drei Stunden vergangen, seit sie aus der Hütte des Seemanns geflohen war. Sie mußte sich für den Wald entscheiden und hoffen, daß sie früher oder später auf eine Straße oder einen Weg stieß, wo es ihr möglich wäre, schneller voranzukommen.

Ihre Füße waren gefühllos, die Beine steifgefroren, aber sie gehorchten ihr noch. Sie kämpfte sich weiter am Waldrand entlang, und als das offene Gelände zu Ende war, hielt sie sich links, in der Hoffnung, auf diese Weise in einem großen Bogen zurück nach Vösu zu gelangen.

Das erste Stück war problemlos. Hier im Wald, wo die Bäume dicht beieinanderstanden und ein Dach bildeten, lag so gut wie kein Schnee. Andererseits war es stockfinster, und sie konnte die untersten Zweige nicht sehen, die ihr in einem fort ins Gesicht peitschten. Sie betastete die Stirn und lutschte den Finger ab. Typischer Blutgeschmack. Sie mußte schlimm aussehen.

Als der Wald sich nach und nach lichtete, wurde es schwerer voranzukommen. Der Schnee lag dort genausohoch wie auf offenem Gelände, und mehrere Male stolperte sie über die verknoteten Ranken von Weißdornbüschen und anderem Gestrüpp, das wie Fallen unter dem Schnee lag. Langsam schwanden ihre letzten Kräfte dahin. Die Bewegungen wurden immer mechanischer. Inzwischen zitterte sie am ganzen Leib vor Kälte und Erschöpfung.

Hier und dort konnte sie kleinere und größere Felsbrocken erahnen. Jetzt mußte sie sich eine Geröllhalde hinaufkämpfen.

Sie brauchte eine Pause. Seit dem letzten Halt war schon eine Stunde vergangen. Sie rauchte eine Zigarette, fand aber keine Ruhe. Ihre Gedanken waren zerrissen zwischen Angst und Hoffnung, doch die Angst überwog. Sie hatte sich verlaufen.

Sie zwang sich, weiterzugehen. Das Gelände kam ihr bekannt vor. War sie hier nicht schon gewesen? War sie vielleicht im Kreis gelaufen? Als sie auf einen Windbruch stieß und in ein Loch fiel, blieb sie einfach liegen. Die Muskeln gehorchten ihr nicht mehr.

Ein Lagerfeuer – Feuer – Wärme … Ihr Gehirn reagierte. Sie mußte versuchen, ein Feuer zu machen. Schließlich gelang es ihr, sich wieder aufzurappeln, sie kratzte trockene Tannennadeln zusammen und grub Zweige aus dem Schnee. Sie riß Blätter aus dem Heft des Seemanns, die Seiten mit den Skizzen und Gedichten, den Umschlag. Sie knüllte alles zu einem kleinen Ball zusammen, bedeckte ihn mit einer dicken Schicht Tannennadeln und legte anschließend die Hälfte der wenigen Zweige darauf, die brauchbar waren. Wie war es nur möglich, daß sich in einem Wald nichts Brennbares finden ließ, wie zum Teufel konnte das angehen?

Die Flammen flackerten munter auf und entzündeten die Tannennadeln, die knisternd verbrannten, wobei einige der Zweige Feuer fingen, und sie beeilte sich, weitere nachzulegen. Sie hielt die Hände dicht übers Feuer und spürte einen Hauch von Wärme in den steifgefrorenen Fingern. Dann erstarb das Feuer. Das Papier wurde zu grauen Flocken. Es war nicht genug. Nicht einmal Glut war zurückgeblieben.

Sie war den Tränen nahe. Aber sie weinte nicht. Starrte nur auf den Punkt, wo gerade eben noch gelbe, freundliche Flammen gezuckt hatten.

Die finden mich nie … Ich werde hier draußen krepieren … Werde einfach in einen Halbschlaf versinken und verschwinden, Jonas verlassen. Wer wird ihn dann wecken, ihm sein Schulbrot schmieren, ihn losschicken? Wer wird ihn bei der Hand halten, sehen, wie er wächst, eine Ausbildung macht, sich eine Meinung bildet, eine Frau findet, Kinder bekommt?

Das ist meine Schuld. Wieder einmal diese Sturheit, diese schwachsinnige Sturheit ... Das alles hier hat doch keinen Sinn, Jonas schafft das nicht ohne mich. Es wird nicht einmal ein Begräbnis geben, ich bin nur einfach fort, verschwunden ...

Wie sie es geschafft hatte, wieder hochzukommen, wußte sie nicht genau, aber auf jeden Fall stapfte sie jetzt weiter zwischen den Bäumen hindurch, die in ihrer Wahrnehmung nur noch senkrechte Schatten waren.

Als sich der Wald das nächste Mal öffnete, fiel sie einen Abhang hinunter. Sie kam auf die Knie und bemerkte einen Silberstreifen, der zwischen den Bäumen verlief, wie ein Korridor hinaus in den offenen Himmel. Ein Bach ... Der Gedanke klärte für einen Moment ihr Gehirn. Bäche münden ins Meer, nicht immer, aber oft.

Sie versuchte aufzustehen, aber ihre Beine trugen sie nicht. Gerade als sie es noch einmal probieren wollte, hörte sie ein Geräusch. Ein langgestrecktes Heulen, das anschwoll, dann abebbte und schließlich erstarb. Im nächsten Moment von einem weiteren Heulen gefolgt. Kein Geräusch auf der Welt konnte charakteristischer sein.

Der Schauder hatte etwas mit ihrem Körper gemacht, denn jetzt gehorchte er ihr, sie kam auf die Beine und stapfte weiter am Bach entlang. Wölfe ... Wölfe waren gar nicht gefährlich ... In Wirklichkeit waren sie vollkommen ungefährliche Tiere ... Das wurde alles maßlos übertrieben ...

Wie lange sie gegangen war, konnte sie nicht sagen, aber sie hatte ein Gefühl, als schwebte sie in der Dunkelheit, als flöge sie unbeschwert den schwarzen Waldrand entlang, hinaus ins offene Land.

Sie bemerkte das Hindernis erst, als sie dagegenstieß – eine Mauer, Steine. Träge hob sie den Blick, und eine ferne Stimme flüsterte ihr ins Ohr: »Eine Brücke.«

Auf allen vieren krabbelte sie einen Abhang hinauf und blieb oben auf der Ebene liegen. »Ein Weg, das ist ein Weg, los, beeil dich«, flüsterte die Stimme. Sie gehorchte wie in Trance und folgte schwankend der Wagenspur im Schnee.

Dort war ein Haus, und da noch eines, sie standen mit aufgerissenen, leeren Fenstern da, im Stich gelassen. Ein Stück weiter sah sie ein Blockhaus mit ein paar Schuppen, auch diese leer. Die Spur machte eine leichte Kurve. Sie stolperte und fiel einen steilen Seitenpfad hinunter, schlaff und leblos wie eine Stoffpuppe.

Sie blieb liegen, wo sie war. Lag auf dem Bauch und spürte den scharfen Wind, nicht im Gesicht, das war steifgefroren, aber in den Augen, die voll Wasser standen. Als sie zwinkerte, entdeckte sie in einiger Entfernung Licht. Ein viereckiges Licht wie von einem Fenster.

Sie kämpfte sich vorwärts, robbte immer näher heran. Als sie die Tür erreicht hatte, rollte sie sich auf den Rücken. Sie konnte nicht anklopfen, es war keine Kraft mehr in ihren Armen, nur Eis. »Nimm die Füße«, hörte sie es flüstern. Mit letzter Kraftanstrengung hob sie ein Bein und hämmerte mit der Stiefelspitze gegen die Tür. Dann wurde alles dunkel.

5

Die Flammen reckten sich wie gelbe und orange Feuerzungen, die ihr warm über Gesicht und Körper leckten. Sie blieb einfach auf der Seite liegen und betrachtete sie.

Also war es ihr doch gelungen, draußen im Wald ein Feuer zu entfachen, ein großes, herrlich warmes Feuer. Die Dunkelheit war verschwunden, jetzt konnte sie weiterziehen.

Sie hörte ein Geräusch, jemanden, der sich räusperte oder hustete, und drehte sich auf den Rücken. Ein altes Gesicht, voller Runzeln und Falten, schaute sie an. Es war das Gesicht einer Frau, eingerahmt von einem Meer aus silbernem Haar. War das einer der Wölfe? Nein, diese Alte mußte eine gute Frau sein. Sie hatte sanfte Augen über den schweren Tränensäcken. Jetzt lächelte das Gesicht sie an.

Sie war es gewesen, die ihr geholfen hatte, die sie aufgehoben und fortgetragen und ihr ins Ohr geflüstert hatte. Gott war eine Frau – warum auch nicht?

Langsam begann ihr Bewußtsein wieder zu arbeiten. Sie registrierte die Frau, die sich entfernte, die offene Feuerstelle, die weiche Matratze und die Decken um ihren nackten Körper. Die Zimmerdecke bestand aus Brettern, es gab eine gemusterte Tapete und Bilder an den Wänden.

Sie lag wohl in einem Wohnzimmer, dem Wohnzimmer, das ein viereckiges Licht hinaus zu ihr geschickt hatte, wie sie sich schwach erinnerte. Stimmt, sie hatte ja gegen die Tür getreten, war es nicht so?

Eine Woge der Erleichterung durchfuhr sie. Sie würde Jonas wiedersehen. In wenigen Tagen war sie wieder daheim.

Sie versuchte sich zu bewegen. Der ganze Körper schmerzte,

als hätten Hunderte von Rockern sie verprügelt. Jetzt kam die Frau zurück, stellte eine Schale mit dampfend heißer Suppe vor ihr auf den Boden, zeigte darauf und dann auf ihren Mund. Nina lächelte die Frau an und sagte: »Danke«. Dann richtete sie sich auf und griff nach der Schale.

Die Suppe schmeckte herrlich, sie aß gierig, mit großem Appetit. Sie war allein in dem Raum und schlief gegen ihren Willen bald wieder ein, sie konnte gar nichts dagegen tun.

Als sie zum zweiten Mal aufwachte, kam die alte Frau herein und legte einen ordentlich zusammengelegten Stapel Kleidung auf einen Hocker. Es waren ihre Jeans, jetzt von Morast und Dreck befreit, ihre Strümpfe sowie ein sauberer Slip und ein Männerhemd.

Sie war in Altja, einem kleinen, fast ausgestorbenen Flecken an der Küste. Das erklärte ihr die Frau mit wenigen, einfachen Brocken Deutsch, als sie ihr später in der Küche Gulasch und Kartoffeln vorsetzte. Der Mann der alten Frau hatte offensichtlich gewartet, bis sie vollständig angezogen war. Auf jeden Fall zeigte er sich erst, als sie schon fertiggegessen hatte.

Auch der Mann sprach ein wenig Deutsch. Die beiden waren schon seit langer Zeit Rentner. Jetzt wohnten sie in Altja, wo sie sich aus dem Meer ein paar Fische fingen und ansonsten von ihrem Gemüsegarten und ein bißchen Handwerksarbeit lebten.

Sie fragten nicht direkt, doch Nina fühlte, daß sie erklären mußte, was eigentlich passiert war: Sie war bei Koljaku in den Wald gegangen, von der Dunkelheit überrascht worden und hatte sich verlaufen.

Nach einer guten Stunde bot der Mann ihr an, sie zurück zu ihrem Auto zu fahren, wenn sie sich inzwischen kräftig genug fühlte. Das Angebot nahm sie gern an, und nachdem sie seine Frau zum Abschied dankbar umarmt hatte, setzte sie sich in den alten Lada des Ehepaares.

Sie hätte ihnen zum Dank gern etwas geschenkt, aber sie hatte nichts von Wert bei sich.

Das Mietauto stand noch dort, wo sie es zurückgelassen hatte. Für einen Moment spielte sie mit dem Gedanken, noch einmal zur Hütte des Seemanns zu gehen. Doch allein der Gedanke an den endlosen Wald und das schwarze Moor da draußen hinter Romaniuks Versteck genügte, um diese Idee zu verwerfen. Außerdem war die Chance, daß er zu Hause war, denkbar gering. Dazu hatte es zu viele ungebetene Gäste gegeben. Vielleicht beobachteten ihre unbekannten Feinde die Hütte immer noch.

Nein, es war vorbei. Sie wollte so schnell wie möglich nach Hause.

Die Fahrt zurück nach Tallinn verlief schnell. Schneepflüge hatten die Straßen geräumt, so daß sie gut vorankam.

Schon um vier Uhr war sie zurück im Hotel. Nachdem sie den Wagen abgegeben hatte, rief sie sofort Estonian Air an und konnte ihren Flug noch ein weiteres Mal umbuchen. Früh am nächsten Morgen würde sie nach Kopenhagen abfliegen können.

Sie gönnte sich ein heißes Bad und begann in aller Ruhe zu packen. Erst da fiel ihr wieder Vitali Romaniuks Heft ein – oder besser gesagt dessen Reste. Sie hatte sie immer noch in der Innentasche ihrer Lammfelljacke verstaut.

Sie packte das Heft unten in den Koffer, doch dann hatte sie plötzlich eine Idee. Sie legte einen neuen Film in ihre kleine Kamera ein, holte das Heft wieder hervor und fotografierte sorgfältig die zehn, zwölf Seiten, die noch übrig waren. Anschließend nahm sie den Film heraus, legte ihn in einen der Hotelbriefumschläge, die sie in einem Ständer auf dem Schreibtisch fand, und adressierte den Brief an sich selbst. Dann packte sie das Heft wieder in den Koffer, setzte sich an den Schreibtisch und nahm einen Briefbogen.

Es war wohl in Ordnung, auf Englisch zu schreiben? Sie überlegte kurz und begann. Es wurde ein kurzer Brief an Vitali Romaniuk, in dem sie erklärte, wer sie war und daß sie vergeblich versucht hatte, ihn zu treffen. Daß sie vor mehr als elf

Jahren an den Ermittlungen im Fall der MS Ursula damals in Esbjerg mitgearbeitet hatte. Daß es einige ungeklärte Fragen gab, die ihren »Berufsstolz« kränkten. Ein paar Dinge, nach denen sie ihn gern gefragt hätte. Alles aus rein privatem Interesse. Wenn er diesen Brief erhielt und bereit war zu reden, würde sie ihm das Flugticket und einen kurzen Aufenthalt in Esbjerg bezahlen. Zum Schluß schrieb sie ihre Adresse und Telefonnummer darunter.

Sie faltete den Bogen zusammen, steckte ihn in den Umschlag und schrieb den Namen in kyrillischen Buchstaben darauf. Sie würde den Brief persönlich in Romaniuks Briefkasten werfen, anschließend in das beste Restaurant gehen, das sie finden konnte, und sich das beste Menü bestellen und das beste Bier, das es gab.

Sie war schon auf dem Weg zur Tür, als ihr einfiel, daß sie vermutlich schrecklich aussah. Sie ging zurück und betrachtete sich im Spiegel.

Das waren die widerborstigen Zweige der Nadelbäume gewesen. Unter dem linken Auge hatte sie einen langen Riß. Die Haut war angeschwollen, gespannt und lila. Auf der rechten Wange war noch einer. Hier war die Haut fast dunkelblau. Und quer über ihre Stirn verlief ein roter, ausgefranster Strich, als hätte jemand sie mit dem Messer geschnitten. Das andere waren kleinere Kratzer, dafür waren sie unzählig und über ihr gesamtes Gesicht verteilt. Ihre Augen waren blutunterlaufen und die Haut drum herum aufgequollen. Die Lippen waren trocken und rissig. Sie sah verheerend aus. Wie durch den Fleischwolf gedreht.

Vorhin, als sie sich saubere Kleidung anzog, hatte sie für einen Moment einen Anflug von Optimismus gespürt. Jetzt konnte sie sehen, daß das ein Irrtum war. Die schwarze Strumpfhose, der schwarze Rock und der dünne schwarze Pullover ließen ihr leichenblasses Gesicht nur noch bleicher leuchten, und alle Schwellungen und roten Striche sprangen dem Betrachter geradezu ins Gesicht.

Nein. Sie würde es nicht ertragen, wenn die Leute sie anstarrten und hinter vorgehaltener Hand darüber diskutierten, ob sie wohl nach einer derartigen Tracht Prügel endlich ihren Mann verlassen hatte. Sie würde den Brief einwerfen, auf dem Rückweg ein paar Flaschen Bier in dem Alkoholladen kaufen – und sich das Essen aufs Zimmer bringen lassen.

Es war nicht die große, dramatische Schreckensszene, die sie empfing, als sie knapp eine Stunde später zurückkam. Genaugenommen verging sogar eine Weile, bevor sie überhaupt entdeckte, was passiert war.

Sie ging ins Badezimmer, wusch ihr Gesicht vorsichtig mit warmem Wasser ab und tupfte Stirn und Wangen mit dem Handtuch trocken.

Erst als sie weiter packen wollte, bemerkte sie es – das schwarze Kleid, das ganz oben in dem offenen Koffer gelegen hatte, war zerknüllt, und darunter lugten ihre weißen Slips hervor. Als sie die Kleidung sorgfältig in den Koffer gelegt hatte, war das nicht so gewesen.

In der Zeit, als sie weg war, hatte sie Besuch gehabt. Es fehlte nur ein einziges Teil: Das Notizheft des Seemanns.

Sie packte ihren Koffer fertig, stürzte sich auf das Essen, als es hochgebracht wurde, trank hastig die beiden Biere und zog sich aus. Sie war zum Umfallen müde und versank in einen unruhigen Schlaf, kaum daß sie das Licht gelöscht hatte.

Es schneite ein wenig, als sie am nächsten Morgen vor dem Flughafengebäude aus dem Taxi stieg. Die Uhr zeigte erst kurz nach fünf, und es waren nicht viele Menschen in der Abflughalle zu sehen.

Ein älterer Mann schlurfte verschlafen umher und versah die Abfallbehälter mit frischen Müllbeuteln. Er starrte sie ganz unverhohlen an. Aber das würde wohl jeder tun, der ihr ins Gesicht sah. Sie wollte nur noch nach Hause. Weg von den neugierigen Blicken.

Sie warf einen Blick auf die große Uhr über dem Abfertigungsschalter. In wenigen Stunden würde sie daheim sein. Endlich. Ihr kam es vor, als sei sie mindestens einen Monat in Tallinn gewesen – jedenfalls viel zu lange. Jetzt würde es guttun, nach Hause zu kommen.

6

Sie fror und fühlte sich etwas merkwürdig. Dennoch ging sie nach oben an Deck und setzte sich, auch wenn die Fahrt von Esbjerg bis Nordby auf Fanø nur zwölf Minuten dauerte, seit man die neue, direkte Fahrrinne gegraben hatte.

So war es immer gewesen, schon seit sie als kleines Mädchen zum ersten Mal die Reise von der Insel übers Wasser in die große Stadt gemacht hatte. Eine Überfahrt mußte oben an Deck vor sich gehen, sonst stimmte etwas nicht. Und so hielt sie es auch während ihrer Gymnasialzeit, das ganze Jahr über, auch wenn ihre Schulfreunde es vorzogen, auf dem Heimweg unter Deck zu sitzen und zu dösen, herumzualbern oder über die Hausaufgaben zu diskutieren. Nur starker Regen konnte sie dazu bringen, sich nach unten auf die Stuhlreihen zurückzuziehen.

Vielleicht lag es in den Genen, das mit dem Meer und dem Wind. Ausnahmslos alle Männer der Familie Portland waren zur See gefahren. Das konnte und wollte ihr Vater gern in seinen wenigen redseligen Momenten bezeugen. Jetzt war es vorbei mit dieser Familientradition, die mit ihr enden würde, denn sie war der einzige Nachkomme – und noch dazu eine Frau, die lieber eine Landratte sein wollte. Doch sie nahm Jonas immer mit an Deck, wenn sie hin- und zurückfuhren, und er beklagte sich nie. Das war wohl doch das Portland-Gen …

Sie öffnete ihre Jacke, senkte den Kopf hinein und zündete sich eine Zigarette an, obwohl ihr der Hals weh tat. Der Flug von Tallinn nach Kopenhagen und weiter nach Billund war planmäßig verlaufen. Sie hatte gerade noch den Bus erreicht, und als sie in Esbjerg angekommen war, fuhr sie sofort mit einem Taxi zum

Fähranleger. Die Wohnung konnte warten, bis Jonas und sie am Abend zurückkehrten.

Das Wetter war grau in grau, das übliche dänische Oktoberwetter mit dem genauso üblichen Westwind. An so einem Sonntagvormittag waren nicht viele Fahrgäste auf der Fenja. Zum Glück, so blieb es ihr hoffentlich erspart, Bekannte zu treffen, die sie sicher erschrocken anstarren und sich nach ihrem Gesicht erkundigen würden.

Hinter ihr lag Esbjerg unter einer dunklen Wolkendecke. Sie konnte noch den Schornstein der Schwesterfähre Menja erkennen, die im Dokhavn am Kai lag. Die beiden Fanø-Fähren waren verhältnismäßig neu und machten die Überfahrt schneller und angenehmer.

Sie ließ ihren Blick hin und her wandern. Die Aussicht mit ihren kleinen und großen Fixpunkten war ihr ebenso vertraut wie ihr eigenes Wohnzimmer. Es war ein gutes, sicheres Gefühl, das alles zu sehen. Die Stadt dahinten war ihr Revier, dort kannte sie sich aus, kannte jede kaputte Steinplatte und alle ihre Pappenheimer.

Sie hatte ihren Platz gefunden, konnte sich keinen anderen vorstellen. Sie war in Esbjerg groß geworden, und Esbjerg war mit ihr gewachsen. Das hier war ihr Zuhause.

Rechts lag Vestkraft, oder Esbjergværket, wie es heute hieß, mit seinem großen Block 3, den Kohlenhalden und dem wahnsinnig hohen Schornstein, dem höchsten Bauwerk Dänemarks.

Daneben war der Englandkai mit dem alten, verlassenen DFDS-Terminal. Die neue Englandfähre, Dana Sirena, war der Entwicklung sinkender Passagierzahlen angepaßt worden und eigentlich eher ein Frachtschiff als eine Fähre. Sie legte am Smørkai gleich neben der Fanø-Fähre an.

Dann kam das große Terminalgelände, auf dem sich die Container wie bunte Legosteine stapelten. Im Augenblick lag die Tor Futura dort am Humberkai. Ein Stück weiter folgten der Passagierhafen und der Fischereihafen, der eine der größten Fangflotten Europas beherbergte, außerdem gab es dort eine Auktionshalle, eine Heringsfabrik, eine Fischmehlfabrik, Lagerhallen, ein Gewirr an Rohren, Tanks und Silos sowie ein regelrechtes Gestrüpp von Firmen, die alle davon lebten, daß sie den Hafen und seine Arbeiterschaft versorgten.

Insgesamt hatte Esbjerg ungefähr zehn Kilometer Kaianlagen, oder vielleicht sollte man besser sagen, zehn Kilometer Lebensnerv.

Oben auf der Anhöhe, die den Hafen von der Stadt trennte, lag das alte Hafenverwaltungsgebäude. Ein Stück weiter thronte das Wahrzeichen der Stadt, der alte Wasserturm, der dem Rest einer Ritterburg ähnelte. Hinten zwischen den Bäumen konnte man den Konzertsaal erahnen. Er war von den Architekten Jan und Jørn Utzon entworfen worden, ohne daß Esbjerg deswegen mit Sydney zu vergleichen wäre.

Sie ließ den Blick zurückschweifen. Ganz links an der Straße nach Sæding konnte sie Svend Wiig Hansens hünenhafte Skulptur »Der Mensch am Meer« sehen. Vier leuchtendweiße Männer, die wie turmhohe Fremdkörper auf dem Strand thronten. Sie radelte häufig mit Jonas dorthin. Es lag eine stoische, ansteckende Ruhe über diesen unerschütterlichen Männern, die kerzengerade dasaßen und auf die Wellen hinausspähten, als erwarteten sie, daß eines Tages ein lieber Freund aus dem Meer auftauchte und sie zum Leben erweckte.

Alles war, wie es an einem grauen, klammen Oktobersonntag sein sollte. Dumpf, fröstelnd und das Gegenteil von prächtig. Esbjerg strahlte einfach nur Muskelkraft und Effektivität aus. Darin lag seine Existenzberechtigung.

Die Stadt war vom Hafen geboren worden, den man 1868 gegründet hatte, als Ersatz für die Exporthäfen in den verlorenen Herzogtümern weiter südlich. Damals gab es hier nur zwei Höfe; die Exporte nach Großbritannien und die Fischerei ließen Esbjerg jedoch geradezu explodieren, der Ort wuchs für dänische Verhältnisse unerhört schnell und wurde zur fünftgrößten Stadt des Landes. Eine blutjunge Arbeiterstadt, im guten wie im schlechten. Aber sie hegte keinen Zweifel, daß es gut war.

Die Stadt besaß keine arrogante alte Bourgeoisie mit vornehmen Familiennamen, die meinte, das Recht zum Residieren und Regieren geerbt zu haben. Hier herrschten ein angenehmes Gefühl von Gleichheit und Gemeinschaft und immer noch ein undefinierbarer Pioniergeist. Man hatte viel Sympathie für fleißige Leute, die willig waren, etwas zu leisten, bevor sie sich etwas leisteten.

Das Schlechte war die natürliche Konsequenz aus dem Guten. Es gab keinen alten Stadtkern mit Winkeln und Ecken, nicht den Duft nach Kulturerbe. Esbjerg war so charmant wie eine verschwitzte Achselhöhle.

Die Stadt war tatsächlich so neu, daß ihre Straßen nach amerikanischer Art in Quadraten und Rechtecken angelegt worden waren. Besonders die Zufahrtsstraße von Süden her mit der riesigen Müllverbrennungsanlage, der Müllhalde in Måde, dem Kraftwerk, den Kohlenhalden, Kiesgruben, Windrädern, der Kläranlage, dem Industrieviertel und dem dichten Netzwerk niedrighängender Hochspannungsleitungen konnte einen glauben lassen, man sei auf dem Weg durch die Industriegebiete von Detroit.

Von Osten her war es auch nicht besser. Hier hatte sich eine lange Reihe von Autohändlern auf beiden Seiten der Straße zusammengerottet, nur von Tankstellen unterbrochen, und Richtung Norden wimmelte es von Supermärkten, Baumärkten und allen möglichen anderen Märkten, die wie Pilze aus dem Boden geschossen waren.

Und was die Bürger der Stadt und ihre schlechten Seiten betraf – sich darum zu kümmern, war sie schließlich eingestellt worden.

Sie wühlte in ihrer Tasche, fand ihr Handy und wählte die 118.

»Ich hätte gern die Nummer von Bjarne Wilhelmsen in Varde.«

Als die Nummer auf dem Display erschien, drückte sie auf »Verbinden«.

»Hallo, hier ist Lene«, klang es kurz darauf am anderen Ende.

»Guten Tag, mein Name ist Nina Portland. Kann ich Bjarne sprechen?«

»Nein, tut mir leid, er ist nicht zu Hause.«

»Und wann kann ich ihn erreichen?«

»Im Augenblick gar nicht. Worum handelt es sich denn?«

»Ich bin von der Kripo Esbjerg, aber ich rufe eigentlich privat an. Ich kenne Ihren Mann aus der Zeit, als er Dolmetscher bei den Ermittlungen über die Morde auf einem deutschen Schiff war, die Sache mit dem russischen Seemann.«

»Ach ja … Davon hat er mir erzählt, daran kann ich mich noch erinnern.«

»Ja, und … Ich habe nämlich hier etwas Russisches, und ich wollte ihn fragen, ob er mir dabei helfen kann. Ob Sie ihm ausrichten könnten, daß er mich bitte anrufen möchte, wenn er wieder zurück ist?«

»Ja, natürlich. Aber im Augenblick ist er in Rußland, in Sankt Petersburg. Er leitet eine Reisegruppe. Sie sind gestern abgereist und kommen erst in neun Tagen zurück.«

»Na, dann muß ich wohl warten. Ob Sie ihm eine Nachricht hinlegen können?«

»Natürlich, dann brauche ich nur Ihre Nummer.«

Sie nannte die Telefonnummer und legte auf. Verdammt, neun Tage … In ein paar Tagen würde sicher der Umschlag mit der Filmrolle durch ihren Briefschlitz fallen. Das war eine ziemlich lange Wartezeit, aber sie wollte keinen anderen fragen. Sie brauchte jemanden, dem sie vertrauen konnte, und Bjarne Wilhelmsen konnte sie vertrauen. Sie waren gute Freunde geworden, als er im Fall MS Ursula bei den Vernehmungen gedolmetscht hatte. Wilhelmsen war ein netter Kerl, etwas älter als sie selbst und passionierter Rußlandexperte. In früheren Zeiten hatte er dort auch studiert, und jetzt machte er alles mögliche, wenn es nur etwas mit Rußland zu tun hatte.

Einen Moment überlegte sie, ob sie Martin anrufen sollte. Aber sie verwarf den Gedanken wieder. Sie hatte ihn absichtlich nicht aus Tallinn angerufen. So weit waren sie noch nicht, nein, so weit nicht, daß sie sich verpflichtet gefühlt hätte, sich zu melden, wenn sie einmal eine Woche weg war. Sie hatte ihren anstrengenden Job, und er selbst kämpfte darum, seinen gerade gegründeten Zimmermannsbetrieb zum Laufen zu bringen. Und falls mehr daraus werden sollte, durfte sich das gern in einem vernünftigen Tempo entwickeln.

Sie kannten sich schon seit der Grundschule. Martin Astrup stammte auch von Fanø, aus Nordby. Er war drei Jahre älter als sie. Sie hatten nie etwas miteinander gehabt. Martin gehörte wohl eher zu den Ruhigeren. Ein großer, schlaksiger Typ, der die Insel früh verließ, weil er eine Lehrstelle auf Langeland gefunden hatte. Als Bootsbauer, wie sie damals vor einem Jahr erfuhr, als er plötzlich auftauchte und sich neben sie an Deck setzte.

Er war inzwischen erwachsen geworden und alles andere als schlaksig und schüchtern. Groß, muskulös und breit wie ein Scheunentor, mit einem sanften, tiefen Lachen, das einen in gute Laune versetzte.

Das Bootsbauerhandwerk hatte er bald aufgeben müssen. Der Holzschiffbau hatte keine Zukunft. Also war er statt dessen Zimmermann geworden. Als seine Frau eine leitende Position in der Gummibootfabrik bekam, waren sie zurück nach Esbjerg gezogen. Doch dann ließen sie sich scheiden. An dem Tag, als er sich auf der Fähre neben sie gesetzt hatte, war er unterwegs, um seine Tochter abzuholen, die bei den Großeltern zu Besuch war.

Später, an einem Sommertag, hatten sie sich auf dem Markt wiedergetroffen. Er hatte sie eingeladen, mit ihm auszugehen, und danach hatten sie sich in regelmäßigem Abstand gesehen. Mit der Zeit immer häufiger, und im letzten halben Jahr waren sie wohl das geworden, was man früher ein Liebespaar nannte.

Hatte sie ihn vermißt? Das war eine heikle Frage. Doch, zumindest ein wenig, aber vielleicht hatte sie doch nicht so häufig an ihn gedacht, wie sie es hätte tun sollen?

Sie schob den Gedanken beiseite. Im Augenblick zählte nur Jonas. In wenigen Minuten würde sie ihn in die Arme schließen.

Sie steckte das Handy wieder in die Tasche und ließ noch einmal ihren Blick über den Horizont schweifen.

Die Möwen schrien über ihrem Kopf. Sie drehte sich um und sah, daß der Anleger näherkam. In wenigen Minuten würde sie in Jørgens Auto auf dem Weg nach Sønderho sitzen. Ob Jonas mitgekommen war? Hoffentlich. Sicher, wenn er nicht gerade draußen Fußball spielte, war er bestimmt mitgefahren. Momentan hatte er nur Fußball, Computerspiele und Harry Potter im Kopf, und zwar in dieser Reihenfolge. Er spielte beim EfB, dem Esbjerger Fußballverein, seit er sechs geworden war.

Ein Fußball hatte offensichtlich genauso magische Kräfte wie Harry Potter. Jonas war ungenießbar, wenn sein blau-weiß gestreiftes Trikot mit der Nummer 10 in der Wäsche war. Ihr eigenes Interesse reichte gerade so weit, ihn ins Stadion zu begleiten, wenn ein Spitzenspiel anstand, und natürlich saßen sie bei einem Länderspiel gemeinsam vor dem Fernseher.

Sie stand auf und griff nach dem Koffer. Auch wenn sie Esbjerg dort hinten im Dunst sehr schätzte – für sie würde die Fahrt nach Fanø immer die eigentliche Heimreise bleiben.

Sie entdeckte den blonden Haarschopf sofort. Jonas stürmte ihr entgegen, kaum daß sie die Rampe heruntergekommen war. Er flog ihr in die Arme, sie hob ihn hoch, wirbelte ihn herum und gab ihm einen dicken Schmatz auf die Wange.

»Hallo mein Schatz! Mann, bist du schwer! Hast du Tante Astrid etwa alle Vorräte weggefuttert? Und, hattest du eine schöne Zeit, mein Lieber?«

»Ja, war prima«, nickte er und hakte sich bei ihr ein, als sie ihn hinunterließ.

»Warum sieht dein Gesicht so aus? Hast du dich mit einem Verbrecher geprügelt, Mama?«

Noch ehe sie antworten konnte, war Jørgen bei ihr und umarmte sie.

»Hallo Port, hattest du eine schöne Reise? Na sag mal, was zum Teufel ist denn mit dir passiert?« Beide betrachteten neugierig ihr zerschundenes Gesicht.

»Ach, das ist nichts, nur ein paar Kratzer. Wir waren am vorletzten Abend in der Stadt unterwegs und wollten eine Abkürzung gehen, an der Stadtmauer entlang. Ich bin mit meinen hohen Absätzen gestolpert und kopfüber in einen Dornenbusch gefallen ...«

»Einen Dornenbusch? So ein Pech«, meinte Jonas und klang etwas enttäuscht über diese undramatische Erklärung, während Jørgen versuchte, seine Skepsis zu verbergen.

»Ja, wirklich Pech«, sagte er und warf ihr einen seltsamen Blick zu. »Nun laßt uns aber sehen, daß wir rechtzeitig zum Essen nach Hause kommen. Astrid hat alles schon fertig. Du hast doch sicher Hunger, Port, oder? Komm, ich nehme den Koffer.«

Jørgen nannte sie immer »Port«, das hatte sich einfach so ergeben, als Kind hieß sie »Pörtchen«, inzwischen »Port«. Eigentlich ganz logisch.

Es war schon spät am Nachmittag, als sie gegessen und sich am Tisch in der niedrigen Küche alles Wichtige erzählt hatten.

»Hast du Lust auf einen Spaziergang, Port?« Jørgen stand auf und schaute sie fragend an.

»Ja, gleich. Ich will nur vorher auf der Bank draußen eine rauchen. In fünf Minuten, ja?«

Jonas war schon nach draußen gelaufen, um mit den Nachbarskindern zu spielen. Jetzt wollte sie gern einen Moment allein für sich sein. Das kannte Jørgen nur zu gut.

Sie nahm ihre Jacke vom Haken und lieh sich noch einen Pullover von Astrid. Dann ging sie hinaus, durchquerte den Garten, schlüpfte durch das Loch in der Hecke und kletterte den Deich hinauf. Da stand die Bank, auf der sie unzählige Stunden verbracht hatte. Sie setzte sich hin, steckte sich eine Zigarette an und drehte sich um. Von hier aus konnte sie über die Hecke auf das Haus gucken, in dem sie ihre Kindheit verbracht hatte.

Astrid und Jørgen wohnten in einem klassischen, friesisch inspirierten Sønderho-Haus. Es hatte ein dickes Reetdach, Mauern aus roten Ziegelsteinen und den typischen halbrund gebogenen Holzbalken über der Tür. Über allen Fenstern war ein Querholz mit weißen, grünen und schwarzen Strichen bemalt. Das war der alte Sønderho-Stab, und nach der Überlieferung symbolisierten die Farben Geburt, Leben und Tod, oder Freude, Hoffnung und Trauer, wenn einem diese Interpretation besser gefiel.

Das Haus war im Besitz der Familie Portland, seit es 1818 gebaut worden war, jetzt stand es wie all die anderen alten Häuser unter Denkmalschutz. Es lag an der kleinen Straße mit Namen Sønder Land, Seite an Seite mit den anderen Häusern, die alle in Ost-West-Richtung gebaut waren, um dem steten Westwind von der Nordsee her so wenig Angriffsfläche wie möglich zu bieten. Der Garten hinter dem Haus reichte bis an den Deich, auf dem sie jetzt saß, so wie schon unzählige Male vorher; sommers wie winters hatte sie hier gesessen und zu den Sandbänken Keldsand und Trinden hinübergeschaut und auf das Wattenmeer dazwischen, wo vor Urzeiten einmal der Hafen gewesen war.

Einen richtigen Hafen mit Anlegern hatte es allerdings nie gegeben. Astrid hatte davon erzählt, und sie selbst hatte alte Fotos und Gemälde gesehen. Die Segelschiffe lagen in der Tidenrinne, nur von der Natur beschützt, und warteten darauf, ferne Ziele anzusteuern. Das war damals, als Sønderho eine kleine Seefahrernation für sich gewesen war und der Stadt Ruhm, Fortschritt und Wohlstand gebracht hatte.

Kapitän Anton Marius Portland war 1654 der erste, der auf große Fahrt ging. Später folgte ihm eine ganze Reihe anderer Portlands, und das Salzwasser blieb in den Adern der Nachkommen, auch noch, nachdem die Epoche der Segelschiffe um 1900 zu Ende ging und Sønderho die Kräfte schwanden. Wenn sie das große Gemälde im Wohnzimmer betrachtete, mußte sie fast automatisch an Segel, Decksplanken, den Geruch nach Teer und Fernweh denken.

Damit war es jetzt vorbei. Ihr Vater hatte schon lange den Anker geworfen. Er war vor mehr als einem Jahr plötzlich heimgekehrt, nachdem er viele Jahre lang in Chile gelebt hatte. Sie selbst war die letzte in der Familie, und falls Jonas nicht zur See fuhr, was wohl kaum in Frage kam, war die dreihundertfünfzigjährige Ära der Portlandfamilie auf den Weltmeeren definitiv beendet.

Ihr Vater... Sie zupfte sich am rechten Ohrläppchen. Dort, wo der Ohrring fehlte. Er mußte draußen im Moor oder im Wald verlorengegangen sein. Er war aus Jade, mit einem kleinen Salamander aus Silber.

»Weil grün so gut zu deinen schönen blauen Augen paßt, nicht wahr?« Das hatte er gesagt, ihr Vater, als er sich wohl zum ersten und einzigen Mal während einer kurzen Stippvisite vor zwölf, dreizehn Jahren für ihre Augen interessiert hatte. Die Ohrringe waren der einzige Schmuck, den sie trug. Nicht, weil er ihr die geschenkt hatte, sondern einfach, weil sie schön waren. Ab jetzt mußte sie sich mit einem Salamander begnügen.

Ihr Vater, Frederik Portland, war die Ursache dafür, daß sie Tante Astrid und Onkel Jørgen als ihre eigentlichen Eltern betrachtete. Daß deren Haus ihr Heim wurde – und sozusagen ihr Elternhaus.

Das Unglück ereignete sich am 22. Juli 1967. Wenige Tage nach ihrem zweiten Geburtstag. Damals war ihr Vater ein junger Kapitän, der immer für ein halbes Jahr auf Fahrt ging und anschließend für ein halbes Jahr an Land blieb.

Er war zu Hause gewesen, als es passierte.

Ihre Mutter, Margrethe, war mit dem neuen Auto der Familie unterwegs nach Kolding zu ihrer Schwester. Ninas fünf Jahre alten Bruder Troels hatte sie mitgenommen. Nina war damals noch zu klein und anstrengend, um mitzukommen. Deshalb hatte ihre Mutter sie zu Hause gelassen. Hinter Vejen wollte Margrethe einen Lastwagen überholen. Sie übersah einen entgegenkommenden Wagen. Es gelang ihr auszuweichen – doch ihr Auto kam von der Straße ab und prallte gegen einen Baum.

Troels war auf der Stelle tot. Ihre Mutter starb noch am gleichen Abend im Krankenhaus an ihren schweren Verletzungen.

Das war die Geschichte, die sie schon so oft von Astrid und Jørgen gehört hatte. Einfach. Kurz. Nicht außergewöhnlich. Aber tragisch.

Der Unfall sollte ihr ganzes Leben verändern. Völlig von Sinnen und verbittert stach ihr Vater schnell wieder in See. Oder besser gesagt: Er floh hinaus aufs Meer. Er verkaufte das Haus an seine Schwester und ihren Mann und überließ sie, seine Tochter, deren Obhut.

Sie hatte noch eine schwache Erinnerung an die ersten Male, als er nach Fanø heimkam. Einzelne Bilderfetzen, wie sie auf seinem Schoß saß, wie sie zusammen im Garten spielten oder am Strand spazierengingen. Als sie älter wurde und die Dinge stärker in ihrer Erinnerung haftenblieben, kamen all die Fragen hoch.

Ihr Vater kam immer seltener. Sie konnte sich daran erinnern, daß er sie ein paarmal zur Schule gebracht hatte. Erinnerte sich an das stolze Gefühl, an Papas Hand zu gehen. Endlich konnte sie allen anderen Kindern zeigen, daß sie auch einen Vater hatte. Doch selbst wenn er da war, war er nicht richtig da.

Sie erinnerte sich, wie sie in ihrem Zimmer saß und laute Stimmen und Streit hörte. Wie komisch sein Atem roch. Wie abrupt seine Laune umschlagen konnte.

Anfangs vergingen ein oder zwei Jahre zwischen den Besuchen. Später, als sie ins Teenageralter kam, konnten es drei oder vier Jahre werden, bis er plötzlich in Sønderho auftauchte. Schließlich kam er gar nicht mehr. Seit dem Tag, als er ihr die Ohrringe schenkte, hatte er sie wohl nur ein einziges Mal besucht.

Schon nach wenigen Jahren war es Astrid und Jørgen klar gewesen, daß er nicht zurückkommen würde, um zu bleiben. »Du lebst bei uns, Nina. Dein Vater ist Kapitän, er kann nicht nach Hause kommen. Wir kümmern uns um dich.« Später wurden derartige Erklärungen überflüssig.

Sie blieb ein Einzelkind, da Astrid und Jørgen selbst keine Kinder bekommen konnten.

So verbrachte sie ihre Kindheit und Jugend voller Sehnsucht – und in Geborgenheit. Im vergangenen Jahr war er plötzlich wieder aufgetaucht, ihr richtiger Vater, Frederik Portland. Als alter Mann, der das Ruder abgegeben hatte. Oder wie ein Verbrecher, der zum Tatort zurückkehrte. Letzteres war ein immer wiederkehrender Gedanke, sie hatte nicht die Kraft, ihn anders zu formulieren.

Er hatte sich ein altes Haus in Nordby gekauft, und wenn er nicht …

»Nun, wollen wir los?«

Sie fühlte eine Hand auf der Schulter. Es war Jørgen.

»Ja, laß uns gehen.«

Während sie den Digevej entlanggingen, überlegte sie, wie ihr Leben wohl verlaufen wäre, wenn ihre Tante und ihr Onkel nicht dagewesen wären. Sie hatten sie nach dem Unfall bei sich aufgenommen und sie wie ihre eigene Tochter geliebt, als sei das die natürlichste Sache der Welt.

Es war kalt und windig. Sicher war es eher Astrid gewesen, die Jørgen aus der Tür geschoben hatte. Es war etwas passiert, und Astrid wußte das natürlich. Sonst kam man nicht mit so einem ramponierten Gesicht aus Estland nach Hause. Sie konnte Nina wie ein offenes Buch lesen, wie eine Mutter, die noch die kleinsten Signale der Tochter richtig deutete. Über die Geschichte mit dem Dornenbusch hatte sie nur höflich gelächelt.

Nina wußte, daß Astrid sie nur die erste Runde draußen an der frischen Luft ausfechten ließ. Der Rest würde abends stattfinden, wenn Jonas im Bett war. Sie hatte nämlich beschlossen, hier zu übernachten und erst morgen früh nach Esbjerg zurückzufahren, wenn Jonas in die Schule mußte.

Sie gingen mit schnellem Schritt und blieben erst beim neuen Friedhof stehen. Nicht, weil das ihr Ziel gewesen wäre. Das war reiner Zufall. Übrigens war neu eigentlich zuviel gesagt. Er war vor mehr als 80 Jahren auf der anderen Straßenseite gegenüber der Kirche angelegt worden, was jedoch nach Sønderho-Maßstab noch keine lange Zeit war.

»Wollen wir raufgehen?«

Jørgen nickte und öffnete die Pforte neben dem Gittertor. Sie traten ein. Der kleine Friedhof lag auf einer Anhöhe mit spärlichem Bewuchs und Blick auf die offenen Wiesen und das Meer. Es gab keine Hecken und keine abgetrennten Gräber, nur Steine mit einem kleinen Beet davor, angelegt in dem Rasen, der sich über den ganzen Friedhof ausdehnte.

Das Seefahrerdenkmal oder Mindelunden, wie es genannt wurde, stand im Zentrum des Friedhofs. Es bestand aus einer bronzenen Frauenfigur in Sønderho-Tracht, umringt von ihren Kindern, die übers Meer nach ihrem Mann Ausschau hielt, in der Hoffnung, daß er zurückkehrte. Aber das taten bei weitem nicht alle. Viele Frauen wurden schon in jungen Jahren Witwe. In früheren Zeiten war das Witwenkleid bereits Teil der Brautaussteuer gewesen.

Ein anderer Teil des Monuments war ein Kreis aus Steinen mit den Namen all der Seefahrer von der Insel, die seit 1872 bis in die Jahre nach dem Ende des Zweiten Weltkriegs ihre Ruhe nicht hier hatten finden können.

Als kleines Schulmädchen hatte sie die Inschrift auf dem Stein auswendig gelernt.

Sie gingen vor Anker auf der ganzen Welt
fanden in allen Zonen ihre ewige Nacht;
einer schlummert im Schnee hoch oben im Norden,
ein anderer unter südlicher Blumenpracht,
wo der Wind flüstert zwischen Palmenkronen.
An allen Küsten am offenen Meer
ein Ankerplatz des Verwandten ist wohl zu finden;
Doch niemand weiß, wo er fand sein Grab,
und niemand einen Kranz seinem Sarge gab,
auf heimatlicher Erde wollen wir seiner gedenken.

Vilhelm Portland war einer von denen, deren Namen auf den Steinen standen. Sein Schiff ging 1893 in einem schweren Sturm vor Kap Hoorn unter. Kristian Portland war auch genannt. Er starb auf St. Croix in Dänisch-Westindien an Lungenentzündung.

Sie gingen zum Grab ihrer Mutter und ihres Bruders, das sich gleich neben dem ihrer Großeltern befand. Astrid mußte erst vor kurzem Immergrün und Kränze hingelegt haben.

Nina hatte ihre Mutter von den Bildern her in lebendiger Erinnerung, und ungefähr einmal im Jahr kam es vor, daß sie sich mit den Fotos aufs Sofas setzte und stundenlang ihre Gesichtszüge studierte. Margrethe, die Vang-Christensen hieß, bevor sie heiratete, stammte aus einer Koldinger Familie, die sich offenbar für etwas Besseres hielt. Der Vater war Fabrikant, die Mutter Studienrätin. Sie hatten auf Fanø ein Ferienhaus gehabt, und hier lernte Margrethe Frederik Portland kennen. Die Eltern waren absolut nicht begeistert von dem Gedanken gewesen, daß ihre Tochter einen »Matrosen«, wie sie ihn nannten, heiraten wollte.

Nach dem Unfall hatten sie sich zurückgezogen. Sie verkauften das Ferienhaus und das schon vorher nur lose Band zu den Portlands wurde gekappt. Nina hatte sie nie besucht, sich nie für sie interessiert. Für die Familie ihrer Mutter existierte sie gar nicht – und das beruhte auf Gegenseitigkeit. Ihr genügten die Großeltern väterlicherseits.

Sie konnte sich noch gut an die beiden erinnern. Oma Hansine und Opa Niels Erik Portland hatte ursprünglich das Haus gehört. Als ihr Sohn heiratete und Kinder bekam, überließen sie es ihm und zogen in ein kleineres in Sønderho. Vor 26 Jahren war Hansine gestorben, Niels Erik bereits acht Jahre früher.

»Noch vor ein paar Jahren hätte ich mir überhaupt nicht vorstellen können, zurückzukommen und hier zu leben. Aber jetzt … Ja, jetzt erscheint mir der Gedanke gar nicht mehr so abwegig.«

»Das kommt mit dem Alter. Und du wirst ja das Haus erben, wenn die Zeit gekommen ist, mein Mädchen«, erwiderte Jørgen und legte ihr eine Hand auf die Schulter. Das klang ganz melancholisch.

Sie schwiegen und schauten aufs Meer hinaus. Dort draußen, hinter den grünen Wiesen, zeigten die Wellen ihr Temperament und peitschten weiße Streifen auf die Wasseroberfläche, bevor sie gegen die Küste schlugen. Es war starker Wind für den Abend angekündigt worden, mit Böen in Orkanstärke. Hier draußen regierte der Westwind. Er formte die Landschaft, Bäume und Büsche mußten sich ihm unterwerfen und sich gehorsam verneigen. Dieser Westwind konnte einem durch Mark und Bein gehen.

Nina hatte die Arme verschränkt und konnte einen Kälteschauder nicht verbergen.

»Frierst du? Dann laß uns lieber umkehren«, schlug Jørgen vor und sah sie fragend an.

»Ja, ich friere wirklich ein bißchen. Ich bin nicht so ganz auf dem Damm. Schon seit heute morgen stehe ich irgendwie neben mir ...«

Sie standen eine Weile einfach da, ohne etwas zu sagen. Er war nicht der Typ, der jemanden drängte. Schließlich begann sie:

»Jørgen ... Ich habe den russischen Seemann vom Axtschiff gefunden.«

Er drehte den Kopf und sah sie mit einem verblüfften Gesichtsausdruck an.

»Ja, es ist kaum zu glauben. Aber er war es wirklich, Vitali Romaniuk von der MS Ursula. Er wohnt in Tallinn ...«

»Bist du sicher? Wie um alles in der Welt hast du das geschafft?«

»Ja, absolut sicher. Er war es. Und das ist auch ein Grund, warum mein Gesicht so aussieht. Aber ich erzähle dir lieber alles von Anfang an. Wollen wir umkehren? Ich friere jetzt wie ein Schneider.«

Schweigend hörte er sich die ganze Geschichte an, die sie ausführlich erzählte, während sie zurückgingen. Erst als sie das mit dem Moor berichtete, unterbrach er sie.

»Willst du damit sagen, daß du bei Schnee, Eis und Frost

durchs Moor geschwommen bist? Also Nina, verdammt noch mal!«

Er nannte sie nur Nina, wenn es wirklich ernst war, und er fluchte selten, doch das ging ihm dann doch zu weit. Kopfschüttelnd stapfte er weiter. Er gehörte nicht zu den Leuten, die jemanden mit Vorwürfen überschütteten, konnte er doch selbst äußerst stur sein, wenn er sich etwas in den Kopf gesetzt hatte. Und als ehemaliger Polizeibeamter interessierte er sich brennend für Geheimnisse, die nie gelöst worden waren.

»Wäre eine Kugel etwa besser gewesen?«

Er legte den Arm wieder um ihre Schulter und drückte sie an sich.

»Nein, Port, natürlich nicht … Und dann, was ist dann passiert? Erzähl …«

Sie berichtete den Rest der Geschichte. Wie sie sich durchgefroren einen Weg durch den Wald bahnte, wie sie von dem alten Ehepaar wieder aufgepäppelt wurde und wie sie Fotos von dem Notizheft des Seemanns gemacht hatte, das anschließend aus ihrem Hotelzimmer verschwand.

Je weiter sie in ihrer Geschichte kam, um so tiefer wurden die Furchen auf Jørgens Stirn.

»Laß uns lieber heute abend weiter darüber reden, wenn Jonas im Bett ist, ja?«

»Ja. Natürlich.«

Sie waren wieder zu Hause angekommen, und als sie die Tür öffnete, konnte sie riechen, daß Astrid das Abendessen vorbereitete.

Es gab Frikadellen mit blonden Zwiebeln, Gurkensalat und brauner Soße. Astrid hatte im Eßzimmer gedeckt. Kerzen standen auf dem Tisch. Sie plauderten über dies und das – die Nachbarn, Estland und die ersten Herbststürme. Es war gemütlich und entspannt wie immer.

Gern hätte sie mehr gegessen. Astrids Frikadellen waren Spitzenklasse. Aber sie hatte keinen Appetit.

Als sie fertig waren, deckten alle gemeinsam den Tisch ab. Dann setzte sich Jørgen wie immer in seinen Sessel und schaltete die Abendnachrichten ein. Nina spielte mit Jonas auf dem Boden mit dem kleinen ferngesteuerten Rennauto, das sie ihm mitgebracht hatte. Um halb acht schickte sie ihn ins Bett. Er war offenbar müde, nachdem er fast den ganzen Tag draußen gespielt hatte, denn es gab keinen Protest.

Sie deckte ihn gut zu und gab ihm einen Kuß auf die Stirn. Nachdem das Licht gelöscht war, blieb sie noch auf seiner Bettkante sitzen, und es dauerte nicht lange, bis sie seine regelmäßigen Atemzüge hörte. Ihr war sonderbar zumute. Als hätte alle Kraft sie verlassen, und ihr Hals tat richtiggehend weh.

Astrid hatte Kaffee gekocht, als sie herunterkam. Sie saß mit Jørgen im Wohnzimmer, aber sie machten den Fernseher aus, als Nina sich aufs Sofa setzte.

»Du siehst müde aus, Port«, sagte Jørgen und sah sie besorgt an. »Wie geht es dir?«

»Ach, ziemlich beschissen«, erwiderte sie lächelnd.

»Leg dich hin und nimm eine Decke. Ich bringe dir gleich mal einen Grog.«

Astrid stand auf, holte eine Flasche Rum aus dem Eckschrank in verschwand in die Küche. Es dauerte nicht lange, dann kam sie wieder und stellte einen großen, dampfenden Becher vor sie hin.

»Hier, mein Mädchen. Trink …«

»Du hast ihr hoffentlich einen ordentlichen Schluck eingeschenkt?« fragte Jørgen.

»War mit meinem Grog jemals was nicht in Ordnung?«

»Nein, nie, Astrid. Und das weiß keiner besser als du, Jørgen. Soweit ich mich erinnere, hast du zu deiner Zeit nicht nur einen davon getrunken. Aber jetzt laßt mich lieber erzählen, was in Estland passiert ist …«

Sie trank einen Schluck und zog sich die Decke bis unters Kinn. Jetzt war der Moment gekommen, an dem Astrid alles erfahren sollte. Sie und Jørgen waren die einzigen Menschen, denen sie sich anvertrauen, die sie um Rat fragen konnte. Sie gab ein kurzes, knappes Resümee der Geschehnisse, während Astrid ihr konzentriert zuhörte, ohne eine Miene zu verziehen.

Als sie ihren Bericht beendet hatte, war Astrids einzige Reaktion ein nachdenkliches Nicken und ein »Hmm«.

»Was meinst du? Klingt das nicht total verrückt? Sie ist vielleicht in Lebensgefahr!«

Jørgen drehte sich um und suchte den Blick seiner Frau. Die Furchen auf seiner Stirn waren jetzt noch tiefer.

Sein Kommentar fiel so beherrscht aus, wie es ihm nur möglich war. Vorher hatte er dagesessen, seine Pfeife gestopft, und der Duft des süßen Cavendish-Tabaks erfüllte die kleine, niedrige Stube, in der die Schiffsgemälde dichtgedrängt in ihren Goldrahmen hingen. Die Fanø-Puppen standen in ihrer steifsten Sønderho-Tracht auf dem Regal. Tante Ingers gesticktes Idyll hing über dem Sofa, und die farbigen Gläser und Flaschen glitzerten im Licht der Kerzen auf den Fensterbrettern, während das Pendel der Wanduhr stetig hin- und herschwang. Die Jahre waren vergangen. Und trotzdem schien die Zeit stillzustehen. Alles kam ihr noch vertrauter und geborgener vor als sonst. Vielleicht, weil sie sich krank und jämmerlich fühlte?

Astrid war in diesem Haus der Fels in der Brandung. Was daran liegen mochte, daß sie früher als Krankenschwester so einiges zu sehen bekommen hatte. Oder weil sie eine Portland war, eine Fanø-Frau aus einem seefahrenden Geschlecht, das über Generationen mit der Gewißheit gelebt hatte, daß das Meer tückisch und gnadenlos war.

Nina richtete sich vom Sofa auf und schaute zu Jørgen hinüber. Alles war so, wie es immer gewesen war. Ja, Astrid war wie ein Fels in der Brandung. Jørgen war als alter Dorfpolizist und sozialdemokratisches Mitglied des Gemeinderats ein bekanntes Gesicht auf der Insel und natürlich das Oberhaupt der kleinen Familie – nach außen hin. Er redete viel. Teilte jedem, der zuhörte, gern seine Ansichten mit, während er seine Pfeife schmauchte. Aber er war eine Landratte und machte sich schnell Sorgen.

Wenn sie einmal hingefallen war oder eine starke Erkältung gehabt hatte, war es immer Jørgen gewesen, der am liebsten sofort den Arzt holen wollte.

Astrid redete nicht so viel. Sie handelte. Und genau betrachtet war sie wohl diejenige, die das letzte Wort bei allen größeren Entscheidungen des Ehepaares hatte. Sie tat, was sie nach ihrem gesunden Menschenverstand für richtig hielt. Wenn etwas anders verlief als geplant, dann halt, weil Gott es so wollte.

»Mir war schon klar, daß du diese alte Geschichte von dem Axtschiff nicht vergessen konntest. Aber ich hätte nicht gedacht, daß du so weit gehst«, sagte Astrid ruhig und stellte ihre Kaffeetasse hin.

»Ich auch nicht, bis ich plötzlich mittendrin war. Vielleicht war es dumm. Aber ich kann den Film schließlich nicht zurückspulen, oder?«

»Nein, aber du könntest langsam anfangen, die ganze Geschichte zu vergessen. Bewaffnete Gangster und so ... Das ist doch lebensgefährlich. Du stocherst da in etwas herum, Port, das ziemlich nach Scheiße stinkt. Und schließlich mußt du ja auch an Jonas denken ... Laß die Finger davon.«

Jørgen beugte sich vor und schaute sie an. Wartete wohl darauf, daß sie ihm Recht gab, damit er erleichtert aufatmen konnte.

»Was hast du jetzt vor, Nina, ich meine, wenn der Brief mit der Filmrolle bei dir ankommt?«

Astrid tauchte ein Stück Vanillekranz in den Kaffee und sah sie mit hochgezogenen Augenbrauen an.

»Ich habe zumindest vor, das Gekritzel des Seemanns übersetzen zu lassen, jetzt, wo es mir schon so viel Mühe bereitet hat. Das wird ja wohl nicht schaden. Bestimmt sind es nur ganz harmlose Bruchstücke eines Tagebuchs. Vielleicht steht da ja etwas über die MS Ursula, vielleicht auch nicht. Was, wenn ich das Rätsel lösen könnte?«

»Vielleicht gibt es gar kein Rätsel. Vielleicht ist er nur ein Dreckskerl und ein Mörder«, brummte Jørgen.

»Nun ja, wir werden sehen, was da steht.«

Der Rumgrog zeigte langsam seine Wirkung. Sie bekam rote Wangen, und winzige Schweißperlen standen ihr auf der Oberlippe.

»Nina, ich habe bei dieser ganzen Geschichte ein verdammt mulmiges Gefühl. Laß die Finger davon. Es kommt nichts Gutes dabei raus, wenn du da weitermachst«, sagte Astrid.

»Es ist doch nur eine Übersetzung. Sonst nichts.«

»Schon, aber eins zieht das andere nach sich. Laß es bleiben, hörst du!«

Astrid klang böse. Sie schlug mit der Handfläche auf den Rand des Couchtisches. Eine seltene Geste von ihr. Dann nahm sie wieder die Kaffeetasse hoch. Ihre Hand zitterte leicht.

»Ich mache keine Dummheiten. Das verspreche ich euch. Ich will nur lesen, was der Seemann geschrieben hat – mehr nicht. Habt ihr den Alten mal gesehen? Wie geht es ihm?«

Sie durften nicht im Streit auseinandergehen. Dazu war Nina zu müde. Dann lieber das Thema wechseln.

Astrid sah sie mit strengem Blick an. Nina hatte es zwar selten erlebt, aber es war doch vorgekommen, daß das Portlandsche Temperament in ihrer Tante aufloderte. Vor allem, als sie noch jünger war. Doch jetzt beherrschte Astrid sich und antwortete:

»So einigermaßen, nehme ich an. Jørgen hat ihn letzte Woche zufällig getroffen. Er kam gerade aus dem Hjørnekro. Nicht ganz nüchtern ... Und ich war Dienstag bei ihm.«

»Und wie war es?«

»Ach, wie immer. Ein bißchen Unterhaltung über dies und das. Hinterher habe ich saubergemacht. Es sah aus wie im Schweinestall. Hast du vor, ihn zu besuchen? Das letzte Mal ist lange her, nicht wahr?«

»Ja, schon. Aber ich weiß nicht ... Ich habe keine Lust.«

Astrid nickte, und Jørgen paffte an seiner Pfeife. Es würde ihnen niemals im Traum einfallen, sie zu drängen. Ganz im Gegenteil. Der Unfall, die Flucht ihres Vaters, sein langjähriges Verschwinden und seine plötzliche Rückkehr waren kein Tabu. Es gab nur einfach nichts Neues hinzuzufügen. Die Dinge nahmen ihren Lauf. Nina trank den Rest ihres Grogs aus und setzte sich auf.

»Ich glaube, ich gehe lieber ins Bett. Morgen müssen wir früh hoch.«

Sie sagte gute Nacht und ging die schmale Treppe hoch zu dem Zimmer, in dem Jonas bereits schlief.

Der Wind heulte im Giebelfenster. Der Hahnenbalken und die Dachsparren über ihrem Kopf ächzten und gaben in regelmäßigen Abständen leise Knackgeräusche von sich.

Das hier war das sicherste Nest, das es gab. Falls der Wind zunahm, würde auch das Holz am Giebelende knacken. Aber die neuen Fenster halfen. Früher wäre bei so einem Wetter ein kalter Luftzug durch den Raum gefegt, und sie hätte sich die Bettdecke fast ganz über den Kopf gezogen. Und am nächsten Morgen hätte man eine feine Sandspur in den Fensterritzen gefunden.

Sie lag in ihrem alten Zimmer, jetzt nicht mehr das Mädchenzimmer, das sie vor vielen Jahren verlassen hatte, sondern inzwischen ein hübsch hergerichtetes Gästezimmer mit blauen Wänden. Nur das Regal mit Spielzeug und das kleine Plakat mit der Fußballmannschaft von Real Madrid kündeten davon, daß dieses Zimmer jetzt »Jonas' Zimmer« war. Der schlief ruhig im Bett ihr gegenüber, nur ein kleiner Fuß lugte unter der Decke hervor.

Sie konnte nicht zur Ruhe kommen. Offensichtlich hatte sie Fieber. Schon das Schlucken tat ihr weh. Die Augen hatten im Stubenlicht gebrannt und waren ganz trocken, aber die Tabletten hatten zumindest die Kopfschmerzen verscheucht. Das mußte eine Halsentzündung sein. Kein besonders hoher Preis für ein Eisbad im Moor und eine verfrorene Nacht im Wald.

Sie war schrecklich müde und wäre am liebsten sofort eingeschlafen, um neue Kräfte zu schöpfen – aber sie konnte nicht. Die Gedanken wirbelten ihr im Kopf herum, und wie bei einem Glücksrad hielt der Pfeil bei Astrid und Jørgen. Ihnen verdankte sie alles.

Es war ein merkwürdiges Gefühl, hier an diesem Ort zu liegen, von dem sie einst in die Welt hinausgezogen war. Als wäre sie im Kreis gelaufen und mit 39 Jahren, krank und verzweifelt, wieder zurückgekehrt. Nachdem sie das Gymnasium beendet hatte, war sie nicht oft daheim gewesen. Und wenn, dann war sie rebellisch, hatte Jørgen provoziert und auf seinen sozialdemokratischen Ansichten herumgehackt. In erster Linie, um dagegen zu sein. Was sie erst später eingesehen hatte. Aber so war es wohl. Opposition gehörte zur Jugend.

Das Leben war eine Aktivitätskurve mit Höhen und Tiefen. Damals war allerhand los gewesen. Nach dem Abitur hatte sie ein halbes Jahr lang als Au-pair bei einer Familie in Detroit gelebt. Vielleicht erinnerten sie die Zufahrtsstraßen nach Esbjerg deshalb an amerikanische Verhältnisse? Die Familie war okay gewesen, aber mehr auch nicht. Anschließend nahm sie Hals über Kopf einen Job als Kellnerin in einem Hotel im Harz an. Es war eine Knochenarbeit gewesen, Berge von Tellern mit Schweinefleisch in jeglicher Form zu schleppen – und hinterher noch den Abwasch zu machen. Dann ging es nach Mallorca. Erst jobbte sie hinter der Bar einer Diskothek, später verkaufte sie Time-sharing-Anteile von Ferienwohnungen. Das fand ein jähes Ende, als sie zum obersten Chef lief, ihm alle Schlüssel auf den Schreibtisch warf und erklärte, daß sie verdammt noch mal nicht länger bereit sei, gutgläubigen Landsleuten, die nicht die leiseste Ahnung hatten, was sie da eigentlich unterschrieben, das Geld aus der Tasche zu ziehen.

Anschließend begann sie mit dem Jurastudium an der Universität Århus. Warum, das konnte sie selbst nicht sagen. Vielleicht weil sie im Hinterkopf den Traum hatte, Karriere bei der Polizei zu machen? Aber sie erstickte fast an den trockenen Texten und Paragraphen und schmiß alles nach einem Jahr hin. Dann folgte die Weltreise mit ihrer besten Freundin und dem Rucksack auf dem Buckel. Das war lange bevor so was zur obligatorischen Bildungsreise wurde. Schließlich landete sie auf der Polizeischule. Und hier fand das große Auf und Ab ein Ende. Sie war am richtigen Ort angekommen – wie seinerzeit Jørgen. Der Kreis schloß sich.

Sie war nicht aus Abenteuerlust Polizistin geworden, denn sie hatte ja aus nächster Nähe mitbekommen, daß es absolut kein Abenteuer war. Sie war zur Polizei gegangen, weil ihr etwas in ihrem Inneren sagte, daß diese Entscheidung richtig sei. Und außerdem war das ein Beruf mit Kontakt zur Welt, wie sie wirklich war. Jenseits aller naiven Vorstellungen. Es gab die Guten, und es gab die Bösen, und es gab die dazwischen – und es gab diesen imaginären Strich, den man verdammt noch mal nicht zu übertreten hatte. Nicht einen Tag hatte sie ihre Entscheidung bereut. In ein paar Jahren, wenn Jonas etwas älter war, würde sie die Schulungen besuchen, die sie zum nächsten Schritt qualifizierten – einer Beförderung zur Kriminalhauptkommissarin.

Als sie dachte, endlich zur Ruhe gekommen zu sein, wirbelten die Gedanken erneut in ihrem Kopf herum. Sie schwitzte unter der Bettdecke, ihr T-Shirt wurde feucht. Es war ihr Vater, der ihr in den Kopf kam und sie daran hinderte, einzuschlafen.

Was dachte der sich eigentlich? Er war verschwiegen wie eine Auster und sagte selten mal etwas von Bedeutung. Plötzlich war er einfach wieder da. Mit Umzugskartons und allem. Er war ein Urgestein aus Sønderho, trotzdem kaufte er sich ein Haus in Nordby und blieb dort für sich. Warum war er zurückgekommen, wenn er nichts mit ihnen zu tun haben wollte? Glaubte er etwa, sie würde angekrochen kommen und glückselig wieder den Platz als seine Tochter einnehmen?

Anfangs hatten sie den Verdacht gehabt, daß er an einer schleichenden Demenz litt. Aber vielleicht lag es daran, daß er trank. Manchmal klinkte er sich vollkommen aus der Realität aus und verschwand. Sie konnte sich nicht überwinden, ihn zu besuchen und sein Schweigen auszuhalten.

Die ganze Zeit wälzte sie sich von einer Seite auf die andere. Fand keine Ruhe. Jetzt war die Bettdecke auch schon naßgeschwitzt. Astrid und Jørgen waren längst ins Bett gegangen. Sie hatte den Wasserhahn gehört, die Toilettenspülung und die knarrende Tür. Jedes Geräusch erzählte ihr genauestens, was vor sich ging.

Die Gedanken blieben bei dem abendlichen Gespräch hängen. Der Brief ... Eigentlich bedeutete er nicht besonders viel. Jetzt war sie wieder zu Hause, und es gab viele andere Dinge, die drängten. Martin und sie. Wo sollte das um Gottes willen enden? Trotzdem schob sich das alte Drama in den Vordergrund. Es war so fest in ihrem Bewußtsein verankert, daß jetzt unweigerlich das Axtschiff in die kleine Dachkammer hereinsegelte.

»Mein Gott! Das sieht ja aus wie das reinste Massaker ... Was um alles in der Welt ist hier nur vor sich gegangen?«

Påske hatte als erster das Blut und die Haar- und Hautreste an Bord der Ursula entdeckt, er hatte gerufen und mit der Taschenlampe gewunken. Schnell hatten sie das Schiff vom Heck bis zum Bug durchsucht, den Laderaum und die Kojen. Aber es waren keine Leichen zu finden.

»Die sind natürlich über Bord geworfen worden.« Sie hatte das nicht gesagt, um sich wichtig zu machen. Es war nur so ein Gedanke gewesen, der ihr herausgerutscht war.

Påske hatte Larsen einen seltsamen Blick zugeworfen. »Nur gut, daß wir dich haben, Portland«, konstatierte er trocken.

Sie konnte sich noch an alle Wortwechsel erinnern. Sah die gesamte nächtliche Szenerie vor Augen. Danach hatte sie immer das Gefühl gehabt, daß der erfahrene Påske sie ablehnte. Er hatte es nie direkt gesagt, doch sie hatte das Gefühl, als hielte er sie für eine lästige kleine Klette, die einem immer zwischen den Beinen herumlief und alles in Frage stellte.

Doch, sie hatte viel gefragt. Sich mit ganzen Bergen von Fragen aufgedrängt. Was er anfangs nicht verstanden hatte: Sie wollte einfach nur lernen. Wollte so gut sein wie er. Oder noch besser. Jede seiner Beurteilungen, jede Antwort prägte sie sich genau ein.

Es dauerte ein Jahr, bis Påske sie endlich akzeptiert hatte. Er war schroff, ehrgeizig und genauso stur wie sie. Aber er war bereit, sein Wissen weiterzugeben, wenn er jemanden akzeptierte. Im Laufe der Jahre entwickelte sich zwischen ihnen eine herzliche Freundschaft, und sie besuchten sich auch privat.

Påske ging vor zwei Jahren in Pension. Im Mai war sie auf seiner Beerdigung gewesen. Herzinfarkt, genau wie bei Dalmose. Sie vermißte Påske. Was er wohl zu ihren Entdeckungen in Estland gesagt hätte? »Nina, wo steckst du nur deine Nase wieder rein.« Ja, das hätte er bestimmt gesagt.

Sie hatten deutliche Spuren von Versuchen gefunden, das Schiff in Brand zu stecken – in der Kapitänskajüte, in der Messe und in der Kombüse schwamm der Fußboden in Dieselöl. Die Türen vom Maschinenraum zur Kapitänskajüte waren geöffnet und mit dem Feuerlöscher des Schiffs verkeilt worden. Diesel entzündete sich erst bei sehr großer Hitze, und insgesamt hatten die Feuer wenig Schaden angerichtet. In der Kapitänskajüte lagen überall Papiere verstreut, der Tresor war aufgebrochen. An mehreren Stellen fanden sie Blut sowie Haare und Hautreste, vor allem in einer kleinen Werkstatt im Steven und im dahinterliegenden Maschinenraum. Auch im Bilgenwasser unten im Kiel des Schiffes und in den Spülkanälen fanden sie Blutspuren.

Sie konnte heute noch einen Schauer spüren. Es war ein Gefühl gewesen, als ginge man durch ein leeres Schlachthaus.

Die erste richterliche Vernehmung dauerte mehr als vier Stunden, doch obwohl die bisher gefundenen Spuren an Bord eine deutliche Sprache sprachen, gab der Haftrichter ihnen nur 72 Stunden Zeit.

Die armen Kriminaltechniker aus Kolding und der Stab vom CFI, dem Centralbureauet For Identifikation in Kopenhagen, durchkämmten unter Hochdruck das Schiff, und alle atmeten erleichtert auf, als der Haftrichter entschied, dem Antrag der Staatsanwaltschaft zu folgen. Vitali Romaniuk blieb bis zum 3. September in Untersuchungshaft, damit hatten sie weitere zwölf Tage Zeit für ihre Arbeit.

Der russische Seemann bestritt höflich und zuvorkommend, sich irgendeiner Straftat schuldig gemacht zu haben. Er erklärte, er sei am Mittwoch, dem 18. August, gegen zwei Uhr nachts durch den Feueralarm wach geworden und habe an die Türen der anderen gehämmert, um sie aufzuwecken. Oben an Deck habe der Erste Steuermann ihm befohlen, eine der Rettungsinseln klarzumachen. Was er auch tat, und obwohl der Rauch sehr dicht war, konnte er noch dreimal hinunter in den Mannschaftsbereich, um seine persönlichen Dinge aus der Kajüte zu holen, unter anderem ein Päckchen mit 60 000 DM, eingewickelt in Zeitungspapier, und er schaffte es sogar noch, etwas Proviant mitzunehmen.

Danach war der gute Mann angeblich in Panik auf die Kapsel der Rettungsinsel geklettert, gerade als der Kran sie über die Bordwand hievte. Plötzlich war sie vom Haken gerutscht und aufs Wasser geknallt, wo sie sich sofort aufblies. Er selbst hatte den Sturz gut überstanden, konnte aber nichts anderes mehr tun als hineinzuklettern. Wind und Strömung trieben ihn schnell vom Schiff fort.

Sie schlug die Bettdecke zurück. Es hatte keinen Sinn. Sie mußte unbedingt schlafen. Sie zog das durchgeschwitzte T-Shirt aus und warf es auf den Boden. Einen Moment blieb sie so liegen, um sich abzukühlen. Als sie zu frösteln begann, wendete sie das Federbett und deckte sich wieder zu. Sie merkte, daß ihre Gedanken endlich zur Ruhe kamen. Gleich würde sie einschlafen …

7

Der alte Wecker mit den beiden Glocken hämmerte los. Sie wachte abrupt auf, erschrocken über den infernalischen Lärm. Jonas drehte sich um und gähnte laut.

War es schon Morgen? Ihr kam es vor, als sei sie erst vor einer halben Stunde endlich eingeschlafen. Die Nacht war viel zu kurz und viel zu unruhig gewesen, außerdem bekam sie so merkwürdig schwer Luft.

Das Monstrum von Wecker hatte natürlich keinen Schlummerknopf. Zum Glück, denn sonst wäre sie nie hochgekommen. Nach mehreren Anläufen schwang sie die Beine über die Bettkante und stand auf. Sie rüttelte Jonas wach und ermahnte ihn, sich schnell anzuziehen und zum Frühstück nach unten zu laufen. Dann ging sie selbst hinunter und nahm ein heißes Bad.

Es ging ihr noch schlechter als am Abend zuvor. Ihre Muskeln waren kraftlos, und sie hatte keinen Appetit, obwohl Astrid extra Eier gekocht hatte.

»Du siehst nicht aus wie jemand, der zum Dienst gehen kann«, brummte Jørgen und ließ die Zeitung sinken.

»Du gehst heute auf gar keinen Fall. Du wirst dich krankmelden, Nina. Etwas anderes kommt überhaupt nicht in Frage«, erklärte Astrid und legte ihr eine Hand auf die Stirn. »Du hast ja Fieber ...«

Zu dem Entschluß war sie auch schon gekommen, aber sie ließ die beiden in dem Glauben, immer noch für sie entscheiden zu können. Sie ging zum Telefon und meldete sich beim Wachhabenden krank.

»Willst du nicht auch gleich den Arzt anrufen?« rief Jørgen ihr aus der Küche zu.

Sie mußte lächeln. Er ließ wirklich keine Gelegenheit aus, sich Sorgen zu machen. Aber dieses Mal hatte er wohl recht. Sie rief in der Arztpraxis an und ließ sich einen Termin geben.

Dann setzte sie sich wieder an den Küchentisch, trank aber nur eine Tasse schwarzen Kaffee und sah zu, wie Jonas Astrids Haferbrei in sich hineinschaufelte.

»Bist du krank? Gehst du doch nicht zur Arbeit, Mama?«

»Nein, ich glaube, ich bin im Bett besser aufgehoben. Ich werde im Hort anrufen und sagen, daß du allein nach Hause gehen darfst, ist das in Ordnung?«

»Ja, du bist dann ja da, wenn ich komme. Aber was wollen wir denn zum Abendbrot essen?«

»Damit sieht es schlecht aus, kleiner Mann. Für dich gibt es höchstens ein Stück Schwarzbrot. Und mein Abendbrot mußt du mir wohl ans Bett bringen.«

Jørgen sah demonstrativ auf seine Armbanduhr und faltete die Zeitung zusammen.

»Wenn wir die Fähre kriegen wollen, dann …«

»Ja, ja. Wir sind fertig. Trink aus, Jonas – und dann ab in Jacke und Stiefel!«

»Ich lasse schon mal den Wagen an.«

Jørgen stand auf und nahm die Autoschlüssel von dem kleinen Haken neben dem Kühlschrank.

Sie erreichten die Fähre in letzter Minute. Aber nicht ihretwegen hatte Jørgen mächtig aufs Gaspedal getreten. Jonas mußte schließlich pünktlich zur ersten Stunde erscheinen.

Ganz gegen alle Gewohnheit setzten sie sich unter Deck. In ihrem Zustand war es kaum angeraten, oben im Freien zu sitzen. Sie fühlte sich vollkommen zerschlagen, in ihrem Kopf fing es wieder an zu hämmern.

»Bist du so krank, Mama?«

»Wie meinst du das?«

»Na, weil wir drinnen sitzen …«

»Ach, weißt du, ich friere nur so. Aber warte ab, in ein paar

Tagen bin ich wieder fit. Du hast doch deine Hausaufgaben gemacht, oder?«

»Ja, ja.«

»Was hast du in der ersten Stunde?«

»Mathe ... Mathe ist blöd.«

Nina hatte sich so warm wie möglich angezogen, zitterte aber dennoch vor Kälte. Sie sah gedankenverloren aus dem Fenster, hinter dem die Insel langsam verschwand. Auch wenn sie Esbjerg gern mochte, das vor ihnen auf sie wartete, so war es die andere Richtung, die Fahrt nach Fanø, die sie im Grunde ihres Herzens als Heimfahrt empfand. Und das, obwohl sie erst achtzehn gewesen war, als sie in die USA ging, und jetzt schon seit elf Jahren in Esbjerg wohnte. Aber einmal ein Fanøer, immer ein Fanøer.

Jonas stieß sie an.

»Wir sind da, Mama.«

Er stand auf und nahm seine Schultasche, und Nina spürte einen leichten Ruck, als die Fähre am Kai anlegte. Kurz darauf gingen sie in einer langen Reihe mit den anderen Passagieren von Bord, zu den Fahrradständern. Sie hatten immer ihre Räder an der Fähre stehen.

Es war ein naßkalter Morgen mit so dichtem, feuchtem Nebel, daß die Stadt vollkommen darin verschwand, als sie vom Fähranleger hinauf zur ersten Kreuzung radelten.

Sie schafften es gerade noch rechtzeitig zur Danmarksgades Schule, zwei Minuten, bevor die Stunde anfangen sollte. Es war nicht mehr weit nach Hause, und sie hatte nicht übel Lust, direkt unter die Bettdecke zu kriechen, aber schließlich hatte sie einen Termin beim Arzt. Es waren nicht das Fieber und die Halsschmerzen, die sie veranlaßt hatten, ihn anzurufen, sondern dieses merkwürdige Keuchen beim Luftholen. Das wollte sie lieber untersuchen lassen.

Sie mußte fast eine Stunde warten, bis sie endlich an der Reihe war. Nach einer kurzen Untersuchung konstatierte Dr. Ibsen, daß sie eine Angina und eine beginnende Lungenentzündung hatte.

Sie bekam ein Rezept in die Hand mit dem Rat, sich zu Hause ins Bett zu legen. Auf dem Rückweg fuhr sie bei der Apotheke vorbei und löste das Rezept ein, dann endlich konnte sie das letzte kurze Stück zur Kirkegade radeln.

Der Wind war eiskalt, und der Nebel hatte sich immer noch nicht gelichtet.

Sie lief die Treppe in großen Sätzen hoch und war völlig außer Atem, als sie die Wohnungstür aufschloß. Endlich daheim. Die Zeitungen, Reklameblätter und Briefe einer ganzen Woche häuften sich auf der Fußmatte unter dem Briefschlitz, aber das interessierte sie jetzt nicht. Sie ging ins Schlafzimmer, zog sich in Windeseile aus und ließ ihre Sachen einfach auf den Boden fallen. Dann warf sie sich aufs Bett und schlüpfte unter die Decke.

Sie mußte mehrere Stunden lang fest geschlafen haben, denn es war bereits nach zwei, als ein beharrliches Hämmern an der Tür sie weckte. Sie war sofort wach, aber es dauerte eine Weile, bis ihr klar wurde, daß sie tatsächlich in ihrem eigenen Bett lag. Sie überlegte, ob sie den Idioten einfach ignorieren sollte, der dabei war, ihre Wohnungstür zu Kleinholz zu schlagen, aber wenn jemand so ausdauernd war, konnte es etwas Wichtiges sein. Schließlich war sie eine ganze Weile fort gewesen.

Sie warf sich ihren Morgenmantel über, schlüpfte in die Hausschuhe und schloß immer noch ein wenig verwirrt die Wohnungstür auf.

»Hallo, Nina. Mein Gott, hast du etwa geschlafen, mitten am hellichten Tag? Ich dachte, daß du vielleicht zur Arbeit bist, wollte es aber trotzdem versuchen.«

Es war Bent, ihr Nachbar aus dem zweiten Stock. Er starrte sie durch seine dicken Brillengläser an, die unter anderem helfen sollten, sein heftiges Schielen etwas zu mildern.

»Hallo, Bent, ja, ich liege im Bett, Halsentzündung … Ist etwas nicht in Ordnung?«

»Nein, das heißt, doch … Ich dachte nur, du solltest es wissen.«

»Was denn, Bent?«

»Frau Bergholt ist tot.«

»Ach, die Ärmste. Wie ist das passiert?«

»Das war am Dienstag. Der Unfallwagen war hier, mit Blaulicht und allem. Sie ist auf der Hintertreppe gestürzt, ihr ist wohl schlecht geworden, wie sie meinten. Und stell dir vor, sie ist die ganze Treppe runtergefallen und hat sich das Genick gebrochen. War sofort tot. Das habe ich jedenfalls von Juul gehört«, erklärte er und zeigte hinauf zu Ove Juul, der oben im dritten Stock wohnte.

»Das ist ja schrecklich. Aber sie war auch schon ziemlich alt, fast neunzig, glaube ich. Du, ich friere. Ich muß sehen, daß ich wieder ins Bett komme. Laß uns ein andermal reden, ja?«

»Hast du dir das mit dem Auto überlegt?«

»Ich kann es mir nicht leisten, Bent, im Augenblick nicht. Aber ich muß jetzt ...«

»Die ganze Woche über hat es hier vielleicht gestunken. Man könnte meinen, die Kanaken hätten keine Dunstabzugsanlage. Ihr Grillfett stinkt bis in mein Wohnzimmer, deshalb will ich jetzt ...«

»Ja, ja, Bent. Aber ich bin krank. Ich muß ins Bett. Kannst du nicht nächste Woche mal auf eine Tasse Kaffee kommen?«

Sie warf die Tür zu und ließ sich wieder ins Bett fallen.

»Hallo da drinnen! Sag Bescheid, wenn ich etwas tun kann. Auf Jonas aufpassen, einkaufen oder so, okay?« rief Bent durch den Briefschlitz.

»Danke, Bent, das werde ich!«

Ihr Aufgang und das ganze Mietshaus waren eine Welt für sich, und Bent Majgaard hatte für sich die Heldenrolle als ihr Schutzengel ausersehen. Er war erst fünfunddreißig Jahre alt, Frührentner und ein gewitzter Kerl, trotz seines schielenden Blicks hinter den dicken Brillengläsern. Er war kaum behinderter als Batman, und dennoch hatte er es mit Hilfe vieler Atteste und Bescheinigungen geschafft, sich so durchzuschlängeln. Kranker Rücken, kaputtes Knie, eine Milliarde Arten von Allergien, Ausschlägen und nicht zuletzt – kranke Psyche. Das einzige, was sie ihm wirklich glaubte, waren seine schlechten Augen, die ihn jedoch nicht daran hinderten, Berge von Büchern zu lesen.

Mit einer großen Portion Geschick hatte Bent sich vom Staat seit seinem 28. Lebensjahr, als er einen Job als Automechaniker aufgeben mußte, versorgen lassen. Jetzt war es offenbar sein Job, sich um eine alleinstehende Polizeibeamtin im Hause zu kümmern, wenn er nicht gerade draußen in der privaten Werkstatt eines Kumpels an einem Auto herumbastelte.

Sie war gerade wieder eingedöst, als ihr Handy klingelte. Sie hätte es abschalten sollen. Wie sie auf dem Display sehen konnte, war es Martin. Sie hatte eigentlich keine Kraft, nahm das Gespräch aber dennoch an.

»Hallo, Martin«, sagte sie und zog sich die Decke wieder bis zum Kinn hoch.

»Hallo, ich bin gerade auf der Baustelle. Ich wollte nur hören, wie die Reise war. Ist es dir gut ergangen? Du hast dich ja nicht gemeldet …«

»Stimmt, aber dein Handy reicht doch auch bis Estland, oder? Ja, es lief alles wunderbar. Ich bin nur krank geworden. Und jetzt liege ich im Bett.«

»Dann habe ich dich geweckt? Entschuldige, aber ich dachte, du wärst im Dienst. Was fehlt dir denn?«

»Ich hab' die Grippe …« Ihr war jetzt nicht nach einer längeren Erklärung zumute.

»Ach. Du, ich muß jetzt wieder. Leg dich schlafen. Wir reden später, okay?«

»Ja, ich rufe dich an.«

»Bis dann, mein Schatz.«

»Ja, bis nachher.«

Sie schaltete ihr Handy aus und legte es auf den Nachttisch. Sie war ziemlich kurz angebunden gewesen. Aber das ließ sich jetzt nicht ändern. Sie war einfach entsetzlich müde.

Die Reise nach Estland hatte eine so überraschende Wendung genommen, daß sie weder Zeit noch Kraft gehabt hatte, ihn zu vermissen. Das reichte doch wohl als Erklärung? Denn sie mochte ihn gern. Daran hatte sie keinen Zweifel. Es gefiel ihr, daß er groß war, daß er sie zum Lachen brachte, daß er Leidenschaften und Träume hatte.

Er war ein wahrer Zauberer, was Holz anging. Seine Augen leuchteten, wenn er eine schöne Holzarbeit sah, und er konnte begeistert davon erzählen, wie man Stück für Stück ein Schiff zimmerte. Sein Traum war, sich ein eigenes zu bauen und damit in See zu stechen, mit Kurs auf die wärmeren Gegenden der Erde. Später einmal … Im Augenblick war er voll und ganz damit beschäftigt, seine eigene Firma auf die Beine zu stellen, damit er nie wieder Anweisungen schlechtgelaunter Zimmerermeister befolgen mußte, deren fachliche Qualifikation gerade dazu reichte, einen Carport zu bauen.

Im Laufe der Woche würde Martin zweifellos auf das Thema zurückkommen, das vor ihrer Reise schon anstand. Er selbst war begeisterter Fußballfan, und er hatte bereits ein paarmal vorgeschlagen, daß sie doch zu dritt zu einem Heimspiel gehen könnten – das nächste war am kommenden Sonntag. Aber im Augenblick war sie einfach nur müde. Es war immer noch zu früh … Jonas sollte ihre Bekanntschaften nicht im Eiltempo serviert bekommen. Diesen Fehler hatte sie vor ein paar Jahren einmal gemacht, jetzt wollte sie lieber selbst das Tempo bestimmen – und das hieß Zeitlupe.

Wurde sie vielleicht alt und wunderlich? Sie waren jetzt seit einem halben Jahr zusammen, aber nur, wenn Jonas nicht da war. Sie konnte Eltern nicht ausstehen, die ihre Kinder in Watte packten. Aber gehörte sie nicht auch dazu? Sie drehte sich auf die Seite und schlummerte ein, bevor sie eine Antwort darauf fand.

Das nächste Mal erwachte sie davon, daß sanfte Finger ihr über die Wange strichen. Sie öffnete die Lider und schaute direkt in Jonas' blaue Augen. Er lag neben ihr im Bett.

»Hallo, mein Schatz, bist du gerade nach Hause gekommen?« Ihre Stimme klang heiser.

»Nein, ich bin schon lange da. Ich hatte doch schon um zwei

Schluß. Und jetzt ist es fünf. Bente hat versucht, dich anzurufen, aber du bist nicht ans Telefon gegangen und auch nicht ans Handy, und da hat sie mich um vier nach Hause gebracht.«

Jonas legte ihr eine Hand auf die Stirn.

»Oha, du hast Fieber, Mama, du glühst ja …«

Sofort plagte sie das schlechte Gewissen. Wie hatte sie ihn nur vergessen können? Wie konnte sie nur vergessen, im Hort Bescheid zu sagen, einfach das Telefon abstellen und von allem davonschlafen. Sie strich ihm übers Haar.

»Tut mir leid, Schatz, ich hatte das Handy ausgeschaltet, und das andere Telefon habe ich nicht gehört. Ich muß wie bewußtlos geschlafen haben. Ist es schon fünf?«

Sie richtete sich im Bett auf.

»Hast du Hunger? Du mußt doch Hunger haben, oder?«

Jonas nickte.

»Ich habe Harry Potter gelesen, seit ich nach Hause gekommen bin. Darf ich Computer spielen?«

»Nein, jetzt nicht. Du mußt erst mal was essen. Was möchtest du denn? Vielleicht eine Pizza? Ein Pitabrot? Oder einen Döner?«

Sie hatte absolut nichts im Kühlschrank. Den hatte sie absichtlich geleert, bevor sie verreist war. Essen unten aus dem Erdgeschoß war eine Notlösung, nach der sie leider allzuoft griff.

»Nimm einen Fünfziger aus meinem Portemonnaie, es liegt in meiner Tasche draußen im Flur. Du kannst doch allein runter zu Zlatan gehen und etwas holen, oder?«

»Na klar, aber willst du denn nichts haben, Mama?«

»Nein, ich kriege nichts runter.«

»Darf ich denn an den Computer, wenn ich gegessen habe?«

»Hast du deine Hausaufgaben gemacht?«

»Ja, vor Harry Potter. Wir haben nicht viel auf, nur Mathe.«

»Okay, dann meinetwegen.«

Sie stand auf und trug Bettdecke und Kopfkissen ins Wohnzimmer. Sie konnte auf dem Sofa liegen und ihm wenigstens Gesellschaft leisten. Der Computer stand auf dem kleinen Schreibtisch im Erker, und dort würde er den Rest des Abends verbringen, wenn sie ihm das erlaubte.

In der kleinen Küche kochte sie sich einen Becher Tee und kippte einen gehörigen Schluck Strohrum hinein sowie ein paar Teelöffel Zucker. Der Rum war noch ein Rest von einem Skiurlaub in Österreich vor ewigen Zeiten, und sie hatte ihn eigentlich immer nur bei Krankheit getrunken. Er hatte 80 Prozent und konnte wohl auch eine in die Jahre gekommene Kriminalbeamtin konservieren.

Die Glücksgöttin rief am nächsten Vormittag an. Jonas war schon lange aus der Tür. Er konnte allein zur Schule gehen. Bis dorthin waren es nur ein paar hundert Meter, aber sonst versuchten sie nach Möglichkeit immer zusammen zu gehen, und wenn es irgend ging, holte sie ihn auf dem Heimweg auch vom Hort ab. Eigentlich konnte er allein nach Hause gehen. Sie mußte nur ihre Einwilligung geben.

Astrid war am Telefon. Sie und Jørgen wollten nach Esbjerg fahren. Ninas Kühlschrank sei doch sicher leer, und wenn sie sowieso schon einmal dort waren, dann könnte sie doch auch für Nina einkaufen. Und diese nahm das Angebot ohne Zögern an.

Die meiste Zeit schlief sie, stand nur ein paarmal auf, um sich ein sauberes, trockenes T-Shirt anzuziehen. Sie schwitzte wie ein Ochse, fror dann aber auch wieder wie im estnischen Moor.

In ihren wachen Momenten konnte sie ein paar Seiten in Isabel Allendes »Der unendliche Plan« lesen. Dann wurden ihre Augenlider wieder schwer, und der einzige unendlich gute Plan bestand darin, weiterzuschlafen.

8

Am dritten Tag im Bett wurde sie langsam ungeduldig. Das war ein gutes Zeichen. Die Kräfte kehrten zurück, das Fieber war auf dem Rückmarsch.

Nachdem sie die Schlummertaste des Weckers gedrückt und sich noch eine Runde gegönnt hatte, stand sie auf. Mit fettigen Haaren, die wie die Stacheln eines Igels abstanden, zog sie eine dicke, alte Jogginghose und einen Sweater an und darüber den alten Morgenmantel. In dicken Socken und Pantoffeln schlurfte sie in der Wohnung herum, um zu inspizieren, ob sie immer noch ein Zuhause hatte. Dem war offensichtlich so.

Die Kakteen standen unbekümmert auf den Fensterbänken. Das gleiche galt für die Bücher in den Regalen. Die Fensterscheiben waren schmutzig, aber das war nichts Außergewöhnliches, die Kissen lagen wild durcheinander auf dem Sofa, und Kleidungsstücke häuften sich an den sonderbarsten Stellen. Aber es war trotz allem eine Art Zuhause.

Zum ersten Mal seit Tagen aß sie etwas – eine große Portion Dickmilch –, und als Jonas davongetrabt war, grub sie den vertrauten Pappkarton aus der hintersten Ecke des Kleiderschranks aus und stellte ihn aufs Bett. Das war ihr Archiv zum Fall MS Ursula, Zeitungsausschnitte, Fotokopien, Notizen, Fotos und Auszüge aus Berichten und Verhören. Auch wenn es für Unbeteiligte wie ein großes Durcheinander aussehen mußte, war doch alles systematisch in Mappen und Plastikhüllen sortiert.

Damals hatte sie stundenlang darüber gesessen und gegrübelt, und das viele Male. Später hatte sie den Karton höchstens einmal im Jahr hervorgeholt, aber zum Vorschein kam er doch immer wieder.

Das letzte Mal hatte Jonas sie gefragt: »Mama, was ist mit diesem Karton?« Sie hatte etwas in der Art geantwortet wie: »Ach das ist nur ein Teil meiner Arbeit, den ich hier zu Hause aufbewahre. Ein großer Fall, über den ich nachdenke, wenn ich Zeit dazu habe.« Und das war nicht gelogen. Sie dachte schon jahrelang darüber nach.

Zuerst hatte sie nachts wach gelegen und Theorien entworfen – kleine Theorien, große Theorien und sogar Megakonspirationstheorien. Damals hatte sie jedem, der ihr zuhörte, von ihren Überlegungen und Zweifeln erzählt. Als ihre Passion zum Gegenstand von Spötteleien im Revier wurde, hörte sie damit auf und sprach nur noch mit Påske darüber. Er hörte ihr jedesmal interessiert zu, aber es endete immer auf die gleiche Art und Weise. Seine Logik forderte, daß er den Teufelsadvokat spielte: »Das klingt einleuchtend, Nina, aber wo sind die Beweise?«

Und die gab es natürlich nicht. Nicht den Schatten eines Beweises für all ihre Hirngespinste. Påske war wie alle anderen der Meinung, daß Vitali Romaniuk die gesamte Besatzung umgebracht hatte. Dessen spätere Aussage, er habe zwei der Seeleute in Notwehr getötet, war nur schlau den Verhören angepaßt.

Sie blätterte in der roten Mappe mit den Zeitungsausschnitten und stoppte bei einem Zeitungsartikel mit der Überschrift: »Russischer Seemann gesteht zwei Morde«.

Am Freitag, dem 27. August, war Romaniuk abends ein weiteres Mal verhört worden, und da war Fahrt in die Dinge gekommen. Plötzlich änderte er seine Aussage. Jetzt war er nicht mehr unschuldig. Und er erzählte, was sich bereits am Sonntag, dem 15. August, abgespielt hatte und nicht erst am darauffolgenden Mittwoch.

Der deutsche Kapitän und Besitzer des Schiffs, Karl Hartmann, hatte Romaniuk und einem Kollegen den Befehl gegeben, das Deck zu schrubben. Währenddessen gab es Probleme mit einer Pumpe, und der Kapitän ging mit zwei anderen Besatzungsmitgliedern in den Maschinenraum. Kurz darauf hörte Romaniuk, wie die drei laut miteinander stritten, und anschließend klang es nach einem Handgemenge. Er steckte den Kopf durch eine Luke in den Maschinenraum und sah, wie die beiden Seeleute mit dem Kapitän rangen. Romaniuk eilte nach achtern zu den Mannschaftsräumen, um Hilfe zu holen. Unterwegs traf er auf den Steuermann und unterrichtete ihn von der Situation. Der Steuermann lief nach oben an Deck, und als Romaniuk kurz danach selbst hinaufkam, sah er die beiden Seeleute, die mit dem Kapitän gekämpft hatten. Sie standen mit verzerrten Gesichtern da, hatten Blut an den Händen, und einer von ihnen hielt eine Axt in der Faust. Der Steuermann schüttelte sie und versuchte, sie zur Besinnung zu bringen, doch plötzlich zog einer von ihnen ein Messer, und Romaniuk lief nach unten, um den Koch zu holen. Als Romaniuk als letzter wieder an Deck kam, lag der Steuermann leblos am Boden, während die beiden Angreifer jetzt mit dem Koch kämpften. Dieser fiel kopfüber hin, und als er versuchte, wieder aufzustehen, bekam er einen Schlag mit der Axt auf den Hinterkopf und sackte direkt neben dem Steuermann zusammen.

Romaniuk floh und versteckte sich in dem Werkstattbereich im Steven, wo der Kampf mit dem Kapitän begonnen hatte.

Hier hielt er sich hinter einer schmalen Leiter verborgen, und als der erste seiner Verfolger die Stufen herunterkam, packte Romaniuk ihn, wand ihm die Axt aus der Hand und versetzte ihm einen tödlichen Schlag auf den Hinterkopf, so daß die Schneide im Schädel des Mannes steckenblieb. Als der zweite Verfolger auf der Leiter erschien, lief Romaniuk weiter in den Maschinenraum hinein. Hier kam es erneut zu einem Kampf auf Leben und Tod. Romaniuk sprang auf ein paar Öltonnen, während der Angreifer versuchte, ihn mit der Axt zu treffen. Dann sprang Romaniuk auf ihn hinunter, mit den Beinen voran. Als der Gegner fiel, konnte er ihm die Axt aus der Hand treten. Daraufhin zog der Mann aber ein Messer, und im selben Augenblick hieb Romaniuk mit der Axt nach seinem Kopf, verfehlte ihn jedoch, und die beiden fochten einen kurzen Kampf aus, bis es Romaniuk schließlich gelang, die Axt mit aller Macht in den Schädel des

Feindes zu rammen. Dieser sank leblos zu Boden, und es war vorbei.

In dieser Form hatte der russische Seemann gestanden, zwei Männer in Notwehr getötet zu haben.

Nina blätterte weiter in der Mappe und kam zu einer Serie von Artikeln über die Rekonstruktion des Tathergangs, den Vitali Romaniuk bereitwillig nachstellte. Es gab mehrere Fotos eines fröhlich lächelnden Romaniuk an Bord der MS Ursula im Dokhavn.

Sie selbst war bei der Rekonstruktion dabeigewesen und sprachlos, wie eifrig und unbekümmert der Angeklagte seine Hauptrolle spielte und ihnen mit einer Axtattrappe aus Holz gewissenhaft vorführte, wo und wie er seine beiden Arbeitskollegen getötet hatte. Seine Aussagen paßten übrigens genau zu den Tatorten, die von den Kriminaltechnikern an Bord ausgemacht worden waren.

Er behauptete hartnäckig, die 60 000 DM durch den Verkauf alter russischer Ikonen verdient zu haben. Er habe das Geld gespart, um sich ein Auto kaufen zu können.

Laugesen, Påske, Larsen und die übrigen bezweifelten, daß Romaniuk ihnen die ganze Wahrheit gesagt hatte, aber die Rekonstruktion des Tathergangs bestärkte sie in ihrer Annahme, daß zumindest ein Teil davon den Tatsachen entsprach.

Der Seemann war sich klar darüber gewesen, daß er sich in einer verzweifelten Lage befand, ganz allein an Bord mit fünf Toten. Also mußte er sie loswerden. Er zog die Leichen mit einem Flaschenzug aus dem Maschinenraum hoch, beschwerte sie mit eisernen Seilzügen und schwups – über die Reling und weg damit. Anschließend versuchte er die Spuren zu beseitigen, indem er mit der Salzwasserpumpe alles überspülte.

Es gab einen dumpfen Knall, als der Postbote seine Ladung in den Flur plumpsen ließ – einen Riesenstapel an Reklamezetteln und Werbezeitungen. Vom Schlafzimmer aus konnte sie sehen, daß ganz oben auf dem Haufen ein weißer Umschlag lag. Sofort sprang sie auf und holte ihn. Es war ihre eigene Handschrift.

»Nina Portland, Kirkegade 23, 6700 Esbjerg, Danmark«. Sie riß ihn auf und nahm die Filmrolle heraus.

Konnte man es sich erlauben, in den Regen hinauszugehen, wenn man krankgeschrieben war? Nein. Denn was, wenn sie auf einen Kollegen stieß? Sie konnte jetzt schon hören, was dann kommen würde. »Nanu, Nina, ich dachte, du bist krank?« Und sie würde eine Erklärung hervorhusten, daß »der arme Junge ja etwas zu essen braucht, auch wenn ich im Bett liege«.

Aber die Filmdose brannte in ihrer Hand. Wie die Bilder wohl geworden waren? War es möglich, sie zu vergrößern, so daß Wilhelmsen die Schrift lesen konnte? Sie wollte sich selbst nicht länger auf die Folter spannen als unbedingt nötig. Und außerdem waren es nur hundert Meter bis zum nächsten Fotoladen in der Kongensgade.

Sie bestellte eine Schnellentwicklung innerhalb einer Stunde und machte mit dem Verkäufer aus, daß sie am Telefon die Qualität besprechen konnten, um zu beschließen, auf welches Format die Bilder vergrößert werden sollten.

Der Pappkarton mußte warten. Im Augenblick konnte sie sich nicht mehr darauf konzentrieren, also machte sie sich zu Mittag ein Omelett, las die Zeitung und räumte auf, während die Minuten dahinschlichen.

Endlich klingelte das Telefon. Die Bilder hatten die Prüfung bestanden. Zu ihrer großen Erleichterung waren sie in Ordnung, man müßte sie aber mindestens auf A4 vergrößern, um den Text ohne Probleme lesen zu können, meinte der junge Mann im Fotoladen. Aber sie konnte sie erst am nächsten Tag abholen.

Ermuntert durch das Telefongespräch machte sie sich an ihre tägliche Routine. In einer Schüssel bereitete sie sich eine Mischung aus lauwarmem Wasser mit viel Salz, holte tief Luft und steckte den Kopf hinein. Das wiederholte sie dreimal, bis die Wunden der vielen Kratzer gut aufgeweicht waren. Dann tupfte sie das Gesicht mit einem Handtuch trocken, holte den Fön und ließ sich die warme Luft direkt ins Gesicht blasen. Anschließend betastete sie prüfend ihre Haut. Der Wundschorf war knochentrocken und hart geworden. Im Laufe nur weniger Tage würde er abbröckeln, und sie hatte die Chance, einigermaßen normal auszusehen, wenn sie wieder zum Dienst mußte. Die brutale Behandlung beschleunigte den Abheilungsprozeß ungemein. Sie hatte die Methode damals in ihrer Teenagerzeit erfunden, als die Wunde nach einem ausgedrückten Pickel eine Katastrophe war und unbedingt vor dem Wochenende verschwunden sein mußte.

Unter gar keinen Umständen wollte sie mit einem verschandelten Gesicht aufkreuzen, das zu einer unendlichen Menge neugieriger Fragen führen würde. Es reichte vollkommen, daß sie mit einer Lungenentzündung von ihrer Studienreise zurückgekehrt war.

Plötzlich hatte sie das Gefühl, keine Kraft mehr zu haben, und sie legte sich wieder ins Bett, neben den Pappkarton. Jonas kam heute erst gegen sechs nach Hause. Der Vater seines Freundes Ole würde ihn vom Hort abholen und beide zum Hallenfußball fahren – und er hatte auch versprochen, Jonas anschließend nach Hause zu bringen.

Ihr Wecker klingelte um 15 Uhr. Sie hatte zwei Stunden geschlafen und döste noch ein wenig vor sich hin. Sie wäre fast wieder eingeschlafen, riß sich dann aber zusammen und schob sich ein paar Kissen in den Rücken, so daß sie gemütlich im Bett sitzen konnte, die Decke fest um sich gestopft. Dann widmete sie sich erneut dem Pappkarton.

Es gab keine andere schlüssige Theorie als die, daß Vitali Romaniuk nicht nur die zwei, sondern alle fünf Seeleute an Bord der MS Ursula umgebracht hatte. Er hatte das Geld genommen und versucht, alle Spuren zu beseitigen. Die Überlegungen, die sie Påske vorgetragen hatte, waren nur vage, basierten aber alle darauf, daß etwas ganz anderes stattgefunden haben mußte.

Sie sah den Zeitungsstapel durch. Die Überschriften variierten. Manchmal wurde die Ursula als »Totenschiff« bezeichnet, manchmal als »Geisterschiff«. Für sie würde es immer das Axtschiff sein. Beim Weiterblättern fielen ihr beinahe wortgetreu die Artikel ein, sobald sie die Überschriften und Fotos sah. Der Inhalt war im großen und ganzen überall gleich, nur daß die Artikel in den beiden Boulevardzeitungen reißerischer geschrieben waren. Aber eines hatten sie alle gemeinsam – daß nichts überdramatisiert worden war. Die Geschichte von den Ereignissen an Bord des Axtschiffes war schon allein so sensationell, daß Übertreibungen unnötig waren.

Sie blätterte weiter und kam zu den Artikeln über die Ehefrau des ermordeten Kapitäns. Sie hieß Ursula, wie das Schiff, und war nach Esbjerg gekommen, um der Polizei nach Möglichkeit zu helfen. Ihre Reise wurde von dem deutschen Fernsehsender RTL bezahlt, der ihr auf Schritt und Tritt mit der Kamera folgte.

Eine der Schlagzeilen lautete: »Der Russe trägt die Uhr meines Mannes.« Die Frau glaubte, an Romaniuks Handgelenk die Armbanduhr ihres Mannes wiedererkannt zu haben. Die Ärmste war jetzt allein mit zwei Kindern. Sie hatte erzählt, wie die Gemeinschaft an Bord war, daß sie für ihre russische Besatzung ein Weihnachtsfest ausgerichtet hatten, und von ihrem letzten Gespräch, das sie am Morgen des 15. August mit ihrem Mann geführt hatte. Damals hatte er ihr gesagt, daß an Bord alles in Ordnung sei.

Nina legte den Stapel für einen Moment beiseite und schloß die Augen. Das war wie damals bei John F. Kennedy oder dem 11. September. Alle wußten ganz genau, wo sie waren und was sie gerade taten, als die Nachricht von dem Mord an dem amerikanischen Präsidenten in Dallas kam. Nur daß Nina damals noch gar nicht geboren war. Aber sie konnte sich noch gut erinnern, was sie am 11. September 2001 gefühlt hatte. Sie wußte alles noch ganz genau. Und das gleiche galt für den 19. August 1993, als sie zum Hafen beordert wurde. Alles stand ihr noch glasklar in Erinnerung.

Sie war so versunken in den Inhalt des Kartons, daß sie zusammenzuckte, als es plötzlich heftig an der Tür klopfte. Sie lugte durch den Spion – es war Martin. Er wußte, daß sie zu Hause war, und klopfte erneut mit seiner großen Faust gegen die Tür. Sie öffnete mit einem strahlenden Lächeln.

»Hallo, mein Schatz, ich wollte dir nur gute Besserung wünschen.«

Er überreichte ihr einen riesigen Strauß. Rote Rosen in Zellophan.

»Mein Gott, sind die für mich? Tausend Dank, komm doch rein.«

»Keine Sorge, ich bin verschwunden, bevor Jonas kommt. Ich habe nur fünf Minuten Zeit. Muß gleich wieder zurück auf die Baustelle, aber ich wollte schnell ...«

Es schien, als würde ihm erst jetzt bewußt, wie ihr Gesicht aussah. Er schloß die Tür hinter sich und schaute sie verwundert an.

»Um Himmels willen, wie siehst du denn aus?«

Das hatte sie in ihrer Isolation vollkommen vergessen. Er hatte sie auf dem falschen Fuß erwischt.

»Ich ... Ja, weißt du, wir sind einen Abend ausgegangen, in die Stadt. Und ich wollte auf einer kleinen Mauer balancieren. Dabei bin ich kopfüber in einen Dornenbusch gefallen ...«

Das war eine billige Geschichte, aber ihr fiel auf die Schnelle keine andere ein.

»Du bist auf einer Mauer herumgeturnt – und runtergefallen?«

»Ja, ich hatte wohl ein bißchen viel getrunken.«

»Du? Dich habe ich doch noch nie betrunken erlebt. Hallo!? Steht hier Idiot auf meine Stirn geschrieben? Was ist bitte schön wirklich passiert? Du siehst ja aus, als wärst du überfallen worden!«

Er stemmte beide Hände in die Seiten und sah sie aufgebracht an. Der stille Junge, der Fanø verlassen hatte, um bei einem Bootsbauer in die Lehre zu gehen, war zurückgekehrt. Aber nicht nur als ein erwachsener Mann, sondern auch als ein Mann mit Temperament. Genau wie sie selbst. Die Lunte konnte sehr kurz sein.

Sie überlegte so angestrengt, daß es in ihrem fieberschmerzenden Kopf knackte. Sie traute sich einfach nicht, ihm die Wahrheit zu sagen.

»Na gut, meinetwegen ... Aber du willst so etwas ja immer nicht hören, Martin! Wir waren ein paar Leute, die eines Abends mit auf Streife durch Tallinn gefahren sind. Mein Wagen wurde zu einem Einbruch gerufen. Zwei Männer flüchteten. Wir haben sie zu Fuß verfolgt. Durch die Büsche. Ich habe mich auf einen geworfen, und wir sind in einem Dornengestrüpp gelandet. Aber ... Ich habe ihn geschnappt.«

Das war eine sehr viel bessere Geschichte. Und es gab auch einen Grund, warum sie gezögert haben könnte, damit herauszurücken. Martin war alles andere als begeistert von ihrem Job. Er meinte, es sei zu gefährlich für eine Frau, Polizeibeamtin zu sein. Darüber hatten sie sich schon oft gestritten.

»Soll das heißen, du bist in Estland herumgerannt und hast Verbrecher gefangen, während du auf einer Fortbildung warst? Ohne auch nur das Geringste über die Verhältnisse dort zu wissen, ohne bewaffnet zu sein? Die Mafia schießt da doch die Leute über den Haufen, ohne mit der Wimper zu zucken. Du bist doch nicht ganz dicht, Nina Portland! Das ist unverantwortlich! Wann hörst du verdammt noch mal endlich auf, zu glauben, du wärst unverwundbar?«

»Ich tue nichts, was unverantwortlich ist. Ich habe die Situation genauso abgeschätzt, wie ich es hier zu Hause mache. Und im Augenblick bin ich krank und verdammt müde, da habe ich absolut keine Lust zu streiten, okay?«

Zuerst schüttelte er nachdrücklich den Kopf. Sie wußte, daß er genügend Stoff für eine längere Predigt hatte. Dann nickte er nachdenklich.

»Okay. Sparen wir es uns für ein andermal auf. Was macht deine Grippe?«

»Es geht aufwärts, langsam aber stetig. Sind die schön. Wie lieb von dir.«

Sie gab ihm einen Kuß auf die Wange und nahm die Folie ab, damit sie an den Rosen schnuppern konnte.

»Mmh, ich werde sie ins Schlafzimmer stellen. Dann können sie dort strahlen, während ich flachliege und vor mich hinkoche.«

»So, ich muß wieder an die Arbeit. Die Termine drängen. Ich habe letzte Woche zwei neue Häuser reingekriegt. Sieht richtig gut aus im Augenblick.«

»Na, viel Glück, du hast es wirklich verdient. Es gibt keinen besseren Zimmermann in ganz Westjütland.«

»Nein, den gibt es bestimmt nicht.«

Er zögerte einen Moment, während er auf der Fußmatte von einem Fuß auf den anderen trat. Dann faßte er Mut.

»Was ist jetzt, wir beide und Jonas am Wochenende zum Fußball? Hast du darüber nachgedacht?«

»Ja, aber laß uns lieber noch warten, sehen wir mal, wie es mir Ende der Woche geht. Ich will nicht im Stadion stehen und frieren, wenn ich noch nicht ganz gesund bin.«

»Nein, da hast du natürlich recht. Jetzt muß ich aber los. Mach's gut, du Sturkopf.«

Er drückte sie fest an sich und gab ihr einen Kuß. Dann öffnete er die Tür und ging winkend die Treppe hinunter. Sie konnte die Stufen unter seinen hundert Kilo knacken hören, als sie die Tür schloß.

Sie lief im Wohnzimmer auf und ab und dachte nach. Fußball war ausgeschlossen. Sie mußte erst einmal wieder richtig gesund werden. Das gab ihr ein wenig Aufschub, um ihre Entscheidung fürs nächste Heimspiel zu treffen. Im Augenblick tendierte sie dazu, nachzugeben und zu erlauben, daß die beiden sich kennenlernten. Jonas sollte ja schließlich nicht in Watte gepackt werden.

Sie stellte die Rosen ins Wasser und die Vase auf den Nachttisch im Schlafzimmer. Wo war sie gewesen, als es geklopft hatte? Sie nahm einen der Zeitungsausschnitte und setzte sich wieder aufs Bett.

Der Artikel ging Punkt für Punkt den Ursula-Fall durch. Aber es waren gar nicht mal all die Artikel und Details, über die sie nachgrübelte. Nein, es war eher die Zeit damals und ihre Tendenzen, die großen Linien. Sie hatte alle Artikel gesammelt, von 1989 bis ungefähr 1995.

Das Axtschiff lag in einer Zeit des Umbruchs am Kai. Einer Zeit, in der nicht mehr viel so blieb, wie es gewesen war.

Die Mauer war im November 1989 gefallen, die Sowjetunion wie ein Kartenhaus im Dezember 1991 zusammengebrochen. Wer wußte denn, ob nicht Ausläufer dieser Begebenheiten auch die MS Ursula überspült hatten?

Themen gab es damals viele, und sie zogen sich wie ein breiter Strom durch die Medien: Der Stasiapparat brach zusammen und hinterließ Berge von belastendem Material, das der Spitzelstaat zusammengetragen hatte. Der Rechtsextremismus in Deutschland brach offen aus, unter anderem mit mörderischen Brandstiftungen in Mölln und Solingen und großen rassistischen Aufmärschen in Rostock. Die Grenzen fielen – und die Masken auch. Verbrecher bekamen größere Bewegungsfreiheit in Europa.

Experten fürchteten, daß ganze Waffenarsenale im früheren Ostblock außer Kontrolle geraten waren. Daß Atomwaffen oder nukleares Material für den Bau von Atomwaffen an den Meistbietenden verkauft werden könnte, was in der Praxis hieße: an alle möglichen Banditen und Terroristen. Deutschland stand kopf, nachdem der deutsche Zoll mehrere Male radioaktives Material an den Grenzen beschlagnahmt hatte. »Wissensflucht« war auch ein Schlüsselwort gewesen. Wer nicht aus eigener Kraft an der Bombe baute, konnte sich zumindest Expertenwissen kaufen, denn welcher Professor wollte nicht lieber für Dollar oder D-Mark arbeiten als für eine Handvoll Rubel?

Wenn diese Weltuntergangsprophezeiungen auch nicht eintrafen, so gab es immer noch genug zu spekulieren. Unersetzliche Kunstschätze, Gemälde und Ikonen schienen aus Rußland zu sickern wie Wasser durch ein Sieb. Die Mafia wuchs und wucherte. In Rußland beseitigte sie alle Widersacher und mordete sich den Weg frei, und das gleiche galt für ganz Osteuropa, wo die organisierte Kriminalität plötzlich freie Bahn hatte.

Und als wäre das alles nicht bereits turbulent genug, zerfiel auch noch Jugoslawien. Der gesamte Balkan stand Anfang der

Neunziger in Flammen und erlebte den schlimmsten Krieg, den Europa seit dem Ende des Zweiten Weltkriegs gesehen hatte, während die Politiker das taten, was sie schon immer am besten konnten: reden, reden, reden.

Einen Moment lang schaute sie zu den Rosen in der Vase hinüber. Sie waren dunkelrot und wunderschön, es mußten 25, 30 Stück sein. Martin war wirklich ein lieber, aufmerksamer Riese von einem Zimmermannsmeister. So lieb, wie er auch schroff sein konnte. Wenn er sich nur aus ihrer Arbeit heraushalten würde. Das mußte er langsam lernen. Sie wollte weiterkommen bei der Kriminalpolizei, wollte Hauptkommissarin werden. Und das würde ihr auch gelingen.

Sie konzentrierte sich erneut auf die Artikel. Immer wieder hatte sie überlegt, ob die MS Ursula nicht vielleicht eine unbekannte Fracht an Bord gehabt hatte.

Das konnten russische Gemälde oder Kunstgegenstände sein, Geheimdienstpapiere, Uran oder Kernwaffen, oder auch nur ganz gewöhnliche Waffen. Es konnte alles mögliche sein. Wenn es nur wertvoll genug war, um dafür fünf Männer umzubringen, und das waren die lächerlichen 60 000 DM an Bord ja wohl kaum, ganz gleich, wie naiv man nun war.

Påske war in keiner Weise abgeneigt gewesen. Er konnte problemlos das aktuelle, zeittypische Element in ihren Theorien sehen. Die Sache war nur die, daß es nicht den Schatten eines Beweises gab, nichts, nothing.

Die MS Ursula war nur ein Frachter, der von kleinen Aufträgen lebte, die sich so ergaben. Das Schiff hatte gerade eine Ladung Raps in London abgeliefert und war leer auf dem Weg nach Hause, zum Heimathafen Brunsbüttel an der Elbmündung. Wäre es aus einem russischen Hafen gekommen, hätte das ihre Theorien bestärkt. Aber warum sollte es mit einer geheimen Fracht ausgerechnet aus London unterwegs gewesen sein? Das ergab keinen Sinn …

Zurückgeblieben waren in all den Jahren nur die Ungewißheit und der nagende Zweifel. Hatte der russische Seemann die Wahrheit gesagt oder einen Teil der Wahrheit, oder war alles blank gelogen?

Sie studierte die Kopien der Seekarten und schüttelte resigniert den Kopf. Es gab natürlich niemanden, der hätte sagen können, ob die MS Ursula da draußen auf hoher See Kontakt mit irgendeinem anderen Schiff gehabt hatte oder nicht. Aber das war eine zwingende Voraussetzung für die Theorie einer geheimen Fracht, denn das Schiff war leer, als man es fand. Der russische Seemann war buchstäblich auf eigene Faust durch die Nordsee geschippert. Laut seiner konfusen Aussage war er nach dem Drama ungefähr 200 Seemeilen Richtung Norden gefahren, bis kurz vor Stavanger in Norwegen. Dort hatte er gewendet und war 250 Seemeilen Richtung Süden getuckert, ungefähr in die Gegend, aus der er gekommen war. Dann hatte er das Schiff angezündet und war in die Rettungsinsel gestiegen.

Die Wohnungstür ging leise auf. Es war Jonas, der sich vorsichtig hineinschlich, um Nina nicht zu wecken.

»Hallo, mein Schatz. Komm nur rein, ich schlafe nicht.«

»Hallo, Mama.« Jonas stand mit nassem, ungekämmtem Haar in der Tür, die Sporttasche über der Schulter. »Woher hast du denn die ganzen Rosen?«

»Vom Polizeirevier. Von meinen Kollegen.«

»Und, geht es dir heute besser?«

»Ja, es geht auf jeden Fall bergauf, das merke ich. Und wie war es beim Fußball?«

Jonas hielt grinsend eine offene Hand hoch.

»Ich habe fünf Tore geschossen, eins war ein Elfmeter.«

»Toll. Mach nur so weiter, dann können wir dich an Barcelona verkaufen, und deine alte Mutter muß nicht bis zur Rente bei der Polizei ackern.«

»Real Madrid, Mama, nicht Barcelona …« Jonas grinste und setzte sich ans Fußende.

»Na gut, dann eben Real Madrid. Hauptsache, wir kriegen genug Geld.«

Sie streichelte ihn zärtlich mit einem Fuß.

»Mensch, das war doch nur ein Trainingsspiel, Mama. Wühlst du schon wieder in dem alten Pappkarton rum?«

Er schaute neugierig hinein, holte ein paar Zeitungen heraus und las laut vor.

»Seemann gesteht zwei Morde. Wow … Hört sich spannend an.«

»Das ist nur ein alter Fall, den ich ab und zu durchgehe, wenn ich Zeit habe. Der ist schon älter als du, von 1993. Du bist ja erst 1994 geboren, Jonas …«

»Weiß ich. Darf ich Computer spielen?«

»Nein, erst machst du deine Hausaufgaben. Und ich stehe auf und mache uns etwas zu essen.«

»Ich kann zu Zlatan runtergehen und was holen.«

»Nix da, du kriegst Kartoffeln, mein Lieber, nicht immer dieses Junkfood. Glaubst du, Ronaldo und Raul sind mit Hamburgern und Pommes frites groß geworden?«

Nachdem sie gegessen hatten – Koteletts mit Kartoffeln, brauner Soße und Gemüse – schleppte Jonas Bettdecke und Kopfkissen ins Wohnzimmer, während sie zwei Becher heißen Kakao kochte. Dann ließ sie sich auf dem Sofa nieder, und Jonas setzte sich zwischen ihre Beine, lehnte sich gegen sie und zog sich die Decke bis zum Kinn hoch. So machten sie es immer, wenn es richtig gemütlich werden sollte, aber bald würde er dafür zu groß sein – oder das Sofa zu klein.

Sie drückte auf die Fernbedienung. Sie wollten einen Videofilm sehen, den Jonas von einem Klassenkameraden ausgeliehen hatte, Walt Disneys »Findet Nemo«.

Es war schon spät, viel zu spät, als Jonas endlich im Bett lag und Nina ihm gute Nacht sagte. Normalerweise war Abmarsch gegen neun Uhr, jetzt war es schon kurz nach zehn.

Sie ging auf den kleinen Balkon hinaus, der zum Hinterhof zeigte, und steckte sich eine Zigarette an. Sie rauchte nie in der Wohnung. Der Junge sollte nicht dem Gestank von Tabakrauch ausgesetzt werden, der die kleine Wohnung schnell verqualmen würde, nur weil sie es nicht schaffte, mit dem Rauchen aufzuhören.

Zlatan war dabei, seinen Laden zu schließen. Er lärmte unten an dem Müllcontainer, der zur Grillbar gehörte. Er war ein netter Kerl. Immer zu einem Schwatz bereit und mit einem Gesicht wie eine lächelnde Sonne, was ihr fast absurd erschien, wenn sie daran dachte, wieviel Schreckliches er und seine Familie erlebt hatten, bevor es ihnen gelungen war, sowohl vor den Kroaten als auch vor den Serben zu fliehen. Normalerweise hätte sie ein »Hallo« hinuntergerufen, doch dieses Mal blieb sie still. Heute abend wollte sie mit niemandem reden.

Sie schaltete alle Lichter aus und lief eine Weile unruhig in der dunklen Wohnung herum. Der Verkehr unten in der Skolegade hatte nachgelassen, direkt unter ihren Fenstern verlief eine der verkehrsreichsten Straßen der Innenstadt, doch jetzt war es fast still. Sie konnte es sich nicht leisten wegzuziehen, außerdem hatte sie momentan überhaupt keine Lust dazu. Sie hatte das meiste selbst renoviert, als sie eingezogen war. Hatte tapeziert, den Holzfußboden im Wohnzimmer abgeschliffen und eingeölt, so daß er jetzt warm glänzte und seine Maserung mit den Astknoten in der Sonne leuchtete.

Es gab bessere Wohnungen mit einer teureren Aussicht, aber sie war froh über ihre. Durch die großen Fenster hatte man freien Blick auf Vor Frelser Kirke, die auf der anderen Seite der Straße auf einem offenen Platz mit Kopfsteinpflaster lag. Bei der Renovierung vor ein paar Jahren hatte ein gewitzter Mensch dafür gesorgt, daß zwischen die Katzenköpfe Strahler eingelassen wurden, und jetzt stand die Kirche in einsamer Majestät von unten beleuchtet da, eingehüllt in einen behutsamen Schimmer.

Sie spürte ein Gefühl der Unruhe in sich. Je intensiver sie an Jonas dachte, der friedlich in seinem Zimmer schlief, an die Wohnung und die vielen Stunden Arbeit, die sie hineingesteckt hatte, an den Aufgang, Bent, Juul, die alte Frau Bergholt, Zlatan mit seiner unüberschaubaren Familie und seinen Helfern, den

Markt gleich um die Ecke, die Kollegen, Fanø, die schlummernde Kirche gegenüber – um so unruhiger wurde sie.

Sie blieb in der Tür zum Schlafzimmer stehen, sah den Pappkarton wie eine schwarze, bedrohliche Silhouette auf dem Bett thronen. Heraus krochen aufgelöste Leichen mit Äxten mitten im Schädel und schweren Eisenteilen um die Beine gebunden, ein langes, düsteres Schiff kam Stück für Stück zum Vorschein und fuhr gemächlich über den Kartonrand hinweg, glitt weiter durch das Fenster und in die Kirkegade hinunter, ein durchsichtiger Körper stieg in die Luft, bekam Arme und Beine und schwebte durch den Raum, um sich dann bequem auf der Fensterbank zurechtzusetzen – mit zerzaustem Haar, spitzer Nase, Schnurrbart und einem unergründlichen Lächeln auf den Lippen.

Sie machte das Licht an. Der Pappkarton stand unschuldig mit offenen Klappen da. Resolut stellte sie ihn in eine Ecke und warf eine Wolldecke darüber.

Es war Freitag, der vorletzte Tag ihrer vom Arzt verordneten Penicillinkur. Sie fühlte sich schon viel besser, stand aber erst gegen Mittag auf.

Am Dienstag sollte sie wieder zum Dienst, und sie sah keine Gefahr, das nicht zu schaffen. So lange war sie noch nie krank gewesen. Sie hatte auch nie geschwänzt – aus dem einfachen Grund, weil ihr die Arbeit gefiel. Sie war inzwischen schon wieder so gesund, daß sie mit dem Gedanken spielen konnte, wie um alles in der Welt die Kollegen eigentlich ohne sie zurechtkamen. Und mit ein wenig optimistischer Sorge sah sie das Wochenende vor sich, das sie wohl noch in den eigenen vier Wänden verbringen mußte.

Jetzt, wo die Bilder entwickelt waren, wollte sie kein Risiko eingehen, indem sie sie selbst abholte. Das konnte Jonas auf seinem Heimweg tun. Astrid hatte angeboten, ihn übers Wochenende nach Fanø zu holen, aber das hatte Nina dankend abgelehnt. Sie wollte es genießen, einmal so richtig viel Zeit mit ihm verbringen zu können. Statt dessen versprach Jørgen, ihn am Sonntag zum Fußballspiel im Stadion abzuholen, und außerdem sollte Jonas am Samstagnachmittag selbst in der Halle spielen, also würde er schon genug rauskommen.

Martin hatte angerufen und gesagt, daß sie das mit dem Fußball vergessen konnten, falls sie es sich doch noch anders überlegt haben sollte. Er mußte einspringen und seine Tochter Sofie übernehmen, weil deren Mutter sich mit einer Grippe ins Bett gelegt hatte und ihr neuer Mann, der gar nicht mehr so neu war, sich auf Geschäftsreise befand. Martin hatte sie normalerweise jedes zweite Wochenende und ein paar Tage in der Woche, was sich nur machen ließ, weil auch seine Exfrau hier in der Stadt wohnte.

Nina hatte erwidert, das sei ja ärgerlich, aber sie meinte es nicht. Die Nachricht ließ sie vielmehr erleichtert aufatmen. Jetzt brauchte sie nicht selbst abzusagen. Sie und Jonas würden das ganze Wochenende nur für sich haben. Und das brauchten sie auch.

Sie machte noch einmal die Salzwasserbehandlung und stellte nach einem Durchgang mit dem Fön fest, daß sich einige der Schorfstreifen vorsichtig abziehen ließen. Die hellrote Haut darunter ließ sich mit Make-up kaschieren. Bis Dienstag würde sie ein Gesicht haben, das nichts mehr von ihrer Reise nach Estland verriet.

Nach einem schnellen Essen bezog sie ihr Bett neu. Den Karton unter der Wolldecke in der Ecke ließ sie erst einmal dort stehen. Auch wenn sie seinen Inhalt in- und auswendig kannte, wollte sie gern auch den Rest noch einmal durchgehen, damit sie vorbereitet war, falls sich herausstellen sollte, daß die Übersetzung etwas enthielt, was sie brauchen konnte. Es war immer noch ein paar Tage hin, bis Bjarne Wilhelmsen aus St. Petersburg zurückkommen sollte.

Sie saugte die gesamte Wohnung und bezog auch Jonas' Bett neu, bis sie feststellte, daß sie so gesund nun auch noch nicht wieder war. Im Gegenteil, sie war todmüde. Mit einer Tasse Kaffee in der Hand begann sie sich mit den vielen kleinen Wesen zu beschäftigen, die auf den Fensterbänken im Wohnzimmer aufgereiht standen. Sowohl das Axtschiff als auch der Palme-Mord und das körperliche Training konnte in eine Kategorie eingeordnet werden, die eng mit ihrer Arbeit verbunden war, also waren die Kakteen genaugenommen ihr einziges Hobby. Es waren Sukkulenten, die ihre Abwesenheit gut überstanden hatten, es war sowieso langsam Zeit für ihre Ruheperiode, in der sie gar kein Wasser bekommen durften.

Mit normalen Blumen und Topfpflanzen hatte sie nie Erfolg gehabt. Sie hatte nun mal keinen grünen Daumen. Das Resultat war immer dasselbe gewesen: Sie waren ihr eingegangen. Entweder hatte sie zu wenig gegosssen oder zu viel. Statt dessen war sie seit einigen Jahren von diesen kleinen, zählebigen Verwandten fasziniert, seit sie während eines Einkaufs in einem Baumarkt nach einer kleinen Plastikpackung mit drei bunt blühenden Kakteen gegriffen hatte. Die besaß sie immer noch. Sie standen nebeneinander aufgereiht in dem Fenster zur Kirkegade. Und dann hatte es sie gepackt, sie hatte ihre Leidenschaft mit ungefähr fünfunddreißig meist kleinen Sukkulenten gestillt, die fast alle zur Familien der Kakteen gehörten, aber es waren auch vereinzelt Blattsukkulenten darunter wie Agave oder Paradiesbaum.

Sie blieb bei den Arten, die keine großen Anforderungen an eine kühle Ruheperiode stellten, denn sie hatte keine Lust, von November bis April nur leere Fensterbänke anzugucken. Aber es gab auch Juwelen in ihrer Sammlung, die eine Sonderbehandlung bekamen; sie standen im Augenblick draußen auf dem Balkon und warteten darauf, in den Keller gebracht zu werden. Es waren zwei argentinische Lobivias, die sie selbst gezogen hatte, eine große Mammillaria longiflora mit dunkelvioletten Blüten und eine Escobaria chihuaensis, beide mexikanisch, aber bei einer Kakteengärtnerei in Deutschland gekauft. Wenn sie eines Tages ein Haus oder eine Wohnung mit Garten hatte, dann würde sie sich mehr anschaffen, viel, viel mehr.

Jørgen fand ihr kleines Hobby eher komisch. Das war wie mit den Hundebesitzern. Sie ähnelten immer mehr ihrem Hund, oder etwa nicht? Und sie beschäftigte sich also mit kleinen, zählebigen Biestern, die noch in magerster Erde leben konnten und die stachen, wenn man sie nicht vorsichtig behandelte. Jørgen gefiel seine Theorie. Vielleicht hatte er ja recht?

Nach einer langen Siesta auf dem Sofa widmete sie sich den letzten Mappen aus dem Pappkartonarchiv.

Die Leiche des deutschen Kapitäns wurde von holländischen Fischern bei Katwijk gefunden. Sie war ihnen vor der Insel Texel ins Netz geraten. Am 14. September 1993 konnte ein niederländischer Pathologe des gerichtsmedizinischen Instituts in Den Helder mit absoluter Sicherheit feststellen, daß es sich um die Leiche von Kapitän Hartmann handelte. Laut Obduktionsbericht hatte er einen heftigen Schlag auf den Kopf und mehrere Messerstiche in die Brust bekommen.

Das war übrigens die einzige Leiche, die jemals im Ursula-Fall gefunden wurde, obwohl natürlich auch Interpol eingeschaltet worden war. Im Laufe der Jahre hatten sie mehrere Leichen- und Knochenfunde überprüft. Sie zogen die zahnärztlichen Befunde und die DNA der übrigen vier Besatzungsmitglieder zum Vergleich heran – doch jedesmal war es vergeblich gewesen.

Schon zu Beginn der Untersuchungen gab es Gerüchte über ein deutsches Auslieferungsbegehren, weil der Kapitän ein Deutscher gewesen war. Vitali Romaniuk hatte sich heftig dagegen gewehrt, mit der sonderbaren Begründung, daß er keine faire Behandlung bei den Deutschen zu erwarten habe, weil sie Rache nehmen wollten wegen des harten Urteils für Mathias Rust, dem Burschen, der direkt ins Herz der Sowjetunion geflogen und auf dem Roten Platz in Moskau gelandet war.

Der Auslieferungsantrag der Staatsanwaltschaft Osnabrück wurde schließlich offiziell gestellt und vom dänischen Justizministerium unterstützt. Das Amtsgericht folgte dem Antrag,

Romaniuk legte Beschwerde ein, doch das Vestre Landsret bestätigte die erstinstanzliche Entscheidung. Am 13. Dezember wurde Romaniuk aus dem Gefängnis von Esbjerg an die Grenze nach Frøslev gebracht und der deutschen Polizei übergeben.

Es verging eine ganze Weile, bis das Landgericht Osnabrück endlich den ersten Verhandlungstermin ansetzte. Der Prozeß begann erst am 5. September 1994 mit Vitali Romaniuk in der Hauptrolle – jetzt gekleidet wie ein südländischer Gigolo in enganliegendem weißen Anzug, weißem Hemd, mit weißem Schlips und weißen Schuhen.

Der Polizeipräsident höchstselbst sowie weitere Kollegen und, man staune, sogar zwei Richter vom Gericht Esbjerg wurden als Zeugen geladen, ebenso die Kriminaltechniker, die Fischer von Hirtshals und die Rettungsmannschaft der Küstenwache. Sie selbst war auch in Deutschland gewesen, nicht als Zeugin, sondern als neugierige Zuhörerin. Sie hatte ein paar Tage abgebummelt. Sie mußte einfach hin und den Prozeß verfolgen.

Damit begann alles noch einmal von vorn, und es hatte sich mittlerweile zu einer Mammutsache ausgewachsen, mit einer Menge geladener Zeugen und einer Unzahl von Verhandlungsterminen, die für den Prozeß 11Js 290007/93 angesetzt worden waren.

Romaniuks Mutter aus der russischen Exklave Kaliningrad hatte berichtet, was für ein guter und ruhiger Junge ihr Sohn doch war. Er war Einzelkind. Trank nie etwas. Trieb sich nie mit Mädchen herum – und kam immer zur verabredeten Zeit nach Hause.

Die Anhörung von Familienmitgliedern der getöteten Seeleute hatte deutlich gemacht, daß die Beziehung zwischen Kapitän und Besatzung ziemlich gespannt gewesen war.

Romaniuks gesamte Vergangenheit wurde aufgerollt, und es herrschte Uneinigkeit darüber, welche Ausbildung er eigentlich bei der Marine bekommen hatte. Kampfschwimmer und »ein lautloser Killer«, wie die Anklageschrift es etwas dramatisch formulierte, oder einfach nur ein ganz gewöhnlicher Pionierleutnant bei der Flotte. Auf jeden Fall verließ er sie 1989 mit dem Traum, Kapitän zu werden. Er unterrichtete auf einer Marineschule in Kaliningrad und betrieb nebenbei ein bißchen Handel – mit Ikonen.

Die 60 000 DM waren natürlich einer der zentralen Punkte. Romaniuk behauptete nunmehr, daß zumindest 40 000 DM ihm gehört hätten, er habe sie lediglich dem Kapitän zur Aufbewahrung gegeben. Das Geld stamme aus dem Verkauf von Ikonen, Erbstücken aus der Familie, und er habe damit unterwegs ein Auto kaufen wollen.

Sie konnte sich noch an nahezu alle Details aus den Gerichtsterminen erinnern, an denen sie teilgenommen hatte. Und den Rest hatte sie sich angelesen.

Eine Sache tauchte immer wieder auf. Vitali Romaniuk lächelte, teilweise zufrieden, kühl und ganz entspannt, während er hartnäckig abstritt, alle fünf Seeleute umgebracht zu haben. Er blieb dabei, daß er zwei in Notwehr tötete, alle Leichen über Bord warf und das Schiff in Brand setzte, weil er davon ausging, daß ihm niemand seine Geschichte glauben würde.

Als an einem Verhandlungstag das Video gezeigt wurde, das bei der Rekonstruktion des Tathergangs an Bord der Ursula im Hafen von Esbjerg aufgenommen worden war, konnte man geradezu sehen, wie zufrieden er mit seiner Erscheinung auf dem Bildschirm war. Merkwürdig …

Romaniuks gefaßtes Auftreten, daß schon einen psychopathischen Anstrich hatte, war vielen Leuten ein Rätsel gewesen, auch in Deutschland. Ein Professor der Psychiatrie hatte ihn untersucht und war zu dem Schluß gekommen, daß der Russe ein sehr intelligenter, ehrgeiziger und zielstrebiger Mensch sei und auf jeden Fall schuldfähig, wenn es dazu kommen sollte.

Doch es kam nicht dazu.

Ein neues Jahr hatte begonnen, und man schrieb den 3. Februar 1995, als das Landgericht Osnabrück Vitali Romaniuk freisprach. »Trotz aller Bemühungen ist es uns in diesem Verfahren nicht gelungen, die Wahrheit herauszufinden. Das Gericht konnte die Behauptungen des Angeklagten nicht widerlegen. Es gibt jedoch keinen Freispruch erster oder zweiter Klasse. Nur einen Freispruch. Und deshalb ist Vitali Romaniuk nunmehr als unschuldig anzusehen«, erklärte der Vorsitzende.

Die Richter des Landgerichts hielten es für unwahrscheinlich, daß der Russe, wie die Staatsanwaltschaft behauptete, das große Risiko, fünf Menschen zu ermorden, für einen derart geringen Betrag eingegangen sein sollte. Sein wichtigstes Ziel im Leben war es, Kapitän zu werden, und man berief sich auf die Erklärung des psychiatrischen Gutachters, daß er ein Vernunftmensch sei. »Er hätte es nie zugelassen, daß eine derart chaotische Handlung, wie sie ein fünffacher Mord darstellt, seine Pläne durchkreuzt«, lautete die Begründung.

Nur die Brandstiftung war bewiesen und zog eine Haftstrafe auf Bewährung nach sich. Somit war Vitali Romaniuk ein freier Mann. Nicht einmal das Geld wurde konfisziert. Es gab keinen Beweis für seine Schuld. Er konnte für all die Morde nicht belangt werden. Niemand konnte seine Behauptungen widerlegen, auch nicht hinsichtlich des Geldes. Dieser Teil des Falles wurde später in einem Zivilverfahren entschieden, und ob der Russe das gesamte Geld hatte behalten dürfen, das wußte Nina nicht.

Romaniuk selbst hatte nach dem Urteilsspruch vor laufenden Fernsehkameras erklärt: »Ich habe Mitleid mit den Angehörigen der Getöteten. Aber ich bin unschuldig, ich habe in Notwehr gehandelt. Und ich würde es wieder tun.«

Trotz des Freispruchs vergingen fast anderthalb Jahre, bevor der Russe erleichtert aufatmen konnte, denn die Staatsanwaltschaft legte Revision ein, um den Fall vor eine höhere Instanz zu bringen. Erst im Sommer 1996 wies das höchste deutsche Gericht, der Bundesgerichtshof in Karlsruhe, die Wiederaufnahme des Verfahrens ab.

Drei Jahre nach seiner Verhaftung in Esbjerg war Vitali Romaniuk definitiv frei.

Ein noch absurderes Nachspiel ergab sich, als er später an die Witwe des Kapitäns schrieb und sich erneut um eine Heuer auf der Ursula bewarb …

Nina sammelte das Material ein und legte es wieder in den Karton. Die Geschichte war bizarr. Die Hauptperson war bizarr. Jedesmal, wenn sie den Inhalt des Kartons durchging, regte sie sich von neuem auf. Rätsel sollten gelöst werden und nicht als Rätsel stehenbleiben.

Als Jonas endlich nach Hause kam, schickte sie ihn sofort zum Fotogeschäft. Fünf Minuten später kam er mit einem großen Umschlag zurück, der die Abzüge, die Negative und auch die Vergrößerungen enthielt.

Sie studierte die Fotos genau. Die kyrillische Schrift war sauber und deutlich in einer Größe abgebildet, daß Wilhelmsen sie problemlos würde lesen können.

»Was ist das, Mama?« Jonas schaute ihr neugierig über die Schulter.

»Nichts Besonderes, mein Schatz. Nur etwas, das auf Russisch geschrieben ist, und ich möchte, daß mir das ein Mann übersetzt. Vielleicht hängt es mit einem Fall zusammen, an dem wir gerade arbeiten.«

»Was für ein Fall?«

Jonas war es gewohnt, so einiges von ihrer Arbeit zu hören, auch wenn sie sorgsam auswählte, was er wissen durfte und was nicht. Daß die Welt gemein, brutal und voller Psychopathen war, denen ein Menschenleben und körperliche Unversehrtheit nichts galt, das wußte der Junge bereits. Die Nachrichten waren ja voll davon. Aber daß es auch vor ihrer eigenen Haustür so zuging, das sollte er lieber erst später herausfinden.

»Das ist nur so ein Fall mit Schmugglern, vielleicht Russen«, antwortete sie.

»Die russische Mafia?«

»Ach, das glaube ich kaum, eher ganz normale Russen …«

»Die Mafia erschießt Leute und sprengt sie mit Zeitbomben

in die Luft. Wenn es doch die Mafia ist, dann mußt du gut aufpassen, hörst du, Mama?«

»Ja, natürlich, Jonas, ich passe immer gut auf. Aber wie gesagt, die Mafia hat damit nichts zu tun, keine Sorge.«

»Was würdest du machen, wenn die russische Mafia hinter dir her wäre? Sie erschießen?«

»Nun ja ... Ich glaube, ich würde zusehen, daß ich die Beine in die Hand nehme.«

»Was, einfach abhauen?« Er klang enttäuscht.

»Ja, es geht darum, den Kopf zu benutzen. Auch wenn man bei der Polizei ist.«

»Aber würdest du denn nie schießen?«

»Doch, wenn es keine andere Möglichkeit gäbe und wenn ich in Lebensgefahr wäre, dann würde ich meine Pistole ziehen und sie umpusten.«

Jonas lächelte. Wie sie von Elternabenden wußte, gab er manchmal gern damit an, daß seine Mutter Polizeibeamtin war. Eine der Fähigsten im Polizeirevier. Und daß sie eine Pistole hatte, die sie in einem Schulterhalfter unter der Jacke trug, damit niemand sie sehen konnte.

Man konnte sicher jede Menge pädagogischer Einwände gegen ihre Antwort vorbringen. Aber die Jungs prahlten doch alle. Einer mit seinem Vater, der bei der Feuerwehr war. Ein anderer, weil die Familie einen dicken Mercedes fuhr. Da konnte Jonas nicht mithalten. Sie hatten kein Auto, hatten nie eins besessen. Es wäre doch viel schlimmer, wenn es dem Jungen peinlich wäre, daß seine Mutter Polizistin war. Und es war nicht auszuschließen, daß diese Zeit kommen würde.

»Hör mal, könntest du mir einen kleinen Gefallen tun, Jonas?«

»Öh, was denn?«

»Schnell mal zum Briefkasten gehen.«

»Wenn's weiter nichts ist, okay.«

Sie ging ins Wohnzimmer, holte einen Briefbogen und schrieb eine kurze Nachricht für Bjarne Wilhelmsen. Nur eine undramatische Erklärung, wie sie ganz zufällig in Tallinn auf die Spur von Vitali Romaniuk gekommen war. Ob er wohl Zeit hätte, den Text auf den beiliegenden Fotos zu übersetzen?

Sie legte die Nachricht und die Vergrößerungen in einen Briefumschlag, schrieb die Adresse drauf und schickte Jonas damit los.

9

Die ersten, die ihr am Dienstag morgen auf der Wache begegneten, waren Henriksen und Poulsen von der Schutzpolizei. Sie kamen in einem Affenzahn die Treppen heruntergelaufen, schafften es aber trotzdem, sie zu grüßen, und Henriksen rief: »Hallo, Portland, schön dich wiederzusehen, du bist ja lange weg gewesen!« Sie schaffte es nicht mehr, ihnen zu antworten, sie waren bereits aus der Tür.

Es war, als sei sie drei Wochen auf Sommerurlaub gewesen. Das heruntergekommene Polizeihaus hatte einen ganz besonderen Geruch, den sie nicht so recht bestimmen konnte. Nicht so charakteristisch wie im Schreckenskabinett des Zahnarztes, eher vertraut, wie eine Mischung aus Putzmitteln, Papier, Tabak und Geschäftigkeit.

Sie war nach langer Zeit endlich wieder zurück im zweiten Stock. Sie fühlte sich fit, auch wenn sie die überstandene Krankheit noch ein wenig in den Knochen spüren konnte. Das Wochenende war genauso ruhig und gemütlich gewesen, wie sie es sich erhofft hatte. Während Jonas zum Fußball war, hatte sie einen Spaziergang zu den Statuen der vier Männer gemacht, dort eine Weile auf dem Sockel der Skulptur gesessen und den Wind und die frische Luft vom Meer genossen.

Abends hatten sie gemeinsam eines von Jonas' Leibgerichten gekocht, Spaghetti Bolognese aus frischen Nudeln und mit Salat dazu. Hinterher hatten sie noch am Eßtisch gesessen, verschiedene Spiele gespielt und warmes Popcorn aus der Mikrowelle gegessen. Der Abend endete in Jonas' Zimmer, wo sie ihm aus Harry Potter vorlas.

Am Sonntag hatte sie eine längere Fahrradtour gemacht, während Jonas mit Jørgen im Fußballstadion war. So wollte sie wieder zu Kräften kommen, und das hatte gut geklappt, obwohl sie ungewöhnlich oft nach Luft schnappen mußte, als sie kräftig in die Pedale trat. Am Montag taten sie gar nichts, doch, sie hatte probehalber ihr Gesicht geschminkt. Normalerweise benutzte sie nur ein leichtes Make-up, aber jetzt war ausnahmsweise die ganze Palette gefragt, damit nicht eine Schramme mehr zu sehen war. Und heute war sie früh aus den Federn gestiegen und hatte sich reichlich Zeit genommen, um eine fast neue Woche zu beginnen. Sie hatte zusammen mit Jonas gefrühstückt und ihn anschließend zur Schule gebracht. Solche Wochenenden konnten häufiger stattfinden, dann würden sie …

»Hallo, Portland!«

Es war einer ihrer jüngeren Kollegen, Søren Bach, der scharf um die Ecke bog, so daß sie fast zusammengestoßen wären.

»Hallo, Bach, wie geht's? Alles in Ordnung?«

»Doch, ja. Ich glaube, es ist nichts Besonderes passiert, während du weg warst. Hattest du eine schöne Reise?«

»Ja, wir waren vierzehn, und uns ist einiges geboten worden, das Programm war interessant.«

»Und dann bist du noch krank geworden, wie ich gehört habe?«

»Ja, Lungenentzündung … Wir haben fast einen ganzen Tag im Tallinner Hafen verbracht, und ich habe da gefroren wie ein Schneider – vielleicht deshalb … So, jetzt muß ich aber schleunigst in die Besprechung, kommst du nicht mit?«

»Geht nicht. Schwerer Einbruch draußen bei Ford letzte Nacht, höchste Zeit, daß wir uns dort sehen lassen. Bis später!«

Der ganze Vormittag verging damit, Kollegen zu begrüßen, ihre Fragen zu beantworten und alte Stapel aufzuräumen. Kriminaldirektor Birkedal kam auch vorbei und fragte interessiert nach dem Seminar, bevor er verstohlen auf die Uhr schaute und weiterhetzte, um dann doch noch auf dem Flur umzudrehen, weil ihm eingefallen war, daß er sie gar nicht nach ihrem Befinden gefragt hatte – eine Formalität von wenigen Sekunden.

Birkedal war in Ordnung, wenn er es nur nicht immer so eilig hätte.

Später landete ein gähnend langweiliger Vorgang auf ihrem Schreibtisch, ein paar falsche Dollarscheine waren in zwei Geldinstituten der Stadt eingewechselt worden. Normalerweise keine Aufgabe für die Sektion A. Ihre Abteilung war zuständig für Mord, schwere Gewaltdelikte, Brandstiftung und Sittenverbrechen – aber sie hatte im Moment ja nichts anderes zu tun.

Es war ein auffallend gut gekleidetes Paar, beide in mittlerem Alter und gebrochen Englisch sprechend, das hinter dem Betrug stand. Die Kombination eleganter Mann/elegante Dame hatte es früher schon gegeben, und vermutlich waren sie bereits auf dem Weg zu neuen Abenteuern in der nächsten Stadt, aber auf jeden Fall mußten die Kollegen von der Funkstreife informiert werden.

Kurz vor Geschäftsschluß rückte sie zusammen mit Kvist von der Sektion C zu einem typischen Amateurbanküberfall in einer Filiale im Norden der Stadt aus. Ein Mann in blauem Overall und mit Sturzhelm auf dem Kopf hatte mit einem pistolenähnlichen Gegenstand gedroht, so daß ihm ungefähr 30 000 Kronen ausgehändigt wurden, bis seine Nerven nicht mehr mitmachten und er hinausrannte zu seinem Moped und verschwand.

Die Überwachungskamera der Bank hatte ihnen einen deutlichen Fingerzeig geben können. Der Mann war so dumm gewesen, eine Sekunde lang direkt in die Kamera zu starren, und das würde wohl ausreichen. Sie war sich ziemlich sicher, daß er Mike ähnelte, einem der stadtbekannten heruntergekommenen Drogenwracks, also war der erste Schritt, ihn zu finden. Aber an den einschlägigen Aufenthaltsorten war er nicht, und schließlich mußten sie die Personenbeschreibung und den Suchauftrag weitergeben, damit die Funkstreifen wußten, was zu tun war, falls sie Mike entdeckten.

Sie hatte auch nicht vergessen, dem Hort Bescheid zu geben, so daß Jonas allein nach Hause gehen konnte, und als sie heim kam, fand sie ihn auf dem Sofa schlafend vor, Harry Potter im

Schoß. Es war schon spät, und ein ansonsten gut geplanter Tag endete mit zwei Pizzas.

Mike hatte sich im Laufe des Abends und der Nacht nicht blikken lassen. Keine Streife hatte irgend etwas gemeldet, was mit dem Banküberfall in Verbindung gebracht werden konnte. So war die Lage, als sie im Laufe des Vormittags Bilanz zog. Das bestärkte ihren Verdacht, daß Mike dahintersteckte, denn sonst konnte man ihn immer finden. Er war ein fester Bestandteil des Stadtbildes, wenn man nur an den richtigen Stellen suchte. Und das tat sie.

Aufgrund von Grippe und Fortbildungen war die Sektion C, die sich normalerweise um so etwas kümmerte, nicht voll besetzt, also blieb der Fall an ihr hängen, wogegen sie ganz und gar nichts einzuwenden hatte.

Sie hatte Mike schon häufiger festgenommen, doch dieses Mal war der in die Jahre gekommene Junkie, der wohl bald fünfzig sein mußte, tiefer in den Sumpf geraten als üblich. Das war bewaffneter Raubüberfall, und der kam teuer, auch wenn er vermutlich nur eine Spielzeugpistole benutzt hatte.

Der Bankangestellte, der das Geld herausgegeben hatte, war so in Panik geraten, daß er es versäumte, ein präpariertes Bündel mit in den Beutel des Räubers zu stopfen, was bedeutete, daß die gesamten 30 000 Kronen problemlos in Umlauf gebracht werden konnten. Sie hatte fast schon Mikes Erklärung im Ohr: »Ey, Mann, Alter. Die haben gesagt, sie schlagen mich tot, wenn ich ihnen die Kröten nicht besorge. Die haben mir nämlich schon zweimal die Scheiße aus dem Leib geprügelt. Was hätte ich denn machen sollen?«

Dienstleistungen, Schulden, Zinsen und Zinseszinsen, das war die Achse, um die sich alle armen Schweine im Drogenmilieu mit einer Geschwindigkeit drehten, die es ihnen unmöglich machte, jemals wieder herauszukommen. Die Zentrifugalkraft dieses von Grund auf verdorbenen Milieus hielt sie mit eiserner Faust fest. Das Klientel kam oft mit der Polizei in Berührung, und im großen und ganzen kannte sie alle. Einige von ihnen haßten Nina aus vollem Herzen, wie sie auch alle anderen Bullen haßten. Zu anderen hatte sie ein vernünftiges Verhältnis, und dann gab es ein paar, mit denen sie aus unerklärlichen Gründen inzwischen fast so etwas wie befreundet war.

Es war an der Zeit, die Kontakte zu nutzen, doch zuerst mußte Nina sie diskret aufspüren, ohne ihnen zu schaden. Auf gutem Fuß mit einem der Schnüffler vom Polizeirevier zu stehen, konnte blitzschnell sehr weh tun. Und zusammen mit einem gesehen zu werden, das war noch schlimmer.

Von einer Telefonzelle am Bahnhof aus rief sie zunächst Leons Handynummer an. Er bewegte sich in der Peripherie des Milieus, schaffte manchmal fast den Absprung – und kippte dann wieder um. Als letztes hatte sie von ihm gehört, daß er bei einem Arbeitsbeschaffungsprogramm untergekommen war. Er ging nicht ans Telefon. Also versuchte sie es bei Kenni. Dieser antwortete sofort.

»Tag, Kenni, hier ist Nina Portland. Können wir uns treffen?«

»Hallo, Bullin. Tja ... wär schon möglich.«

»Hinter dem großen roten Gebäude beim Eisenbahndepot, in einer halben Stunde?«

»Okay.«

Ihre erste Begegnung mit dem verwahrlosten Kerl war dramatisch verlaufen. Sie hatte ihn in einer Wohnung aufgespürt, die, wie sich später herausstellte, von Fernsehern und Stereoanlagen nur so überquoll. Als sie und ein Kollege ihn festnehmen wollten, versuchte er durchs Fenster abzuhauen. Sie hatte ihn noch am Kragen packen können, woraufhin sie im Kampf auf dem Boden herumgerollt waren, und als sie es endlich geschafft hatte, ihn wieder auf die Beine zu stellen, spuckte er ihr direkt ins Gesicht. Sie hatte ihm daraufhin eine Ohrfeige verpaßt, die ihn durchs halbe Zimmer fegte. Hinterher hatten sie sich zusammengesetzt und lange miteinander geredet, bevor er in die Zelle gebracht wurde. Er hatte die Episode nicht angezeigt, und seit diesem Tag konnten sie gut miteinander reden. Die Welt war schon merkwürdig. Sie hatte das Gefühl, daß er sie irgendwie respektierte.

Und später hatte er ihr mit kleinen Tips und einmal sogar mit Informationen geholfen, die zur Verhaftung eines Drogenkuriers führte, der den Stoff aus Kopenhagen heranschaffte.

Sie konnte sich gerade noch eine Zigarette hinter dem windschiefen Depotgebäude anzünden, als sie schon ein Moped ohne Auspuff hörte. Das mußte er sein. Er würde es unten neben dem Kiosk abstellen und das letzte Stück zu Fuß gehen. Kurz darauf bog er um die Ecke.

»Hallo, Bullin, hast du mal 'ne Kippe?«

Er blieb vor ihr stehen und begrub die Hände tief in den Hosentaschen. Sie nickte und reichte ihm die Schachtel und das Feuerzeug.

»Bedien dich.«

Kenni war einer von den Jüngeren, dreiundzwanzig Jahre alt. Sein Vater war ein erfolgreicher Grundstücksmakler in Herning, gute Verhältnisse, gute Eltern, wohlgeratene Kinder, eben nur mit Ausnahme von Kenni, dem verirrten Nachzügler, der vor drei Jahren zu Freunden nach Esbjerg gezogen war. Damals bei der Festnahme war er noch einmal davongekommen, weil sich herausstellte, daß er tatsächlich nichts mit der Hehlerei zu tun hatte. Er hatte nur in der Wohnung schlafen dürfen.

Kenni war nicht der hübsche Junge mit den unschuldigen Augen und dem leicht verhärmten Gesicht, der mit ein wenig Glück wieder in die Rolle des niedlichen Nachbarsjungen hätte schlüpfen können. Kenni war klein und spindeldürr, sein Haar war struppig und fettig und seine Kleidung dreckig, aber es saß ein begabter Kopf zwischen den hochgezogenen Schultern. Nina hatte die Erfahrung gemacht, daß er ehrlich war und sie ihm vertrauen konnte, zumindest solange er nicht zu angetörnt war. In diesen Kreisen war das schon eine ungewöhnliche Qualität, die garantiert im Laufe der Jahre dahinbröckeln würde.

»Und, wie läuft es so, Kenni?«

»Im Augenblick ganz gut, und ansonsten wie immer. Kein Geld, kein Schuß. Komme gerade so mit Pillen und allem über die Runden.«

»Kenni, wo ist Mike?«

Mit großer Wahrscheinlichkeit würde sie eine Antwort bekommen. Mike war der Alterspräsident, und das gab er jedem zu verstehen. Er half niemandem außer sich selbst. Im Gegenteil, er nutzte die anderen aus, wo er nur konnte. Ein mieses, dummes Schwein, das es kaum verdient hatte, gedeckt zu werden.

»Keine Umschweife, was, Portland? Immer gleich zur Sache.«

Kenni lächelte und schaute sie so lange an, wie es den kleinen flackernden Augen nur möglich war.

»Weißt du, wo er ist?«

»Ja, die Sau ist nach Århus abgehauen. Er hat Pivskid plötzlich sein altes Moped geschenkt. Er war total breit, hat aber was davon gefaselt, daß er es nicht mehr braucht. Er wollte nach Århus, zu seiner Schwester, und hat nicht vor, zurückzukommen. Pivskid sagt, er hat den Zug genommen.«

»Das klingt interessant. Wann ist er denn los?«

»Ich glaube, mit dem letzten Zug gestern abend, aber der Kerl war schlau genug, erst in Bramming einzusteigen. Du suchst ihn wegen des Bankraubs gestern, hab ich recht?«

»Ja …«

»Echt cool. Hast du nicht ein bißchen Kohle übrig, Nina?«

»Habe ich das jemals gehabt? Du kannst einen Braunen kriegen, wenn du dir davon was zu essen kaufst.«

»Mehr nicht?«

»Nix da. Glaubst du, man schwimmt im Geld, wenn man beim Staat angestellt ist?«

Sie gab ihm einen Hunderter, wie sie es schon so oft gemacht hatte. Das war gegen alle ihre Prinzipien und eine Geste, die sie sich nur Kenni gegenüber leistete.

»Geil, danke, sonst noch was? Hab dich lange nicht gesehen.«

»Ja, ich war eine Weile weg, erst Fortbildung, dann Lungenentzündung. Aber du solltest eigentlich auch nicht hier sein, oder? Sondern in Moseholm, stimmt's?«

»Das war voll ätzend da ... Ich hab die einfach nicht mehr ausgehalten ...«

»Wen hast du nicht ausgehalten?«

»Na, alle, das war der reinste Horrortrip. Du hättest bloß mal die Zombies aus Kopenhagen sehen sollen. Da ging nichts mehr ...«

»Bist du etwa was Besseres? Du bist selbst einer von denen, du Klugscheißer. Die Zeit läuft, Kenni, und die Uhr tickt. Wenn es klappen soll, bevor du endgültig am Arsch bist, dann jetzt, Alter.«

Kenni nickte und starrte auf seine Stiefelspitzen. Es war nicht das erste Mal, daß er aus dem Entzug abgehauen war.

»Und wo wohnst du jetzt?«

»Draußen bei der Tanja vom Strich.«

»Saubere Gesellschaft ... Hast du schon mal überlegt, ein Bad zu nehmen und ins Waschcenter zu gehen? Du siehst aus wie eine Müllhalde.«

»Was geht dich das an, Bullin?«

»Was hältst du von Kronjyden? Ich kenne einen, der ist vor ein paar Jahren da oben clean geworden. Heute hat er einen Job, eine Frau und Kinder.«

»Ist ja total depri ... Geh mir bloß weg mit'm Job, oder 'ner Frau und Kindern ... Und außerdem sind die sicher stinksauer, weil ich aus Moseholm abgehauen bin. Da werden sie mich in Kronjyden gerade mit offenen Armen empfangen. Liegt alles an der Regierung, weißt du. Die reden die ganze Zeit doch nur davon, daß es darum geht, das ganze effektiver zu machen, zielgerichteter, ergebnisorientierter, stimmt's oder hab ich recht? Ist doch für'n Arsch, Mann ... Das einzige, was dabei rauskommt, ist, daß alle vor die Hunde gehen.«

»Überleg's dir noch mal mit Kronjyden – das liegt in der Nähe von Randers. Und melde dich, falls du Interesse hast, okay?«

»Und was soll das nützen?«

»Ich könnte versuchen, was zu machen, Kenni ... Vielleicht hilft es ja, vielleicht auch nicht ...«

Zurück auf dem Revier war der Rest Routine und Papierkram, aber sie konnte nicht erwarten, daß die Kollegen in Århus bei einem Betrag von 30 000 dänischen Kronen und einem erbärmlichen Täter, der sein Moped verschenkt hatte, weil er an ein Leben außerhalb von Esbjerg glaubte, ins Rotieren kamen.

Mike war natürlich im Fotoalbum mit den Stammkunden vertreten, also mailte sie Foto und Details mitsamt einem Ansuchen um Unterstützung an die Kollegen in Århus. Dort würde man ihn verhören, und dann nahm die Sache ihren Lauf, denn sie schien ja unkompliziert zu sein, außerdem war Mike nicht raffiniert genug. Sicher würde er in den nächsten vierundzwanzig Stunden festgenommen und später so schnell wie möglich nach Esbjerg überführt werden. Sie hoffte nur, daß sie bei ihm auch den größten Teil des Geldes fanden, damit sie die üblichen faulen Ausreden überspringen und ein schnelles Geständnis bekommen konnten.

Sie machte Feierabend, sprang aufs Fahrrad, spurtete durch die Stadt – und schaffte es gerade noch rechtzeitig, Jonas zwei Minuten vor Schließung des Horts abzuholen. Er freute sich, und sie gingen Hand in Hand über den Markt und weiter zu einem der Sportläden in der Kongensgade. Jonas wollte dort so gern Fußballtrikots ansehen, die es im Angebot gab. Seine Augen strahlten, als er das schicke AS-Rom-Trikot in Weiß, Bordeaux und Orange überzog. Sie steuerte die Hälfte bei, der Rest kam aus seinem Eigenkapital, das aus Taschengeld und großzügigen Zuschüssen von Jørgen und Astrid stammte.

Die Tür war kaum hinter ihnen ins Schloß gefallen, da schaute sie schon im Wohnzimmer nach. Die kleine Zahl auf dem Display des Anrufbeantworters blinkte ungeduldig. Konnte das schon Wilhelmsen sein? Sie hatte den Brief vergangenen Freitag abgeschickt. Erst am Sonntag sollte er zurückkommen, und heute war Mittwoch. Sie drückte auf den Knopf.

»Hallo, hier ist Bjarne Wilhelmsen. Ich bin neugierig geworden und habe mir gleich mal die Sachen angeguckt. Ich glaube, das beste wird sein, wenn wir uns treffen. Ruf mich doch zurück.«

Sie blieb vor dem Apparat stehen und schaute zur Vor Frelser-Kirche hinüber. Was konnte das bedeuten? Er klang freundlich und entgegenkommend, so wie sie ihn in Erinnerung hatte, aber gleichzeitig auch etwas ernst, als er sagte: »Ich glaube, das beste wird sein, wenn wir uns treffen.« Sie griff zum Telefon und tippte Wilhelmsens Nummer ein.

»Nina Portland hier, ist Bjarne zu Hause?«

»Einen Moment, ich glaube, er ist draußen bei den Kühen, ich schaue mal nach …«

»Wenn es nicht zu große Umstände macht, sonst …«

Sie sprach ins Leere. Wilhelmsens Frau war schon fort, und im Hintergrund konnte sie hören, wie sie nach ihm rief. Ungeduldig trommelte sie mit den Fingern auf der Fensterbank. Endlich kam er an den Apparat.

»Ja, Bjarne.«

»Nina Portland, hallo, Bjarne, was soll das heißen? Was steht da?«

»Ja, hallo, äh … Ich denke nur, daß es am besten ist, wenn wir uns treffen und direkt über die Sachen sprechen. Dann kann ich dir besser erklären, worum es geht.«

»Selbstverständlich, das hatte ich mir auch so gedacht. Aber du klingst etwas mysteriös. Ist es etwas Besonderes? Nun sag doch schon!«

»Nun ja … Du bist in dem Text erwähnt …«

»Ich? Was soll das heißen?«

»Du stehst da, dein Name. Aber laß uns damit warten, bis …«

»Wann können wir uns sehen?«

»Wie wäre es morgen, Nina?«

»Geht es nicht auch heute abend? Paßt dir das? Ich könnte in einer Stunde bei dir sein, wenn ich jemanden finde, der bei Jonas bleibt.«

Es entstand eine kurze Pause. Vermutlich dachte Bjarne Wilhelmsen nach.

»Einen Moment, Nina.«

Sie konnte hören, wie er sich mit seiner Frau im Hintergrund beriet. Dann war er wieder zurück.

»Meine Frau hat heute abend sowieso noch Unterricht, ich könnte also nach Esbjerg kommen, dann brauchst du keinen Babysitter zu suchen.«

»Das klingt super. Und entschuldige, daß ich so dränge, aber ich bin verdammt neugierig.«

»Das kann ich gut verstehen. Ich bin es auch ... Sagen wir also um halb acht? Wo wohnst du überhaupt?«

»Kirkegade 23, 1. Stock rechts, direkt gegenüber der Vor Frelser-Kirche. Halb acht paßt mir gut.«

Die Minuten zogen sich dahin. Sie aß mit Jonas Currysuppe, anschließend half sie ihm bei den letzten Hausaufgaben. Der Junge würde es wohl kaum zum Matheprofessor bringen. In diesem Punkt war er ihr ähnlich. Aber es gab noch andere Probleme. Er hatte immer Schwierigkeiten gehabt, die r-Laute auszusprechen. Aus Raus war Haus geworden, aus Ri-ra-rutsch Hi-ha-hutsch. Ganz lustig, aber trotz allem peinlich für den Armen. Mittlerweise bekam er diese Schwierigkeit mit Hilfe einer Logopädin zum Glück in den Griff.

Eine Zeitlang hatte sie außerdem Angst gehabt, er könnte Legastheniker sein. Verschiedene Worte wollten einfach nicht sitzen, und die längeren konnte er nicht in Silben trennen. Aber mit der Zeit war es besser geworden. Und Jonas ließ sich von den Schwierigkeiten nicht abschrecken. Wofür Harry Potter der beste Beweis war.

»Weißt du, mein Bekannter, der das Russische übersetzen will, kommt um halb acht. Du darfst noch bis halb neun spielen – und dann ab ins Bett.« Trotz lautstarker Proteste über die verlorene halbe Stunde ließ sie nicht mit sich reden, worauf Jonas sauer war und sich beleidigt an den Computer setzte, um sich in ein absolut unpädagogisches Hitman-Spiel zu vertiefen.

Bjarne Wilhelmsen kam pünktlich. Sie hörte die Treppe knakken und lief eilig zur Tür, um ihm zu öffnen.

»Hallo Bjarne, lange nicht gesehen. Komm doch rein.«

»Ja, das ist wohl schon ein paar Jährchen her, oder? Na, du hast es hier ja gemütlich. Mit Blick auf die Kirche und so …«

Sie ließen sich in der Küche mit einer Kanne Kaffee und ein paar trockenen Keksen nieder, die sie in der hintersten Ecke des Küchenschranks noch gefunden hatte.

Der Kaffeebecher verschwand beinahe in Wilhelmsens großer Faust. Er saß mit hochgekrempelten Ärmeln da und sah fast wie ein Bauer aus. Was nicht gelogen wäre, besaß er doch ein Stück Land außerhalb von Varde, wo er ein paar Fleischrinder einer ganz besonders edlen Rasse hielt, deren Namen sie vergessen hatte. Ansonsten war er freier Journalist, Übersetzer russischer Literatur, unterrichtete und hielt Vorträge – und jetzt war er also auch noch Reiseleiter geworden.

Er hatte sich nicht verändert, wie er so mit seinem Kaffee dort saß. Es schien ihm gut zu gehen. Das letzte Mal hatte sie ihn vor einigen Jahren gesehen. Sie waren sich zufällig über den Weg gelaufen und hatten in der Dronning Louise ein Bier zusammen getrunken. Damals war er gerade aus Moskau zurückgekommen, wo er als Korrespondent für eine der größeren Zeitungen gearbeitet hatte.

Woran sie sich am besten erinnern konnte, war seine Begabung zu erzählen, eine Unmenge von Details über Rußland zu erklären und zu vertiefen, von denen sie nicht die leiseste Ahnung gehabt hatte, die aber interessant wurden, sobald er davon berichtete. Und immer hatte er dieses Blitzen in den Augen, wenn er von Rußland sprach.

Sie hatten den Ursula-Fall unzählige Male diskutiert. Anfangs war Wilhelmsen skeptisch gewesen. Seiner Meinung nach war Romaniuk zu intelligent, um zu glauben, man könne zwei oder fünf Mann mit einer Axt erschlagen, sich das Geld schnappen und einfach in eine Rettungsinsel springen. Und damit davonkommen.

Der russenverliebte Wilhelmsen war kein Mann, dem sie sich mit den üblichen Höflichkeitsphrasen nähern mußte. Auch wenn es lange her war, seit sie sich das letzte Mal gesehen hatten, waren sie nach wenigen Minuten am Kern der Sache.

»Ich habe eine Abschrift von dem ganzen Zeug mitgebracht, Nina«, erklärte er und zog einige zusammengeheftete Seiten aus der Jackentasche. »Aber das kannst du dir ja später genauer durchlesen, nicht wahr?«

»Ja, zeig mir nur die Stelle, wo mein Name vorkommt. Und nimm dir von den Keksen, aber Vorsicht, die sind schon etwas älter.«

»Hier oben geht es los, es reicht, wenn du bis zum vorletzten Abschnitt liest.«

Bjarne Wilhelmsen klopfte mit seinem großen Zeigefinger aufs Papier und schob den Stapel zu ihr hinüber. »Ich wage es inzwischen mal mit den Keksen …«

Sie begann die Aufzeichnungen des russischen Seemanns durchzulesen, langsam und konzentriert.

»Ich kann mich nicht mehr genau erinnern, wie viele Tage vergangen waren, als ich ihre Nachricht bekam. Das ganze vermischte sich miteinander, all meine Gedanken, die Sorgen. Das Gefängnispersonal war unglaublich freundlich zu mir. So wäre es sicher nicht daheim in Kaliningrad gewesen, aber wer weiß? Ich war ja vorher noch nie in einem Gefängnis. Ich glaube einfach, daß die Dänen ein freundliches Völkchen sind. Es war einer der anderen Inhaftierten, der mir den Zettel gab, während wir draußen im Hof waren. Er ist für seine Botendienste sicher gut bezahlt worden. Die Nachricht kam von der Bratsewo-Liga. Ich sollte die Schuld für die beiden Morde auf mich nehmen. Sagen, es sei Notwehr gewesen. Und sie gaben mir genaue Instruktionen für meine Aussage, erwähnten relevante Details. Falls ich mich weigerte, würden sie mich und meine gesamte Familie auslöschen. An das Wort ›auslöschen‹ erinnere ich mich noch ganz genau. Die Bratsewo-Liga macht keine leeren Drohungen. Und ich wache heute noch immer mal wieder aus Albträumen auf und höre das Geräusch von Äxten und Schreie. Die Liga muß über meine Ankunft in Esbjerg ziemlich schnell benachrichtigt worden sein, denn sie hatten sich inzwischen gründlich in den Fall eingearbeitet. Die verstehen etwas von ihrer Sache, es ist wirklich beeindruckend. Sie wußten, daß die Engländer schon in der Stadt waren und erklärten mir, wer das war und wie die Männer aussahen. Es waren zwei, und mir wurde gesagt, ich solle auf der Hut sein, falls sie auftauchten. Auf dem Zettel stand auch noch, daß die Engländer Kontakt zu einer Frau von der örtlichen Polizei hätten. Nina hieß sie. Eine schöne Frau, aber offenbar ziemlich herb. Sie hat mich immer so verbissen angesehen. Aber ihre Anwesenheit während einiger Verhöre hat nur meine Konzentration verstärkt. Jetzt wußte ich ja, daß jedes Wort an die Engländer weitergetragen werden würde.

Die Bratsewo-Leute befahlen mir, die Anweisungen auswendig zu lernen. Anschließend sollte ich den Zettel runterschlucken. Ich tat natürlich, wie mir befohlen wurde. Ich mußte die Strafe auf mich nehmen, die man mir möglicherweise für Notwehr aufbrummen würde. Die Alternative wäre grausam gewesen.«

Nina legte die Blätter hin und starrte auf die Tischplatte. Ihr Herz schlug so schnell, daß es in ihrem Hals pochte.

Bjarne Wilhelmsen beobachtete ihre Reaktion durch die glänzenden Gläser seiner Lesebrille. Dann nahm er sie mit einer ruhigen Handbewegung ab und legte ihr eine Hand auf die Schulter.

»Alles in Ordnung, Nina?«

Sie schüttelte den Kopf, als wollte sie ihre Sicht schärfen und das Unbehagen abstreifen.

»Ja, alles in Ordnung. Wieso auch nicht? Ich bin nur überrascht.«

»Das war ich auch. Dann war er es also doch nicht.«

»Nein, nicht wenn das stimmt, was er hier schreibt, und

warum sollte das nicht stimmen. Diese Bratsewo-Liga … Sagt dir das was?«

Wilhelmsen räusperte sich und trank einen Schluck Kaffee.

»Oh ja, und wie. Das ist die Mafia. Eine Gruppe höchsten Kalibers. Sie ist nach einem Moskauer Stadtteil benannt, im Nordwesten. Da hatte sie damals ihren Ausgangspunkt. Es gibt Ligen in allen großen Städten, an einigen Orten mehrere. Die Bratsewo-Liga wurde von einem Kerl namens Igor Dragunski gegründet. Heute gehört er zu den kleineren Oligarchen und suhlt sich im Geld. Er hat gründlich hinter sich aufgeräumt, so daß niemand ihn wegen irgend etwas belangen konnte. Er hat bestimmt immer noch Kontakt zu der Liga, aber ansonsten ist er offiziell ein braver Geschäftsmann. Soweit ich mich erinnere, macht er größtenteils in Öl und Gas.«

»Was steht noch da? Schreibt er etwas darüber, was auf der Ursula passiert ist?«

»Nein, leider nicht. Du wirst über den Rest enttäuscht sein, Nina. Die Seiten, die du abfotografiert hast, sind nur ein Teil aus einem größeren Zusammenhang. Es muß noch viel mehr geben. Meistens verliert er sich in romantischen Wendungen über seine Gedanken und sein künstlerisches Talent. Manchmal in der Gegenwart, dann wieder damals in Esbjerg, und es gibt auch einen Absatz über seine erste Begegnung mit den Deutschen nach seiner Auslieferung. Und mittendrin kommt immer wieder etwas, das wie kurze Gedichte aussieht.«

»Das klingt ja wie ein Sammelsurium. Warum schreibt er so etwas auf?«

»Vielleicht als Tagebuch? Um die Gedanken zu ordnen. Oder um Abstand zu gewinnen. Vielleicht einfach nur, weil er ein Ordnungsmensch ist.«

»Hmm. Er hat ja wohl kaum daran gedacht, das irgendwann gegen die Bratsewo-Liga zu verwenden. Vor denen hat er doch eine Scheißangst. Und das wohl mit gutem Grund.«

»Darf ich etwas fragen, Nina …? Was ist das da mit dir und den beiden Engländern?«

»Keine Ahnung, ich weiß es wirklich nicht … Damals bin ich oft in diesen englischen Pub am Ende der Kongensgade gegangen. Da verkehrten immer viele Engländer, von den Ölplattformen draußen. Schon möglich, daß ich da mit zwei Männern geredet habe und diese Bratsewo-Leute mich dabei beobachteten.«

Sie stand auf und ging zum Kühlschrank.

»Ich glaube, jetzt paßt Bier besser. Willst du eins?«

Wilhelmsen nickte.

»Vielleicht könnten wir fünf Minuten auf dem Balkon weiterreden. Ich muß unbedingt eine rauchen. Und ich rauche nie drinnen.«

Die Kälte wirkte Wunder. Es regnete, aber der Balkon war eingemauert, so daß sie geschützt stehen und über den dunklen Hinterhof und weiter auf den Parkplatz hinter der Mauer schauen konnten.

Sie nahm ein paar tiefe Züge aus der Zigarette und blies den Rauch in den Wind. Bjarne Wilhelmsen unterbrach die Stille.

»Unser Freund redet von den Engländern fast, als wäre das ein fester Begriff. Was meint er damit, was denkst du?«

»Die Engländer … Was könnte gemeint sein? Vielleicht kriminelle Partner? Vielleicht kriminelle Konkurrenten? Vielleicht der Sicherheitsdienst MI5 oder der Auslandsgeheimdienst MI6? Was meinst du?«

»Ich weiß es auch nicht. Aber wenn die Bratsewo-Liga ihm sagt, er solle sich vor ihnen in acht nehmen, dann müssen es in irgendeiner Form Feinde sein. Der Geheimdienst – oder noch wahrscheinlicher kriminelle Partner, denen Bratsewo vielleicht eins ausgewischt hat. Die russische Mafia hat keine feinen Manieren. Sie ist das Grausamste, was es gibt. Alle haben Angst vor ihr. Deshalb können die Russen mehr oder weniger tun, was sie wollen und in Märkte eindringen, wie es ihnen paßt. Und vielleicht paßte es ihnen ja, die Engländer bei irgendeinem Geschäft hereinzulegen, worum immer es sich dabei handeln mochte. Und was willst du jetzt tun?«

Sie drückte die Zigarette am Geländer aus und schnippte den

Filter über die Mauer des Hinterhofs. Sie hatte keine Ahnung, wußte nur, daß sie Bjarne Wilhelmsen jetzt am liebsten so schnell wie möglich los wäre, damit sie unter die Bettdecke kriechen und nachdenken konnte. Vitali Romaniuks Tagebuch schien in ihrem ganzen Körper eine heftige Unruhe ausgelöst zu haben, die sie gar nicht wieder in den Griff bekam. Wenn es nur um das Axtschiff und die russische Mafia ginge, wäre es ja nicht weiter schlimm. Aber das mit den »Engländern«, das ließ sie erzittern.

Sie konnte sich nicht konzentrieren, hielt mit Mühe und Not das Gespräch noch aufrecht. Wilhelmsen war so freundlich und hilfsbereit, daß sie ihn nicht einfach vor die Tür setzen konnte. Er ahnte ja nichts.

»Im Augenblick habe ich nichts Besonderes vor. Ich brauche erst einmal ein bißchen Zeit. Aber im Grunde genommen hat sich nichts geändert. Wir haben nur beide unsere Neugier befriedigt – und wir haben recht behalten, nicht wahr? Der Russe konnte niemanden mit einer Axt umbringen. Das ganze war erstunken und erlogen, aber auf die Art wurde niemand dafür verurteilt. Kein Unschuldiger mußte leiden ... Der Rest ist wohl reine Eitelkeit.«

»Ja, die einzige Möglichkeit wäre jetzt, die Rolle der Mafia zu untersuchen, aber da seid ihr von vornherein zum Scheitern verurteilt. Das schaffen ja die Russen nicht einmal selbst. Ich würde dir raten ...« Bjarne Wilhelmsen zögerte lange und wog seine Worte sorgfältig ab.

»Was, Bjarne, was würdest du mir raten?«

»Das Ganze fallenzulassen, vergiß den Scheiß und blick nach vorn. Wenn du darin herumstocherst, wird das lebensgefährlich. Allein der Gedanke an die Bratsewo-Liga macht mir eine Gänsehaut. Hör auf mich, Nina. Laß die Finger davon. In Gottes Namen ...« Das klang wie eine flehentliche Bitte.

Das Gespräch war so gut wie beendet. Sie wollte sich ins Bett verkriechen, so schnell wie möglich.

»Ja, abgemacht. Und wir sind uns doch darüber einig, daß dieses Gespräch nie stattgefunden hat, nicht wahr?«

»Ich werde nichts sagen. Ich habe Frau und Kinder …«

Sie trat in den Lichtschein, der aus dem Küchenfenster fiel, und schaute auf die Armbanduhr.

»Oh, die Zeit ist nur so gerast. Jonas sollte schon lange im Bett sein!«

»Ich muß auch sehen, daß ich nach Hause komme.«

Sie hatte ihn noch nie so ernst erlebt. Auch als er Romaniuks Erklärungen zu dem Drama auf der Ursula übersetzte, war Wilhelmsen nie aus der Ruhe gekommen. Jetzt wirkte er ängstlich.

Nachdem er sich verabschiedet hatte, schickte sie sofort Jonas ins Bett. Dann nahm sie drei große Schlucke von dem achtzigprozentigen Rum und ging schnurstracks ins Bett, ohne sich das Gesicht zu waschen oder die Zähne zu putzen.

Sie rollte sich in Fötusstellung unter der Bettdecke zusammen. Alles war auf den Kopf gestellt. Das Axtschiff, der russische Seemann, das Mysterium, die Mafia … Das war im Augenblick alles vollkommen gleichgültig. »Die Engländer …« Zwei von ihnen, zwei Männer. Zwei, mit denen sie gesprochen hatte. Kurz nachdem die MS Ursula hereingeschleppt worden war. Da gab es keinen Zweifel. Das konnten nur sie sein. Und der eine davon war Jonas' Vater …

Ihr Herz schlug so heftig, daß sie nicht auf der linken Seite liegen konnte. Die Schläge machten sie noch unruhiger. Sie drehte sich um, blieb dann mucksmäuschenstill liegen und registrierte nur den Alkoholgeruch in ihrem Atem und die brennende Hitze, die der Rum durch Hals und Magen schickte und die sich allmählich bis in die Nervenstränge ausbreitete und sie zur Ruhe kommen ließ.

Sie hatte immer alles geschafft. Sie hatte nie gekniffen. Sie war bekannt für ihre Prinzipien, bekannt für ihre Beharrlichkeit. Und doch war ihr eine Sache vollkommen klar: Sie würde am nächsten Tag nicht zum Dienst gehen. Sie mußte sich krank melden.

Wenn die Nacht vorüber war, würde sie kein Auge zugemacht haben.

Laß mich doch in Ruhe! Laß mich! Ich habe lange gekämpft, weiß Gott. Ich habe geweint, gejammert, ich bin zusammengebrochen, ich war wütend, ich bin explodiert, wieder aufgestanden, ich habe gesiegt. Schließlich war er fort, ausradiert. Und Jonas kam, vor langer, langer Zeit …

Jetzt ist er wieder da, dieser dumme Idiot. Er ist verschwunden, und trotzdem ist er hier unter meiner Bettdecke, unter Jonas' Bettdecke. Verschwinde! Laß mich in Ruhe! Laß uns in der Kirkegade wohnen, lachen, Blödsinn machen und uns wohl fühlen. Alles wie immer. Wenn es hell wird, bist du verschwunden. Das ist nur ein Albtraum. Das hat gar nicht stattgefunden.

Du wirst doch nicht anfangen zu heulen, Port … Du jämmerlicher Waschlappen …

Sie spürte, wie die Tränen ihr über die Wangen liefen. Jetzt kam es. Sie hatte keine Kraft, dagegen anzugehen. Es begann im Bauch. Die Muskeln zogen sich krampfhaft zusammen, als es losging und das Weinen ihren Körper erzittern ließ.

Es hielt einige Minuten an, dann beruhigte es sich, und sie wischte sich Rotz und Tränen in der Bettdecke ab. Sie holte ein paarmal tief Luft und strampelte dann die Decke herunter.

Sie weinte nicht aus Sehnsucht. Der Mistkerl war schon seit langer Zeit weg. Sie weinte, weil sie sich selbst so verdammt leid tat, aus diesem kleinmädchenhaften Gefühl, im Stich gelassen worden zu sein, allein zu sein. Sie weinte wegen Jonas und seiner Verwunderung, die schon seit langem aufgehört hatte – die aber eines Tages zurückkehren würde. Sie weinte wegen seiner Kinderlogik, die ihm schon früh gesagt hatte, daß etwas anders war. Daß die anderen etwas hatten, was er selbst nicht hatte. Einen Vater …

Sie griff zu der Jacke mit den Zigaretten, zündete sich eine an und setzte sich am Kopfende auf. Zum Teufel mit ihrem eigenen Rauchverbot. Der Engländer gehörte zu dem Teil des Jahres 1993, das sie schon vor vielen Jahren endgültig für sich abgeschlossen hatte. Übriggeblieben war nur dieser lächerliche Seemann und sein verdammtes Schiff. Hätte sie ihn in Ruhe gelassen, wäre das jetzt nicht passiert.

Die ganze Sache begann genau zwei Tage, nachdem sie zum ersten Mal die MS Ursula betreten hatte.

Das war die Zeit, als sie und Kirsten und Lisbeth zusammen ausgingen, drei Solofrauen und alte Freundinnen. Meistens steuerten sie den englischen Pub am Ende der Kongensgade an, You'll Never Walk Alone. Daß der Name der Refrain eines berühmten Schlachtgesangs der Liverpooler Fußballfans war, davon wußte sie nichts – bis er auftauchte und es ihr erzählte.

Er hieß Chris Winther und war Geologe draußen auf der Bohrinsel im Gorm-Feld. Er hatte den Job gerade angetreten und war zum ersten Mal in Esbjerg, zusammen mit seinem Freund John.

Chris hatte sie im Sturm erobert. Das war kaum übertrieben. Er war ungemein charmant, frech und sehr englisch, und dennoch ein Akademiker mit großem Wissen, wenn man ihn zu packen wußte. Er war ungemein unterhaltsam und konnte sie mit seinen verrückten Einfällen zum Lachen bringen.

Chris und John hatten Vierzehn-Tages-Schichten, und wenn sie an Land waren, gingen sie wie die meisten anderen Briten jeden Abend in den Pub. So wie sie selbst, manchmal mit den anderen Mädchen, manchmal allein. Kein großes Gelage, nur zwei, drei Bier vom Faß, und am nächsten Tag wieder zur Arbeit. Das war elf Jahre her. Sie war jung und frei gewesen.

Es entwickelte sich. Sie war verliebt, und es wurde ein Paar aus ihnen, wenn auch in Intervallen von vierzehn Tagen, wie bei so vielen Offshore-Beziehungen. Das lief fast den ganzen Dezember über. Den Brief bekam sie am 20., eine Woche, nachdem Vitali Romaniuk an die Deutschen ausgeliefert worden war. Ein Zufall, über den sie nie nachgedacht hatte – bis jetzt nicht.

Es war ein Abschieds- und Dankesbrief, genau wie ihn andere Frauen vor ihr schon zu allen Zeiten bekommen hatten. Er hatte seinen Vertrag gekündigt. Wollte den Job wechseln. Aber vorher zu Hause in London Weihnachten feiern. In seiner Branche war es unmöglich, sich zu binden, und er hatte ja gerade erst angefangen. Sie war eine wunderbare Bekanntschaft gewesen. Eine Frau, von der man sich nur mit wehem Herzen verabschiedete, aber es war das beste, es schnell hinter sich zu bringen, und das Ehrlichste. Sie sollte wissen, daß sie einzigartig war, ein Juwel, und daß der Mann, der sie bekam, sich glücklich schätzen durfte. Er bedankte sich für alles und wünschte ihr viel Glück und Erfolg.

Das war so schrecklich banal, aber damals war es eine riesige Enttäuschung, denn sie war verrückt nach ihm gewesen.

Der große Schock, die Demütigung und das, was ihr so ungemein peinlich und unfaßbar erschien, stellte sich erst viele Wochen später ein. Es war ihr immer ein Rätsel geblieben, wieso sie es nicht rechtzeitig gemerkt hatte. Aber sie trieb täglich Sport und absolvierte ein hartes körperliches Training. Deshalb war es ganz natürlich, daß ihre Menstruation absolut unregelmäßig kam, wie ihr später erklärt wurde. Und sie war ja auch daran gewöhnt – an das Durcheinander mit ihrer Periode. Das war nicht peinlich. Nicht unnormal. Genaugenommen ging es sehr vielen so, sagte man ihr.

Sie war schwanger. Es war ein Unfall gewesen, eine berauschte Samstagnacht, denn normalerweise paßte sie auf. Sie war bereits fünf Tage über die Frist für einen Abbruch. Fünf Tage über die zwölfte Woche hinaus. Da war nichts mehr zu machen.

Daß es so glasklar feststand, zog ihr den Boden unter den Füßen weg. Alles brach zusammen. Sie zog zurück nach Fanø. Sie wollte kein Kind haben. Nicht jetzt. Später vielleicht. Und wenn es geschehen sollte, dann war eine Sache vollkommen klar: Das Kind würde verdammt noch mal einen Vater haben, einen guten Vater, einen lieben Vater, einen klugen Vater. Und sie würde einen Mann haben. Einen ordentlichen Mann.

Die Schwangerschaft ließ sie nur noch härter trainieren, Krafttraining, lange Läufe und Jiu-Jitsu. Das ganze mit dem kaum verhohlenen Ziel, daß das Schicksal ihr eine Fehlgeburt bescherte. Doch das geschah nicht.

Jonas kam am 28. September in einer wahren Schmerzenshölle zur Welt. Doch als er erst einmal da war, hätte sie ihn um keinen Preis wieder hergegeben. Er war das schönste Kind der Welt, mit einer Frau als Mutter – und als Vater.

Er sollte zu einem guten Jungen heranwachsen. Er sollte nie auch nur den Schatten eines Verdachts hegen, daß er ursprünglich unerwünscht gewesen war. Und so lief es hoffentlich auch. Sie tat ihr Bestes, und er lernte offensichtlich damit zu leben, daß sein Vater verreist war und nie wieder zurückkam.

Es war schon in Ordnung, daß Chris sie hatte fallenlassen. Die Art war ziemlich schäbig gewesen und sah ihm gar nicht ähnlich, aber er hatte ja nicht ahnen können, daß sie schwanger war.

Anfangs hatte sie mehrere Male versucht ihn zu finden, oder wenigstens John, hatte Kontakt mit dem Arbeitgeber und mit ehemaligen Arbeitskollegen aufgenommen, doch erfolglos, beide waren verschwunden. Chris Winther hielt sich wahrscheinlich irgendwo im Nahen Osten auf. Vor dem Bruch waren sie für ein verlängertes Wochenende in London gewesen, wo sie seinen Bruder besucht hatten. Der Vater war vor kurzem gestorben, die Mutter schon vor langer Zeit an Brustkrebs. Auch die Adresse des Bruders brachte keinen Erfolg. Als sie anrief, tutete es nur merkwürdig in der Telefonleitung, und ihre Briefe kamen mit dem Vermerk »Empfänger unbekannt« zurück.

Langsam strich sie ihn aus ihrem Leben und wurde ein anderer Mensch, eine Mutter, mit vielen Freuden und einer Verantwortung, die sich richtig anfühlte, als sie erst einmal da war.

Bis jetzt war das alles ein vergessenes Kapitel gewesen ... Bis sie Bjarne Wilhelmsens verfluchte Übersetzung da draußen in der Küche gelesen hatte. Oder hatten diese Mafiamonster sich nur geirrt? »Die Engländer sind hier.« Was um Himmels willen sollte das bedeuten?

Sie drückte die Zigarette in einer leeren Kaffeetasse aus und zündete sich eine neue an. Das Schlafzimmer war schon ganz verqualmt. Es war ihr egal. Sie zermarterte ihr Gehirn.

Alle Liebespaare reden doch wohl auch über ihren Job? Chris

hatte von seiner Arbeit draußen auf der Plattform erzählt, und sie berichtete eifrig über den Fall, der sie so sehr beschäftigte – den Fall des mysteriösen Seemanns und der Axtmorde. Aber … Doch! Chris hatte zu dem Fall und ihrer Arbeit viele Fragen gestellt. Aber das war ja auch ein blutiges Rätsel, von dem alle sprachen, und über das man in allen Zeitungen lesen konnte. Und trotzdem …

Wenn sie sich die vielen Tage und Abende ins Gedächtnis rief, dann hatte er schon auffällig oft gefragt, vielleicht sogar jeden Tag. Wie läuft es? Wie weit seid ihr gekommen? Hat er gestanden? Gibt es neue Spuren? Was ist los, Nina-Honey, habt ihr gar keine Theorien?

Und tatsächlich, dann haute er ab. Es war gar nicht um sie gegangen. Sondern um die MS Ursula und den russischen Seemann. Was hatte er vorgehabt? War er ein Gangster, oder war er ein Agent? Oder etwas drittes, etwas ganz anderes?

In dieser Nacht war an Schlaf nicht zu denken. Ihr Kopf schenkte ihr keine Sekunde lang Ruhe. Die Gedanken wirbelten nur so herum, ohne an Kraft zu verlieren. Sie ließ alles immer und immer wieder an sich vorüberziehen. Ihre Treffen. Was dabei passierte. Was gesagt wurde. Die Schwangerschaft, das Chaos, die Zweifel, die Geburt, die Verwirrung – die Harmonie.

Das war ein Mahlstrom, der sie gepackt hatte und herunterzog. Als die Uhr sieben zeigte, stand sie mit hämmernden Kopfschmerzen auf und öffnete beide Fenster im Schlafzimmer. Dann weckte sie Jonas und meldete sich telefonisch krank.

Sie war gerade wieder ins Bett gegangen, als es heftig an der Tür zur Hintertreppe klopfte. Sie ging nachsehen. Da stand Herr Bergholt. Sie hatte von dem armen Mann nichts gesehen oder gehört, seit Bent ihr erzählt hatte, daß seine Frau nach einem Fall auf der Treppe gestorben war. Der alte Mann stand krummgebeugt und atemlos da und stützte sich am Türpfosten ab. Er sah sie verwundert an und murmelte etwas, das sie nicht verstand.

»Was ist denn los, Herr Bergholt? Kann ich Ihnen helfen? Ist etwas nicht in Ordnung?«

»Nicht in Ordnung? Nein, meine Liebe. Ich will nur ... Ich will nur rein. Rein und fernsehen ...«

»Aber Sie sind ja an der falschen Tür, Herr Bergholt. Sie wohnen da drüben«, sie zeigte hinüber. »Kommen Sie, ich helfe Ihnen ...«

Sie nahm seinen Arm und stützte ihn die wenigen Schritte über den Treppenabsatz. Zum Glück hatte der alte Mann seine eigene Tür nicht zugezogen, also konnte sie ihm ins Wohnzimmer helfen, wo sie ihm ein Glas Wasser eingoß und den Fernseher einschaltete.

»Kommen Sie jetzt allein zurecht?«

Wieder murmelte Herr Bergholt etwas und winkte abwehrend. Dann legte er die Beine auf den Hocker und ließ sich in den Sessel zurückfallen.

Sie huschte schnell wieder in ihr Bett. Wie konnte man nur einen alten, senilen Mann seinem Schicksal überlassen, mutterseelenallein im 1. Stock? Das war doch eine Schweinerei. Wieso kümmerten sich die Behörden nicht darum? Wozu bezahlte man schließlich Steuern?

Einen Augenblick lang dachte sie an ihren eigenen Vater, der drüben in Nordby auf Fanø in seinem Haus saß. Sie mußte bald mal nach ihm sehen. Nicht, daß sie sich etwas zu sagen hatten. Ihr ganzes Leben lang hatte er durch Abwesenheit geglänzt, und jetzt, nachdem er Anker geworfen hatte, war er nur noch eine Last und Bürde, besonders für Astrid und Jørgen. Aber der einstmals so mächtige Kapitän Portland, der Herrscher über die sieben Weltmeere, war schließlich trotz allem ihr Vater.

Die Augenlider wurden ihr schwer, und ihr Kopf schien mit Watte gefüllt zu sein. Jetzt mußte sie endlich schlafen, sonst würde sie noch wahnsinnig werden.

10

Der Start war das Schönste. Wenn die Räder rumpelten, der ganze Flugzeugrumpf vibrierte und die Beschleunigung kurz vor dem Abheben ihren Höhepunkt erreichte. Jetzt legten sie sich leicht in die Kurve und gingen dann auf Kurs. Das war so einfach. Immer nur geradeaus zu fliegen.

Es war erst halb sechs, und trotzdem war es schon dunkel, als die Lichter vom Esbjerger Hafen unter ihnen verschwanden und die Maschine der Ryan Air Kurs auf London nahm.

Im Augenblick fühlte sie sich abgeklärt, und ihr war sonderbar leicht zumute. Sie brauchte nur in diesem fliegenden Überlandbus der Billigairline sitzen zu bleiben, dann würde sie bald den Flughafen Stansted erreichen. Doch der Entschluß hatte Zeit gekostet und war nicht leicht gewesen.

Es war Donnerstag. Jetzt war es mehr als eine Woche her, daß sie von Wilhelmsens Übersetzung ausgezählt worden war und zwei Tage hatte blaumachen müssen. Es waren richtig schlimme Tage gewesen, in denen sie das Gefühl hatte, von ihren Spekulationen Tag und Nacht in Atem gehalten zu werden.

Hinterher ging sie wie ein Zombie zur Arbeit, hatte aber den Bankraubfall zu Ende bringen können. Mike war erst drei Tage nach ihrer Suchmeldung in Århus gefaßt worden, aber glücklicherweise war fast die Hälfte der Beute bei ihm gefunden worden, und der Trottel hatte gestanden, weil es sowieso keinen Ausweg mehr für ihn gab.

Das, was ihr in dem einen Moment als richtig erschien, verwandelte sich in der nächsten Minute in etwas ganz Falsches. So war sie in ihren Überlegungen bis vor zwei Tagen immer wieder hin und her gerissen gewesen. Bis sie sich endlich entschieden hatte.

Wäre es nur darum gegangen, im Mysterium Axtschiff weiterzukommen, dann hätte sie es nicht getan. Sie hätte sich nicht getraut. Aber darum ging es nicht mehr. Jetzt ging es um den Mann, der Jonas' Vater war. Wer war er tatsächlich, dieser Mensch, dessen Gene ihr Sohn in sich trug? War er ein Schurke? War er ein Held? Und wo befand er sich wohl heute?

Trotz der Gefahr, die Blutspur der Bratsewo-Liga kreuzen zu müssen, konnte sie nicht weiter mit dieser Unsicherheit leben. Sie hatte versucht, sich einzureden, daß es doch egal war – daß Chris Winther *history* war. Aber das war er nicht. Sie mußte der Sache auf den Grund gehen, und außerdem war ihr Stolz ramponiert.

Sie konnte das gegenüber Jonas nicht länger verantworten. Er war jetzt zehn Jahre alt und hatte sich mit ihren Erklärungen abgefunden. In ein paar Jahren würde die Situation anders aussehen. Er würde ihr schon bald Fragen mit der Vernunft und Logik eines Erwachsenen stellen. Er würde nach einem Teil seiner Identität suchen, nach der Hälfte, die eine Lüge war und von einem Mann stammte, den er nicht kannte und dem er nie begegnet war.

Es war natürlich unverantwortlich Jonas gegenüber, das eigene Leben aufs Spiel zu setzen. Doch so schlimm würde es schon nicht werden. Es war viel unverantwortlicher, einfach wegzuschauen. Und ... Ja, sie mußte es auch selbst wissen. Vorher würde sie keine Ruhe finden.

Sie hatte die ganze Sache mit Jørgen diskutiert, der fast seine Pfeife verschluckt hatte, als sie ihm von den Aufzeichnungen des Seemanns und von den »Engländern« erzählte. Sowohl er als auch Astrid verstanden ihre Situation, dennoch hatte Jørgen wieder einmal dafür argumentiert, daß sie alles fallenließe. »Jetzt hast du elf Jahre gut gelebt, ohne Bescheid zu wissen, warum kannst du es nicht dabei belassen?«

Und auch dieses Mal hatte Astrid ihr entschieden die Meinung gesagt. Sie betonte, wie gefährlich es sei, sich tiefer in diese Geschichte hineinzubegeben, und daß die Vergangenheit begraben war. Jonas würde lernen, damit zu leben – und es verstehen. Aber Nina hatte widersprochen, mit hochgezogenen Augenbrauen und einem Blick, der nicht mißzuverstehen war.

Schließlich nickten die beiden nur schweigend, als sie erklärte, sie habe einen Entschluß gefaßt. Ganz gleich, was sie davon hielten. Sie würde fliegen. Jørgen bestand darauf, sie nach London zu begleiten, doch das hatte sie energisch abgelehnt. Zwar hatte er immer noch seinen klugen Polizistenverstand, aber so jung, wie er selbst glaubte, war er nun doch nicht mehr.

Insgeheim tat es ihr leid, daß sie sich schon wieder Sorgen machen mußten. Im Laufe der Zeit hatten ihr schon so viele Leute vorgeworfen, unglaublich stur zu sein, eine eigensinnige Gans, daß wahrscheinlich wirklich etwas dran war. Wann hatte sie das letzte Mal etwas getan, von dem andere meinten, es sei richtig? Wann war sie einem Rat gefolgt, der ihren eigenen Vorstellungen widersprach? Sie konnte es nicht sagen … Daß es ausgerechnet zu Lasten von Astrid und Jørgen gehen sollte, tat ihr leid. Aber es ließ sich einfach nicht ändern.

Das Flugticket bekam sie für 900 Kronen. Schlechter sah es mit dem Hotel aus. Es sollte zentral liegen, damit sie nicht so viel Zeit verschwenden mußte mit den Fahrten und anderen unwichtigen Dingen, also kostete das Zimmer fast tausend Kronen die Nacht. Geld, das sie nicht hatte, aber das ihr Astrid und Jørgen liehen. Sie wollte keinen Kredit bei der Bank aufnehmen. Schon wenn sie nur ihr Konto ein bißchen überzog, hatte sie das Gefühl, unter Zwang zu stehen. Zum Glück war es möglich, daß sie beim Taxiunternehmen ein paar Wochenendschichten übernehmen konnte, damit wären ihre Schulden schnell wieder abbezahlt.

Sechs Tage, soviel hatte sie zusammenkratzen können. Donnerstag, Freitag und Montag als Urlaubstage einer Woche, die sie hatte aufsplitten dürfen. Den Dienstag konnte sie abbummeln. Um Jonas kümmerten sie sich auf Fanø. Sie ließ Jonas in dem

Glauben, daß die Reise etwas mit ihrer Arbeit zu tun hatte. Sie war eine erbärmliche Rabenmutter, aber hoffentlich im Dienste einer guten Sache …

In ihrem Rucksack lagen die einzigen Relikte aus der Zeit mit Chris – eine Handvoll Fotos. Zwei von ihm und ihr, eines mit seinem Bruder und seiner Schwägerin während der Reise nach London und eines von Chris, John und ihr selbst, vom Barkeeper Jeff geschossen während eines feuchtfröhlichen Samstags im Pub.

Ob sie ihn finden würde? Und wenn ja, was würde er zu Jonas sagen? Und zu ihr? Sie schob den Gedanken beiseite. Es hatte genügend Spekulationen gegeben, sie konnte sich gar nicht mehr vorstellen, wie ein Leben ohne Spekulationen aussah. Ab heute mußte sie die Dinge nehmen, wie sie kamen.

»Guten Abend und herzlich willkommen, Mrs. Portland. Ich habe Ihre Reservierung hier vorliegen. Zimmer 812, Frühstück gibt es von sieben bis zehn, der Fahrstuhl ist dort hinten, und hier ist Ihre Zimmerkarte. Lassen Sie mich wissen, wenn Sie etwas benötigen.«

Der Wortlaut war fast der gleiche wie in Tallinn, nur war das Zimmer im Hotel St. Giles an der Bedford Avenue so klein, als sei es für ein Batteriehuhn konzipiert. Aber es ging. Sie wollte ja sowieso die meiste Zeit unterwegs sein, und St. Giles lag wunderbar zentral, direkt an der U-Bahn-Station Tottenham Court Road und nicht weit von Charing Cross und Oxford Street.

Sie ließ sich müde aufs Bett fallen und verbrachte die nächste Stunde damit, ihre Pläne noch einmal durchzugehen, sich die Namen und Orte einzuprägen und den Stadtplan samt U-Bahn-Linien zu studieren. So konnte sie sich morgen früh ohne Verzögerung auf den Weg machen.

Der Verkehrslärm drang durch das offene Fenster herein, und in regelmäßigen Abständen hörte sie das schrille Heulen der Alarmsirenen. London schlief nie, aber sie würde es gleich tun. Sie fühlte sich gut. Diese sonderbare Ruhe, die sie im Flugzeug gespürt hatte, hielt an. Vielleicht lag es daran, daß sie die Initiative ergriffen hatte. Daß endlich etwas geschah, anstatt der rastlosen Nachtwanderungen durch das Wohnzimmer in der Kirkegade.

Die Station war schon zur frühen Morgenstunde wie ein Ameisenhaufen voller Leute, die durch die automatischen Sperren eilten, verschiedene Treppen hinauf- und hinunterliefen und die Rolltreppen nahmen. Eine einzige große Masse in konstanter Bewegung unter der Großstadt, überwacht von Kontrollpersonal und Bediensteten in neonfarbenen Westen über der Uniform.

Sie kaufte sich eine Tageskarte über drei Zonen für viereinhalb Pfund, schob sie in den Automaten, schnappte sie sich wieder, als sie aus dem Schlitz auf der anderen Seite herauskam, und eilte zielgerichtet mit den anderen Ameisen hinunter in den Hades.

Sie kannte alles auswendig. Zuerst Richtung Norden mit der schwarzen Northern Line, an der Station Warren Street aussteigen und umsteigen in die hellblaue Victoria Line Richtung Süden, unter der Themse hindurch und bis zur Endhaltestelle in Brixton.

Während sie in Gedanken Schicht für Schicht von der Vergangenheit abschälte und nach Worten, Stimmungen und Handlungen suchte, wurde ihr plötzlich klar, warum ihre verlängerte Wochenendreise nach London damals Wirklichkeit geworden war. Das lag nicht an …

»Sorry!«

Ein älterer Mann war ihr auf die Zehen getreten und legte entschuldigend eine Hand auf ihren Arm, während er hektisch versuchte, mit der anderen einen Haltegriff zu fassen. Sie selbst war gleich an der Tür stehengeblieben und studierte noch einmal die Farben und Linien des U-Bahn-Netzes.

Es war wohl nicht so gewesen, wie sie damals glaubte. Daß Chris sie zu einem romantischen Wochenende in die britische Hauptstadt eingeladen hatte. Sie war diejenige, die immer wieder darum gebettelt hatte und sich sozusagen selbst einlud, während er sich genausolange weigerte, wie er konnte, ohne daß sie mißtrauisch werden würde. »Nun komm schon, Chris. Ich möchte so gern einmal London sehen – und deinen Bruder kennenlernen. Ist er auch so verrückt wie du? Komm schon, Chris …«

Sie hörte aufmerksam der Stimme im Lautsprecher zu, Green Park, Victoria, Pimlico, Vauxhall … Nein, er wäre am liebsten in Esbjerg geblieben. Aber sie waren trotzdem geflogen, und es war eine herrliche Reise gewesen, sie hatten geliebt, getrunken, gegessen – und sie war shoppen gegangen, bis die Visakarte krachte. »Stockwell, nächster Halt Brixton, Endstation.«

Kurz darauf kämpfte sie sich durch die Türöffnung hinaus und folgte den leuchtenden »Way out«-Schildern hinauf zur Erdoberfläche.

Sie konnte sich nicht mehr an alles von damals erinnern, die Haltestellen sahen alle gleich aus, aber sie wußte noch genau, daß Brixton anders war. Direkt vor dem Bahnhof sah es aus wie auf einem südländischen Marktplatz, mit Obst und Gemüse, zu großen Pyramiden aufgestapelt, Schuhen, Kleidung und allem möglichen anderen Kram, der die Verkaufsstände füllte. Fast alle Menschen waren farbig und offensichtlich afrikanischer Herkunft. Brixton war ein ausgeprägt schwarzer Stadtteil, in dem es früher häufig zu Rassenunruhen gekommen war.

Chris hatte ihr erklärt, daß es ein witziger, lebendiger Stadtteil war, daß hier die Miete billig war und sein Bruder und dessen Frau sich hier eine Bleibe gesucht hatten, weil ihre ganze Familie hier in der Gegend lebte. Sarah, die Schwägerin, war schwarz und hatte wunderschönes krauses Haar und fröhliche Augen. Nina hatte sie sofort gemocht. Chris' Bruder, Phil, war dagegen reserviert gewesen, fast schüchtern, und Chris in keiner Hinsicht irgendwie ähnlich.

Sie hatte die Adresse weggeworfen, nachdem sie es vor vielen Jahren aufgegeben hatte, noch weitere Briefe an Phil und Sarah zu schreiben. Aber sie konnte sich noch gut an den kurzen Weg zu ihrem Haus erinnern, denn er hatte unter einem Viadukt entlanggeführt und war dort, wo links eine Kirche stand, nach rechts abgebogen. Und sie konnte sich von den Briefen her noch an die Hausnummer erinnern, 12, Erdgeschoß.

Den Viadukt entdeckte sie sofort. Die Eisenbahn, die das Viertel durchschnitt, war hier fast eine Hochbahn, auf einen Sockel gebaut und von Mauern abgeschirmt. Entlang der rechten Seite der Bahn erstreckte sich ein weiterer Streifen mit Verkaufsständen, und gerade als sie die Unterführung durchquerte, donnerte ein Zug oben über die Schienen.

Die rote Backsteinkirche lag ein Stück weiter, wie es sein sollte. The Rosary hieß sie, wie Nina auf einem Schild lesen konnte. Sie bog nach rechts ab und erkannte den Straßennamen wieder, sobald sie ihn sah: St. John's Crescent. Linkerhand lag ein kleiner grüner Park mit Spielplätzen, und etwas weiter vorn begann eine Reihe aneinandergebauter Häuser aus gelbem Backstein, der im Laufe der Jahre schwarz geworden war, und auf der Häuserzeile sammelten sich die typischen kleinen Schornsteine gruppenweise auf den Dächern.

Hier, genau hier, hatten sie Sarah und Phil besucht. Hier hatten sie einen gemütlichen Abend verbracht und Lammbraten mit Kräutern gegessen. Hier hatten sie übernachtet – und von hier waren ihre Briefe wieder zurückgekommen.

Sie blieb vor der Nummer 12 auf dem Bürgersteig stehen. Es stand kein Auto am Kantstein. Alles sah ruhig und leer hinter den überall gleichen Fassaden aus. Nicht gerade der beste Zeitpunkt, um Leute daheim aufzusuchen, so früh am Vormittag, aber sie konnte keine Zeit vergeuden.

»A. & T. Duville« stand auf dem einen Briefkasten. »J. & M. Farmer« auf dem anderen. Kein »S. & P. Winther«. Sie konnten ja schon vor Jahren weggezogen sein.

Nina klopfte an die Tür der Nummer 12, fest und entschlossen, doch es öffnete niemand. Also versuchte sie es bei Nummer 10, doch das Resultat war das gleiche. Natürlich waren die Leute zur Arbeit, verdammt, aber sie würde dann halt an allen Türen der Straße klopfen, vorher gab sie nicht auf.

Das war aber nicht nötig. In Nummer 14 hörte sie Schritte auf der Treppe, nachdem sie verbissen den Klingelknopf gedrückt hatte. Eine ältere schwarze Frau öffnete die Tür einen Spalt weit und schaute sie durch eine Brille mit kreischend rotem Gestell neugierig an.

»Guten Tag, entschuldigen Sie, daß ich störe …«

Absichtlich betonte sie ihren Akzent. Das konnte die ganze Geschichte leichter machen.

»Mein Name ist Nina Portland. Ich komme aus Dänemark. Ich wollte ein paar alte Freunde in Nummer 12 besuchen, aber da ist niemand zu Hause, und ihr Name steht nicht auf den Briefkästen. Vielleicht sind sie ja weggezogen. Es ist schon lange her …«

»Ach Sie Ärmste, ganz aus Dänemark?« Die Alte schüttelte den Kopf. »Das tut mir ja leid, aber ich …«

»Sarah und Phil Winther heißen sie. Sie haben im Erdgeschoß gewohnt. Sagt Ihnen das etwas?«

»Wann sollen die hier gewohnt haben?«

Jetzt trat die Alte auf den Treppenabsatz hinaus, groß, füllig, in einem geblümten Kleid mit einer blauen Schürze davor.

»Ja, das war 1993 …« Nina zuckte lächelnd mit den Schultern.

»Du meine Güte, so lange her«, kicherte die Frau und machte große Augen. »Also, ich wohne jetzt hier seit sechzehn Jahren, und während der ganzen Zeit haben hier nie irgendwelche Sarahs oder Phils nebenan gewohnt.«

»Das ist ja merkwürdig. Dabei war ich mir sicher … Ich habe ein paar Fotos dabei, ob Sie so gut wären?«

Sie holte die Bilder aus der Jackentasche und reichte sie der Alten, die sich die Hände an der Schürze abtrocknete und sie entgegennahm. Nach wenigen Sekunden hob sie bedauernd eine Hand.

»Leider, leider … Die beiden habe ich noch nie gesehen. Die haben nie hier gewohnt. Das ist so sicher wie das Amen im Hause Gottes des Allmächtigen.«

»Wie schade, aber auf jeden Fall vielen Dank.«

Nina verabschiedete sich, ging hinüber in den Park und setzte sich dort auf eine Bank.

Die Antwort kam nicht überraschend für sie. Jetzt war sie sich jedenfalls ganz sicher. Sarah und Phil Winther gab es nicht. Sie waren erfunden worden, weil Chris sich gezwungen sah, ihr eine Art Familiengeschichte aufzutischen. Und weil sie partout mit ihrem Liebsten nach London wollte, hatte irgend jemand den Rettungsring für Chris geworfen.

Aber wer – und warum?

Mit dem resoluten Kopfschütteln der fülligen alten Dame verschwand die erste Chance. Das war ungefähr wie beim Palme-Mord, bloß gab es nicht so viele Spuren, nur zwei, um genau zu sein. Jetzt war die »Chris-Winther-Spur« verbrannt. Wenn sie sich erneut an seinen damaligen Arbeitgeber wandte, würde nur dabei herauskommen, daß es natürlich einen Chris Winther gab, der auch ganz richtig in den Nahen Osten gegangen war – nur eben nicht der Chris, den sie gekannt hatte. Das wäre pure Zeitverschwendung.

Blieb noch die »John-Smith-Spur«. Die zweite und letzte Chance in dieser sonderbaren britischen Variante des Bermudadreiecks, in dem Leute und die Vergangenheit verschwanden. Wenn sie mit Chris nicht weiterkam, mußte sie nach seinem Bohrinselkameraden John suchen. Und glücklicherweise hatte sie ja ein Foto gefunden, das ihr dabei helfen konnte.

Das Gedränge im Londoner Untergrund war nicht mehr so schlimm, und als sie die Treppen in Seven Sisters nach oben ging, hatte sich das Straßenbild radikal verändert. Die Station in Tottenham lag ungefähr am anderen Ende der Victoria Line. Es waren kaum Menschen auf der Straße. Sie fragte einen jungen Mann nach dem Weg, und der war ganz einfach. »Gehen Sie nur immer weiter geradeaus.«

Sie hätte auf einen der roten Doppeldeckerbusse springen können, aber sie hatte genügend Zeit und zog es vor, zu Fuß zu gehen. Die High Road wand sich dahin, flankiert von niedrigen, heruntergekommenen, verfallenen Häusern mit kleinen Anhäufungen von kunterbunten Ladenschildern zu beiden Seiten. Keine feinen Geschäfte, nur bescheidene Läden mit allem möglichen Zeug, von Nylonpullovern über Eisenteile bis zu Lebensmitteln. Nach einer Viertelstunde fing es an zu nieseln, dann wurde der Regen immer dichter und schwerer. Sie suchte Schutz in einem Café.

Sie saß ganz still am Fenster und schaute auf den Regen hinaus und auf die Autos mit ihren peitschenden Scheibenwischern. Das ganze konnte zu Ende sein, bevor es überhaupt angefangen hatte … Bei diesem Tempo konnte sie London an einem Tag abhaken. Wenn die John-Smith-Spur in einer Sackgasse endete, gab es keinen Grund, das Wochenende hier zu verbringen. Dann würde sie nach Hause fliegen, falls sie noch einen Platz in einer Maschine bekäme, ganz gleich, was das zusätzlich kostete. Die eingesparten Hotelkosten würden das wieder wettmachen.

Sie holte die Fotos hervor und legte eins vor sich auf den Tisch, das aus dem Pub mit John, Chris und ihr selbst in Feierlaune. An jenem Samstagnachmittag war sie dazu verdonnert worden, den Wettsamstag im Pub auf dem Bildschirm zu verfolgen. Damals hatte das dänische Fernsehen jeden Samstag auch ein englisches Fußballspiel gezeigt. Ein Ereignis, das alle Männer in die britische Offshore-Enklave zog. Die Ölarbeiter nahmen nicht vieles ernst, aber 22 Spieler, die den Ball auf einem Fernsehbildschirm hin und her schossen, das war schon etwas anderes.

Chris war nicht so fanatisch wie die anderen, aber sein Kumpel John war regelrecht ekstatisch. Sie hatte schnell vergessen, um welchen Verein es bei ihm immer ging. Sie wußte nur, daß ausgerechnet an diesem Samstag John Smiths Verein auf dem Bildschirm spielte und haushoch gewann. Weshalb sie ihn fast nach Hause in sein möbliertes Zimmer in der Strandbygade tragen mußten.

»Wer spielt in Weiß und Dunkelblau mit einem goldgestickten Vogel als Vereinslogo?« Sie hatte Jørgen das Foto gezeigt, weil er viel von Fußball verstand. Jørgen hatte das Foto von John

Smith in seinem weißen Vereinstrikot mit weißblauem Halstuch nur kurz betrachtet und ohne zu zögern geantwortet: »Das sind die Tottenham Hotspurs – the Spurs.«

Ein echter britischer Fußballfan war *fan for life.* Hielt er sich in London auf, dann ließ er sich bestimmt kein Heimspiel entgehen. Alles andere wäre gegen die Naturgesetze. Sie schob das Foto wieder in die Tasche. Die John-Smith-Spur führte nach White Hart Lane, ins Stadion des Vereins, das unten von der High Road aus zu sehen sein mußte.

Nach zwei Tassen Kaffee war ihre Geduld zu Ende. Aber sie konnte das Risiko nicht eingehen, vollkommen durchnäßt zu werden und sich wieder eine Erkältung und Schlimmeres zuzuziehen, also kaufte sie sich im Laden nebenan einen billigen Regenschirm und lief weiter.

Sie bemerkte das große Geschäft mit Fanartikeln, noch bevor sie das Stadion selbst entdeckt hatte, das rechts hinter einigen Mietskasernen aufragte. Es war einfacher, als sie gehofft hatte. Aber ihr Ziel war nicht das Stadion selbst, sondern ein paar der umliegenden Pubs. Sie lagen direkt an der Straße. Einer davon, »Valentino's«, war eine Eckkneipe an der Haupteinfahrt zum Stadion, ein anderer lag fast direkt neben Spurs' Fanshop.

Sie ging zuerst ins »Valentino's«. Es war fast menschenleer, und obwohl das Foto von John Smith durch die Hände des Barkeepers und die der wenigen Gäste ging, die es alle hilfsbereit betrachteten, gab es nur ein allgemeines Kopfschütteln.

In »The Bell & Hare« war es fast genausoleer, es kam ihr so heruntergekommen und abgenutzt vor, daß das bescheidene Nachmittagsklientel ja wohl kaum Beweis für seine Popularität sein konnte. An mehreren Stellen hingen Halstücher und andere Vereinsinsignien, und an den Wänden prangten Fotos der Lokalmatadoren, die auf dem grünen Rasen gleich hinter den dicken Mauern von White Hart Lane auftraten.

Sie bestellte ein kleines Guinness und setzte sich auf einen Barhocker. Nachdem sie bezahlt hatte, legte sie das Foto auf den Tresen.

»Verzeihung, könnten Sie vielleicht so nett sein und einmal einen Blick auf das Foto hier werfen?«

Wieder übertrieb sie ihren Akzent, damit ihr Englisch etwas ungeholfen klang.

Der Barkeeper, ein Mann mittleren Alters im karierten Hemd, das sich stramm über seinen hervorstehenden Bauch spannte, nahm das Bild und zog seine Brille aus der Brusttasche.

»Was wollen Sie denn von ihm?« fragte er böse, noch bevor die Brille an Ort und Stelle saß.

»Ich komme aus Dänemark ... Das ist ein Freund aus alten Zeiten. Ich suche nach ihm. Er ist Spurs-Fan, vielleicht verkehrt er ja hier?«

Der Barkeeper studierte das Bild gewissenhaft und nickte nachdenklich.

»Doch, ja ... Aber das Foto muß vor sehr langer Zeit gemacht worden sein.«

»Ja, vor mehr als elf Jahren. Kennen Sie ihn?«

»Na ja, was heißt kennen ... Auf jeden Fall weiß ich, wer der arme Schlucker ist.«

Sie spürte, wie ihr Puls schneller schlug. Offenbar rümpfte der Barkeeper ein wenig die Nase beim Gedanken an den Mann.

»Er kommt immer zu den Heimspielen, dann stehen die Leute hier dicht wie die Ölsardinen, da ist kein Zentimeter mehr Platz. Ja, kaum zu glauben, wie?« Er schaute über den Rand seiner Brille in das fast leere Lokal. Die einzigen Gäste waren drei ältere Männer, die an einem Tisch in der hintersten Ecke saßen.

»Dann kennen Sie also John, wissen Sie vielleicht auch, wo er wohnt?«

»John? Der heißt doch nicht John ... Der Kerl heißt Gordon. Er taucht auch manchmal unter der Woche auf. Spielt nebenan, setzt auf Pferde. Schimpft immer über die lahmen Gäule. Außerdem schuldet er mir noch 50 Pfund, der Dreckskerl.«

»Gordon ... Sind Sie sicher? Kennen Sie auch seinen Nachnamen?«

»Na klar heißt der Gordon. Aber keine Ahnung, was er für'n Nachnamen hat. Erkundigen Sie sich doch mal nebenan. Die kennen ihn garantiert. Fragen Sie Andy, der schmeißt den Laden da.«

Sie bedankte sich bei dem Mann und legte fünf Pfund Trinkgeld hin, als sie ging. Nebenan war ein Wettbüro. »William Hill« stand auf einem großen Schild an der Fassade. Sie wäre nie auf den Gedanken gekommen, daß sich so etwas dahinter verbarg, wenn der Barkeeper vom »Bell & Hare« es ihr nicht gesagt hätte.

Der Raum war groß und stank nach Tabakrauch. Eine ganze Wand war mit Fernsehern gespickt. Die wenigen, die eingeschaltet waren, zeigten nur lange Listen von Zahlen. Es saßen eine Handvoll Männer herum, und aus ihren Gesprächen konnte sie entnehmen, daß sie über Pferde und Gewinnquoten diskutierten.

»Entschuldigung, wo finde ich Andy?«

»Hier ist er nicht. Versuchen Sie mal die Tür da«, antwortete ihr einer der Männer, ohne den Blick von einem bunten Magazin mit einem Pferdefoto auf der Titelseite zu heben.

Sie klopfte an die besagte Tür und trat ein, als »Yes« gerufen wurde. Ein jüngerer Mann saß an einem Schreibtisch vor einem Computermonitor, und jetzt drehte er sich auf dem Stuhl nach ihr um.

»Womit kann ich helfen?« sagte er und schaute sie fragend an.

»Sind Sie Andy?«

Der Mann nickte, und sie fuhr fort:

»Ich war nebenan im Bell & Hare mit Gordon verabredet. Aber er ist nicht aufgetaucht … Und der Barkeeper meinte, Sie würden ihn kennen. Und Sie wüssten vielleicht, wo ich ihn finden könnte.«

»Gordon – wie weiter?«

Sie reichte ihm das Foto und zeigte auf den Mann mit dem weißen Hemd.

»Ach, *der* Gordon. Na, das ist aber ein altes Foto, was? Und er war mit dir verabredet. Was für ein Blödmann, daß er eine wie dich sitzenläßt.«

Der Mann musterte sie von oben bis unten, in dieser ekligen Art, wie sie einer ganz speziellen Sorte von Männern eigen ist, die glauben, jederzeit das Recht zu haben, so zu glotzen.

»Woher kommst du? Irgendwas skandinavisches? Vielleicht aus Schweden?«

»Nein, ich bin Dänin. Also … Ich würde Gordon schrecklich gern treffen, ob Sie wohl seine Adresse rausfinden könnten?«

Sie lächelte Andy freundlich an, so freundlich, wie es ihr nur möglich war.

»Aber ich helfe einer Dänin, die in der Klemme steckt, doch gern, *sweetie.* Kann mich nicht dran erinnern, wo er wohnt, aber vielleicht steht er ja in unserer Datenbank? Ich bin mir fast sicher, daß er die Programme zugeschickt kriegt, die Renninfos und so. Auf jeden Fall hat er ein Konto bei uns. William Hill ist eine Riesenkette, und diese Daten werden zentral verwaltet, aber warte einen Moment, dann suche ich nach ihm.«

Der Mann sah wieder auf seinen Monitor, klickte mit der Maus ein paarmal und öffnete ein Suchfeld.

»Gordon Ballard, schwuppdiwupp, davon gibt es ein paar, aber nur einen hier bei mir. Da haben wir ihn. Gordon Ballard, Tennyson Road 78, Kilburn. Das liegt im Nordwesten. Er wettet hier, wenn er seine Mutter im Pflegeheim besucht. Er ist hier im Viertel aufgewachsen. Sieht sich alle Heimspiele an. Ein treuer Spurs-Fan.«

Er kritzelte etwas auf ein Stück Papier und reichte es ihr.

»Hier hast du seine Adresse, viel Glück. Aber ich an seiner Stelle hätte dich nicht sitzengelassen …«

»Er hätte vor einer Stunde hier sein sollen, dann werde ich wohl lieber zu ihm fahren. Vielen Dank für die Hilfe.«

»*Anytime, sweetie, anytime.* Ich springe auch gern ein, falls du Ersatz brauchst?«

»Sicher, aber erst, wenn die Woche zehn Tage hat …«

Sie drehte sich auf dem Absatz um und verließ das Büro.

Bei dem Gedanken, daß es immer noch Hoffnung gab, spürte sie Erleichterung, und der lange Weg zurück zur Station Seven Sisters erschien viel kürzer.

Wie die Dinge sich entwickelten, war es offensichtlich, daß die beiden englischen Freunde damals von Anfang an gelogen hatten. Nur die Begeisterung für Tottenham Hotspurs war echt, zum Glück.

Jetzt hatte sie also den einen von beiden gefunden. John Smith lebte noch – allein mit dem kleinen Unterschied, daß der Mann in Wirklichkeit Gordon Ballard hieß. Sie wollte ihn noch am gleichen Abend aufsuchen.

Sie hatte diesem Gordon Ballard eine ganze Menge Fragen zu stellen, aber schon jetzt hatte sie das deutliche Gefühl, daß der Mann nicht antworten würde. Sie vermißte ihre Dienstpistole. Mit einer Heckler & Koch unter der Jacke wäre die Aufgabe leichter zu meistern gewesen.

11

Die kleine Tennyson Road lag verlassen im Schein einer trüben Straßenbeleuchtung, die den feuchten Asphalt leicht glänzen ließ. Der Regen hatte aufgehört, und das ganze Viertel mit den Perlenreihen geparkter Autos am Kantstein wirkte still und reglos. Es war halb acht. Vor den meisten Fenstern waren die Vorhänge zugezogen, und man konnte gerade noch das bleiche Licht von Fernsehapparaten dahinter flakkern sehen.

Auf beiden Straßenseiten lagen die fast identischen, aneinandergebauten zweistöckigen Häuser mit ihren schmalen Vorderfronten. Eine niedrige Mauer zum Bürgersteig, ein Müllcontainer dahinter, eine Eingangstür, ein Fenster unten und eines oben. Einige waren hübsch renoviert mit weiß nachgezogenen Simsen, andere verschwanden geradezu in der Dunkelheit, und ein paar hatten Plastikfolien vor den Fenstern und schienen verlassen zu sein. Allein auf dem kurzen Stück, das sie zurückgelegt hatte, war sie an fünf oder sechs »Zu verkaufen«-Schildern vorbeigegangen, die jeweils im Vorgarten standen.

Bei Nummer 79 war kein Licht in den Fenstern, und es gab keine Reaktion, als sie klingelte. Es stand zwar Gordon Ballard auf dem Briefkasten, aber der Mann war nicht zu Hause. Sie lief eine Weile herum, bog nach rechts auf die etwas größere Willesden Lane und dann auf die Kilburn High Road ein, die sie ein ganzes Stück weiterging, bevor sie wieder nach rechts abbog und zurück in das Viertel um Gordon Ballards Wohnung ging.

Als sie das dritte Mal an seiner Adresse vorbeikam, brannte oben in dem kleinen Dachfenster Licht. Sie holte tief Luft und klingelte. Kurz darauf hörte sie Schritte auf der Treppe, und die Tür wurde einen Spalt weit geöffnet.

Er war es. John Smith – Gordon Ballard. Er sah viel älter und dicker aus, aber er war es. Sie hatte sich die Kapuze über den Kopf gezogen, und er erkannte sie offensichtlich nicht wieder.

»Gordon Ballard?«

Er nickte stumm und sah sie fragend an.

»Entschuldigen Sie die späte Stunde, aber ich würde gern mit Ihnen sprechen. Darf ich reinkommen?«

»Wer sind Sie? Worüber wollen Sie mit mir sprechen?«

Er klang mürrisch und mißtrauisch, und sie konnte seinem Blick ansehen, daß er sofort auf der Hut war.

»Mein Name ist Nina, Nina Portland. Ich würde gern mit dir über die Zeit in Esbjerg reden.«

Sie schob die Kapuze zurück, und ein Ausdruck der Verblüffung überzog sein Gesicht. Sein Adamsapfel hüpfte hektisch ein paarmal auf und ab, während er sich bemühte, seine Fassung wiederzufinden.

»Nina … Das ist aber lange her … Ich glaube nicht, daß das eine gute Idee ist …«

Dann änderte er offensichtlich seine Meinung, öffnete die Tür ganz und warf einen schnellen Blick links und rechts die Straße hinunter.

»Okay, komm lieber rein. Laß uns nach oben gehen.«

Sie folgte ihm die schmale Treppe hinauf und wurde in ein kleines Wohnzimmer unter der Dachschräge geführt, wo er ihr anbot, sich doch zu setzen, während er diskret ein paar leere Bierflaschen wegräumte, die auf dem kleinen Computertisch in der Ecke standen.

»Ich wollte mir gerade Tee kochen … Möchtest du auch eine Tasse?«

Er sah eher aus wie einer, der Wasser für ein paar steife Grogs aufgesetzt hatte. Sie willigte ein, zog sich die Jacke aus und setzte sich abwartend aufs Sofa, während er mit einer Entschuldigung die Treppe hinunter verschwand und unten in der Küche klapperte.

Kurz darauf kam er mit einer Teekanne und zwei Tassen zurück. Es kam ihr so vor, als zitterten seine Hände ein wenig, während er einschenkte und ihr die Tasse hinstellte. Dann zog er einen Stuhl zum Couchtisch und setzte sich.

»Meine Güte, das ist aber lange her. Ich hätte dich wirklich nicht wiedererkannt. ... Wie hast du mich gefunden, Nina? Und warum?«

Er schielte nervös zu ihr herüber, vermied es aber, ihr direkt in die Augen zu sehen.

»Ja, laß uns gleich zur Sache kommen, John – oder Gordon. Das ist ja dein richtiger Name ...«

Ohne etwas von Tallinn und Romaniuk zu erwähnen, berichtete sie ihm kurz, wie sie ihn gefunden hatte. Dann machte sie eine kleine Pause und schaute ihn direkt an.

»Ich bin gekommen, weil ich wissen will, was zum Teufel damals in Esbjerg vor sich gegangen ist.«

»Was meinst du mit ›vor sich gegangen‹?«

Gordon Ballard tastete in seiner Brusttasche nach einer Zigarette. »Es ist doch eigentlich nichts anderes vor sich gegangen, als daß wir eine schöne Zeit hatten, genau wie all die anderen, die auf der Nordsee arbeiteten. Wir waren jung, hatten unseren Spaß. Ja, und dann haben wir dich getroffen ...«

»Vergiß es! Ich weiß, daß es eure Aufgabe war, Kontakt zu mir aufzunehmen, weil ich an dem Ursula-Fall gearbeitet habe. Also gib dir gar keine Mühe, Gordon Ballard.«

Sie konnte spüren, wie die Wut in ihr hochkam.

»Du kannst gleich mal damit anfangen, mir zu erzählen, wo Chris ist. Aber er heißt bestimmt auch nicht Chris, oder?«

Jetzt mußte sie sich anstrengen, um ruhig zu bleiben, ihre Stimme zitterte vor unterdrückter Wut.

»Chris? Ich habe keine Ahnung ... Ich habe ihn seitdem nicht mehr gesehen. Wie hast du denn herausgefunden, daß ...«

»Das geht dich einen feuchten Dreck an! Ich weiß, daß es so

war. Willst du dich weiter dumm stellen, oder willst du mir antworten?«

Gordon Ballard stand auf und ging ans Fenster. Dort blieb er stehen, während er an der Zigarette zog. Ein paar Minuten lang herrschte drückende Stille im Raum, dann hatte er offensichtlich einen Entschluß gefaßt und setzte sich wieder ihr gegenüber. Er seufzte ein paarmal schwer, drückte die Zigarette aus und begann.

»All right, Nina. All right ... Du sollst die Geschichte hören, aber was ich weiß, ist nicht viel. In meinem Job hat man nie mehr zu wissen gekriegt, als unbedingt nötig ist ...«

Er begann zögerlich und nervös, doch mit der Zeit redete er sich warm. Er war beim Security Service beschäftigt gewesen, MI5, das war der interne Sicherheitsdienst des Landes, vergleichbar dem FBI in den USA. Vor einem Jahr hatte ihn das Hauptquartier im Thames House gefeuert, angeblich, weil sein nächster Vorgesetzter sich durch ihn in seiner Position bedroht fühlte. »Kooperationsprobleme« sei die Begründung gewesen, sagte Ballard.

Als man ihm 1993 den Auftrag in Esbjerg zuteilte, war er gerade frisch eingestellt. Seine einzige Aufgabe hatte darin bestanden, Chris in praktischen Dingen zu helfen, ansonsten diente er nur dem Ziel, durch seine Rolle als Offshore-Kollege und Freund Chris' Geschichte zu untermauern. Chris Winther hieß übrigens nicht Chris. Sein richtiger Name war wahrscheinlich Tommy Blackwood, wobei man in dieser Branche dessen nie sicher sein konnte.

Die Esbjerg-Sache war ein ungewöhnlicher Auftrag, denn Tommy Blackwood arbeitete nicht beim MI5, sondern im SIS, dem britischen Secret Intelligence Service, besser bekannt unter der Abkürzung MI6. Da MI6 der Geheimdienst war, der im Ausland operierte, verfolgten die beiden Schwesterorganisationen zwar des öfteren gemeinsame Interessen, doch eine Feldoperation, die dezidiert im »Paarlauf« durchgezogen wurde, war schon etwas Außergewöhnliches.

Tommy Blackwood war verantwortlich für den Job in Esbjerg, und er hatte Gordon Ballard nie detailliert erzählt, worum es überhaupt ging. In dieser Welt lautete die Devise, alle Information auf ein Minimum zu beschränken. Deshalb wußte Gordon Ballard nur, daß sie Kontakt zu einer Frau bei der Kriminalpolizei in Esbjerg herstellen sollten, Nina Portland hieß sie.

»Und das warst also du … Tommy war schon ein Charmebolzen, und alles verlief plangemäß. Ich meine, in dem Pub kamen wir schnell an dich ran, und ich gehe davon aus, daß Tommy dir so viele Informationen wie möglich abgezapft hat, oder? Er hat mir nie etwas erzählt, dieser arrogante Kerl.«

»Aber warum? Welches Interesse hattet ihr an dem Ursula-Fall? Mord auf hoher See und ein russischer Seemann auf der Anklagebank, was geht das den britischen Geheimdienst an?«

Sie zündete sich eine Zigarette an und musterte ihn.

»Darauf kann ich dir ganz ehrlich antworten, Nina. Ich habe absolut keine Ahnung. Aber es muß eine große Sache gewesen sein, sonst wären wir kaum mit Six zusammengegangen. Und es gab so wenige Informationen zu unseren Aufgaben, daß es fast schon verdächtig war. Ich meine, unter normalen Umständen hätte ich sicher ein bißchen mehr erfahren, als es hier der Fall war. Und als wir in Esbjerg fertig waren, wurde ich einfach an eine andere Aufgabe gesetzt, ohne einen Furz zu hören. Mein Chef war stumm und zugeknöpft.«

»Dann war ich nur irgend so eine Polizeitussi, die Tommy melken sollte?«

Das war eher eine Feststellung als eine Frage. Die Wahrheit war ihr längst aufgegangen.

»Ja, so war es wohl. Hast du jemals den Begriff *honey trap* gehört?«

Gordon Ballard lächelte bei dem Gedanken, nicht triumphierend, eher als habe er Mitleid mit ihr.

»Nein, aber ich kann mir denken, was das bedeutet. Er hat seine Rolle gut gespielt … Und du hast ihn seitdem nie wieder gesehen?«

»Nein, ich bin selbst nie Agent im Einsatz gewesen, eher so ein Schreibtischtäter, Analyse und dergleichen, aber ich bin mir sicher, daß Tommy ein Spezialagent war. Das strahlte er einfach aus. Er war Profi. Er muß irgendwo im MI6-Apparat zu finden sein, vermutlich im Ausland.«

»Warum soll ich dir eigentlich deine Geschichte glauben? Warum erzählst du mir das?«

Sie musterte ihn forschend. Die Jahre waren nicht gnädig mit ihm umgegangen. Es war ein weiter Weg von dem John Smith, den sie in Esbjerg kennengelernt hatte, bis zu dem Gordon Ballard, der ihr gegenübersaß. Er war fett geworden, hatte ein Doppelkinn, Geheimratsecken und eine kleine Wampe, die unter seinem Hemd hervortrat. Die rötliche Nase und die roten Wangen mit einem feinmaschigen Netz kleiner geplatzter Blutäderchen sprachen ihre eigene Sprache.

»Wie gesagt, sie haben mich rausgeschmissen. Das war nicht fair. Ich schulde ihnen nichts mehr, ganz im Gegenteil. Und Tommy, der war ein arroganter Mistkerl. Und ... Es war eine Schande, das mit dir ... Aber warum wühlst du eigentlich in den alten Geschichten herum, Nina?«

»Aus einem einzigen Grund. Ich will wissen, warum ich verarscht worden bin.«

Daß Tommy Blackwood der Vater ihres Sohnes war, ging Ballard nichts an. Der Kerl hatte etwas Unsympathisches an sich. Etwas Heimtückisches lag in seinem unruhigen Blick und der verkrampften Art, wie er an seiner Zigarette zog. Ob seine Geschichte wohl stimmte?

Es gefiel ihr nicht, daß es so einfach gelaufen war. Absolut nicht ... Wenn etwas zu einfach ging, dann gab es einen Grund dafür. Das sagte ihr die Erfahrung.

Der Mann hatte kein Mitleid mit ihr. Überhaupt hatten die Menschen kein Mitleid füreinander, weder die Verbrecher noch die braven Bürger. Aber wenn sie fürs erste davon ausging, daß seine Darstellung mehr Wahrheit als Lüge enthielt, ja, dann endete die Spur wahrscheinlich hier im Sessel ihr gegenüber. Sie hatte keine neuen Informationen bekommen, die ihr weiterhelfen konnten.

Sie zögerte. Dann warf sie einen Blick auf ihre Armbanduhr und stand langsam auf.

»Verdammt … Ich komme nicht weiter. Aber danke, daß du dir die Zeit genommen hast.«

»Vielleicht kann ich dir doch helfen. Ja, ich denke schon. Setz dich wieder, Nina.«

Gordon Ballard sah nachdenklich aus. Er zündete sich eine neue Zigarette an, zog hektisch daran und blies den Rauch in die Luft.

»Helfen? Und wie?«

»Ich habe immer noch meine Kontakte im Thames House und an anderen Stellen, wenn man elf Jahre in dem Laden war, bleiben einem immer ein paar gute Freunde erhalten …«

»Ja, und?«

»Nun, ich kann natürlich nichts garantieren, aber ich könnte versuchen, an ein paar Fäden zu ziehen, wenn du willst.«

»Und was kostet das – an ›ein paar Fäden zu ziehen‹?«

»Was mich betrifft, nichts. Die da drinnen zu ärgern, ist mir Lohn genug. Aber … Es laufen da natürlich einige Ausgaben an. Für kleine Hilfsdienste. Wenn Leute sich die Mühe machen und so …«

Es kam ihr so vor, als ob Gordon Ballard jetzt gerader auf seinem Stuhl saß, so als habe das Gespräch insgeheim sein Selbstvertrauen gestärkt, als habe allein die Aussicht, sich bei seinem früheren Arbeitgeber einzuschleichen, einen Ehrgeiz entfacht, den er schon seit langem verloren hatte.

Sie wußte nicht recht, was sie von seinem Angebot halten sollte, aber ihre erste unmittelbare Reaktion war Skepsis. Konnte ein Versager wie Ballard zu irgend etwas nütze sein?

»Ich bin nicht interessiert an einem Haufen Geschwafel. Ich will nur über Tommy Blackwood Bescheid wissen. Und sonst nichts. Warum hat er das damals gemacht? Was sollte das alles? Und wo ist er?«

»Das meine ich ja, wenn ich sage, ich will an ein paar Fäden ziehen. Ich kann Bruchstücke ausgraben, Mosaiksteinchen, die vielleicht irgendwann ein Bild ergeben.«

Sie schüttelte seufzend den Kopf.

»Und du glaubst wohl, ich sitze hier mit dem dicken Scheckheft in der Tasche, was? Ich bin eine kleine Kriminalbeamtin, kein Bill Gates ... Ich bin arm wie eine Kirchenmaus. Ich habe mir das Geld leihen müssen, um hierherzukommen.«

»Ich werde mein möglichstes versuchen, vielleicht geht es fast ohne Ausgaben. Es gibt da einige, die mir einen Gefallen schulden. Und ich werde dir für jeden Schritt den Preis nennen, dann kannst du jederzeit abspringen, Nina. Es liegt an dir.«

Es war nach Mitternacht, als sie Gordon Ballards Haus verließ. Ein feiner Nieselregen hüllte sie ein, als sie die Tennyson Road hinunterging, an der die meisten Fenster im Dunkel lagen, und in die Lonsdale Road abbog, zurück zur Station Queen's Park.

Sie ging langsam. Der Wind und die winzigen Wassertröpfchen erfrischten sie nach den Stunden in Ballards verräucherter Stube. Sie fühlte sich immer bedrückter, je mehr ihr klar wurde, daß das, wozu sie gerade eben ihre Zustimmung gegeben hatte, ungefähr so ähnlich war, als hätte sie etwas auf Kredit gekauft. Was ihr nicht im Traum einfallen würde.

Zögernd hatte sie Gordon Ballards Vorschlag zugestimmt. Der Gedanke, einem versoffenen Outcast vom MI5 ausgeliefert zu sein, behagte ihr absolut nicht. Und das Gefühl, daß alles viel zu einfach und problemlos gelaufen war, machte die Sache nicht besser.

Wie damals in Esbjerg, als sie ein Opfer war, aus dem Informationen herausgequetscht wurden, war sie jetzt ein Opfer, dem eine unbekannte Summe britischer Pfund aus der Nase gezogen werden sollte, die letztendlich garantiert auf ein paar Gäule gesetzt wurden, die um die Wette laufen mußten.

Aber es gab keine Alternative. Nicht den Schatten einer anderen Möglichkeit.

Und wenn er zu gierig wurde oder sie das Gefühl bekam, sie würde nur an der Nase herumgeführt, dann konnte sie dem sofort einen Riegel vorschieben. Im Augenblick war sie einfach gezwungen, diese letzte Chance zu nutzen.

Beiderseits der Lonsdale Road standen größtenteils niedrige Garagen und Schuppen. Auf ihrem Hinweg war noch Leben in den kleinen Werkstätten gewesen, bei Klempnern, Schmieden und Tischlern und was sonst noch da drinnen in den engen Räumen fabriziert wurde. Jetzt waren die Metallgitter heruntergezogen, sie war ganz allein auf der Straße.

Sie blieb im Lichtkegel einer Straßenlaterne stehen und schaute sich über die Schulter um. Sie hatte das Gefühl, beobachtet zu werden. Eine wachsende Unruhe machte sich in ihr breit. Vielleicht nur das Unbehagen nach der Abmachung mit Ballard? Vielleicht lag es auch an der ausgestorbenen, fast vollkommen dunklen Straße und der Stille hier, die ihr unter die Haut kroch. Es war weit und breit nicht eine Menschenseele zu sehen.

Am nächsten Tag stand sie spät auf. Sie hatte sich in der Hotelbar noch einige Pints gegönnt, als sie von dem Besuch bei Gordon Ballard zurückkam. Es war fast schon halb drei, als sie endlich ins Bett kroch, und sie schaffte es gerade noch zum Frühstück, bevor das Büffet abgeräumt wurde.

Heute war Samstag – ein nutzloser, verlorener Tag. Ihr blieb nichts anderes übrig als zu warten, und das hatte sie noch nie gut gekonnt.

Wieder regnete es. Die Straßen in den belebten Einkaufsvierteln um die Oxford Street und die Charing Cross Road waren ein Menschenmeer mit auf und ab wogenden Schaumkronen aus Regenschirmen in allen Farben. Sie mußte Spießruten laufen zwischen den Leuten, die sich an den Fußgängerüberwegen zusammenballten, oder sich schützen, wenn sie eilig an ihr vorbeihasteten, die Metallspeichen ihrer kaputten Regenschirme in alle Richtungen abgespreizt, als wollten sie dem Erstbesten die

Augen ausstechen. Schließlich öffnete sie ihren eigenen Schirm und hielt ihn wie einen Wellenbrecher vor sich.

Ein kleines Stück die Charing Cross hinunter rettete sie sich in den riesigen Foyles Bookshop. In erster Linie, um sich eine Pause von dem nassen Wetter zu gönnen, doch als sie erst einmal drinnen war, konnte sie ja genausogut die Zeit totschlagen, indem sie sich umschaute. Es sah aus wie eine gigantische Bibliothek mit Rollentreppen zwischen den einzelnen Etagen. Sie fragte an der Information und wurde in den zweiten Stock verwiesen. Nach einer halben Stunde hatte sie sich vergewissert, daß Foyles nicht ein einziges Buch über den Palme-Mord vorrätig hielt, das sie nicht schon gelesen hatte.

Als sie das Internetcafé des Buchladens entdeckte, kam ihr eine Idee. Sie wußte so gut wie nichts über den britischen Geheimdienst, und das wenige, was sie wußte, stammte aus Spionageromanen, die in der Zeit des kalten Krieges spielten.

Sie ging zum nächsten Infostand und erfuhr, daß sie sich einfach an irgendeinen Computer setzen konnte. Der Preis fürs Surfen im Internet war fast symbolisch zu nennen. Sie gab »MI5« in die Suchmaske ein, und innerhalb kurzer Zeit spuckte der Computer ein wahres Meer an Fundstellen aus. Der Geheimdienst hatte sogar eine offizielle Homepage. Sie las und machte sich ein paar Notizen. Nach einer halben Stunde wiederholte sie die gleiche Übung, aber diesmal mit MI6 als Suchbegriff.

Die Zeit war wie im Fluge vergangen, während sie konzentriert vor dem Bildschirm gesessen hatte, und als sie bezahlen wollte, stellte sich heraus, daß sie eineinhalb Stunden online gewesen war. Sie hatte sich währenddessen jede Menge an Literaturhinweisen notiert, und die Frau am Tresen schickte sie eine Etage tiefer, wo eine ganze Abteilung von Literatur über die Geheimdienste überquoll.

Für dänische Verhältnisse waren die Bücher billig. Sie suchte sich zwei aus, die solide Hintergrundinformationen zu geben schienen. Eines über MI5 und eines über MI6.

Der Regen prasselte immer noch herab, und zufrieden mit ihrem Fund setzte sie sich ins Café des Buchladens. Vielleicht war der Tag doch nicht verschenkt. Sie war bereits um einiges klüger geworden. Sie bestellte sich eine Tasse Kaffee und ein Sandwich und machte sich daran, in den Büchern herumzublättern. Sie schaute sich um. Es war kein Nichtraucherschild zu sehen, deshalb zündete sie sich mit gutem Gewissen eine Zigarette an, nachdem sie gegessen hatte, und begann, ausgesuchte Kapitel genauer zu lesen.

Es war fast drei Uhr inzwischen, und sie hatte noch zwei Tassen Kaffee getrunken, als sie endlich aufbrach und die Bücher in eine Plastiktüte schob. Als letztes hatte sie den Stadtplan studiert, und jetzt wußte sie, wohin sie wollte.

Als sie sich erneut auf den Bürgersteig wagte, hatte der Regen zu ihrer großen Erleichterung aufgehört. Sie folgte der Straße weiter über den Trafalgar Square bis hinunter zum Fluss. Hier bog sie rechts am Victoria Embankment ab, ging am Parlamentsgebäude vorbei, vor dem einige Demonstranten Aufstellung genommen hatten. Eine Frau mit Megaphon feuerte ein paar wutschnaubende Breitseiten auf Tony Blair und seine elende Politik ab, die ihr und ihren Kollegen die längste Arbeitszeit Europas beschert hatte – und die schlechteste Bezahlung.

Es stellte sich heraus, daß sowohl der MI5 als auch der MI6 ihr Hauptquartier an der Themse hatten, weshalb sie allein aus Neugier einmal dort vorbeischauen wollte. Den Arbeitskampf überließ sie der Megaphonfrau, die ihre Gedanken nicht ablenken konnte.

Ballard hatte ihr mehrfach eingeschärft, daß sie ihn unter keinen Umständen anrufen dürfe, und daß auch jeder Kontakt übers Handy genauso tabu sei, weil die so einfach abzuhören waren. Also blieb ihr nichts anderes übrig als zu warten. Er wollte Kontakt zu ihr aufnehmen, entweder eine Nachricht im Hotel hinterlassen oder selbst auftauchen. Und sie sollte schon einmal damit rechnen, daß er mindestens einen ganzen Tag brauchte, für diverse »Knochenarbeiten«, wie er sich ausdrückte.

Thames House, das Hauptquartier des MI5, lag an der Millbank gleich hinter der Lambeth Bridge. Sie überquerte die Brücke, um das Gebäude aus einigem Abstand besser betrachten zu können. Sie setzte sich auf eine Bank und zündete sich eine Zigarette an.

Dort drüben hatte Gordon Ballard also seine Zeit verbracht, bis sie ihn rausschmissen. An dem Teil seiner Geschichte hatte sie die wenigsten Zweifel. Dazu sah er zu heruntergekommen aus, und er hatte trotz allem so viel Insiderwissen präsentiert, daß es keine reine Erfindung sein konnte, außerdem sprach er von »Five«, als wäre es seine eigene Familie und von »Six« wie von Verwandten. Daß sein direkter Vorgesetzter sich jedoch in seiner Position von Ballard bedroht gefühlt haben sollte, das klang doch wie eine sonderbare Ausrede.

Sie vertraute ihrem Instinkt. Da steckte etwas anderes dahinter. Ein Grund mehr, sich unwohl zu fühlen bei dem Gedanken, eine Art von Abmachung mit diesem Mann getroffen zu haben. Aber wie gesagt: Es gab keine Alternative, zumindest im Augenblick nicht.

Das Thames House war ein gewaltiger Gebäudekomplex aus hellem Sandstein mit unendlich vielen Simsen. Bis zum achten Stock hoch unter dem Dach waren alle Fenster vergittert. Zum Wasser hin mußte es eine neue Kupferverkleidung bekommen haben, denn sie lag wie ein goldener Deckel auf dem großen Kasten, während das Dach nach hinten grünspanfarben war. Der Haupteingang hinter einer Reihe kahler Bäume war ein großes Rundbogenportal, das das Gebäude fast in zwei Hälften teilte. Es wurde flankiert vom Millbank Tower, einem gigantischen Büroturm aus dunklem Glas zur Linken, und zur Rechten hin ragten der Victoria Tower und der Big Ben auf. Direkt davor lag ein großer Ausflugsdampfer namens »Erasmus« vor Anker. Er hatte zwei Decks und war deutlich größer als die übrigen Boote, die am Lambeth Pier vertäut waren und auf das Frühjahr und die Touristen warteten.

Sie versuchte sich vorzustellen, was die vielen Beschäftigten hinter den Fenstern wohl taten, wie die Stimmung war, der Rhythmus, die Geschwindigkeit der Schritte auf den Fluren.

Laut ihren frisch erstandenen Büchern war die Übernahme des ehrwürdigen Gebäudes seinerzeit eine reine Farce gewesen. Es war für die gewünschten Zwecke mehrere Jahre lang umgebaut worden, so daß faktisch nur die dicken Mauern stehengeblieben waren, und selbst die konnten eine ganze Reihe von Peinlichkeiten nicht verbergen. Eine neue Computerdatenbank mit Namen Grant wurde ein Jahr ums andere als nicht einsatzfähig gemeldet, weil der MI5 nicht wagte, irgendeinem Lieferanten von Software zu vertrauen, und lieber selbst an der Sache herumbastelte.

Das erinnerte sie ein wenig an die Zeit, als die dänische Polizei ein neues EDV-System einführen sollte und niemand wußte, wo vorne und wo hinten war.

Sie war noch auf eine andere lächerliche Geschichte über das Thames House gestoßen. Es ging dabei um einen Bauhandwerker, der mit der IRA sympathisierte. Er war nicht von Anfang an gründlich überprüft worden, weshalb man hinterher mehrere Wände wieder aufriß, um nach möglichen Abhöranlagen oder eingemauerten Bomben mit Langzeitzünder zu suchen.

Sie ließ ihren Blick auf dem Gebäude ruhen. Da drinnen arbeiteten sie also, mehr als zweitausend Angestellte, die Archivmaterial aus den tiefsten Kellern anfordern konnten. Roboter suchten es heraus, und ein sinnreiches Monorailsystem beförderte es die vielen Stockwerke des Kolosses hoch und runter. Zwei ganze Jahresbudgets hatte das extravagante Domizil geschluckt.

Es war übrigens eine Frau gewesen, Stella Rimington, die erste Nachrichtendienstchefin der Welt, die das Projekt durchzog und dem MI5 nach den schweren Jahren ohne kalten Krieg zu neuem Ansehen verhalf. Sie hatte die Gelegenheit beim Schopfe gepackt und aus dem müden Riesenapparat die führende Antiterrorinstitution des Landes gemacht, sowohl was Nordirland als auch die Bedrohung durch Fundamentalisten betraf. Und jetzt war es nach einem männlichen Zwischenspiel wieder eine Frau, die ihr Büro dort irgendwo hinter diesen Mauern hatte, Eliza Manningham-Buller.

Gordon Ballard hatte viel geredet – ohne wirklich etwas zu sagen. Er hatte von den beiden Hauptquartieren und ihren Sicherheitsvorkehrungen erzählt. Vielleicht, um sie zu überzeugen?

»Im Thames House ist es nicht so dramatisch. Hier wird man erst gefilmt, wenn man hineingeht, aber noch bevor man zu den Glaszylindern kommt, die sich nur mit Karte und Sicherheitscode öffnen lassen. Am Vauxhall Cross ist es etwas ganz anderes. Das ganze Gebäude ist geradezu mit Kameras tapeziert. Six hat schon immer unter Paranoia gelitten. Das ist der reinste James Bond.«

Gordon Ballard hatte nicht gelacht, nur leise gegrinst und dabei den Kopf geschüttelt.

Sie stand auf und ging den gepflasterten Weg weiter, der parallel zum Albert Embankment verlief. Kurz bevor sie die Brücke erreichte, verlangsamte sie ihr Tempo etwas. Das Hauptquartier des MI6 lag am Vauxhall Cross direkt neben der Vauxhall Bridge und türmte sich am Ende des Weges so elegant und geheimnisvoll auf, daß gar kein Zweifel aufkommen konnte, sondern es nur ganz logisch erschien, daß dieses Gebäude nichts anderes als einen Geheimdienst beherbergen konnte.

Sie warf einen schnellen Blick die Mauern empor und registrierte die vielen nach außen gerichteten Kameras, während sie in schnellem Tempo um das Gebäude herumging und dann weiter über die Brücke, zurück auf das andere Ufer. Es gab nicht das kleinste Schild am Haupteingang, an dem eine Wache vor der Einzäunung stand, nichts anderes als die Adresse »Vauxhall Cross 85« in großen Buchstaben über der Eingangstür.

Wie das Thames House konnte auch dieses Gebäude nur aus der Ferne begutachtet werden. Sie blieb stehen und beugte sich ein wenig über die Mauer. Auch hier hatte der niedrige Wasserstand eine glänzende Schlickbank bloßgelegt. Das Gebäude ragte wie ein Fremdkörper dort drüben empor, ein Fremdkörper, der in einer dunklen Nacht mitten in London am Ufer der Themse gelandet war, von wo ihn niemand wieder wegjagen konnte.

Mit seinen geraden Linien und senkrechten Brüchen in der Fassade und den vielen dunkelgrünen, undurchsichtigen Fensterpartien ähnelte das sandfarbene Gebäude sowohl einem futuristischen Hightechgebäude aus plumpen Klötzen als auch einem Wüstenschloß, gegen Öldollars von einem Scheich bestellt, der sich ein Monument errichten lassen wollte. Es war potthäßlich.

Der Gedanke erschien ihr absurd. Theoretisch konnte Chris – sie nannte ihn immer noch Chris, mußte sich erst an Tommy gewöhnen – ja, theoretisch konnte Tommy Blackwood dort hinter den verspiegelten Scheiben sitzen und zu ihr schauen.

Sie hätte hinübergehen, klingeln und ihm erzählen können, daß vermutlich irgendwann einmal ein junger Mann namens Jonas bei ihm auftauchen und nach seinem Vater fragen würde. Und wenn sie schon einmal dabei war: »Was um Himmels willen hattet ihr mit dem Axtschiff zu tun, damals, als du mich reingelegt hast, du Arschloch?«

Und falls das nicht möglich wäre, dann gäbe es höchstwahrscheinlich irgendeinen Supermenschen in der Gesucht-und-Gefunden-Abteilung, der ein paar Ziffern in einen Computer eingeben und ihr dann berichten könnte: »Ja, ich kann an den Koordinaten sehen, daß Mr. Blackwood sich im Augenblick in Afghanistan befindet.« Er konnte natürlich auch in Pakistan sein, in Indien, Timbuktu oder an irgendeinem anderen Ort auf der Welt.

Aber sie konnte nicht so einfach klingeln und ihr Leid klagen, weder im Thames House noch in Vauxhall Cross. Sie konnte ihr Wissen nicht preisgeben, und sie konnte nicht damit pokern. Dazu war es viel zu bescheiden. Sie konnte nur mit einem verdächtigen armen Schlucker wie Gordon Ballard Geschäfte machen. Später konnte sie sich vielleicht Hoffnung machen, zu pokern …

Sie schaute den Weg entlang. Weiter hinten, unter den großen

Bäumen, saß ein Mann in einem hellen Mantel. Er saß da und las Zeitung. Hatte er nicht auch auf einer Bank in der Nähe gesessen, als sie an der Lambeth Bridge war und zum Thames House hinübergeschaut hatte? Sie war sich dessen nicht sicher. Ab jetzt mußte sie mehr auf der Hut sein.

Der Mann blieb sitzen, lange nachdem sie ihn passiert hatte, und auch als sie an der Brücke abbog, konnte sie ihn immer noch wie einen hellen Punkt wahrnehmen. Sie beschloß, Richtung St. James Park zu gehen, wo sie eventuelle Beschatter besser im Auge behalten konnte.

Aus Rücksicht auf ihr bescheidenes Budget begnügte sie sich mit einem großen Hamburger als Abendessen und einem kleineren Einkauf von ein paar Bananen und einem Apfel bei einem Inder gegenüber vom Hotel.

Anscheinend war ihr im Laufe des Nachmittags niemand gefolgt, es mußten also die Nerven gewesen sein, die ihr einen Streich gespielt hatten. Den Abend verbrachte sie auf dem Bett ausgestreckt, während sie ziellos zwischen irgendwelchen Fernsehprogrammen hin und her zappte. Nicht gerade ein Samstagabend in London, wie man ihn sich erträumt, aber das störte sie nicht. Zweimal nahm sie vergebens den Fahrstuhl hinunter ins Foyer und fragte nach einer Nachricht. Erst beim dritten Mal, ungefähr um zweiundzwanzig Uhr, überreichte die Frau in der Rezeption ihr strahlend einen braunen Umschlag.

»Der ist eben gekommen, ich wollte Sie gerade anrufen«, entschuldigte sich die Frau.

Sobald sie die Tür hinter sich zugeworfen hatte, riß sie den Umschlag auf. Es war eine handgeschriebene Nachricht von Gordon Ballard.

»Liebe Nina. Ich bin den ganzen Tag unterwegs gewesen. Es fehlen mir noch Antworten von einigen meiner Kontaktleute, aber ich habe einen Schnellsuchlauf unter MS Ursula im Archiv machen lassen. Daraus hat sich vorläufig eine Spur ergeben, die zu verfolgen ist. Fahr morgen früh mit der U-Bahn bis zur Station Canada Water (südlich der Themse, in Rotherhithe). Sei um Punkt 9.00 Uhr dort! Bleib an der Treppe stehen. Du wirst von einem Mann in einem roten Toyota Stationcar abgeholt. Er wird dich mit den Worten ansprechen: ›Ob in Esbjerg wohl die Sonne scheint?‹ Der Mann heißt Andrew Payne, war früher bei Scotland Yard. Er nimmt dich mit, und er weiß, woran du interessiert bist. Ich werde mich so schnell wie möglich wieder melden, vielleicht schon morgen mittag. Eine kleine Erkenntlichkeit für Payne und ›das System‹, so um 200 Pfund, sind angebracht. Erwähne nichts von wegen Bezahlung. Darum werde ich mich später kümmern. Wir sehen uns. Herzliche Grüße, Gordon.«

200 Pfund … das waren knapp 2200 dänische Kronen … Hätte er 3000 Kronen gewollt, hätte sie es sich noch einmal reiflich überlegt. Aber er war nicht dumm. Das war ein simpler Pushertrick. Mach jemanden abhängig für ein Trinkgeld – und dann schlage später mit dem großen Hammer zu …

Am Montagmorgen mußte sie bei ihrer Bank anrufen und ihren Sachbearbeiter um einen kleineren Kredit bitten. Die Bank würde ihr natürlich liebend gern Geld leihen, aber bisher hatte sie es nie gewollt.

12

Sie entdeckte den roten Toyota schon beim Einparken und ließ den Mann nicht aus den Augen, als er vom Parkplatz herüberkam. Er war groß und ging leichtfüßig mit federndem, sicherem Schritt trotz seines Alters, das sie auf Mitte Sechzig schätzte. Er trug eine Schirmmütze im Schottenkaro und eine kurze, braune Lederjacke. Jetzt hatte er sie entdeckt und steuerte direkt auf sie zu.

Der Mann streckte ihr lächelnd seine Hand entgegen und sagte: »Ob in Esbjerg wohl die Sonne scheint?«

Sie nickte und antwortete:

»Nina Portland, guten Tag.«

»Andrew Payne, lassen Sie uns gleich losfahren. Der Wagen steht da hinten.«

Payne sah nicht aus wie ein Mann, den man für ein Bündel Pfundnoten kaufen konnte. Er war gepflegt, mit silberweißen Augenbrauen und Koteletten, und im Auto duftete es leicht nach Aftershave. Er hielt seinen Blick aufmerksam auf den Verkehr gerichtet, während er ihr eine kurze Orientierung gab.

»Wir fahren nicht weit, nur hinunter nach Greenwich. Wenn wir uns dort umgesehen haben, werde ich Sie wieder zurück zum U-Bahnhof bringen.«

Schon nach ein paar Minuten Fahrtzeit entdeckte sie ein Schild mit der Aufschrift »Royal Naval College«, und kurz darauf bog Payne nach links ab und parkte ganz am Ende einer Seitenstraße.

»Hier entlang, wir wollen zum Fluß hinunter«, sagte er und ging einen schmalen Steg voran. Sie bogen um die Ecke und gelangten ein Stück weiter an eine Treppe. »Thames Path« stand auf einem kleinen Schild. Sie gingen die Treppe hinauf und standen nun auf einem gepflasterten Weg, der durch offenes Gelände direkt zur Themse führte.

»Jetzt ist es nicht mehr weit, kommen Sie, hier entlang.«

Payne ging zielsicher weiter nach rechts, stromabwärts. Der Pfad machte ein paar Biegungen, und dann erhob sich eine hohe Absperrung aus Wellblech um das Gelände neben dem Weg, und Nina konnte eine Reihe hoher Schornsteine sehen und ein Stück entfernt eine Tankanlage, innerhalb der Einzäunung. Payne blieb stehen und lehnte sich an die Mauer, die das steile Ufer säumte.

»Da oben ist die Isle of Dogs, eine Landzunge, die in den Fluß hineinragt, mit Kais, Hafenbecken und exklusiver Bebauung ...« Payne deutete mit einem Kopfnicken geradeaus.

Sie zündete sich eine Zigarette an und stützte sich mit den Ellbogen auf die Mauer. Payne winkte abwehrend, als sie ihm auch eine anbot. Auf dem gegenüberliegenden Ufer zog sich eine Reihe aneinandergebauter bräunlicher Häuser bis fast ans Ufer hinunter. Auf ihrer eigenen Seite, nur 50 Meter weiter, lag ein rostiger Eisenkasten auf einer Schlickbank direkt bis ans Ufer heran. Das war ein winziges Dock, in dem ein gelbes Touristenboot repariert wurde. Ein Mann im Overall arbeitete ganz oben an der Dockkante mit einem Schweißgerät.

»Gordon Ballard sagt, Sie sind an zwei Dingen interessiert«, begann Payne ruhig.

»Zum einen an einem Kerl namens Tommy Blackwood und zum anderen an einem Schiff mit Namen MS Ursula, stimmt's?«

»Ja, das stimmt.«

»Gut. Was mich angeht, sieht es kurz gesagt so aus, daß ich viele Jahre lang bei Scotland Yard beschäftigt war. Unser Sicherheitsdienst, MI5, basiert auf einem Gesetzeswerk, das dem Dienst keine ausübenden Funktionen erlaubt, wenn also Verhaftungen, Observationen oder andere praktische Dinge anstehen, dann läuft das über die Polizei, das heißt über Scotland Yard, oder genauer über die Special Branch. Können Sie mir folgen?«

Zum ersten Mal wandte Payne sich ihr direkt zu und sah sie fragend an. Seine Augen waren freundlich, und er wirkte wie ein seriöser Mann, der keine Zeit mit Höflichkeitsfloskeln verliert.

»Ausgezeichnet, während also unsere Akademikerfreunde vom feinen Ende der Mittelklasse im Thames House sitzen und sich große Gedanken machen, sind wir diejenigen, die die Drecksarbeit erledigen. Ein Stück weiter den Fluß hinauf liegt MI6 am Vauxhall Cross. Six steht bei weitem nicht unter einer so strengen Kontrolle wie Five, das liegt wahrscheinlich in der buchstäblichen Definition des Wortes Geheimdienst, ein Secret Intelligence Service muß ja wohl geheim sein, sonst macht es keinen Sinn ... Deshalb kann Vauxhall Cross sich so einiges erlauben, gerade, wie es ihnen paßt. In der Regel im Ausland, aber natürlich auch intern, weil die Arbeitsaufgabe, »die Sicherheit des Reiches« zu schützen, nicht an irgendeiner Landesgrenze anfängt oder aufhört. Die Operation, von der ich Ihnen jetzt erzählen will, war meiner Meinung nach eine gemeinsame Operation von MI5 und MI6. Haben Sie das kleine Dock da hinten bemerkt?«

Payne nickte in Richtung der Stelle, die eigentlich eher wie ein kleiner, chaotischer Arbeitsplatz auf einer Schlickbank mitten zwischen altem Schrott und Wrackteilen aussah. Der Mann mit dem Schweißgerät hatte jetzt Gesellschaft von einem Kollegen bekommen, der Rost klopfte.

»Der Ort heißt Badcock's Wharf. Es gibt viele Ortsnamen mit ›wharf‹ oder ›pier‹ hier am Fluß. Ist ein Relikt aus der Vergangenheit, wie beispielsweise auch da hinten die Schornsteine und Silos. Dort liegt Alcatels maritime Abteilung an einem Platz, der Enderby's Wharf heißt. Von hier fuhren in alten Zeiten Kabelleger los, jetzt ragt da nur noch eine alte Mole aus dem Wasser. Aber zurück zur Geschichte ... Damals, Anfang 1993, habe ich an einer Überwachungsoperation teilgenommen. Während die Kollegen einem Leichter den Fluß hinauf folgten, sollten wir die Gegend hier bis zur Kabelmole abdecken. Der Leichter wurde schließlich ins Badcock's Wharf manövriert. Damals gab es dort eine Firma namens Jim's Repair and Maintenance. Sechs längliche Holzkisten wurden mit dem Kran gelöscht, und später in der Nacht fuhren drei Lastwagen von dem Industriegelände hier hinter uns ab. Alle drei mit dunkelhäutigen Fahrern. Wir sollten sie bis zu ihrem Bestimmungsort observieren, einer fuhr nach Watford, einer nach Fulham und einer nach Manchester.«

Payne hielt inne, als dächte er nach. Obwohl sie darauf brannte, etwas über die Verbindung zu Tommy Blackwood und der MS Ursula zu erfahren, schwieg sie.

»Kann ich doch eine Zigarette haben? Ich habe eigentlich aufgehört, aber ...«

Sie reichte ihm Schachtel und Feuerzeug, und als er sich eine angesteckt hatte, nahm er ohne zu zögern den Faden wieder auf.

»Die Operation an Land wurde von einem äußerst kompetenten Menschen geleitet, der nach Ballards Beschreibung gut Tommy Blackwood gewesen sein könnte. Einen Namen bekamen wir nicht. Vom Special Branch war er jedenfalls nicht, und auch nicht vom MI5. Ich erinnere mich nur an ihn, weil er später im gleichen Jahr noch einmal aufgetaucht ist. Nach der Observation war unser Auftrag beendet, und ich hörte nichts mehr davon. Ich war kein Chef, nur ein einfacher Arbeiter im Special Branch. Später im Jahr, im Herbst, wurden wir an die gleiche Stelle beordert, wieder zum Badcock's Wharf. Diesmal wurden vier Holzkisten nachts an Bord eines größeren Leichters geladen. Ich war damals auf dem Wasser dabei, und wir folgten dem Leichter flußabwärts bis Gravesend. Dort lag ein Frachter namens MS Ursula. Der nahm die Holzkisten an Bord. Damit war unsere Mission beendet. Die Operation wurde wieder vom gleichen Mann geleitet, der nach allem zu urteilen Tommy Blackwood gewesen sein muß. So hängt die Geschichte zusammen.«

Sie hatte konzentriert zugehört und stand jetzt da und starrte auf das schmutzigbraune Wasser, das gegen das morastige Ufer schlug, als ein Schlepper mit einem ganzen Rattenschwanz von Leichtern mit Containern darauf vorbeifuhr.

»Ich nehme an, daß das alles war?«

Payne nickte.

»Ja, seitdem habe ich ihn nie wieder gesehen. Und wir waren auch nie wieder hier im Einsatz.«

»Kommt das mit dem Zeitpunkt hin, wenn ich davon ausgehe, daß Ihre letzte Aktion Mitte August stattfand?«

»Ja, das paßt genau. Es war sehr schwül damals, daran kann ich mich noch erinnern«, bestätigte Payne.

Sie stieg an der Embankment Station aus, um das letzte Stück zum Hotel am Charing Cross zu Fuß zu gehen. Am Trafalgar Square bestellte sie sich eine Tasse Kaffee in dem Café, das fast in das Treppenfundament hineingebaut war. Sie setzte sich an einen der Tische draußen, wo bereits andere Gäste saßen und ihren Kaffee genossen, selbst an so einem feuchtkalten Novembertag wie diesem. Sie brauchte frische Luft und Ruhe, um nachzudenken.

Chris, oder besser gesagt Tommy Blackwood, hatte also die Operation geleitet, die darin bestand, ein paar Holzkisten auf ihrem Weg nach London zu überwachen. Später stand er wieder an der Spitze, als ein paar Holzkisten aus London heraus sollten, über die Themse an Bord der MS Ursula, die London am 15. August verlassen hatte.

An einem der folgenden Tage wurden der Kapitän und die gesamte Besatzung auf hoher See ermordet – mit Ausnahme von Vitali Romaniuk –, und als das Axtschiff am 19. August an den Kai von Esbjerg geschleppt wurde, war es gähnend leer. Sie hatten nicht einen einzigen Holzsplitter gefunden, der nicht dorthin gehörte.

Kurz darauf erhielt Romaniuk in der Untersuchungshaft den Drohbrief mit den Instruktionen der Bratsewo-Liga – und gleichzeitig tauchten Tommy Blackwood und Gordon Ballard in Esbjerg auf und schmeichelten sich bei ihr ein. Eine Kette von Ereignissen, die jetzt einen Sinn ergaben …

Paynes Geschichte am Badcock's Wharf hatte sie um einiges klüger werden lassen. Aber die Geschichte hatte sie weder

Tommy Blackwood noch der Lösung des Ursula-Mysteriums nennenswert nähergebracht. »Längliche Holzkisten«. Das konnten Waffenladungen sein. Oder genausogut britischer Christbaumschmuck …

Es ärgerte sie, daß sie das Tempo nicht selbst beschleunigen konnte. Ballard hatte geschrieben, daß er eventuell mittags eine Nachricht hinterlegen könnte. Das war bald. Wenn der Kerl nur recht behielt – und sie nicht ihr gesamtes Darlehen kostete.

Links von ihr saß ein jüngerer Mann in einem dicken Pullover. Er trank seinen Kaffee und rauchte, während er etwas studierte, das wie eine Touristenbroschüre aussah. Er stand eine Minute nach ihr auf und ging in die gleiche Richtung. Sie blieb mehrere Male am Charing Cross stehen, um sich die Schaufenster anzusehen, wobei sie diskret kontrollierte, ob er immer noch hinter ihr war. Als sie geradeaus weiterging, bog der Mann nach links in die Shaftesbury Avenue ab. Vielleicht ein Zufall, vielleicht aber auch nicht …

Sie schaute sich um. Es war unmöglich, einen eventuellen Verfolger zu entlarven. Falls sie beschattet wurde, konnte es der schwarze Typ mit der gelben Strickmütze auf dem anderen Bürgersteig sein, oder die elegante Dame mit den Einkaufstüten direkt hinter ihr. Es konnte einfach jeder sein.

Der große Stadtplan von London war auf dem ganzen Bett ausgebreitet, aber eigentlich saß sie nur da und ließ ihren Blick hin und her über den Fluß schweifen, die Straßen und Stadtteile, als es leise an ihre Zimmertür klopfte. Es war Gordon Ballard. Dieses Mal in einer frisch gewaschenen und besser gekleideten Ausgabe als beim letzten Treffen.

»Komm rein und setz dich.«

Er nahm auf dem einzigen Stuhl im Zimmer Platz, und nachdem er sich nach der Ausbeute des vormittäglichen Gesprächs mit dem pensionierten Scotland-Yard-Mann erkundigt hatte, kam er gleich zur Sache.

»Ich habe noch zwei weitere Spuren. Vorläufig führen sie

nicht weiter zu Tommy, eher zurück zu den Holzkisten, von denen Payne dir erzählt hat. Aber die sind ja auch eng mit Tommy verbunden, nicht wahr? Es handelt sich um …«

»Warum tust du das hier eigentlich, Gordon? Um ein paar tausend Pfund aus mir herauszuquetschen, oder warum?«

Sie hatte über die Situation nachgedacht. Wenn er glaubte, sie an der Nase herumführen zu können, hatte er sich geschnitten.

»Wie meinst du das?«

Er schaute sie mit diesem ruhigen, fast überlegenen Blick an, den er auch bei ihrem Besuch gehabt hatte, nachdem die erste Überraschung verarbeitet war.

»Laß uns offen miteinander reden. Ich denke nicht daran, teuer dafür zu bezahlen, daß du mir kleine Häppchen anbietest. Warum tust du das alles? Und erspar mir bitte die Plattheiten von wegen Mitleid oder Rache am MI5. Du hast keinen Job. Du wettest auf Pferde, und du kannst nicht einmal das bezahlen, was du bei The Bell & Hare an der White Hart Lane trinkst. Worauf willst du also hinaus?«

»Nina, ob du es mir glaubst oder nicht, ich bin tatsächlich der Meinung, daß wir uns damals in Esbjerg ziemlich mies verhalten haben. Tommy ist viel weiter gegangen, als er es seinem Auftrag nach hätte tun müssen. So, und nachdem das gesagt ist … Ja, es geht mir dreckig. Aber meine Auslagen sind wirklich an einige Leute da draußen gegangen. Ich will ganz ehrlich sein. Wenn wir in dieser alten Sache herumwühlen, wird vielleicht einiges zum Vorschein kommen. Etwas, das ich benutzen kann, oder sollen wir lieber sagen, was an gewissen Stellen im System bares Geld wert ist.«

»Dann willst du Thames House oder Vauxhall Cross erpressen? Das klingt total bescheuert. Und gefährlich …«

»Quatsch, du siehst zu viele Krimis im Fernsehen. So ist das nicht in meiner Welt. Wir laufen nicht rum und bringen uns gegenseitig um. Wir handeln wie Gentlemen in einem geschlossenen System. Und außerdem bin ich der Meinung, daß das Thames House *mir* etwas schuldet, und nicht umgekehrt. Dieser

Rausschmiß war absolut ungerecht. Aber laß uns die Ausgaben teilen. Wenn ich dabei etwas rausfinde, kriegst du alles zurück, was du ausgelegt hast.«

Sie nickte langsam. Das war zumindest ein kleiner Fortschritt. Das mit dem Mitleid konnte er sich schenken, aber seine Erklärung, wie er sich im System wieder interessant machen wollte, klang plausibel – in seiner Situation würde er wahrscheinlich sogar die Lösung eines Kreuzworträtsels für fünf Pfund an seinen Nachbarn verkaufen. Sollte er sie letztendlich dann doch um die Erstattung betrügen, konnte sie nichts dagegen tun. Es war ausschließlich Gordon Ballard, der Informationen aus dem System holen konnte.

»Okay, was sind das für zwei Spuren, von denen du geredet hast?«

»Wie gesagt, sie führen zurück zu den Empfängern der Kisten damals im Badcock's Wharf. Wahrscheinlich fundamentalistische Kreise in der Stadt oder vielleicht auch eine Zelle, wie es heutzutage heißt. Hast du von Abu Hamza gehört, dem einäugigen Ägypter mit einem Haken statt Hand, und dem ganzen Theater um die Moschee im Finbury Park?«

»Ich habe davon gelesen und ihn im Fernsehen gesehen. Das war doch derjenige, der über das Attentat vom 11. September gejubelt hat, nicht wahr?«

»Ja, er ist so radikal, wie es nur geht. Zum Schluß ist er sogar der Moschee verwiesen worden, aber er hält immer noch jeden Freitag Gebetstreffen ab – auf offener Straße! Und da wettert er dann gegen die Briten und überhaupt alle Ungläubigen. Na, jetzt schickt man ihn wohl hoffentlich zu den Amerikanern. Sie haben seine Auslieferung beantragt. Die Amis wollen ihn wegen Beteiligung an terroristischen Aktivitäten und noch einer Menge anderer Sachen vor Gericht bringen. Ich hoffe nur, er verrottet da im Knast!«

Zum ersten Mal, seit sie ihn kannte, kam so etwas wie Temperament bei Ballard durch. Aber er bremste sich sofort wieder und ging dazu über, ihr die notwendigen Informationen zu den neuen Spuren zu geben. Er vergewisserte sich, daß sie alles verstanden hatte. Dann schaute er auf seine Armbanduhr und hatte es plötzlich eilig.

»Einen meiner Kontaktleute werde ich gleich treffen. Du hörst von mir, sobald ich etwas Neues weiß.«

Im nächsten Moment war er aus der Tür.

Sie trat aus dem Hotelfahrstuhl und wollte eben um die Ecke zur Rezeption biegen, als sie abrupt stehenblieb. Der jüngere Mann im Pullover, der vor ein paar Stunden am Trafalgar Square gesessen und seinen Kaffee getrunken hatte, stand mit dem Rücken zu ihr am Rezeptionstresen und wartete.

Jetzt sprach er mit einer der Empfangsdamen, die auf den Computerschirm schaute. Er legte eine Plastikkarte auf den Tresen, und kurz darauf wurde ihm die Rechnung gereicht. Er ergriff einen kleinen Koffer und verschwand die Treppen hinunter auf die Bedford Avenue.

Nina ging sofort hinüber zur Rezeption. Die junge Dame dort schaute lächelnd von ihren Papieren auf.

»Womit kann ich Ihnen helfen?«

»Ach wissen Sie, der Herr, der gerade ausgecheckt hat … Ich bin mir ziemlich sicher, daß er im gleichen Seminar ist wie ich, und das ist doch noch nicht zu Ende, das wird am Montag fortgesetzt. Ich glaube, wir sind sogar im gleichen Workshop. Merkwürdig … Ich habe die Teilnehmerliste hier. Könnten Sie mir seinen Namen geben?«

»Das tut mir leid, aber wir geben keine …«

»Nein, natürlich nicht, das verstehe ich gut, aber jetzt ist er ja schon abgereist, nicht wahr? Vielleicht ist ja was passiert. Auf jeden Fall kann ich dann den anderen sagen, daß wir nicht auf ihn zu warten brauchen, also beim Workshop. Wie hieß er doch noch gleich?«

Sie zog irgendein Stück Papier aus der Tasche und studierte es.

»Einen Augenblick … Er heißt … Hier steht es, Sergej Sazonow«, ergänzte die Empfangsdame.

»Ja, richtig. Ich habe ihn hier auf meiner Liste. Na, das ist aber schade. Vielen Dank für Ihre Hilfe.«

Nina wartete zehn Minuten, bevor sie das St. Giles verließ und direkt zum U-Bahnhof an der Tottenham Court Road ging, von wo aus sie eine Station bis zum Oxford Circus fuhr und dann in die Victoria Line in nördliche Richtung umstieg. Der Mann in dem blauen Pullover folgte ihr jedenfalls nicht, aber es konnten ja andere sein.

Sergej Sazonow … Warum zum Teufel mußte es ausgerechnet ein Russe sein? Es hatte ihr einen Schock versetzt, als die Frau an der Rezeption seinen Namen sagte. Aber dann riß sie sich zusammen. Die Tage der Sowjetunion waren vorbei. Jeder Russe konnte frei reisen. Überall gab es sie. Gute Russen. Sie machten sogar Urlaub auf Mallorca und Teneriffa, zusammen mit all den Dänen. Natürlich gab es Russen in London, sogar ziemlich viele. Sie versuchte sich selbst zu überzeugen, aber es gelang ihr nicht.

Der Gedanke an die Bratsewo-Liga ließ es ihr eiskalt den Rücken hinunterlaufen. Sie versuchte sich statt dessen auf die neue Spur zu konzentrieren. Doch vergeblich. Hier saß sie also. In einer Londoner U-Bahn. Vielleicht mit Russen, die ihr überall auflauerten. Draußen waren die Fundamentalisten und warteten auf sie. Gefährliche Männer, deren Welt sie nicht verstand.

Ein jüngerer Mann mit langem Bart und Turban stieg zu und setzte sich ihr gegenüber. Er konnte einer von ihnen sein. Sie war eigentlich warm genug angezogen, doch jetzt fror sie, und ihre Handflächen waren feucht.

Plötzlich meinte sie Jonas' Stimme zu hören und sein fröhliches Gesicht in der Fensterscheibe zu sehen. Er winkte ihr zu. Sie kniff die Augen zu und war einen Augenblick lang fest entschlossen, an der nächsten Station auszusteigen, schnurstracks zum Hotel zurückzufahren und den Koffer zu packen. Als sie die Augen wieder öffnete, war Jonas fort. Der Mann mit dem Turban hatte nichts bemerkt. Er saß da und las ein Buch. Sie mußte diesen Tag noch herumbringen. Heute abend würde sie

Bilanz ziehen. Sie konnte sich bereits im Flugzeug nach Hause sitzen sehen. Sie vermißte Jonas so schrecklich.

Finsbury Park war ihre Zielstation, und als sie in den kalten Sonnenschein hinausging, der den Regen der letzten Tage abgelöst hatte, hatte sie sich gefangen.

Offenbar war hier das Revier des Fußballvereins Arsenal London, denn direkt neben dem Bahnhof lag ein riesiges Geschäft, Arsenal World of Sport, das überquoll von rot-weißen Artikeln für alle die für Arsenal schwärmten. Was Jonas aber nicht tat. Sie ging die Straße weiter entlang, zu einem kleinen Kreisverkehr.

Dort lag die umstrittene Moschee, genau wie Ballard gesagt hatte. Nicht gerade wie aus Tausendundeiner Nacht, wie sie gedacht hatte. Es war ein ziemlich neues, hübsches Gebäude aus roten Klinkern mit einer Mauer drum herum und grünen Fenstern. Wie die übliche Wohnblockarchitektur. Nur die niedrige Kuppel mit Kupferplatten und der Halbmond ganz oben verrieten, daß hier einzig und allein Allah wohnte.

Sie ging weiter die Rock Street mit ihren niedrigen Häusern entlang, vorbei an den Vorgärten, die vielfach nur eine undurchdringliche Masse aus Müll und Unkraut beherbergten, und bog an der nächsten Kreuzung ab. Hier war eine ganze Straßenseite gespickt mit kleinen Läden unter kunterbunten Schildern und Markisen. Ungefähr in der Mitte lag der Laden, den Ballard ihr beschrieben hatte. »Oriental Delight« stand mit geschwungenen Goldbuchstaben an der grünen Fassade.

Einige Geschäfte waren geschlossen, andere interessierte es offenbar nicht, daß heute Sonntag war. Zu ihnen gehörte auch Oriental Delight, und entschlossen trat sie in das kleine, längliche Geschäft ein, das wie ein explodiertes Gewürzregal duftete.

Ein kleines Mädchen tauchte hinter einem Vorhang auf und fragte, was sie wünsche.

»Ich würde gern mit Omar sprechen«, erklärte Nina.

Das Mädchen rief irgend etwas in den Hinterraum, und kurz darauf trat ein älterer Mann hinter den Tresen.

»Guten Tag, ich bin eine Botin vom Thames House. Ich bin gekommen, um mit Mohammed Rashid zu sprechen. Ob Sie so freundlich wären, mir zu helfen?«

Der Mann, der Omar hieß, strich sich über seinen dicken Kinnbart und sah sie musternd an.

»Vom Thames House?«

«Ja, ich bringe einen Gruß von Mr. Telford, in dessen Namen ich um eine Verabredung bitte.«

»Und wie ist Ihr Name?«

»Susan Moore.«

»Warten Sie bitte.«

Der Mann verschwand wieder im Hinterzimmer und kam erst nach einiger Zeit zurück.

»Sie werden gebeten, gegenüber in den Park zu gehen und dort an dem kleinen See neben dem Café zu warten. Dort nimmt jemand in genau einer Stunde Kontakt mit Ihnen auf«, sagte er.

Sie setzte sich in einen Pub an der breiten Seven Sisters Road, die auf der einen Seite des Finsbury Parks entlangführte. Der Barkeeper im The Blackstock war ein betagter Herr, der sich gerade noch hinter der Bar entlangschleppen konnte, solange er sich am Tresen abstützte.

Sie bestellte ein halbes Pint Guinness, zündete sich eine Zigarette an und setzte sich auf einen der Barhocker in Form von alten Milchkannen mit einem gepolsterten Sitz darauf.

Ballard hatte ihr die Anweisung gegeben, den Namen Susan Moore zu benutzen und sich auf einen Mr. Telford zu berufen, der auch in Wirklichkeit Bereichschef im Thames House war. Auf diese Art war es einfacher, außerdem hatte der Mann, mit dem sie sprechen sollte, Kontakt zum MI5. Er trat in der Rolle eines der Falken im Umfeld der Finsbury-Park-Moschee auf, in Wahrheit war er jedoch eine Taube, die heimlich für eine friedliche Koexistenz arbeitete.

Als der Alte sich auf ihre Seite des Tresens geschleppt hatte, um ein paar Flaschen abzuräumen, fragte sie ihn jovial:

»Na, da haben sie wohl den mit dem Haken, The Hook, eingelocht und seine Freunde aus der Moschee gleich mit, oder? Und die sollen in die USA gebracht werden, stimmt's?«

»Ja, ja … sollen ihn doch die Amis in die Zange nehmen. Als sie ihm damals die rote Karte gezeigt haben, ist er trotzdem jeden Freitag hier aufmarschiert. Und dann stand er draußen und hat herumgeblökt, während seine Kumpane auf der Straße lagen und den Weg versperrten. Die sollte man alle nach Hause schikken, diese Affen. Die Leute glauben, die ganze Gegend hier ist nur eine einzige verdammte Moschee. Das ist nicht gut fürs Geschäft. Ist für überhaupt nichts gut … Ich hoffe nur, daß die Amis ihm die Hölle heiß machen.«

Der Alte redete, ohne den Blick von seinem Wischtuch zu heben, und mit den Flaschen in einer Hand schlurfte er wieder auf die andere Seite der Bar und setzte sich mit einem lauten Seufzer zu einigen Stammkunden.

Als sie die erste halbe Stunde totgeschlagen hatte, stand sie auf und ging durch das offene Gittertor in den Park, folgte dort einem breiten asphaltierten Weg eine kleine Anhöhe hinauf zu einem Gebäude, das sie durch die Bäume hindurchschimmern sah.

Das Café war ein ziemlich heruntergekommener Schuppen. Abgesehen von einem Paar mit einem Kinderwagen und einer jungen Frau mit einer Art Windhund, der die Größe eines Fohlens hatte, war kein Mensch zu sehen.

Die Holztische vor dem Café waren schmutzig und morsch und voller Vogeldreck, also stellte sie sich lieber ans Geländer und betrachtete die vielen Enten, die in dem kleinen See mit der Insel in der Mitte herumschwammen. Die Insel war vollkommen überwuchert, und an ihrem Ufer lagen die Reste einiger Ruderboote. Über ihrem Kopf lärmte eine Krähenschar in den kahlen Ästen, und ab und zu war ein Klatschen zu hören, wenn ihr Kot auf die Pflastersteine traf.

Finbury Parks kleine Oase war nicht gerade der gemütlichste Treffpunkt auf der Welt. Sie sah auf ihre Armbanduhr. Nur noch zehn Minuten.

Nach einer Weile spürte sie eine Hand auf der Schulter. Sie hatte den jungen Mann nicht kommen hören. Er sagte nichts, gab ihr nur durch ein Winken zu verstehen, daß sie mitkommen sollte.

»Wohin gehen wir?«

»Folgen Sie mir einfach«, antwortete der Mann, der einen Jogginganzug und Sportschuhe trug.

Sie gingen nicht weit. Am unteren Eingang des Parks stand ein alter BMW unter den Bäumen. Der Mann bedeutete ihr, daß sie sich hineinsetzen sollte. Sie zögerte einen Moment, dann stieg sie ein. Auf dem Rücksitz saß ein breiter, bärtiger Mann in einem weißen Gewand, mit einem Turban auf dem Kopf. Er paßte ausgezeichnet zu Ballards Beschreibung – aber … Von denen gab es sicher eine ganze Menge.

»Guten Tag, Susan Moore.« Sie streckte ihm die Hand hin. »Ich bin geschickt worden von …«

Mohammed Rashid winkte ab, ohne sie eines Blickes zu würdigen.

»Das weiß ich«, fiel er ihr ins Wort, und sie zog sofort ihre Hand zurück.

»Was wollen Sie?«

»Ich würde Sie gern in einer älteren Sache um Hilfe bitten, bei der ich unter anderem Mr. Telford im Augenblick behilflich bin. Eine Sache von 1993 …«

»Ja, und?«

Sie hatte irgendeine Form von Reaktion erwartet, aber der Mann sagte nichts.

»Wie gesagt, von 1993. Es dreht sich um sechs große Holzkisten, die im Februar am Badcock's Wharf ankamen – und vier der gleichen Art, die im August auf das deutsche Schiff MS Ursula verladen wurden. Haben Sie da einen Namen, mit dem ich in der Sache weiterkommen könnte?«

Gordon Ballard hatte sie sorgfältig instruiert, wie sie fragen sollte. Sie durfte Tommy Blackwoods Namen nicht direkt erwähnen. Sollte nur ganz allgemein fragen und abwarten. Plötzlich wurde sie richtig wütend auf Ballard. Ein Teufel ritt sie, und bevor sie es bereuen konnte, hatte sie die einzige Frage gestellt, die sie in Wirklichkeit interessierte.

»Ich suche nach Tommy Blackwood. Sagt Ihnen der Name etwas?«

Mohammed Rashid drehte sich langsam zu ihr um. Seine buschigen Augenbrauen standen fast senkrecht über den wütenden schwarzen Augen, und sie bemerkte, wie seine große Hand sich um den Vordersitz verkrampfte. Die andere hob er in einer fragenden Geste.

»Das waren Ihre Fragen?«

»Ja, ich …«

»Das Gespräch ist beendet!«

Rashid klopfte mit den Fingerknöcheln ans Fenster, und der junge Mann kam angesprungen und riß die Tür auf. Sie stieg aus und blieb verwundert stehen, während der Fahrer den Gang einlegte und zur Pforte hinunterrollte.

Was zum Teufel hatte das zu bedeuten? Mohammed Rashid sollte doch eine Taube sein. Gordon Ballard mußte sich geirrt haben, mächtig geirrt …

Ihre Verwunderung erreichte neue Höhen, als sie es ein paar Stunden später mit Spur Nummer zwei versuchte. Und zwar auf der großen Edgware Road, die im Westen dicht bei der Marble Arch begann. Laut Ballard konzentrierte sich hier ein großer Teil der arabischen Bevölkerung Londons mit ihren Geschäften und einem großen kulinarischen Angebot in kleinen, von den Familien betriebenen Restaurants.

Sie gelangte ohne Probleme zu Abdul Wali, der an der Edgware Road etwas so wenig Exotisches wie ein Koffer- und Taschengeschäft unter dem Namen London Luggage Store betrieb. Sie benutzte die gleichen Namen und Referenzen wie im Finsbury Park und konnte ein paar Minuten mit Wali im Hinterzimmer sprechen.

Der Mann war nicht so unverschämt und kurz angebunden

wie der Fettkloß auf dem Rücksitz des BMWs, aber sie hatte sofort die Verwunderung in seinem Blick bemerkt, als sie sich vorstellte und erzählte, woran sie arbeitete.

Dieses Mal verstieß sie ganz bewußt gegen Ballards Instruktionen. Irgend etwas stimmte einfach nicht. Sie wollte versuchen, eine Reaktion zu provozieren, und musterte genau das Gesicht des Mannes, als sie direkt nach Tommy Blackwood fragte.

Doch der Lederhändler war wie Teflon gewesen. Statt das Gespräch abzubrechen, hatte er es lächelnd um hundertachtzig Grad gedreht und sie nach weiteren Details ausgefragt. Warum sie an so einer alten Geschichte arbeitete? Wer diesen Auftrag erteilt hatte?

Sie hatte pariert und erklärt, daß sie darüber nichts sagen dürfe. Schnell war ihr klar, daß der gute Abdul Wali entweder nichts wußte – oder nichts sagen wollte. Er wirkte trotz seiner glatten Höflichkeit ganz und gar nicht wie ein Freund oder Verbündeter des Thames House.

Schon bald hatte sie das Gespräch mit dem Satz »Ich glaube, wir kommen so nicht weiter, Mr. Wali« abgebrochen.

Zwei Spuren, die Gordon Ballard ihr genannt hatte. Beide führten in die Irre. Wie konnte er sich so täuschen? Hatte er falsche Informationen bekommen? Und im schlimmsten Fall – war sie vielleicht mit Absicht auf falsche Fährten angesetzt worden?

Erst gegen Abend war sie zurück im Hotel. Jetzt hatte sie nur noch einen Tag übrig. Am Dienstag wollte sie heim.

Ich muß etwas tun. Ich laufe in einem englischen Labyrinth herum, hinter meterhohen Hecken. Ich gehe nach rechts, ich gehe nach links, ich kann nichts sehen, finde den Ausgang nicht. Aber wenn du nur hier stehenbleibst und wartest, dann passiert nichts, Nina.

Selbst wenn ich wollte, ist es zu spät zum Umkehren. Es war dieses Lächeln des Seemanns, das mich hergelockt hat. Die Gedanken an das Axtschiff und dessen Fluch. Und Jonas – ich tue es doch seinetwegen, nicht? Oder tue ich es meinetwegen?

Jetzt ist alles verworren. Die Spuren enden in einer Sackgasse. Ich bin hergekommen, um Chris zu finden, um ihm von Jonas zu erzählen, und sonst nichts. Jetzt hänge ich da mit einem Gordon, flackernden Schatten eines Tommy Blackwood und sechs Holzkisten. Ich hasse es zu warten. Ich muß die ganze Sache abbrechen.

Die Tennyson Road lag wie beim letzten Mal still da, als wartete sie gelassen auf den Montagmorgen, einen neuen Arbeitstag. Es war zehn Uhr. Sie war spät vom Hotel aufgebrochen, weil sie lange auf eine neue Nachricht von Gordon Ballard gewartet hatte. Jetzt ging sie statt dessen zu ihm. Sie wollte nicht länger tatenlos herumsitzen. Keine einzige Sekunde mehr warten. Sie wollte nicht noch mal auf merkwürdige Spuren angesetzt werden. Es reichte. Entweder, das ganze hatte einen Sinn – oder sie setzte sich in ein Flugzeug.

In Nummer 78 brannte kein Licht. Sie wollte gerade klingeln, als ihre Finger einer plötzlichen Eingebung folgend kurz vor dem Klingelknopf anhielten. Wenn er nicht zu Hause war, konnte sie sich dann nicht selbst Zugang verschaffen? Ein Mann, der ein Doppelspiel trieb, verdiente einen unangemeldeten Besuch. Vielleicht konnte sie auf die Rückseite des Hauses gelangen, über den Friedhof, den sie beim letzten Mal bemerkt hatte. Dessen lange Mauer verlief hinter einer ganzen Reihe von Häusern auf der linken Seite der Tennyson Road.

Sie drückte vorsichtig die Türklinke herunter, während sie bereits überlegte, wie sie die Mauer dort hinten überwinden könnte. Die Tür glitt auf ... Zögernd trat sie in den Flur und schloß die Haustür hinter sich.

Sie blieb auf der Fußmatte stehen. Lauschte und wartete, bis sich die Augen an die Dunkelheit gewöhnt hatten. Weiter drinnen war Lärm zu hören, vielleicht in der Küche? Als würden Schränke geöffnet und geschlossen. Und hörte sich das nicht an wie das Klappern von Besteck in einer Schublade, die schnell aufgezogen wurde? Ja, genau ...

Sie war nicht allein.

Sie schlich den Flur entlang und preßte sich an die Wand neben den vollen Kleiderhaken. Die Tür stand einen Spalt offen. Sie konnte einen Lichtkegel unruhig im Raum herumzucken sehen. Instinktiv tastete sie mit der rechten Hand nach ihrer Heckler & Koch. Aber die war nicht da, natürlich nicht.

Sie schaute sich um und griff zu dem ersten brauchbaren Gegenstand, der ihr ins Auge fiel – der Regenschirm an einem Haken. Er lag schwer in ihrer Hand. Der Handgriff war mit einem Metallbeschlag verziert, ansonsten schien er aus echtem Holz zu sein. Er erschien nicht nur brauchbar, sondern richtig gut geeignet.

Sie schlich sich zur Tür und schob sie ein Stück weiter auf. Drinnen stand ein Mann in schwarzer Kleidung, mit einer schwarzen Mütze auf dem Kopf. Er drehte ihr den Rücken zu und durchsuchte einen der Schränke. Nina öffnete die Tür ganz, gerade als er voller Wut alle Gläser und Dosen von einem der Regale zu Boden fegte.

Er mußte es mitbekommen haben. Im selben Moment drehte er sich um. Sie standen sich Auge in Auge gegenüber. Dunkle, kräftige Augenbrauen, ein zerzauster Ziegenbart. Ihre Blicke trafen sich.

Er ließ die Taschenlampe fallen. Dann sprang er mit einen riesigen Satz auf sie zu. Sie schwang den Regenschirm mit beiden Händen und traf ihn mit dem Handgriff an der Wange, als er sich auf sie stürzte und sie im Fallen mit sich riß.

Sie konnte kurz sein Gewicht und den festen Körper über sich spüren. Dann war der Mann blitzschnell wieder auf den Beinen. Sie sah den Schlag von oben kommen und konnte gerade noch den Kopf zur Seite drehen. Die behandschuhte Faust streifte nur ihr Ohr. Dann zielte sie auf sein Gesicht. Die Metallspitze des Regenschirms bohrte sich hinein, er stieß einen Schrei aus und faßte sich an den Hals.

In einer einzigen Bewegung drehte sie den Regenschirm und schlug ihm mit dem soliden Handgriff gegen die Schläfe. Der

Mann fiel gegen die Wand, kam aber wieder auf die Beine und sprang über sie hinweg, riß die Haustür auf und verschwand.

Sie kam benommen auf die Beine, war jedoch sofort darauf bedacht, die Haustür wieder zu schließen. An der Treppe blieb sie stehen und schnappte nach Luft, als sie Lärm von oben hörte, aus dem Wohnzimmer. In langen Schritten lief sie die Treppe hinauf und entdeckte ihn sofort.

Gordon Ballard lag gleich hinter der Tür. Er hatte eine Lampe zu Boden gerissen. Seine Hand umklammerte immer noch das Kabel. Dort, wo er lag, breitete sich eine dunkle Pfütze auf dem hellen Teppich aus, und eine dunkle Spur führte quer durch den Raum.

Es schien eine Ewigkeit zu dauern, bis sie den Schalter fand und das Licht der Deckenlampe die Szene beleuchtete. Sie hockte sich neben Ballard, der auf dem Rücken lag, auf den Boden.

Sein Hemd war von Blut durchtränkt. Er hatte eine sichtbare Stichwunde am Hals, ein Blutrinnsal lief ihm aus dem Mund bis auf den Teppich. Ein leises Röcheln war zu hören. Er bewegte die Lippen, während er gleichzeitig den Kopf drehte und sie mit aufgerissenen, leeren Augen ansah. Er flüsterte irgend etwas …

Sie beugte sich über ihn und legte das Ohr an seinen Mund. Er flüsterte immer wieder die gleichen Worte. Zuerst verstand sie nichts. Dann begriff sie, was er sagen wollte.

»Unter dem Waschbecken, unter dem Waschbecken … Das letzte Brett zur Wand, das letzte Brett zur Wand hin …«

»Bleib ganz ruhig, Gordon. Ich rufe einen Krankenwagen.«

»Das … Das ist zu spät, meine Liebe …«

Sie stand auf und suchte nach einem Telefon. Es stand neben dem Computer. Sie riß den Hörer hoch und drückte 999, beschrieb die Situation und gab die Adresse an. Dann legte sie auf und beugte sich wieder über ihn.

»Wer war das? Hast du gesehen, wer das war?«

»Nein … Er war schon hier, als ich gekommen bin … Die Papiere, nimm die Papiere, schnell …«

»Bis bald.«

Sie strich ihm sanft ein paarmal über die Stirn. Dann sprang sie auf, stürzte die Treppe hinunter und hockte sich vor den Schrank unter dem Küchenwaschbecken. Das letzte Brett zur Wand hin … Sie holte ein Messer aus einer Schublade und hebelte die Bodendiele los. Unten in einem Hohlraum lag ein Aktendeckel mit ein paar Papieren. Sie stopfte sich alles in die Jackentasche, lief auf den Flur und schloß die Tür zum Hinterhof auf. Indem sie auf einen Gartenstuhl kletterte, konnte sie den Mauerrand zu fassen bekommen, sich dann hochschwingen und auf der anderen Seite hinunterfallen lassen.

Der Paddington-Friedhof war leer und verlassen. Ein kühler Wind fegte über das offene Gelände mit den kahlen Bäumen. Der Friedhof sah aus wie eine große, vernachlässigte Rasenfläche mit Haufen verwelkter Blätter und Riesengrabsteinen und Kreuzen, deren Konturen sie gerade eben erahnen konnte.

Neben dem Kiesweg, dicht an der Mauer, lag ein Grabstein, der durchgebrochen war. Gordon würde wohl kaum überleben. Dazu waren es zu viele Messerstiche und zuviel Blut auf dem Teppich.

Sie war wieder zu Atem gekommen und lief jetzt den Weg entlang, parallel zur Mauer. Im nächsten Moment war sie über das Tor gesprungen und draußen auf der Willesden Lane, der sie bis zur großen Kilburn High Road folgen konnte.

Als sie die Straßenlaternen erreichte, blieb sie stehen. Mist, der ganze rechte Ärmel war blutverschmiert. Sie mußte die Jacke ausziehen und so schnell wie möglich ein Taxi finden. Sie kontrollierte die Taschen. Die Papiere waren noch da. Sie konnte es kaum abwarten.

13

Die Aktenmappe mit Gordon Ballards Papieren schob sie unter die Matratze, bevor sie ins Badezimmer ging. Sie brauchte jetzt ein langes heißes Bad. Und außerdem war die Vorfreude immer die größte Freude, wie Jørgen zu sagen pflegte. Obwohl sie es kaum erwarten konnte, zog sie sich zunächst saubere Kleidung an, fuhr mit dem Fahrstuhl hinunter und kaufte sich zwei Bier in der Bar.

Sie ließ das goldene Gebräu von Stella Artois in der Mundhöhle kreisen, während sie die Zigaretten hervorholte und sich eine anzündete. Jetzt war sie bereit – bereit für gute oder schlechte Nachrichten.

Sie holte die Papiere aus der Aktenmappe hervor. Es waren nur wenige A4-Blätter und ein paar kleinere Zettel. Sie breitete sie alle auf der Bettdecke aus und überflog jeweils die ersten Zeilen auf den Seiten. Dann nahm sie das Blatt, auf dem ganz oben in fetten Lettern »Arbeitsvertrag« stand. Der Text lautete:

»Hiermit wird bestätigt, daß Gordon Ballard mit heutigem Tage wieder seinen alten Arbeitsplatz in der Abteilung G – 3A einnimmt. Die Einstellung erfolgt zu unveränderten Bedingungen, was den Arbeits- und Verantwortungsbereich sowie die üblichen Vergünstigungen im Dienst betrifft. Außerdem wird Gordon Ballard vom heutigen Tag an eine Erhöhung seiner früheren Gehaltsbezüge zugesichert. Diese Gehaltserhöhung beträgt monatlich 350 Pfund im laufenden Jahr. Hiermit wird bestätigt, daß erneute Gehaltsverhandlungen am 1. Juni des folgenden Jahres mit einem Minimum von 15 Prozent Bruttosteigerung als Ausgangspunkt vereinbart sind. Gleichzeitig wird ein eventueller

Bonus erwogen, abhängig von den Ergebnissen der laufenden Projektarbeit von Gordon Ballard.«

Der Vertrag war von einem Hugh Fisher unterschrieben worden, Abteilungsleiter. Aus dem Datum konnte sie ersehen, daß der Vertrag erst einen Tag alt war. Er war erst gestern abgeschlossen worden. Am gleichen Tag, an dem Gordon Ballard ihr versprochen hatte, an »ein paar Fäden« im System zu ziehen.

Der Mann, der jetzt vermutlich mit einem Tuch zugedeckt in einem Keller lag, einen Zettel an seinem Zeh, hatte sie also doch reingelegt. Er war nicht auf Rache gegen MI5 ausgewesen und auch nicht darauf, einen späteren Handel herauszupressen und Kasse zu machen. Er hatte bereits seinen Deal gemacht. Er hatte sie erpreßt, ihn wieder einzustellen, und das auch noch mit Gehaltserhöhung ...

Bei seiner Obduktion würden sie nur Lug und Betrug finden. Seine einzige gute Tat war, daß er ihr mit Blutblasen um den Mund erzählt hatte, wo die Papiere waren – ihr erzählt hatte, daß er ein Schwindler war.

Sie nahm sich ein anderes Papier vor. Das war eine Fotokopie, nur ein Bruchstück aus einem größeren Zusammenhang, denn der Text hörte mitten in einem Satz auf. Gleich aus dem Anfang ging hervor, daß es sich um eine Archivanfrage zum Suchbegriff »Badcock's Wharf« handelte. Einige Namen waren unter zwei verschiedenen Datumsangaben aufgelistet. Sie paßten zu den beiden Überwachungsoperationen, von denen Payne ihr erzählt hatte. Sie ließ die Augen über die Namen schweifen. Andrew Payne stand als vorletzter auf der Liste.

Das nächste Blatt war auch ein Archivauszug. Das Suchwort war »Tommy Blackwood«. Auf einer einzigen Zeile antwortete das System lakonisch: Kein Resultat.

Sie trank einen großen Schluck und zündete sich eine neue Zigarette an, ohne die Augen von dem nächsten Papier zu lassen. In der rechten oberen Ecke war »Geheim« gestempelt. Auch hier handelte es sich um einen Teil aus einem größeren Zusammenhang. Ganz oben waren Termine von Observationen aufgelistet, und jeder Abschnitt endete mit einer Reihe von Initialen. Der unterste Teil des Textes bestand aus dem Bruchstück eines Resümees:

»Das Objekt scheint zur Peripherie des Edgware-Kreises zu gehören. Aus Observationen über vorläufig zwei Monate kann der Schluß gezogen werden, daß das Objekt höchstwahrscheinlich eine zentrale Position als Bindeglied, Kontakt und Vermittler einnimmt. Observation wird fortgesetzt bis zur Entscheidung beim nächsten Treffen. Fortgesetzte Observation wird empfohlen, weil das Objekt ...«

Mehr stand da nicht, aber das war auch überflüssig. Gordon Ballard hatte ganz unten noch etwas hinzugefügt. Da stand: Abdul Wali, London Luggage Store, 102 Edgware Road.

Das nächste Blatt war fast identisch. Es war nur das Bruchstück aus einem als geheim gestempelten Observationsbericht, und ganz unten hatte Ballard selbst geschrieben: »Mohammed Rashid, Kontakt über Omar, Oriental Delight, Blackstock Road, Finsbury Park.«

Sie las den untersten kurzen Abschnitt: »Fortgesetzte Observation empfohlen. Die Aktivität des Objekts spiegelt eindeutig die Verknüpfung mit dem engsten Kreis um Abu Hamza und die Moschee im Finsbury Park wider. Die Observationen sollten mit internen Berichten gegengeprüft werden, damit ...«

Es waren nur noch zwei Papiere übrig. Das vorletzte war ein Archivauszug für den Suchbegriff »MS Ursula«, und wie auf dem anderen Bogen waren hier eine ganze Reihe von Namen unter dem Datum 13. August 1993 aufgelistet. Auch dieses Mal war Andrew Payne von Scotland Yard, Special Branch, erwähnt.

Das letzte Blatt war anders. Es war auch ein Archivauszug, aber in Form und Aussehen nicht mit den anderen zu vergleichen. Es war von einer anderen Datenbank, denn das Suchwort stand in einem besonderen grauen Feld. Das Suchwort lautete »Walter Draycott«, und der Text bestand nur aus wenigen Zeilen.

»Draycott, Sir Walter, geb. 06–05–39, Inverness, Schottland. Sohn von Mary und Professor Clive Draycott, The Most Distinguished Order of St. Michael and St. George, KCMG, 1989. Militärdienst, Univ. of Cambridge, 1959. Stationierungen: Budapest 1963–66, Warschau 1966–69, Belgrad 1969–71, Berlin 1971–76, Moskau 1976–91. In Ruhestand, Vauxhall Cross, 1994.«

Sie studierte die beiden handgeschriebenen Zettel, die von dem Inhalt von Ballards Aktenmappe noch übrig waren. Auf dem einen Zettel stand »W. D., Sovereign Court, Kensington« und darunter »W. D. Kyleakin (Isle of Skye – gegenüber Kyle of Lochalsh)« und eine Telefonnummer. Auf dem letzten Zettel stand »W. D. Simons Town, 4 Devon Street, Cape Town – SA.«. Auch hier gab es eine Telefonnummer, eine lange mit der Landesvorwahl in Klammern.

Sie öffnete das zweite Bier, stand auf und ging in dem winzigen Gang zum Badezimmer auf und ab. Sie blieb stehen, zündete sich eine Zigarette an, öffnete das Fenster und blieb dort stehen, schaute auf eine kleine Seitenstraße hinunter.

Was zum Teufel hatte das alles zu bedeuten? Sie mußte es Stück für Stück angehen. Also, es bedeutete, daß Gordon Ballard wieder von seinem früheren Arbeitgeber aufgenommen worden war, dem MI5. Warum? Weil irgend etwas so außergewöhnliches im Gange war, daß Thames House einen Säufer und Spieler wieder gnädig aufnahm. Etwas, das sie selbst ausgelöst hatte, weil sie in dem Ursula-Fall herumwühlte. Dann war da das Archivmaterial über die Überwachungsaufgaben der Special Branch. Das bestätigte eigentlich nur, daß Andrew Payne über die beiden Operationen an der Themse die Wahrheit gesagt hatte. Der Mann war ja selbst dabeigewesen.

Die Überwachungsberichte über Rashid und Wali ergaben keinen Sinn, wenn es sich so verhielt, wie Ballard es ihr erzählt hatte, nämlich daß die beiden Herren Freunde und Informanten waren. Ganz im Gegenteil. Auf dem Papier erschienen sie wie Gegner, was auch ihre sonderbare Reaktion erklärte. Aber es konnte jede Menge anderes Wissen irgendwo sonst im System versteckt sein, Wissen, das erklärte, warum Gordon ihr die Instruktion gegeben hatte, Kontakt zu den beiden aufzunehmen.

Wenn nicht, dann hatte Ballard sie geradewegs in die Arme der Feinde laufen lassen … Warum?

Sie blies eine Wolke von Zigarettenrauch in die kühle Luft und schaute zu, wie sie vom Wind fortgetragen wurde und sich innerhalb einer Sekunde auflöste. »The answer my friend ist blowing in the wind«. Sollte der Refrain des guten alten Bob die einzige Antwort sein, die ihr nach ihrer Suche in einem Labyrinth von Lügen blieb?

Aber es gab einen hoffnungsvollen Punkt in den Papieren, die Ballard so sorgfältig unter den Bodendielen versteckt hatte. Da war dieser Walter Draycott. Ein älterer Herr, der nicht auf Ballards Seite der Themse gehörte, sondern zu den Geheimen drüben bei Vauxhall Cross. Den Informationen nach hatte er sich sein halbes Leben lang hinter dem eisernen Vorhang aufgehalten und den MI6 1994 verlassen, und ganz gleich, womit der Mann sich jetzt auch abgeben mochte, er hatte offenbar drei Aufenthaltsorte, in London, in Schottland, dem Ortsnamen nach zu urteilen, und dann noch einen in Südafrika. SA stand für South Africa.

Freund oder Feind … Walter Draycott war ihre einzige Spur.

Sie überlegte einen kurzen Moment, ob sie nach Krankenhäusern in der Nähe von Kilburn suchen sollte. Aber nein, Gordon Ballard hatte nicht überlebt. Sie würde es in einer Nachmittagszeitung nachlesen können.

Die Nummer des Sovereign Court bekam sie bei der Auskunft, die dafür jedoch keine Nummer eines Walter Draycott in Kensington verzeichnet hatte. Es war schon weit nach Mitternacht, doch das war ihr gleich. All diese Gardens, Houses und Courts waren große, exklusive Residenzen mit Portier, Wächter und dem ganzen Schnickschnack. Sie war selbst an einer vorbeigekommen, in Maida Vale.

»Sovereign Court«, erklang eine mürrische Stimme am anderen Ende.

»Mein Name ist Susan Moore, entschuldigen Sie den späten Anruf. Erreiche ich bei Ihnen Sir Walter Draycott?«

»Sir Walter ist verreist.«

»Wissen Sie vielleicht, ob er nach Schottland oder nach Südafrika gereist ist?«

»Sir Walter hält sich meines Wissens im Augenblick in Schottland auf.«

»Vielen Dank und gute Nacht.«

Es nahm niemand ab, als sie die Nummer anrief, die Ballard unter Kyleakin, Isle of Skye gekritzelt hatte. Wenn er sich dort aufhielt, dann lag er sicher im Bett und schlief.

Der Wecker klingelte wie verrückt. Es war erst kurz nach acht, als sie erneut die Nummer in Schottland wählte, die sie vergeblich versucht hatte, bevor sie ins Bett gegangen war. Dieses Mal hatte sie Glück. Das Rufzeichen ertönte nur wenige Male, bevor abgehoben wurde.

»Draycott …«

Sie hatte beschlossen, offen an die Sache heranzugehen. Einem Mann mit so einer Vergangenheit konnte sie sowieso nichts vormachen, und selbst wenn, wozu sollte es nützen?

»Entschuldigen Sie die Störung, mein Name ist Nina Portland. Ich arbeite bei der Kriminalpolizei in Esbjerg – in Dänemark. Es geht um einen alten Fall, den ich gern mit Ihnen besprechen würde.«

»Dänemark? Ja, nun … Dann schießen Sie mal los, Mrs. Portland.«

Es war ein Hauch von Überraschung in dem kleinen Ausruf »Dänemark« zu hören gewesen, aber wenn der Mann ansonsten über dieses Ersuchen zu so früher Morgenstunde verwundert sein sollte, so verbarg er das perfekt. Seine kultivierte Stimme klang gedämpft und angenehm, als würde ihn jeden Morgen eine dänische Kriminalkommissarin anrufen.

»Das ist am Telefon schlecht. Es ist vertraulich«, sagte sie.

»Ja, gut. Und was schlagen Sie vor?«

»Ich bin momentan in London. Könnte ich eventuell zu Ihnen kommen? Nach Schottland?«

»Sie sind herzlich willkommen. Und was haben Sie gedacht, wann?«

»So schnell wie möglich …«

Der Wind war hart und wehte ihr direkt ins Gesicht. Es duftete herrlich nach Meer, Salz und Algen. Keine Alarmsirenen, keine Zebrastreifen, keine Bürgersteige, keine Regenschirme, kein Schubsen und Drängen. Nur der Wind und der schwarze Himmel mit den hellen Punkten ganz oben.

Sie sog die frische Luft gierig ein, stellte den Koffer ab und setzte sich auf eine Bank ganz nah am Wasser, wo die großen Felsen das Ufer gegen die Wellen schützten.

Gegenüber, auf der anderen Seite der großen Bucht, blinkte regelmäßig ein Leuchtturm, und weiter draußen nach rechts erstreckte sich die Brücke wie ein schwach erleuchteter Bogen vom Festland zur Isle of Skye hinüber. Auch dort draußen konnte sie einen Leuchtturm erahnen, der in gleichmäßigen Intervallen einen Brückenpfeiler wie eine bleiche Säule am Horizont hervortreten ließ.

Es war ein Sprung in der Zeit. Von einer Welt in eine andere, die viel sicherer und überschaulicher erschien. Mit Mühe und Not war es ihr gerade noch gelungen, auf die Zeitmaschine aufzuspringen. Die Dame an der Rezeption des St. Giles hatte ihr freundlich mit verschiedenen Informationen und beim Besorgen des Tickets geholfen, und es war noch nicht einmal neun Uhr, als sie mit dem Koffer unter dem Arm hinaus zum wartenden Taxi rannte.

Anderthalb Stunde später saß sie zurückgelehnt in der Maschine und wartete darauf, daß Flug 771 die Erlaubnis bekam, von Gatwick abzuheben. Sie kam in Inverness gegen Mittag an und hatte unendlich viel Zeit, um praktische Dinge zu regeln, bevor sie um 18.00 Uhr in den Zug nach Kyle of Lochalsh stieg. Und hier war sie nun. Inzwischen war es kurz nach halb neun, und sie brauchte nur ein paar Meter zu dem großen weißen Hotel hinüberzugehen. The Lochalsh Hotel, wo die Empfangsdame in London ihr ein Zimmer reserviert hatte.

Am nächsten Morgen sollte sie Walter Draycott in seinem Haus auf der anderen Seite des Wassers treffen. Sie hatte sich noch einen Tag mehr freigenommen. Einer der Kollegen, ein Junggeselle, mit dem sie schon früher problemlos hatte tauschen können, war einverstanden, und das gleiche bestätigte die nette Stimme von Ryan Air, als sie ihr Ticket telefonisch umbuchte, gegen einen kräftigen Aufschlag.

Sie hatte auch daheim auf Fanø angerufen, so wie jeden Tag, um mit Jonas zu sprechen. Bis jetzt hatte sie den großen Schlagabtausch mit Jørgen vermieden, hatte es geschafft, alles andere beiseite zu schieben und sich pünktlich am Abend wie eine fröhliche Touristin zu melden.

Glücklicherweise nahm Astrid den Hörer ab. Sie klang beruhigt, als sie hörte, daß Nina bald nach Hause kommen würde. Außerdem klang Schottland nicht so gefährlich wie London. Aber Jørgen hatte im Hintergrund gestanden und zur großen Lagebesprechung angesetzt. Er verlangte, zu ihr kommen zu dürfen.

Er hatte sie in dieser schroffen Art ins Kreuzverhör genommen, die er manchmal hervorkehrte und die keinem anderen Ziel diente, als zu kaschieren, daß er sich Tag und Nacht Sorgen um sie machte. Sie wich seinen Fragen aus. Erzählte, daß sie ein paar Menschen getroffen, einige Gespräche geführt hatte, und daß sie nur noch einen Mann in Schottland besuchen wolle. Anschließend werde sie umgehend nach Hause kommen.

Jørgen schluckte das nicht. Aber er mußte einsehen, daß es keinen Sinn hatte, am Telefon weiteren Druck auszuüben, und zum Schluß gab er mit der Ermahnung auf, sie solle gut auf sich aufpassen. Die ganze Zeit auf der Hut sein …

Dann hatte sie Jonas am Apparat. Das machte sie traurig. Sie hatte jeden Tag seine Stimmung an den banalen Erzählungen ablesen können, die einem zehnjährigen Jungen halt wichtig waren. Und bisher war er immer fröhlich gewesen. Doch jetzt war er mürrisch und wortkarg. »Du machst kaum noch was anderes als überall herumzureisen, Mama. Du sollst nach Hause kommen. Jetzt gleich …«

Das sprach für sich selbst. Sie hatte ihn vernachlässigt. Wenn sie ihm doch nur erzählen könnte, aus welchem Grund.

Schließlich hatte sie einen Riesenfehler begangen. Sie hatte Martin angerufen. Nicht, weil sie ihn wirklich vermißte. Es war wie in Estland. Sie hatte gar keine Zeit oder Energie gehabt, ihn zu vermissen. Und wenn sie das nicht tat, dann vielleicht auch, weil es nicht so wichtig war. Sehnsucht war nichts, was man sich vornahm. Nein, sie hatte ihn angerufen, um ihrem nächsten Treffen den Stachel zu nehmen, ganz gleich, wann das auch sein würde. Angerufen, um sich zu melden, zu erklären, wo sie war und was sie tat, damit es beim nächsten Mal nicht gleich wieder Streit gab.

Das Gespräch war vollkommen aus der Spur geraten. Sie hatte ihm die Lüge aufgetischt, daß sie ganz kurzfristig nach London beordert worden sei. Was mit dem Terror und der verstärkten Wachsamkeit zu tun habe. Der Hafen von Esbjerg war davon nicht ausgenommen. Man hatte bereits eine hohe, kilometerlange Einzäunung errichtet, die dem einhundertdreißigjährigen freien Zutritt der Esbjerger zu ihrem Hafen aus Sicherheitsgründen ein Ende machte. Aber es gab immer noch Risikobereiche, zum Beispiel die Sicherheit des Fährverkehrs. Diese Dinge sollten mit den britischen Kollegen diskutiert und erörtert werden. Und außerdem war sie ursprünglich gar nicht für diesen Auftrag vorgesehen gewesen. Sie war nur eine Notlösung für die erste einleitende Besprechung, bevor die Chefs übernehmen würden.

Martin wurde stinksauer. Waren sie nicht inzwischen lange genug zusammen, daß man trotz allem den anderen darüber zu informieren hatte, wo man sich befand? Würde er etwa einfach wegfahren, ohne ihr Bescheid zu sagen? Niemals … Dann könnte man die ganze Sache ja auch gleich sein lassen. Sie könnten sich gern ab und zu treffen und miteinander ins Bett gehen, bis sie es leid waren. Glaubte sie denn, daß er nur zum Spaß mit

Rosen bei ihr antanzte? Sich nur so mitten an einem anstrengenden Arbeitstag die Zeit nahm, nach ihr zu sehen? Das tat er doch verdammt noch mal nur, weil sie ihm wichtig war. Sie mußte sich langsam mal entscheiden, ob sie mit der Kripo eine Beziehung wollte oder mit ihm.

Es war vergebliche Mühe gewesen. Sie hatte keine Lust zu streiten. Sie legte mit der Erklärung auf, daß sie versuchen sollten, die Fäden zu entwirren, wenn sie sich wieder sahen.

Lag es doch an ihr? Sie schuldete ihm auf jeden Fall noch eine Chance. Das Problem war nur, daß sie im Augenblick anscheinend immer nur die schlechtesten Seiten an ihm aktivierte. Denn es gab ja auch viel Gutes. Aber wie erklärt man einem Mann, daß man einfach keine Zeit für ihn hat? Daß ziemlich viel Unrat aus der Vergangenheit ans Tageslicht gekommen war?

Sie brachte es nicht über sich, ihm die Wahrheit zu sagen, weil sie fest davon überzeugt war, daß dann ein ganzer Wust von Ermahnungen und Vorwürfen über sie hereinbrechen würde. Aber vielleicht war es gerade die wahre Geschichte, die sie ihm ins Gesicht sagen sollte, damit er sie verstand?

Auf jeden Fall mußte er aufhören mit seinen spitzen Bemerkungen über ihre Arbeit, wie er sie in letzter Zeit so gern fallenließ. Sie war bei der Polizei. Das mußte er respektieren. Sonst war die Sache sowieso zum Scheitern verurteilt.

Die Wärme schlug ihr wie eine Wand entgegen, als sie das Hotel The Lochalsh betrat und sich an der Rezeption meldete.

Ein paar Minuten später warf sie den Koffer aufs Bett. Ein neues Hotelbett, ein neuer Nachtschrank, ein neuer Schreibtisch und ein neues, bequemes Zimmer, das nicht so klein und eng war wie das im Hotel St. Giles. Man hatte ihr ein Zimmer mit Blick aufs Wasser gegeben.

Sie zog einen Stuhl ans Fenster, löschte das Licht und setzte sich. Ein komisches Gefühl. Direkt gegenüber auf der anderen Seite, irgendwo dort zwischen den kleinen leuchtenden Punkten an der Küste, befand sich ein fremder Mann, ihre letzte Chance.

»Entschuldigen Sie, Sir Walter, ich habe mich verrannt. Sie können mir doch sicher den Ausweg aus diesem Labyrinth zeigen. Wissen Sie ... ich möchte so gern nach Hause, zurück in mein normales Leben.«

»So, so, meine liebe Nina Portland. Da brauchen Sie nur der höchsten Hecke zu folgen. Wenn Sie nicht weiterkommen, biegen Sie nach links ab. Dann kommen Sie nach Hause, und alles wird wie früher.«

Könnte es nicht sein, daß sich morgen alles genau so entwikkelte? Der Mann dort drüben zeigt mir den Weg. Ganz einfach.

Die Aussicht von der Skye Bridge war überwältigend, obwohl die regenschwere Nebelfront immer noch so tief herabhing wie am frühen Morgen.

Schon als sie das Hotel verließ, hatte es zu nieseln begonnen. Jetzt stand sie mitten auf der langen Brücke, und der Regen wurde stärker.

Gordon Ballard war tot, genau wie erwartet. Sie hatte in der gestrigen Ausgabe des Daily Express geblättert und dort einen kleinen Artikel mit der Überschrift »Von Einbrecher erstochen« gefunden. Das Opfer, der 43jährige, arbeitslose Gordon Ballard, war bereits tot, als der Krankenwagen eintraf. Die Polizei bat eine geheimnisvolle Frau, die telefonisch Hilfe herbeigeholt hatte, sich umgehend zu melden.

Rechts hinten konnte sie nur den Fuß eines langgestreckten Bergmassivs erahnen, das in undurchsichtigen Nebel eingehüllt war. Auf der anderen Seite lagen das Hotel und Kyle of Lochalsh und vereinzelte Boote, während das kleine Kyleakin auf dem gegenüberliegenden Sundufer als eine Reihe weißer Häuser am Ufer hervortrat, samt vereinzelter Gebäude, die sich den grünen Bergrücken hinaufzogen. Es war ein schöner Anblick im Tageslicht – und ebenso ergreifend wie in der Dunkelheit, als sie nur hatte rätseln können, was der Morgen wohl aufdecken würde.

Direkt unter ihr in dem eisigen dunkelblauen Strom, der kraftvoll in den Sund hineinfloß, wogten große braune Büschel von Algenpflanzen wie ein üppiger, Unterwasser-Rastaschopf.

Sie ging weiter und brachte bald die Brücke hinter sich. Nach Draycotts Anweisungen bog sie dann nach links ab, auf die kleine Strandpromenade, Kyleside, und ging auf den Leuchtturm und den stillgelegten Fähranleger zu. Fast ganz am Ende angekommen, betrat sie die kleine asphaltierte Brücke über einen Kanal und ging danach die Anhöhe hinauf auf das kleine weiße Haus zu, das ganz hinten links zu sehen war.

Ein Mann hockte am Gartenzaun und streichelte einen Hund. Jetzt stand er auf und hob eine Hand zum Gruß. Sein dünnes Haar flatterte über einem fast vollkommen kahlen Schädel, und er lächelte freundlich und reichte ihr die Hand, als sie am Gartentor ankam.

»Willkommen, Mrs. Portland«, sagte er und gab ihr einen kurzen, festen Handdruck.

»Vielen Dank, Sir. Aber bitte Miss ...«

Sie fühlte sich linkisch. Britische Höflichkeit und Mistress oder Miss waren eine unbekannte Größe für sie, aber genaugenommen war sie ja ein »Fräulein«.

»Sie wohnen aber schön, mit so einer herrlichen Aussicht.«

»Ja, hier ist es schön um diese Jahreszeit, aber jetzt habe ich das Haus zum Verkauf angeboten. Es gibt zu viele Touristen hier, jede Menge junger Leute mit Rucksack und so. Nicht, daß ich etwas dagegen hätte ... Nur habe ich persönlich lieber meine Ruhe. Aber kommen Sie doch herein, ich habe Kaffee gekocht.«

Der Hund trottete dicht hinter ihm her, als er den Plattenweg hinaufging. Walter Draycott war ein großer, schlanker Mann mit einem sonnengebräunten Gesicht. Das wenige Haar war schneeweiß, halblang im Nacken und nach hinten gekämmt, und der gepflegte Backenbart breitete sich über seine hohlen Wangen aus.

Er bat sie, auf einer Sitzbank in der kleinen Küche Platz zu nehmen, während er mit Tassen und Tellern rumorte. Die Decke war niedrig, er mußte sich fast bücken, um nicht gegen die freiliegenden Balken zu stoßen.

»Übrigens haben Sie Glück, mich anzutreffen«, erklärte er mit sanfter Stimme und schenkte ein.

»Oder möchte Sie lieber Tee, Miss Portland?«

Er schaute sie fragend an, und sie winkte ab.

»Nein danke, Sir, Kaffee ist sehr gut.«

Der Hund lief schnuppernd um sie herum. Sein Fell war weiß mit großen braunen Flecken. Auf dem braunen Kopf hatte er zwischen den Augen einen weißen Streifen. Er schlich sich hinter sie. Dann spürte sie, wie seine Schnauze gegen ihre Hand stupste.

»Der ist ja lieb.« Sie kraulte seine weichen Hängeohren. »Ein Spaniel, nicht wahr?«

»Ja, ein englischer Springer. Der älteste Jagdhund der Welt. Aber ich gehe nicht auf die Jagd. Ich bringe es nicht über mich. Molly ist meine Beste. Wir laufen jeden Tag stundenlang hier durch die Gegend. Sie liebt das. Und sie scheint Sie zu mögen. Molly! Platz!«

Der Hund schaute zu ihm auf, trottete auf die andere Seite und legte sich neben den leeren Stuhl.

»Ich bin gerade eben erst aus Südafrika zurück, wissen Sie. Meine Tochter wohnt dort … Merkwürdig, aber Sie ähneln ihr, Miss Portland, kastanienrotes Haar, Pferdeschwanz und blaue Augen. Aber Ihre sind wohl eher graublau … Ein wunderbares Land, Südafrika …«

Er setzte sich ihr gegenüber und forderte sie auf, doch von den Keksen zu nehmen. Er selbst nahm sich einen und tauchte ihn in den brühendheißen Kaffee ein.

»Ach, die erste Tasse ist doch die beste, nicht wahr?«

Er lehnte sich auf dem Küchenstuhl zurück und ließ seinen Blick auf ihr ruhen. Seine Augen waren freundlich unter den weißen Augenbrauen, und es zeigten sich ein paar kleine Fältchen, als er lächelte.

Sir Walter Draycott erschien auf den ersten Blick wie ein älterer Herr in vollkommener Harmonie mit sich selbst – und seinem Hund. Ein Mann, der seine Zufriedenheit beim ersten

Schluck Kaffee ausdrücken würde, selbst wenn er mitten in einem Orkan stünde oder an einem Strohhalm über einem Abgrund hinge.

»Ich habe es zuerst in Kensington versucht. Der Portier sagte, daß Sie hier oben sind.«

»Ja, ich war nach meiner Rückkehr kurz in der Wohnung dort. Die steht auch zum Verkauf. Ich habe vor, nach Südafrika zu gehen, für immer. Heather und die Enkelkinder ziehen mich dorthin, ein Junge und ein Mädchen ... Ja, wir wollen nach Südafrika, nicht wahr, Molly?«

Er strich dem Hund über den Kopf und gab ihm einen Keks.

Sir Walter zuckte mit den Schultern und lächelte bei dem Gedanken. Es schien nicht so, als habe er es eilig, den eigentlichen Grund ihres Besuchs anzusprechen. Er wartete lieber ab, geduldig und interessiert.

»Was mein Anliegen betrifft, das ist eine ziemlich lange Geschichte, mit der ich Sie nicht unnötig ermüden möchte.«

Sie stellte die Tasse ab und begann langsam und ruhig mit ihrer kurzen Erklärung, die sie sich auf dem Weg über die Brücke überlegt hatte.

Es gab so viele lose Fäden, soviel, das vielleicht gar nicht dazugehörte. Sie begann bei dem Foto mit dem lächelnden russischen Seemann, das sie auf dem Polizeirevier in Tallinn stibitzt hatte, und berichtete von dem Mordmysterium auf der MS Ursula, die vor elf Jahren in den Hafen von Esbjerg geschleppt worden war, von den beiden Engländern im Pub, erzählte, wie sie im Tottenham-Pub und dem Wettbüro Gordon Ballard auf die Spur gekommen war und wie sie ihn in Kilburn besucht hatte, wo sie eine Art Abkommen trafen.

Sir Walter Draycott unterbrach sie kein einziges Mal. Er ließ seinen Blick auf ihr ruhen und nickte ab und zu, als wollte er zeigen, daß er noch folgte. Die ganze Zeit strich er dabei dem Hund über den Kopf.

Ihr Bericht endete mit dem eindringlichen Appell des sterbenden Gordon Ballard, die Papiere unter der Bodendiele an sich zu nehmen und zu verschwinden. Papiere, die sie hierher nach Kyleakin und zu Draycott geführt hatten.

»Was natürlich weitere Fragen aufwirft, Sir. Wissen Sie um die Sache mit dem deutschen Schiff und den Holzkisten auf Badcock's Wharf?«

Walter Draycott rieb sich nachdenklich sein glattrasiertes Kinn, und zum ersten Mal konnte sie einen Hauch von Unruhe in seinem Blick wahrnehmen. Er seufzte schwer und schüttelte kurz den Kopf.

»Natürlich habe ich damit gerechnet, daß Sie so eine Frage stellen würden, Miss Portland. Alles andere wäre unlogisch. Aber ich muß Sie bitten zu verstehen ... Meine Arbeit im Nachrichtendienst, die Aufgaben im Laufe der Zeit, die Beteiligten – das alles zusammen ist etwas, das ich mit mir ins Grab nehmen muß, wenn die Zeit gekommen ist. Zu reden würde heißen, Leute zu kompromittieren. Sie in Gefahr bringen. Außerdem könnte es dem Nachrichtendienst Probleme bereiten, Vauxhall Cross in Mißkredit bringen und Leute dazu veranlassen, übereilte und falsche Schlüsse zu ziehen. Aber wenn Sie mich so direkt fragen ... Ja, ich weiß von der Operation bei Badcock's Wharf und von dem deutschen Schiff.«

Draycotts Gesichtsausdruck war jetzt eher gequält. Er wirkte ehrlich, oder aber er war ein guter Schauspieler, was nach so vielen Jahren im Geheimdienst wahrscheinlich erschien.

»Ich verstehe Sie gut, Sir. Aber darf ich nur noch eine Frage stellen: Kennen Sie den Mann, der sich in Esbjerg Chris Winther nannte, aber eigentlich Tommy Blackwood heißt?«

Draycott zuckte entschuldigend mit den Schultern und öffnete bedauernd die Arme.

»Es tut mir leid, Miss Portland, aber ich kann nicht ...«

Er sah aus, als würde er ihr gern mehr erzählen, könne es aber nicht. Sie überlegte einen kurzen Moment. Dann wagte sie den Sprung ins kalte Wasser.

»Wenn ich das frage, dann, weil ich von ihm schwanger wurde. Ich habe es zu spät bemerkt, um ... Also, ich war über die

Zeit, daß man … Blackwood ahnt nicht, daß er der Vater meines Sohnes Jonas ist. Er ist damals einfach verschwunden. Anfangs habe ich natürlich versucht, ihn zu finden. Ich suche nicht meinetwegen nach ihm. Sondern für meinen Sohn. Er wird erwachsen werden und Fragen stellen. Könnten Sie mir wenigstens sagen, wo ich Tommy Blackwood finden kann? Ich wäre Ihnen sehr, sehr dankbar …«

Tiefe Falten waren auf Walter Draycotts hoher Stirn aufgetaucht. Plötzlich stand er auf und begann in der Küche hin und her zu gehen.

Schließlich blieb er stehen und sah für einen Moment aus dem Fenster. Dann faßte er offensichtlich einen Entschluß und setzte sich wieder. Er schaute sie an, als er zögernd zu sprechen begann.

»Mir fehlt jede Sentimentalität – leider. Das liegt an den vielen Jahren im Dienst. Ich wäre sicher ein anderer, besserer Mensch, wenn ich vielleicht Lehrer oder Zimmermann geworden wäre. Meine Heather und ihre Kinder sind mein einziger schwacher Punkt, der lebende Beweis eines alten Mannes dafür, daß nicht alles vergebens war, wie ich denke. Heathers Mann wurde von Mugabes Killern erschlagen, die eines Nachts ihre Farm überfielen. Sie ist nach Südafrika geflohen und hat glücklicherweise einen anderen Mann gefunden … Deshalb bilde ich mir ein, Sie zu verstehen, Miss Portland, und deshalb muß ich antworten. Weil kein anständiger Mensch sich da herausziehen kann.«

Draycott rieb sich das Gesicht mit beiden Händen und richtete seinen Blick wieder auf sie. Dann begann er langsam.

»Der Vater Ihres Sohnes ist tot … Es tut mir leid, aber so verhält es sich. Tommy Blackwood war mein bester Mitarbeiter. Er verschwand 1994 spurlos während einer Mission, auf die ich ihn nie hätte schicken dürfen. Ich habe jahrelang in jeder Ecke und jedem Winkel der Welt gesucht, aber vergeblich. Die Aufgabe war riskant, zu riskant. Er hat einen hohen Preis bezahlt …«

»Stört es Sie, wenn ich rauche?«

Die Nachricht war nicht wirklich ein Schock. Er war tot, tot und fort. Das tat nicht weh. Sie fühlte nichts, mußte nur einfach rauchen.

»Nein, rauchen Sie nur. Ich werde einen Aschenbecher holen.«

Draycott verschwand aus der Küche. Der Hund stand auf und folgte ihm. Kurz darauf kam er mit einem kleinen Keramikaschenbecher zurück. Immer noch hatte er diesen sorgenvollen Gesichtsausdruck, während er ihr den Aschenbecher hinüberschob.

»Auch in anderer Hinsicht ist es meine Schuld, daß Sie jetzt hier sitzen, Miss Portland. Ich war derjenige, der ihm damals den Auftrag erteilte, mit Ihnen in Esbjerg Kontakt aufzunehmen. Nicht, daß er so weit gehen sollte … Aber er hat einen Befehl ausgeführt. Als er zurückkam, erzählte er mir, daß er sich hatte mitreißen lassen. Daß er Ihnen gegenüber ehrlich war, Miss Portland, also, was die Gefühle betraf. Ich nahm es nicht ernst. Dergleichen ist schon so oft vorgekommen. Aber Tommy bestand darauf. Er wollte den Job zu Ende bringen. Anschließend wollte er um seine Entlassung bitten. Und zu Ihnen zurückkehren.«

Sie zog heftig an der Zigarette, hielt den Rauch so lange in der Lunge, wie sie nur konnte. Ihr Herz pochte auffallend heftig.

»Wo ist er verschwunden?«

»Auf dem Balkan … Im Herbst 94 …«

»Und es ist vollkommen ausgeschlossen, daß er nicht trotzdem …?«

»Vollkommen ausgeschlossen.«

»Gibt es irgendwelche Angehörigen?«

»Ja, zumindest damals gab es sie. Die Eltern und eine Schwester. Ich bin selbst nach Cornwall gefahren, um sie zu benachrichtigen.«

»Unter welchen Umständen ist er gestorben?«

»Es tut mir leid …«

Draycott öffnete wieder bedauernd die Arme und schüttelte den Kopf.

Die beiden kleinen Kutter, die Seite an Seite unter der Brücke hindurchfuhren, ließen die Wellen gegen die Klippe rollen, auf der sie saß. Sie konnte zu Draycotts kleinem Haus auf der Anhöhe hinübersehen.

Er hatte sein Schweigen noch ein weiteres Mal an der Gartenpforte bedauert und sie mit ernster Miene gebeten, doch alles zu vergessen, was mit dem Ursula-Fall zu tun hatte. Sollte MI5 aus irgendeinem Grund die Akte wieder geöffnet haben, dann würden sie selbst daran weiterarbeiten oder sie schließen, weil Gordon Ballard tot war.

Eine Handvoll Möwen tauchte aus dem Nebel auf und folgte kreischend den Kuttern aufs Meer hinaus.

Schreit ihr nur … Ich brauche keinen weiteren Wink mehr, keine Ratschläge. Ich bin aus dem Labyrinth raus. Oder? Doch. Er hat mir den Weg hinaus gezeigt – auf seine Art. Und ich werde es nie wieder versuchen. Es ist zu gefährlich da drinnen, lebensgefährlich, und warum sollte ich?

Jonas hat einen Vater – wenn auch einen toten Vater, aber zumindest einen, auf den er sich beziehen kann, wenn es soweit kommt. Er war also doch kein Schwein. Hatte die Absicht, zurückzukommen. Dann habe ich mich also doch nicht gänzlich geirrt …

Jetzt hast du aufgeräumt, nicht wahr, Nina? 1993 ist weg. Ich hatte recht. Der russische Seemann war es nicht. Der Pappkarton kommt in den Mülleimer. Scheiß auf die Holzkisten, Thames House, Vauxhall Cross, Fundamentalisten und russische Banditen. Sollen sie doch miteinander spielen, bis sie an Altersschwäche sterben.

Ich bin draußen – over and out. Versteht ihr das? Ich will nach Hause zu Jonas, ihm durch die Haare fahren und ihm einen Kuß auf die Stirn geben, wenn er schlafen soll.

Nein, Nina, jetzt bist du zu schnell. Du bist verwirrt. Bist du draußen – oder bist du drinnen? Draußen … Ich muß draußen sein. Lebt wohl – und bleibt in eurem Labyrinth, ihr Arschlöcher.

Sir Walter Draycott ließ das Fernglas sinken und rief Molly zu sich, während er den gewundenen Pfad weiterging.

Es war jeden Tag der gleiche Weg, vom Haus hinauf zu den Resten von Caisteal Maol, die auf der Landzunge hinter dem Garten lagen, weiter die Küste entlang und über den Höhenzug wieder zurück nach Hause. Eine Tour, die auf bis zu drei Stunden ausgedehnt werden konnte. Sie zogen immer schon frühmorgens los, hatten ihren Spaziergang aber wegen des Besuchs der dänischen Frau verschieben müssen.

Er nahm seinen üblichen Platz auf einem flachen Stein ein, wo er sich mit dem Rücken gegen die Reste der Mauer lehnen konnte. Es war nicht mehr viel übrig, besonders nicht, seit sie vor fast fünfzehn Jahren nahezu komplett eingestürzt war, aber die Burgruine war ihr eigener ruhiger Zufluchtsort.

Vor Jahrhunderten hatte hier eine strategische Festung gestanden, damals, als von den Schiffen, die den schmalen Kyleakinsund passierten, Zoll erhoben wurde. Jetzt war es einfach ein perfekter Aussichtspunkt, von dem aus man die Jahreszeiten und den Wetterwechsel beobachten konnte. Er hatte freie Sicht auf die Stadt gegenüber und weiter bis zur linken Brücke und der Cuillin-Bergkette, die im Augenblick von dunklen Regenwolken verdeckt wurde, sich aber dort draußen als ein langgestrecktes grünes Massiv mit kleinen Kuppen erhob.

Er setzte das Fernglas wieder an. Er beobachtete sie schon, seit sie auf der Brücke zum Vorschein gekommen war. Sie hatte auf der Brückenmitte ein paar Minuten lang haltgemacht, bevor sie weiter zum Festland ging. Jetzt saß sie auf einer flachen Klippe, die Beine unter den Leib gezogen, und starrte geistesabwesend in die Wellen am Fuß des Felsens.

Er hatte sich heute für eine lange Tour entschieden, und bereits als sie sich am Gartentor verabschiedet hatten, wußte er, daß er seinen Skizzenblock ebensogut gleich zu Hause lassen konnte. Heute würde er dafür keine Ruhe finden. Er mußte das alles durchdenken.

Miss Portland saß unbeweglich dort drüben. Sie dachte vermutlich an ihr Gespräch am Küchentisch, genau wie er selbst.

Sie war plötzlich wie ein unheilverkündendes Echo der Vergangenheit aufgetaucht, einer Vergangenheit, mit der er schon vor langer Zeit abgeschlossen hatte. Er glaubte ihr, als sie sagte, daß sie trotz allem froh über die wenigen Informationen war, die er ihr gegeben hatte, und daß sie alles vergessen und nicht weiter in dem Fall nachforschen würde. Hätte ihm jemand die gleichen Fragen vor zehn, fünfzehn, zwanzig oder fünfundzwanzig Jahren gestellt, er hätte keine Antwort bekommen.

Alte Männer handelten und dachten offenbar nicht wie junge. Das Wort Gewissen bekam einen anderen Klang, nachdem die Jahre sich angehäuft hatten und der Weg, der vor einem lag, sehr viel kürzer war als die Distanz, die man schon zurückgelegt hatte.

Sie ähnelte tatsächlich Heather, in mehreren Punkten. Nicht nur, was Haare und Augen betraf, sondern auch in ihrer Entschlossenheit, die sich in ihrem Blick widerspiegelte, ja sogar in der Art, wie sie den Kopf in den Nacken warf.

Sein ganzes Leben lang hatte er Menschen beurteilen, sie durchschauen, nach den geringsten Zeichen und Charakterzügen Ausschau halten müssen – und er war gut darin. Er mochte diese Miss Portland. Das war ihm schon nach wenigen Augenblicken klargewesen. Und daß Molly sie auch mochte, war nicht unwesentlich für seine Entscheidung.

Jetzt saß sie da drüben. Sie wußte, daß sie ihre Nase zu tief hineingesteckt hatte, und nun hatte sie vielleicht Angst. Aber wenn sie glaubte, sie könnte sich so einfach herausziehen, nach Esbjerg zurückfahren und so tun, als ob nichts geschehen wäre, dann irrte sie sich. Die dänische Kriminalkommissarin war mit im Spiel – und sie konnte nicht entkommen.

Jetzt zündete sie sich eine Zigarette an und lehnte sich zurück. Sie war in Lebensgefahr.

Schon hinter dem wenigen, was sie ihm erzählt hatte, konnte er die Konturen seiner ehemaligen Kollegen erahnen. Er konnte erkennen, wie sie das Spiel eröffnet hatten. Jetzt hatten sie wahrscheinlich bereits ihre Positionen eingenommen – und der Rest … der Rest war nur Warten, wie so oft schon.

»Molly!« Er pfiff, und der Hund kam zwischen dem niedrigen Gestrüpp heraus auf ihn zu.

»Braves Mädchen, Platz …«

Der Hund ließ sich neben ihm nieder und legte den Kopf auf seinen Oberschenkel, und er strich zärtlich über die seidenweichen Ohren. Er hatte ihn vor einem halben Jahr als Welpen gekauft, und es erschien ihm absurd, daß er erst in einem so fortgeschrittenen Alter so ein Glück erleben durfte.

Wieder nahm er das Fernglas hoch und sah, wie Miss Portland aufstand und mit geradem Rücken und energischen Schritten den Weg zum Hotel zurückging.

Er konnte entweder die Sache auf sich beruhen und die Dinge ihren Lauf nehmen lassen – oder er konnte vorsichtig das Terrain sondieren und die Situation abschätzen.

Es gab keinen Zweifel: Sie hatten die Sache wieder angepackt. Ob sie auf die dänische Frau Rücksicht nehmen würden, die ihnen so Hals über Kopf in die Quere gekommen war, das wagte er allerdings sehr zu bezweifeln.

Molly leckte seine Hand, und er strich ihr über den Rücken. »Operation Terra Nova« war von Anfang an eine schmutzige Affäre gewesen, von der er auf das Heftigste hätte abraten sollen. Aber … er selbst war an ihrer Planung beteiligt gewesen – und er selbst hatte die Konsequenzen aus dem totalen Fiasko gezogen und seinen Abschied eingereicht.

Konnte er es dem Zufall überlassen, ob die junge Frau, die also einen Sohn von Tommy Blackwood hatte, lebend und mit heiler Haut aus dem ganzen Schlamassel herauskam? Reichte es nicht, daß er an Tommys Tod schuld war? Daß er seine Prinzipien in den Wind geschlagen hatte, was letzten Endes dazu führte, daß er die Papiere mit dem verdammten »missing in action« hatte ausfüllen müssen.

Wie in Kriegszeiten galt das Mantra auch für den Geheimdienst: »Bring die Leute nach Hause, tot oder lebendig.« Nicht einmal eine Leiche hatten sie der trauernden Blackwoodfamilie bringen können.

»Operation Terra Nova« war eine Unglücksoperation. Und wenn es jetzt so weiterging, wer würde dann Miss Portland begraben?

ZWEITER TEIL

14

Drei angezündete Müllcontainer in einer Nacht, alle in derselben Gegend. Und ein mißglückter Versuch, einen vierten in Brand zu setzen. Na, vielen Dank … Nicht gerade eine Aufgabe, nach der man sich alle zehn Finger leckte.

»Es sieht so aus, als liefe da draußen einer herum, der uns das Leben schwermacht. Portland, kannst du dich nicht mit Svendsen mal darum kümmern?«

Als Thøgersen sie fragte, parierte sie seine Worte mit einem Lächeln. Hauptkommissar Thøgersen vertrat für einige Monate den Chef, solange der auf einem Lehrgang war.

Die Welt war eine bessere geworden, nachdem sie wieder dänischen Boden betreten und ein Taxi vom Flughafen nach Hause genommen hatte. London war nur ein großer Klecks auf einer Insel weit hinten im Meer. Esbjerg und der kleine Brandstifter, das war die Wirklichkeit, und im Augenblick war das mehr als genug für einen Freitagvormittag.

Papiere, Berichte, Routinen, alles war besser als London, und nach drei Tagen wieder im Job hatte das ganze bereits eine Aura von etwas Unwirklichem bekommen.

War sie tatsächlich um die geheimen Höhlen von MI5 und MI6 herumgestreunt? Hatte sie tatsächlich den armseligen Ballard sterbend vorgefunden und mit dem Mörder im Flur gekämpft? Hatte sie Fundamentalisten aufgesucht, die Tod verbreiten wollten, um Platz zu schaffen für eine Weltherrschaft des wahren Glaubens? Und hatte sie sich tatsächlich auf den langen Weg nach Schottland gemacht, zu dem freundlichen Mann mit dem weißen, flatternden Haar?

Nein, das war nicht sie gewesen. Nicht die Nina Portland, die sie kannte, die an Bankrauben und Containerbränden arbeitete, sondern eine ganz andere, die verhext gewesen sein mußte.

Es war nur noch wenig von dieser Verhextheit in ihr zurückgeblieben. Aber immerhin genug, daß sie jetzt stets ihre Heckler & Koch mit nach Hause nahm – ohne um Erlaubnis zu fragen, wie es die Regeln eigentlich vorschrieben. Es war dieser kleine, nagende Zweifel, der sie auch dazu brachte, immer mal wieder einen Blick über die Schulter zu werfen, vor einem Schaufenster stehenzubleiben, auch wenn sie gar nichts kaufen wollte, und in die Dunkelheit um die erleuchtete Kirche auf der anderen Straßenseite zu spähen. Der Zweifel würde weniger werden, vielleicht dauerte es eine Weile, aber mit der Zeit würde er verschwinden.

Nur eine Sache zählte – daß Tommy Blackwood tot und aus der Welt war. Das war eine Tatsache, mit der sie Jonas vertraut machen würde, wenn die Zeit gekommen war.

Sie drückte auf die Türklingel, eine ältere Dame kam hinter der Glasscheibe zum Vorschein und öffnete die Tür.

»Guten Tag, Kriminalpolizei. Sind Sie Olga Ottosen? Sie haben wegen der Brandstiftung angerufen.«

»Ja, das habe ich. Gut, daß Sie kommen. Ich hatte solche Angst. Treten Sie doch ein ...«

Nina wurde in eine kleine Stube geführt, in der die Regale und eine Kommode von Nippes überquollen. Sie setzte sich und bekam aus einer Thermoskanne Kaffee eingegossen.

»Ich würde gern ein wenig mehr darüber hören, was Sie letzte Nacht gesehen haben, Frau Ottosen. Sie sahen eine Person im Hinterhof, ist das richtig? Einen Mann, soweit ich erfahren habe. War er klein, groß, dick, dünn – ist Ihnen an ihm etwas Besonderes aufgefallen?«

»Ja, er war ziemlich groß und hatte eine Mütze auf. Ich habe ihn durch das Küchenfenster gesehen. Ich konnte nämlich nicht schlafen ...«

»Wie groß? So groß wie ich?«

Nina stand auf, und die alte Dame musterte sie nachdenklich.

»Ja, ungefähr die gleiche Größe.«

»Aber Frau Ottosen, ich bin doch gar nicht besonders groß, oder?«

»Nein, nein … Jetzt, wo Sie es sagen. Aber ich glaube schon, daß er Ihre Größe hatte. Und er hatte dunkle Haut, genau wie die dahinten. Ich glaube, die sind aus Somalinesien.«

Frau Ottosen zeigte zum Nachbargrundstück hinüber, auf dem ein ähnlicher Wohnblock stand wie ihr eigener.

»Aus Somalia? Aber es war doch gegen Mitternacht. Wie konnten Sie da etwas erkennen? Und es war dunkel draußen, oder?«

»Ja, natürlich, aber die rennen doch immer noch spät da draußen rum, diese Bengel. Weiß Gott, was die da zu schaffen haben. Das muß doch einer von denen gewesen sein, nicht wahr? In der letzten Woche ist meiner Schwester die Tasche gestohlen worden, am hellichten Tag! Das war auch einer von den Schwarzen.«

»Ja, also … Dann gehe ich mal wieder. Wir müssen ja auch noch Ihre Nachbarn befragen. Vielen Dank für den Kaffee.«

Im Hausflur stieß sie auf Svendsen, der oben begonnen hatte. Er schüttelte den Kopf.

»Und, hat sie etwas gesehen, Nina?«

»Ja, eine Gestalt auf dem Hinterhof, sonst nichts. Absolut nichts, was wir gebrauchen könnten.«

Nach einer Stunde Befragungen in der Nachbarschaft verließen sie den Häuserblock am Stengårdsvej und fuhren nur zwei Straßen weiter, wo der zweite Brand gelegt worden war.

Das Ergebnis war das gleiche. Niemand hatte etwas gesehen, erst recht niemand aus der großen Gruppe der Fremden hier in der Gegend, den »Mitbürgern anderer ethnischer Herkunft als der dänischen«, wie es politisch korrekt hieß. Teile der großen Enklave von Migranten am Stengårdsvej gehörten zu den festen Kunden sowohl der Schutzpolizei als auch der Kripo, und der Anblick von Polizei, ganz gleich, ob nun in Zivil oder in Uniform, erweckte nicht gerade große Begeisterung oder Redelust.

Als Svendsen und sie zu ihrem Auto zurückkamen, waren beide Seitenspiegel abgebrochen.

»Die tun sich damit nicht gerade einen Gefallen«, stellte Svendsen mit einem Seufzer fest und setzte sich hinters Steuer.

»Ach, übrigens, wie war es eigentlich in London? Ich habe gehört, daß du ein paar Tage dort gewesen bist. Ich will mit meiner Frau im Januar mal rüber. Wir wollen uns Mamma Mia angukken, das Abba-Musical, du weißt schon … Was hast du denn da getrieben?«

Svendsen legte den Gang ein und bog auf die Straße, um das kurze Stück bis zum Hedelundvej zu fahren, wo Brand Nummer drei gemeldet worden war.

»Ach … Ich habe mich da ein wenig umgesehen und ein paar Bekannte besucht, aus der Zeit, als ich in Australien gearbeitet habe. London ist groß, wirklich riesig und verwirrend. Wenn wir am Hedelundvej nichts finden, können wir den Bericht noch vor Feierabend schaffen, was meinst du? Bis er die Streichhölzer wieder rausholt.«

»Ja, das ist ja wohl nur eine Frage der Zeit.«

Nach einer halben Stunde gaben sie auf. Meistens gab es keine Reaktion, wenn sie an den Türen im Studentenwohnheim klingelten, und hatten sie doch das Glück, einen der Bewohner zu erwischen, war der Bescheid immer der gleiche: Sie hatten nichts Ungewöhnliches bemerkt. Aber einen Brand hatte es gegeben. Es waren nur noch ein paar verkohlte Reste eines Müllcontainers übrig, und ein Stück der Bretterwand war auch ein Opfer der Flammen geworden.

Sie gingen zurück zum Auto. Jetzt konnten sie ebensogut gleich zurück zur Zentrale fahren. Svendsen ließ den Motor an, und sie rollten zurück auf den Hedelundvej und bogen von dort in die Storegade ein.

»Ich habe Hunger. Was meinst du, wollen wir kurz bei Elsebeth vorbeischauen?«

Svendsen überlegte.

»Ja, es ist ja auch Zeit für die Mittagspause. Ich könnte mir gut ein Würstchen und einen Kakao vorstellen«, stimmte er zu und sah ganz zufrieden bei diesem Gedanken aus.

Nach wenigen Minuten parkte er das Auto an Marinas Trafikbar unten am Hafen. Der Imbiß wurde von Elsebeth betrieben, einer fülligen und äußerst redseligen Frau, die den emsigen Hafenarbeitern die Würstchen über den Tresen langte und ihnen Kaffee einschenkte.

Elsebeth wohnte in Nordby und kam jeden Morgen mit der Fähre herüber. Sie war eine Institution im Hafen. Sie kannte Gott und die Welt und wußte in der Regel über alles Bescheid, was hier vor sich ging – auf beiden Seiten der Fahrrinne.

»Na so was, ist das nicht Nina Portland, der Schrecken aller Verbrecher? Und Svendsen bringst du gleich mit … Tag, ihr beiden.«

»Hallo, Elsebeth.«

Die gute Würstchenverkäuferin nannte sie immer »Schrecken aller Verbrecher«. Das war der feste Willkommensgruß, und sie vergaß ihn höchstens mal, wenn sie sehr viel zu tun hatte. Im Augenblick waren keine anderen Kunden zu sehen.

»Und, darf ich Clever & Smart auf eine Tasse Kaffee einladen?« Kichernd wischte sich Elsebeth die Hände in der Schürze ab.

»Ja, gern.« Svendsen setzte sich lächelnd auf einen Barhocker.

»Was darf's denn sein, Svendsen … Eine Bratwurst mit Brot und ein Kakao?«

Svendsen nickte und begann die Morgenzeitungen zu studieren.

»Und für dich, Nina?«

»Zwei Rote und zwei Stück Brot.«

Elsebeth schenkte Kaffee ein, und sie unterhielten sich über alles Mögliche, in erster Linie über die letzten Neuigkeiten aus Nordby, während Svendsen die Zeitung las.

Eine Viertelstunde später brachen sie auf und verabschiedeten sich von Elsebeth, die ihnen fröhlich hinterherwinkte, bis sie sich ins Auto setzten.

Jonas stand schon in der Tür mit der Schultasche in der Hand, als sie auf den Bürgersteig rollte und vom Fahrrad abstieg. Pünktlich auf die Minute.

Ihre Nachforschungen hatten nichts ergeben. Es war ein Mann, der die Feuer gelegt hatte. Das war alles, was nach einem ganzen Tag Arbeit feststand. Aber jetzt würde sie keine Zeit mehr auf diesen Fall verschwenden. Jetzt war Wochenende.

»Hallo Jonas! Jetzt haben wir Wochenende, du und ich. Frei, frei, frei!«

Sie fuhr ihm mit einer Hand über das blonde Haar. Astrid hatte ihn geschoren, aus dem einzigen Grund, daß David Beckham sich auch gerade so einen Bürstenschnitt zugelegt hatte. Das dichte Stoppelhaar fühlte sich schön an.

»Geil, was?«

Wie den anderen Jungen war auch Jonas seine Frisur sehr wichtig. Er packte ihren kurzen Pferdeschwanz im Nacken und ruckte vorsichtig daran.

»Echt, Mama ... Das ist out ...«

»Aber soweit ich weiß, hat Beckham auch so einen gehabt.«

»Ja, aber das ist lange her. Weißt du, was das beste ist? Ich habe schon die Hausaufgaben für Montag gemacht, alle! Wollen wir uns nicht eine Pizza zur Disneyshow holen?«

»Nichts da, mein Lieber. Wir essen Kartoffeln und Frikadellen, und du wirst mir beim Kochen helfen. Hast du mit Kristians Mutter wegen morgen gesprochen?«

»Ja, ja ... Sie holt mich ab, eine Stunde vor dem Spiel. Hinterher gehen wir in die Schwimmhalle und anschließend ins Kino. Und ich soll nur meine Zahnbürste nicht vergessen, alles andere geht klar. Du kannst mich Sonntagvormittag dann da abholen, hat sie gesagt.«

»Das werde ich, aber es wäre gut, wenn sie dein Fahrrad im Kofferraum mitnehmen könnte. Zu Fuß ist es ziemlich weit. Ich rufe sie heute abend deshalb noch an, okay?«

Jonas saß am Küchentisch mit den Händen tief im Hackfleischteig und formte Frikadellen, während sie die Kartoffeln schälte. Wenn sie ihn erst einmal von Harry Potter oder dem Computer weglocken konnte, machte es ihm eigentlich immer Spaß, zusammen mit ihr zu kochen.

»Warum heißen die eigentlich Frikadellen, Mama? Weil sie Dellen haben, oder weil sie Dellen machen?«

Er lachte über seinen eigenen Witz und versuchte mit seiner klebrigen Hand ihren Bauch anzufassen.

»Dellen? Ich habe doch keine Dellen, mein Lieber. Oder kannst du welche sehen? Ich bin ja wohl die durchtrainierteste Mutter nördlich der Alpen, oder?«

»Du bist schon okay ... Von den anderen haben einige wirklich dicke Mütter. Oder einen dicken Vater ... Karstens Vater hat einen Bauch, der ist so groß wie ein Luftballon, und er keucht die ganze Zeit. Aber Karsten ist auch ziemlich dick. Ich habe ihm gesagt, daß er bestimmt auch mal so fett wird wie sein Vater.«

»Warum hast du das denn gesagt?«

»Weil er mich von der Schaukel geschubst hat, und er hat mir mit dem Ellbogen in den Bauch geboxt. Da habe ich das über seinen Vater gesagt, und dann hat er gesagt: ›Fick dich, Jonas, du hast ja nicht mal einen Vater, du Hurensohn.‹«

Seine Worte versetzten ihr einen Schlag in den Magen. Aber jetzt war sie zu müde. Das Thema mußte auf einen anderen Tag warten, an dem sie es ganz nebenbei zur Sprache bringen konnte.

»Was für ein Quatsch. Hat er das wirklich gesagt? Und was ist dann passiert?«

Sie konnte ihm ansehen, daß da noch mehr war, aber er zögerte und war plötzlich ganz schrecklich mit den Frikadellen beschäftigt.

»Dann ... dann habe ich ihm direkt ins Gesicht geboxt, und dann ist er hingefallen, hat Nasenbluten gekriegt und angefangen zu heulen. Und dann ist Klaus gekommen, unser Lehrer, und hat mich ausgeschimpft. Er war mächtig wütend. Wollte überhaupt nicht hören, daß ich es doch gar nicht war, sondern Karsten, der …«

Jonas' Augen wurden feucht vor lauter Unrechtsgefühl, und er drehte schnell den Kopf weg und schaute aus dem Fenster.

Sie strich ihm über die Haarstoppeln und klopfte ihm auf die Schulter.

»Ach, was soll's, mein Lieber. Das war schon in Ordnung. Und gut, daß du es ihm gegeben hast. So etwas mußt du nicht einfach schlucken. Aber das nächste Mal spielst du eben nicht mit ihm, okay? Wenn er so dumm ist, hat er selber schuld … Bist du bald mit den Frikadellen fertig?«

Sie hatte gerade die Pfanne aufgesetzt, als Lärm von der Hintertreppe zu hören war. Sie riß die Tür auf und sah ein Bein aus der Wohnungstür von Herrn Bergholt herausragen. Sie ging hin, öffnete die Tür ganz und sah ihn auf dem Küchenfußboden liegen. Wäre er ganz bis zur Treppe gekommen, hätte er sie hinunterstürzen können, wie seine Frau.

»Hallo, Herr Bergholt. Alles in Ordnung?«

Der alte Mann sah sie verwundert an, als sie sich über ihn beugte.

»Ja, danke … Ich glaube, ich bin gestolpert. So ein Pech aber auch.«

Dieses Mal redete er deutlicher als letztes Mal, als er die Wohnungstüren verwechselt hatte.

»Haben Sie sich weh getan? Versuchen Sie mal, die Arme und Beine zu bewegen.«

Jonas stand neben ihr und schaute mit erschrockenen Augen auf den Alten, der sich langsam wie eine hilflose Schildkröte aus der Rückenlage aufrappelte. Nina packte ihn unter den Armen und bat Jonas, seine Füße festzuhalten. Er war schwer, aber langsam gelang es ihr, ihn aufzurichten, so daß er an den Küchentisch gestützt stehen konnte.

Er lächelte etwas verwirrt und schüttelte den Kopf.

»Nein, es ist nichts gebrochen. So ein Pech, in seiner eigenen Küche hinzufallen.«

»Ich rufe den Notarzt an, daß er kommt und nach Ihnen sieht. Aber jetzt helfe ich Ihnen erst einmal in den Sessel im Wohnzimmer, ja?«

Herr Bergholt wollte nichts von einem Arzt wissen, aber als sie wieder in ihren eigenen vier Wänden war, rief sie trotzdem den Bereitschaftsdienst an. Und obwohl der diensthabende Arzt von der Idee nicht besonders begeistert war, um diese Uhrzeit einen Hausbesuch zu machen, ließ sie nicht locker. Früher oder später würde der alte Mann ernsthaft zu Schaden kommen. Wie viele mußten sich erst noch das Genick brechen, bevor jemand aufwachte?

Schnell warf sie die Frikadellen in die Pfanne. Sie würden drinnen im Wohnzimmer vor dem Fernseher essen, so war es bei ihnen Tradition am Freitag, wenn die Disneyshow ausgestrahlt wurde.

»Mama ... Hat Herr Bergholt das gleiche wie Großvater? Weißt du, manchmal nennt mich Herr Bergholt auf der Treppe beim falschen Namen, und dann sieht er mir so komisch in die Augen.«

»Manchmal vergißt man plötzlich Sachen, wenn man alt ist. Das ist wie eine Art Krankheit. Auf jeden Fall bei Herrn Bergholt. Wie das bei Großvater ist, weiß ich nicht so recht. Manchmal wirkt er vollkommen geistesabwesend. Dann wieder topfit. Und dann ist es bei Großvater einfach etwas schwieriger als bei Herrn Bergholt. Manchmal läuft er in ganz Nordby herum, so daß Onkel und Tante richtig nach ihm suchen müssen. Aber das hat bestimmt auch was damit zu tun, daß er manchmal zuviel Bier trinkt ... Habt ihr ihn besucht, als ich in London war?«

»Großvater? Ja ... Er saß am Hafen und hat mit ein paar anderen, die ich nicht kannte, Bier getrunken. Hat gesungen, mir einen Fünfziger zugesteckt und mich Tobias genannt. Dann hat Onkel Jørgen ihn nach Hause gefahren und ins Bett gesteckt, glaube ich.«

»Siehst du, wie ich gesagt habe. Es ist dumm von ihm, soviel zu trinken.«

»Warum macht er es dann?«

»Nun ja … Du weißt, daß meine Mutter und mein großer Bruder vor vielen Jahren bei einem Verkehrsunfall ums Leben gekommen sind. So etwas kann sich in einem festsetzen, daß man nie mehr darüber hinwegkommt. Und dann kann es sein, daß Großvater Lust hat, fröhlich zu sein und all das Traurige zu vergessen – und dann trinkt er zu viele Biere. Aber es kann auch andere Gründe haben. Gründe, die ich nicht kenne.«

»Warum besuchen wir ihn eigentlich nie, wenn er doch so traurig ist?«

»Er kommt ja auch nicht und besucht uns, oder? Vielleicht möchte er am liebsten allein sein.«

»Ja, aber Mama, er ist doch dein Vater! Ich finde es schon etwas komisch …«

»Kann schon sein. Die Frikadellen sind gleich fertig. Hast du den Tisch gedeckt, Jonas?«

»Mach ich gleich. Und freitags kriege ich doch immer eine Limonade. Hast du das vergessen? Hast du auch Probleme mit dem Gedächtnis, Mama?«

Die steilen Hügel aus gelblichem Sand ragten hinter ihnen empor, und der kräftige Wind setzte die Baumgipfel in Bewegung, so daß sie wie ein wogender, grüner Pelz aussahen. Manche Bäume bogen sich wie Kranichhälse bis hinunter an die Kliffkante, und einige standen bereits mit freigelegten Wurzeln da und harrten ihres Schicksals, das sie beim nächsten Sturm treffen würde.

Die Marbæk Plantage mit dem Strand, den nackten Steilhängen und dem freien Blick über die Ho-Bucht war einer ihrer Lieblingsplätze. Es war nur so schrecklich weit bis hier, deshalb kam sie meistens nur im Sommer her, wenn sie und Jonas sich Proviant mitnahmen und einen Tagesausflug machten.

Martin zog sich die Kapuze über die Ohren und ergriff ihre Hand, als sie das Wasser erreichten. Sie hatten das Auto oben auf dem Parkplatz abgestellt, von wo aus man durch eine kleine Schlucht im Steilhang an den Strand hinunterkommen konnte.

Jonas wollte zum Hallenfußball und danach bei seinem Freund Kristian übernachten. Martin, der an diesem Wochenende frei von Elternpflichten war, hatte am Vormittag in einem Neubau Fenster eingesetzt, weil er den Zeitplan einhalten mußte, aber den ganzen Nachmittag, den Abend und die Nacht hatten sie für sich. Falls sie sich nicht in die Haare gerieten und alles in einem Riesenstreit endete.

Martin Astrup war nicht der Typ, bei dem es weit vom Gedanken bis zur Tat war. Sie dachte an ihr letztes Gespräch, als sie aus Schottland angerufen hatte und er stinksauer geworden war.

Heute war er vollkommen anders. Sie hatte ihn noch nie so schweigsam erlebt, und sie war überzeugt, daß er etwas ausbrütete. Das war schon im Auto auf dem Weg hierher zu spüren gewesen. Ein wenig oberflächliche Unterhaltung über Wind, Wetter und die Arbeit. Kurze Fragen, kurze Antworten – ein sonderbares Kreisen um Nichtigkeiten.

Ihr gefiel dieses Schweigen nicht. Sie zog den offenen Streit vor. Die Dinge auf den Tisch zu bringen und dann Klartext zu reden. Das konnte anstrengend sein, aber irgendwie machte es auch vieles einfacher.

Sie erwartete die ganz große existentielle Aussprache. Er hatte ja so etwas schon damals am Telefon angedeutet. »Wenn man nichts richtig gemeinsam hat, dann kann man es gleich seinlassen.«

Sie hatte sich nicht besonders darauf gefreut, mit ihm zusammenzusein. Sie war den Gedanken an das, was kommen würde, so leid. Und jetzt sah er aus wie ein Baumstamm, was auch für einen Zimmermann nicht selbstverständlich war.

Sie wollte seine Taktik nicht mitmachen, sich nicht den Tag kaputtmachen lassen von dem Donnerwetter, das da aufzog. Lieber stach sie gleich das Messer in die Wunde.

»Was ist los, Meister? Was brütest du da aus? Du bist doch sonst nicht so mundfaul. Nun spuck's schon aus!«

Sie rief ihre Worte in den Wind und drückte fest seine große Hand. Er wich ihrem Blick aus, mußte aber doch lächeln. Er hatte wohl nicht damit gerechnet daß sie ihm zuvorkommen würde.

»Ausspucken? Glaubst du denn, das ist etwas, das wir in fünf Minuten regeln können, und dann gehen wir zur Tagesordnung über, als wenn nichts passiert wäre? Da irrst du dich aber, Nina. Ich habe nur über ein paar Sachen nachgedacht, während du weg warst. Überlegt, was zum Teufel das Ganze eigentlich soll ... Du verschwindest einfach so mir nichts, dir nichts, ohne einen Ton zu sagen, ohne mir zu erzählen, was du eigentlich treibst. Wenn ich dir nicht mehr bedeute, dann können wir es auch gleich lassen. Man könnte ja glauben, ich wäre einer dieser Taschendiebe, die du eingelocht hast. Und nun kann ich hier sitzen und verrotten, bis die große Kriminalkommissarin Portland bitte schön Zeit hat.«

Er trat wütend nach einem Stein, so daß dieser mit einem Platsch im Wasser landete.

»Und – war's das? Oder kommt noch mehr?«

Das klang provokanter, als sie gewollt hatte.

»Machst du dich lustig über mich? Noch mehr? Das ist ja wohl verdammt noch mal genug. Du bist fast einen Monat weg gewesen, so ungefähr. Zuerst in Estland, dann warst du krank – und dann bist du Hals über Kopf nach London verschwunden. Ganz plötzlich, ohne ein Wort zu sagen ... Wir haben uns ein paar Minuten zwischen Tür und Angel gesehen. Wie findest du es denn selbst, wie es mit uns läuft? Wo ist dein Engagement? Ich kann nichts davon entdecken.«

Sie war sich immer noch unschlüssig, wie sie es anpacken sollte. Im Augenblick hatte sie eigentlich überhaupt keine Lust, die Dinge zu klären. Sie würde viel lieber daheim sein und ihre Ruhe haben. Aber andererseits hatte er schon auch recht.

»Okay, Martin, ich gebe zu, daß in letzter Zeit alles ein bißchen schnell gelaufen ist. Ich hätte dir wegen London Bescheid sagen sollen. Aber daß ich viel um die Ohren habe, ist ja wohl bei mir genauso zu akzeptieren wie bei dir, oder? Und bis jetzt haben wir uns nicht pflichtschuldigst über unser jeweiliges Tun und Lassen im Alltag informiert. Du hast selbst einmal gesagt, daß es für dich nicht so schnell gehen muß. Daß sich die Dinge nach deiner Scheidung nicht gleich wieder überschlagen sollen. Dann kannst du dich doch jetzt nicht hinstellen und dich hier aufspielen, nur weil ich nicht Tag und Nacht zur Verfügung stehe. Du arbeitest teilweise vierzehn bis sechzehn Stunden am Tag. Hast du jemals gehört, daß ich mich beklagt habe? Nein!«

»Das ist ja das Problem. Dir geht es prima ohne mich. Aber ich vermisse dich. Es ist eine Frage des Willens. Und der Bereitschaft, sich einzulassen. Du bist doch gar nicht bereit, dich auf irgend etwas einzulassen! Jedesmal, wenn ich gefragt habe, ob wir nicht zu dritt einmal zum Fußball gehen wollen, weichst du aus und kommst mit irgendeiner dahergeholten Ausrede, von wegen Jonas und so. Ich meine, wir sind doch wohl mittlerweile lange genug zusammen. Und früher oder später wird wieder ein Erwachsener mehr in sein Leben kommen, es sei denn, du willst lieber …«

Er vermied es, den Satz zu beenden, blieb statt dessen in dem feuchten Sand stehen.

»Es sei denn was, Martin?«

»Es sei denn, du willst als alte, alleinstehende Mutter enden, die zu Hause sitzt und wartet, daß ihr überbehüteter Sohn sie besuchen kommt.«

»Als würdest du Sofie nicht beschützen … Ich werde dir sagen, wo wirklich das Problem liegt. Dir paßt es einfach nicht, daß ich bei der Polizei bin. Ich weiß nicht, warum eigentlich. Mir gefällt jedenfalls mein Beruf ausgezeichnet. Ich habe vor, eines Tages Hauptkommissarin zu werden. Und du wirst mich nicht daran hindern. Was bildest du dir eigentlich ein? Anfangs hast du doch auch nicht so auf mir herumgehackt. Akzeptiere meinen Job – oder hau ab!«

Sie fühlte, wie ihr die Hitze in die Wangen stieg, obwohl es schneidend kalt war. Der Schlagabtausch war härter, als sie gewollt hatte. Aber jetzt war die Katze aus dem Sack. Und das war eigentlich nur gut so. Sie konnten nicht auf diese Art und Weise weitermachen.

Martin sah sie mit hochgezogenen Augenbrauen an. Er war überrascht, vielleicht sogar schockiert.

»Gut, dann wollen wir uns diesen Punkt genauer vornehmen.« Er zögerte und suchte nach Worten. Allein das war schon ungewöhnlich.

»Sieh mal, ich habe ja nichts dagegen, daß du Polizeibeamtin bist. Ich denke nur an so einiges, was du mir erzählt hast. Daß es manchmal ein gefährlicher Job ist, bei dem eine Frau eher in Schwierigkeiten geraten kann als ein Mann. Und dann kommst du nach Hause und erzählst, wie du dich in Estland in eine Verbrecherjagd gestürzt hast! Da ist es doch kein Wunder, wenn ich aufbrause. Ich finde einfach, daß du dich unüberlegt verhältst. Aber es tut mir leid, wenn du es so aufgefaßt hast, als würde ich deinen Job nicht respektieren. Wenn ich sauer oder wütend werde, dann liegt es doch nur daran, daß ich mir Sorgen mache, weil mir so viel an dir liegt, verdammt noch mal.«

Das war ein Geständnis der ganz großen Sorte von Martins Seite. Normalerweise drängte sie ihn nicht so in die Defensive. Normalerweise waren sie auf gleicher Basis – auch beim Schlagabtausch.

»Sorgen kann ich nicht gebrauchen. Im Gegenteil, die machen alles nur kaputt. Aber es ist fair, daß du das endlich einmal offen gesagt hast. Wenn es mit uns weitergehen soll, dann mußt du daran noch reichlich arbeiten, Martin.«

»Dazu bin ich bereit. Aber du bist nicht die einzige, die Forderungen stellen darf. Du mußt auch bereit sein, dich einzulassen. Sobald ich dir zu nahekomme, dir zu eifrig werde, ziehst du dich zurück. Und tue ich es nicht, ist das auch nicht in Ordnung. Am Anfang hast du mir vorgeworfen, ich würde nicht genug Interesse zeigen. Aber wir gehen doch nicht mehr auf die Grundschule, oder? Falls wir dabeisein sollten, uns auseinanderzuentwickeln, dann gibt es keinen Grund, das in die Länge zu ziehen … Ich bin inzwischen zu alt für so etwas.«

»Uns auseinanderzuentwickeln? Das habe ich nicht gesagt. Ich habe nur gesagt, daß es auseinanderbröckelt, wenn sich nichts ändert. Kapierst du das nicht?«

Sie holte aus und versetzte ihm einen Schlag auf den Brustkasten, der versöhnlich gemeint war, dafür aber eigentlich zuviel Wut enthielt. Trotzdem blieb er reglos stehen. Es war, als hätte sie in einen Sack Zement geschlagen.

»Nina, um es auf den Punkt zu bringen: Jonas wird damit klarkommen. Entweder du willst mich haben, oder du willst es nicht.«

Sein Tonfall war ruhig geworden. Er schien nicht länger wütend zu sein, eher abgeklärt, wie er dastand und sie fragend ansah.

»Es ist schon okay mit Jonas. Laß uns versuchen, uns zu arrangieren. Wenn du einiges ins Lot bringst, dann tue ich es auch …«

»Komm, laß uns gehen.«

Er ergriff ihre Hand und drückte sie. Schweigend gingen sie hinunter zu dem Streifen von glänzendem Sand, den die Wellen in regelmäßigem Takt überspülten.

Sie fühlte sich gleichzeitig als Sünderin und als Gerettete. Erleichtert, weil alles ausgesprochen war. Bedrückt, weil sie ihm immer noch nicht die Wahrheit über ihre Reisen nach Tallinn und London erzählt hatte. Sie schaute zurück und entdeckte ein Paar, das ein Stück hinter ihnen Hand in Hand ging.

Sie legte ihre Hand auf Martins Arm und blieb stehen. Nur wenige Minuten, dann mußte das Paar hinter ihnen vorbeigegangen sein, es sei denn … Nicht einmal an einem windigen Strand konnte sie es seinlassen, nach Schatten Ausschau zu halten.

»Bist du jemals da drüben gewesen?«

Sie nickte zu der kleinen Insel hinüber, Langli, die wie ein flacher Schatten in der Ho-Bucht lag. Sie war Naturschutzgebiet, und bis auf eine kurze Zeit im Sommer war das Betreten verboten.

»Auf Langli? Nein, leider nicht. Nie. Und du?«

»Ja, Jonas und ich waren letzten Sommer dort. Man kann an einer Reihe von Markierungen entlang hinübergehen. Das ist toll. Und draußen kann man Seehunde beobachten. Aber man muß auf die Zeit achten, damit man nicht zu spät zurückgeht, bevor das Hochwasser kommt. Bei uns wurde es ein bißchen knapp. Jonas mußte bis zum Bauch im Wasser waten. Aber es war trotz allem ein schöner Tag.«

»Wir könnten es im Sommer versuchen, alle drei, wenn du Lust hast.«

»Ja, vielleicht ...«

Sie schaute sich über die Schulter um und konnte sehen, daß das Paar stehengeblieben war und immer noch den gleichen Abstand zu ihnen hielt.

»Wollen wir sehen, daß wir weiterkommen? Wenn wir ganz ans Ende gehen und durch den Wald zurückwollen, dauert das eine Weile.«

Martin trat von einem Fuß auf den anderen.

Sie gingen weiter hinunter zu dem offenen Stück mit der Pfadfinderhütte. Hier gelang es ihr, ihn zu überreden, sich auf eine Bank zu setzen. Offenbar hatten sie es beide geschafft, ihre Wut loszuwerden, und jetzt war die Stimmung entspannter. Sie diskutierten, wer das Abendessen machen sollte. Aber die ganze Zeit behielt sie das Paar im Blick, während es näherkam. Als sie fast auf gleicher Höhe waren, sprang Nina auf.

»Ich möchte eine rauchen, Martin, aber ich habe mein Feuerzeug vergessen. Ich laufe eben hin und frag mal.«

Sie winkte dem Paar zu, das in ihrem Alter zu sein schien, und die beiden blieben stehen.

»Entschuldigung, aber ich habe mein Feuerzeug vergessen. Könnten Sie mir aushelfen?«

»Tut mir leid, ich rauche nicht«, antwortete der Mann, und die Frau fügte spitz hinzu: »Nein, ich auch nicht. Wir sind ja schließlich draußen, um frische Luft zu schnappen, nicht wahr?«

»Dann entschuldigen Sie.«

Nina drehte sich um und lief zurück zu Martin auf seiner Bank. Es waren Dänen, Gott sei dank … Hätten sie auf Englisch oder Deutsch oder gar auf Russisch geantwortet, dann hätte sie sich Gedanken gemacht.

Das Abendessen nahmen sie am Eßtisch ein, mit Kerzen und Blick auf die Vor Frelser-Kirche. Die erhabene Ruhe, die sie ausstrahlte, übertrug sich auf Nina. Zum ersten Mal seit langer Zeit entspannte sie sich.

Als sie von der Marbæk Plantage zurückgekommen waren, hatten sie gemeinsam ein langes, heißes Bad genommen. Das war Martins Idee gewesen. Sie alberten herum, neckten sich, ohne konkreter zu werden.

Er hatte sich rasiert und umgezogen, und sie war in das kleine Schwarze geschlüpft. Das Bad hatte etwas in ihr geweckt, das lange geschlummert hatte. Unter dem Kleid hielt sie eine kleine Überraschung für ihn bereit, und es kribbelte angenehm in ihrem Schoß, wenn sie daran dachte.

Sie war nicht überzeugt davon, daß ihr Gespräch am Strand den absoluten Wendepunkt darstellte. Und sie konnte selbst noch nicht sagen, wie es eigentlich weitergehen sollte. Aber sie wußte, daß sie ihn immer noch sehr, sehr gern mochte. Und sie hatte Lust auf ihn. Aber alles zu seiner Zeit.

Martin konnte gut kochen. Nina hatte darauf bestanden, daß es keinen Fisch gab. Sie haßte Fisch. Dafür servierte er ihr eine spanische Knoblauchsuppe und rosarotes Roastbeef, Mandelkartoffeln und eine dicke Sauce béarnaise. Was ihren Ansprüchen genau entgegenkam.

Sie war für den Salat zuständig, und sie hatten gemütlich zusammen in der Küche gestanden und Rotwein und Bier getrunken, während Johnny Madsen von einer CD erklang. Der Mann von Fanø. Sie kannten ihn beide sogar ein bißchen. Es gab niemanden, der einen fetten Blues besser röhren konnte als Madsen.

»Skål, bist du sicher, daß du nicht probieren willst?«

Er hob sein langstieliges Glas. Er trank gern Rotwein und hatte eine teure Flasche mitgebracht.

»Nein, warum soll ich Rotwein trinken, wenn ich Bier viel lieber mag. Vergiß nicht, ich stamme aus einer Seemannsfamilie ...«

»Ach übrigens, wie geht es deinem Vater?«

»Mal besser, mal schlechter, es ist schon eine Weile her, seit ich ihn besucht habe. Ich bringe es einfach nicht über mich. Manchmal wirkt er total geistesabwesend, dann wieder betrunken, und nur selten will er überhaupt reden – und dann nur kurz. Aber keine großen Gespräche und nie über die Zeit mit meiner Mutter. Wenn sie erwähnt wird, macht er dicht. Nicht einmal meine Tante kann mit ihm über damals sprechen – über den Unfall ...«

»Du warst noch ganz jung damals, nicht wahr? Ich weiß noch, daß mein Vater mir das vor vielen Jahren erzählt hat.«

»Ich war erst zwei. Zu klein, um mitzufahren. Es waren nur meine Mutter und Troels im Auto. Sie wollten nach Kolding. Wäre ich auch dabeigewesen, wäre ich jetzt nicht hier. Meine Tante hat noch einen Zeitungsausschnitt ... Vom Auto war nichts mehr übrig. Mein Bruder starb auf der Stelle, meine Mutter etwas später im Krankenhaus. Ja, und dann ist der Alte auf See geflüchtet. So war die Geschichte. Aber komm, laß uns von etwas anderem reden. Wie geht es deinen Eltern?«

»Gut. Zum Glück sind beide noch vollkommen klar im Kopf. Übrigens hat meine Mutter deinen Vater letztens gesehen. Er brauste davon mit 150 Stundenkilometern und ganz wildem Blick. Sie hat ihn angehalten und gefragt, wo er denn hinwolle. Und rate mal, was er ihr geantwortet hat.«

»Keine Ahnung, Martin, aber sicher irgendwas Verrücktes.«

»Er hat geantwortet, er wolle runter zur Englandfähre. Er solle den Kapitän ablösen, und in einer halben Stunde gehe es nach Harwich! Er hatte in jeder Jackentasche ein Bier stekken ...«

»Wundert mich gar nicht. Das ist wahrscheinlich das Schlimmste. Meine Tante hat schon ein paarmal vorsichtig angedeutet, ob er nicht lieber in ein Altersheim oder so etwas wie Betreutes

Wohnen ziehen will. Aber es passiert nichts. Wenn er seine klaren Momente hat und die Lunte riecht, dann ist er der mächtige Kapitän Portland von den sieben Weltmeeren, der meine Tante und meinen Onkel herunterputzt, als wären sie Schiffsjungen. Was soll man tun? Ich weiß es auch nicht … Ich kann nicht sagen, was mit ihm los ist.«

Sie lehnte sich zurück und zündete sich eine Zigarette an. An so einem Abend herrschte in der ganzen Wohnung eine Ausnahmeregelung. Morgen konnte sie ja lüften. Sie schüttelte schweigend den Kopf.

»Mit meinem Flurnachbarn ist es das gleiche. Seine Frau ist die Treppe hinuntergefallen und dabei umgekommen, während ich in Estland war. Und jetzt schlurft der Arme da drinnen verwirrt herum und weiß nicht, wo oben und wo unten ist. Gestern abend kam Lärm aus seiner Küche, und Jonas und ich haben ihn auf dem Boden liegend gefunden, vollkommen hilflos. Was zum Teufel ist das für ein Wohlfahrtsstaat, der sich nicht einmal um die Alten kümmert? ›So lange wie möglich in den eigenen vier Wänden‹, so hieß es doch immer. Ja, aber hallo! Sieht man ja, was dabei rauskommt. Bald wird es heißen ›So lange wie möglich im eigenen Bett‹. Dann können sie an den Krankenhäusern sparen, die sie doch sowieso nicht finanzieren können, und kommen dann gleich mit dem Leichenwagen. Und irgendwann sind wir auch dran. Warte es nur ab. Eines Tages wachen wir auf, und sie haben uns über Nacht unsere Rente geklaut. Ich kann diese Politiker nicht ausstehen. Prost! Wollen wir einen Kaffee trinken?«

»Das mache ich schon. Bleib du nur sitzen.«

»Hmm, das nenne ich einen wahren Zimmerermeister.«

Sie hörte, wie er in der Küche herumwirtschaftete, stand auf und trat an das große Fenster mit Blick auf die Kirche. Sie stellte sich mit leicht gespreizten Beinen an die Fensterbank, legte die Ellbogen darauf. Sie hatte keinen Slip an. Sie konnte hören, wie er mit dem Kaffee über den Flur kam und zog langsam das Kleid höher.

»Nina, ich will nur eben …«

Ein Keuchen war zu hören, und sie konnte in der Fensterscheibe sehen, wie er in der Türöffnung stehenblieb. Sie beugte sich noch weiter vor, drehte nicht den Kopf, flüsterte nur.

»Setz dich aufs Sofa, Martin …«

London und das ganze Großstadttreiben erfüllte Sir Walter Draycott mit Unbehagen. Es war ein Gefühl, das sich im Laufe der Jahre eingeschlichen hatte. Vielleicht, weil der Kontrast zu Kyleakin so extrem war. Das konnte auf lange Zeit nicht gutgehen. In den ersten Jahren nach Helens Tod war es kein Problem, hin und her zu wechseln. Das war, als Heather und ihr Mann noch die Farm in Zimbabwe betrieben. In jenen Jahren hatte er sich sogar die meiste Zeit in der Wohnung im Sovereign Court aufgehalten.

London hatte ihm das Gefühl gegeben, mitten im Leben zu stehen, immer noch in der Diplomatie verankert zu sein. Er hatte gespürt, daß die strenge Diskretion und die vielen Kontakte in dem weitverzweigten Netz genau die Nahrung waren, auf die er nicht verzichten konnte, und daß Anfragen, ob er bereit wäre, dieser oder jener speziellen Beratergruppe anzugehören, willkommene Schmeicheleien waren, die er nicht missen wollte, auch wenn er die Angebote stets ablehnte.

Während er dastand und auf die Straße mit ihren regennassen Lichtern hinunterschaute, fragte er sich, warum er eigentlich erst jetzt das Band durchschnitt und sich von dieser Kensington-Reminiszenz trennte. Aber mein Gott, schließlich war er »die weiße Eminenz«. So hatten sie ihn jedenfalls noch vor ein paar Jahren genannt, wie ihm zu Ohren gekommen war. Anerkennung war immer ein schönes Reisegepäck. Vielleicht war es deshalb so schwer gewesen, das hier über Bord zu werfen.

Sowohl unter seinen eigenen Leuten in Vauxhall Cross als auch drüben »in der Familie« im Thames House war es ein weitverbreiteter Irrtum gewesen, daß mehrere die Schuld am Scheitern der »Operation Terra Nova« trugen. Daß es nicht einzig und allein Sir Walter Draycotts Fehler war. Er war nur der einzige, der die Konsequenzen daraus zog, und diese Art von selbstgewähltem Abschied zog gern Mythen nach sich. Er war zu einer verehrten Person geworden, von der man heute noch sprach. Boxer sollten als Champions aufhören, um im Nachruhm weiterzuleben. Sir Walter Draycott hatte es genauso gehalten.

Nein, bei Gott, das hatte er nicht. Sie irrten sich, alle zusammen.

Er hätte die Autorität gehabt, die »Operation Terra Nova« bereits im Keim zu ersticken. Er hatte es nur nicht getan. Deshalb mußte er seinen Abschied nehmen. Und dennoch, er hatte es lange hinausgeschoben. War das ein Zeichen der Angst, vergessen zu werden? Vielleicht ... Um so erleichterter war er bei dem Gedanken, daß er sich selbst entlarvt hatte. Er hatte immer noch ein paar schöne Jahre vor sich, und die wollte er in Südafrika verbringen, nahe bei denen, für die er bisher viel zuwenig Zeit gehabt hatte.

Er stellte seine Teetasse auf die Fensterbank. Lieber hätte er einen Kaffee getrunken, aber die Dose war leer. Molly lag schlafend auf dem Sofa. London war kein Ort für einen Hund, aber sie war ihm brav an der Leine gefolgt, als er sich mit Stilwell in der Black Lion Gate traf. Alex Stilwell war einer der wenigen früheren Mitarbeiter, zu denen er immer noch sporadisch Kontakt hatte. Er hatte ihn damals selbst für den leitenden Posten empfohlen, den er mittlerweile innehatte.

Stilwell bestätigte, daß »Operation Terra Nova« wieder reaktiviert worden war – wiederum als Kooperationsprojekt quer über die Themse, aber dieses Mal mit Six am Ruder. Die Initiative war vom Thames House ausgegangen, angeblich hatte Gordon Ballard seinen früheren Chef dazu gebracht, und anschließend war von Vauxhall Cross grünes Licht gegeben worden, weil die Perspektiven vielversprechend aussahen. Ob der Beschluß bis zu »C« hinaufgelangt war, das wußte er nicht, aber es war sehr wahrscheinlich.

Sir Walter Draycott nippte an seinem Tee. Der war in der Zwischenzeit, während er sich in der Vergangenheit verloren und über weitere Schachzüge in der Gegenwart spekuliert hatte, kalt geworden. Er rief sich jedes einzelne Wort aus dem Gespräch mit Stilwell wieder ins Gedächtnis. Einige der Beteiligten kannte er, andere waren erst später hinzugekommen und sagten ihm nichts.

Während seiner vielen Aufenthalte in Südafrika war er auf Safari gegangen, sooft er konnte. Der Moment, wenn er nah genug herangekommen war, das perfekte Motiv im Sucher hatte und das Klicken des Auslösers hörte, war befriedigend wie nichts sonst. Das Foto war die Trophäe. Der Lohn der Geduld, genau wie bei seiner Arbeit viele Jahre hindurch.

Der Masterplan hinter der neuen »Operation Terra Nova« konnte ganz einfach zusammengefaßt werden. Es war das gleiche Prinzip wie bei der Jagd, wenn ein Ziegenkitz an einen Pfahl gebunden wurde und die Jäger im Versteck warteten. Die dänische Kriminalkommissarin, Nina Portland, war der Köder, der den Löwen hervorlocken sollte.

Alles klang genauso riskant, wie er befürchtet hatte. Es ging darum, eine Kettenreaktion zu provozieren in einem unüberschaubaren System, bevölkert von Akteuren, deren Denken und Handeln vollkommen anders war als das der Provokateure.

Auch wenn die Operation einen neuen Namen bekommen hatte und jetzt »Operation Blue Sky« hieß, weil durch sie der Himmel wieder blau werden sollte, und obwohl sich Motiv und Perspektive radikal geändert hatten, wurde die Partie immer noch mit den gleichen Steinchen gespielt, nur daß er sie nicht mehr selbst zog. Wenn es schiefging, war Nina Portland nur ein winziger Verlust auf dem Weg zum Riesengewinn.

Er ging in die Küche und schenkte sich eine neue Tasse Tee ein. Er war immer noch nicht bis zum nächsten Zug gekommen. Vielleicht hatten sie ihn ja früher »die weiße Eminenz« genannt, aber das war lange her, und kein Mensch mit klarem Verstand marschierte einfach zum Haupteingang von Vauxhall Cross und klopfte an.

Er hatte begonnen, einzupacken. Es war für alle Beteiligten am besten, wenn die Wohnung so schnell wie möglich geräumt war. Einiges konnte nach Schottland gebracht werden, wenn er dort ein neues Revier außerhalb der Reichweite der Touristen fand, ein Ort mit Wasser und Weite. Der Rest konnte nach Simons Town verschifft werden, das in Zukunft sein Hauptaufenthaltsort sein sollte.

Auf dem Weg ins Wohnzimmer nahm er vorsichtig den alten viktorianischen Spiegel aus dem Flur mit. Helen hatte ihn gleich nach ihrer Hochzeit vor einem halben Menschenalter gekauft, und jetzt sollte Heather ihn erben. Er mußte gut darauf aufpassen und ihn sehr sorgfältig einpacken.

Das Spiegelbild drängte sich ihm auf, als er ihn zu den Umzugskartons trug. Gehörte dieses hohlwangige Gesicht wirklich ihm?

»Die weiße Eminenz …« Das war nicht so ganz aus der Luft gegriffen. Sein Haar hatte zwar nicht die Farbe innerhalb einer Nacht verloren, so wie in einigen Horrorgeschichten, aber doch ziemlich plötzlich ab einem ganz bestimmten Zeitpunkt, den er nie vergessen würde. Das war der 18. November 1975 in Berlin, als der Maulwurf hervorkam und auf der anderen Seite untertauchte, bevor sie reagieren konnten. Die Nacht, in der er innerhalb weniger Stunden vier Agenten an Markus Wolf und dessen Stasi verlor. Wäre der Maulwurf geblieben, hätte Wolf ihn gegen ihn benutzen können. Statt dessen verschwanden sie alle vier. Von der Nacht an färbte sich sein Haar von braun in weiß. Unglaublich, aber wahr …

Die Bücherregale waren leer, die Wände waren leer, die Vitrinen waren leer. Es war ein anderer Klang im Raum, wenn er über das Parkett ging, ein angenehmer Klang nach Aufbruch. Das würde der letzte in einer langen Reihe von Aufbrüchen sein.

Er ließ sich schwer ins Sofa neben Molly sinken. Sie wedelte leicht mit dem Schwanz, als er sie hinter einem Ohr kraulte. Helen hätte Molly sicher geliebt. Sie folgte ihm genausotreu, wie seine Frau es von Land zu Land getan hatte. Helen starb in dem Jahr, als sie zurück nach London kamen, im Januar 1992. Er hatte viele Jahre gebraucht, um diesen Verlust zu überwinden. Das heißt, eigentlich hatte er ihn nie verwunden.

Während er herumlief und ihre gemeinsamen Dinge einpackte, überfielen ihn die Erinnerungen. Sie liebte Leningrad, wie es damals hieß, und sie hatten die Stadt einige Male besucht. Helen konnte stundenlang im Winterpalast oder draußen bei den goldenen Fontänen des Großen Palais an der Finnischen Bucht herumlaufen, und sie hatte sich auch in Moskau außerordentlich wohl gefühlt, wo sie eine fleißige Besucherin der vielen Museen war. Alles war gut, bis der Krebs sie in seine Klauen bekam und innerhalb weniger Monate auffraß.

Es war in vielerlei Hinsicht ein letzter Wendepunkt. Das uralte Gemälde vom Brandenburger Tor erinnerte ihn an 1989, als der Fall der Mauer Schockwellen durch die Welt sandte. Und als sie Moskau verließen, war das Unglaubliche erneut geschehen. Die Sowjetunion war kollabiert, während sie wieder sprachlos zuschauten.

Mittlerweile war er in der Lage, das Ganze eher analytisch zu betrachten. Wie er jetzt hier saß, neben Molly in der Stunde des Aufbruchs, tat der Gedanke nicht mehr weh – er war desillusioniert worden ...

Das Wort bezeichnete besser als jedes andere seine seelische Verfassung, als er nach England heimkehrte. Er war vollkommen fertig gewesen. Innerlich leer. Von Sorgen gebeugt. Nur mit dem einzigen Ziel, den nächsten Tag zu überstehen, nach einem Abend in einer Wohnung, die nur der Abglanz eines Zuhauses war, und einer Nacht allein in einem Bett, in dem sie 24 Jahre lang zu zweit gelegen hatten.

Alle waren damals desillusioniert gewesen, aber das war kein Grund, daß er, Sir Walter Draycott, es auch war.

Es fing an mit den ersten Zeichen einer Auflösung im Ostblock – Polen, Lech Walesa und Solidarnosç. Der Fall der Berliner Mauer beschleunigte das ganze einige Jahre später, und Jelzin oben auf dem Panzer und der Zusammenbruch der alten Sowjetunion markierten das Ende einer Ära. Von November 1989 bis zum Dezember 1991 brannte die Erde, auf der sie gestanden hatten.

Genau betrachtet war er nicht aus diplomatischem Holz geschnitzt, eher vom kalten Krieg geformt und erzogen worden. Weshalb er genau wie alle anderen in ein Vakuum fiel. Denn wo war jetzt der Feind, als sie eines Tages aufwachten und es keine UdSSR mehr gab? Worin bestand ihre Existenzberechtigung?

Überall zeigten sich unter den Beteiligten die gleichen Reaktionen. CIA, die Vettern in The Company, landeten im gleichen schwarzen Loch. Die gewohnten Rahmenbedingungen waren weg. Die eingeschliffenen Gewohnheiten, Gedanken und Handlungsmuster, die alles in allem eine Sicherheit auch noch im hintersten Winkel der Dienste geschaffen hatten, waren alle verschwunden.

Wenn er sich selbst so zuhörte, klang das nach einer ziemlichen Glorifizierung, aber so war das gar nicht gemeint. Was die wahre Welt außerhalb der Mauern einfach nicht verstand, waren die speziellen Regeln, auf denen das Spiel basierte. Ein Kodex, nach dem diese ewige Jagd und der Austausch von Informationen funktionierte.

Hatte er auf seinen vielen verschiedenen Außenposten nicht oft einen Deal mit dem Feind gemacht? Ja, natürlich.

Man spielte Karten mit denjenigen, die nun einmal am Tisch saßen. Ein paar Informationen für die Russen, oder wer immer es nun sein mochte, zum richtigen Zeitpunkt am richtigen Ort lanciert, konnte ihnen Einblick verschaffen und Handlungen abwenden, die schlimme Konsequenzen gehabt hätten.

Es waren die Informationen, die die Gegner während des kalten Krieges in Schach hielten. Informationen waren der Zement, der verhinderte, daß die Mauern einstürzten. Genau damit hatte er sich in all den Jahren zusammen mit den Ungarn, Polen, Jugoslawen, Deutschen und Russen beschäftigt. Er war ein Handwerksmeister gewesen, der hier Lücken schuf – und dort andere stopfte. Niemand wußte es, niemand bemerkte es, aber die Welt blieb in den Fugen, selbst während der schlimmsten Krisen.

Dann kam das schwarze Loch. Und sie fielen rücklings hinein, alle zusammen.

Aus diesem schwarzen Loch heraus wurde die »Operation Terra Nova« geboren. Die »Operation Neues Land« … nichts anderes als eine Tarnoperation, um die eigene Haut zu retten, ausgeführt von *agents provocateurs*, wie erbärmlich …

Die Operation sei reine Notwehr, behaupteten ihre Verteidiger, und er hatte ihnen nicht widersprochen. Er hatte keine Kraft dafür gehabt. Er war ein armseliger Ritter mit einer Lanze aus weichem Lakritz.

Er spürte Mollys feuchte Schnauze, die eifrig seine Hand anstupste. Sie hatte recht. Es gab keinen Grund, sich so gehenzulassen. Vielleicht hätte er »C« werden können? Der Chef des Geheimdienstes, der zu allen Zeiten mit einem »C« in grüner Tinte unterschrieb. Eine Tradition, die aus Respekt vor dem Gründer Sir Mansfield Cumming, dem ursprünglichen »C«, weitergeführt wurde.

Gut, daß es nicht so gekommen war. Der alte »C« hätte sich bei der Vorstellung, daß ein desillusionierter Ritter seinen Platz einnehmen könnte, im Grabe umgedreht.

Er warf die Stoffpuppe in die hinterste Ecke und sagte: »Apport«. Molly flog fast über den Couchtisch und rutschte die letzten Meter über den glatten Boden, bevor sie die Beute schnappte und stolz mit ihr zurückkam, um sie ihrem Herrn vor die Füße zu legen. Sie war nicht umsonst ein englischer Jagdhund.

Er mußte weitermachen. Es gab noch mehrere Räume, die ausgeräumt werden mußten, bevor er sich in ein paar Stunden mit einer anderen MI6-Quelle treffen wollte. Der dritte und letzte Kontakt mußte um ein paar Tage verschoben werden. Das war McPherson vom Thames House, aber der war im Ausland. Es war auch wichtig zu erfahren, wie groß die Rolle war, die Five bei der Operation spielte, und wem sie in diesem Fall die Aufgabe übertrugen.

Erst wenn er alle Spieler genau kannte, konnte er entscheiden, ob er sich mit ihnen an den Tisch setzte – ein letztes Mal. Er selbst hatte die Aussicht auf einen erklecklichen Gewinn. Wenn das Spiel richtig gespielt wurde, wohlgemerkt.

15

Es lichtete sich. Nach dem Chaos folgte Stille. So mußte es sein, und so empfand sie es auch, als sie nach einem ruhigen Tag hinter dem Schreibtisch ihr Fahrrad im Hinterhof aufschloß. Gerade als sie das Rad vom Ständer nahm, bog ein Streifenwagen ein, und die beiden Kollegen vom Bereitschaftsdienst grüßten, als sie vorbeirollten. Nein, ausnahmsweise einmal wollte sie bis zur Kirkegade schieben.

Sie bog ab in die Frodesgade, ging am Rathaus vorbei, überquerte die Straße und folgte dann der Torvegade. Jonas war wie immer beim Fußball. Er kam erst gegen sechs Uhr nach Hause, also konnte sie es genießen, soviel Zeit für sich zu haben. Einfach herumbummeln und die Weihnachtsdekoration in den Straßen anschauen, etwas, das sie noch gar nicht bewußt registriert hatte, obwohl der Schmuck doch schon eine ganze Weile hing.

Die Torvegade war geschmackvoll dekoriert. Sterne, Lichterketten und Girlanden hatten erst ab heute, dem 1. Dezember, so richtig Sinn. »Weihnachten ist das Fest der Herzen.« Das hatte Astrid immer gesagt, es hörte sich an wie aus einer Familienzeitschrift. Sie war zuständig dafür, das kleine Haus in Sønderho zu schmücken, immer am 1. Dezember und immer mit Jørgen in der Rolle des wohlwollenden Betrachters, der das Resultat von seinem Sessel in der Ecke aus bewertete, in dem er jeden Abend zubrachte, mit der Pfeife in Reichweite und umgeben von einer kräftig duftenden Tabakwolke.

Vielleicht war es wirklich das Fest der Herzen? Jonas hatte freudestrahlend das erste Päckchen an dem alten Kalender geöffnet, den Astrid einst für Nina gebastelt hatte und der jetzt ihm gehörte. Sie waren rechtzeitig aufgestanden und hatten es sich mit warmem Kakao in Bademantel und Pantoffeln in der Küche gemütlich gemacht. Zuerst Dickmilch, dann eine Tasse warmer Kakao. Doch, es lichtete sich …

Der ganze lange Tag zusammen mit Martin hatte auch dazu beigetragen. Nach dem Streit am Strand waren der restliche Tag, der Abend und die Nacht ganz okay gewesen.

Inzwischen sah sie alles in etwas rosigerem Licht. Sie hatten sich geliebt, hatten herumgealbert und waren wieder ernst geworden. Sie hatten Wein und Bier mit ins Bett genommen, und zum Schluß war sie in einen tiefen Schlaf versunken, mit dem Kopf auf seiner Brust, nachdem sie vereinbart hatten, daß er am Freitag kommen und Jonas kennenlernen sollte, und dann würden sie zu dritt ins Kino gehen. Wenn sie es genauer betrachtete, hatte sie sich ein wenig mitreißen lassen, und sie war auch nicht mehr so ganz nüchtern gewesen. Aber auf jeden Fall war das nun abgemacht. Vielleicht kam ja etwas Gutes dabei heraus. Der Junge sollte auf jeden Fall nicht in Watte gepackt werden.

Jetzt war sie wieder gesund, ausgeruht und ganz die alte. Sie bereute nichts, weder Estland noch London. Wenn nur diese Zweifel und Fragen, die sie fast jede Nacht quälten, nicht so entsetzlich an ihren Kräften gezerrt hätten.

Am Zebrastreifen gegenüber vom Markt blieb sie stehen. Sie konnte die wenigen Meter die Skolegade hinunter nach Hause gehen, oder aber den Markt überqueren, durch die Fußgängerstraße gehen und dabei gleich einkaufen. Aber warum sich hetzen? Sie entschied sich für eine dritte Möglichkeit, ging ins Café, wo sie eine Tasse schwarzen Kaffee bestellte und sich draußen an einen Tisch unter der Markise setzte.

Der Marktplatz hatte wieder seinen Weihnachtsbaum bekommen, in einer Größe, die zu dem schönsten Platz der Stadt paßte. In der Mitte saß Christian IX. hoch zu Roß und schaute über die Pflastersteine, die ihm sicher besser gefielen als der häßliche Asphalt früherer Zeiten. Im letzten Jahr war viel passiert. Der Markt war jetzt fast so etwas wie eine Oase, und die alte Tabakfabrik hinten an der Eisenbahn hatte schon vor langer Zeit ihren

Hinterhof mit Glas überdacht und sich in eine wunderbare Musikszene verwandelt. Wer hätte je damit gerechnet?

Der Kaffee war gut, sie zündete sich eine Zigarette an, lehnte sich zufrieden auf ihrem Stuhl zurück und schaute den Leuten zu, die an ihr vorbeigingen.

»Hallo, Frau Portland!«

Ein Mädchen sauste auf Inlineskates vorbei, winkte ihr mit einem gelben Handschuh zu. Das war Britt, ein Mädchen aus Jonas' Klasse. Sie konnte gerade noch ihren Gruß erwidern. Dann war sie weg.

Bei mir läuft es wieder. Ich kann mit meinem Fahrrad den Bürgersteig entlanggehen, mir die Weihnachtsdekoration und die Schaufenster ansehen, stehenbleiben und Leute begrüßen, die ich kenne, ohne mich über die Schulter umzugucken.

Meine Augen sind keine Scanner mehr, die jedes Detail registrieren. Meine Augen gucken ganz normal in die Gegend. Ich bin einfach nur Nina Portland, Kriminalkommissarin, Mensch und Mutter, Kirkegade 23, 1. Stock rechts. Und bald ist Weihnachten. Und ich habe nur ein Ziel: Daß jeder Tag ganz bewußt abläuft. Wir werden früh aufstehen und in Zeitlupe anfangen, genau wie heute. Wir werden uns den Weihnachtskalender im Fernsehen anschauen, wir werden Kekse backen, und wir werden rechtzeitig ins Bett gehen, damit sich das alles immer und immer wiederholen kann, während die Adventskerze herunterbrennt.

Ja, liebe Astrid, Weihnachten ist wirklich das Fest der Herzen.

Sie kaufte unten bei Føtex in dem Gewühle ein, wo die Schlangen um Feierabend herum immer länger wurden. Sie hatte an alles gedacht. Es sollte thailändisches Hähnchen mit Reis geben. Das hatte sie Jonas versprochen, genau wie sie ihm geschworen hatte, daß sie einen neuen Versuch mit Stäbchen starten würden. Er sollte für das Fleisch zuständig sein, während sie sich um den Rest kümmerte. Er würde einen Berg essen, wenn auch wahrscheinlich mit der Gabel. Er aß immer wie ein Scheunendrescher, wenn er vom Fußball kam.

Zlatan und einer seiner Helfer winkten ihr lächelnd zu, als sie an seiner beschlagenen Scheibe vorbeiging, mit reinem Gewissen und dem festen Vorsatz, daß es den ganzen Dezember über nicht ein einziges Mal Fastfood oder Pizza geben würde. Sie schleppte die Einkaufstüten die Treppe hinauf, und erst als sie den Schlüssel hervorholen wollte, sah sie es – ihre Wohnungstür stand einen Spalt offen.

Vorsichtig stellte sie die Tüten ab, blieb stehen und lauschte. Es klang merkwürdig, wie ein leises Stöhnen. Sie zog den Reißverschluß ihrer Jacke auf und zog die Dienstpistole aus dem Schulterhalfter. Dann schob sie vorsichtig die Tür auf und schlich hinein.

Sie drückte sich an die Wand neben der Gegensprechanlage und blieb dort stehen. Das Geräusch kam aus dem Wohnzimmer, dessen Tür angelehnt war. Sie trat einen Schritt vor, hielt die Pistole dabei mit beiden Händen und vorgestreckten Armen.

Der Flur war leer. Aus der Küche und aus Jonas' Zimmer drang kein Geräusch. Sie schob die Tür zum Schlafzimmer auf. Auch das war leer, aber alles lag in einem heillosen Durcheinander herum.

Blieb nur noch das Wohnzimmer. Zentimeter um Zentimeter öffnete sie die Tür. Dann sprang sie hinein, die Pistole im Anschlag. Eine Gestalt lag auf dem Boden, in einer verdrehten Stellung vor der Kommode. Sie sah aus wie … Ja, das war Bent, Bent Majgaard, mein Gott. Jetzt bewegte er sich und stöhnte erneut.

»Oh, Scheiße! Bent! Was ist passiert?«

Sie steckte die Pistole weg und kniete sich neben ihren treuen Freund und Nachbarn.

»Bist du okay?«

Sie berührte vorsichtig seine Schulter, und er drehte sich halb auf den Fußbodendielen herum.

Er blieb so liegen, stöhnte wieder und sah sie mit verzweifelten Augen an, dann irrte sein Blick in verschiedene Richtungen.

Sie entdeckte seine Brille, die bei der Heizung lag, und setzte sie ihm vorsichtig auf. Bent schüttelte sachte den Kopf, als müsse er den Blick wieder zurechtschieben, nachdem er zu sich gekommen war.

»Nina … ich wollte nur …«

Er sah sie verwundert an.

»Bleib einfach liegen, Bent. Versuche festzustellen, ob etwas gebrochen ist.«

Sie half ihm in eine sitzende Stellung auf. Erst jetzt entdeckte sie, daß sein Nackenhaar blutverklebt war und er eine klaffende Wunde am Hinterkopf hatte. Er führte seine Hand an die Stelle und betastete sie. Dann starrte er verwundert auf seine rotgefärbten Finger.

»Willst du ins Krankenhaus? Soll ich einen Krankenwagen rufen?«

Bent schüttelte leicht den Kopf, und sie beugte sich über ihn, um sich die Wunde genauer anzusehen. Sie war nicht sehr breit, aber sie konnte nicht feststellen, wie tief, weil der Bereich zu einer gigantischen Beule angeschwollen war.

»Das geht so nicht, Bent. Wir müssen zur Notaufnahme und dich untersuchen lassen. Wir nehmen ein Taxi. Aber jetzt sag mir erst einmal – was ist denn hier nur passiert? Die ganze Wohnung sieht ja aus wie eine Müllhalde.«

Das Wohnzimmer war durchwühlt, das Schlafzimmer war durchwühlt und die Küche ebenso, wie sie feststellte, als sie ein Glas Wasser für den armen Kerl holte. Selbst Jonas' Zimmer sah aus, als wäre ein Tornado durchgefegt.

»Oh, verdammt, das ist ja eine schöne Beule. Was passiert ist? Ich habe Lärm aus deiner Wohnung gehört, Nina, und das fand ich merkwürdig. Du warst doch zum Dienst. Also bin ich auf den Flur gegangen. Die Tür war zu, aber da ging etwas Merkwürdiges vor sich, das konnte ich hören. Es war nicht abgeschlossen, also bin ich reingegangen. In deinem Schlafzimmer stand ein Mann und wühlte in irgend etwas herum. Leider hat er mich gesehen, da habe ich versucht, ins Wohnzimmer zu fliehen.

Er war ziemlich groß und breit, ich kann dir sagen … Er hat mich gepackt, und wir sind beide zu Boden gegangen. Dann hat er mich geschlagen. Und … ja, und dann kann ich mich an nichts mehr erinnern.«

Sie hörte schnelle Schritte draußen auf der Treppe, und kurz darauf stand Jonas in der Tür. Er lächelte und hob einen eifrigen Zeigefinger.

»Hallo, Mama. Vergiß nicht, daß wir mit Stäbchen essen wollen!«

Sie saßen zusammen am Küchentisch, alle drei, jeder mit einer Pizza von Zlatan vor sich. Bent hatte einen Verband um den Kopf, damit die Kompresse fest auf der Wunde blieb. Er hatte immerhin mit sechs Stichen genäht werden müssen. Die Verletzung war ziemlich tief, hatte der Arzt in der Notaufnahme gesagt.

Bent war brav bei der Erklärung geblieben, die sie unterwegs im Taxi abgesprochen hatten: Daß er gerade mit dem Kopf im Motorraum seines Autos steckte, als die Kühlerhaube herunterfiel und eine scharfe Kante ihn am Hinterkopf traf. Der Arzt, der es schrecklich eilig hatte, nickte nur und machte sich daran, ihn möglichst schnell zu versorgen. Vielleicht hatte Bent eine kleine Gehirnerschütterung, er sollte lieber im Bett bleiben und sich den Wecker alle zwei Stunden stellen, falls er niemanden hätte, der im Laufe der Nacht nach ihm sehen konnte.

»Willst du noch ein Bier, Bent?«

In Rekordzeit hatte er das erste hinuntergekippt, noch bevor er sich über die Pizza hermachte. Er nickte, und Nina stand auf und öffnete den Kühlschrank.

»Krieg ich keine Limonade, Mama?«

Jonas saß mit einem Glas Wasser da und stopfte die Pizza in sich hinein. Er fand alles ungemein spannend und lief immer wieder ans Fenster, um nach den Einbrechern Ausschau zu halten. Er war gleich seine kostbarsten Schätze durchgegangen, nachdem sie aus der Unfallstation zurückgekommen waren, und abgesehen von einem fürchterlichen Durcheinander war offenbar alles noch so, wie es sein sollte. Selbst die Fußballmedaillen an der Pinnwand hatte der Dieb hängenlassen.

»Mama, willst du das nicht der Polizei melden?«

»Warum sollte ich, Jonas? Die Polizei – das bin ja ich. Auch bei Polizisten wird mal eingebrochen. Woher sollte der Dieb auch wissen, daß hier eine Polizeibeamtin wohnt?«

Jonas nickte nachdenklich und nahm einen Schluck Limonade.

»Was meinst du, wer das war?«

»Keine Ahnung, mein Schatz. Vor Weihnachten gibt es immer viele Einbrüche. Die Einbrecher brauchen auch Geld für Weihnachten. Es könnte ein Drogenabhängiger gewesen sein. Die müssen sich irgendwie Geld beschaffen, weil sie eben drogenabhängig sind, denn wenn sie keinen Stoff kriegen, geht es ihnen schlecht.«

»Aber du hast deine Pistole mit nach Hause genommen. Glaubst du, er kommt zurück?«

»Nein, keine Sorge, Jonas. Ich habe sie nur mitgenommen, weil ich vergessen hatte, sie in den Waffenschrank zu legen.«

Jonas kannte die Regeln bei der Kripo ganz genau. Man durfte seine Waffe mit nach Hause nehmen, wenn man sich bedroht fühlte. Das war bisher nur selten vorgekommen. Seit sie konsequent die Pistole mitnahm, hatte sie dafür gesorgt, sie immer gut zu verstecken, damit er sie nicht entdeckte.

Jonas nickte und sah Bent an, der auch nickte.

»Als deine Mutter nach Hause kam, konnte sie doch gar nicht wissen, daß mich ein Dieb zu Boden geschlagen hatte, stimmt's? Nein, keine Sorge, der kommt nicht zurück.«

Bent lächelte und knuffte Jonas freundschaftlich in die Seite. Ihr lieber Nachbar hatte offenbar ihre Erklärung geschluckt, daß sie die Sache lieber allein regeln wollte. Das hatte sie ihm zugeflüstert, als sie in der Notaufnahme gewartet hatten. »Wenn ich das offiziell melde, rennen mir meine Kollegen die Bude ein und stellen dumme Fragen. Darauf habe ich keine Lust, Bent.

Außerdem müssen wir uns im Augenblick um jede Menge Einbrüche kümmern, und je näher Weihnachten rückt, um so mehr werden es.«

Bent erklärte, daß er das nur zu gut verstehe. Er hatte in der Zeitung gelesen, daß die Einbrecher im Moment Hochkonjunktur hatten. Seine Mission war es nur, als guter Nachbar auf sie aufzupassen, denn eine alleinstehende Polizeibeamtin konnte eine helfende Hand sicher gut gebrauchen.

»Pizza backen, das kann Zlatan, daran gibt es keinen Zweifel, aber der ganze Schuppen stinkt bis in meine Wohnung hoch. Ich überlege immer wieder, ob ich das nicht dem Hausbesitzer melden soll. Was meinst du, Nina?«

Bent schaute fragend von seinem Teller auf.

»Ich finde, du solltest ihm ein bißchen Zeit geben, Bent. Ich kann ihm ja sagen, daß er sich eine Absauganlage besorgen soll, was meinst du? Er ist der fleißigste Mann der Welt, und nach allem, was er und seine Familie durchgemacht haben, finde ich, du solltest ihm eine Chance geben.«

»Na gut, wenn du meinst … Ich gebe ihm einen Monat Zeit, aber dann muß er das geregelt haben. Danke für Pizza und Bier. Ich glaube, ich gehe jetzt zu mir rüber und leg mich ins Bett.«

»Tu das, und vielen Dank für deine Hilfe.«

»Na, so recht geholfen hat es ja nicht, oder? Ich hätte ihm in die Eier treten sollen, dann hätte ich ihn packen können. Na ja, hinterher ist man immer schlauer. Bis bald, meine Lieben.«

»Ja, bis bald. Ich werde heute nacht ab und zu bei dir reinschauen. Du hast einen schlimmeren Schlag abgekriegt, als der Arzt ahnt. Damit ist nicht zu scherzen.«

»Ach, mach nur keine Staatsaffäre draus, aber wenn es dich beruhigt, meinetwegen. Ich werfe dir einen Extraschlüssel durch den Briefschlitz.«

Sie war erleichtert, daß Bent nicht weiter gefragt hatte, was denn eigentlich gestohlen worden war. Denn tatsächlich fehlte auf den ersten Blick gar nichts. Sie besaß nicht viel von Wert, aber der Computer, die Stereoanlage und die CDs waren noch da. Leider … Wenn doch nur etwas gefehlt hätte. Jetzt überrollte die Unruhe sie wieder. Ein Einbruch bei einem Polizisten war nichts Ungewöhnliches – aber es war ungewöhnlich, daß überhaupt nichts gestohlen worden war.

Hatte sie nicht vor wenigen Stunden noch im Café gesessen, vollkommen entspannt, und an Weihnachten, das Fest der Herzen, an Sterne und Girlanden gedacht? Und jetzt … jetzt saß sie mit den übriggebliebenen Pizzakrusten auf dem Teller in einer Ruine voller Unrat und Gewühl. Hätte der Teufel doch bloß das Axtschiff geholt und mit ihm den ganzen Scheiß, der in seinem Kielwasser schwamm.

»Ich werd' noch verrückt, Jonas …«

»Wieso das denn, Mama?«

»Ach, es gibt da vieles, was ich dir nicht erklären kann, mein Schatz. Guck nur, es wird Stunden dauern, bis wir alles wieder aufgeräumt haben. Und heute morgen hat es so schön angefangen mit dem Adventskalender, dem Kakao und allem.«

»Das in meinem Zimmer schaffe ich schon, keine Sorge. Und hinterher kann ich dir helfen. Und wir können doch trotzdem morgen früh wieder zusammen Kakao trinken, oder?«

»Doch, natürlich … Du hast ja recht. Natürlich können wir das. Morgen fangen wir einen neuen Tag an, mein Schatz. Wollen wir jetzt erst einmal anpacken?«

The Builders' Arms war kein Ort in London, den er normalerweise aufsuchte. Die Musik war zu laut und die Leute zu lärmend, aber der Pub am Kensington Court Place hatte den Vorteil, daß er noch nie einen Fuß hineingesetzt hatte und als logische Konsequenz daraus niemand ahnte, wer er war.

Sir Walter Draycott bestellte ein Pint Carlsberg Lager und setzte sich in eine Nische in der hintersten Ecke des Lokals. Hier konnten sie in Ruhe sitzen, und hier war die Musik gar nicht so schlimm. Er schaute auf seine Uhr. Erst fünf Minuten vor neun. Molly war allein in der leeren Wohnung und vermißte ihn sicher schon, aber eine Stunde würde sie es ja wohl aushalten.

Henry McPherson war der dritte und letzte Kontakt, bevor er sich entschließen wollte. Er war ein pünktlicher Mensch, der sicher den Termin einhalten würde.

Das vorherige Treffen mit Edward Shaughnessy, der damals mit ihm in Budapest gewesen war und immer noch aktiv für MI6 arbeitete, hatte geholfen, einen genaueren Einblick in die Operation zu erhalten. Besonders eine Information gab Grund zur Besorgnis. In weiten Teilen stimmte Shaughnessys Einschätzung der Situation ziemlich genau mit Stilwells überein, und jeder der beiden hatte ihm wichtige Steinchen in die Hand gespielt. Falls Shaughnessy etwas Neues erfuhr, würde er umgehend Bescheid geben. Es war gut, so einen Mann draußen im Feld sitzen zu haben.

Die Uhr zeigte eine Minute nach, als Henry McPherson in der Tür erschien. Er stellte sich diskret an die Bar und gab seine Bestellung auf, während er sich im Lokal umschaute. Kurz darauf kam er heran und setzte sich.

»Guten Abend, Sir Walter.«

McPherson reichte ihm quer über den Tisch die Hand.

»Guten Abend, McPherson, lange nicht gesehen … Wie lief es im großen Ausland?«

»Ach, wie üblich. Ein paar Termine über einige Tage verteilt, schnell raus, schnell wieder daheim.«

»Und wie geht es Alice und den Jungs?«

»Gut, danke der Nachfrage. Alice hat wieder angefangen zu unterrichten, und Eric und David sind im Internat, deshalb ist es nicht mehr so hektisch wie in alten Tagen. Und was ist mit Ihnen? Sind Sie nicht immer im Herbst in Schottland?«

»Doch, so war es bisher. Dann ist es da oben friedlich und still, aber jetzt habe ich das Haus zum Verkauf angeboten. Ich möchte weiter weg von der Zivilisation. Sie wissen, die Schrullen eines alten Mannes pflegt er am besten als Eremit. Ich bin auch dabei, die Wohnung im Sovereign Court zu räumen. Der letzte Halt wird wohl Südafrika werden, in der Nähe von Heather und den Kindern. Schottland bleibt dann nur ein kleiner Fluchtpunkt.«

Henry McPherson nickte verständnisvoll. Auch er war in Inverness aufgewachsen, aber es hatte lange gedauert, bis sie diesen Zufall entdeckt hatten. Damals, als sie lange Diskussionen über die »Operation Terra Nova« führten, war McPherson im Thames House stellvertretender Leiter der Abteilung G, die sich mit internationalem Terrorismus beschäftigte, oder genauer gesagt, der Unterabteilung G9C, die sich auf die islamistischen Extremisten konzentrierte. Er war ein tüchtiger Mitarbeiter, und offenbar hatte Fives Führungsspitze beschlossen, ihn zu begnadigen, denn danach war er Chef der gesamten Abteilung G geworden, was er noch heute war.

Er vertraute McPherson voll und ganz. Der Mann hatte ein schlechtes Gewissen, weil er selbst, »die weiße Eminenz«, der einzige gewesen war, der die Konsequenzen gezogen und die volle Verantwortung für das Fiasko übernommen hatte und damit verhinderte, daß die anderen bei seinem Sturz mitgerissen wurden. Es war ein sehr geknickter McPherson gewesen, der sich nach seinem Abschied an ihn gewandt hatte. Der Mann war dahergekommen wie eine einzige große Entschuldigung. Er habe an die Jungs und ihre Zukunft denken müssen. Es würden erhebliche Ausgaben auf ihn zukommen, wenn sie älter wurden. Das Haus sei groß und teuer, und seiner Ehefrau Alice fehle selbst das elementarste Verständnis für die Kosten ihrer Haushalts- und Lebensführung. McPherson sagte damals, er hätte eigentlich die Mitverantwortung übernehmen und seinen Posten zur Verfügung stellen müssen. Doch er habe es einfach nicht gekonnt.

»Was haben Sie mir mitgebracht, McPherson?« Draycott beschloß, gleich zur Sache zu kommen.

»Ich mußte nicht lange suchen, Sir Walter, der Fall liegt bereits auf meinem Tisch. Sie haben recht, es geht wieder um ›Operation Terra Nova‹, nur jetzt mit neuer Perspektive. Ihre eigenen Leute auf der anderen Flußseite übernehmen die Ausführung dieses Mal fast allein, übrigens unter einem neuen Namen, ›Blue Sky‹.«

»Und was will Five damit bezwecken?«

»In erster Linie hoffen sie, den Verbleib der zwei fehlenden Kisten rekonstruieren zu können. Sie haben uns damit seit damals auf Badcock's Wharf genervt, und das um so mehr seit dem 11. September 2001 ...«

»Habt ihr seitdem etwas in der Sache unternommen?«

»Einmal, direkt im Fahrwasser der großen Ricinsache im letzten Jahr. Aber wir haben nichts herausgekriegt. Es ist jedesmal das gleiche. Wir haben es mit der Zelle im Finsbury Park versucht – vergebens. Es ist unmöglich, sie zu unterwandern und zu sprengen. Deshalb ist es nach einem halben Jahr wieder ad acta gelegt worden.«

Während der Ricinsache war Draycott in Südafrika gewesen, dennoch kannte er die Details. Im Januar 2003 waren in einer Wohnung in Wood Green im nördlichen London Spuren des extrem gefährlichen Giftstoffes Ricin gefunden worden, samt der Geräte für seine Herstellung. Man hatte eine Reihe von Algeriern festgenommen. Kurze Zeit später war ein Polizeibeamter in Manchester während einer Razzia erstochen worden, die im Zusammenhang mit dem Londoner Fall stand. Der Giftfund hatte alle aufgeschreckt. Auch die »Operation Terra Nova« hatte laut McPherson dadurch einen Wendepunkt bekommen. Was nur natürlich war.

»Wissen Sie irgend etwas darüber, daß Six in Sarajewo angeblich einen Köder auslegt? Ich denke dabei an Abdel Malik Al-Jabali ...«

Das war eine Kontrollfrage, um Shaughnessys Informationen abzusichern. Nicht in erster Linie, weil er an ihnen Zweifel hegte, sondern eher routinehalber.

»Nein, Sir, davon weiß ich nichts. Aber es klingt wahrscheinlich, nicht wahr? Vauxhall Cross erzählt ja nicht alles, und warum sollten sie auch? Wir sind nur auf dem laufenden, was den internen Teil betrifft. Al-Jabali gehört ihnen ganz allein, falls sie ihn finden.«

Henry McPherson hob sein Glas und trank einen Schluck,

wobei er seinen Blick wachsam durch das Lokal wandern ließ. Ein Fußballspiel hatte begonnen, und eine Handvoll junger Leute versammelte sich hinten in der Ecke vor dem Fernseher.

»Hm, lassen Sie es uns anders versuchen, McPherson. Ist Gordon Ballard mit seiner Idee bezüglich Miss Portland direkt zu Ihnen gekommen oder hat er weiter unten angefangen? Oder weiter oben?«

»Das kam über Fisher zu mir.«

»War das Ballards eigene Idee?«

»Ja, den Eindruck hatte ich auf jeden Fall. Warum?«

»Ich denke nur laut ... Ist es möglich, daß er noch höher angesetzt hat und seine Idee dort abgesegnet wurde?«

»Im Prinzip ja. Wenn dem so war, ist es nur nicht laut gesagt worden. Aber das wäre ja nichts Neues.«

McPherson sah ihn prüfend an, als versuchte er herauszufinden, worauf sein Gesprächspartner eigentlich hinauswollte.

»Theoretisch kann es natürlich auch nicht ausgeschlossen werden, daß Ballard entweder von euch oder von Vauxhall Cross in die Stadt geschickt worden ist – oder von beiden. Ich meine, daß er schon zu einem früheren Zeitpunkt einen Tip bekommen hat, daß Miss Portland im Anmarsch ist. Und daß dies seine Chance sein könnte, wieder ins trockene zu kommen, oder?«

»Nun kenne ich die Vorgeschichte nicht, aber wollen Sie damit andeuten, daß die Portland schon zu einem früheren Stadium benutzt worden ist?«

»Ja, das ist nur so ein Gedanke.«

»Was sicher nicht auszuschließen ist.«

»Irgendwas stimmt hier nicht ...«

Er erwog einen Moment lang, ob er McPherson in seine weiteren Überlegungen einweihen sollte. Und entschied sich dafür, um die Reaktion seines Gegenübers zu beobachten.

»Gordon Ballard hatte einige Papiere versteckt. Es ist mir durchaus klar, woher die Auszüge aus dem Archiv über Badcock's Wharf und die Überwachungsberichte gekommen sind. Was ich nicht ganz begreife: Wie hat er sich mein Dossier beschaffen können? Miss Portland hat es nach Kyleakin mitgebracht. Woher kam das? Und warum?«

»Gordon Ballard hat auch Freunde auf der anderen Flußseite gehabt. Vielleicht war das für den eigenen Bedarf. Vielleicht sollte das nie weitergegeben werden?«

Henry McPherson sah ihn fragend an, als könnte er selbst hören, daß die Antwort nicht ausreichte. Er zögerte einen Moment, bevor er weitersprach.

»Sie meinen, es könnte sich um eine gezielte Einladung handeln?«

Er nickte. »Ja, so etwas in der Richtung ...«

»Gordon Ballard war nicht besonders raffiniert. Er war pleite und verzweifelt. Wir können ihm wohl kaum ein besonders logisches Motiv unterstellen. Ich glaube nicht ...«

McPherson unterbrach sich selbst. Offenbar kontrollierte er genau seine Worte. Was verschwieg er? Einen Moment lang blieb es still zwischen ihnen, dann fuhr der korrekte Mann vom MI5 schließlich fort.

»Bei allem Respekt, Sir, und Sie wissen, daß ich das so meine ... Aber Sie sind draußen. Und das schon seit zehn Jahren. Ein so langes Gedächtnis hat das System nicht. Ich habe ausgezeichnete Kontakte zu Vauxhall Cross ... Da gab es einige, die Ihren Abschied bedauert haben. Aber es gab auch andere, die applaudierten, kaum daß Sie aus der Tür waren. Inzwischen sitzen viele neue Leute auf den Posten, eine neue Generation, die da kämpft, und denen Sie im Weg standen. Nein, Sir, ich kann mir in keiner Weise vorstellen, daß es sich um eine Einladung gehandelt haben könnte.«

McPherson wirkte ein wenig verlegen, als er seine Einschätzung abgab. Er hob erneut sein Glas und nahm einen großen Schluck, ließ sein Gegenüber aber nicht aus den Augen.

»Mein Gott, McPherson ... Hat Ihnen das Sorgen gemacht?«

Er lächelte McPherson zu und trank selbst einen Schluck. Dann fuhr er langsam fort.

»Ja, ja, ich weiß selbst nur zu gut, daß ich ein Tyrannosaurus

Rex bin, und daß nicht mehr viele Freunde übrig sind. Ich frage mich nur, wieso mein Dossier in den Umlauf gekommen ist. Nicht, daß irgend etwas Interessantes drinsteht. Solche Papiere sind ja bereinigt. Aber warum?«

»Hat Miss Portland Ihnen etwas über die Zusammenarbeit mit Ballard erzählt, als sie Sie in Schottland aufgesucht hat?«

»Ja, unter anderem, daß der Idiot ihr Geld abgeknöpft hat. Wußten Sie das?«

Henry McPherson schüttelte den Kopf.

»Nein, aber es wundert mich nicht. Er war dem Spiel verfallen. Er hat an so vielen Stellen wie möglich auf Sieg gesetzt. Was auch Ihr Dossier erklären könnte. Er mußte ja wohl Ware von einem gewissen Wert liefern, um Miss Portland das Geld aus der Tasche zu ziehen?«

Das Gespräch hatte eine gute halbe Stunde gedauert. Er hatte noch weitere Fragen gestellt und von McPherson plausible Antworten erhalten. Jetzt ging er im Nieselregen nach Hause und dachte über die Ausbeute aus den drei Kontakten nach. Molly würde sicher noch eine Zeitlang allein zurechtkommen, also dehnte er seinen Spaziergang aus, um die Gedanken zu ordnen und weiterzuplanen.

Es paßte alles ungemein gut zusammen. Die hartnäckige Miss Portland war ein Geschenk des Himmels. Sie hatte sich in einem banalen Mordmysterium festgebissen, wie es auch jeder andere tüchtige Beamte hätte tun können, und dabei war sie auf eine Spur aus ihrer eigenen Vergangenheit gestoßen. Eine Spur, der sie folgen mußte. Sie war unwissentlich zwei Nachrichtendiensten in die Quere geraten. Und so etwas tat man nicht unbemerkt. Sie hatte ja fast gerufen: »Kommt und fangt mich!« Nur daß das arme Mädchen nicht hatte wissen können, welche Konsequenzen das möglicherweise nach sich zog.

Und dann war da noch die andere Möglichkeit. Die, daß das System sie bereits während ihres Besuchs in Estland benutzt hatte. Sie durch das Geschehen dort gelenkt und bis zu Ballard nach London geführt hatte. Theoretisch konnte es so gewesen sein. Er hatte nur nicht die Möglichkeit, sich das bestätigen zu lassen.

Aber eines war sicher: Die Zeit arbeitete gegen Nina Portland. Und ihm, dem alten Ritter, ging es genauso. Wenn er sich in die Sache einklinken wollte, mußte er das schnell tun.

Eine andere Sache war genausosicher: Vauxhall Cross arbeitete unter Hochdruck. Bei Gott! Wenn sie die Sache in trockene Tücher bekämen, wäre das ein Riesentriumph. Scheiterten sie, wäre es eine entsprechend große Katastrophe. Das Risiko konnte und wollte er nicht eingehen. Egal, wie sie das Kind jetzt nannten, es war und blieb doch »Operation Terra Nova«, und für die trug er die Verantwortung.

Gerade jetzt, vielleicht in dieser Sekunde, hatte Six eine Frau auf das Milieu in Sarajewo angesetzt. Er konnte sich vorstellen, wie sie aussah. Sie hatte die gleiche Größe wie Nina Portland. Ihre Haare waren kastanienrot gefärbt und so geschnitten, daß man sie in einem kleinen Pferdeschwanz zusammenfassen konnte – möglicherweise trug sie auch eine Perücke. Und dann hatte sie vielleicht blaue Kontaktlinsen. Sie würde neugierige Fragen über Abdel Malik Al-Jabali stellen. Jede Menge Staub aufwirbeln, und sie würde verschwunden sein, bevor er sich wieder gelegt hatte.

In der dänischen Hafenstadt Esbjerg würde die nichtsahnende Nina Portland herumlaufen, ihrem Job nachgehen und ihr Leben leben. Das Zicklein war hervorgezerrt und an den Pfahl gebunden worden. Bald würden sie im Dunkeln hocken und auf den Löwen warten – auf Abdel Malik Al-Jabali.

Abdel Malik Al-Jabali … Der heilige Krieger aus dem Jemen, das Phantom, das Tommy Blackwood eigenhändig gefoltert und wie einen Hund mit einem Genickschuß hingerichtet hatte.

Der Regen war angenehm auf seinem erhitzten Gesicht. Kühl und erfrischend. Er hatte seinen Entschluß gefaßt. Und ein vor langer Zeit gestorbenes Gefühl erwachte wieder zum Leben. Das Gefühl, eins mit dem Spiel zu sein.

Es war, wie sie befürchtet hatte: In der Wohnung fehlte nichts, was auf den Straßen von Esbjerg einen Handelswert haben könnte, obwohl alles durchwühlt worden war.

Das Bücherregal war leergefegt, die Sofakissen waren aufgeschlitzt und sowohl ihr Bett als auch das von Jonas waren aufgeschnitten worden. Obwohl – es fehlte doch was. Etwas, für das es keine potentiellen Käufer in dem Milieu gab – nämlich ein Teil der Unterlagen zum Axtschiff.

Ihr Archiv, der alte Pappkarton, war auf dem Boden des Schlafzimmers ausgekippt worden, und sie konnte mit Sicherheit sagen, daß ein Ringbuch mit Zeitungsausschnitten und eine Mappe mit Kopien der Verhörprotokolle fehlte. Und was das Schlimmste war: Bjarne Wilhelmsens Übersetzung von Vitali Romaniuks Tagebuchseiten war auch weg. Sie hatte sie mit nach London genommen, und als sie heimkam, hatte sie die Papiere einfach in einen Umschlag gestopft und oben auf die anderen Sachen im Karton geworfen. Eine Gedankenlosigkeit, die sie jetzt ärgerte, aber sie war das alles so verdammt leid gewesen, als sie heimgekommen war. Sie hatte sogar überlegt, ob sie das Material nicht verbrennen sollte, weil der Pappkarton plötzlich zur Büchse der Pandora mutierte, aus der nur Zweifel, Spekulationen und Unglück herausquollen.

Sie hatte den alten Schaukelstuhl ans Fenster gezogen, und jetzt saß sie da, die Beine auf der Kommode ruhend, eine Decke um sich gewickelt, und schaute zur Kirche hinüber. Vorher war sie in der dunklen Stube herumgelaufen und hatte sich den Kopf zerbrochen, ohne zu einem Ergebnis zu kommen.

Sie starrte in die Nacht hinaus. Es gab nichts da draußen, was ihr einen Grund zur Besorgnis hätte geben können. Und trotzdem hatte sie das Gefühl, als wären unsichtbare Kräfte mit etwas am Werke, sie konnte nur nicht sagen, womit. Der Einbruch war nur ein Teil davon. Ein unheilverkündendes Signal, daß sich im Labyrinth etwas tat.

Die alte Schiffsuhr schlug ein Uhr mit einem dünnen, metallischen Laut. Sie war todmüde – und hellwach.

Jonas hatte beim Aufräumen geholfen und war eine Stunde später als üblich im Bett gewesen. Sie selbst hatte das meiste wieder weggeräumt, und die Wohnung sah beinahe aus wie immer. Morgen früh, wenn der Tag heraufdämmerte, würden fast alle Spuren verschwunden sein. Aber die Unsicherheit und die Angst würden weiterhin in allen Räumen zu spüren sein. Wer hatte bei ihr eingebrochen? Wer hatte ihren harmlosen Nachbarn bewußtlos geschlagen? Wer hatte jetzt die Unterlagen über das Axtschiff?

Es waren drei Stunden vergangen. Sie stand auf und schlich auf Strumpfsocken hinauf in die Wohnung von Bent, der schnarchend mit seinem Verband um den Kopf im Bett lag. Sie stieß ihn mehrere Male an, und schließlich wachte er auf. Mit verschlafenem Blick in den schielenden Augen behauptete er, hellwach zu sein und weder Schmerzen noch Unwohlsein zu spüren.

»Okay, dann schlaf weiter, Bent. Ich schau in ein paar Stunden noch einmal herein.«

»Aber mir fehlt wirklich nichts, Nina, geh nur ins Bett und schlaf.«

Sie ging zurück in die eigene Wohnung und setzte sich wieder in den Schaukelstuhl. Sie hatte bereits ein paarmal überlegt, Martin anzurufen und ihm von dem Einbruch zu berichten. Vielleicht sollte sie ihm auch die ganze Geschichte erzählen, ihm die richtige Version präsentieren und seine Ermahnungen stoisch ertragen. Sie würde ja gern, aber sie brachte es einfach nicht über sich. Sie mußte nach Fanø fahren. Sie mußte das alles mit Jørgen durchsprechen. Er verstand sie. Vielleicht konnte er ihr einen guten Rat geben.

Plötzlich kam ihr eine Idee. Sie konnte doch auch Sir Walter Draycott anrufen. Sie hatte seine Nummern, sowohl die in London und in Schottland als auch die in Südafrika. Der Alte mit seinen weißen Haaren und den blauen Augen, der aussah wie Zauberer Merlin, konnte den ganzen Spuk wegzaubern, wenn sie ihn anflehte. Nein … Das konnte er nicht. Er würde es gar nicht wollen. Er besaß keine Macht. Seine Magie reichte nicht zurück in die Vergangenheit. Er war nur ein Pensionär, der mit seinem Hund spazierenging.

Sollte sie noch einmal nach Estland fahren und die Suche nach dem Seemann wieder aufnehmen? Nein, er hatte ja nicht einmal auf ihren Brief reagiert. Er war nur ein kleiner Drecksack, der falsche Aussagen gemacht hatte, um seine eigene Haut und die seiner Familie vor der Mafia zu retten. Der russische Seemann war nie eine wichtige Figur im Labyrinth gewesen. In dem Moment, als er den deutschen Gerichtssaal als freier Mann verließ, hatte er seine Rolle ausgespielt. Er war nur in den Wald geflohen, weil sie zu einem Zeitabschnitt gehörte, der ihn vor Angst in die Hose pinkeln ließ.

Du stehst ganz allein da, Nina Portland, du stures, hartnäckiges Biest. Es kommt niemand, um dich bei der Hand zu nehmen und dir den Ausweg zu zeigen. Nur du allein – und vielleicht Gott, wenn er da oben in seinem Häuschen sitzt und deine Gedanken lesen kann – kann diesem Albtraum ein Ende machen.

Ich bin doch in nichts geraten, das ich nicht bewältigen kann, oder? Ich habe keine Angst. Was mich hier schlaflos sitzen läßt, das ist der Gedanke, was wohl als nächstes kommt.

»Mama, wach auf!«

Jonas zerrte an ihrem Arm, und sie schlug mühsam die Augen auf. Die Lider erschienen ihr bleischwer, sie wollten immer wieder zufallen. Als sie das letzte Mal auf die Uhr geguckt hatte, war es fünf vor halb sechs gewesen.

»Morgen, mein Schatz. Wie spät ist es denn?«

Ihre Stimme klang brüchig und hallte in ihrem Kopf wider, ihr Nacken war steif und schmerzte.

»Es ist halb sieben. Wir wollen doch Kakao trinken. Hast du das vergessen? Und wieso schläfst du hier im Sessel? Warum liegst du nicht in deinem Bett? Ist was passiert?«

»Nein, nein, mein Lieber, es ist alles in Ordnung. Ich bin nur so schrecklich müde. Das ist alles. Ich habe ja in der Nacht mehrere Male bei Bent reingeschaut, wegen der Gehirnerschütterung, weißt du? Nun komm, mein Schatz, zieh mich hoch. Jetzt machen wir uns einen schönen Kakao.«

16

Es waren etliche deutsche Autos auf der Fanø-Fähre. Sie waren bis zu den Heckscheiben vollgestopft. Samstag, das war der große Tag des Bettenwechsels in den Ferienhäusern, und nicht einmal die Aussicht auf eine feuchtkalte Dezemberwoche mit Regen und Wind konnte die Deutschen abschrecken. Sie waren ganz wild auf die ausgedehnten Strände und fühlten sich pudelwohl in Regenzeug und Gummistiefeln. So war das wohl, wenn man normalerweise weit weg vom offenen Meer wohnte.

Nina mußte warten, bis das letzte Auto von der Fähre heruntergefahren war, bevor sie ihr Fahrrad an Land schieben konnte. Sie bog auf den Færgevej ab und schaute beim Hjørnekro herein. Ihr Vater war nicht dort, Gott sei dank. Das hätte alles kaputtgemacht, noch bevor es überhaupt begonnen hatte.

Sie hatte nach der ersten Schicht lange geschlafen. Jetzt war es schon nach Mittag. Peter Absalonsen, der Vater eines Fußballkameraden von Jonas, hatte angerufen und gefragt, ob sie ganz kurzfristig übers Wochenende bei ihm aushelfen könne. Er hatte eine kleine Firma, Absalonsens Wachservice, und die Grippe hatte unter seinen Mitarbeitern böse zugeschlagen. Der Mann wußte einfach nicht, was er machen sollte. Sie hatte ihm früher bereits zweimal ausgeholfen, wenn er in der Klemme steckte. Und ihm danach erklärt, daß jetzt Schluß sei. Es war Polizeibeamten strengstens verboten, diese Art von Freizeitjob zu übernehmen. Sie würde einen Riesenärger kriegen, wenn das rauskam. Und es wurde nicht dadurch besser, daß sie mit den Papieren tricksen mußten, damit nicht aus ihnen hervorging, daß sie die Schicht übernommen hatte. Aber Absalonsen ließ nicht locker. Und das Geld konnte sie gut gebrauchen, also hatte sie zögernd eingewilligt.

Eigentlich hätten sie heute abend ins Kino gehen wollen – zum ersten Mal zu dritt. Martin klang verständnisvoll, als sie anrief und absagte. Aber gleichzeitig auch ein wenig resigniert. Als habe er bereits erwartet, daß etwas dazwischenkommen würde. Aber sie konnte ja wohl nichts dafür, daß die Wachfirma wegen der Grippe zusammenzubrechen drohte. Und sie brauchte das Geld. Es wäre ihr lieber gewesen, er hätte sauer oder wütend geklungen, statt sein Seufzen anhören zu müssen.

Sie bog auf den engen Fregatvej ein. Hoffentlich war er zu Hause. Es war inzwischen zwei Monate her, seit sie ihn das letzte Mal besucht hatte.

»Kapitän Frederik Portland« stand eingraviert auf der kunstvoll geformten Messingplatte an der Eingangstür. Nina hob den Türklopfer und ließ ihn fest auf das Metall fallen. Erst beim dritten Schlag hörte sie ein lautes Brüllen irgendwo von dort drinnen, worauf sie die Tür öffnete und in den engen Flur trat, in dem sich aufgestapelte Zeitungen und Reklameblätter türmten. Die Hakenreihe quoll über von Wollpullovern und Jacken, aber an einem Haken hing ganz für sich allein die unentbehrliche Kapitänsmütze, die er auch häufig drinnen trug.

»Ich bin es, Nina! Wo bist du?«

Sie blieb an der Treppe stehen und wartete. Vielleicht war er ja oben.

»In der Küche, verdammt noch mal! In der Küche ... Nun komm schon rein.«

Die tiefe Stimme klang ein wenig heiser. Sie klang außerdem wütend und konzentriert, offenbar war ihr Vater heute bei klarem Verstand, nüchtern und mit etwas beschäftigt, bei dem er nicht gestört werden wollte.

Sie ging durch den Vorratsraum, und als sie die schmale Tür zur Küche öffnete, stand ihr Vater über den Küchentisch gebeugt. Mit einem Aquarium vor sich ... Er war barfuß, trug nur eine verwaschene, ausgebeulte Jeans und ein Netzunterhemd.

Seine stark behaarten Arme steckten tief im Wasser, er war dabei, einige Steine und Pflanzen am Boden des Aquariums hin und her zu schieben. Er ließ sich nicht stören und sah nicht einmal hoch, als sie direkt zu ihm an den Tisch trat.

»Na so was, hast du dir ein Aquarium zugelegt?«

»Welch eine Gedankenleistung, so eine Klugheit, mein Gott, kannst du gut beobachten … Nur gut, daß du zur Polizei gegangen bist. Ich kann mir vorstellen, daß jeder Verbrecher sich vor Angst in die Hosen scheißt, wenn er sich vorstellt, du könntest ihm auf den Fersen sein.«

Der alte Kapitän grunzte selbstzufrieden vor sich hin und senkte den Kopf so nah über die Wasseroberfläche, daß sein kräftiger grauer Spitzbart naß wurde. Nachdem die Steine an Ort und Stelle waren, genauso, wie er es wollte, richtete er sich wieder auf, wobei ihm das Wasser vom Bart auf den Brustkorb heruntertropfte, der unter dem Netzunterhemd aussah wie eine graue Buschlandschaft.

»Was willst du?«

Er sah sie fragend an.

»Dich besuchen … Von wem hast du das Aquarium?«

»Von niemandem, das habe ich gekauft – drüben in Esbjerg. Und ich habe das Waschbecken voll mit Fischen, die dort hineinmüssen, deshalb …«

»Bist du in Esbjerg gewesen – du?«

Bereits als sie die Frage aussprach, wurde ihr klar, daß sie einen Fehler begangen hatte. Das war einer von Frederik Portlands großen, lichten Tagen, an denen er immer noch scharf wie ein Rasiermesser auftreten konnte, schroff und geradeaus, das absolute Gegenteil zu dem alten Kapitän, der halbbesoffen und in sich versunken in der Stadt herumschlurfte, ohne zu wissen, warum.

»Ich? Was soll das denn heißen? Brauche ich vielleicht eine Ausgangserlaubnis von der Polizei? Darf ich nicht ohne Begleitung rausgehen? Sollte lieber irgendein bescheuerter Sozialarbeiter auf mich aufpassen, ja? Was bildest du dir eigentlich ein?«

Jetzt schrie er laut, er beschimpfte sie, als wäre sie ein Matrose, der einen Fehler begangen hatte. Schließlich holte er tief Luft und fuhr ein wenig beherrschter fort:

»Ich bin unzählige Male um die Welt gefahren, habe Kap Hoorn und das Kap der Guten Hoffnung umrundet und Stürme und Unwetter überstanden. Und ich sollte nicht mit diesem Seelenverkäufer von einer Fähre nach Esbjerg fahren dürfen? Und mir so ein albernes Aquarium kaufen, ich allein? Gott im Himmel, hilf einem armen Seefahrer … Geh mal zur Seite, ich muß die Fische holen!«

Das Waschbecken war gefüllt mit Plastiktüten voll Wasser, in denen bunte Fische schwammen. Der Alte hob eine der Tüten heraus und versenkte sie im Aquarium, während er ein Loch hineinriß. Ein goldener Fisch mit Flossen wie geblähte Segel glitt aus der Tüte hinaus in sein neues Heim.

»Der sieht schön aus, richtig majestätisch, nicht wahr?«

»Ja, das ist ein Perlgurami«, brummte der Alte und trat ein Stück zurück, um den ersten Bewohner des Aquariums besser betrachten zu können. »Von denen habe ich noch mehr.«

»Ich wußte gar nicht, daß du dich für Fische interessierst.«

»Ich soll mich für Fische interessieren? Blödsinn. Mir gefällt ihre stille Art, das ist alles. Die halten jedenfalls die Schnauze. Und einige sehen aus wie aufgetakelte Zweimaster. Prachtvoll! Ich hatte früher auch ein Aquarium. Eins an Land und eins in meiner Kajüte.«

Er griff nach einem weiteren Plastikbeutel und öffnete ihn vorsichtig unter Wasser. Ein Fisch mit glühend rotem Bauch schwamm zu seinem Nachbarn.

»Und wo soll es stehen, das Aquarium?«

Nina setzte sich auf den Küchentisch, öffnete ein Fenster und zündete sich eine Zigarette an.

»Hör sofort auf damit! Ich will keinen Qualm hier drinnen haben.«

»Aber das Fenster ist doch offen …«

»Das ist mir scheißegal. Mach sie aus. Man kann ja so einiges über Frederik Portland sagen – und das tut man bestimmt auch – aber geraucht habe ich nie. Frische Meeresluft, da geht nichts drüber. Man kann sie auf der Zunge schmecken, den Nebel, den Sturm, den Dunst, die Wolken, das Salz. Man kann alles schmekken. Warum in drei Teufels Namen soll man dann seine Lunge mit Rauch verpesten? Auf diesen Blödsinn sind die Indianer gekommen. Idiotenkram … Das soll im Wohnzimmer stehen, neben dem Fernseher.«

Sie drückte die Zigarette aus und ärgerte sich, daß sie sich überhaupt eine angesteckt und ihm so die Gelegenheit gegeben hatte, sie zurechtzuweisen. Und dabei konnte sie sich sogar noch daran erinnern, daß er sie deswegen bei einem der ersten Male nach seiner Rückkehr heftig angeschnauzt hatte. Mochte ja sein, daß er in seinem langen Leben auf See kein Gramm Tabak geraucht hatte, aber dafür hatte er um so mehr gesoffen, zumindest zeitweise. Das war seiner Haut, der rötlichen Nase und seinen Augen anzusehen. Frederik Portland war kein Gesundheitsapostel. Sonderbarerweise hatte er nur nie geraucht. Vielleicht war das einer der Gründe dafür, daß der Alte trotz allem eine eiserne Gesundheit hatte.

»Ich gucke mir lieber das Aquarium an als den Fernseher. Fernsehen ist das Blödeste, was es gibt. An einem Tag berichten sie über Tod und Verderben in der ganzen Welt, am nächsten albern sie vor laufender Kamera auf Deubel komm raus herum. Und wenn es nicht gerade ein idiotisches Quiz gibt, laufen auf sämtlichen Kanälen irgendwelche Nieten durch die Gegend, die anderen Leuten sagen, wie sie ihre Häuser einrichten sollen, weil die Besitzer solche Vollidioten sind, daß sie es selbst nicht hinkriegen, und außerdem kann man ja den Zuschauern jeden Scheiß verkaufen.«

Nach diesem Ausbruch trocknete er sich die Hände in einem Handtuch ab und funkelte sie böse an.

»Was soll ich damit, hä? Kannst du mir das mal sagen? Die ganze Bande müßte man da hinten in der Magellanstraße über Bord stoßen, sollen sie doch nach Hause schwimmen … Und was ist mit all den Alten, die nichts anderes mehr können? Die sind doch gezwungen, in die Kiste zu glotzen. Um die kümmert sich keiner. Man könnte wirklich glauben, wir lebten hier in der alten Sowjetunion und das Fernsehen würde von irgendeinem Staatsdirektorat gemacht, das die gesamte Bevölkerung gezielt verdummen will. Da würde ich lieber mit drei Philippinos auf hoher See Mensch ärgere dich nicht spielen. … Was soll der ganze Mist?«

Das war nicht nur ein guter Tag. Das war einer von Frederik Portlands ganz großen Tagen. Er wütete wie eine Feuerwalze mit seinem Trotz und verblüffend langen Ausführungen. So hatte sie ihn noch nie erlebt.

»Du brauchst nicht so zu schreien. Ich kann nichts für das Fernsehprogramm. Aber du hast wirklich recht. Ich sehe auch fast nicht mehr fern – aus dem gleichen Grund.«

Sie zog einen Küchenstuhl unter dem Tisch hervor und setzte sich neben das Aquarium. Es war ein schlechter Zeitpunkt, um über das zu diskutieren, was sie sich vorgenommen hatte. Aber waren nicht alle Zeitpunkte eigentlich schlecht? Sicher, es musste ein Tag sein, an dem er einen hellen Verstand hatte, doch im Augenblick leuchtete der wie eine 240-Watt-Birne Aber es war nicht gut, es den ganzen Weihnachtsmonat vor sich herzuschieben, es sollte doch nicht den Weihnachtsabend kaputtmachen.

»Kommst du Heiligabend zu Astrid und Jørgen?«

»Ja, ja, ich komme.«

Er setzte noch einen bunten Fisch ins Wasser, blieb vornübergebeugt stehen und betrachtete ihn.

»Fische finden sich schnell zurecht. Ach, wenn man doch ein Fisch wäre …«

Auch letztes Jahr, gleich nachdem er aus Chile zurückgekommen war, hatten Astrid und Jørgen ihn zu Weihnachten eingeladen. Aber damals tauchte er nicht auf, und sie hatten ihn nirgends finden können.

»Hat Astrid mal mit dir darüber gesprochen, ob es nicht eine gute Idee wäre, in eine kleinere Wohnung zu ziehen, vielleicht in eine der neuen betreuten Wohnungen?«

Sie versuchte es trotzdem. Sie wußte genau, daß Astrid und der Alte darüber gesprochen hatten, und sie wußte auch sehr gut, was der alte Kapitän darauf geantwortet hatte. Jetzt hob er langsam den Kopf und sah ihr geradewegs in die Augen.

»Dann hat meine Schwester dich also hergeschickt?«

»Nein, ganz und gar nicht. Warum sollte sie?«

»Die Antwort ist immer noch nein. Ich werde nirgendwo hinziehen. Ich werde doch nicht mit einer Horde hirntoter Neandertaler zusammenhausen. Ich bleibe hier wohnen, bis man mich von hier wegträgt – tot wie ein Stein.«

»Aber manchmal bist du ja auch ein bißchen ... Ich meine, manchmal vergißt du fast alles. Vielleicht wäre es doch ...«

»Ich erinnere mich an alles, was es wert ist, sich dran zu erinnern.«

Sie gab es auf. Er würde jedes Argument beiseiteschieben, solange er in dieser prachtvollen Form war. Und konnte man es überhaupt verantworten, ihn an irgendeinen stinklangweiligen Ort zu verpflanzen, unter mehr oder weniger hilflose Alte, wenn er trotz allem immer noch so fit war? Vielleicht hatten sie sich ja alle in ihm geirrt? Jørgen meinte, eine beginnende Demenz erkennen zu können. Astrid hatte das Gefühl, daß der Mann depressiv war. Und dann der Schnaps ... Sie konnte die Lage ja nicht einschätzen, so selten, wie sie ihn sah.

Wie er da vor ihr stand, ein Mann von vierundsiebzig Jahren im Netzunterhemd, mit eiserner Gesundheit, zäh und sehnig, mit Tätowierungen auf den Oberarmen, ohne ein überflüssiges Gramm Fett am Körper, sicher in Händen und Füßen und schnell wie ein Wiesel, wie sollte man es verantworten, ihn wie ein störendes Möbelstück wegzuschieben, nur weil er offenbar ab und zu in ein schwarzes Loch fiel?

Sie mußte dem alten Nörgler eine Chance geben und das ganze noch einmal mit Astrid und Jørgen besprechen. Im Zweifel für den Angeklagten.

Langsam stand sie auf und ging ins Wohnzimmer, das äußerst spartanisch möbliert war. Viele der Umzugskartons standen immer noch in der hinteren Ecke aufgestapelt, unverändert seit dem Tag, als sie aus Chile ankamen. Das war im großen und ganzen eigentlich alles, was sie wußte – daß er in Chile gelebt hatte, in der Hafenstadt Valparaíso, dort jahrelang in einem riesigen Holzhaus an einem Abhang gewohnt hatte, von dem aus er über die Stadt und über den unendlichen Pazifischen Ozean hatte sehen können. Und dort hatte er auf der Veranda gesessen und über das Meer geschaut, das er so liebte.

»Ich bin ein Sønderhoer – von Fanø. Hier bin ich geboren. Hier soll mein Leben auch enden. Und damit basta.« Das hatte er ihr geantwortet, als sie ihn fragte, warum er denn Chile verlassen habe. Das war an einem Sommertag, an dem sie vergeblich versucht hatte, ihn dazu zu bringen, von seinem Leben zu erzählen, von all den Jahren draußen auf dem Meer, von dem Unfall damals.

Sie öffnete eine der Kisten, gerade so weit, daß sie eine Menge Bücher und Ringbücher sehen konnte.

»Sag mal, wühlst du in meinen Sachen herum?«

Sie hatte ihn nicht kommen hören. Jetzt stand er mit hochgezogenen Augenbrauen in der Türöffnung.

»Nein, ich wühle nicht herum, ich gucke nur mal. Was hast du in all den Kisten? Willst du sie nicht langsam mal auspakken? Das Zeug steht doch jetzt schon seit mehr als einem Jahr herum.«

»Das geht dich gar nichts an. Die werden ausgepackt, wenn es soweit ist. Warum hast du den Jungen nicht mitgebracht?«

»Er heißt Jonas ... Er ist mit Astrid und Jørgen auf dem Golfplatz. Sie machen beim Weihnachtsturnier mit.«

»Golf, ha! Ich begreife nicht, was meine Schwester und ihr Landpolizist daran finden. Erwachsene Menschen, die ihre Zeit damit verschwenden, einen kleinen Ball in ein Loch rollen zu lassen. Das kann ein armer Seefahrer nicht kapieren.«

Er schüttelte den Kopf – lächelnd.

Konnte das sein? War das wirklich ein Lächeln, ein Lächeln für sie? Hatte er das geplant, die Lippen zu einem Lächeln zu formen, und zwar ganz speziell für sie? Hatte er jemals zuvor gelächelt? Nein, daran konnte sie sich nicht erinnern.

»Bring Jonas nächstes Mal mit. Er muß doch die Fische von seinem Opa sehen. Das wird ihm gefallen. Und meine Schwester hat erzählt, daß du dich in der Weltgeschichte herumtreibst, in Estland und London. Was hast du denn verdammt noch mal da zu suchen?«

»Ach, nichts Besonderes … Hatte mit meinem Job zu tun.«

Sie starrte auf die kahlen Zweige des großen Baums draußen im Vorgarten und antwortete unkonzentriert. »Opa«, hatte er tatsächlich Opa gesagt? Es war das erste Mal, daß sie ihn so reden hörte, was verriet, daß er trotz allem dazu stand, mit ihr verwandt zu sein. Zuerst ein Lächeln, und dann »Opa«. Sonderbare Wrackteile, die plötzlich an einem Tag, an dem sie ein weiteres Gespräch eigentlich schon aufgegeben hatte, an Land gespült wurden. Und warum kam das jetzt, warum erst jetzt?

»Na, ich muß mit den Fischen weitermachen. Drei fehlen noch. Und du läßt die Finger von meinen Sachen, verstanden?«

Eine feuchte Nebeldecke hatte sich über die Stadt gelegt, und es nieselte leicht, als sie zu Absalonsens Wachservice radelte, der im Industrieviertel auf der anderen Seite des Sædding Ringvej lag. Beim Radfahren hatte sie an das Gespräch mit ihrem Vater gedacht, ja, sie hatte den ganzen Tag schon darüber nachgedacht und tat es wohl auch jetzt.

Sie hatte das Gefühl, als sei ein Riß in einer Mauer entstanden. Aber wohin würde er führen? Würde er immer größer werden, bis die Mauer schließlich fiel? Und was konnte sie selbst dazu beitragen, sie umzustoßen – wenn sie überhaupt etwas tun wollte?

Der Nebel lag immer noch über der Stadt, aber es hatte zumindest aufgehört zu regnen, als sie mit dem Wagen auf die Einfahrt nach Vølund am Falkevej einbog. Sie parkte vor der großen

Eisenpforte mit Stacheldraht oben drauf, schloß auf und ging zum Verwaltungsgebäude.

Anscheinend riß die Nebeldecke hier und dort auf. Einen Moment lang konnte sie die leuchtende Mondscheibe erahnen, die oben über dem großen schwarzen Fabrikgelände auf der anderen Straßenseite hing. Es war deutlich kälter geworden, seit sie losgeradelt war, um die Ausrüstung und das Auto abzuholen.

Sie mußte ausführlich mit Astrid und Jørgen sprechen. Und die mußten versuchen, die Lage mit neuem Blick zu betrachten. Aber es war mehr als ein fast unsichtbarer Riß nötig, damit sie erkennen konnten, was sich in dem alten Kapitän bewegte.

Vølund, das genaugenommen Babcock & Wilcox Vølund hieß, war die zwölfte und letzte Station ihrer Nachtschicht.

Es war fast drei Uhr. Sie sollte einmal die Runde machen und einen »Gebäudecheck« durchführen, wie es in der Fachsprache hieß. Was bedeutete, daß sie durch alle Flure und Büros zu gehen und alle Gebäude zu überprüfen hatte, auch die Produktionshallen. Und damit sie nicht schummelte, mußte sie auf ihrem Weg eine lange Reihe von Kontrollpunkten aufsuchen.

Eine Nachtwache, das war mit ihrer eigenen Situation zu vergleichen – wie in einem Labyrinth. Sie hatte die Checklisten für alle Kunden dabei. Sonst wäre sie nicht in der Lage, den Weg zu finden – und schon gar nicht alle Kontrollpunkte.

Sie zog die Vølund-Mappe aus der Jackentasche und schloß das Verwaltungsgebäude auf. Der erste Kontrollpunkt war gleich um die Ecke. Langsam und tastend arbeitete sie sich die Flure entlang und durch die Büros hindurch. In einem brannte Licht. Sie schaltete es aus, notierte das in ihrem Rapport und ging weiter.

Als sie schließlich wieder in die Kälte hinaustrat, hatte sie an zwei Stellen das Licht gelöscht und außerdem ein Fenster geschlossen, das auf Kipp stand. Da mußte jemand Überstunden gemacht haben.

Sie ging zu den Produktionshallen hinüber. Die erste lag im Licht von drei gelben Scheinwerfern. Sie ging um den gesamten

Komplex herum und überprüfte, ob alle Türen und Tore abgeschlossen waren. Sie mußte nur durch zwei der Hallen gehen. Also schloß sie eine schwere Metalltür auf und scannte einen Strichcode direkt dahinter ein. Sie ging ihr Formular im Schein ihrer Taschenlampe durch, bevor sie nach links abbog und weiter ins Dunkel schritt.

Es gab nur sie, den Lichtkegel und die Dunkelheit. Sie hatte nie Angst vor dem Dunkeln gehabt, nie Angst, allein zu gehen.

Durch eine leere Fabrikhalle zu wandern, hatte etwas Besonderes an sich. Sie stellte sich vor, wie es hier wohl tagsüber war. Jede Menge Menschen, Rufe, Geschäftigkeit, Schweißflammen, Funken und der Lärm der Maschinen. Jetzt war alles still.

Sie ging weiter an einer langen Reihe von Rohren entlang. Das war ein Bereich, der mit Abfallverbrennung zu tun hatte. Mehr wußte sie nicht.

Nach einem weiteren Strichcodecheck gelangte sie in die eigentliche Halle. Hier war es angenehm warm. Hoch oben unter dem Dach verliefen die Schienen, an denen die Kräne entlangfuhren. Ein Riesenhaken hing dort oben an einer Kette. Sie ging weiter. Irgendwo dort vorn mußte sie wieder ablesen. War sie schon zu weit gegangen? In dem Augenblick, als sie stehenblieb, hörte sie es. Ein Geräusch von Metall, das auf den Betonboden fiel … Sofort löschte sie die Taschenlampe. Und lauschte.

Nichts. Kein Laut. Aber sie hatte sich nicht geirrt. Ein Stück Metall war irgendwo in der Dunkelheit hinter ihr zu Boden gefallen.

Sie wartete noch einen Moment. Dann schlich sie vorsichtig zurück, blieb wieder stehen und lauschte. Das war der Augenblick, in dem sie sich bei den anderen Wachleuten hätte melden sollen. So lautete die Absprache. Beim ersten Zeichen von etwas Verdächtigem hatte man sofort Kontakt aufzunehmen. Besonders in ihrem Fall. Absalonsen hatte ihr eingeschärft, daß sie auf keinen Fall zögern sollte, sich zu melden. Als Polizeibeamtin und unerlaubte Aushilfe durfte sie unter keinen Umständen in irgend etwas hineingezogen werden. Dann lieber einen Kollegen rufen.

Sie zögerte. Nein, das Vergnügen wollte sie ihnen nicht gönnen. Nicht den kleinen Triumph, daß ausgerechnet sie als Polizistin sich meldete, nur weil ein Stück Eisen zu Boden gefallen war. Verdammt noch mal.

Sie ging ein paar Meter weiter und blieb wieder stehen. Das einzige, was sie hören konnte, war das stete Rauschen der Lüftungsanlage. Schließlich schaltete sie ihre Taschenlampe wieder ein.

Sie schaffte es gerade noch, den Lichtkegel nach links zu schwenken, da blitzte ein Mündungsfeuer auf und ein Schuß peitschte durch die Halle. Sie warf sich hinter einen Rohrstapel und holte die Pistole heraus. Sie brauchte einen Moment, um sich von der Überraschung zu erholen, dann legte sie vorsichtig die Taschenlampe auf die Rohre.

Ein weiterer Schuß, die Kugel prallte an den Rohren ab und verschwand zischend in der Dunkelheit. Sie rollte sich herum und feuerte zwei Schuß in Richtung des Mündungsblitzes ab. Nicht, um zu treffen. Nur als Antwort. Dann löschte sie ihre Lampe.

Auf dem Bauch robbend arbeitete sie sich quer über den Hallenboden voran, während sie die ganze Zeit darauf achtete, in Deckung zu bleiben. Als sie die gegenüberliegende Seite erreicht hatte, zog sie sich auf die Knie hoch und kroch nach hinten, um in den Rücken des unbekannten Feindes zu kommen.

Hinter einer Maschine ging sie in die Hocke. Es war kein Laut zu hören. Also kroch sie weiter.

Sie hatte sich gerade hinter einem Regal mit Rohren verschanzt, als der Mond durchbrach. Sein bleiches Licht fiel durch die Scheiben in dem großen Tor auf der rechten Gebäudeseite herein. Gerade lang genug, daß sie die Konturen einer Gestalt erahnen konnte, die hinter irgend etwas kniete. Sie mußte weiter – näher an diesen Menschen heran, mußte hinter ihn gelangen.

Sie angelte ihr Handy heraus und stellte es hochkant auf die

Maschine. Dann kroch sie vorsichtig am Regal entlang weiter, in den Schutz einiger Rohrstücke, die aufgereiht dastanden.

Sie holte das Telefon der Wachfirma heraus, das mit dem kleinen Headset auf ihrem Kopf verbunden war. Sie packte die Taschenlampe, tastete ihre eigene Nummer in das Handy ein – und wartete. Nur wenige Sekunden später hörte sie das Klingeln und sah, wie das Display links von ihr aufleuchtete.

Die Gestalt dreht sich um und feuerte schnell hintereinander drei Schuß auf das leuchtende Handy ab.

Da sprang sie vor und schlug mit aller Kraft die Taschenlampe auf den Hinterkopf des Feindes.

Ein Auto stand dicht hinter ihrem auf dem Grünstreifen. Ein kleiner, weißer Toyota mit einem Avis-Schild an der Heckscheibe. Ihr unbekannter Feind mußte sie den ganzen Weg über beschattet haben.

»Yours?« Sie zeigte auf das Auto, doch der Mann reagierte nicht.

»Get in!« Sie öffnete die Heckklappe ihres Dienstwagens und winkte mit der Pistole, so daß er ihre Absicht nicht mißverstehen konnte.

Im Handschuhfach hatte sie einen Satz Handschellen, die sie ihm sofort verpaßte. Mit den Händen auf dem Rücken setzte er sich auf die Kante, und sie machte ihm erneut ein Zeichen. Er gehorchte, zog die Beine hoch und manövrierte sich langsam rückwärts in den großen Laderaum des Kombis. Als er drinnen lag, fesselte sie seine Beine mit Klebeband. Dann schloß sie die Heckklappe und setzte sich hinters Steuer. Jetzt lag er da hinten auf der Seite, und sie drehte sich auf ihrem Sitz um.

»Keep down. Do you understand? Keep down!«

Sie preßte die Pistolenmündung fest gegen seinen Hals, und er knurrte irgend etwas, das sie nicht verstand. Das Blut sickerte immer noch aus der Wunde in seinem stoppelkurz geschnittenen Hinterkopf, aber das interessierte sie nicht.

Er mußte Russe sein. Die wenigen Flüche und Beschimpfungen, die er von sich gegeben hatte, als er auf dem Betonboden zu sich kam, klangen zumindest wie Russisch.

Sie drehte den Zündschlüssel um und steuerte das Auto aus der Einfahrt heraus. Im nächsten Moment bog sie auf den Spangsbjerg Møllevej und ein Stück weiter an der Ampel nach rechts den Kvaglundvej hinunter. Sie fuhr in vorgeschriebenem Tempo, immer ein Auge im Rückspiegel.

Es waren nicht viele Autos unterwegs, in erster Linie Taxen, die vom Zentrum hin und zurück pendelten, um die Nachtschwärmer nach Hause zu bringen, da das Nachtleben jetzt gegen fünf Uhr endgültig abebbte. Als sie wenige Minuten später auf die Skolegade bog, kam ihr ein Streifenwagen langsam entgegen. Sie zog sich die Mütze tief in die Stirn und hob nur einen Finger vom Lenkrad als Routinegruß, als die Beamten an ihr vorbeifuhren. Jetzt waren es nur noch hundert Meter bis zu ihrem Haus.

Sie lenkte den Wagen auf die schmale Auffahrt zum Hinterhof, wo sich nur die Bewohner, Zlatan und das Personal des Gardinengeschäfts tagsüber aufhielten. Sie stellte den Motor ab und blieb einen Moment lang sitzen.

Das ganze Haus war dunkel. Sogar bei Bent waren beide Fenster schwarz, obwohl er doch gern die ganze Nacht aufblieb und sich bis in den Morgen hinein Videofilme anschaute.

Sie nahm die Rolle mit Klebeband, stieg aus und ging zu dem kleinen Kellerschacht hinunter und schloß die Tür auf. Dann öffnete sie die Heckklappe und schnitt das Klebeband um seine Füße durch, so daß der Mann zur Ladekante kriechen und in sitzende Stellung hochkommen konnte. Sie verklebte ihm den Mund und gab ihm mit Zeichen zu verstehen, daß er aufstehen und zur Kellertreppe gehen sollte. Sie folgte ihm auf dem Fuße, die Dienstpistole in der rechten Hand, während sie die Taschenlampe in der Linken hielt und vorausleuchtete.

Der erste Schalter funktionierte nicht, und sie schob den Mann durch den engen Gang weiter um ein paar Ecken, bis sie die kleinen Verschläge erreichten, die jeweils zu den Wohnungen gehörten. Ihrer war der letzte in der Reihe, direkt vor dem Zugang zum Waschkeller.

Nina drückte den nächsten Lichtschalter, und das grelle Licht einer nackten Glühbirne stach ihr in die Augen. Sie schob den Mann weiter bis zum Ende des Ganges. In der Zwischenzeit suchte sie den kleinen Schlüssel an ihrem Schlüsselbund und schloß auf. Ihr Verschlag war im großen und ganzen ziemlich leer. Es standen nur einige Pappkartons aufgestapelt und eine Tüte mit alter Kleidung in einer Ecke und ein Rest von Auslegware, der unter dem Sicherungskasten lag.

Schnell rollte sie den Teppich aus, faltete ihn einmal zusammen und zog ihn über eine Reihe von Rohren, die aus dem Boden heraufkamen und die Wand hinaufführten, bevor sie rechtwinklig abknickten und unter der Decke weiterliefen. Die Rohre waren solide und für ihre Zwecke gut geeignet. Sie wühlte in der Tüte mit alter Kleidung und fand ein Halstuch. Dann trat sie wieder in den Gang hinaus und führte den Mann hinein.

Er gehorchte zögernd, als sie ihm bedeutete, sich auf den Teppich zu setzen.

Zuerst band sie ihm das Halstuch vor die Augen. Dann wikkelte sie das Klebeband mehrere Male um seine Knöchel, bevor sie ihn unter den Achseln packte und dicht an die Rohre manövrierte. Sie öffnete die Handschelle um das eine Handgelenk, und während sie ihm die Pistole in den Nacken preßte, schlang sie mit der freien Hand die Kette um zwei kräftige Rohre, bevor sie wieder das Schloß um sein Handgelenk zuschnappen ließ.

Das schien ganz vernünftig zu sein. Er sah aus wie die Billigausgabe eines Guantanamo-Häftlings. Augenbinde, zugeklebter Mund, Beine gefesselt, Arme hinter dem Rücken – an die Rohre gefesselt. Wenn der Mann fliehen wollte, würde er den ganzen Keller mitnehmen müssen. Sie löschte das Licht und hängte das Vorhängeschloß vor die Tür. Sie mußte sich beeilen, das Auto zur Wachfirma zurückbringen und ihren Bericht abgeben, damit sie nach einer ruhigen, friedlichen Nacht ausstempeln konnte.

Es regnete heftig und war eiskalt, als sie durch die Stadt zurückradelte, so schnell sie nur konnte. Ihre Finger waren steifgefroren, und die Kälte biß ihr in Ohren und Stirn.

Es war jetzt kurz nach fünf Uhr. Ein paar Besoffene torkelten vollkommen durchnäßt über den Bürgersteig, während die Taxen ihre letzten Fahrgäste einsammelten, die zitternd gruppenweise Schutz suchten und darauf warteten, endlich nach Hause zu kommen und schlafengehen zu können nach einer langen Nacht auf dem Schlachtfeld.

Nina stellte ihr Fahrrad im Hof ab und nahm die Hintertreppe. Das Wissen, einen Gefangenen im Keller sitzen zu haben, beunruhigte sie. Das war einfach zu wahnsinnig um wahr zu sein, aber so sah ihre chaotische Wirklichkeit also aus. Sie blieb einen Augenblick im Wohnzimmer stehen, legte die Hände auf die Heizung und schaute zur Kirche hinüber. Dann traf sie einen Entschluß, nahm den Telefonhörer ab und drückte die Nummer.

»Ich bin es. Entschuldige, daß ich dich so früh schon wecke, Astrid. Aber kann ich mit Jørgen sprechen?«

Sie konnte hören, wie ängstlich die Stimme ihrer Tante war, als diese ihren Mann weckte. Kurz darauf war Jørgens verschlafene Stimme im Hörer.

»Ist was passiert, Nina?«

»Kannst du herkommen? Jetzt gleich …«

»Ja, was ist denn los?«

»Es ist einfacher, das später zu erklären. Nimm bitte die nächste Fähre.«

»Ich beeile mich. Ist mit dir alles in Ordnung?«

»Ja … Ach, noch etwas. Stell dein Auto in einer der Seitenstraßen ab und komm über die Kongensgade. Dort gehst du durch die schmale Gasse neben dem großen Elektrogeschäft, dann kommst du auf dem Parkplatz hinter meinem Haus heraus. Klettre da über die Mauer, dann bist du in meinem Hinterhof. Meinst du, das schaffst du?«

»Na, so alt bin ich ja nun auch noch nicht. Aber was soll das ganze Trara?«

»Falls jemand mein Haus beobachtet, ist es das beste, er sieht dich nicht. Laß dir von Astrid die Schlüssel geben. Die passen auch zum Hintereingang, okay?«

»Gut, ich fahr gleich los. Dann schaff ich noch die erste Fähre um sechs. Bis gleich.«

Sie legte den Hörer auf, holte ein Kissen und eine Decke aus dem Schlafzimmerschrank. Dann steckte sie sich die Pistole in den Hosenbund und zog ein dickes, weites Holzfällerhemd darüber. Einen Moment überlegte sie, ob sie etwas zu trinken für den Mann mitnehmen sollte. Nein, sollte er nur dürsten. Und hoffentlich tat ihm die Wunde am Hinterkopf weh.

Als sie das Vorhängeschloß und die Tür zu ihrem Verschlag öffnete, saß er noch genauso da, wie sie ihn verlassen hatte, die Beine auf dem Zementboden ausgestreckt, den Rücken gegen die Mauer gelehnt. Sie schob ihm ein Kissen in den Rücken und legte die Decke über ihn, obwohl die Heizungsrohre dafür sorgten, daß es in dem Raum nie wirklich kalt wurde.

Sie hockte sich hin und betrachtete ihn. Er saß da, ohne sich zu bewegen, aber er konnte natürlich hören, daß sie immer noch im Raum war.

Jetzt ist Schluß. Und wenn ich ihn zusammenschlagen muß, ich will die Wahrheit herauskriegen. Wenn ich selbst nicht etwas tue, dann hört das hier niemals auf. Nach ihm kommt der nächste und danach wieder der nächste … Ich werde noch wahnsinnig. Das muß ein Ende haben! Ich muß …

Ihre Gedanken wurden unterbrochen, als sie eine Tür klappen hörte. Dann waren Schritte auf der Treppe zu hören. Sie erhob sich und schaute durch einen Bretterspalt in der Tür hinaus. Es war Bent – mit einem Wäschekorb unter dem Arm. Gleich würde er entdecken, daß das Vorhängeschloß nicht an Ort und Stelle war, und dann würde er die Sache untersuchen. Zum einen, weil er ein sorgfältiger Mensch war, zum anderen, weil es im Laufe des letzten halben Jahres diverse Einbrüche im Keller gegeben hatte.

Sie schnappte sich die Tüte mit der alten Kleidung, schob die Tür einen Spalt auf und huschte schnell hinaus, warf sie wieder zu und hängte das Schloß davor.

»Nanu, Nina. Was hast du denn so früh schon hier unten zu suchen?«

Bent blieb stehen und stellte seinen Wäschekorb ab.

»Guten Morgen. Ach, ich bin gerade erst von einer Nachtwache nach Hause gekommen, für mich ist es nicht früh, sondern eher spät. Ich will nur noch die Wäsche zusammensuchen, und dann geht es ab ins Bett. Und was ist mit dir? Du bist doch sonst nicht so früh auf?«

»Ich wollte mein Arbeitszeug aus dem Trockner holen und die Maschine neu beladen. Will gleich zu einem Kumpel fahren. Wir müssen heute ein Auto fertigkriegen. Ist 'ne eilige Sache.«

»Und was macht der Kopf?«

»Der sitzt, wo er soll, oder nicht?« Bent sah sie lächelnd mit dem leicht schielenden Blick an. »Das war richtig nett mit der Pizza und dem Bier, und vielen Dank auch, daß du nachts noch nach mir geschaut hat. Was Neues vom Einbruch?«

Sie schüttelte den Kopf und nahm die Tüte hoch.

»Nee, nichts. Aber was soll's, wir haben alles wieder aufgeräumt. Es fehlte zwar einiges, Radio, CD-Player, Kamera und so, aber ich habe ja nichts, was besonders wertvoll ist.«

»Was hältst du von einem Golf, Baujahr 95 – nur eine Vorbesitzerin, ein richtiges Damenauto, für die Fahrt zum Friseur und zurück. Hat nicht viele Kilometer drauf. Du kannst ihn billig kriegen, Nina, weil du es bist.«

»Das geht nicht, Bent. Das muß warten. Und das mit dem Friseur erst recht … Aber sag mal, während ich warte und du deine Wäsche sortierst, kannst du mir ja einiges über Preise, die verschiedenen Automarken und so erzählen. Dann können wir zusammen raufgehen.«

»Kein Problem, ich stopfe das nur in die Maschine.«

Sie konnte Bent nicht allein im Keller herumwühlen lassen. Wenn der Russe da drinnen Lärm machte, war die Hölle los. Sie steuerte auf den Waschkeller zu. Sie mußte zusehen, daß Bent schnell dahinein verschwand.

»Weißt du, das mit den Japanern, das ist übertrieben. Die bauen auch gute Autos, und die rosten nicht mehr als alle anderen. Aber von einem alten Honda solltest du lieber die Finger lassen.«

Bent öffnete die Tür zum Waschkeller und stopfte seine Wäsche in die Maschine.

»So eine wie du, Nina, die braucht ein kleines, solides Auto, das immer anspringt, im Sommer wie im Winter.«

»Ja, aber dafür müßte ich erst einiges zusammengespart haben, oder? Und die deutschen Autos, die sind doch auch nicht schlecht?«

»O ja, die verstehen ihr Handwerk, aber sie lassen sich dafür auch bezahlen. Ich selbst hätte gern einen Audi, einen A6, aber den werde ich mir nie leisten können. Und wenn …«

»Vergiß deine Wäsche im Trockner nicht, Bent.«

»Ja, ja … Und wenn du dir einen Golf kaufen solltest, privat meine ich, dann kann ich mich drum kümmern, wenn was dran ist.«

»Das klingt doch gut, Bent. Ich glaube auch, daß ich eher zu einem deutschen Auto tendiere. Mein Onkel hat einen alten BMW. Der ist so gut wie nie in der Werkstatt. Wollen wir jetzt hochgehen? Ich merke, wie müde ich bin.«

Sie kannte die Gewohnheiten der Hausbewohner, und nachdem Bent in seiner Wohnung verschwunden war, wurde sie ruhiger. Niemand sonst würde auf die Idee kommen, an einem Sonntagvormittag in den Keller zu gehen. Und außerdem waren sie und Bent die einzigen, die überhaupt den Waschkeller benutzten.

Sie saß mit einem Becher schwarzem Kaffee und einer Zigarette am Küchentisch, als es leise an der Tür zur Hintertreppe klopfte. Das war Jørgen, dabei war es erst eine gute Stunde her, seit sie ihn geweckt hatte.

»Komm rein, Jørgen, das ging aber schnell!«

»Ja, ich habe mich beeilt. Und mit der Fähre hat es gut geklappt.«

»Und, bist du gut über die Mauer gekommen?«

»Ja, auf der anderen Seite stand ein Moped. Ich habe mich auf den Sitz gestellt und konnte mich so rüberziehen. Es ist mir auch niemand gefolgt. So, aber jetzt erzähl endlich, was los ist, Port!«

Sie stellte ihm einen Becher hin und schenkte Kaffee ein, während sie anfing zu erzählen. Als sie fertig war, nahm Jørgen ganz gegen seine Gewohnheit eine Zigarette an, denn in der Eile hatte er seine Pfeife vergessen.

»Tja, und jetzt sitzt er also da unten im Keller, geknebelt und verschnürt. Was zum Teufel soll ich nur tun, Jørgen?«

Der pensionierte Polizist saß eine Weile schweigend da und schaute auf die Zigarette, die zwischen seinen Fingern immer kürzer wurde. Dann nahm er einen letzten Zug und drückte sie aus, obwohl noch die Hälfte übrig war.

»Ach, Pfeife ist doch das einzig Wahre ... Und er kann kein Englisch, der Halunke?« Er sah Nina fragend an.

»Nein, offensichtlich nicht. Auf jeden Fall hat er draußen in der Fabrik keinen Mucks von sich gegeben. Er ist vollkommen ruhig – und stumm.«

»Ich weiß wohl, daß du mir nicht recht geben wirst, Port, aber das muß jetzt ein Ende haben ... Es war schon in Tallinn nicht in Ordnung, in London auch nicht – und jetzt ist es hier in Esbjerg erst recht nicht in Ordnung. Du ziehst das Unglück ja geradezu an. Es ist an der Zeit, deinen Arbeitgeber einzuweihen. Worum immer es sich hier handelt, es ist einfach zu gefährlich. Und das ist es eigentlich schon, seit sie dich in Estland durchs Moor gejagt haben. Du mußt zu deinem Chef gehen. Klopf an seine Tür – und leg die Karten auf den Tisch. Du brauchst Personenschutz. Alles andere ist unverantwortlich.«

»Bist du verrückt? Das geht doch nicht. Dann werde ich auf der Stelle suspendiert und letztendlich mit großem Trara rausgeschmissen. Überleg doch, wie oft ich jetzt das Gesetz schon übertreten habe. Ich habe private Nachforschungen angestellt, mich in den Hafen von Tallinn geschlichen, bin bei dem Seemann eingebrochen, vom Tatort in London abgehauen, habe gegen die Dienstverordnung verstoßen, indem ich mit meiner Dienstwaffe als Wache für eine private Firma Streife gegangen bin, habe draußen bei Vølund scharf geschossen, einen Mann gefangengenommen und ihn in meinem eigenen Keller angekettet. Nein, Jørgen, das geht einfach nicht.«

»Dein Chef ist ein kluger Mann, vielleicht versteht er, warum alles so schiefgelaufen ist?«

»Ja, vielleicht, aber er kann es sich nicht erlauben, mich zu schützen. Es sind schon Polizisten wegen viel geringerer Vergehen rausgeschmissen worden. Nimm doch nur den Kollegen, der die beiden Rocker verprügelt hat. Alle konnten ihn nur zu gut verstehen, aber die Polizei muß eine saubere Weste haben. So war es doch auch schon zu deiner Zeit – und wahrscheinlich ist es jetzt noch schärfer geworden.«

Jørgen nickte nachdenklich und schenkte sich Kaffee nach. Dann begann er zögernd:

»Und was ist nun, wenn … Ich denke da an … Ich habe einen guten Freund, einen früheren Kollegen, dessen Sohn ist irgend so ein hohes Tier beim PET. Wie wäre es, wenn die sich die Sache mal ansehen?«

»PET? Sicher, das ist zweifellos eher eine Sache für den Nachrichtendienst als für die Kriminalpolizei, aber das ist doch blanke Theorie. Ich meine, sowohl MI5 als auch MI6 waren drin verwickelt … Aber es nützt nichts, Jørgen. Wir reden hier über einen Fall, in den der britische Geheimdienst verwickelt ist. Er ist mindestens elf Jahre alt, und genaugenommen haben wir nicht die geringste Ahnung, worum es damals eigentlich ging – oder worum es heute geht. Mit PET zu reden, das bringt gar nichts. Und das Ergebnis wäre dasselbe: Sie werden mich feuern. Und ich liebe meinen Job …«

»Und was hast du dir selbst dann gedacht?«

»Gar nichts, höchstens, daß ich das wohl selbst regeln muß.

Ich will doch nicht für den Rest meines Lebens als Nachtwächterin arbeiten. Vielleicht sollte ich dem Kerl irgendwas zum Frühstück machen? Wir können es ja noch mal mit Englisch versuchen, nachdem er was zu essen gekriegt hat. Wer weiß?«

Sie schlug schnell ein paar Eier auf und briet einige Scheiben Frühstücksspeck, und mit dem Teller in der Hand folgte sie ihrem Onkel erneut hinunter in den Keller. Dieser trug einen Becher mit dampfend heißem Kaffee.

Sie schloß das Vorhängeschloß auf und trat in den Kellerraum. Der Russe saß unbeweglich wie eine Salzsäule da.

»Das hast du ja perfekt hingekriegt. Gib mir die Pistole, dann werde ich ihn in Schach halten«, sagte Jørgen.

Nina stellte den Teller auf den Boden, gab Jørgen die Pistole, zog dem Mann vorsichtig den Klebestreifen vom Mund und schnitt das Klebeband um die Füße durch. Anschließend schloß sie ihm die Handschellen auf, und als letztes nahm sie ihm die Augenbinde ab.

Der Mann blinzelte in das grelle Licht der Glühbirne, die von der Decke hing. Dann rieb er sich langsam seine Handgelenke und Unterarme. Jetzt, wo Klebeband und Tuch weg waren und sie zum ersten Mal richtig seinen Blick sehen konnte, erschien er noch grober und bedrohlicher als vorher.

Eine Narbe leuchtete wie ein weißer Streifen von einem Ohr bis schräg hinauf zum Hinterkopf durch das kurzrasierte Haar, und seine Augen saßen dicht beieinander in dunklen Augenhöhlen. Wenige Zentimeter unter den hohen Wangenknochen begann der dichte Bartwuchs, der sich wie ein schwarzer Schatten bis über das Kinn zog. Erst jetzt bemerkte sie den Ansatz einer Tätowierung, die auf der einen Halsseite entlanglief, bis hinein ins Blut der Platzwunde. Der Russe sah aus wie ein Urzeitmensch, für den Gnade ein unbekannter Begriff war.

Sie reichte ihm Teller und Kaffee und zog sich dann wieder an die Wand zurück. Gierig schaufelte er das Rührei in sich hinein, ohne den Blick vom Teller zu heben. Innerhalb weniger Minuten war alles weg. Er stellte den Teller beiseite, und schnell trat sie einen Schritt vor und hob den Teller auf, um gleich wieder zurückzugehen.

Erst als er den Becher mit Kaffee ergriff, schaute er sie an. Zuerst Nina, dann Jørgen, der die Pistole direkt auf ihn gerichtet hielt. Nina streckte dem Fremden eine Zigarette hin, die er nikkend ergriff. Sie warf ihm das Feuerzeug zu. Er zündete sich die Zigarette an und zog heftig an ihr, aber immer noch war kein einziger Laut über seine Lippen gedrungen.

Sie riß ihm das Feuerzeug aus der Hand. Dann versuchte sie es mit einfachem, deutlichem Englisch:

»Wer hat dich geschickt? Woher kommst du?«

»You are dead, bitch ...«

Der Mann kniff die Augen ein wenig zusammen, ein fast unmerkliches Lächeln huschte über sein Gesicht.

Sein Akzent war sehr hart. Die Worte klangen verzerrt, fast so, als habe er ein paar Brocken aus einem schlechten Film aufgeschnappt. Es war vor allem dieses höhnische Lächeln ... Sie fühlte, wie die Wut in ihr hochstieg. Ihr Hals wurde heiß, die Wangen glühten, aber sie versuchte es erneut mit ruhiger Stimme.

»Du arbeitest für die Bratsewo-Liga, nicht wahr? Bratsewo in Moskau?«

Jetzt sah er sie direkt an, nahm einen tiefen Zug aus der Zigarette und ließ den Rauch langsam durch die Lippen wieder hervorsickern.

»You are dead ...«

»Warum? Warum soll ich umgebracht werden? Antworte mir, verdammt noch mal!«

Ohne die Augen von ihr abzuwenden, hob er langsam den Becher und trank einen Schluck, gefolgt von einem weiteren Zug an der Zigarette.

»Fucking bitch, you are dead ...«

Sie sprang auf ihn zu und trat ihm mit aller Kraft ins Zwerchfell. Noch bevor er sich zusammenkrümmen konnte, schlug sie ihm schon den Teller gegen die Schläfe, so daß dieser zerbrach und die Scherben durch den Raum flogen.

»Du Schwein!«

Sie trat ihm erneut so heftig in den Bauch, daß er zusammenklappte und auf die Seite fiel, aber sie trat nur immer weiter auf ihn ein.

»Hör auf, Nina! Nina, hör auf!«

Jørgens Ruf drang zu ihr durch, und sie trat zurück. Schnappte nach Luft.

»Das nützt doch nichts. Er wird nichts sagen. Leg ihm lieber wieder die Handschellen an.«

Jørgen trat einen Schritt vor und hob die Pistole, so daß sie direkt auf den Kopf des Russen zielte. Mit zitternden Händen brachte sie ihr Opfer wieder in sitzende Stellung, drehte seine Hände nach hinten und legte ihm wieder die Handschellen an.

Sie traten beide zurück und betrachteten den Mann. Ein hohles Keuchen war zu hören, aber nach und nach richtete er sich auf. Ein dünner roter Faden lief von seiner Schläfe über die Wange bis in den Mundwinkel hinein. Seine Zunge fand das Blut und probierte es. Er starrte sie an und schleuderte ihr irgend etwas auf Russisch entgegen. Dann breitete sich ein höhnisches Grinsen auf seinem Gesicht aus, und er schüttelte leicht den Kopf.

Nina trat vor und klebte ihm mehrere Streifen Klebeband fest über den Mund, band ihm dann erneut das Halstuch vor die Augen. Jetzt war er nur noch ein stummer, blinder, harmloser Mann, der ihr nichts Böses antun konnte.

Der Kaffeebecher war auch zerbrochen, aber sie ließ die Scherben liegen, trat nur die Zigarettenkippe aus, die noch vor sich hin glimmte.

»Laß uns nach oben gehen, Jørgen. Ich muß mich hinsetzen und eine rauchen.«

Kurz darauf saßen sie einander gegenüber. Das Drama im Keller erschien ihnen surrealistisch. Es war so still in Ninas Küche. Das war einfach ein regnerischer Sonntagmorgen. Kaum Verkehr auf der Straße und nur ein leerer Parkplatz hinter der Mauer, wo sonst die Autos sich drängelten.

Nina zog an ihrer Zigarette und merkte, wie sie ein wenig zur Ruhe kam. Wie war sie nur in die Rolle des Gefangenenwärters geraten? Wer trieb da seine Scherze mit ihr?

»Was glaubst du – würde er mehr sagen, wenn es auf Russisch liefe?« Sie sah ihren Onkel fragend an.

»Nein … Denkst du an diesen Übersetzer?«

»Wilhelmsen, Bjarne Wilhelmsen, ja – oder doch nicht. Ich kann es nicht verantworten, ihn in so etwas mit hineinzuziehen. Er hat Frau und Kinder. ›Ach Bjarne, schaust du mal kurz bei mir vorbei? Ich habe einen Russen gefesselt im Keller – und übrigens, hättest du die Güte, über die Mauer zu klettern?‹ Nein, das bringt nichts. Und der Russe sieht nicht so aus, als würde er sich verplappern, auch nicht, wenn ich sämtliche Teller auf seinem Kopf zerschmettere.«

»Du warst zu heftig. Bestimmt hast du ihm ein paar Rippen gebrochen.«

»Ja, ja, ich weiß. Ich konnte nicht anders. Ich bin eben explodiert. Aber wenn wir das Schwein einfach laufenlassen, dann kommt er oder irgendein Handlanger zurück und vollendet den Job. Ich glaube, es geht darum, den Mann mit dem Horn zu finden. Mit einem Riesenhorn, in das er blasen kann, damit alle Jäger hören, daß die Jagd beendet ist, nicht wahr? Damit sie kapieren, daß ich ihnen kein Haar krümmen kann, ihnen nicht in die Quere komme bei ihrem schwachsinnigen Spiel, was auch immer das sein mag! Ich habe darüber nachgedacht, Jørgen, und mir fällt nur eine Möglichkeit ein …«

»Und die wäre?«

Jørgen rieb sich sein Gesicht mit beiden Händen und sah nicht besonders optimistisch aus, als er sie wieder herunternahm. Er sah eher aus wie der, der er nun einmal war – ein pensionierter Dorfpolizist und alter Mann, der es mit der Angst bekommen hatte, weil er die Situation nicht mehr überblicken konnte.

»Erinnerst du dich an den Alten, von dem ich dir erzählt habe? Den ich in Schottland besucht habe, Sir Walter Draycott.

Er ist früher im britischen Geheimdienst ein hohes Tier gewesen, das rieche ich. Er weiß, was da läuft. Und irgendwie habe ich das Gefühl, daß er – wenn überhaupt jemand – in der Lage ist, die Jagd abzublasen. Er hat so schütteres, weißes, wehendes Haar. Ich stelle ihn mir immer als den Zauberer Merlin vor … Er ist meine einzige Chance. Ich rufe ihn an.«

17

Der Immobilienmakler war ein pünktlicher junger Mann, der genau um zehn Uhr an der Tür der Wohnung im Sovereign Court klingelte, wie verabredet. Er konnte kaum älter als Ende Zwanzig sein, trug einen eleganten dunkelblauen Anzug mit einem hellen Trenchcoat darüber. Er war gut frisiert und seine Wangen glattrasiert, weich wie ein Kinderpopo.

Ein Hauch von Verblüffung glitt über das Gesicht des Mannes, als er die Tür öffnete.

Vielleicht lag es daran, daß Draycott gerade im Bad gewesen war, als er es läuten hörte und zur Tür ging. Jedenfalls stand er mit nackten Füßen da, das feuchte Haar nach hinten gestrichen, so daß es eng am Kopf lag. Das Einzige, was er sich in der Eile hatte schnappen können, war ein altes T-Shirt, dessen Naht an einem Ärmel aufgerissen war, so daß dort ein großes Loch klaffte. Und die Hose, das war seine abgetragene Lederhose, die er für die Wanderungen im schottischen Hochland benutzte. Sie saß mittlerweile so locker, daß er sie mit der linken Hand festhalten mußte, während er die rechte vorstreckte.

»Walter Draycott.«

Der junge Mann reichte ihm die Hand. Ein feuchter, alter Kerl in Lumpen war wohl kaum das, was er erwartet hatte, schließlich hatte die Wohnung in dem luxuriösen Londoner Viertel Kensington einen Wert von mehreren Millionen.

»Herzlich willkommen. Treten Sie doch ein.«

Er drückte die Hand des jungen Mannes kurz und fest.

Der Immobilienmakler stellte sich lächelnd vor, betrat selbstsicher den Flur und schaute sich mit Kennermiene um.

»Ja, ich selbst habe die Wohnung ja noch nicht gesehen. Ich bin für meinen Kollegen eingesprungen. Sonntagvormittag und Familie, das ist nicht immer so einfach zu regeln … Ich habe noch eine halbe Stunde, bevor die Interessenten kommen, dann kann ich mich ja vorher noch einmal umschauen.«

»Ja, tun Sie das. Sie müssen entschuldigen, aber ich war gerade im Bad, und der größte Teil meiner Kleidung ist schon eingepackt, ich muß mir erst etwas suchen.«

Der junge Mann begutachtete die große Wohnung, während Draycott sich ins Badezimmer zurückzog und in einem der Koffer etwas Passenderes fand. Als er zurückkam, stand der Makler an einem der Wohnzimmerfenster und schaute auf die Straße hinunter.

»Das sieht alles sehr gut aus, äußerst gepflegt, man könnte gleich einziehen, wenn man wollte«, stellte er fest.

»Und der Preis, ist der in Ordnung?«

»Ja, mein Kollege hat genau den Preis angesetzt, den ich auch geschätzt hätte.«

»Gut, wissen Sie … Ich möchte das gern so schnell wie möglich über die Bühne bringen, weil ich in ein paar Tagen London verlassen werde. Für eine schnelle Übernahme wäre ich bereit, noch ein wenig mit dem Preis herunterzugehen, falls das den Verkauf beschleunigt.«

»Der Preis ist überhaupt kein Problem. Wenn man es sich leisten kann, im Sovereign Court zu wohnen, dann kann man es sich auch leisten, den vollen Preis zu bezahlen. So ist das nun einmal in Kensington.«

Das Telefon, das er auf den Kaminsims gestellt hatte, klingelte, es klang wie eine Feuerwehrsirene in dem leeren Zimmer. Der alte Mann ging hin und hob ab.

»Draycott …«

»Guten Tag, Sir, hier spricht Nina Portland, die Kriminalkommissarin aus Dänemark.«

»Oh, ja, guten Tag, Miss Portland. Was kann ich für Sie tun?«

»Ich stecke in der Klemme … Ich habe ein Problem, das ich

gern mit Ihnen besprechen würde. Ich hoffe, Sie können mir helfen. Hätten Sie einen Moment Zeit?«

»Ich stehe hier gerade mit einem Wohnungsmakler. Wir erwarten ein Paar, das sich meine Wohnung ansehen will, deshalb würde ich Sie gern später anrufen. Sagen wir ungefähr in einer Stunde?«

»Das ist nett, vielen Dank. Und meine Nummer, haben Sie die?«

»Ja, ich habe den Zettel noch. Sie hören von mir.«

Das junge Paar war so zufrieden mit der Wohnung, daß sie sich nur kurz ins Eßzimmer zurückzogen, um sich zu besprechen, bevor sie verkündeten: Wir möchten die Wohnung gern kaufen.

Er war Beamter, sie hatte einen leitenden Posten in einer Versicherung. Ihre finanziellen Möglichkeiten hatten sie bereits mit ihrer Bank besprochen, also konnten sie ohne Zögern zusagen. Sie versuchten gar nicht erst, den Preis zu drücken. Sie wußten nur zu gut, daß man schnell sein mußte, wenn man in Kensington einen Fuß auf den Boden bekommen wollte.

Von diesem Punkt an übernahm die Maklerfirma alles. Draycott mußte nur dafür sorgen, daß die Wohnung bis zum 1. Januar geräumt war, und das war kein Problem.

Er fühlte sich erleichtert, daß alles so schnell geklappt hatte, und als er um die Ecke bog und eine der Telefonzellen an der Marloes Road ansteuerte, konnte er sich voll und ganz auf das konzentrieren, was jetzt kommen würde. Aber er war angespannt. Der Anruf der dänischen Frau hatte ihn überrascht. Sie hatte besorgt geklungen. Sie konnte doch gar nicht wissen, daß er bereits einen Flug nach Esbjerg gebucht hatte – und das sollte sie auch niemals erfahren.

Er nahm gleich die erste Zelle. Altmodische Telefonzellen waren gute Verbündete in einer Zeit, in der alle fast alles überwachen konnten. Inzwischen hatte beinahe schon jedes Kleinkind ein Handy, weshalb Telefonzellen wahrscheinlich bald eine ebensolche Rarität sein würden wie Schreibmaschinen.

Schon nach dem ersten Klingelton wurde abgehoben, als hätte die Dänin neben dem Telefon gesessen, die Hand auf dem Hörer.

»Hier ist Walter Draycott. Noch einmal guten Tag, Miss Portland.«

»Danke, daß Sie zurückrufen, Sir. Ich habe über alles noch einmal nachgedacht – lange. Und inzwischen hat sich diese verrückte Geschichte so entwickelt, daß ich glaube, Sie sind der einzige, der mir helfen kann. Ich hoffe es zumindest.«

»Sie wissen ja, daß mir gewisse Restriktionen auferlegt sind, was die Vergangenheit betrifft, deshalb fürchte ich, ich habe Ihnen gesagt, was ich sagen konnte, Miss Portland.«

»Ja, darum geht es auch gar nicht … Aber wissen Sie, ich habe jetzt einen Russen gefesselt bei mir im Keller sitzen. Ich weiß, das klingt schwachsinnig. Er hat keine Papiere bei sich, aber ich bin mir vollkommen sicher, daß er ein Russe ist. Ich glaube, sein Auftrag lautete, mich umzubringen. Ich kann nicht zur Polizei gehen. Ich kann ihn auch nicht einfach so freilassen. Vielleicht haben Sie Kontakte zu gewissen Gruppen. Kennen jemanden, der das beenden kann. Das ist einfach meine Hoffnung …«

»Also, nun erzählen Sie mir erst einmal die ganze Geschichte von diesem Russen. Und lassen Sie sich Zeit. Jedes Detail kann wichtig sein.«

Es machte ihm keine Sorgen, wenn die dänische Frau alles am Telefon erzählte. In ein paar Tagen, wenn seine früheren Kollegen ihre Posten eingenommen hatten, wäre es eine andere Sache gewesen. Seinem eigenen Telefon hingegen traute er nicht. Deshalb war er lieber in die Telefonzelle gegangen, in der er jetzt konzentriert den Ausführungen der Polizeikommissarin Nina Portland zuhörte.

Während ihres Berichts stellte er keine Fragen, gab ihr jedoch mit einem hin und wieder eingeworfenen kurzen »Ja« zu verstehen, daß er zuhörte und verstand, was sie sagte.

Während ihrer Begegnung in Schottland hatte Nina Portland ihm nicht erzählt, daß sie durch Moor und Wald gejagt worden war, als sie sich in Estland aufhielt, wo sie nichtsahnend eine Lawine ins Rollen gebracht hatte. Sie hatte ihm auch nicht detailliert von der Übersetzung der Tagebuchaufzeichnungen des russischen Seemanns erzählt. Aber lange, bevor sie überhaupt den Namen selbst nannte, war er überzeugt davon, daß es die Bratsewo-Liga war, die sich wieder einmal einmischte – genau wie vor elf Jahren.

Ihre Darstellung der Ereignisse war kurz und präzise. Als Kommissarin war sie es offenbar gewohnt, sich bei einer Zusammenfassung auf die wesentlichen Dinge zu konzentrieren. Was besagte, daß sie in ihrem Beruf tüchtig war, und das war nicht unwesentlich, wenn er daran dachte, daß ihre Prüfungen gerade erst begonnen hatten.

»Deshalb glaube ich, daß es die Bratsewo-Liga ist, die hinter mir her ist. Vielleicht gar nicht, weil ich so eine gefährliche Zeugin bin, sondern weil ich in einem Fall herumgestochert habe, in dem sie die Hauptrolle spielt. Ich kann den Mann nicht ewig in meinem Keller gefangenhalten. Ich kann ihn auch nicht laufenlassen. Sie hatten doch einen zentralen Posten im Geheimdienst inne. Sie waren in den Fall verwickelt, Sie haben jahrelang in Moskau gelebt – können Sie mir helfen, Sir Walter?«

»Das ist nicht ausgeschlossen, ganz und gar nicht ausgeschlossen … Aber zunächst einmal Punkt eins: Lassen Sie mich mit dem Mann reden. Und dabei ziehe ich das Festnetz vor, deshalb müßten Sie ihn ans Telefon holen. Ich rufe wieder an – sagen wir in einer Viertelstunde?«

»Ja, dann werde ich ihn hierhaben.«

Er legte den Hörer auf und setzte sich auf eine der Bänke hinter den Telefonzellen. Dann war es also wieder geschehen.

Nicht genug damit, daß er beschlossen hatte, seine eigenen Spuren zu kreuzen. Die Bratsewo-Liga kreuzte sie auch, genau wie damals, als die Russen Five und Six hereingelegt hatten, sie wie die begossenen Pudel hatten dastehen lassen. Rache zu üben, war nie in Frage gekommen. Das hatte keinen Sinn. So lief das Spiel nun einmal. Manchmal mußte man Lug und Betrug eben hinnehmen, ja sogar respektieren. Und die Bratsewo-Leute waren ganz gekonnt vorgegangen, mit einer Frechheit und Brutalität, wie es nur die Russen konnten.

Die russische Mafia war mit nichts zu vergleichen und nicht zu übertreffen, wenn es um Effektivität, brutale Macht und eine Abgestumpftheit ging, die bis in eine andere Welt hineinreichte. Nicht einmal Vauxhall Cross hatte es gewagt, die Bratsewo-Liga herauszufordern, aus dem simplen Kalkül heraus, daß der Ertrag ganz einfach in keinem Verhältnis zu den Kosten stand.

Aber die Russen mußten verschwinden – und zwar umgehend. Das Spielfeld mußte frei sein, bevor die Spieler ihre Plätze einnahmen.

Ja, Miss Portland hatte recht, er konnte immer noch ein paar seiner alten Verbindungen spielen lassen. Die Russen mußten begreifen, daß sie in diesem Fall gar nicht das Ziel waren. Daß sie ganz unwichtig waren – und daß niemand die Absicht hatte, sie für ihren elf Jahre alten betrügerischen Stunt auf hoher See zur Rechenschaft zu ziehen.

Wahrscheinlich genügten ein oder zwei Anrufe in Moskau, um die Jagd auf die dänische Frau abzublasen. Und dann gäbe es ein paar Tage Ruhe in Nina Portlands stürmischem Leben, bevor eine neue und sehr viel ernstere Jagd ihren unsichtbaren Anfang nahm.

Er rief genau eine Viertelstunde später wieder an, und sie antwortete sogleich. Dann bekam er den Russen an den Apparat, und auch wenn die Sprache, die er doch früher ziemlich gut beherrschte, eingerostet war, so würde er sich schon verständlich machen.

»Guten Tag, mein Name ist Walter Draycott. Ich rufe an, um Sie aus dieser mißlichen Lage zu befreien. Also, wenn Sie mit mir zusammenarbeiten, dann sind Sie innerhalb einer Stunde frei. Verstanden?«

»Ich höre …«

Der Mann klang mürrisch, erklärte sich aber zumindest bereit, zuzuhören. Es gab keinen Grund für eine lange Vorrede. Die Mafia gebrauchte auch keine blumigen Worte.

»Wer ist Ihr Chef? Wer hat Sie geschickt?«

»Das geht dich nichts an.«

»Als ich das letzte Mal mit Bratsewo verhandelt habe, war es Alexander Borisow. Damals war Sascha Tuganow seine rechte Hand. Ist es einer der beiden?«

»Jetzt ist es Sascha.«

»Ausgezeichnet, dann geben Sie mir bitte eine Nummer, wo ich ihn auf jeden Fall erreichen kann.«

Der Russe gab ihm zwei Nummern zur Auswahl, und dann bat Draycott, noch einmal mit der Frau sprechen zu können.

»Ich muß ein paar Anrufe erledigen, Miss Portland, aber ich melde mich wieder, vermutlich in ungefähr einer halben Stunde. Behalten Sie den Russen in der Nähe des Telefons.«

Er ging zu einem Kiosk und wechselte Kleingeld ein. Als er zurückkam, rief er sofort die erste Nummer an, und man bestätigte ihm, daß Sascha Tuganow dort zu erreichen war. Nach kurzer Wartezeit erklang eine Stimme im Hörer.

Sascha Tuganow wußte genau, mit wem er sprach. Draycott kam schnell zur Sache und erklärte dem obersten Aktionsleiter der Bratsewo-Liga, worum es ging. Daß sie eine Übereinkunft treffen mußten. Daß es keinen Grund gab, dieser dänischen Frau nach dem Leben zu trachten, denn niemand wollte in der Angelegenheit um die MS Ursula und ihrer verschwundenen Fracht wieder herumwühlen. Zumindest nicht, um Bratsewo zur Rechenschaft zu ziehen.

»Wenn unser Gespräch beendet ist, werde ich mir erlauben, meinen lieben alten Kollegen in der Lubjanka, Generalmajor Menschow, anzurufen. Er ist Leiter des Direktorats zur Aufdekkung und Begrenzung organisierter Kriminalität. Ich nehme an, Sie kennen ihn. Er ist mir von früher her noch einen Gefallen schuldig, und sollten Sie trotz allem Ihre Leute nicht zurückziehen und die Dänin nicht in Ruhe lassen, bin ich überzeugt davon, daß Sie Besuch vom FSB bekommen. Nicht einmal oder zweimal, nein, so oft, daß es Ihre Geschäfte ernsthaft stören wird. Sind wir uns einig?«

»Aber mein lieber Draycott ...«

Sascha Tuganow gluckste freundschaftlich in den Hörer.

»Sie können sich die Mühe sparen, Draycott. Eine Abmachung mit Sascha ist eine Abmachung. Wenn wir gewußt hätten, was dieses Frauenzimmer eigentlich vorhat, hätten wir uns nicht die Mühe gemacht. Wir dachten, sie wäre ein Stein in unserem Schuh. Sie kann unseren Freund ruhig freilassen.«

»Noch eins zum Schluß. Sie haben Miss Portland natürlich auch in London beschattet, aber haben Ihre Leute auch Gordon Ballard, früher beim MI5, umgebracht?«

»Nein, das waren wir nicht. Aber wir waren in der Nähe. Das war einer von Allahs kleinen schwarzen Freunden.«

»Na gut, Ihr Mann kriegt heute wohl noch ein Flugzeug. Auf Wiedersehen.«

Er hatte natürlich die Nummer des Generalmajors nicht mehr im Kopf, aber die Nummer der Lubjanka, dem Hauptquartier des russischen Inlandsgeheimdienstes und Nachfolgers des KGB, Federalnaja Sluschba Bezopastnosti, FSB, die kannte er auswendig. Und obwohl Sonntag war, gelang es ihm schließlich, einen der Mitarbeiter des Generalmajors zu erreichen, der sich noch an ihn erinnerte und höflich das Gespräch auf den Privatapparat durchstellte.

Generalmajor Menschow war einer seiner wirklich guten Freunde während der Moskauzeit gewesen, damals ein jüngerer Mann, der gut durchgekommen war, trotz der Säuberungen. Sie hatten mehrere Male zusammengearbeitet, und wenn Menschow etwas versprach, dann hielt er es auch.

Sie kamen dahingehend überein, daß Lubjanka auf alle Fälle ganz formlos einen Mitarbeiter zur Bratsewo-Liga schicken sollte, um sich mit Sascha Tuganow zu unterhalten, damit der den Ernst der Lage begriff.

Anschließend unterhielten sie sich über alte Zeiten, und Menschow beschloß das Telefonat mit einer Einladung nach Moskau, wenn ihn eines schönen Tages der Weg einmal wieder dorthin führen sollte. Menschow hatte kein einziges Mal danach gefragt, was denn da eigentlich hinter den Kulissen vor sich ging. Das wurde als rein britische Affäre betrachtet, und Gentlemen ihrer Branche fragten nicht danach. Schon gar nicht, wenn es Sir Walter Draycott persönlich war, der um einen Gefallen bat.

Es war nicht einmal eine halbe Stunde vergangen, als er Nina Portland erneut anrief. Zuerst bat er, den Russen ans Telefon zu bekommen.

»Sie werden gleich frei sein. Lassen Sie die Frau in Ruhe und fahren Sie nach Hause. Ich habe das mit Sascha abgesprochen. Sie können ihn ja anrufen und sich das bestätigen lassen, wenn Sie wollen. Und jetzt geben Sie mir die Frau.«

Nina Portland war sofort am Telefon.

»Sie können den Kerl ruhig freilassen, Miss Portland. Die Sache hat sich geklärt.«

Er konnte einen Seufzer der Erleichterung am anderen Ende hören. Dann klang es aber dennoch besorgt:

»Vielen Dank, Sir, aber kann ich auch sicher sein, daß jetzt alles überstanden ist?«

Die Frage kam ihm gar nicht gelegen. Sie erwischte ihn kalt, denn ihm gefiel die Dänin, und ihre Frage zwang ihn zu einer direkten Lüge.

»Ja, es ist vorbei. Die Russen haben gewußt, daß Sie Ihnen in dieser alten Sache auf die Spur gekommen sind, und bei der Mafia dort ist der Weg zum Handeln immer besonders kurz. Die räumen die Leute einfach aus dem Weg, ohne überhaupt vorher nachzufragen – einfach um auf der sicheren Seite zu sein. Aber die Aktion ist jetzt abgeblasen.«

»Das war ein langer Weg, und wenn ich jetzt daran denke, daß das alles nur mit diesem verfluchten Foto des Seemanns angefangen hat. Aber … Ja, jedenfalls weiß ich jetzt, daß er es nicht war. Und was noch wichtiger ist – daß Tommy Blackwood tot und verschollen ist.«

»Ja, leider. Der Vater Ihres Sohnes wird nie zurückkommen. Sein Tod war die schmerzlichste Niederlage in meiner Karriere, Miss Portland. Wenn ich mich jetzt ein wenig nützlich machen konnte, dann darf ich das hoffentlich als kleinen Ausgleich für den Verlust ansehen, den ich Ihnen damals habe zufügen müssen. Wenn man so alt geworden ist wie ich, dann sieht man gewisse Dinge in einem anderen Licht. Jeder hat sein Kreuz zu tragen, Miss Portland. Heißt es nicht so? Ich muß jetzt zurück und die restlichen Sachen aus der Wohnung räumen, also ... Fröhliche Weihnachten und ein schönes neues Jahr wünsche ich Ihnen und Ihrer Familie.«

»Danke gleichfalls, Sir Walter. Auf Wiedersehen.«

Die Erleichterung bei dem Gedanken, daß er die Wohnung bald leergeräumt haben würde, war verschwunden. Das Gefühl, alles in der Hand zu haben, das ihn überkommen war, als er mit wenigen Worten und ein paar ritterlichen Anrufen in der Vergangenheit die kritische Situation meisterte, hatte sich in Ekel vor der eigenen Person verwandelt, als er den Hörer auflegte.

Aber er konnte sie nicht warnen. Sie mußte sich ganz normal verhalten, zur Arbeit gehen, nach Hause kommen, mit ihrem Sohn zusammensein. Alles so tun, wie es ihre Gewohnheit war.

Tat sie es nicht, würde die ganze Operation scheitern. Der Löwe würde den Köder riechen und verschwinden. Und er selbst – ihm würde es nie gelingen, auch nur einen Teil des angerichteten Schadens wiedergutzumachen.

Der Bußgang für seinen fatalen Fehler, Blackwood allein auf den Balkan zu schicken, war eine Prüfung, die er durchstehen mußte. Für alle Beteiligten – und für seinen eigenen Seelenfrieden.

In zwei Tagen würde er nach Esbjerg fliegen. Um endlich mit der Vergangenheit abzurechnen.

Sie schenkte frischen Kaffee in ihre Becher und goß sich und Jørgen einen großen Cognac ein. Jørgen liebte Cognac, auch wenn ein Sonntagmittag eine ungewöhnliche Zeit für einen schwarzen Renault war.

»Skål, Jørgen ...«

»Skål, Port ...«

Sie hoben die Gläser und genossen den Geschmack, der sich in der Mundhöhle ausbreitete und den Hals hinunter wärmte. Es war nicht einmal eine Viertelstunde her, daß sie den Russen bis zur Haustür gebracht und ihn die Skolegade hatten hinaufgehen sehen, wo er nach links in die Torvegade abbog. Vielleicht war er ja im Hotel Britannia abgestiegen? Er hatte einen Kontrollanruf bei seinem Chef getätigt, bevor er ohne ein weiteres Wort gegangen war. Er brauchte zweifellos ärztliche Hilfe, sowohl für die Wunde am Hinterkopf als auch für die Rippen, die sie ihm wahrscheinlich gebrochen hatte. Aber das interessierte sie nicht.

Jørgen war zum Auto hinuntergegangen, um die Reservepfeife zu holen, die er immer im Handschuhfach liegen hatte. Er war sichtlich erleichtert. Und jetzt saß er zurückgelehnt auf dem Küchenstuhl, genoß seinen Kaffee, seinen Cognac und seinen Cavendish.

»Stell dir vor, Port, daß so ein albernes Foto so viel in Bewegung setzen kann! Aber wenn überhaupt etwas Positives an der ganzen Geschichte ist, dann doch wohl die Erkenntnis, daß dieser Tommy dich damals nicht reingelegt hat. Daß er dich mochte, mein Mädchen, und daß er geplant hatte, zurückzukommen. Daß der Seemann die anderen nicht umgebracht hat, nun ja … Das war ja nur so ein Rätsel. Wir hätten auch gut weiterleben können, ohne es gelöst zu haben, oder? Was meinst du, Port?«

Sie gab keine Antwort, saß nur da und ließ den Cognac in ihrem Glas kreisen, musterte die Gardinen, die Bleikante am Saum, als wäre dies das Wichtigste auf der Welt.

»Hallo Port, was ist los?«

Sie seufzte schwer und griff nach dem Zigarettenpäckchen. Zündete sich eine an und ließ den Rauch langsam durch die halbgeöffneten Lippen sickern. Dann legte sie den Kopf zurück und formte einen großen Rauchkringel, der nervös unter der Lampe tanzte und sich dann auflöste. Und noch einen.

»Es ist noch nicht zu Ende, Jørgen …«

»Was sagst du da?«

»Es ist noch nicht zu Ende. Ich kann dir nicht sagen, warum. Das ist einfach so ein Gefühl, das ich habe. Ganz unten im Bauch.«

»Vertraust du diesem Draycott nicht?«

»Doch, schon. Ich glaube, er ist ehrlich. Aber kann man sein ganzes Leben beim Geheimdienst verbracht haben und immer noch ein ehrlicher Mann sein? Ich glaube schon, daß er das möchte, aber er kann es doch nicht. Ich habe es seiner Stimme angehört. Da ist etwas im Busch, etwas Großes, das ich in Gang gesetzt habe, und von dem ich ein Teil bin. Das kann ich spüren. Es ist noch nicht zu Ende ...«

»Ja, und? Was willst du tun?«

Jørgen ergriff mit einer Reflexbewegung seine Pfeife und zündete sie an.

»Vielleicht irrst du dich ja, Port?«

»Mein Bauch lügt nicht.«

»Ja und, was jetzt?«

»Ich habe mir das alles noch einmal durch den Kopf gehenlassen, die Holzkisten, die Überwachung, das fundamentalistische Milieu, MI5 und MI6, dieser Ballard, der erstochen wurde. Da ist etwas so groß, daß es nicht mehr gebremst werden kann. Und ich bin nur ein winziges Teilchen davon. Aber was soll ich machen? Sir Walter war meine letzte Chance. Ich kann nichts anderes tun als zu warten.«

»Warten ist nie gut.«

»Nein, aber ich habe alle Möglichkeiten ausgeschöpft. Ich kann nur noch warten. Und das Beste hoffen. Vielleicht finde ich ja heraus, was da passiert. Vielleicht geschieht das über meinen Kopf hinweg oder irgendwo sonst auf der Welt, ohne daß ich überhaupt etwas mitkriege.«

Jørgen versuchte ihren Gedanken zu folgen. Das konnte sie sehen. Er ließ die Pfeife in einem Mundwinkel ruhen, während er sie betrachtete.

»Wenn du recht haben solltest, dann können wir nur hoffen, daß es über deinen Kopf hinweg passiert. Weit, weit darüber.«

»Ja, es ist ja möglich, daß es so läuft. Da ist nur diese verfluchte Ungewißheit. Daß ich nie weiß, was passieren wird, wo es passieren wird und warum. Verstehst du? Diese Unsicherheit frißt mich von innen auf. Die nagt wie eine Ratte an mir.«

Obwohl sie gesagt hatte, sie würde sich gleich hinlegen, um noch ein bißchen Schlaf zu bekommen, blieb sie am Küchentisch sitzen, nachdem Jørgen gegangen war. Sie trank zwei große Cognacs und rauchte eine nach der anderen, vergaß aber nicht, das Fenster weit aufzureißen, damit der Qualm abziehen konnte. Der Plan eines rauchfreien Zuhauses war mittlerweile unerfüllbar geworden.

Ihre Heckler & Koch lag vor ihr auf der bunten Plastikdecke, gesichert und mit vollem Magazin. Als der letzte Tropfen Renault ausgetrunken war, nahm sie die Waffe mit ins Schlafzimmer und legte sie auf den Nachttisch. Sie stellte ihren Wecker auf drei Uhr, erwartete aber gar nicht, einschlafen zu können.

Erst als der Wecker klingelte, wurde ihr bewußt, daß sie wie eine Tote geschlafen hatte. Und erst als sie auf die Schlummertaste drückte und in eine Ewigkeit von neun Minuten Schlaf zurückfiel, begann sie zu träumen.

Das war so lebensecht. Ein geheimnisvoller Mann, dessen Gesicht sie nicht sehen konnte, lief hinter ihr her. Jedesmal, wenn sie sich verbarg, fand er ihr Versteck und sie mußte ihre panische Flucht fortsetzen.

Der Wecker klingelte erneut, und sie reagierte prompt darauf, indem sie die Schlummertaste noch einmal drückte. Der Mann verfolgte sie weiter. Sie lief schneller und immer schneller. Er lief auch schneller. Ihre Lungenflügel rasselten, und jedesmal, wenn er sie fast einholte, konnte sie hören, daß er nicht einmal außer Atem war.

Sie lief wieder weg – und der Wecker klingelte erneut. Sie drückte wieder die Schlummertaste, und er holte sie wieder ein. Zum Schluß blieb sie vor einem Abgrund stehen. Und auch er stand wieder da – ohne zu keuchen. Dann versetzte er ihr einen leichten Stoß, und sie fiel und fiel und fiel, ein schwindelerregender Sturz mit Pirouetten durch die Luft und einem Gefühl unendlicher Leichtigkeit.

Der Wecker ertönte und rettete sie, kurz bevor sie auf den Boden aufprallte.

Sie atmete schwer, als wäre diese wahnsinnige Flucht Realität gewesen. Dann stellte sie den Wecker ganz aus. Mittlerweile fühlte sie sich so wach, daß sie gleich aufstehen konnte. Doch dann fiel sie erneut in den Schlaf. In einen ruhigen Schlaf ohne Verfolger.

Als das Telefon klingelte, hatte sie keine Ahnung, wo sie sich befand. Es konnte Tag oder Nacht sein.

»Hallo Nina, hier ist Martin.«

»Oh, hallo, ja, ich ...«

»Habe ich dich geweckt? Ich dachte, du wärst schon längst aufgestanden. Du warst doch gegen fünf heute morgen fertig, oder?«

»Nein, das heißt, doch ... Natürlich ... Aber dann ist mein Onkel vorbeigekommen, ja, und dann habe ich alles mögliche angefangen, und dadurch ist es spät geworden, bevor ich ins Bett kam. Wie spät ist es denn? Was machst du?«

Sie war sich nicht ganz klar darüber, was sie da eigentlich redete, hatte aber das Gefühl, daß es absolut das Falsche war.

»Es ist halb fünf. Ich sitze nur hier herum und sortiere Rechnungen. Ich wollte vorschlagen, ob wir uns nicht sehen könnten, nur für ein oder zwei Stunden. Das mit dem Kino ist ja schiefgelaufen, und deshalb ...«

Langsam wurde sie klarer im Kopf und kämpfte sich zu einem Enthusiasmus herauf, der so übertrieben klang, daß sie es selbst hören konnte.

»Ach, das wäre schön, Martin. Richtig toll. Auf jeden Fall ... O nein! Es geht doch nicht, verdammt. Ich muß ja Jonas abholen. Er ist noch auf Fanø.«

»Hast du nicht gerade gesagt, daß dein Onkel am Vormittag bei dir war?«

»Doch, ja, er ist auf einen Sprung vorbeigekommen. Er hatte

hier etwas zu erledigen. Ich muß Jonas um fünf Uhr abholen. Und das ist es ja gleich … Mein Onkel wartet in Nordby auf mich. Ich soll bei ihnen zu Abend essen. Du mußt entschuldigen. Ich bin ein bißchen durcheinander. Einfach so verdammt müde, weißt du. Zwei Wachschichten hintereinander nach einer vollen Arbeitswoche. Ich bin ja nicht mehr fünfundzwanzig, nicht wahr?«

Im Laufe ihres Gesprächs wurde Martin immer einsilbiger. Normalerweise hätte er prompt reagiert. Vielleicht zügelte er bewußt sein Temperament nach ihrem Gespräch am Strand?

Als sie sich voneinander verabschiedeten, war sie sich klar darüber, daß es mal wieder schiefgelaufen war, schon wieder …

Als sie ihr Handy hinlegte, überlegte sie kurz, ob es nicht an der Zeit war, ihn in ihr chaotisches Leben einzuweihen. Ihm zu zeigen, daß das Universum Amok lief. Aber sie schaffte es einfach nicht.

Sie dachte an den Abend, als sie im Container im Tallinner Hafen gesessen hatte. Hatte sie sich damals nicht eingebildet, 1993 wäre ihr Jahr, ein Portländisches *annus horribilis*? Oh, ja. Damals konnte sie nicht wissen, daß das Jahr 2004 seine letzten Monate dazu benutzen würde, sie ins Schattenland zu katapultieren und alles noch schrecklicher zu machen.

Das leichte Stampfen der Fähre gegen den Wind und ihr monotones Motorenbrummen legten sich wie eine schützende Haut um ihr zerrissenes Innenleben.

Das war so vertraut, vielleicht war es das, was sie am allerbesten auf dieser Welt kannte – die Geräusche, der Wind im Gesicht, die schwebenden Möwen über ihrem Kopf, der Geruch aus dem Schornstein, das Salzwasser und das Bild von Esbjerg hinter ihr. Die Container, die Schiffe, die Silos, der Wasserturm – all das, was sie immer im Rücken hatte.

Sie hatte Astrid angerufen und ihr gesagt, daß sie sich ein wenig verspätete, weil sie verschlafen hatte. Astrids Kommentar, »das kann ich mir vorstellen«, deutete an, daß Jørgen ihr erzählt hatte, was in den frühen Morgenstunden vor sich gegangen war.

Jetzt saß sie auf der Bank oben an Deck, genau wie sie es immer getan hatte, im Frühling, Sommer, Herbst und Winter. Es war ärgerlich, daß die neue Fährrinne die Fahrt so verkürzt hatte. Früher hatte es zwanzig Minuten gedauert. Ein Sprung von einer Welt in die andere brauchte seine Zeit, damit das Herz auch mitkam.

Sie zog den Jackenreißverschluß auf und zündete sich im Windschutz der Jacke mal wieder eine der unzähligen Zigaretten an. Sie konnte es nicht mehr steuern. Rauchte einfach drauflos.

Mein Leben geht den Bach runter. Und morgen ist Montag. Das schaffst du nie … Doch, du schaffst es! Denke an die Fahrt hier. Hin und zurück, hin und zurück – ein halbes Leben lang. Möchtest du das mit einem Mal nicht mehr haben? Willst du einfach aufgeben? Na siehst du … Ich habe Jonas, ich habe Astrid und Jørgen, ich habe Martin – ich habe allen Grund, die Zähne zusammenzubeißen. Ich muß nur überlegen und auf der Hut sein. Vor jemandem auf der Hut sein, von dem ich keine Ahnung habe, wer es sein könnte.

Ach ja, ich habe ja auch noch einen Vater. Wie ist es möglich, daß wir nicht zueinanderfinden können? Es ist doch wirklich eine Schande. Er hat mich im Stich gelassen, aber wenn ich ihn jetzt auch im Stich lasse, dann fehlt mir einfach Format. Das Portlandformat, das vielleicht gar nicht so riesig ist, zumindest nicht, wenn ich mich nur passiv verhalte.

Es ist die Zeit der Herzen, Nina Portland. Mach es einfacher für ihn. Wenn du tot bist, ist es zu spät. Wenn er tot ist, ist es zu spät. Lebe das Leben, reiß dich zusammen, schieb den Karren an – und vergiß nicht, dich immer wieder umzusehen.

Sie stand auf und ging zur Reling. Das Wasser sah dezemberkalt aus – und trüb. Seit dem Besuch bei dem alten Kapitän hatte sie oft an ihn gedacht. Sie hatte auch während ihrer letzten Nachtwache über ihn nachgedacht, ja, sogar noch in der Sekunde, als sie das Geräusch in der Vølund-Fabrik gehört hatte.

Man mußte kein Psychotherapeut sein, um sie zu durchschauen. Sie hatte nichts unternommen, um es ihrem Vater leichter zu machen. Sie hatte nur wie ein enttäuschtes und im Stich gelassenes Kind gewartet. Was wußte sie denn von seinen Motiven und den Gedanken, die sich in ihm regten? Nichts …

Und da war das mit dem Tod. Der Gedanke war ihr zum allerersten Mal gekommen, als sie hilflos da draußen im Schnee unter den dunklen Tannen im Nationalpark gelegen hatte. Er war wie aus dem Nebel heraus erschienen, der sie eingehüllt hatte. Und seitdem hatte er sie begleitet. Meistens wie ein schüchterner Begleiter der Angst, die sie jede Sekunde gespürt hatte, als es sich zuspitzte.

Eine Möwe flog über ihren Kopf mit einem Schrei hinweg, der aus dem Totenreich hätte stammen können. Wie verrückt es auch klang, sie hatte sich zum erstenmal in der Gesellschaft ihres Vaters wohl gefühlt, als er mit den Armen im Aquarium dastand und vorsichtig seine Fische in ihre neue Bleibe schubste.

Der Tod war möglicherweise eine Axt, deren drohende Klinge das Beste in einem hervorholte. Der Gedanke, sterben zu müssen, verlieh dem Dasein eine gewaltige Kraft.

Als die Fähre an ihren Anleger glitt, hatte sie sich entschieden. Wenn er es nicht schaffte, dann mußte sie es tun – die Initiative ergreifen und ihm auf den richtigen Weg helfen. Frederik Portland war ihr Vater, und einen Vater ließ man nicht im Stich. Nicht, wenn man noch eine gewisse Würde im Leib hatte.

Jonas und Jørgen standen unten und winkten. Sie waren immer da. Von jetzt an wollte sie nicht mehr warten – sondern kämpfen. Sie wollte offensiv gegen die Leute des Labyrinths vorgehen. Sie mußte nur nachdenken, gründlich nachdenken – und einen kühlen Kopf bewahren.

18

Mit so banalen Hilfsmitteln wie Dickmilch, Adventskalenderpäckchen, Kerzen, Küchengemütlichkeit und Kakao gelang es ihr an diesem Montagmorgen, das Chaos zu bezwingen und den üblichen Dezemberrhythmus aufzunehmen. Das war wohl der erste Schritt den Berg hinauf.

Sie ging mit Jonas zur Schule und dann weiter zum Polizeirevier, wo etwas so Ungewöhnliches wie ein Tötungsdelikt auf sie wartete und den Brandstifterfall natürlich auf der Prioritätsliste herabstufte. Es war kein richtiger »Mord«, nur ein Totschlag von der langweiligen, tragischen Sorte. Ein Besoffener hatte vor lauter Eifersucht das Brotmesser in seine Frau gerammt, um hinterher einen Krankenwagen zu rufen, als dem Schwein der Ernst der Lage bewußt wurde.

Der Fall war ziemlich klar. Trotzdem gab es genug zu tun, denn schließlich mußte alles seine Ordnung haben, ganz gleich, wie einleuchtend die Sache erschien.

Gemeinsam mit Svendsen sollte sie zu dem Hochhaus in Gjesing fahren und die Erklärung des Mannes mit den Aussagen der Nachbarn vergleichen.

»Was zum Teufel ist das nur mit Weihnachten? Sollte das nicht das Fest der Herzen sein? So hat es meine Großmutter jedenfalls immer behauptet, soweit ich mich noch erinnere. ›Es ist Weihnachten. Da sollen wir nett zueinander sein.‹ Und was passiert, Nina? Die Leute laufen Amok, besaufen sich bis zur Besinnungslosigkeit, bringen sich gegenseitig um oder schlagen den Nächstbesten krankenhausreif. Ich habe heute morgen mit Olsen geredet. Für die Streifenbesatzung war das ein Höllenwochenende. Die Weihnachtsfeiern hinterlassen ihre Spuren. Dänemark befindet sich im Ausnahmezustand.«

Svendsen hatte eigentlich ein sanftes Gemüt, aber das Phänomen brachte anscheinend selbst sein Blut in Wallung. Und der Mann hatte ja recht. Es gab kaum eine andere Zeit im Jahr, zu der die Leute so böse und aggressiv waren wie zu Weihnachten. Der Alkoholverbrauch der Dänen war enorm, und die Polizei war damit beschäftigt, nach den Saufgelagen aufzuräumen oder sie im besten Fall in geordneten Bahnen zu halten.

»Weißt du, das mit dem Fest der Herzen, das sagt meine Tante auch immer. Die sollte mal eine Nacht in der Skolegade verbringen. Da versuchen sie eher, einander die Herzen herauszureißen. Du hast doch auch von dem Vierzehnjährigen gehört, der seinen dreizehnjährigen Kumpel nach einem Streit fast aufgeschlitzt hat, oder?«

Svendsen nickte.

»Die werden immer jünger. Es ist eine Schande.«

»Ich hasse es, wenn Messer im Spiel sind. Jonas ist schon zehn. Mir wird eiskalt vor Angst bei dem Gedanken …«

Svendsen zündete sich eine Zigarette an, als er den Wagen auf den Parkplatz gefahren und den Zündschlüssel umgedreht hatte.

»Wollen wir einen Moment noch Kräfte sammeln?«

»Ja, laß uns das machen.«

Sie hielt sorgfältig nach allen Seiten Ausschau. Es kam kein Auto. Niemand war ihnen vom Polizeigebäude her gefolgt. Vielleicht war es tatsächlich vorbei?

Neidisch schaute sie dem Tabakrauch nach, der aus dem halb heruntergekurbelten Fenster hinauswehte. Sie hatte beschlossen, sich zu mäßigen. Auch das war ein kleiner Schritt im Kampf, wieder die Oberhand zu gewinnen. Sie konnte nicht auf dem letzten Loch pfeifen und gleichzeitig einen unsichtbaren Krieg durchstehen. Deshalb mußte verdammt noch mal alles wieder zurück in die gewohnten Bahnen, damit sie von einer soliden Plattform aus arbeiten konnte.

»Hast du aufgehört zu rauchen?«

»Nein, ich habe nur das Gefühl, daß ich das ganze Wochenende wie ein Schlot gequalmt habe und es erst einmal für eine Weile reicht.«

»Das kenne ich«, nickte Svendsen. »Meine Frau und ich, wir hören immer beide auf, wenn es Silvester zwölf schlägt. Was bedeutet, daß wir vorher um so mehr rauchen müssen.«

»Ich halte nicht viel von Vorsätzen fürs neue Jahr. Das ist zu simpel. Ich finde, es hat mehr Stil, an einem Mittwoch im Mai aufzuhören.«

»Und warum gerade im Mai?«

»Aus keinem Grund. Nimm den August, wenn es dir lieber ist.«

»Ach so ...«

Offenbar beruhigt von dem Gedanken, daß der Mai nicht mit einer speziellen nikotinvertreibenden Kraft versehen war, rutschte Svendsen ein Stück tiefer auf seinem Sitz. Dort fühlte er sich eigentlich am wohlsten, und dort würde er am liebsten den letzten Rest seiner Zeit verbringen, bis im nächsten Herbst der Tag der Pensionierung anstand. Aber sie mochte ihn trotzdem. Svendsen war ein Freund der Menschen. Er machte sich ernsthaft Sorgen um sie. Wenn man zwei Teile Einfalt, einen Teil Loyalität, einen Teil Pflichterfüllung, einen Teil Jackentaschenschmutz und einen Teil Mitleid mischte, dann bekäme man einen Svendsen.

Das Ergebnis ihrer Befragungen wies genau in die gleiche Richtung wie die Erklärung des Mannes, und als sie ins Revier zurückkamen, ging es nur noch darum, das Ganze niederzuschreiben.

Einer der Nachbarn war von dem Geräusch eines Taxis aufgewacht, und ganz normale Neugier hatte ihn dazu gebracht, aus dem Fenster zu schauen. Aus dem Taxi war die Frau gestiegen, die jetzt tot war, und dann war sie den Plattenweg im superkurzen Mini entlanggetorkelt, wie schon so oft. Da war es halb sechs gewesen. Das paßte genau zu der Erklärung des

Mannes, daß er gewartet hatte und dann Amok lief, weil er wußte, daß sie ihm untreu gewesen war. Er selbst hatte ein kleineres Besäufnis mit Freunden veranstaltet, die die Wohnung gegen drei Uhr verließen. Anschließend hatte er sich anderthalb Pornofilme angeguckt und wollte gerade zu Bett gehen, reichlich betrunken, als die Frau hereingewankt kam, den Lippenstift deutlich verschmiert.

Das war nur ein trauriges Stück Alltagsdänemark, in dem sich auf unglückliche Weise die Dinge zusammengebraut hatten. Gut möglich, daß sie eine kleine Hure war, aber das berechtigte ihn nicht, sie mit dem Brotmesser abzustechen.

Zwischen zwei Besprechungen schlich Nina sich zu einer späten Mittagspause hinaus, nicht in die Kantine, sondern zu dem Würstchenwagen am Rådhuskro. Zwei Bratwürste mit Brot paßten zwar nicht zu ihren Vorsätzen, wieder ein geordnetes Leben zu führen, aber zum einen hatte sie einen Bärenhunger, und zum anderen hatte sie das Revier nicht verlassen, um heimlich Junkfood zu essen – sondern um in aller Ruhe telefonieren zu können. Und zwar ein Gespräch zu führen, das niemanden etwas anging.

Zuerst rief sie Britt an, eine ihrer Freundinnen, die sie in letzter Zeit nur noch selten sah. Oder – um ganz ehrlich zu sein – eine von denen, die sie so gut wie nie sah. Eine nach der anderen waren sie abgesprungen, weil Nina immer hatte absagen müssen.

Das lief so seit Jonas' Geburt. Und es war ihre eigene Schuld, denn sie schaffte es einfach nicht. Sie hatte keine Lust, als alleinstehende Mutter mit denen zusammenzusein, die so offensichtlich ein glückliches Paar bildeten. Sie hatte auch keine Lust, mit denen auszugehen, die immer noch echte Singles waren und an nichts anderes denken mochten als an sich selbst und ihren Traumprinzen.

Wie eine Schnecke war sie still und ruhig in ihr eigenes Häuschen gekrochen. Jonas, die Arbeit und Fanø, das war mehr als genug.

Übriggeblieben war noch Simone, die in der Zwischenzeit geschieden worden war und jetzt mit ihren beiden Mädchen allein lebte. Mit ihr traf sie sich ab und zu, und das war ihr auch wichtig. Und dann Rikke, mit der sie damals nach Australien und Neuseeland gefahren war. Rikke wohnte leider in Kopenhagen, war verheiratet, hatte ein Mädchen und einen Jungen und einen Mann, der ungemein lieb war und seinen Teil der Sklavenarbeit übernahm. Sie telefonierten ungefähr einmal im Monat und sahen sich ein oder zweimal im Jahr. Dafür waren sie aber sofort auf einer Wellenlänge und brauchten keine Zeit mit irgendwelchen Höflichkeitsfloskeln zu verschwenden.

Rikke würde immer da sein. Mit den anderen war das etwas anderes. Denen hatte sie selbst den Rücken zugewandt, ohne daß es ihr wirklich bewußt gewesen war.

Wenn Jonas älter wurde, könnte ein großes Loch entstehen. Na, zum Glück jetzt noch nicht, und Britt hatte auch freundlich und zuvorkommend geklungen und das Übliche gesagt, von wegen »wir müssen uns auch bald mal wiedersehen, nicht wahr?«. Nina selbst hatte mit »Ja, auf jeden Fall« geantwortet und versucht, engagiert zu klingen.

Eigentlich ging es nicht um Britt, sondern um Britts Schwester Ulla, mit der sie früher sogar besser befreundet war als mit Britt. Sie meinte sich zu erinnern, daß Ulla Psychologin war, und zwar in Århus. Und das stimmte auch. Nina bekam ihre Nummer und rief Ulla an, doch sie konnten nur kurz reden, weil Ulla gleich einen Patienten erwartete. Dafür schlug sie Nina vor, sie doch abends wieder anzurufen.

Nina war das Ganze peinlich. Sie konnte Leute ohne Feingefühl nicht ausstehen, die einen Arzt beim Essen mit ihren persönlichen Fragen überfielen, sobald sie herausbekommen hatten, daß ein Fachmann zur Stelle war. Oder diejenigen, die sofort versuchten, ihr Auto schwarz repariert zu bekommen, sobald sie zufällig auf einen Mechaniker stießen. Und jetzt war sie auch so eine. Aber es gab keinen anderen Weg. Es ging hier ja auch nicht um eine Krampfader oder Dreck im Vergaser.

Es ging um den Kopf. Den Kopf ihres alten Vaters. Das avancierteste und komplizierteste Werkzeug eines Menschen. Nur eine Person mit fachlicher Expertise, eine Ulla, konnte ihr auf ihre Fragen eine Antwort geben. Und das stand auf der neuen Liste mit Dingen, die sie erledigen wollte: daß sie nach einer Antwort auf die Frage nach den schwankenden Gemütszuständen ihres Vaters suchen wollte.

Wieder zurück auf dem Revier beendete sie die Papierarbeit und schaute noch einmal die Brandstiftersache durch, ohne neue Anhaltspunkte zu finden.

Anderthalb Stunden vor Feierabend rief sie auf Fanø an. Astrid nahm den Hörer ab. Jørgen war einkaufen gefahren, aber sie versprach, daß er zur verabredeten Zeit am verabredeten Ort sein würde.

Anschließend rief sie Martin an. Der saß auf einem Dachfirst, als er sein Handy herausholte. Sie rief ihn an, um den Schaden von dem letzten, schlaftrunkenen Gespräch wiedergutzumachen. Und ein wenig auch, weil sie an ihn denken mußte, als sie die Reihe ihrer fallengelassenen Freunde durchgegangen war. Auch wenn es in ihrer Beziehung manchmal ziemlich knirschte, so hatte sie doch einen Liebsten. Er freute sich. Sie konnten nur kurz miteinander reden, dann mußte er auflegen, weil ein Lastwagen mit einer Ladung Fenstern kam.

Sie durchsuchte den Schrank nach irgendeiner Trainingshose, die sie anziehen konnte. Seit ihrer Reise nach Estland hatte sie kein einziges Mal trainiert. Und das war jetzt ungefähr zwei Monate her. Das war nicht gut, sie wurde langsam träge und faul. Aber sie hatte einfach keine Kraft dafür gehabt. Alles war zu chaotisch gewesen. Jetzt mußte sie endlich wieder in Form kommen. Schließlich wurde sie bald vierzig.

Um Jonas brauchte sie sich keine Gedanken zu machen. Er würde erst spät nach Hause kommen, wurde von einem der anderen Elternpaare vom Hort abgeholt und direkt zum Fußball gebracht. Was hätte sie nur gemacht, wenn er ein stiller Bücherwurm gewesen wäre? Fußball war ihr Babysitter Nummer zwei.

Wenn sie ein paar Tage lang ihrem Plan gefolgt waren, mußte sie alles noch einmal überdenken. Wenn alles normal war, hatte sie sich vielleicht doch geirrt. Die Russen waren fort, und das Leben konnte wieder von vorn beginnen. Sollte aber doch etwas Verdächtiges passieren, mußte sie auf Weihnachtsgemütlichkeit, Adventskalenderüberraschungen und Kerzen verzichten und Jonas ins sichere Exil nach Fanø schicken. Allein der Gedanke tat ihr weh.

Jørgen rief vom Handy aus an, während sie ihre Tasche packte. Er wollte nur mitteilen, daß er an Ort und Stelle war – bereit.

Sie zog die Wohnungstür hinter sich zu, ging hinunter und schloß ihr Rad auf. Zlatan winkte ihr wie immer zu, er strahlte übers ganze Gesicht hinter den beschlagenen Scheiben, und sie winkte zurück. Dann schwang sie sich aufs Fahrrad und fuhr die Skolegade hinunter.

Vor dem Fitneßcenter stellte sie ihr Rad in den Fahrradständer. Dann nahm sie die Tasche vom Gepäckträger und ging den Gang entlang, an dessen Wänden das Kino mit Plakaten lockte. Nicht ein einziges Mal schaute sie sich um, hatte es auch nicht beim Radfahren getan.

Sie wußte, daß Jørgen irgendwo hinter ihr auf dem Parkplatz in seinem Auto saß und die Umgebung im Auge behielt. Von dort aus konnte er sehen, wer alles ein und aus ging. Wenn sie mit ihrem Training fertig war, würde er bereit sein, sie wieder nach Hause zu begleiten. So war ihr Plan. Einfach, aber logisch. Um herauszufinden, ob es etwas gab, wovor sie Angst haben müßte.

Ihr übliches Trainingsprogramm erschien ihr heute teuflisch. Ihre Kleidung kniff genau so viel, daß sie nicht erst auf die Waage steigen mußte, um herauszufinden, daß etwas nicht stimmte.

Sie begann damit, sich auf dem Fahrrad aufzuwärmen. Nach ein paar Minuten hatte sie das Gefühl, sie könnte mehrere Päckchen Zigaretten samt Banderole und allem aushusten. Anschließend nahm sie sich das schwere Programm mit Geräten und Handgewichten vor, und sie mußte bald klein beigeben und die Belastung reduzieren. Aber das überraschte sie nicht. Das war ihr schon früher passiert. Der Körper reagierte blitzschnell auf fehlendes Training. Dafür konnte sie sich damit trösten, daß die Form sich schnell wieder aufbauen ließ, selbst nach mehreren Monaten fehlender Aktivität. Schlechter stand es um ihre Orangenhaut. Die wollte nicht verschwinden. Sie bildete sich ein, daß sie sogar noch schlimmer geworden war.

Nach einer Runde in der Sauna und einer ausgiebigen Dusche fühlte sie sich entspannt und auf eine angenehme Art und Weise müde, als sie zu ihrem Fahrrad hinausspazierte. Sie fuhr den gleichen Weg zurück, bog aber dieses Mal am Kreisverkehr zum Supermarkt ab. Nicht, weil sie wirklich etwas einkaufen mußte, nur um die Fahrt zu unterbrechen und Jørgen die Chance zu geben, genauer nach Leuten Ausschau zu halten.

Mit einer Mettwurst, Hackfleisch und drei Litern Milch im Fahrradkorb fuhr sie die Strandbygade hinauf und weiter zur Skolegade.

Sie hatte gerade die Tüte im Hauseingang abgestellt, als ihr Handy klingelte.

Es war Jørgen. Er hatte nicht das geringste bemerkt, das Grund zum Mißtrauen hätte geben können.

Darüber war sie froh, aber sie mußten natürlich noch ein paar Tage so weitermachen, wie abgesprochen. Sie würde sich schon einen Weg aussuchen, der leicht zu beschatten war – und rechtzeitig anrufen. Sie überlegte, ob sie am nächsten Tag nach Tarp fahren und so tun sollte, als sähe sie sich dort Autos an. Auf dem Heimweg konnte sie sich dann die Alarmanlage kaufen, von der sie geredet hatten.

Als Jonas kurz nach sechs Uhr nach Hause kam, hatte sie das Essen fertig, Eintopf mit frischen Bandnudeln und Gemüse.

Nachdem sie ihn mit einem Kuß auf die Stirn ins Bett geschickt hatte, dieses Mal sogar zur üblichen Zeit, setzte sie sich auf dem Schaukelstuhl zurecht und rief die Psychologin Ulla in Århus an. Nach den üblichen höflichen Einleitungsfloskeln über die alten Tage kam sie zur Sache.

»Es geht um meinen Vater, Ulla. Ich weiß nicht, was ich machen soll. Er ist letztes Jahr plötzlich nach Fanø zurückgekommen – um hierzubleiben. Hat sich ein Haus in Nordby gekauft und alles. Anscheinend hat er die letzten Jahre in Chile gelebt. Du weißt, er ist ja damals gleich nach dem Unfall zur See gefahren und selten wieder nach Hause gekommen.«

»Ja und?«

»Anfangs haben wir geglaubt, also mein Onkel, meine Tante und ich, daß es sich um eine Art Demenz handelt. Er war manchmal direkt abwesend. Schwieg, war in sich verschlossen und an nichts interessiert, als säße er in einem schwarzen Loch. Aber dann gibt es Tage, an denen wirkt er vollkommen gesund und so normal, wie er nur sein kann. Und er trinkt, zumindest zeitweise. Dann kommt es vor, daß er herumläuft und merkwürdige Dinge sagt. Eines Tages hat er behauptet, er sei auf dem Weg zum Hafen, um die Englandfähre nach Harwich zu steuern. Ich weiß einfach nicht, was ich davon halten soll. Kann man manchmal vollkommen klar sein – und gleichzeitig dement? Jetzt bin ich auf die Idee gekommen, daß er vielleicht an Depressionen leidet. Oder was meinst du?«

»Ihr wart nicht mit ihm beim Arzt?«

»Nein, was denkst du. Dann würde er in die Luft gehen.«

»Es ist schwer, so etwas am Telefon zu beurteilen, Nina. Demenz? Nein, so klingt das nicht. Man könnte also sagen, das Charakteristische sind die großen Stimmungsschwankungen, ja?«

»Ja, auf jeden Fall.«

»Und wie hängt das mit seinem Trinken zusammen? Gibt es da einen Zusammenhang?«

Nina überlegte gründlich, bevor sie antwortete. Weil sie ihn nicht so oft sah, war es schwer, ein Muster zu sehen, aber es stimmte schon, das fiel zusammen.

»Doch, ich denke schon, daß man das sagen kann. Zuerst betrunken, dann geistesabwesend. Oder total traurig.«

»Ich denke, das klingt nach Depressionen. Vielleicht auch manisch? Ist er überdreht, wenn er gut drauf ist?«

»Nein, einfach in Bombenform. Schroff und geradeheraus. Wie er nach Aussagen meiner Tante immer gewesen ist. Auch vor dem Unfall. Was meinst du, spielt der auch noch eine Rolle?«

»Da darfst du mich nicht festnageln. Aber es kann schon sein. Ich würde sagen, daß es sogar ziemlich wahrscheinlich ist. Wenn man seine Frau und seinen Sohn verliert, schmerzt das ein Leben lang. Das ist klar. Aber du mußt mit ihm sprechen. Frage ihn, wie es ihm geht. Woran er denkt. Allein daß er das überlegen muß, um dir antworten zu können, kann zu mehr Selbsterkenntnis führen. Setz dich zu ihm und sprich mit ihm. Still und ruhig. Das ist der beste Rat, den ich dir geben kann.«

»Ja, das werde ich versuchen. Und vielen Dank, daß du dir die Zeit genommen hast. Wenn du mal wieder in Esbjerg bist, mußt du bei mir vorbeischauen, ja?«

»Klar, Nina. Und ruf ruhig wieder an, wenn du noch Fragen hast.«

Jedesmal, wenn Jørgen vom Handy aus anrief und sagte »nichts Verdächtiges«, war sie wieder ein wenig erleichterter. Nach drei Tagen glaubte sie so langsam daran. Vielleicht war ja wirklich Schluß?

Die Tage waren ruhig und geordnet verlaufen, ein Loch im Vorderreifen ihres Fahrrades war der absolute dramatische Höhepunkt. Jørgen war ihr nach Feierabend bei ihrer Jagd nach fremden Schatten gefolgt. Aber es gab keine.

Am Dienstag radelte sie nach Tarp, wie sie verkündet hatte. Sie starrte eine frierende halbe Stunde lang in die Schaufenster eines Autohändlers, bevor sie zurückfuhr. Aber den Gedanken, auf dem Heimweg eine Alarmanlage zu kaufen, verwarf sie. Die war viel zu teuer.

Bei der Arbeit gab es nur Kleinkram, um den sie sich kümmern mußte. Zwei weitere Containerbrände mit dazugehörigen ergebnislosen Befragungen in der Nachbarschaft. Die Sache nahm neue Dimensionen an. Die Lokalpresse tippte auf einen Pyromanen.

Am Mittwoch nahm sie die Fähre, um ihren Vater zu besuchen. Er war nicht ans Telefon gegangen, also fuhr sie auf gut Glück los. Er war nicht zu Hause. Im Hjørnekro sagten sie ihr, daß er fast den ganzen Vormittag dort verbracht hatte und ziemlich voll war, als er plötzlich verschwand.

Sie suchte ziellos in Nordby herum, und als sie nachsehen wollte, ob er vielleicht in der Zwischenzeit nach Hause gekommen war, fand sie ihn auf dem Sofa schnarchend und wollte ihn nicht wecken.

Anschließend war sie nach Fanø Bad hinausgeradelt und dort ausgiebig am Strand spazierengegangen, sowohl um frische Luft zu bekommen als auch, um Jørgen und eventuellen Beschattern die Gelegenheit zu geben, sie zu beobachten. Doch während sie am Wasser entlangging, rief Jørgen an und erklärte, daß sie gut und gern zurückfahren könne. Es gab nichts Besonderes zu melden.

Und heute, am Donnerstag, war sie wieder im Fitneßzentrum gewesen. Von ihrem Wohnzimmer aus konnte sie sehen, wie Jørgen an der Kirche gegenüber einbog und ein Stück weiter die Kirkegade hinunter am Kantstein anhielt.

Dann rief er an und teilte ihr wieder einmal mit, daß die Luft rein sei. Morgen sollte der letzte Tag sein. Dann hatte er ihr fünf Tage nacheinander den Rücken gedeckt.

Die beiden Männer griffen ihr Gepäck und überquerten die Skolegade nur sechzig, siebzig Meter von Nina Portlands Wohnung entfernt.

Hätte der pensionierte Dorfpolizist von Fanø nur eine Minute länger gewartet, hätte er sie sehen können. Nicht, daß das einen Unterschied gemacht hätte. Die beiden Männer überquerten nur die Straße, um zu dem kleinen anonymen Eingang vom Hotel Ansgar zu gelangen. Kurz danach checkten sie unter falschen Namen ein und konnten ihr Doppelzimmer im zweiten Stock beziehen.

Sie erwarteten einen dritten und einen vierten Mann. Der eine war mit einem früheren Flug aus Stockholm gekommen und sollte erst noch die empfindlichen Teile ihrer Ausrüstung in der britischen Botschaft im Kastelsvej in Kopenhagen abholen. Die Ausrüstung war morgens in aller Frühe als Diplomatengepäck abgeschickt worden, natürlich nicht in einer Lieferung. Anschließend wollte er sich mit dem vierten Mann treffen, und gemeinsam sollten sie den Zug nach Esbjerg nehmen.

Alle vier kamen von Six, jeder mit seinen Spezialkompetenzen, und als Angehörige des operativen Stabs war keiner eigentlich heimisch an den Suppentöpfen von Vauxhall Cross.

Ian Warren und Mark Barnaby waren zu einem letzten Briefing einberufen gewesen, nicht im Hauptquartier, sondern in einem der geheimen Ableger in der Stadt, einem früheren Unterschlupf, der jetzt für alles mögliche genutzt wurde und ab und zu auch für dienstliche Besprechungen. Zu ihrer Überraschung wurden sie von dort weitertransportiert zu einer Adresse in Hampstead, wo sie Bescheid bekamen, draußen am Hafen zu warten. Es verging eine Viertelstunde, bis ihr Kontaktmann erschien. Kontaktmann war eigentlich in diesem Fall eine Untertreibung, es war die rechte Hand von C höchstpersönlich, der operative Chef und Mastermind, William F. Hunter, der plötzlich die Hafenstraße entlangspaziert kam.

Ein Treffen im Freien, das sagte genug. Die Aufgabe in Dänemark war von allerhöchster Wichtigkeit. Und sie war nirgends schriftlich festgehalten.

Ein Eindruck, der während des verhältnismäßig kurzen Gesprächs mit Hunter bestätigt wurde. Der Auftrag hatte oberste Priorität. Der Einsatz war gefährlich. Deshalb waren sie ausgesucht worden. Anschließend ging Hunter mit ihnen die verschiedenen Prozeduren im Zusammenhang mit der Operation durch – Netzwerk, Kontakte, Routinen, Transportlösungen, eventuelle Nachbereitung.

Warren war von seinem Posten in Sarajewo abberufen worden, er sollte die kleine Gruppe leiten. Barnaby kam direkt von seinem Job in Pakistan. Beide hatten mehrjährige Erfahrung mit dem Einsatz im Kampfgebiet unter besonders schweren Bedingungen. Scott Miller war aufgrund seiner sprachlichen und technischen Qualifikationen ausgesucht worden. Er sprach fließend Schwedisch und konnte sich auch in den übrigen skandinavischen Sprachen verständigen. Außerdem war er Spezialist für die Installation und Handhabung von Überwachungsausrüstungen. Der vierte Mann, Tony Morris, hatte die längste Reise hinter sich. Er war mit einer Militärmaschine von Khandahar in Afghanistan zur Militärbasis Ramstein in Deutschland geflogen. Von hier aus hatte er die Reise in Zivil von Saarbrücken aus über Frankfurt nach Kopenhagen forgesetzt.

Morris war Mitglied eines speziellen Einsatzkommandos, das der MI6 in schwierigen Fällen schickte. Genau wie Barnaby hatte er eine Vergangenheit in der britischen Spezialeinheit Special Air Service, SAS, hinter sich, wo beide im Antiterrorcorps ausgebildet worden waren.

Morris und Barnaby bildeten die Muskelkraft des Esbjerg-Teams, während Warren und Miller nach außen hin den klassischen Hintergrund in der Diplomatie repräsentierten, sie waren beide Attachés.

Die beiden zuerst Angekommenen legten sich zum Ausruhen auf ihre Betten. Jede kleine Erholungspause, die sie jetzt einlegen konnten, war eine gute Investition. Der Verlauf der Operation konnte kurz und hektisch werden – oder aber langwierig und langweilig. Das kam ganz auf die Aktivität des Objektes an.

Scott Miller und Tony Morris trafen kurz nach sechs Uhr mit ihrem Zug ein. Sie nahmen für das kurze Stück zum Zentrum ein Taxi und meldeten ihre Ankunft kurz bei ihren Kollegen, bevor sie sich in ihr Zimmer zurückzogen, das sowohl ihre Schlafstelle als auch die gemeinsame Kommandozentrale sein sollte.

Als sie wieder zu Warrens und Barnabys Zimmer zurückkamen, hatten diese eine Kanne Kaffee hochbringen lassen.

»Eigentlich wäre mir nach der langen Fahrt ein kühles Bier lieber. Mehr als drei Stunden im Zug.«

Miller ließ sich schwer aufs Bett fallen.

»Sorry, Kumpel, aber keinen Alkohol, so lange die Operation läuft. So ist es nun einmal.«

Warren nutzte die Gelegenheit, gleich von Anfang an auf seine eigenen Regeln hinzuweisen.

»Hast du die Papiere dabei?« Es sah Miller fragend an.

Miller, der sich nicht von seinen drei erfahreneren Kollegen unterscheiden wollte, nickte und zog einen Stapel Mappen aus seiner Aktentasche.

»Hier, das Übliche wie immer. Aber keine Sorge, Warren, es ist nicht so, daß ich nicht ohne Bier könnte. No problem.«

Miller warf jedem eine Mappe zu.

»Laßt uns das eben schnell einmal durchgehen, ja? Dann machen wir später eine gründlichere Runde«, schlug Warren vor und setzte sich auf dem Bett zurecht, mit einem Kissen im Rükken. Die anderen nickten zustimmend und sahen sich die Papiere an.

Das Hintergrundmaterial war von Vauxhall Cross zusammengestellt worden, während ein Späher von der Botschaft in Kopenhagen die lokalen Informationen über Esbjerg zusammengesucht hatte. Offenbar ein guter Handwerker. Er hatte gründlich gearbeitet.

Die ersten Seiten handelten vom Objekt ALFA – Abdel Malik Al-Jabali.

Der heilige Krieger aus dem Jemen, der wie so viele andere ins ehemalige Jugoslawien gewallfahrt war, um dort seinen muslimischen Brüdern, den Bosniern, in ihrem Kampf gegen die Ungläubigen, die Kroaten und Serben, zu helfen.

Abdel Malik Al-Jabali war 38 Jahre alt, geboren und aufgewachsen in Al Hudaydah als eines von sieben Kindern, fünf Söhnen und zwei Töchtern. Der Vater war Geschäftsmann. Abdel Malik Al-Jabali selbst hatte die Universität in Sanaa besucht, als er plötzlich mit seiner Familie brach und in den Djihad zog.

Mehr Fakten gab es nicht. Es lag nur ein einziges Foto von

ihm vor. Und das war ein stark vergrößerter Ausschnitt aus einem anderen Foto, das dabeilag. Es erinnerte an diese Art von Fotos, die von Sportmannschaften gemacht werden. Männer Schulter an Schulter, einige die Arme um die anderen geschlungen. Aber das war kein Foto eines Fußballvereins oder einer anderen Mannschaft. Das war blutiger Ernst.

Bärtige Männer in drei Reihen, Mudschahedins. Sie alle trugen ein grünes Stirnband. Alle standen sie mit ihren Waffen da. Alle hatten sich Patronengürtel über die Schulter oder um den Hals geschlungen. Verbissene, ernst starrende Blicke.

Der Text besagte, daß es sich um eine Kommandogruppe der berüchtigten 7. Brigade in Zenica handelte. Das Foto war 1993 gemacht worden, und man stellte Abdel Malik Al-Jabalis Aussehen sehr stark in Frage, er konnte sich in den elf Jahren, die seitdem vergangen waren, deutlich verändert haben.

»Süße Jungs …« Barnaby knurrte und schlürfte den Kaffee in sich hinein.

»Ja, die süßesten, die zu finden waren. Die 7. Brigade ist die gefürchtetste in ganz Bosnien. Selbst die Menschen, denen sie angeblich ursprünglich hatten helfen wollen, fürchten sie. Und das ist nur zu gut zu verstehen. Die unterstellen sich keinerlei Regeln. Sie führen ihren eigenen Krieg, und keiner darf sich ihnen in den Weg stellen, ob nun Moslem oder nicht. Die haben ein ganzes kroatisches Dorf abgeschlachtet und die Köpfe auf Pfähle aufgespießt, die sie am Straßenrand aufgestellt haben. Also fürchtet das Schlimmste von Objekt ALFA«, erklärte Warren, der mehrere Male in Ex-Jugoslawien gearbeitet hatte, auch während des Bürgerkriegs.

Sie gingen die Papiere weiter durch. In der Kategorie »Besondere Kennzeichen« war vermerkt, daß Abdel Malik Al-Jabali das letzte Glied seines rechten kleinen Fingers fehlte, vermutlich eine Kriegsverletzung.

Der Geheimdienst vermutete, daß Abdel Malik Al-Jabali wie viele andere im neuen Bosnien-Herzegowina nach dem Ende des Krieges hängengeblieben war. Einige der Krieger hatten geheiratet, Familien gegründet und lebten ein ganz normales Leben, während andere vermutlich Schläfer waren, Terroristen auf Reserve, die nur darauf warteten, aktiviert zu werden. Andere wiederum waren von Sarajewos kriminellem Untergrundmilieu geschluckt worden, das in den Jahren nach dem Krieg gewachsen war und sich weit verzweigt hatte. Ein Teil nahm eher friedliche Dienste im Namen des Islam auf, wie Koranlehrer, Prediger, oder sie übernahmen andere Funktionen in den moslemischen Institutionen, die nach der Ausrufung der Selbständigkeit einen kräftigen Aufschwung zu verzeichnen hatten. Aber auch heilige Männer konnten Schläfer sein.

Die letzte bestätigte Observation von Abdel Malik Al-Jabali lag weit zurück, 1997 war er in einem Dorf in der Nähe von Jajce beobachtet worden. Eine verläßliche, aber nicht autorisierte Quelle informierte darüber, daß er als Mufti arbeitete. Der Geheimdienst hegte den starken Verdacht, daß er in Wirklichkeit der unsichtbare Leiter eines kleinen Kreises fremder heiliger Krieger war, der inzwischen die Substanz der aktivsten al Qaida-Zelle in Osama bin Ladens bekanntem Bosnien-Netzwerk bildete, in dessen Kern einzudringen es keinem Geheimdienst bisher gelungen war.

Das Material über Objekt BETA, die dänische Kriminalkommissarin Nina Portland, enthielt eine Serie Fotos von ihr, im Profil und frontal. Zwei davon mußten in London geschossen worden sein. Im Hintergrund sah man die Lambeth Bridge. Und es gab zwei mit ihr auf dem Fahrrad, und dann noch drei Nahaufnahmen. Ihr Haar war verhältnismäßig kurz, kastanienbraun und hinter die Ohren zurückgekämmt. Auf dem einen Foto fiel ihr eine Locke aus der Stirn schräg über ein Auge, auf einem anderen war das Haar zu einem kleinen, widerspenstigen Pferdeschwanz zusammengebunden. Die Augen waren blau, ihr Blick erschien eher scharf als freundlich. Roter Lippenstift und ein leichter Eyeliner machten das diskrete Make-up aus.

»Der verlängerte Arm des Gesetzes im wilden dänischen Westen. Nicht schlecht …« Miller pfiff leise.

»Nein, absolut nicht … Aber guck mal den Mund an, etwas hart, oder? Sie sieht aus wie jemand, der dir ohne zu zögern eins auf die Birne verpassen könnte. So eine grundsolide, effektive Polizeibeamtin aus der Provinz, ohne viel Wenn und Aber. Ich wette, sie ist geschieden«, bemerkte Morris.

»Leute, lest weiter und konzentriert euch. Sie ist unverheiratet – alleinerziehende Mutter«, rief Warren sie zur Ordnung. »Und was euer Provinzgerede angeht: Ihr dürft sie auf keinen Fall unterschätzen. Während der Anfangsphase unserer Operation hat sie mehrere Male gezeigt, daß sie durchaus tatkräftig ist, wenn es darauf ankommt.«

»So sieht sie auch aus. Das war ja nicht negativ gemeint«, entgegnete Morris.

Sie lasen schweigend weiter. Nina Portland, 39 Jahre alt, einzige Tochter von Kapitän Frederik Portland. Die Mutter, Margrethe, war zusammen mit einem älteren Bruder bei einem Verkehrsunfall ums Leben gekommen, als Nina zwei Jahre alt war. Sie hatte ihr Jurastudium an der Universität abgebrochen, war eine Zeitlang herumgereist und hatte schließlich die Aufnahmeprüfung zur Polizeischule bestanden. 1993 kehrte sie zum Dienst bei der Esbjerger Polizei in ihre Heimatprovinz zurück. 1994 Geburt ihres Sohnes Jonas. Von ihm gab es auch ein Foto. Der Vater war unbekannt.

Anschließend folgte eine kurze Beschreibung ihres Bekanntenkreises, der ziemlich klein war. Aufgewachsen bei einem Onkel und einer Tante, die sie immer noch häufig besuchte. Es gab ein Foto von den beiden. Sie hatte ein nicht näher definiertes Verhältnis zu einem Martin Astrup, Zimmerermeister. Auch von ihm gab es ein Foto.

Anschließend folgte eine kurze, durchnumerierte Auflistung der Bewohner des Mietshauses, alle mit Foto. Die Nummer bezog sich auf einen Lageplan des Gebäudes. Es gab zwei Treppenaufgänge, einige hatten als Adresse die Kirkegade, andere die Skolegade. Im Erdgeschoß gab es einen kleinen Friseurladen, dessen Besitzer ein gewisser Gunnar Thuesen war, 59 Jahre alt.

Daneben lag der Sunrise Grill, Besitzer und Betreiber war ein Zlatan Turajliç, 41 Jahre, zusammen mit einer Reihe nicht namentlich aufgeführter Helfer, einige aus der Familie, andere aus dem Freundeskreis. Zur Skolegade hin lag das Gardinengeschäft Høghs Gardiner, betrieben von Hanne und Erik Høgh, 54 und 49 Jahre alt, mit zwei Angestellten, die auch abgebildet waren. Über dem Laden wohnten Helmer Bergholt, 79 Jahre alt, und Nina Portland, und nach links hin Bent Majgaard, 34 Jahre alt und Frührentner. Darüber wiederum ein Ove Juul, 73 Jahre und eine Birgit Poulsen, Büroangestellte, 33 Jahre alt.

Ian Warren war schon fertig, als Miller, Barnaby und Morris fast gleichzeitig ihre Mappen zuklappten. Warren wiederholte für die beiden zuletzt Eingetroffenen die Aufgabenformulierung:

»Abdel Malik Al-Jabali soll festgenommen und per Luftpost direkt ins Fort geschickt werden.«

Fort Monckton, das bei Gosport in Hampshire direkt an der Küste lag, war das Trainingszentrum des Geheimdienstes. Es war einleuchtend, daß Vauxhall Cross ihn gern für die Verhörprozedur diskret untergebracht sah, konnte sie doch kurz oder lang ausfallen, schmutzig oder raffiniert, je nachdem, wie das Objekt mitarbeitete.

»Al-Jabali …« Tony Morris zündete sich eine Zigarette an. »Ist das nicht der, von dem es heißt, er habe Blackwood beiseitegeschafft, Tommy Blackwood, damals während des Krieges? 1994, soweit ich mich erinnere. Wo habe ich das nur gehört?«

»Das ist eine allgemein bekannte Annahme, zumindest in meinen Kreisen. Es war die weiße Eminenz, Sir Walter, der Blackwood dort verloren hat«, bestätigte Warren.

»Ja, und anschließend hat er abgedankt«, fügte Barnaby hinzu.

»Du hockst doch selbst in Sarajewo, Warren. Warum habt ihr ihn euch nicht schon lange geschnappt? Warum erst jetzt, und dann noch ausgerechnet in Dänemark?«

Morris beugte sich vor und sah Warren skeptisch an.

»Den Göttern sei's geklagt, wir haben es wirklich versucht – mehrere Jahre lang. Besonders während der ersten. Aber das ist ein schwer zugängliches Gebiet, und zwar nicht nur geographisch. Wir haben es nie geschafft, jemanden ins moslemische Milieu einzuschleusen, weder daheim in London noch draußen in Bosnien. Das ist ein Scheißproblem aller Geheimdienste seit dem 11. September. Dieses enge religiöse Milieu und diese kleinen Zellen. Nahezu eine unmögliche Aufgabe. Wo ist beispielsweise Ratko Mladic geblieben? Und wo ist Radovan Karadzic?«

»Die kannst du ja wohl kaum beschuldigen, daß sie Moslems wären«, warf Miller lächelnd ein.

»Nein ...« Warren wollte den Stockholm-Attaché gerade zurechtweisen, fuhr dann aber doch unbeirrt fort:

»Aber sie verkehren in einem entsprechenden Milieu. Sie sind umgeben von einer Schale aus Mißtrauen und Fanatismus. Abdel Malik Al-Jabali verkehrt in dem ultrareligiösen Milieu in Bosnien-Herzegowina. Hier gibt es keine Überläufer, hier ist keine Hilfe zu holen. Du kommst doch gerade aus Afghanistan, Morris. Da könnte ich dich genausogut fragen: Wo sind Bin Laden und Mullah Omar abgeblieben? Die Antwort auf deine erste Frage müßte lauten: Wir sind jetzt ziemlich sicher, daß Al-Jabali sich direkt aufmachen wird, um diese dänische Frau abzuschlachten. William F. Hunter, den Barnaby und ich in London getroffen haben, hat gesagt, das psychologische Profil von Al-Jabali lasse keinen Zweifel daran, daß er ein Mann ist, der den Job selbst erledigt – und zwar bis zum Ende. Wir haben zwei unserer Leute verloren, die ihm auf der Spur waren, einen 1996 und einen 1997. Beide sind mit einem Genickschuß gefunden worden. Und es gibt eine alte Zeugenaussage, die besagt, daß Tommy Blackwood auf die gleiche Art hingerichtet wurde. Genickschuß ist eine Art Markenzeichen, eine rituelle Handlung, oder was weiß ich ...«

»Hunter hat nichts über die Gründe gesagt, warum er hinter der Dänin her ist?«

Barnaby sah Warren an.

»Nein. Das heißt, er hat angedeutet, daß es eine lange Planungsphase für die Operation gab. Und während dieser Phase hat Nina Portland Vauxhall Cross den Eindruck vermittelt, daß sie eine tatkräftige Frau ist. Deshalb gehe ich davon aus, daß sie sie als Köder benutzen – ohne daß sie irgend etwas ahnt von dem, was da vor sich geht. Sie muß sich selbst als ›nützlicher Idiot‹ präsentiert haben. Mehr wissen wir nicht. Mehr werden wir auch nicht erfahren. Wir sollen nur ALFA zum Hubschrauber bringen. Aber wir haben wohl alle schon auf Grundlage von weniger Informationen als heute gearbeitet, oder?«

In der Runde wurde einhellig genickt.

Einen Moment lang saßen alle schweigend da. Gähnten und streckten sich und ließen die bevorstehende Mission vor dem inneren Auge ablaufen. Sie wußten so ungefähr, wie es geschehen sollte, warteten aber Ian Warrens Befehle ab.

»Habt Respekt vor Al-Jabali! Wir haben nicht ohne Grund zehn Jahre vergeblich nach ihm gesucht. Und Vauxhall Cross hat auch nicht ohne Grund zwei frühere SAS-Leute in diese Gruppe geholt. Der Mann ist lebensgefährlich. Vergeßt das nicht … Und geht bitte das Material noch einmal durch, bevor ihr euch zu Bett legt. Denkt daran, es anschließend zu verbrennen und durchs Klo zu spülen. Ab jetzt reden wir ausschließlich von ALFA und BETA. Packt außerdem eure Waffen und die übrige Ausrüstung zusammen, bevor ihr ins Bett geht. Miller, du installierst morgen in BETAs Wohnung die Abhörvorrichtungen, sobald sie aus der Tür ist. Wir arbeiten maximal zu dritt draußen, einer bleibt immer hier. Meistens wirst du das sein, Miller. Du kannst die Sprache und bist unser Ohr. Außerdem bist du der Verbindungsmann für unsere interne und externe Kommunikation. Wir beginnen mit der Überwachung von BETAs Wohnung bereits heute nacht. Wer ist am muntersten?«

Der ältere Herr setzte sich an einem Tisch hinten in einer Ecke zurecht. Von hier aus hatte er einen freien Blick über Esbjergs Markt mit seiner Weihnachtsdekoration. Das sah im Dunkeln gemütlich und nett aus, aber am meisten beeindruckte ihn doch die große Buche direkt vor dem Café des Hotels. Der Baum hatte ungefähr die Form einer großen Kuppel, und die kahlen Zweige waren mit Girlanden aus kleinen, blitzenden Glühbirnen verziert, so daß der Baum aussah wie ein Riesenball aus Sternen.

Mit dem Zeigefinger schob er die Brille auf der Nase hoch und versuchte, sich auf die Speisekarte zu konzentrieren. Das braune, große Plastikgestell war wie ein Fremdkörper auf der Nase und hinter den Ohren, und es störte ihn, daß er nur durch ein begrenztes Sichtfeld gucken sollte, auch wenn das Glas dünn und ungeschliffen war.

Er freute sich schon, auf sein Zimmer gehen zu können und diese verdammte Verkleidung loszuwerden. Die Perücke, eine sorgfältig geschnittene Mähne graubrauner Haare, war ziemlich warm am Kopf, und der künstliche Vollbart, der in einem etwas graueren Ton als das Haupthaar gehalten war, störte ihn. Er juckte unter der Nase und kratzte an den Wangen.

Diese Art Ausrüstung aus der Abteilung Scherz und Horror hatte er seit vielen Jahren nicht mehr getragen. Und sie war in der Zwischenzeit sehr viel raffinierter geworden. Er hatte das Resultat genauestens im Spiegel begutachtet, und er mußte zugeben, daß es gut aussah, und ganz gleich, wohin die Welt sich auch bewegen mochte, so war es in seinem alten Berufszweig auf jeden Fall immer noch von Vorteil, die Haut wechseln zu können.

Den Kasten mit der modernen Ausrüstung hatte Alex Stilwell ihm überbracht, der ihm nie einen Freundschaftsdienst abschlug. Inzwischen war man soweit, daß man sich ultradünner Masken bediente, die elastisch waren und die man wie eine zweite Haut über das Gesicht ziehen konnte. Damit konnte ein Mensch vollkommen den Charakter verändern. Es brauchte einige Erfahrung, sie richtig zu benutzen, deshalb lehnte er dankend ab. Für derartige Erfindungen war er zu alt.

Es war jetzt ein paar Stunden her, daß er mit dem Flugzeug in Esbjerg angekommen war. Er hatte nicht unter seinem richtigen

Namen gebucht, sondern einen alten Paß benutzt, der auf einen Peter Cartwright ausgestellt war. Unter dem gleichen Namen hatte er im Hotel Britannia eingecheckt, das mitten im Zentrum von Esbjerg lag, nur einen Steinwurf vom Marktplatz der Stadt entfernt und sicher nicht einmal hundert Meter von dem Mietshaus Ecke Skolegade und Kirkegade, in dem Miss Portland wohnte.

Er hatte kaum seine Kleidung ausgepackt und Hemden und Jacken auf die Bügel gehängt, als die Rezeption anrief und ihm mitteilte, daß ein Paket für ihn angekommen sei. Das war die bestellte Ware aus Hamburg, prompt geliefert, genau wie abgesprochen. Die kompakte Ausgabe einer SIG Sauer, neun Millimeter, mit dazugehöriger Munition. Seine Waffenkenntnisse reichten nicht besonders weit, er hatte höchstens mal in jungen Jahren ein paar Magazine verbraucht, und nie hatte er geschossen, um zu töten. Nur um zu erschrecken. Gerhardt Steiner, sein alter Freund aus Hamburg, der immer noch dieses oder jenes liefern konnte, hatte ihm eine SIG Sauer empfohlen. Vielleicht, weil sie so teuer war? Ware plus Transport hatte das alte Schlitzohr sich jedenfalls gut bezahlen lassen, aber das war nicht so wichtig.

Jetzt lag die Pistole unter der Bettdecke. Er mochte keine Schußwaffen. Aber der Gedanke, einem Kerl wie Abdel Malik Al-Jabali unbewaffnet gegenüberzustehen, behagte ihm erst recht nicht.

Die Kellnerin kam mit der Hummersuppe und einem Glas Weißwein, und gleichzeitig gab er seine Bestellung für das Hauptgericht auf, Kalbsmedaillon mit Bacon, Champignons und frischem Gemüse – und dazu ein Glas Rotwein, Amarone Classico.

Die Hummersuppe schmeckte vortrefflich. Es war nur verdammt mühsam, mit Haaren um den ganzen Mund herum zu essen. Er hatte nie einen Bart getragen, nicht einmal einen Schnurrbart. Bärte waren den Barbaren vorbehalten.

Er tupfte gerade den Mund mit seiner Serviette ab, als ein jüngerer Mann hereintrat und auf seinen Tisch in der Ecke zusteuerte. Er hatte nie die Gewohnheit ablegen können, sich seine Umgebung genau einzuprägen. Der Mann, der eine verwaschene Jeans und eine dunkle Lederjacke trug, war im Flugzeug aus Stansted mitgeflogen. Und jetzt trat er an den Tisch heran.

»Entschuldigen Sie, darf ich?«, fragte der Mann und war schon dabei, sich einen Stuhl heranzuziehen.

Ihm schoß durch den Kopf, daß es zwei Möglichkeiten gab: Entweder war das ein unhöflicher Landsmann der nervenden Art, die sich im Ausland nicht ohne Gesellschaft von Landsleuten zurechtfand. Oder er hatte wirklich einen Auftrag. Erwartungsvoll nickte er und legte die Serviette hin.

»Entschuldigen Sie, daß ich störe, Sir Walter. Ich bin Ihnen seit London gefolgt. Ich bin nur ein Bote und soll Ihnen das hier abliefern.«

Der Mann fischte einen weißen Umschlag aus seiner Innentasche und schob ihn diskret über die Tischdecke.

Der Mann kannte also seinen richtigen Namen. Weiter konnte man offenbar nicht kommen, ohne daß Vauxhall Cross einem seine kalte Hand auf die Schulter legte. Er öffnete den Umschlag und las.

»Willkommen in Esbjerg, Sir Walter … Ich habe mir die Freiheit genommen, einen Mann mitzuschicken. Lieber Freund, rufen Sie mich bitte an. Ergebenst, William F. Hunter.«

»Ich soll Sie bitten, die Telefonzelle gleich hier an der Ecke zu benutzen, fast direkt neben der großen Buche im Hotelgarten. Man wird Sie um zehn Uhr anrufen. Sollte irgend etwas das Gespräch um diese Uhrzeit verhindern, so wird bis halb elf alle fünf Minuten erneut angerufen. Darf ich Sie höflichst fragen, ob Sie damit einverstanden sind, Sir Walter?«

Er nickte schweigend. Wußte nicht recht, ob er überrascht sein sollte oder nicht.

»Möchten Sie auch etwas essen?«

Der Mann schüttelte lächelnd den Kopf.

»Nein, aber vielen Dank für die Einladung. Ich werde später

mit einem weiteren Brief zurückkommen, je nachdem, wie Ihr Gespräch ausgefallen ist.«

»Nun gut, dann werden wir uns also später noch einmal sehen. Aber Sie können schon einmal grüßen und ausrichten, daß ich um zehn Uhr am vereinbarten Ort sein werde.«

Der Fremde stand auf und verließ das Restaurant.

Die Kellnerin kam und räumte den Teller ab, kurz darauf wurde das Hauptgericht serviert. Es sah vielversprechend aus: leicht gewürzte, in Butter gebratene Champignons, ein Hauch von Pfeffer und der charakteristische rauchige Duft von Bacon.

Inszeniert ... Das war wohl der Begriff, der die Situation am besten beschrieb, in Szene gesetzt ...

Ob er sich nun unter richtigem Namen eingetragen hätte oder aber den Namen Cartwright benutzte, das spielte keine Rolle. Zwei Stunden war er erst in Esbjerg, und schon ließ William F. Hunter von sich hören. Er trank einen Schluck. Der Wein schmeckte ausgezeichnet. Hunter saß jetzt sicher lächelnd hinter seinem Schreibtisch. Nicht triumphierend, nicht überheblich, so etwas lag ihm fern. Nur ein kleines Lächeln und ein wenig Nachdenklichkeit.

William F. Hunter war ein guter Mann für den Laden. Als Draycott den MI6 verließ, war Hunter die Nummer zwei in der operativen Abteilung gewesen, eine verantwortungsvolle Aufgabe für einen Mann, der zum damaligen Zeitpunkt erst Ende Dreißig war. Und wäre er selbst, Sir Walter, geblieben, hätte er wohl den Chefposten übernommen. Dann hätte er auch dafür gesorgt, daß Hunter befördert wurde.

Klasse ließ sich nicht verleugnen. Und Hunter hatte genau die Klasse und das Talent, das ihn vor allen anderen auszeichnete. Diese Kunst, in der die Russen immer so verdammt gut gewesen waren: die Kunst, etwas zu inszenieren.

Er hatte sich rechtzeitig zur Telefonzelle begeben, damit sie nicht besetzt war. Mit dem Finger auf der Gabel und dem Hörer am Ohr tat er so, als telefonierte er.

Es klingelte Punkt zehn Uhr, was bedeutete, daß es daheim neun Uhr war.

»Draycott.«

»Hunter hier, guten Abend, Sir Walter. Wir müssen reden, auch wenn es ein öffentliches Telefon ist.«

»Dann legen Sie los.«

»Sie können es nicht wissen, aber ich habe Sie immer als meinen Mentor angesehen, Ihre Fälle studiert, habe Ihre Karriere verfolgt, Sir. Deshalb ... Ich wäre Ihnen außerordentlich dankbar, wenn Sie die Arbeit in Esbjerg unterstützen könnten.«

»Unterstützen, und wie?«

»Einfach, indem Sie vor Ort sind. Ich habe wirklich gute Leute ausgesucht, aber um meines Seelenfriedens willen wäre es sehr beruhigend, einen Menschen wie Sie in der Hinterhand zu haben.«

»Und meine Anwesenheit haben Sie also die ganze Zeit eingeplant, Hunter. Sie waren es, der Gordon Ballard meine Papiere gegeben hat, die Miss Portland dazu veranlaßten, zu mir nach Schottland zu reisen, nicht wahr?«

»Ja. Sie hätten sicher ähnlich gehandelt. Es erinnert an Ihre ›Operation Esmeralda‹.«

Der Mann hatte recht. Als er es erwähnte, konnte Draycott deutliche Ähnlichkeiten mit dem alten Fall aus Budapest erkennen.

»Warum sollte ich zustimmen?«

»Um Ihre eigene Operation zu Ende zu bringen. Und Tommy Blackwood zuliebe, Sir. Wir sind es unseren Leuten schuldig, daß wir sie nach Hause holen und dort zur letzten Ruhe betten, wo sie es sich gewünscht haben, nicht wahr?«

Von dieser Art Gefühlsduselei hielt er nicht viel. Nicht, daß er anderer Meinung gewesen wäre. Das war nur kein schwerwiegendes Argument, das man anbringen konnte, von Mann zu Mann im Auftrag des Geheimdienstes. Außerdem bekam man in ihrer Welt keine zweite Chance. Er selbst hatte seine gehabt und die Konsequenzen gezogen.

»Da ist noch was, Hunter, oder irre ich mich? Da ist noch die Ladung an Bord der MS Ursula. Die verschwundene Ladung.«

»Ja, da ist noch was, Sir. Aber wir können hier und jetzt nicht ins Detail gehen. Ich kann Ihnen nur sagen, daß nationale Interessen auf dem Spiel stehen. Sie waren zu Ihrer Zeit der Beste. Ich brauche Sie jetzt hinter den Kulissen, um zu beobachten, zu analysieren – und eventuell einzugreifen, wenn Sie es für notwendig halten. Kann ich mit Ihnen rechnen, Sir Walter?«

Er dachte einen kurzen Moment nach. Welchen Nutzen würde ihm ein Nein bringen? Gar keinen. Es war ja im Grunde genommen auch sein eigener Plan – hinter den Kulissen zu warten und eine Katastrophe zu verhindern, falls eine gefährliche Situation entstand. Machte Hunters Appell da noch einen Unterschied?

»Okay, ich bin dabei. Aber nur unter einer Bedingung.«

»Und die wäre?«

»Ich will den ganzen Umfang der Operation wissen. Ich bin kein dummer Junge, den man mit halben Versprechungen losschicken kann.«

»Ich bin Ihnen dankbar für diese Antwort. Und Ihre Bedingung … die hatte ich erwartet, bei allem Respekt. Übrigens vielen Dank, Sie haben es geschafft, daß die Russen sich zurückziehen. Und ich dachte, ich hätte die Bratsewo-Liga deutlich genug gewarnt. Aber jetzt hörte ich aus der Lubjanka, daß sie zu Besuch gekommen sind. Also, vielen Dank … Nun, unsere Zeit ist abgelaufen, wenn wir auf der sicheren Seite bleiben wollen. Den Rest wird Ihnen mein Bote überbringen, wenn Sie wieder im Hotel sind. Auf Wiedersehen, Sir Walter, und noch einmal – vielen Dank.«

»Auf Wiedersehen, Hunter …«

Er hatte gerade seine Jacke an einen Haken gehängt, als es an die Zimmertür klopfte. Das war wieder der Bote.

»Eine neue Nachricht, Sir Walter.«

Der Mann überreichte ihm einen Umschlag.

»Danke. Wohnen Sie auch hier?«

»Nein, wie gesagt, ich bin nur ein Bote. Ich muß mich beeilen, daß ich nach Kopenhagen komme, um die Frühmaschine noch zu erreichen. Von Esbjerg geht nur einmal am Tag ein Flugzeug, und zwar nachmittags.«

»Ja, dann gute Heimreise. Sagen Sie … Was hätten Sie mir gegeben, wenn das Gespräch anders ausgefallen wäre? Eine Kugel in die Schläfe?«

»Einen anderen Umschlag, Sir.«

Der Mann lächelte. Aus seiner Jacke zog er noch etwas hervor, ein Buch.

»Hier, Sir. Das soll ich Ihnen auch noch geben.«

Draycott nahm verwundert das Buch entgegen.

»Und noch etwas …« Der Mann schob eine Hand in die Jakkentasche und zog eine Pistole hervor. »Mr. Hunter bat mich, Ihnen das hier anzubieten.«

Es war ein kleines stumpfnasiges Ding. Draycott winkte abwehrend und mußte lächeln.

»Nein, danke. Das ist nicht nötig.«

»Eine Beretta Centurion, eine ausgezeichnete Waffe. Aber wie Sie wollen, Sir, ich habe Ihnen jedenfalls das Angebot gemacht. Jetzt muß ich sehen, daß ich fortkomme. Auf Wiedersehen.«

»Auf Wiedersehen.«

Der Mann drehte sich um und ging schnell den Flur entlang Richtung Fahrstuhl.

Draycott blieb mit dem Buch in der Hand in der Türöffnung stehen. Es war J. R. R. Tolkien. Die Originalausgabe des dritten Bandes von *Herr der Ringe, Die Rückkehr des Königs*. Alle drei Werke, die ihm so nahestanden und die er so oft gelesen hatte, um jedesmal wieder etwas Neues zu entdecken.

In vielerlei Hinsicht war es kein Zufall, daß der listige William F. Hunter seinem Boten dieses Buch mit nach Esbjerg gegeben hatte. Noch bevor Draycott sich an den Schreibtisch setzte und den Umschlag öffnete, wußte er, worum es hier ging.

Der Brief, der also von Hunter geschrieben worden war, bevor er die Antwort kannte, enthielt eine unendlich lange Reihe von Zahlenkombinationen. Sie ergaben nur für den Eingeweihten einen Sinn. Und nur, wenn man *Die Rückkehr des Königs* vor sich hatte – in der Originalausgabe von 1955.

Er hatte nicht geahnt, daß Hunter ihn als seinen Mentor betrachtete. Jetzt ergab das mehr Sinn. Die Botschaft, die so wichtig war, daß sie verschlüsselt überbracht wurde, war in seinem eigenen Tolkien-Code geschrieben, zu dem man den Schlüssel nur fand, wenn man tief in den Archiven grub. Er selbst kannte ihn auswendig.

Vielleicht war das die Art, wie der Schüler seinem Lehrer Respekt erweisen wollte?

Er mußte zugeben, daß er eine gewisse Vorfreude spürte, als er sich an die Arbeit machte. Er hatte den Tolkien-Code während seines ersten Jobs als Gamekeeper erdacht, 1965 in Budapest, und ihn in den darauffolgenden Jahren benutzt, bis er Chef wurde.

Es würde Stunden dauern, den Wortlaut von William F. Hunters ziemlich langem Brief freizulegen, aber das störte ihn nicht. Es kribbelte ihn in den Fingern, während aus Zahlen Buchstaben und Worte wurden.

Hunter hätte ihm diese Informationen in vielen anderen Formen geben können. Aber er selbst konnte mit diesen neuen, hochmodernen Techniken nicht umgehen. Das hieß, er konnte sie nicht benutzen, kannte sie aber natürlich, wie das Verschlüsseln von E-Mails und ähnlichem. Ja, man konnte sich sogar im Internet in einem Geheimforum treffen und online schreiben.

Er stand auf, öffnete die Tür der Minibar und nahm eine kleine Flasche heraus. Ein billiger schottischer Whisky zu einem schwindelerregenden dänischen Preis. Er goß ihn in ein kleines Glas und setzte sich wieder an den Schreibtisch. Immerhin, er schmeckte ausgezeichnet.

Zeile für Zeile arbeitete er sich sorgfältig voran, den linken Zeigefinger in ewiger Bewegung über Tolkiens goldgeprägtes

Märchen fahrend, während die rechte Hand auf dem Block notierte.

William F. Hunter hielt sein Versprechen. Er erklärte, worum es sich drehte.

Als er die ersten groben Umrisse erfaßt hatte, mußte er den Bleistift hinlegen und eine Pause machen. Das war eine große Sache. Megagroß, wie seine Enkelkinder sagen würden.

Er holte sich den zweiten und letzten Miniaturwhisky aus dem Schrank und goß ihn sich ein. Vauxhall Cross hatte eine Sache laufen, so groß und brenzlig, wie er es sich in seinen wildesten Phantasien nicht hätte vorstellen können.

Oder doch? Das war gleichzeitig undenkbar – und vollkommen logisch. Hätte er das durchschauen müssen? Oder war es nur alte, plötzlich auflodernde Eitelkeit, die ihn sich darüber ärgern ließ, daß er den Faden nicht gesehen hatte?

Dafür hatte er mit seinem Verdacht recht gehabt. Gordon Ballard war darauf vorbereitet gewesen, Nina Portland in London zu empfangen. Die dänische Kriminalkommissarin war vom ersten Schritt an gelenkt worden. Man hatte das Foto des Seemanns bei der Tallinner Polizei eingeschmuggelt, das Tagebuch konstruiert und hinterlegt, und man hatte Nina Portland dorthin geführt, so daß sie gar nicht anders konnte, als es zu finden.

Er hatte also immer noch den richtigen Riecher.

Nach zweieinhalb Stunden Blättern in *Die Rückkehr des Königs* hatte er den vollen Überblick über die Lage – oder die Operation, von der er nunmehr selbst ein Teil war.

Es war genial. Schlicht und einfach genial, wie nur Hunter es sich hatte ausdenken können.

Man konnte der Zielsetzung zustimmen oder nicht. Das war eine politische und moralische Frage. Zu derartigen Fragen hatte er all die Jahre hindurch nie Stellung genommen, sonst hätte er nicht im Geheimdienst arbeiten können.

Er war loyal. Er arbeitete für die Sicherheit des Landes, jetzt genauso wie damals. Aber er persönlich fand nicht, daß die Vorgehensweise akzeptabel war.

Es war dreist. Und groß angelegt. Das mußte eine Initiative des Geheimdienstes sein. Vielleicht Hunters Idee? Falls der Plan mißlang und bekannt wurde, würden Köpfe rollen. Die obersten Köpfe. Sollte er jedoch auf politischer Ebene in einer finsteren Ecke ausgeheckt worden sein, dann waren garantiert einige Fallstricke eingebaut, damit man niemals dem Initiator der Sache auf die Schliche kommen konnte.

So waren nun einmal die Bedingungen.

19

Sie war immer noch wütend, als sie die Treppe in wenigen Schritten hochlief, aufschloß und die Wohnungstür hinter sich zuknallte. Kriminaldirektor Birkedal war ein Idiot.

Hatte er ihr nicht soeben vor versammelter Mannschaft etwas verpaßt, was man ja wohl als einen Riesenrüffel bezeichnen mußte? Bei Gott, das hatte er. »Portland, dein Intellekt mag ja so riesig sein, daß du dich bei diesen Banalitäten des Alltags langweilst. Aber ein Containerfeuer und ein Garagenbrand können sich ausbreiten. Das nächste Mal ist es vielleicht ein Feuer in einem Wohnhaus. Das nächste Mal kostet es vielleicht Menschenleben. Würdest du dich also bitte herablassen und diesen Brandstifterfall ernst nehmen.«

Was zum Teufel bildete der sich eigentlich ein?

Eine ältere Frau hatte morgens angerufen und erklärt, sie habe Informationen über das letzte Feuer. Natürlich mußte sie aufgesucht werden. Aber da sie die Aufgabe allein übernehmen mußte, weil Svendsen krank war, hatte sie die Gelegenheit genutzt, andere Dinge zu regeln, wo sie schon einmal ein Auto hatte.

Als eine Stunde nach dem Anruf immer noch niemand bei der Dame aufgetaucht war, hatte diese emsige Frauensperson im Revier angerufen und sich beklagt: »Wo bleibt denn der Polizist?«

Das war Birkedal zu Ohren gekommen, und auch wenn man natürlich während der Arbeitszeit mal etwas erledigen durfte, so war es offensichtlich, daß sie eins reingewürgt bekommen sollte – und zwar öffentlich. Was war nur mit ihm los? Hatte er Prostataprobleme oder was?

Wütend wirbelte Nina in der Wohnung herum und ließ Handschuhe, Schal und Jacke auf dem Boden liegen, nachdem sie sich von ihnen befreit hatte.

Sie war gerade eben bei der Zeugin gewesen. Wie sich herausstellte, hatte die alte Ziege nicht das Geringste gesehen. Nur einen »verdächtigen Schatten eines Jungen oder eines Mannes«. Und dann das übliche »Ja, wissen Sie, man bekommt es ja mit der Angst zu tun, wenn das plötzlich so ganz in der Nähe geschieht. Was hätte nicht alles passieren können? Ich kann kaum noch schlafen.«

Das war wirklich ein Scheißtag gewesen. Das einzig Gute war, daß sie und Jonas ihn richtig schön mit einem gemütlichen Frühstück in der Küche hatten beginnen können. Ein Glück, daß Freitag war.

Sie legte die Mappe mit einem Stapel Fotokopien auf den Wohnzimmertisch. Das war das Ergebnis ihrer privaten Nachforschungen im Laufe des Vormittags. Zwar hatten weder Jørgen noch sie selbst im Laufe der Woche irgend etwas Verdächtiges bemerkt, aber sie hatte immer noch dieses dumme Gefühl im Bauch. Deshalb hatte sie eine Runde durch sämtliche Hotels gemacht und war sogar in der großen Jugendherberge gewesen, um sich eine Kopie der Gästelisten dieser Woche zu holen. Sie hatte das unter dem Vorwand getan, daß man an einem Fall arbeite, bei dem es um Falschgeld ginge, das plötzlich in Umlauf gebracht worden war. Nicht vollkommen gelogen, der Fall war nur von der letzten Woche und fast schon abgeschlossen.

Sie hatte es bis jetzt noch nicht geschafft, sich die Listen anzuschauen. Und sie wußte auch nicht so recht, wonach sie eigentlich suchen sollte. Es war nur ein gutes Gefühl, etwas zu tun.

Sie nahm den Stapel und setzte sich aufs Sofa. Daß sie ihre Mittagspause zu Hause verbrachte, ging ja wohl niemanden etwas an, nicht einmal Birkedal. Die Listen vom Scandic Hotel Olympic in der Strandbygade lagen zuoberst. Wie zu erwarten, enthielten sie eine lange Reihe britischer Namen.

Während sie dasaß und sie durchsah, überfiel sie das Gefühl, daß etwas nicht stimmte. Daß vielleicht jemand in der Wohnung gewesen war. Sie hatte ja fast die Tür eingetreten, deshalb bemerkte sie es erst jetzt. Was war das? Roch es nicht schwach nach einem würzigen Aftershave – oder nach Parfüm? Oder war es nur Einbildung?

Gerade als sie sich an den Küchentisch setzen wollte, hörte sie lautes Poltern von der Hintertreppe her. Das mußte bei Herrn Bergholt sein. Seine Küchentür war zugesperrt, also mußte sie in den Hinterhof hinunter und um die Ecke laufen, wo er seinen Aufgang hatte. Zum Glück war die Tür nicht verschlossen. Sie stürzte die Treppen hinauf, in die Wohnung hinein, den Flur entlang in die Küche.

Der alte Mann saß auf dem Boden, mit dem Rücken gegen eine Schranktür gelehnt. Er atmete schwer.

»Was ist passiert, Herr Bergholt?«

»Passiert? Ach, gar nichts. Ich bin wohl hingefallen. Das Bein ist plötzlich zusammengeknickt, und da bin ich gefallen.«

»Haben Sie sich weh getan?«

Der Alte schüttelte nur verwirrt den Kopf. Offensichtlich schaffte er es nicht, allein aufzustehen.

Jetzt war es aber genug. Eines schönen Tages würde der arme Mann noch hier krepieren, wenn es so weiterging.

»Bleiben Sie ruhig sitzen. Ich bin gleich wieder da.«

Sie schloß seine Küchentür auf und ging in ihre Wohnung hinüber, holte die Autoschlüssel und ging zu dem Parkplatz, wo sie den Dienstwagen abgestellt hatte. Im nächsten Moment war sie um den Block gefahren und von der Skolegade direkt auf den Hinterhof. Dann lief sie wieder hinauf, um dem alten Mann auf die Beine zu helfen.

Die Dame am Tresen der Sozialen Dienste sah verblüfft hoch, als Nina mit dem alten Mann am Arm hereinkam und ihm half, sich auf einem Stuhl niederzulassen.

»Was kann ich für Sie tun?«

Die Dame, die etwas älter als Nina war und einen dicken Bernstein an einer Kette über ihrem Rollkragenpullover trug, blickte fragend über den Brillenrand hinweg.

»Jetzt reicht es. Er kommt nicht mehr allein zurecht!«

Nina war ganz außer Atem. Es war ein weiter Weg gewesen vom Auto bis hierher, und Herr Bergholt hatte sich schwer auf sie gestützt.

»Ist das Ihr Vater?«

»Nein, das ist er nicht, und das ist ja wohl scheißegal. Er kommt nicht mehr allein zurecht. Er wohnt allein in einer Wohnung. Einem Schweinestall. Er bekommt nie Besuch. Er fällt hin und weiß nicht mehr, was er tut. Bekommt er Hilfe? Kümmert sich jemand um ihn? Wird bei ihm saubergemacht? Bekommt er etwas zu essen? Ich habe keine Ahnung. Aber soviel weiß ich, daß etwas absolut nicht in Ordnung ist, wenn er einfach sich selbst überlassen bleibt. Das können Sie doch verdammt noch mal nicht zulassen. Er ist mein Nachbar …«

Die Frau lief rot an und bekam hektische Flecken am Hals. Sie schien sich krampfhaft zu beherrschen, als sie fragte:

»Er muß ja irgendwo gemeldet sein. Wie heißt er denn?«

»Gemeldet? Ja, das hoffe ich doch … Er heißt Helmer Bergholt und wohnt Skolegade 48. Aber warum fragen Sie ihn nicht selbst? Er ist ein Mensch, er kann sprechen.«

Die Frau tippte hektisch auf ihre Computertastatur ein und starrte dann auf den Bildschirm.

»Ja, hier haben wir ihn. Wie ich sehen kann, bekommt er ein wenig Hilfe.«

»Bestimmt eine Haushaltshilfe für eine Stunde alle Schaltjahre mal …«

»Hat er denn Familie in der Nähe, hier in der Stadt?«

»Das weiß ich nicht. Wie gesagt, ich glaube nicht, daß jemand zu Besuch kommt.«

»Und was stimmt Ihrer Meinung nach nicht?«

»Meine Meinung ist, daß er einfach nicht mehr allein zurechtkommt. Seine Frau ist vor kurzem gestorben. Er schafft es nicht mehr. Reicht das nicht? Sie müssen ihm helfen – und zwar umgehend.«

»Hm, und was stellen Sie sich da vor?«

»Ich stelle mir überhaupt nichts vor. Es ist doch Ihr Job, sich etwas vorzustellen. Das müssen Sie schon selbst herausfinden.«

»Ja, aber das müssen wir erst in der Gruppe evaluieren. Könnte ich vielleicht Ihren Namen haben?«

»Nina Portland, Kirkegade 23, das gleiche Mietshaus, nur ein anderer Aufgang. Ich arbeite drüben bei der Kripo.«

»Bei der Polizei? Ja, gut, erst einmal vielen Dank, daß Sie hier waren. Das war ganz richtig so. Man soll sich nicht scheuen, seine Rechte einzufordern. Wir können ja auch mal Fehler machen.«

Die Frau lächelte steif und nickte.

»Daß wir hier waren? Wir sind noch nicht gegangen. Das heißt, ich muß wieder zur Arbeit, aber Herr Bergholt bleibt hier. Das müssen Sie wohl gleich mal evaluieren.«

Nina wandte sich dem alten Mann zu, der verwirrt dagesessen und den Schlagabtausch verfolgt hatte. Sie hockte sich vor ihn und sprach laut und deutlich mit ihm.

»Jetzt bleiben Sie erst einmal hier, Herr Bergholt. Die nette Dame wird sich um Sie kümmern. Denn für so etwas bezahlt man schließlich seine Steuern. Es muß sich ja jemand um Sie kümmern, nicht wahr? So geht es auf die Dauer nicht mehr weiter.«

Sie wandte sich noch einmal der Frau hinter dem Tresen zu.

»Und wie ist Ihr Name? Ich meine, nur der Ordnung halber.«

»Ingrid Thygesen …« Die Frau war wie versteinert.

»Gut, ich rufe später an, um mich zu erkundigen, was daraus geworden ist.«

Jonas hatte die Erlaubnis bekommen, nach der Schule mit zu einem Freund zum Spielen zu gehen. Wie mit Jørgen verabredet, hatte sie eine Stunde nach Feierabend damit verbracht, einen Schaufensterbummel zu machen und fürs Wochenende einzukaufen. Er sollte ihr durch die Fußgängerzone hinterhergehen, und anschließend sollte sie mit dem Fahrrad zum Fischereihafen fahren, wo sie sich am Ende des Nordseekais treffen wollten.

Jetzt stand sie am Kai und beugte sich über die Mauer. Der kalte Wind wehte die Müdigkeit fort und tat ihr gut. Genau besehen hatte die Sache mit dem alten Herrn Bergholt sie dazu gebracht, für eine Weile die eigenen Ängste und Sorgen zu vergessen.

Ein Auto rollte den Kai entlang und bog an der äußersten Mole ab. Es war Jørgen in seinem alten BMW. Er ließ sich Zeit, zündete seine Pfeife an, bevor er ausstieg.

»Hallo, Jørgen.«

Sie drückte ihn fest an sich.

»Hallo, Port. Alles in Ordnung?«

Sie nickte.

»Ja, warum nicht. Oder hast du etwas bemerkt?«

»Nein, glücklicherweise nicht. Ich glaube, du bist aus dem Schneider. Was immer das auch war …«

»Aber Jørgen, ich habe immer noch dieses schlechte Gefühl im Bauch. Es ist noch nicht zu Ende.«

Sie blieben schweigend eine Weile nebeneinander stehen und schauten zu den Lichtern der Stadt hinüber. Jørgen zog nachdenklich an seiner Pfeife. Das mit diesem Gefühl im Bauch war zu abstrakt für ihn. Das wußte sie nur zu gut.

»Nun laß uns das mal nüchtern betrachten. Ich bin gründlich gewesen. Da war meilenweit nichts Verdächtiges zu bemerken, Port. Ich glaube, dieser Engländer hat die Sache einschlafen lassen.«

Sie zögerte einen Augenblick. Soviel Optimismus erlebte man selten bei diesem besorgten Mann. Und was sie ihm erzählen wollte, konnte ihm wieder Sorgen bereiten. Aber sie wollte gern seine Meinung dazu hören.

»Ich habe die Hotels abgeklappert und mir die Gästelisten dieser Woche geben lassen. Eine Riesenarbeit.«

»Wieder einmal private Nachforschungen – und das während der Arbeitszeit. Paß bloß auf, Port!«

Jørgen schüttelte resigniert den Kopf.

»Irgendwas mußte ich doch tun.«

»Hast du die ganze Runde gemacht? Warst du auch in der Jugendherberge im Gl. Vardevej?«

»Ja, die habe ich nicht vergessen.«

»Das gefällt mir nicht. Das kann so nicht weitergehen, Port. Dein Chef wird stinksauer werden. Wonach suchst du denn?«

»Nach allem, was verdächtig aussieht. Merkwürdige Konstellationen, was weiß ich? Russen vielleicht. Oder Engländer. Es gibt nur im Vorwege schon so viele von denen, daß es schwer ist, aus den Unterlagen etwas zu erkennen. Aber im Grunde genommen ist das doch nur ein Stück gute alte Polizeiarbeit. Großer Einsatz mit minimaler Gewinnchance. Aber ich werde den ganzen Mist durchgehen. Wonach würde ein alter Dorfpolizist Ausschau halten?«

Jørgen zündete die Pfeife erneut an und nahm sich dazu viel Zeit. Dann sagte er nachdenklich:

»Ich habe zu meiner Zeit ja nun nie mit solchen Dingen zu tun gehabt … Aber ich wäre skeptisch gegenüber allen aus dem alten Ostblock. Wenn du immer noch an deiner Theorie festhältst, daß etwas richtig Großes im Gange ist, und wir wohlgemerkt hier vom britischen Geheimdienst reden, ja, dann würde ich nach drei, vier Leuten in einer Gruppe suchen.«

»Wieso?«

»Nur so ein Gefühl, aus Büchern und Fernsehen, Dokumentarprogrammen und so. Arbeiten die nicht immer in Gruppen, oder in Teams, wie es jetzt heißt?«

»Genau daran habe ich auch gedacht – ein Team irgendeiner Art. Und wie würdest du diese Engländer von den anderen unterscheiden?«

Jørgen überlegte eine Weile, umfaßte die Pfeife mit einem unbeholfenen Griff von unten, den Zeigefinger über dem Mundstück, der so typisch für ihn war, wenn er wirklich nachdachte.

»Wie detailliert sind die Gästelisten?«

»Die sind aus den Buchungscomputern, ziemlich detailliert.«

»Dann würde ich bekannte Firmen erst einmal aussortieren, zuallererst natürlich die Offshore-Leute. Und dann nachsehen, ob sie für einen bestimmten Zeitraum gebucht haben. Woher können Geschäftsleute, oder was sie auch immer sein mögen, genau wissen, wie lange sie in der Stadt bleiben werden?«

»Das habe ich auch schon überlegt. Und außerdem will ich überprüfen, wann genau sie eingecheckt haben, und das mit den Ankunftszeiten der Flugzeuge vergleichen. Wenn du in London sitzt und weißt, daß du in Esbjerg arbeiten sollst, warum dann nicht eine direkte Maschine nehmen?«

»Ryan Air? Als Ausgangspunkt gibt das einen Sinn.«

»Dann sind da natürlich auch noch Kopenhagen und Billund – und die Fähre von Harwich, ich habe nicht vor, etwas auszuschließen. Ich will nur alles sortieren.«

»Jetzt bin ich dir fünf Tage lang gefolgt, ohne daß wir auf irgend etwas gestoßen sind. Meinst du nicht, daß du überreagierst, Port?«

»Schon möglich, das ist auch nur sicherheitshalber.«

»Okay, aber sag Bescheid, wenn du auf etwas stößt, ja? Was macht ihr am Wochenende? Du arbeitest doch wohl nicht wieder schwarz?«

Jørgen sah allein bei dem Gedanken ganz besorgt aus.

»Nein, nein. Ich habe Absalonsen gesagt, daß mit den Nachtwachen definitiv Schluß ist.«

»Das ist gut. Und was macht ihr also?«

»Wir wollen es uns nur gemütlich machen. Und ich will die Kopien durcharbeiten. Keine Sorge, dieses Mal gibt es keinen Russen im Keller.«

»Kommt ihr zum Essen rüber?«

»Nein, vielen Dank, ich möchte wieder in den alten Rhythmus zurückfinden, still und ruhig. Wir brauchen ein Wochenende zu Hause. Und vielen Dank, daß du die ganze Woche geopfert hast, um Detektiv zu spielen.«

Sie drückte ihn noch einmal zum Abschied, und er gab ihr einen Kuß auf die Wange.

»Na, das war doch selbstverständlich, Port. Und grüß Jonas.«

»Das werde ich tun. Bis dann!«

Als sie nach Hause kam, beeilte sie sich, ein Hähnchen in den Ofen zu schieben. Sie konnte einfach keine Ruhe finden. Es gab irgend etwas, das sie vergessen hatte. Etwas ganz Offensichtliches.

Sie machte sich daran zu überprüfen, ob es dem ganzen Regiment von Sukkulenten gutging und sie sich in ihrem Winterschlaf auf der Fensterbank wohl fühlten. Sie standen alle zufrieden da, bis auf einen kleinen Kerl aus Mexiko, der gut einen Tropfen Wasser vertragen konnte. Der Kaktus stand sogar ein wenig schief, als hätte jemand ihn schief wieder in seinen Topf gesetzt.

Plötzlich fiel es ihr wieder ein. Ein leichter Duft nach Aftershave? Das hatte sie in der ganzen Aufregung vergessen. Wenn wirklich jemand in ihrer Wohnung gewesen war, was hatte er dann hier getan? Es war ja nichts zu sehen.

Sie begann nach versteckten Installationen zu suchen, in den Blumentöpfen, unter den Tischen, hinter den Vorhängen, im Bücherregal, hinter dem Fernseher – fand jedoch nichts. Und wonach sollte sie eigentlich suchen? Sie kannte sich in dieser Welt nicht aus. Es war ja wohl nicht mehr wie in alten Filmen, in denen der Held den Telefonhörer aufschraubte und ein Mikrophon von der Größe eines Hühnereis darin fand.

Jonas kam nach Hause, sie aßen und unterhielten sich am Küchentisch. Er ging in sein Zimmer, um zu lesen, und sie sah sich die Nachrichten im Fernsehen an. Ein Bürgermeister auf Lolland hatte sich bereichert. Er hatte über seine eigene Gärtnerei Buchen für ein Vermögen an die Gemeinde verkauft. Eine andere Firma hätte billiger liefern können. Wie dumm konnte man eigentlich sein?

Jonas tauchte in der Tür zum Wohnzimmer auf und lehnte sich mit seinem Buch in der Hand an den Rahmen.

»Ist was, Jonas?«

»Nein, ich dachte nur ... Du bist so – geistesabwesend. Hast du es nicht so bei Großvater genannt?«

»Ich bin überhaupt nicht geistesabwesend. Ich gucke nur Nachrichten. Langweilst du dich?«

»Nee, absolut nicht. Harry Potter ist gerade unheimlich spannend. Du hast doch nicht vergessen, daß ich morgen ein Fußballspiel habe? In Varde.«

»Nein, natürlich nicht. Und – werdet ihr gewinnen?«

Er nickte.

»Und was machst du, während ich Fußball spiele?«

»Ach, dies und das. Und dann will ich morgen nachmittag zu Großvater rüberfahren.«

»Was grübelst du?«

»Ich grüble überhaupt nicht, mein Lieber. Es war einfach nur eine anstrengende Woche. Da rennt einer durch die Stadt und steckt alles mögliche in Brand. Den würden wir gern schnappen, verstehst du?«

»Ein Pyromane?«

»Ein Brandstifter. Ein Pyromane ist man nur, wenn man krank ist, also im Kopf und so. Wenn man einfach nicht anders kann und alles anzünden muß.«

»Hast du schon eine Spur von ihm? Ist er gefährlich?«

»Eine richtige Spur haben wir noch nicht. Und gefährlich ist er auch nicht. Höchstens in dem Sinne, daß das Feuer auf Häuser übergreifen kann – und dann vielleicht Menschen darin verbrennen. Ich habe überlegt, ob ich nicht ein paar Fische für Großvaters Aquarium kaufen sollte. Was hältst du davon?«

»Gute Idee. Da komme ich mit. Zum Einkaufen und wenn du nach Fanø fährst.«

»Aber das kannst du doch nicht, mein Schatz. Du willst doch zum Fußball.«

»Kannst du denn mit dem Fischekaufen nicht noch warten?«

»Eigentlich nicht. Ich habe ja beschlossen, daß es morgen sein soll ...«

»Hmm. Ich gehe wieder in mein Zimmer und lese weiter.«

Nina ging auf den Balkon, um eine zu rauchen. Es war ihr gelungen, ihren Zigarettenkonsum drastisch zu reduzieren. Das war heute erst die vierte.

Natürlich spürte Jonas, daß irgend etwas vor sich ging. Die Erwachsenen glaubten immer, sie könnten ihren Kindern jeden Bären aufbinden. Schließlich war er schon zehn. Und in diesem Alter konnte man auch sehr gut Stimmungen aufschnappen. Hoffentlich war das ganze bald überstanden. Es war einfach zuviel Chaos. Zu viele Gedanken.

Mit Martin, das war schon merkwürdig. Sie hatte nichts mehr von ihm gehört. Als sie ihn auf dem Dach erwischte, hatte er gesagt, daß er zurückrufen würde. Sie hatte wegen ihrer Nachtwache den Kinobesuch am letzten Wochenende absagen müssen, aber er hatte trotzdem am Telefon ganz fröhlich geklungen. Sie konnten es ja dieses Wochenende nachholen. Ja, es war an der Zeit. Er sollte nicht das Gefühl bekommen, daß sie sich zurückzog, sobald er die Initiative ergriff. Genau das hatte er ja behauptet. Sie tippte seine Nummer auf dem Handy ein.

»Hallo, ich bin's.«

»Hallo, Nina.«

»Du, ich habe überlegt, ob wir nicht morgen abend ins Kino gehen wollen – zusammen mit Jonas. Es tut mir leid, daß ich letztes Mal absagen mußte …«

»Das paßt mir nicht so gut. Ich bin Samstag und Sonntag beschäftigt.«

»Womit denn?«

»Ich muß ein paar Angebote kalkulieren, und mit der Arbeit hänge ich auch hinterher.«

»Willst du abends auf die Baustelle?«

»Nein, natürlich nicht …«

»Können wir uns dann nicht für morgen verabreden? Du kannst ja vorher zum Essen herkommen.«

»Du, ich kann nicht. Morgen abend bekomme ich Besuch. Ich

habe eine Bürohilfe gefunden, stundenweise. Die muß ich einarbeiten.«

»Eine Frau? Und am Samstagabend?«

»Ja, sie heißt Lisbeth. Ich kenne sie schon von früher. Sie fängt am Montagmorgen an, und sie hat nur morgen abend Zeit. Computer, Anlagen, Rechnungen, Preise, Ausschreibungen und so. Es ist eine ganze Menge, was wir durchsprechen müssen.«

»Ja, da habt ihr sicher viel zu tun. Na dann, bis bald mal.«

Sie warf die Kippe in die Dunkelheit und zündete sich eine neue Zigarette an. Das fehlte gerade noch. Lisbeth, am Samstagabend …

Ein absolut perfekter Scheißtag endete mit einem Tusch. Nun gut, wenn er es so haben wollte … Hatte er deshalb so fröhlich geklungen? Zufrieden, sich für den abgesagten Kinobesuch rächen zu können? Was hatte all sein Geschwätz draußen am Strand über gegenseitigen Respekt und die Bereitschaft, sich einzulassen, noch für einen Wert?

Sie kochte sich eine Tasse Kaffee und machte sich ein Weißbrot mit Käse, während sie wartete, daß Martin noch einmal anrufen würde. Aber das tat er nicht. Und er sollte sich nur nicht einbilden, daß sie ihn anrief.

Von den Wohnzimmerfenstern aus gab es nichts Ungewöhnliches zu sehen. Auch dieser Blick war Routine geworden. Und Martin war ein Mistkerl. Oder sah sie schon Gespenster?

Ihrem Eckfenster gegenüber gab es keine Bebauung auf der Skolegade, abgesehen von dem alten Missionsgebäude. Zur Kirkegade hin guckte man auf ein Versicherungsbüro. Wenn man wollte, konnte man natürlich oben an der Kirche stehen und von dort versuchen, in ihr Eckfenster zu spähen. Ihr war es immer wichtig gewesen, daß sie keine Nachbarn gegenüber hatte. Dennoch zog sie die Gardinen zu, bevor sie sich dem Stapel von Hotelanmeldungen widmete.

Es war halb zwei, und Jonas lag schon lange im Bett, als sie endlich die ersten beiden Sortierrunden fertig hatte. Das Ergebnis waren zwei Stapel. Ein großer und ein kleiner. Der kleine enthielt mögliche Objekte, die weiterverfolgt werden mußten. Sie hatte sie nach den Kriterien ausgesucht, die sie selbst zusammen mit Jørgen aufgestellt hatte. Aber sie waren auch nach Intuition geordnet worden.

Sie zählte sie durch. Neunundzwanzig Kandidaten, vielleicht harmlos, vielleicht auch nicht. Hotel Hjerting, das in dem Vorort gleichen Namens lag, hinten am Wasser, hatte sie aussortiert. Das lag einfach zu weit vom Zentrum entfernt. Das Palads Hotel Cab Inn in der Skolegade kam ebenfalls nicht in Frage. Die meisten Zimmer dort waren extrem winzig, sie konnte sich einfach nicht vorstellen, daß sich ein Beobachtungsteam dort einlogieren würde.

Blieben, den Listen nach zu urteilen, das Hotel Ansgar, nur wenige Meter von ihrer eigenen Haustür entfernt, das Hotel Britannia oben am Marktplatz, das kleine Park Hotel in der Torvegade und das Scandic Hotel Olympic in der Strandbygade.

Zwei Russen, zwei Letten, ein Este und vierundzwanzig Briten. Sie hatte das ganze Wochenende Zeit, diese Zahl zu reduzieren.

Während Martin seine neue Bürohilfe einwies.

20

Es lag nahe, mit dem Hotel Ansgar anzufangen. Hier waren sieben Namen aufgeführt. Jonas lag noch im Bett und genoß seinen Harry Potter. Er sollte gegen Mittag abgeholt werden. Die Jungs wollten ja zum Fußballspiel nach Varde.

Sie ging das kleine Stück den Bürgersteig entlang und betrat die Rezeption. Dort saß eine Frau mittleren Alters. Eine andere als diejenige, die ihr am Tag zuvor die Ausdrucke gegeben hatte.

»Guten Tag, ich komme von der Kriminalpolizei. Sie waren gestern so nett, mir diese Listen auszuhändigen. Wir untersuchen einen Fall, bei dem es um Falschgeld geht, und ich überprüfe alle Hotels.«

Die Frau erhob sich lächelnd.

»Ich habe darüber in der Zeitung gelesen. Es geht um Dollars, nicht wahr?«

»Ja, wie meistens, oder Euros. Ich hätte gern weitere Informationen zu diesen Gästen.«

Sie legte die Listen auf den Tresen. Ein paar Namen hatte sie angekreuzt.

»Ich werde sehen, was ich tun kann. Aber es haben sicher nicht alle bei mir eingecheckt.«

Die Frau setzte sich ihre Lesebrille auf. Sie hing ihr an einem Band um den Hals. Konzentriert studierte sie die Listen.

»Die beiden hier, das ist ein älteres Ehepaar, und der hier ist ein junger Mann, der spielt im Paddy Go Easy, glaube ich.«

Nina kannte den irischen Pub, sowohl von außen als auch von innen. Er lag auf der kurzen Strecke zwischen ihrer eigenen

Wohnung und dem Hotel, fast genau in der Mitte. Dort gab es mehrmals in der Woche Livemusik.

»Und was können Sie zu diesen vier Leuten sagen?«

Sie blätterte in den Papieren und zeigte auf die Namen. Die Frau schaute nach und lächelte.

»MacFarlane, Ferguson, McKenna und Armstrong. Vier Männer. Die haben vor einer Stunde ausgecheckt. Ich habe das selbst gemacht. Offshore-Leute, wie ich denke, jedenfalls haben sie etwas mit Hafen und Öl zu tun, soweit ich es aus ihrer Unterhaltung entnehmen konnte. Wie Sie sehen können, sind sie am Donnerstag angekommen.«

»Aber da steht kein Firmenname?«

»Nein, die beiden Doppelzimmer wurden von Mr. MacFarlane bestellt. Und zwar schon am Montag. Ich glaube, sie sagten etwas von Aberdeen. Den Namen nach könnten es Schotten sein, nicht wahr. Aber ich kann mal nachschauen, wo die herkommen. Einen Augenblick.«

Die Frau setzte sich an den Computer, und im nächsten Moment nickte sie.

»Ja, wie ich gesagt habe, Schotten. Alle aus Aberdeen. Aberdeen ist Europas Offshore-Hauptstadt, nicht wahr? Wir haben hier viele von dort.«

»Ja, das kann ich mir denken. Nun gut, dann muß ich weitersuchen. Vielen Dank für Ihre Hilfe.«

Sie überquerte die Straße und ging die Torvegade hinauf. Nun konnte sie zumindest das Hotel Ansgar von ihrer Liste streichen. Sie wollte sich zuerst das kleine Park Hotel vornehmen, dann das Hotel Britannia auf dem Rückweg.

Die beiden Russen wohnten im Park Hotel. Schnell waren auch sie von der Liste gestrichen. Hinter Initialen und Nachnamen verbargen sich zwei jüngere Frauen, die gerade ein spätes Frühstück zu sich nahmen. Laut Hotelbesitzer waren sie in die Stadt gekommen, um zwei Männer zu besuchen. Sie hatten sich über eine Firma kennengelernt, die Singlereisen nach Sankt Petersburg organisierte. Und jetzt waren die Frauen an der Reihe,

Dänemark anzuschauen. Ihre neuen Prinzen würden bald kommen und sie abholen.

Schwieriger war es in dem großen Hotel Britannia. Dort wohnten zehn Briten. Nina ging durch die Halle zum Empfang, wo eine junge Frau gerade einigen Gästen etwas über Ribe und die vielen historischen Sehenswürdigkeiten dort erzählte. Sie stellte sich daneben und wartete.

»Guten Tag, ich bin von der Kriminalpolizei«, sagte sie und hielt ihren Dienstausweis hoch. »Ich habe gestern ein paar Gästelisten bekommen und würde gern etwas mehr über einige der Personen wissen. Die ich angekreuzt habe. Es geht um Falschgeld ...«

Die junge Empfangsdame schaute sich die Listen an und breitete bedauernd die Arme aus.

»Das wird ein Problem. Die ersten Tage war ich nicht hier, und gestern hatte ich frei. Das sind ja alles Engländer. Sind Sie auf der Jagd nach Engländern?«

»Nun, Jagd wäre wohl etwas übertrieben. Die Spuren zeigen nur in diese Richtung.«

»Der einzige Engländer, den ich eingecheckt habe, war ein älterer Herr am Donnerstag.«

»Der interessiert mich nicht, ich suche nach ...«

»An einige kann man sich gar nicht erinnern, aber er war so höflich und korrekt, richtig britisch, wissen Sie. Oxford-artig. Und merkwürdig war, daß für ihn ein Paket abgegeben wurde, ganz kurz nachdem er sich eingetragen hatte. Wow, kann das nicht das Falschgeld gewesen sein?«

Die junge Frau grinste und zwinkerte ihr verschwörerisch zu.

»Nein, wohl eher nicht.«

»Nun ja, aber ihn haben Sie ja auch gar nicht angekreuzt, also bringt es sowieso nichts.«

»Wie sah er aus? Klein, groß, dick, dünn?«

»Groß und hager, mit kräftigem braunen Haar und Vollbart und einer häßlichen Brille. Cartwright heißt er. Ich weiß das noch, weil es fast wie Cartland klingt, nicht wahr? Und von der hat meine Mutter jede Menge gelesen. Sie ist hoffnungslos, meine Mutter, meine ich.«

»Nein, ihn können wir nicht gebrauchen. Wer könnte mir denn mit den anderen Namen helfen?«

»Das kann Bettina bestimmt. Sie kommt um zehn Uhr. Oder soll ich sehen, ob der Chef da ist?«

»Nein, das ist nicht nötig. Ich komme später noch einmal wieder.«

Nina ging nach Hause, holte ihr Fahrrad und fuhr zur Zoohandlung in die Kronprinsensgade. Hier kaufte sie zwei Zebrafische und brachte sie jeweils in einer durchsichtigen Plastiktüte voll Wasser mit nach Hause. Dann scheuchte sie Jonas aus den Federn, damit er seine Fußballsachen zusammenpackte, was eine Ewigkeit dauerte, weil er die Fische im Badezimmerwaschbekken entdeckt hatte, die wie große Fragezeichen in ihren Plastiktüten herumschwammen.

Anschließend aßen sie ein frühes Mittagessen. Kurz vor zwölf klopfte Lasse an. Sein Vater sollte die beiden zum Fußballspiel bringen.

Nina eilte zusammen mit den Jungen aus dem Haus und fuhr mit dem Fahrrad zum Scandic Hotel Olympic, wo sie ihr Fahrrad ein gutes Stück vom Hoteleingang entfernt abstellte. Zwar fehlte es der Polizei an Geld, aber die Dienstwagen waren bis jetzt noch nicht gegen Fahrräder ausgetauscht worden.

Wie die anderen Male auch zeigte sie ihren Dienstausweis und brachte ihren Wunsch vor. Dieses Mal war es ein junger Mann, der so höflich war, daß es fast schon unangenehm wirkte.

Die baltischen Gäste konnte sie schnell einordnen. Die beiden aus Lettland und der eine aus Estland waren Bauern, die der regionale Bauernverband eingeladen hatte, damit sie mit ihren dänischen Kollegen Erfahrungen austauschen konnten. Sie waren gerade in einen überfüllten Touristenbus gestiegen, wie der junge Mann erklärte.

Wie Nina erwartet hatte, sah es problematischer mit den Briten aus. Es gab acht davon, die ihr interessant erschienen. Mit Hilfe eines Kollegen des jungen Mannes an der Rezeption gelang es ihr, sie auf vier zu reduzieren, oder genauer gesagt zwei mal zwei.

Sie wohnten in Einzelzimmern, hatten aber je zu zweit eingecheckt. Die ersten beiden, ein Robertson und ein Mortimer, hatten die Zimmer unter dem Firmennamen Harold's Maritime Motors Ltd. bestellt – eine Firma in Portsmouth. Sie wollten offenbar am Dienstag wieder abreisen. Die beiden anderen, ein Jenkins und ein Webb, hatten privat reserviert. Der Kollege des jungen Mannes meinte, sie seien Ingenieure.

Die Sonne schien, und ringsherum war blauer Himmel. Ein schmales Nebelband draußen über der Ho-Bucht war der einzige weiße Streifen, den der Frost noch nicht verjagt hatte. Und es war ja wohl der erste richtige Frosttag, oder? Minus ein oder zwei Grad.

Der Wind biß ihr ins Gesicht, als sie sich am Nachmittag oben auf dem Fährdeck zurechtsetzte, mit zwei Zebrafischen in der Tasche. Das Resultat des Tages konnte man vergessen. Jedenfalls gab es nicht gerade Anlaß zu großem Optimismus.

Nachdem sie zum Hotel Britannia zurückgegangen war, konnte sie dort fünf von zehn Briten streichen. Also waren immer noch neun übrig, die zum Labyrinth gehören konnten. Einige von ihnen würde sie über die genannten Firmennamen gegenprüfen, mit den anderen konnte sie im Augenblick nichts mehr machen. Vielleicht sollte sie ihr Vorhaben doch aufgeben? Auch wenn sie alle streichen konnte, wäre es immer noch möglich, daß es andere gab, die sie übersehen hatte.

Sie beschloß, das bis zum Abend auf sich beruhen zu lassen. Zuerst einmal mußte der Besuch bei ihrem Vater überstanden sein. Und der konnte übel genug werden, obwohl sie sich mit zwei Aquariumsfischen bewaffnet hatte. Sie hatte ihn vorher angerufen und ihren Besuch angekündigt, in der Hoffnung, so zumindest nicht die ganze Stadt nach ihm absuchen zu müssen.

Sie wußte immer noch nicht so recht, wie sie es anpacken sollte. Erst einmal mußte sie die Lage peilen und dann eben improvisieren.

Der alte Kapitän war draußen im Vorgarten. Sie konnte ihn schon von weitem sehen. Er hatte sie noch nicht entdeckt. Er saß auf der Bank unter dem Reetdach, eine Decke um die Beine gewickelt. Anscheinend saß er nur da und starrte auf seine Schuhspitzen.

»Hallo!«

Sie winkte an der Gartenpforte, und er hob eine Hand zum Gruß. In der anderen hielt er einen Becher Kaffee.

»Sonst sitzt du doch nicht hier draußen, oder?«

Sie setzte sich neben ihn.

»Nee, eigentlich nicht. Aber schließlich scheint die Sonne, und es ist klare Luft. Ich habe lange genug drinnen herumgehockt. Na, langsam wirst du ja zum Dauergast. Du warst doch erst letztes Wochenende hier.«

Er sah sie lächelnd an. Schon zum zweiten Mal innerhalb kurzer Zeit. Es schien, als wollte er ihr sogar eine Hand auf die Schulter legen. Doch dann riß er sich zusammen und beließ es bei dem Lächeln.

»Ich habe dir etwas mitgebracht.«

Sie stellte die Tasche auf den Schoß, zog die Plastiktüten hervor und hielt sie ins Licht.

»Na, das ist mal eine Überraschung …«

Frederik Portland verstummte und betrachtete nur mit frohem Blick die beiden Fische, die im Sonnenlicht unter voller Takelage herumschwebten.

»Und die sind für mich?«

»Ja.«

Sie nickte und überreichte ihm die Plastiktüten. Er hielt sie vor sich hoch.

»Zebras. Die sind schön. Vielen Dank, Nina.«

Der alte Kapitän sprach leise und voller Glut. Er schien sich wohl zu fühlen. Sie konnte nicht behaupten, daß sie ihn gut genug kannte, um das beurteilen zu können, aber er schien ruhig und offen zu sein.

»Dann wollen wir wohl lieber reingehen und sie zu Wasser lassen, was? Das Leben in einer Plastiktüte ist ja nicht besonders lustig …«

Nachdem er die Fische vorsichtig ins Aquarium gesetzt hatte, lief er ein wenig hin und her, in die Küche, wieder ins Wohnzimmer und erneut hinaus. Ihr fiel auf, daß einige der Pappkartons in der Ecke geöffnet worden waren.

Jetzt stand er in der Tür und lehnte sich gegen den Rahmen. Er hatte bemerkt, daß sie das gesehen hatte.

»Vor allem Bücher, alte Bilder und so«, erklärte er. »Wir könnten … Ja, wir könnten uns ja mal hinsetzen und sie angukken – eines Tages, wenn du Lust hast.«

Ihr war, als erstarrte sie für eine Sekunde. Das Gefühl war so heftig, daß er es bemerkt haben mußte. Dann schlug er zögernd vor:

»Hättest du vielleicht Lust, bei dem schönen Wetter einen Spaziergang zu machen?«

Plötzlich war ihr die Situation vollkommen aus den Händen geglitten. Hatte eine Wendung genommen, mit der sie absolut nicht gerechnet hatte.

Seine Vergangenheit mußte in den bisher verbotenen Kartons liegen. All die Jahre, in denen er fort gewesen war. Das konnten keine guten Erinnerungen sein. Warum sonst lagen sie unangetastet da?

Sie hatte sich gefragt, wie sie das Thema anpacken sollte. Sich herantasten an das, was er so dachte, wie es ihm ging. Sich ihm vorsichtig nähern, so wie Ulla es ihr geraten hatte. Und jetzt war er ihr mit seinem Vorschlag, sie könnten ja einmal die alten Bilder angucken, zuvorgekommen.

Wären die Bilder nicht die beste Gelegenheit? O ja, aber es klang nicht so, als sollte es heute noch passieren. Sie entschied sich für den einfacheren Weg.

»Ja, eine gute Idee. Laß uns spazierengehen.«

Während des Spaziergangs sprachen sie nicht viel. Nur ein wenig über die Nachbarn und Nordby. Sie vermied es zu fragen, warum er ausgerechnet hier ein Haus gesucht hatte und nicht in Sønderho.

Der Gegensatz zwischen den beiden Kleinstädten war allgemein bekannt. Der Stadtrat saß im »großen« Nordby, das man im Süden als eine geschichtslose Anhäufung von Zugezogenen ansah. Die Sønderhobewohner, das waren die echten Fanøer, die mit Seefahrttradition. Und so ging es ihr auch. Besonders, wenn sie die Bilder in Astrids und Jørgens Wohnzimmer betrachtete. Im Grunde genommen war es undenkbar, daß ein Portland sich in Nordby niederließe. Aber er mußte einen guten Grund gehabt haben. Vielleicht konnte sie darauf zurückkommen, wenn sie sich die Fotos ansahen?

Der alte Kapitän war gut zu Fuß und stapfte davon. Er wurde erst langsamer, als sie am Hafen ankamen.

»Wollen wir den Strandweg nehmen?«

Er nickte Richtung Wasserlinie, die sich am Fähranleger und dem Rettungsboot vorbei erstreckte, und setzte sich wieder in Bewegung. Sie blieben erst stehen, als sie weit auf den Strand hinausgekommen waren. Hier von Grønningen aus hatten sie die beste Aussicht über Grådyb, die Einfahrt nach Esbjerg.

Sie blieben eine Weile still stehen und schauten über das Wasser. Ein riesiges Containerschiff glitt langsam aufs offene Meer hinaus. Im Hintergrund saßen die Statuen der weißen Männer drüben auf dem Strand des Festlandes. Sie leuchteten hell in der Sonne.

Ihr Vater räusperte sich. Sie hatte das Gefühl, als wäre die Luft zwischen ihnen elektrisch geladen.

»Ich habe in letzter Zeit so über einiges nachgedacht«, begann er zögernd.

Sie nickte und sagte nur: »Hmm.«

»Unter anderem darüber, ob ich zurück nach Chile gehen sollte, nach Valparaiso. Aber das werde ich nicht. Ich bleibe hier, auf Fanø ...«

»Warum hast du dir das überlegt?«

Er scharrte mit seiner Stiefelspitze im Sand. Sie meinte einen tiefen Seufzer zu hören.

»Na, das hat was mit Nach-Hause-Kommen zu tun. Das ist ja nie so ein Riesenerfolg gewesen, nicht wahr? Und ich habe damals auch erst lange darüber nachgedacht. Habe es mir gründlich überlegt. Wie es alte Männer so tun. Ich habe dich vermißt, mein Mädchen ... Und dann sieh, was jetzt daraus geworden ist. Wir haben ja kaum mal richtig miteinander geredet. Ich habe dich noch nie besucht. Ich habe ...«

Er hielt inne, hob den Kopf und folgte einem Containerschiff mit dem Blick.

Ihr Hals schnürte sich zusammen. Sie brachte keine Worte heraus, schaffte es nur, zu nicken und eine Hand unter seinen Arm zu schieben.

»Ich habe beschlossen, den Schnaps stehenzulassen.«

Er sagte das so resolut, daß sie keinen Moment lang Zweifel daran hegte, daß es in Zukunft so sein würde.

»Das ist eine gute Idee – Vater.«

Sie fühlte sich schwindlig, als wogte der Sand unruhig unter ihren Füßen.

Es war nicht leicht, »Vater« zu sagen. Sie hatte keine Erinnerung daran, wann sie damit aufgehört hatte. Aber es war viele, viele Jahre her. Sie konzentrierte sich jetzt darauf, ja keinen Vorwurf oder Fluch über die Lippen kommen zu lassen. Auf keinen Fall. Für derartige Dinge hatten sie keine Zeit. Dieses Wort zu benutzen war das Größte, was sie ihm anbieten konnte. Schwankend zwischen Wut und Heulen.

»Ich kriege immer so schlechte Laune, wenn ich trinke. Vergesse alles mögliche. Bin einfach nur traurig. Und das dauert jedesmal mehrere Tage. Aber damit ist jetzt Schluß.«

»Was meinst du mit schlechter Laune?«

»Na, es ist wie ein schwarzes Loch, aus dem ich nicht wieder herauskomme.«

»Und woran denkst du dann?«

»An alles, ich denke an alles mögliche. Ich denke an damals. An das Leben, wie ich es mir vorgestellt hatte – und wie es wirklich abgelaufen ist. Und ich vermisse das Meer. Mein Leben hat immer da draußen stattgefunden. Ach, könnte man noch einmal auf der Brücke stehen.«

Er nickte in Richtung des Schiffes, das bald aus ihrem Blickfeld verschwinden würde.

»Und ich denke an dich und Jonas und daran, daß ich inzwischen verdammt alt geworden bin. Ich hätte gern noch einmal eine Chance, aber die kriegt man ja nicht. Nun, genug von all dem Trübsal. Wir reden ein andermal weiter, ja? Was macht deine Arbeit? Habt ihr vor Weihnachten viel zu tun?«

Sie sah ihn verwirrt an. Der Themenwechsel kam so abrupt, daß sie kaum seine Frage mitbekommen hatte. Aber er bekam, was er wollte.

»Viel zu tun? Nein, eigentlich nicht. Ich versuche einen Brandstifter zu finden. Das ist alles.«

»Hmm, wollen wir zurückgehen?«

Er trippelte unruhig auf der Stelle, und sie nickte zustimmend.

»Ja, laß uns das tun. Ich muß auch bald nach Hause. Jonas kommt vom Fußball.«

Es war kurz nach fünf, als sie durch die Kirkegade radelte. Lasagne war Jonas' Leibgericht, und damit wollte sie ihn überraschen, aber dann mußte die Form bald in den Ofen.

Sie stellte das Fahrrad auf dem Fußweg vor Zlatans wie immer beschlagenen Fensterscheiben ab. Sie konnte ihn drinnen hinter dem Tresen sehen und winkte. Er lächelte merkwürdig steif zurück und hob kaum die Hand. Dann schaute er schnell wieder nach unten. Sonst winkte er doch immer ganz begeistert und strahlte übers ganze Gesicht. Aber warum sollte er auch immer gute Laune haben? Hatte er doch so viele traurige Erinnerungen mit nach Dänemark gebracht. Und außerdem, so viel Kundschaft hatte sein Imbiß nicht.

Sie überlegte kurz, ob sie hineinschauen und lieber bei Zlatan zwei Portionen Lasagne kaufen sollte, entschied sich dann aber doch dagegen. Ihre Lasagne sollte eine Portland-Spezial sein mit Karotten und richtiger Béchamelsoße.

Als Jonas eine halbe Stunde später nach Hause kam, fragte er als erstes:

»Was hat er zu den Zebrafischen gesagt, Mama?«

Der Junge hatte nie eine engere Beziehung zu dem alten Kapitän aufbauen können und nannte ihn nur selten Großvater oder gar Opa. Aber glücklicherweise konnte sich das jetzt ändern. Der heutige Besuch hatte sie unglaublich froh und erleichtert gemacht. Er selbst hatte den ersten Schritt getan, und das war ja ein Riesenunterschied.

»Er hat sich gefreut, dein Opa, er hat sich riesig gefreut. Er mag Fische so gern.«

»Ich würde gern mal sein Aquarium sehen.«

»Ja, das ist wirklich schön. Sobald wir Zeit haben, fahren wir rüber und besuchen ihn, ja?«

»Du hast ihn jetzt in so kurzer Zeit gleich zweimal besucht. Das machst du doch sonst nicht. Ist was nicht mit ihm in Ordnung? Ist er krank?«

»Nein, überhaupt nicht.«

»War er betrunken?«

»Nein, er hat aufgehört, soviel Bier zu trinken. Er hat mir gesagt, daß er davon nur schlechte Laune kriegt.«

»Hat er auch was über mich gesagt, Mama? Hat er mich wieder Tobias genannt?«

»Nein, er weiß genau, daß du Jonas heißt. Und er hat sogar gesagt, daß er dich vermißt. Dein Großvater war ziemlich traurig, seit er nach Fanø zurückgekommen ist. Aber ich glaube, jetzt wird es besser. Wir wollen ihn häufiger besuchen, Spaß mit ihm haben. Und er wird uns auch besuchen, ja?«

»O ja. Dann kann ich ihm alle meine Medaillen zeigen. Vielleicht kommt er sogar mal mit und guckt zu, wie ich spiele?«

»Ja, das kann sein. Aber das Wichtigste ist, daß wir ihn wieder froh gemacht haben, nicht wahr?«

Jonas nickte und sah sie ernst an.

»Ja, das ist schon toll, wenn Opa froh ist …«

Sie aßen im Wohnzimmer, wo die Weihnachtskobolde schon seit langem ihre gewohnten Plätze eingenommen hatten. Kerzen auf dem Tisch, eine Limonade für ihn und ein Bier für sie, und Eis zum Dessert. Später lagen sie Arm in Arm auf dem Sofa, und sie las ihm Harry Potter vor.

»Mama?« er unterbrach sie mitten in einer spannenden Stelle.

»Ja?«

»Ich habe über etwas nachgedacht …«

»Hm, und worüber?«

»Wie wäre es, wenn ich Opa von meinem Taschengeld einen Fisch kaufe? So einen ganz bunten.«

»Das ist eine Superidee, Jonas. Darüber wird er sich auf jeden Fall freuen. Da bin ich mir ganz sicher.«

Erst als Jonas eingeschlafen war, nachdem sie das Kapitel an seinem Bett zu Ende vorgelesen hatte, ging sie zurück ins Wohnzimmer und setzte sich auf ihren Schreibtischstuhl.

Sie hatte keine Lust. Heute nachmittag hatte sie die ganzen Listen und britischen Hotelgäste vergessen. All ihre Gedanken kreisten um den alten Kapitän – ihren Vater. Um damals und heute und darum, was in Zukunft wohl passieren würde. Hatte er sich doch nie für sie interessiert. Und Bäume wachsen nun nicht gerade in den Himmel, Schnaps hin oder her. Wie es wohl laufen würde?

Lange Zeit saß sie da und drehte sich mit dem Stuhl hin und her, während sie blicklos auf die Tastatur starrte. Schließlich schaltete sie den Computer ein. Sie mußte ihr Projekt abschließen.

Sie suchte im Internet und fand die Schiffsmotorenfirma in Portsmouth. Auf der Liste der Beschäftigten standen die beiden Namen. Die Fotos paßten zu der Beschreibung. Damit hatte sie nur noch sieben Leute übrig.

Sie stand auf und schob ein paar Lamellen auseinander, so daß sie durch die Jalousie hinausschauen konnte. Nichts als Dunkelheit war zu sehen und eine Gruppe betrunkener Jugendlicher, die auf dem Weg zum Bus lauthals sangen. Jetzt stellte sich einer von ihnen zur Seite und pinkelte gegen die Mauer des Missionshauses.

Sieben, weiter würde sie heute abend nicht mehr kommen. Sie legte sich aufs Sofa und blätterte in dem Kakteenbuch, das sie in London gekauft hatte. Zum ersten Mal seit langer Zeit spürte sie, wie sie sich entspannte. Sie beschloß, ein Kapitel über Kakteenarten in New Mexico zu lesen. Sie hatte gerade eine Seite über Echinocereus hinter sich, als es an der Tür klopfte.

»Wer ist da?«

»Ich bin's, Bent ...«

Sie schloß auf. Bent stand draußen mit einem Bier in jeder Hand, große Carlsberg Spezialbräu zu einem Fünfziger pro Stück.

»Ich komme gerade aus der Werkstatt. Und da habe ich gesehen, daß noch Licht bei dir ist, deshalb wollte ich fragen, ob wir uns die nicht teilen wollen? Du magst doch so etwas.«

Sie wäre lieber nach New Mexico zurückgekehrt.

»Ja, komm rein, Bent. Pflanz dich aufs Sofa.«

Er machte schnell eine Runde durchs Wohnzimmer, als wollte er mit seinem schielenden Blick inspizieren, ob auch alles in Ordnung war. Er war so pingelig, daß sie schon fürchtete, er könnte hinter ihr herräumen.

»Du hast wirklich die geilste Wohnung im Haus, mit freiem Blick auf die Kirche und so.«

Er blieb am Computer stehen. Die Hotellisten lagen auf dem Tisch.

»Was treibst du da, Nina, mit all den Listen? Etwas Geheimes?«

»Nein, es geht nur um jemanden, der Falschgeld unter die Leute bringt. Wir glauben, daß er in einem Hotel hier in der Stadt wohnen könnte. Dramatischer ist die Sache nicht. Aber wir können nicht einfach die Zimmer durchsuchen, das ist verboten, zumindest, solange wir keinen konkreten Verdacht haben.«

Bent schnalzte ein paarmal mit der Zunge, während er sich die Listen ansah.

»Und die mit dem Kreuz, von denen kannst du dir vorstellen, daß sie mehr wissen, oder?«

»Jepp, Doktor Watson ...«

»Ich kenne eine, die arbeitet im Britannia.«

»Wirklich? Wen denn?«

»Nun ja, kennen ist vielleicht zuviel gesagt. Es ist eine Freundin meiner Schwester, Mette heißt sie. Sie macht da sauber, schon sein vielen Jahren, glaube ich.«

»Hmm, glaubst du, sie ...«

»Ist schon möglich. Ich kann ja mal versuchen, mit ihr zu reden.«

»Morgen? Morgen früh vielleicht?«

»Abgemacht. Sie tut ja nichts Verbotenes. Sie muß sowieso in alle Zimmer.«

»Sie soll sich nur umschauen. Aber das erkläre ich ihr noch. So, du setzt dich jetzt erst einmal. Wir brauchen noch Gläser für so ein edles Bier, nicht wahr?«

Scott Miller legte sein Headset ab, rieb sich die müden Augen und wandte sich seinen beiden Kollegen zu.

»Barnaby meldet, daß alles ruhig ist. Keine Spur von ALFA.«

»Was geht in der Wohnung vor?« fragte Ian Warren und schenkte Kaffee nach.

»Sie hat Besuch«, erklärte Miller. »Von dem, der nebenan wohnt, Bent Majgaard. Er ist mit zwei Bieren gekommen. Hat sich ihre Hotellisten angeschaut. Er behauptet, eine Frau zu kennen, die im Hotel Britannia saubermacht. Portland will morgen mit ihr sprechen.«

Morris lehnte sich zurück und warf die Beine aufs Sofa.

»Sie ist doch ein zähes kleines Biest, diese Portland, was? Sich so auf die Hotellisten zu stürzen ...«

»Wir müssen ihr immer einen Schritt voraus sein. Nur gut, daß wir noch auschecken konnten, bevor sie kam«, sagte Warren.

»Und ein Glück, daß wir das Olympic und nicht das Britannia genommen haben. Ist es möglich, daß sie noch eine Runde macht?« Morris schaute zu Warren hinüber.

»Ich glaube nicht. Schließlich tappt sie im dunkeln. Und dann müßte sie immer so weitermachen. Gäste kommen und gehen die ganze Zeit. Aber es wäre schon nervig, noch einmal umziehen zu müssen. Löst du Barnaby ab?«

Morris nickte.

»Ich habe das Gefühl, daß ALFA sich bald zeigen wird«, bemerkte Warren.

»Wenn er überhaupt kommt«, entgegnete Miller.

»Das wird er … Ich komme mit dir, wenn du Barnaby ablöst, Morris«, erklärte Warren und stand auf.

»Aber vorher nehme ich noch eine kalte Dusche. Ich bin müde.«

Der Friedhof bot den perfekten Beobachtungsposten. Auch wenn die große Kirche viel von dem Ausblick auf die Straße nahm, so konnte man von hier aus genau in die Fenster der Kriminalkommissarin Nina Portland sehen, und man konnte natürlich sehen, wer auf dem Bürgersteig vor dem Mietshaus lief. Das genügte.

Man selbst konnte dagegen nicht gesehen werden. Der kleine Friedhof lag wie ein Rechteck undurchdringlicher Dunkelheit dicht am Marktplatz. Er schien nicht mehr benutzt zu werden. Es gab keine frischen Gräber. Eher erinnerte er an einen kleinen Park mit seinen großen Bäumen, den Büschen, Rasenflächen und alten Grabsteinen. Das einzige bißchen Licht, das über die Hecke hereinschien, kam von dem Bürgersteig gegenüber.

Ian Warren hatte den Platz eingenommen, den sie seit ihrer Ankunft nutzten – hinter einem großen Grabstein dicht an dem gepflasterten Platz. Ab und zu hob er das Fernglas vor die Augen, nicht um in Nina Portlands Fenster zu gucken, denn die Jalousien waren heruntergelassen, sondern um zu beobachten, wer so vorbeiging. Das waren größtenteils fröhlich gestimmte junge Leute, die zum Marktplatz und den Lokalen zogen. Das Nachtfernglas, das in seiner kleinen Schultertasche steckte, brauchte er gar nicht. Es war überflüssig, solange das Objekt stationär blieb.

Bis jetzt schien es ein dankbarer Auftrag zu sein, zumindest was BETA betraf. Er hatte noch nie einen Beschattungsauftrag gehabt, bei dem das Objekt nur das Fahrrad benutzte. Dafür mußte man zugeben, daß BETA sehr vorsichtig war. Sie hatten schnell festgestellt, daß ihre Zielperson jeden Nachmittag von ihrem Onkel bewacht wurde, dem pensionierten Polizisten, der ihr in seinem alten BMW in gebührendem Abstand hinterherfuhr. Sie war schon ziemlich gerissen, diese Kriminalkommissarin.

Von ALFA war noch keine Spur zu sehen. Aber er würde schon noch auftauchen. Vauxhall Cross hätte nie all das hier auf die Beine gestellt, wenn es nicht höchstwahrscheinlich wäre, daß Abdel Malik Al-Jabali sich auf der Bühne einfinden würde.

Wenn es eines schnellen Einsatzes bedurfte, konnten sie eines der beiden gemieteten Autos nehmen, das dicht beim Friedhof geparkt stand. Das andere stand auf dem Hotelparkplatz.

»Posten Eins meldet: BETA stationär – aber kein Sichtkontakt. ALFA abwesend. Status bitte. Over.«

Einen Augenblick später hörte er in seinem Ohrstöpsel:

»Basis meldet: Verstanden, Situation unverändert. Männlicher Gast immer noch bei BETA, der Nachbar. Over.«

»Posten Zwei, bitte kommen.«

Warren hörte entspannt zu. Morris mußte irgendwo gleich hinter dem Mietshaus sein. Jetzt meldete er sich:

»Posten Zwei: Ausschließlich grüne Observationen. Weitergeben. Over.«

»Verstanden. Over and out.«

Warren stand auf und trat auf der Stelle, um den Kreislauf etwas zu aktivieren. Es war verdammt kalt, aber zumindest war die

Temperatur über den Gefrierpunkt geklettert. In zwei Stunden würde er abgelöst werden. Gerade wegen der Temperatur hatte er sich für kurze Intervalle während der Nacht entschieden.

Es war ungefähr eine Stunde vergangen, als er Miller im Ohrstöpsel hörte:

»Basis meldet: Gast verläßt BETA.«

Einen Augenblick später meldete Morris sich:

»Posten Zwei meldet: Bestätigung. Licht beim Nachbarn. Over and out.«

Zehn Minuten später konnte Warren sehen, daß Nina Portland das Licht im Wohnzimmer löschte. Die weiße Jalousie im Eckfenster wurde ein wenig auseinandergeschoben. Jetzt schaute sie hinaus in die Dunkelheit – wieder. Das tat sie jeden Abend, bevor sie ins Bett ging.

Er wechselte hinüber auf die Seite des Friedhofs, von wo aus er die Fenster ihres Schlafzimmers an der Kirkegade sehen konnte. Nach ein paar Minuten wurde hier Licht gemacht. Dann zog sie das Rollo herunter, so daß man nur noch schmale Lichtstreifen erkennen konnte. Und nach weiteren Minuten verschwanden auch die.

»Posten Eins meldet: BETA ist ins Bett gegangen. Status bitte, over.«

»Basis meldet: Bestätigung, alles ruhig. Over, Zwei bitte kommen.«

»Posten Zwei meldet: Bestätigung, weitergeben. Over and out.«

Der alte Mann schlurfte langsam davon. Wie ein Mann, der vor dem Schlafengehen noch ein wenig frische Luft schnappen wollte. Hätte er einen kleinen Hund an der Leine bei sich gehabt, hätte es perfekt ausgesehen. Er vermißte Molly, die ihn mit traurigen Augen flehend angesehen hatte, als er sie in der Pension ablieferte.

Sir Walter Draycott war vorsichtig, überlegte die ganze Zeit, ob seine Beine das noch mitmachen würden, obwohl er doch in der glücklichen Situation war, daß er gerade mit den Beinen nie Probleme gehabt hatte. Vielleicht lag das an den langen Spaziergängen in Schottland, am täglichen Training.

Normalerweise war das Alter ja wohl der Feind eines älteren Mannes? Doch er selbst betrachtete die Sache nicht so, in Verbindung mit dieser Aufgabe war das Alter geradezu ein Verbündeter. Er war mit seiner Perücke, dem falschen Bart und dem scheinbar schlechten Gehvermögen absolut außerhalb der Zielgruppe, die Aufmerksamkeit auf sich ziehen würde.

Nun gut, natürlich hatte er mit Respekt beobachtet, wie Miss Portland sich darangemacht hatte, die Hotellisten zu überprüfen, aber er war nicht derjenige, den sie suchte. Nicht ein alleinreisender, älterer Herr mit Namen Cartwright. Miss Portland, die sich offenbar weigerte, klein beizugeben, suchte nach einer Bedrohung.

Sie suchte beispielsweise nach vier Männern, so wie diejenigen, die plötzlich das Hotel gewechselt hatten. Hunters Leute hatten die Situation im Griff. Sie hatten sich ausgecheckt und eine Weile gewartet, bevor sie in einem anderen Hotel wieder eincheckten. Arme Nina Portland, sie kannte die Mächte nicht, mit denen sie es aufgenommen hatte.

Jetzt ging er die lange Fußgängerstraße hinunter, die Kongensgade, an der die Geschäfte dicht beieinanderlagen, in helles Licht gebadet. Ab und zu begegneten ihm Leute in seinem Alter, aber nicht viele. In Esbjerg verhielt es sich wohl wie überall auf der Welt. Ältere Menschen fühlten sich unsicher gegenüber Gruppen lärmender Jugendlicher. Von denen einige auch noch sichtlich betrunken waren.

Vorhin hatte einer seine Bierflasche gegen eine Mauer geworfen, so daß die Glassplitter über die ganze Straße spritzten. Ein anderer hatte sich hingestellt und gegen das Schaufenster eines Buchladens uriniert. Insgesamt schien es, als zögen die Dänen freitags und samstagabends nur mit dem Ziel los, die ganze Stadt vollzupinkeln.

Ein Stück weiter die Straße entlang hatte eine kleine Gruppe von Einwandererjungen, muskelbepackte Typen in engen T-Shirts, hinter drei Teenagermädchen hergerufen, die eingehakt die Straße heruntergetanzt kamen, alle mit nacktem Bauch, Nabelschmuck, in Miniröcken, und die eine mit einem so tiefen Ausschnitt, daß ihre Brüste fast herausfielen.

Er begriff nicht so recht, was da vor sich ging. Es war Mitte Dezember, Winter, und die Teenager waren noch kleine Schulmädchen. Nicht, daß es etwas Besonderes war. So etwas sah man auch in London.

Nur hatte sich die Zeit so radikal verändert. Unter der Oberfläche ahnte er eine merkwürdige Abgestumpftheit. In einigen Gesichtern konnte er direkt sehen, daß eine einzige, unbedachte Bemerkung augenblicklich zu Gewalt führen würde. Am Abend zuvor war er innerhalb kurzer Zeit Zeuge von zwei Prügeleien auf offener Straße gewesen, ein Stück weiter hinten bei den Kneipen.

Die Toleranz, oder die Reaktionszeit, erschienen ihm in dieser modernen Gesellschaft extrem gering, in der Jungs und Mädchen mit nackten Armen und Beinen bei Minusgraden herumliefen. Sagte man nicht, dies sei eine Zeit, in der sich jeder nur auf sich selbst konzentrierte? Eine Narzißtenzeit. Gaben sich die Primaten deshalb so potent und steckten pinkelnd ihr Territorium ab?

Er fühlte sich wohl in seinem Alter, und er war froh, daß er nicht in einer Zeit lebte, in der er die eigene Tochter hinaus in den Dschungel schicken mußte.

Jetzt wollte er zum Markt und dann zurück ins Hotel gehen. Alles war ruhig. Nina Portland war zu Bett gegangen, und irgendwo dort draußen hatte Hunters Team alles unter Kontrolle. Nicht, daß er etwas davon bemerkt hätte, aber er spürte instinktiv, daß zumindest drüben in dem kleinen Park mit den Grabsteinen ein Mann sein mußte. Der Ort war wie geschaffen für die Observation. Und er war sicher, daß es einer von Hunters Leuten war, der von dem kiesbestreuten Parkplatz hinter Portlands Wohnhaus herangeschlendert kam.

Bis auf weiteres war also alles in bester Ordnung. Und seine Aufgabe war es ja nicht, stundenlang hier durch die Gegend zu laufen. Er drehte nur ein paar Runden, um seine eigenen Beobachtungen zu machen. Um die Umgebung in Augenschein zu nehmen. Um zu sehen, ob ihm nicht irgendwo ein kleines Detail ins Auge fiel, das ein gewisses Risiko beinhalten konnte. Und er wollte auf keinen Fall eingreifen, es sei denn, das wäre unumgänglich.

Er handelte nur nach seinem eigenen Plan – schwebte über den Wassern. Genau wie William F. Hunter es von ihm erwartet hatte.

Früher oder später würde Abdel Malik Al-Jabali seine Ankunft melden. Draycott hatte das Gefühl, daß es bis dahin nicht mehr lange dauern würde. Und dann war es seine Aufgabe zu helfen. Das Unsichtbare zu sehen.

21

Sie stand gegen neun Uhr auf. Obwohl sie sofort anrief, war die Putzhilfe, die Freundin von Bents Schwester, bereits von Bent informiert worden. Er hatte sich erst kurz nach Mitternacht verabschiedet, mußte aber trotzdem vor ihr aufgestanden sein, um Mette darüber ins Bild zu setzen, welches Interesse die Polizei an einigen Gästen des Hotels Britannia hatte.

Bents Genauigkeit war unbeschreiblich. Aber sicher war soviel Sorgfalt nötig, wollte er in der Gesellschaft bestehen und sich seinen Status als Frührentner sichern.

Wenn er zu Besuch kam, war es nie langweilig. Einerseits hatte er auf viele Dinge einen eingeschränkten Blick – war aber dennoch offen und neugierig, und was sie immer wieder beeindruckte: Der Mann wußte viel, über alles mögliche. Beispielsweise kannte er die Polizeispur im Palme-Fall, zwar nicht im Detail, aber trotzdem war er darüber gut informiert. »Das habe ich mal gelesen.« Das erklärte er immer.

Es war fast zwölf Uhr, als das Telefon endlich klingelte. Hoffentlich war sie es.

»Nina Portland.«

»Hallo, hier ist Mette. Wir sind mit dem Saubermachen jetzt fertig, jedenfalls fast. Ich habe nur in einige der Zimmer gucken können, von denen du gesprochen hast. Die anderen liegen nicht auf meiner Etage. Aber vielleicht morgen. Wir wechseln uns immer ab und helfen einander, gerade wie es nötig ist.«

»Ja, dann muß ich mit den letzten noch warten. Ist dir denn bis jetzt irgend etwas aufgefallen?«

»Nein, aber ich bin ja auch keine Detektivin. Ich habe mich umgesehen, so gut ich konnte. Ich denke nicht, daß da etwas ist. Die beiden ersten sind bestimmt nur Touristen. Da lagen jede Menge Broschüren auf ihrem Zimmer, alles mögliche, über Ribe, Museen, Ausgrabungen, Wikinger und so. Die anderen beiden sind vielleicht Geschäftsleute oder Händler. Auf ihrem Schreibtisch lag jedenfalls ein Brief vom Gewerbeamt Esbjerg, eine Einladung, nehme ich an, und dann waren da noch Briefe von einer Firma in Odense und einer in Kopenhagen. Im Schrank hingen Anzüge und mehrere Krawatten. Mit mehr kann ich im Augenblick nicht dienen ...«

»Mir ist noch ein Gast eingefallen. Meinst du, das ließe sich machen?«

»Einer mehr oder weniger spielt keine Rolle. Aber du versprichst, es niemandem zu verraten, ja?« Mette klang ein wenig besorgt.

»Natürlich nicht. Das bleibt unter uns. Keine Sorge. Es geht um einen Mann, der mir nach unserem Gespräch heute morgen eingefallen ist. Ein älterer Mann, er wohnt in Zimmer 214.«

»214? Das ist auf der Etage, die ich heute nicht hatte. Soll ich einfach morgen wieder anrufen?«

»Ja, das wäre prima. Du kannst mich auf dem Handy erreichen, ja? Und ... Vielen, vielen Dank für deine Hilfe, Mette. Bis bald.«

Als sie das erste Mal mit der Putzhilfe sprach, hatte sie noch nicht daran gedacht. Erst als sie die Listen noch einmal durchging, waren ihr die Worte der jungen Frau an der Rezeption wieder eingefallen, über den älteren Herrn, der ein Paket erhalten hatte, gleich nachdem er angekommen war. Cartwright hieß er, nicht Cartland. Warum nicht auch ihn überprüfen, wenn sie so einfach die Gelegenheit dazu hatte?

»Jonas! Was machst du?«

Sie rief aus der Küche heraus. Er war den ganzen Vormittag über auffallend still gewesen.

»Ach nichts«, ertönte es aus seinem Zimmer.

Sie schob die Tür auf. Er saß vornübergebeugt an seinem Schreibtisch.

»Und was ist ›nichts‹?«

»Das hier.«

Er hielt eine kleine Figur hoch. In der anderen Hand hatte er einen Pinsel, und mitten auf der Nase einen blauen Farbklecks. Das war dieser neue Tick, der schon eine ganze Weile anhielt. Eine Serie von Kriegern und merkwürdigen Ungeheuern, die man selbst anmalen mußte. Sie hatte vergessen, wie sie hießen, aber sie sahen aus, als wären sie vom Herrn der Ringe inspiriert. Zu ihrer Zeit hätte ein Junge wohl Modellflugzeuge gesammelt. Aber jetzt regierte Fantasy. Sie hatte schon Spiderman, Pokémon, Dinosaurier und Harry Potter mitgemacht und eine ganze Flut von fliegenden Comic-Helden und Monstern aus dem Fernsehen. Und jetzt also noch mehr übernatürliche Kräfte. Wo waren nur die guten alten Cowboys und Indianer hin? Na, glücklicherweise mochte Jonas ja auch Tim und Struppi, und Struppi war jedenfalls kein Monster.

»Was meinst du, wollen wir zu Astrid und Jørgen fahren?«

»Warum nicht zu Opa?«

Jetzt hatte er plötzlich angefangen, ihn »Opa« zu nennen, ganz konsequent.

»Nein, damit wollen wir lieber noch ein paar Tage warten. Und außerdem wolltest du ihm doch einen Fisch kaufen, oder?«

»Ja. Fahren wir gleich los?«

»Nein, ungefähr in einer Stunde. Oder willst du lieber zu Hause bleiben?«

»Nein, nein. Essen wir auch bei ihnen?«

»Ja, wir fahren erst heute abend wieder zurück, okay?«

Martin hatte nichts von sich hören lassen. Und wenn er glaubte, sie würde ihn anrufen, dann hatte er sich geirrt. Als sie ins Bett gegangen war, hatte sie überlegt, ob er wohl immer noch seine neue Sekretärin in die Probleme eines Zimmerermeisters einführte. Samstagabend … Das war die blödeste Ausrede, die sie seit langem gehört hatte.

Es tröpfelte ein wenig, als sie ihre Räder nahmen, um zur Fähre zu fahren. Zlatan hatte noch nicht geöffnet, lief aber drinnen geschäftig herum. Sie klopfte an die Scheibe und winkte. Er schaute auf und lächelte angestrengt. Sie ging zur Tür, und er kam herbei und schloß auf.

»Hallo Zlatan. Hast du denn nie frei?« Nina lächelte und sah ihn fragend an.

Er schüttelte nur mürrisch den Kopf.

»Nein, offenbar nicht.«

»Du siehst ein bißchen traurig aus. Ist etwas nicht in Ordnung?«

»Nicht in Ordnung? Doch, doch, was sollte nicht in Ordnung sein? Wo wollt ihr denn hin?«

»Wir fahren nach Fanø hinüber, zu meiner Tante und meinem Onkel.«

»Na, dann viel Spaß.«

Zlatan versuchte es mit einem Lächeln und verschloß die Tür wieder vor ihrer Nase.

Als sie die Fußgängerstraße überquert hatten, fragte Jonas:

»Mama, warum war er so sauer? So ist er doch sonst nicht.«

»Keine Ahnung, Jonas. Ich glaube, er hat zu wenig Kunden, vielleicht liegt es daran …«

Der Mann auf dem Moped erreichte den Anleger gerade noch rechtzeitig, um zu sehen, wie Nina Portland und ihr Sohn an Bord der kleinen Fähre gingen.

Sie mußten ihre Räder irgendwo abgestellt haben. Zlatan hatte doch gesagt, sie seien mit dem Fahrrad unterwegs zur Fähre. Was bedeutete, daß jemand sie auf der anderen Seite abholte. Es war nötig gewesen, Zlatan noch einmal daran zu erinnern, was seiner Familie geschähe, wenn er nicht zur Zusammenarbeit bereit war. Erst da erzählte er, daß die Frau und der Junge auf die Insel hinüberwollten. Und erst nach einer weiteren Drohung erzählte er, wen sie besuchen wollten – und wo.

Zlatan Turajliç war ein feiger Köter, der kroch, wenn er mußte.

Verblendet von westlicher Lebensweise. In seinem Glauben verdorben. Eine ehrlose Mannsperson, jämmerlich anzuhören, wenn er für seine Familie flehte, und verlogen, wenn er sich rechtfertigte, warum er in Dänemark geblieben war. Weil die Kinder sich daran gewöhnt hatten. Weil sie mitten in ihrer Schulausbildung waren. Weil das Leben hier sicher war. Weil von seinem alten Haus nur noch eine Ruine stand – und so weiter und so fort.

Viele Worte von einem Mann, der nichts anderes auf dieser Welt erreicht hatte, als einen Imbißstand in einem feindlichen Land aufzumachen.

Es waren Leute wie die Turajliç-Familie und ihr Glaube, für die er den heiligen, gerechten Krieg geführt hatte. Während er bis aufs Blut kämpfte, waren sie einfach abgehauen, wie so viele andere Feiglinge auch.

Der Gedanke machte ihn wütend, aber er blieb regungslos auf dem Moped sitzen, den Sturzhelm auf dem Kopf, das Visier halb heruntergezogen, so daß er gut getarnt war.

Er hatte einen blauen Nylonoverall an, der war dick gefüttert und so einer, wie ihn die Fischer hier auf dem Meer trugen, und seine Füße steckten in Gummistiefeln. Hinten auf dem Moped hatte er einen grauen Plastikkasten befestigt, einen Milchkasten, wie sie ihm erklärt hatten, seine Helfer. Denn es gab noch wahre Freunde. Verwandte, die durchs Feuer gingen, um ihm bei seinem Vorhaben zu helfen.

Überall gab es sie. In Schweden, wo sie ihn mit Respekt aufgenommen hatten, als er mit der Fähre aus Polen kam, und ihn mit dem ausrüsteten, was er im voraus verlangt hatte – eine Handfeuerwaffe und ein Präzisionsgewehr. Am liebsten eine Snaiperskaja wintowka Dragunova – die Waffe der Heckenschützen, das russische Fabrikat, mit dem er in Bosnien umzugehen gelernt hatte. Aus unergründlichen Quellen war sie aufgetaucht, erobert von einem Mudschaheddinkrieger im heiligen, gerechten Krieg gegen die russische Besatzungsmacht in Afghanistan.

Die Brüder in Schweden hatten ihm sogar noch einen Helfer

verschafft. Ohne eine Sekunde zu zögern hatte sich der junge Mann bereit erklärt, die beiden Waffen weiter mit der Fähre von Göteborg nach Frederikshavn zu schaffen. Ein geringes Risiko, sicher, aber er konnte sich nicht leisten, es selbst einzugehen.

Jetzt steckte die Pistole in einer Tasche seines Overalls, und das Gewehr lag auseinandergenommen und in ein Stück Stoff gewickelt unten in dem Milchkasten. Und darüber hatte er eine Plastiktüte mit leeren Bierflaschen gelegt.

Die merkwürdige Verkleidung mit Winteroverall, Sturzhelm, Gummistiefeln und Moped war nach Meinung seiner neuen Brüder die beste für einen einzelnen Mann. Sie hatten ihn hier mit dem gleichen Respekt und ebenso aufopferungsvoll aufgenommen wie schon in Schweden. Eines Tages würden auch sie sich erheben – bereit zum großen Schlag.

Ohne das Moped zu starten, ließ er es bis an den Kai rollen. Hier blieb er stehen und schaute übers Meer. Aus dem Augenwinkel konnte er den roten Golf mit dem Hertz-Schild an der Heckscheibe erkennen. Jetzt war das Auto an der Reihe, langsam reihte es sich in die kurze Schlange zur Rampe ein.

Zwei der vier britischen Männer, die seine wahren Freunde auf seinen Befehl hin beobachtet hatten, saßen im Auto. Er hatte gehofft, es wäre nur einer. Einer war einfacher, wenn es zur Sache kam. Aber zwei, das war auch noch möglich. Wenn sich nur die richtige Gelegenheit bot, die passenden Umstände. Es gab keinen Grund zur Eile, bisher noch nicht.

Wenige Minuten später glitt die Fähre ruhig durch das Wasser, steuerte die Insel an, die sich im Nebel versteckte. Er hatte Zeit. Die Briten würden darauf achten, daß die Frau sie nicht bemerkte. Gleichzeitig würden sie alle Passagiere an Bord im Auge behalten. Er konnte problemlos bis zur nächsten Abfahrt warten. Er wußte, wo die Frau und der Junge hinwollten. Dazu brauchte er nur zu dem Ort mit Namen Sønderho fahren, dort die richtige Straße finden und das richtige Haus – und auf eine Chance warten, die sich vielleicht ergeben würde, vielleicht auch nicht.

Die Briten würden auch in der Nähe sein. Die Probleme mußten in der Reihenfolge gelöst werden, in der sie entstanden.

Er war froh, den dicken Overall angezogen zu haben, denn es regnete, als er das Moped startete und von der Fähre fuhr. Es war alles ganz einfach. Er folgte einfach den Schildern, fuhr das erste Stück der Straße an einem Deich entlang, der den Blick auf das Meer versperrte.

Mit der Zeit wurde die Landschaft flacher, es zeigten sich grüne Weiden, Knicks als Windschutz und kleine Grundstücke oder Höfe mit Bäumen. Er sah Pferde und Schafe auf den Wiesen, und bei einem Schild, auf dem »Rindby« stand, fiel ihm auf, daß ab hier kleine Häuser an der rechten Straßenseite standen. Die meisten waren aus Holz, in verschiedenen Farben gestrichen und mit großen Fensterfronten.

Nur eine Sache wunderte ihn: Sie sahen alle verlassen aus. Die Fenster waren dunkel, alles wirkte unbewohnt. Vielleicht waren das Hütten, wie er sie aus den Bergen in Bosnien kannte. Hütten reicher Leute, für die Jagd oder das Angeln gedacht oder nur, um an einem Wochenende auszuspannen, weil die Leute nur ans Geld dachten und deshalb die ganze Zeit arbeiteten. Er wußte es nicht, aber die Hütten erschienen ihm als gottloser Luxus.

Wieder veränderte die Landschaft ihren Charakter, und es hörte auf zu regnen, so daß er das Visier hochklappen konnte. Jetzt breiteten sich Gruppen von Nadelbäumen aus, zusammen mit grünen, stacheligen Büschen. Sie standen auf einer sonderbaren Unterlage aus Kriechbewuchs, der wie ein dicker Teppich auf dem Boden lag. Zuerst glaubte er, es hätte in der Gegend gebrannt. Dann entdeckte er, daß der merkwürdige Teppich nicht schwarz, sondern eher braun war, mit einem leichten violetten Schimmer. Ab und zu durchbrochen von großen Flecken aus hartem, verblichenem Gras.

Als er am Ortsschild ankam, wurde er langsamer und fuhr ein wenig auf gut Glück herum, bis er die richtige Buchstabenkombination entdeckte, die der auf dem Zettel in seiner Tasche entsprach – Sønder Land. Er fand auch die richtige Hausnummer, fuhr jedoch vorbei. Ein Stück weiter hielt der rote Golf der Briten. Sie sahen aus wie Touristen, und das war wohl auch so gewollt. Er fuhr an ihnen vorbei bis zur nächsten Kurve, hier gab es eine Öffnung im Deich. Ein Kiesweg führte am Deich entlang, bis zu dem Haus, in dem sich Nina Portland bei ihrem Onkel und ihrer Tante befand.

Zur linken Hand sah er einen Streifen von braunem Schilf, dann eine Wasserrinne und weiter draußen eine braune Sandbank und dahinter das offene Meer, das im Nebel verschwand. Rechts lagen die Gärten und eine Reihe von Häusern, deren Dächer fast alle mit einer Art Schilfrohr gedeckt waren. Die Häuser standen so dicht beieinander, daß es aussah, als wollten sie sich gegenseitig vor dem Wind schützen. Der sicher auf einer flachen Insel wie dieser sehr kräftig wehen konnte. Sie waren auch alle in die gleiche Richtung orientiert, von Ost nach West, wenn er eine kleine Tafel auf dem Deich richtig deutete.

Es gab keinen Verfall. Keine Ruinen, wie er sie sonst gewohnt war, und viele der Häuser waren in den gleichen Farben angemalt und mit den gleichen weißen, grünen und schwarzen Strichen über den Fenstern geschmückt. Sønderho schien ein besonders schöner alter Ort zu sein, da man die Häuser so herausgeputzt hatte, doch von den Bewohnern war nichts zu sehen. Die ganze Umgebung war in dem kalten, feuchten Wetter so gut wie menschenleer.

Hinter einem Busch verborgen konnte er die Haustür im Blick behalten. Eine ideale Position. Er sah auf seine Armbanduhr. Geduld hatte er genug.

Von seiner Ankunft bis zu dem Augenblick, als die Frau aus dem Haus kam, vergingen nicht mehr als eine Stunde und fünfzehn Minuten. Ihr Sohn folgte ihr, lief zu einem anderen Haus und verschwand aus seinem Blickfeld. Ein älterer Mann, es mußte sich wohl um den Onkel handeln, kam herbei und sprach mit ihr auf der Auffahrt. Dann setzte sie sich hinter das Steuer des silberfarbenen BMW, fuhr rückwärts die Auffahrt hinunter und winkte dem Mann zu.

Der einsame Beobachter lief zurück zu seinem Moped, und zwischen zwei Häusern konnte er den roten Golf sehen, der sich in Bewegung setzte und langsam die Straße hinunterrollte. Er selbst wartete, bis der Wagen hinter ein paar Häusern verschwunden war. Dann startete er das Moped und fuhr den Autos hinterher.

Er hielt so weit Abstand, daß er in den Kurven gerade noch das Heck des Golf sehen konnte, manchmal nicht einmal das. Offenbar fuhren sie genau in die entgegengesetzte Richtung zu der, aus der er gekommen war.

Jetzt kam eine Strecke, auf der die Straße zu beiden Seiten von Dünen mit langem, hartem Gras gesäumt wurde. Hier standen noch viel mehr leere Häuser oder Hütten in der Art, wie er sie schon vorher gesehen hatte. Viele von ihnen waren aus rotem Klinker gemauert, sie wirkten mit ihren Reetdächern wie moderne kleine Kopien der Häuser im Ort. Es sah aus wie eine Geisterstadt.

Er konnte gerade noch das Heck des roten Autos sehen, bevor es hinter einigen Dünen verschwand, und zu seiner Überraschung führte die Straße direkt auf den Strand hinaus, auf dem es in dem feuchten Sand eine feste Fahrspur gab. Er ließ sich so weit zurückfallen, daß er noch die Rücklichter des Autos sehen konnte, denn das Gelände war vollkommen flach, und er wollte nicht, daß sie ihn entdeckten.

Er hatte das Gefühl, schon eine ganze Weile gefahren zu sein, als er sah, wie das rote Auto abbog und verschwand. Mehrere hundert Meter weiter vorn parkte das Auto der Frau.

Er fuhr vorsichtig näher und sah, wie die Briten die niedrigen Dünen hinaufkletterten und aus seinem Blickfeld verschwanden. Sie hatten den Wagen neben den Resten von etwas abgestellt, das wie ein Bunker aussah. Ein riesiger Betonklotz, der ganz schief im Sand lag. Auf einer Seite hatte jemand große Graffitibuchstaben und eine Sonne gemalt. »Be free« stand dort. Er hatte keine Ahnung, wann die Dänen das letzte Mal einen Krieg geführt hatten, vermutete aber, daß die Bunker aus dem Zweiten Weltkrieg stammten.

Er nahm seinen Helm ab und legte das Moped am Fuß der Dünen flach in den Sand. Es waren ungefähr hundert Meter bis zum Auto, und geduckt lief er dorthin, die ganze Zeit die Dünen im Auge behaltend. Das war seine große Chance.

Als er das Auto erreichte, warf er sich auf der Seite, die zum Meer hin zeigte, auf den Bauch. Vorsichtig kam er auf die Knie hoch. Glücklicherweise war die Tür nicht verschlossen, und er fand den Hebel für die Motorhaube. Wenn er sie wieder schloß, würde das Auto nicht mehr starten können. Aber das sollte möglichst nicht zu erkennen sein. Es gab keinen Grund, ihnen zu erzählen, daß er angekommen war.

Wenn alles so lief, wie er es sich ausrechnete, würde er noch die frühe Morgenfähre von Frederikshavn nach Schweden erreichen.

Er brauchte nur einen Moment, um sich zu entscheiden. Dann löste er die beiden Klemmen an der Verteilerkappe, entfernte den Zündverteilerläufer, steckte ihn in die Tasche und setzte die Verteilerkappe wieder an Ort und Stelle. Jetzt konnte nichts in der Welt den Wagen zum Starten bringen, und es gab kein offensichtliches Zeichen für seinen kleinen Eingriff.

Das war so perfekt, wie es nur sein konnte. Es sah aus wie ein Fehler im elektronischen System des Autos. Nur die wenigsten würden den Verteiler auseinandernehmen. Ein Zündverteilerläufer verschwand ja nicht einfach so. Würden sie es doch herausfinden, könnte er auch damit leben. Er war ja sowieso bald schon auf dem Weg nach Schweden. Hauptsache, das Auto war absolut tot – und das war es.

Schnell lief er zu seinem Moped zurück und hockte sich dort hinter einen Grasbult, um das Auto der Frau zu beobachten.

Nach einer Weile sah er, wie ihre Rücklichter aufleuchteten, und er startete das Moped und gab Gas. Kurz darauf fuhr er in angemessenem Tempo an den Engländern vorbei. Die Kühlerhaube war hochgeklappt, beide beugten sich tief hinein. Sie schauten kurz auf, als er vorbeifuhr, hatten aber offenbar nur Gedanken für den Motor, der nicht starten wollte. Er hatte verdammtes Glück gehabt. Jetzt gab es nur noch ihn – und sie.

Er behielt den Tacho im Blick. Kilometerlang hielt er weiten Abstand zu dem silberfarbenen Auto. Der Grasstreifen zwischen der Fahrbahn und der Wasserlinie verschwand langsam, und die Dünen wurden immer höher. Wieder hatte ein leichter Nieselregen eingesetzt, und die Wellen zeigten weiße Schaumkronen, bevor sie an dem flachen Strand ausrollten. Ab und zu standen kleine Gruppen weißer Vögel vollkommen still im Wind. Wie schafften sie das nur? Und wollte die Frau etwa die ganze Insel umfahren?

Er kam an einem Schild mit der Aufschrift »Rindby Strand« vorbei. Da war eine Auffahrt, und hinter den Dünen ragten Hütten und Antennen auf.

Langsam machte er sich schon Sorgen, als er endlich das Bremslicht des Autos sah. Es bog zwischen die Dünen ein und verschwand, und er drehte auf dem letzten Stück das Handgas voll auf. Eine Reihe von Pfählen signalisierte, daß man nicht weiter auf dem Strand fahren konnte.

»Fanø Bad« stand auf einem weiteren Schild, und auch hier gab es eine Auffahrt. Er bog auf den Asphaltweg ein und fuhr ihn langsam hinauf. Sofort entdeckte er das silberfarbene Auto, das vor einer Art Laden parkte. Die Frau war dabei, sich Regenzeug und Gummistiefel anzuziehen. Sie schaute nicht einmal auf, als er gemächlich an ihr vorbeifuhr.

Es gab viele große Gebäude hinter der Dünenreihe, aber die Schilder sagten ihm nichts. Erst als er auf das Wort »Hotel« stieß, wußte er, worum es sich drehte. Er hielt so weit von ihr entfernt an, daß er sie gerade noch sehen konnte. Jetzt schlug sie die Wagentür zu und ging zurück an den Strand.

Er stellte das Moped ab, legte das Tuch mit den Gewehrteilen in eine Plastiktüte und schob diese unter seinen Overall. Das Wetter und die Umstände würden ihn dazu zwingen, vom üblichen

Ritual abzuweichen – und die Frau einfach auf weite Entfernung mit dem Gewehr zu töten. Außerdem bestand ja auch die Möglichkeit, daß sie bewaffnet war. Er mußte vorsichtig sein. Durfte nicht leichtsinnig werden.

An der Auffahrt blieb er stehen und beobachtete sie. Sie ging auf den breiten Strand hinaus, direkt auf die weißen Wellenkämme zu. Als sie bei ihnen ankam, bog sie nach rechts ab und ging auf einer Halbinsel aus Sand weiter, deren Grenzen sich im Nebel verloren. Erst als sie nur noch ein kleiner Punkt war, folgte er ihr. In weniger als einer Stunde würde diese Frau, die verbotene Fragen in London und Sarajewo gestellt hatte, verstummt sein.

Die Sicht war nicht besonders gut. Sie war sogar schlechter, als sie erwartet hatte, und als sie den Wellensaum erreichte, waren das Hotel und die Häuser an Land nur noch als schwache Konturen zu ahnen. Trotzdem war das Wetter schön. Der feine Regen erfrischte ihr Gesicht. Nach einem Spaziergang wie diesem würde sie in der Nacht gut schlafen. Sie zog den Reißverschluß bis unters Kinn hinauf und marschierte los.

Die langgestreckte Sandbank, der sie folgte, hieß Søren Jessens Sand. Die Fahrt von Sønderho hierher hatte fast etwas Rituelles. Sie hatte sie oft unternommen, und es lief immer gleich ab. Der große Bunker, den sie weiter unten am Strand passiert hatte, war ein fester Treffpunkt gewesen, als sie jung war. Gemeinsam mit den Freundinnen hatte sie dort gelegen, sich unzählige Male gesonnt und zu seinen Füßen Beachparties mit Jungs, Lagerfeuer, Essen und Unmengen von Bier in den Sommernächten gefeiert.

Ein Stück weiter draußen hielt sie an und ging die Dünen hinauf, um ins Hinterland zu schauen, über die schöne, eigenartige Dünenheide, die das ursprüngliche Fanø ausmachte. Sie kannte die Gegend wie ihre Westentasche. Mit Astrid und Jørgen war sie hier unzählige Male herumgelaufen, als sie noch klein war.

Und jetzt also Søren Jessens Sand. Hier draußen auf der endlosen Ebene, wo sich die Grenze zwischen Land und Meer verwischte, hatte sie immer wieder Zuflucht gesucht, wenn sie Probleme hatte. Das hier war wie ein unendlicher Freiraum, in dem nichts die Gedanken eingrenzte, wo der Wind sie durchpustete und für einen klaren Kopf sorgte. Während ihrer Schwangerschaft und auch schon früher als Teenager, wenn sie Liebeskummer plagte, war sie oft hier gewesen.

Nach einem Spaziergang auf Søren Jessens Sand hatten die Dinge jedesmal heller ausgesehen.

Die Sandbank war etwas Besonderes. Sie wuchs auf Fanøs westlicher Seite wie ein Horn ins Meer und verlief dann parallel zur Inselküste, fast bis auf die Höhe der Nordspitze.

An einigen Stellen fraß das Meer an Dänemark, an anderen Stellen gab es das Land wieder her. Die Sandbank war die größte natürliche Landgewinnung seit Beginn der Aufzeichnungen über derartige Phänomene. Das hatte man vor ein paar Jahren festgestellt. Nina erinnerte sich noch daran, daß eine größere wissenschaftliche Untersuchung über ihre Entstehung nötig gewesen war, damit das Vestre Landsret die Sandbank endgültig zu dänischem Staatsgebiet erklären konnte. Zwar hätte niemand sonst Anspruch darauf erheben können, aber die Formalitäten mußten eingehalten werden.

Übrigens hatte Jørgen, wie sie es sich schon gedacht hatte, einen besorgten Zeigefinger gehoben, als sie erklärte, sie wolle einen langen Spaziergang auf Søren Jessens Sand machen. Aber andererseits wußte er zu gut, daß die Gegend ihr wohlvertraut war.

Auf der Sandbank spazierenzugehen, konnte tatsächlich lebensgefährlich sein. Was schon vorgekommen war. Sie konnte sich an die traurige Geschichte erinnern, als eine Frau mit einem Kinderwagen hier entlanggegangen war. Sie war vom Nebel und Wasser eingekreist worden. Als die Suche beendet werden mußte, hatte man nur den leeren Kinderwagen gefunden. Auch wenn es im Augenblick nicht sehr wahrscheinlich erschien, konnte man sich leicht verlaufen und bei Dunkelheit in die Hamborgerdybet gelockt werden, das tückische Wasser zwischen der Sandbank und der Inselküste, wenn man auf die Lichter von Nordby zugehen wollte. Der schmale Streifen Wasser war voller tiefer Löcher. Vielleicht hatte die arme Frau hier ihr Schicksal ereilt? Nina konnte sich nicht mehr erinnern, ob die Frau oder das Kind jemals gefunden worden waren.

Aber heute bestand keine Gefahr, daß das Wasser überraschend angerollt kommen könnte. Springflut nannte man das Phänomen weiter südlich im Wattenmeer, wenn die Wassermassen sich plötzlich hereindrängten. Dennoch hatte sie die ganze Zeit den Nebel im Blick. Er gehörte hier draußen dazu. Man mußte sich nur auskennen.

Der Nebel hatte außerdem den Vorteil, daß sie das Gefühl hatte, in ihrer eigenen kleinen, abgegrenzten Welt herumzulaufen. Es gab nur das Meer da draußen, den geriffelten, feuchten Sand unter ihren Stiefeln und die Schreie der Möwen. Könnte der Nebel sie doch in gleicher Weise einhüllen, so daß alle Gefahren verschwanden.

Sie war so weit auf die Sandbank hinausgegangen, daß die Dünen nur noch wie ein dunkler Streifen aussahen. Und als auch dieser verschwand, wurde sie langsamer. Sie konnte sowieso nicht mehr viel weiter. Der Nebel schlich wie eine lautlose Wand von der Nordsee heran. Es war an der Zeit, umzukehren. Sie hatte das schon häufiger gemacht. Mußte nur darauf achten, am Wasser entlang zurückzugehen, immer den Wind auf der anderen Wange spürend. Dann würde sie wieder auf die Pfahlreihe stoßen.

Beim Gehen schaute sie auf ihre Stiefelspitzen. Das Wasser lief auf. Kleine Rinnsale suchten sich durch den Sand ihren Weg über die Sandbank hinweg in die Hamborgerdypet. Plötzlich entdeckte sie etwas. Es sah aus wie ein Klumpen Bernstein. Sie bückte sich, um ihn aufzuheben. Im gleichen Moment hörte sie einen Knall und spürte einen Schlag gegen die Schulter und einen stechenden Schmerz.

Sie sah nach. Ihre Regenjacke war aufgerissen. Das war ein Schuß gewesen ...

Sie konnte gerade noch eine dunkle Gestalt entdecken, die weit vor ihr im Sand kniete. Dann drehte sie sich um und rannte in die entgegengesetzte Richtung. Mal nach rechts, mal nach links. Ein neuer Knall dröhnte ihr in den Ohren.

Sie spürte nichts. Da war nur Angst. Die füllte sie vollkommen aus, hob sie empor und trug sie über Sand und Wasser. Das Ziel war weiter vorn. Dort, wo die Sandbank im Nebel verschwand. Die heftigen, keuchenden Atemzüge und die Lunge, die auf Hochtouren arbeitete, das gehörte nicht zu ihr. Sie war nur ein Gedanke, der dem Körper folgte. Sie lief und lief in Gummistiefeln, die ihre eigene Triebkraft besaßen und nicht aufzuhalten waren.

Erst als sie hinfiel, kehrte sie in ihren Körper zurück. Jetzt war sie es, die keine Luft mehr bekam. Jetzt war es ihr Puls, der heftig hämmerte.

Sie kam wieder auf die Beine und schaute sich um. Die Gestalt war weg. Im Nebel aufgelöst, der inzwischen dick wie der weiße Rauch eines Lagerfeuers aus feuchten Zweigen war.

Sie blieb stehen, um Atem zu holen. Lauschte. Nur der Wind und der Schrei einer unsichtbaren Möwe waren zu hören.

Sie war in eine Situation geraten, die sie bisher nur vom Hörensagen kannte. Søren Jessens Sand hatte sie gefangen. Jetzt ging es darum, Ruhe zu bewahren. Gut nachzudenken.

Wenn sie Richtung Süden zurück ging, lief sie Gefahr, plötzlich dem Scharfschützen gegenüberzustehen. Er konnte nur wenige Meter vor ihr aus dem Nebel auftauchen.

Es gab nur eins zu tun. Sie mußte auf die Küste zugehen, die ganze Zeit mit dem Westwind direkt im Rücken. Sie war noch nicht so weit die Sandbank hinaufgelaufen, daß Hamborgerdypet ein Problem sein sollte. Und falls notwendig, konnte sie die Stiefel ausziehen und durch das eiskalte Wasser waten. So würde sie die Küste erreichen. Die irgendwo dort hinter der weißen Mauer lag. Nicht so weit entfernt, wie man denken konnte. Sie mußte nur die Richtung einhalten. Für jemanden, der in schwärzester Finsternis durch ein estnisches Moos geschwommen war, sollte das nicht so schwer sein.

Sie saß auf einem Stuhl am Küchentisch. Astrid untersuchte die Wunde an ihrer Schulter. Abgesehen von ein paar tiefen Falten auf der Stirn war kein Zeichen von Angst an ihr zu erkennen.

»Das sieht böse aus, Nina.«

Astrid betupfte die Wunde ein letztes Mal mit einer desinfizierenden Flüssigkeit, die sie aus dem Badezimmerschrank geholt hatte.

»Du mußt umgehend zum Arzt, Port. Von allein heilt das nicht. Und du bist quer durch die Hamborgerdybet gewatet?«

Jørgen hatte dabeigesessen und zugesehen. Jetzt nahm er seinen Platz in dem Muster ein, über das sie gerade nachgedacht hatte. Astrid als Fels, Jørgen als Schilf.

»Ja, das habe ich auch schon früher gemacht, allerdings immer im Sommer. Ich war nicht besonders weit oben, und es war noch nicht soviel Wasser aufgelaufen. Was meinst du, Astrid, wie schlimm ist es?«

»Das ist zum Glück nur eine Fleischwunde. Aber sie ist ziemlich tief und lang. Die muß genäht werden …«

Astrid legte ihre Brille hin und sah Nina an.

»Ja, die muß auf jeden Fall genäht werden.«

Nina hob den linken Arm und betrachtete selbst den Schaden, den die Kugel angerichtet hatte. Sie hatte das Fleisch aufgerissen und eine breite roten Furche hinterlassen. Das konnte nicht mit einer dummen Ausrede weggschwindelt werden. Dazu war die Wunde zu groß und eindeutig.

»Genäht? Aber ich kann damit nicht zu einem Arzt gehen. Der müßte das ja melden. Und das sieht nicht gerade aus wie ein Hundebiß oder etwas Ähnliches. Es sieht aus wie das, was es ist: eine Schußwunde. Das geht einfach nicht.«

»Nina, deine Gesundheit steht an erster Stelle«, brummte Jørgen. Wenn er »Nina« sagte und nicht »Port«, dann war es ernst.

»Wer kann das nähen? Astrid, kannst du das?«

Ihre Tante schüttelte abwehrend den Kopf. Sie saß da und schaute nachdenklich die Schulter an. Dann sagte sie leise:

»Aber wir kennen möglicherweise jemanden, der das kann. Clemmensens Sohn ist momentan zu Hause. Er fährt auf große Fahrt bei Mærsk. Ich meine mich zu erinnern, daß seine Mutter mir erzählt hat, er sei für solche Sachen an Bord zuständig. Er hat einen Lehrgang in der Richtung gemacht. Paramediziner oder wie das heißt. Ich könnte dort mal vorbeischauen und ihn fragen, ob er sich das ansehen will.«

Eine halbe Stunde später setzte sich Bjørn Clemmensen an den Küchentisch. Es war lange her, daß sie mit dem Nachbarssohn gesprochen hatte. Er war zu jung, als daß sie mit ihm gespielt hätte, sechs, sieben Jahre jünger als sie. Aber sie konnte sich noch an ihn als einen niedlichen Jungen erinnern.

Clemmensens waren echte Sønderho-Einwohner, eine alte Kapitänsfamilie genau wie die Portlands. So etwas verband die Menschen miteinander, und sie befürchtete nicht eine Sekunde, daß etwas von der Sache durchsickern würde.

Sie unterhielten sich über alte Zeiten, während er sich die Wunde näher anschaute und sie noch einmal mit einem Mittel säuberte, das er in einer Tasche dabeihatte. Seiner Mutter ging es gut, aber sein Vater, der pensionierte Kapitän, lag drüben im Krankenhaus und wartete auf eine neue Hüfte.

»Ein Schuß, sagst du? So sieht es auch aus. Darf man fragen, was du gemacht hast, Nina? Keine Sorge, es bleibt unter uns.«

»Das war außerhalb der Dienstzeit, Bjørn, und so etwas kommt nicht besonders gut an. Es gibt sehr strenge Regeln bei uns, was man darf und was nicht. Und ich habe zurückgeschossen, das ist auch Scheiße. Bei der Polizei gibt es etwas, das nennt sich Schußregulativ. Wenn die das herauskriegen, werde ich durch die ganze Mühle gedreht.«

Bjørn Clemmensen nickte lächelnd und gab sich damit zufrieden, keine richtige Antwort zu bekommen. Er holte eine

Nadel aus einer sterilen Packung. Dann nahm er eine Rolle Garn und legte sie auf den Küchentisch, zusammen mit einer kleinen Schere.

»Keine Sorge, Nina, ich habe das schon häufiger gemacht. Aber bisher waren es meistens Philippinos, die dran glauben mußten«, erklärte er lächelnd.

»Ich denke, sieben Stiche werden nötig sein. Das wird ein bißchen weh tun. Bist du bereit?«

»Ja, fang nur an.«

Sie drehte das Gesicht weg, während Jørgen lieber ins Wohnzimmer schlich. Astrid kochte derweil Kaffee.

Es tat nicht besonders weh, als er die Nadel in Ninas Haut stach. Ihre Schmerzgrenze war ziemlich hoch, das hatte sie früher schon verwundert festgestellt. Sie hatte die geheimnisvolle Fähigkeit, loszulassen und Schmerzen als etwas zu betrachten, das sich in einer fernen Ecke von ihr abspielte.

Als der junge Clemmensen fertig war, begutachtete er seine Arbeit. Die Wunde war geschlossen, auch wenn es so aussah, als würde das Fleisch zwischen den Stichen hervorquellen.

»Vielen, vielen Dank, Bjørn. Jetzt bin ich also wieder wie neu, ja?«

»Na, fast. Es wird noch eine Zeitlang weh tun, du solltest deinen Arm lieber ruhighalten. Und Penicillin nehmen.«

»Ein einfacher Verband müßte doch reichen, oder?«

»Ja, aber achte darauf, daß er steril ist. Es darf sich nicht entzünden. Und laß die Fäden vierzehn Tage drin. Dann kann Astrid sie dir ziehen.«

Es gab Grenzen für das, was man einem zehnjährigen Jungen zumuten konnte. Ihm zu sagen, daß seine Mutter von einem Verbrecher angeschossen worden war, kam definitiv nicht in Frage. Zum Glück hatten sie alles besprechen können, bevor Jonas von den Nachbarn zurück war.

Er sollte bei Astrid und Jørgen bleiben. Einer von ihnen würde dafür sorgen, daß er zur Schule gebracht und wieder abgeholt wurde. Sie hatten sich dafür keine Zeitgrenze gesetzt. Man mußte abwarten, was passierte. Jonas gegenüber wurde das damit begründet, daß Nina plötzlich einen Riesenfall zu bearbeiten hatte, der erforderte, daß sie auch abends arbeitete.

Jonas war skeptisch gewesen. Mehr, als sie erwartet hatte.

»Die ganze Zeit bist du immer nur weg. Und ich muß hierbleiben. Ich möchte aber lieber zu Hause sein – und zwar mit dir.« Es tat ihr in der Seele weh. Sie hatte ihm noch einmal erklärt, daß es ein großer Fall sei und ungeheuer wichtig, daß sie diese Verbrecher finge. Schließlich hatte er die Erklärung geschluckt. Aber er war traurig – was würde jetzt aus ihrer Adventsgemütlichkeit? Worauf Astrid ihm hoch und heilig versprach, daß sie schon dafür sorgen würde.

Jørgens Angst war überraschenderweise in regelrechte Wut umgeschlagen, weil sie sich strikt weigerte, die Sache zu melden, während er darauf bestand, zumindest seinen alten Kollegen einzuschalten, der einen Sohn beim Nachrichtendienst der Polizei hatte.

Ihre Begründung für ihr Nein war immer noch die gleiche wie früher, aber sie mußte zugeben, daß es jetzt kritischer war.

Sie hatte ihm versprechen müssen, ernsthaft darüber nachzudenken. Und das hatte sie die ganze Nacht getan, jedoch ohne Ergebnis. Jørgen bestand darauf, sie nach Hause zu bringen und bei ihr zu übernachten. So geschah es, und er dachte gar nicht daran, sie alleinzulassen, solange sie noch keine Entscheidung getroffen hatte.

Als sie zur Arbeit fuhr, radelte er zum Anleger, holte Jonas von der Fähre ab und begleitete ihn zur Schule.

Der Morgen hatte hektisch begonnen, denn einige ihrer Kollegen waren im Laufe der Nacht zu einem weiteren Feuer in einem Müllcontainer gerufen worden, dieses Mal in einem ganz anderen Viertel als bisher. Und es sah so aus, als könnten die Anwohner dieses Mal eine vernünftige Personenbeschreibung geben. Hoffentlich ergab sich endlich eine Spur. Die Kriminaltechniker waren dabei, eine Flasche mit einem Benzinrest auf Fingerabdrücke zu untersuchen.

Svendsen lag immer noch mit einer bösen Grippe im Bett, also fuhr sie allein zum Grønlandspark und sprach dort mit der Zeugin, einer alleinstehenden Frau mittleren Alters, die am Ende des Umanakvej wohnte. Ihre Beschreibung war so eindeutig, daß es nach einem Durchbruch aussah. Sie hatte den Brandstifter ganz aus der Nähe gesehen, als die Flammen heftig aufloderten. Es war ein Mann um die Fünfzig, mit Halbglatze, goldeingefaßter Brille und grauem Schnurrbart. Jetzt mußte die Frau nur noch ins Polizeirevier gebracht und ein Zeichner geholt werden.

Nina verabschiedete sich und ging zum Auto. Erleichtert bei dem Gedanken, daß sie endlich dem Brandstifter auf den Fersen waren, schob sie den Schlüssel ins Zündschloß. Weiter kam sie jedoch nicht. Sie versank in tiefen Grübeleien, saß nur da und guckte auf eine Mauer. Sie mußte unbedingt einen Entschluß treffen. Sie konnte Jonas nicht endlos auf Fanø parken. Er hatte so enttäuscht ausgesehen. Sie mußte dem Ganzen ein Ende machen und anderen die Geschichte überlassen.

Jørgen hatte recht. Es war zu gefährlich geworden. Da half nur eins: An die Tür des obersten Chefs klopfen, fragen, ob er ihr ein paar Stunden seiner Zeit opfern könne – und dann alles auf den Tisch legen. Vielleicht könnte sie den Fall ein wenig abmildern, indem sie einige ihrer Gesetzesübertretungen und Sünden verschwieg, aber im großen und ganzen konnte sie die Dinge nicht schönreden. Dazu war es zu spät, viel zu spät.

Ihre Suspendierung würde auf dem Fuße folgen.

Wenn die Maschinerie erst einmal angelaufen war, würde der Polizeiliche Nachrichtendienst, PET, hinzugeholt werden. Dann konnte sie noch einmal von vorn anfangen. Und wenn das überstanden war, würde sie höchstwahrscheinlich vierundzwanzig Stunden lang Personenschutz bekommen. Nur, daß es ihr nicht als wirklicher Schutz erschien. Derartige Dinge hatten die verdammte Tendenz, schiefzugehen.

Sie wollte gerade den Polizeipräsidenten anrufen und ihn vorwarnen, als ihr Handy klingelte.

Als sie das Gespräch beendete, hatte sie ihre Meinung geändert.

Es war Mette gewesen, die Putzhilfe im Hotel Britannia. An diesem Morgen hatte sie im zweiten Stock gearbeitet, und sie hatte sich die letzten Hotelzimmer angeschaut. Vier Männer, von denen nicht ein einziger ihre Aufmerksamkeit erregt hatte. Ein Kapitän auf einem Versorgungsschiff, ein Gastdozent an der Universität, und zwei, die am gleichen Morgen ausgecheckt hatten.

Blieb noch der ältere Herr, der ihr plötzlich in den Sinn gekommen war. Der von Zimmer 214.

Mette hatte etwas in der Richtung gesagt wie, »ich wette, das ist der mit dem Falschgeld, Nina«.

Zuerst hatte sie einen kleinen Metallkoffer unten im Schrank gefunden. Der enthielt eine merkwürdige Ausrüstung. Zwei Perücken, einen Bart, eine Tube mit irgend etwas Undefinierbarem, eine ganz dünne Art Kapuze aus elastischem Material mit Nase und Löchern für Augen und Mund, eine Schere, Bürsten und einen Kamm. Nicht so ein Amateurkram, wie sie es aus ihrer eigenen Zeit als Laienschauspielerin im Gemeindehaus kannte, nein, richtige professionelle Theaterausrüstung.

Der Fund hatte sie veranlaßt, vorsichtig das ganze Gepäck des Mannes zu untersuchen. Und in einem Paar Schuhe hatte sie eine Schachtel mit Munition gefunden.

Nina hatte gerade eben das Auto gestartet und war auf die Straße eingebogen, als das Telefon erneut klingelte. Sie hatte Glück. Es war einer der Polizeizeichner, er konnte schon spätnachmittags kommen, weil er vorher bei den Kollegen in Fredericia einen Termin hatte.

Die Informationen der Putzhilfe hatten alle Entschlüsse auf standby gestellt.

Zunächst mußte sie eine Sache erledigen. Und zwar im Laufe des Abends. Wenn das getan war, konnte sie eine endgültige Entscheidung treffen.

Jørgen saß im Wohnzimmer und las Zeitung, als Nina nach Hause kam. Es war spät geworden, weil der Computerexperte sich fast eine Stunde verspätet hatte. Aber jetzt lag ein ziemlich gutes, detailliertes Bild des vermutlichen Brandstifters auf ihrem Schreibtisch.

»Hallo, Jørgen!«

»Hallo, Port. Hast du dran gedacht, deine Pistole mit nach Hause zu nehmen?«

»Keine Sorge.«

Sie klopfte auf die linke Seite ihrer Jacke, wo das Schulterhalfter saß.

»Aber hast du auch um Erlaubnis gefragt, ich meine, eigentlich sollte sie ja …«

»Nein, ich habe verdammt noch mal nicht um Erlaubnis gefragt! Was meinst du, welchen Grund ich denn angeben sollte? Daß alle möglichen Banditen hinter mir her sind?«

»Nein, natürlich nicht. Aber paß nur auf, daß es nicht entdeckt wird. Und was macht die Schulter?«

»Glaubst du, da steckt jemand jeden Abend seinen Kopf in den Waffenschrank und zählt nach? Die Schulter? Es geht. Ich habe aufgepaßt, und mit einer Handvoll von Bjørn Clemmensens Pillen kommt man ziemlich weit.«

»Das habe ich gar nicht mitgekriegt. Hat er dir Tabletten gegeben? Was für welche denn?«

»Immer mit der Ruhe … Nur etwas Schmerzstillendes und Penicillin … Ist dir im Laufe des Tages irgend etwas Verdächtiges aufgefallen?«

Jørgen schüttelte den Kopf.

»Nein, nichts. Und dir?«

»Nein. Hast du keinen Hunger?«

Er antwortete nicht, faltete jedoch die Zeitung zusammen und legte sie auf den Couchtisch. Dann fragte er:

»Und, Nina, hast du einen Entschluß gefaßt?«

»Laß uns darüber reden, während wir essen, ja? Was hältst du von Pizza oder Lasagne unten aus dem Imbiß?«

»Dann lieber Lasagne …«

»Gut, ich lauf schnell zu Zlatan runter und bestell sie. Lasagne dauert immer ein bißchen.«

Sie eilte die Treppen hinunter, aus der Haustür und in den Imbißeingang gleich nebenan. Sie hatten zwar gerade erst Lasagne gegessen, aber egal. Zlatan stand mit seinem langen Holzschieber, den er benutzte, um die Pizza rein und raus zu schieben, vor dem Ofen.

»Hallo, Zlatan!«

Er drehte sich um und sah sie fast schockiert an.

»Hallo, Nina …« Er versuchte zu lächeln, aber es wirkte unbeholfen.

»Habe ich dich erschreckt? Hast du so wenige Kunden, daß du Angst kriegst, wenn du einen siehst?« Sie schüttelte grinsend den Kopf.

»Kannst du mir trotzdem zwei Portionen Lasagne machen? Plus Salat, ja?«

»Okay, zweimal Lasagne. Das dauert ein bißchen. Aber vielleicht …«

Ein Mann kam aus dem Hinterraum und stellte sich in die Türöffnung. Sie konnte sich nicht erinnern, ihn schon einmal gesehen zu haben, aber schließlich kannte sie auch nicht alle aus dem steten Strom an Helfern, die Zlatan zur Hand gingen – oder ihm im Weg standen. Der Mann nickte ihr lächelnd zu.

»Das ist Dusko … Mein Vetter aus Bosnien. Er ist zu Besuch bei uns und bleibt über Weihnachten. Ich meine, eure Weihnachten …«

Die beiden Männer redeten kurz miteinander, während Zlatan die Lasagnepackungen aus dem Kühlschrank holte und in den Ofen stellte.

»Du kannst schon nach oben gehen, Nina. Ich schicke meinen Vetter hoch, wenn es fertig ist. So in einer Viertelstunde.«

Zlatan wischte sich die Hände in seiner Schürze ab und starrte merkwürdig konzentriert auf seine Kasse, statt sie anzusehen.

Nicht eine witzige Bemerkung kam von dem armen, krisengeschüttelten Mann.

»Das klingt gut, Zlatan. Wieviel muß ich springenlassen?«

»Zweimal vierzig plus zwanzig für den Salat – genau hundert.«

Sie gab ihm das Geld und winkte ihm noch einmal zu, als sie die Tür schloß. Früher oder später würde er wieder der alte Zlatan sein. In letzter Zeit hatte sie nicht soviel bei ihm gekauft wie sonst. Konnte der Besitzer einer Grillbar deshalb beleidigt sein?

Jørgen hatte sich wieder in die Zeitung vertieft, als sie zurückkam. Sie warf ihre Jacke auf die Kommode im Flur, schnallte das Schulterhalfter ab und hängte es über den Griff der Wohnzimmertür. Die Stiefel warf sie in eine Ecke. Sie hatte einen Mordshunger. Schnell deckte sie den Tisch, setzte sich aufs Sofa und schaltete den Fernseher ein. Ungeduldig zappte sie hin und her und endete schließlich bei den Nachrichten im Videotext.

»Es wird nicht direkt ein Essen, wie du es zu Hause gewohnt bist«, erklärte sie und stupste Jørgens Arm zärtlich mit einem Fuß an.

»Na, das ist schon in Ordnung. Lasagne? Ißt Garfield das nicht immer?«

»Ja, genau. Und die von Zlatan ist in Ordnung, obwohl ich selbst sie besser machen kann – mit Karotten drin. Mein Magen knurrt wie verrückt. Jetzt müssen sie ja wohl bald …«

Im gleichen Moment klopfte es an die Tür. Sie sprang auf, aber Jørgen packte sie am Handgelenk.

»Warte!«

Er stand auf und zog ihre Heckler & Koch aus dem Halfter. Dann lud er sie durch und stellte sich im Flur auf.

»Mensch, Jørgen … Das ist nur unser Essen. Immer mit der Ruhe!«

»Das ist mir vollkommen egal. Und wenn es der Kronprinz wäre. Ich decke dich. Du öffnest vorsichtig.«

Kopfschüttelnd machte sie die Tür auf, zuerst nur einen Spalt, dann ganz.

Es war Zlatans Cousin. Er stand fast wie ein Diener auf der Türmatte. Die Lasagneportionen auf einem Arm – die andere Hand hinter dem Rücken.

Der Mann machte große Augen, als er die Pistole in Jørgens Hand sah. Eine Sekunde lang stand er wie versteinert da. Dann kam die andere Hand zum Vorschein, und mit einem schiefen Lächeln nahm er die Lasagnepäckchen und reichte sie ihr. Am kleinen Finger der einen Hand fehlte ein Glied. Dort saß nur ein merkwürdig plumper Stumpf. Komisch, so etwas mitten in einer verrückten Situation zu bemerken.

»Hello«, sagte er etwas verspätet und trat einen Schritt zur Seite, als ein Mann, den sie noch nie zuvor gesehen hatte, die Treppe hinaufkam und weiter in den zweiten Stock ging.

»Hello and thank you«, sagte sie und schlug die Tür zu.

In Windeseile wickelte sie Lasagne und Salat aus und stellte alles auf den Eßtisch. Sie schüttelte den Kopf.

»Er hat die Pistole gesehen. Du mußt den armen Mann zu Tode erschreckt haben.«

»Im Augenblick finde ich, man kann nicht vorsichtig genug sein, Port.«

Sie begannen zu essen. Nach nur wenigen Happen würde ihr Onkel beharrlich zu dem prekären Thema zurückkehren, das wußte sie genau. Dann mußte sie ihm erzählen, daß sie hoffentlich später am Abend schlauer sein würde.

Erst wenn sie im Hotel Britannia gewesen war und dort einem älteren Herrn einen unangemeldeten Besuch abgestattet hatte – erst dann würde sie sich entscheiden.

Es ging jetzt nur darum, in sein Zimmer einzudringen, sich dort hinzusetzen – und zu warten.

22

Es war außerordentlich schwer gewesen, das Schloß von Zimmer 214 zu knacken, obwohl sie doch das »geliehene« Spezialwerkzeug vom Revier mitgebracht hatte.

Sie hatte das Rollo heruntergelassen. Jetzt saß sie im Dunkeln und wartete. Sie zündete sich eine Zigarette an und kümmerte sich gar nicht darum, daß der Mann das riechen würde. Sobald er in der Türöffnung auftauchte, hatte sie ihn.

Es war fast wie an dem Abend, als dort in Tallinn alles begonnen hatte. Eine Zigarettenglut in der Dunkelheit – und Wartezeit. Der einzige Unterschied war, daß man hier sehr viel bequemer warten konnte als in dem alten Schiffscontainer.

Jetzt hatte sie schon eine Dreiviertelstunde mit ihrer Heckler & Koch im Schoß dagesessen. Die Wartezeit konnte lang werden, er konnte aber auch jeden Augenblick aufschließen. Die Frau an der Rezeption hatte gesagt, daß er schon vor mehreren Stunden fortgegangen war.

Wer er war, konnte sie nicht wissen. Aber eines war sicher: Auf ihrem Weg durch das Labyrinth war sie nur einem einzigen älteren Herrn begegnet, groß, mager und gentlemanlike. Bei seiner Vergangenheit waren falsche Bärte und blaue Brillen nicht so außergewöhnlich.

Sie holte sich ein Mineralwasser aus der Minibar und zündete eine neue Zigarette an. Sie mußte aufpassen, daß sie sich von seiner Höflichkeit nicht ablenken ließ. Sie zog das Magazin aus der Pistole, kontrollierte es, schob es wieder hinein. Ja, sie mußte vollkommen konzentriert sein. Genaugenommen wußte sie nicht das geringste über seine Motive – wenn er es denn war.

Sie hatte gerade wieder einmal auf ihre Armbanduhr geguckt. Es war halb zehn, als sie hörte, wie der Schlüssel ins Schloß gesteckt wurde. Langsam öffnete sich die Tür. Eine große Gestalt trat ins Zimmer.

Sie schaltete die kleine Lampe auf dem Schreibtisch ein und hielt ihre Heckler & Koch direkt auf den Mann gerichtet.

»Kommen Sie herein«, sagte sie und hob die Pistole ein wenig.

Der Mann trat ein, ohne etwas zu sagen, aber sie bemerkte ein leichtes Lächeln in seinen Mundwinkeln. Er hatte einen weichen Filzhut auf, unter dem eine dichte Mähne braungrauer Haare hervorquoll. Er trug Vollbart und eine Brille mit einem breiten Gestell. Aber aus so kurzer Entfernung hielt die Verkleidung nicht stand.

»Guten Abend, Sir Walter.«

»Guten Abend, Miss Portland. So sehen wir uns also wieder ...«

Er schob eine Hand in die Manteltasche und ging zögernd ein paar Schritte ins Zimmer hinein.

»Die Hände hoch. Aber langsam, ganz langsam.«

Sie winkte mit der Pistole, und er gehorchte. Dann stand sie auf und trat so nah an ihn heran, daß sie die linke Hand in seine Manteltasche stecken und eine Pistole herausfischen konnte.

»Deshalb habe ich nicht die Hand in die Tasche gesteckt«, erklärte er lächelnd. »Das ist wohl eine reine Reflexbewegung. Auch ältere Männer haben ihre Reflexe.«

Er hängte Hut und Mantel an die Garderobe hinter der Tür. Dann drehte er sich um und sah sie fragend an.

»Das Paket ... Es war das Paket«, sagte sie.

Nachdenklich nickte er.

»Es kommt hier in Esbjerg offenbar nicht so oft vor, daß neuangekommene Gäste ein Paket geliefert bekommen, noch ehe sie ihr Zimmer richtig bezogen haben, Mr. Cartwright.«

Sie sah ihn lächelnd an. Sie mochte ihn immer noch.

»Und vielen Dank für Ihre Hilfe mit dem Russen im Keller. Er hat sich seitdem nicht mehr blickenlassen.«

»Oh, gern geschehen. Bitte korrigieren Sie mich, wenn ich mich irre, Miss Portland, aber ich nehme an, daß wir ein längeres Gespräch vor uns haben. Erlauben Sie, daß ich mich erst dieser falschen Federn entledige? Sie jucken wie verrückt«, sagte er, wobei er auf seinen Bart zeigte.

»Aber natürlich. Außerdem steht Ihnen das nicht.«

Sir Walter Draycott warf die Perücke aufs Bett und ging ins Badezimmer. Sie folgte ihm auf dem Fuße, die Pistole ununterbrochen auf ihn gerichtet. Er vermischte etwas Creme aus einer Tube mit Wasser und machte den Bart vor dem Spiegel feucht. Kurz darauf zog er ihn vorsichtig ab und wusch anschließend das Gesicht mit Seife. Danach gingen sie zurück, und jeder setzte sich auf seinen Sessel.

»Ob Sie die Güte hätten, das da wegzunehmen?« Er nickte zur Pistole hin. »Ich mag keine Schußwaffen ...«

Er lehnte sich im Sessel zurück und sah sie anerkennend an. Das Gefühl hatte sie zumindest.

»Lassen Sie uns anfangen – ganz von vorn bitte«, sagte sie und legte die Pistole auf ihren Oberschenkel.

»Nun gut, das wird eine längere Geschichte ... Sehen Sie, ich war mein Leben lang in Diensten des Secret Intelligence Service – oder des MI6, wie ich ihn lieber nenne. Die letzten Jahre als Abteilungsleiter bei einigen Botschaften, wie ja aus meinen Papieren hervorgeht, die Sie selbst mit nach Schottland gebracht haben. Wenn Sie die Zielrichtung verstehen wollen, muß ich Sie bitten, mir für einen Moment ziemlich weit in der Zeit zurückzufolgen, ja?«

Er sah sie fragend an, und sie nickte. Sie hatte alle Zeit der Welt, wenn nötig.

»Um genauer zu sein – bis in die Zeit direkt vor dem Zusammenbruch des Ostblocks. Sie kennen ja selbst den Gang der Geschichte, der Druck an den Grenzen, der Fall der Mauer, Ceaucescus Untergang und schließlich 1991 der Kollaps der Sowjetunion. Stellen Sie sich vor, ich habe den größten Teil meines Erwachsenenlebens hinter dem eisernen Vorhang verbracht.

Jede Nacht habe ich mich neben meiner Frau mit der festen Überzeugung zur Ruhe begeben, daß der eiserne Vorhang und der kalte Krieg auch am nächsten Tag noch dort sein werden. Alles andere war einfach undenkbar. Niemand, auch unsere Kollegen in den anderen Ländern nicht, konnten sich das vorstellen, bevor es plötzlich geschah. Aber der Fall des DDR-Regimes war Realität. Ich erinnere mich, daß ich mich am Morgen nach dem 9. November 1989 gefragt habe: »Wenn das möglich ist, kann man sich dann auch vorstellen, daß die Sowjetunion bröckelt?« Ich kam zu dem Schluß, daß man das genaubesehen nicht konnte ... Ich glaube, es liegt in der Natur des Menschen, daß Veränderungen ihm willkommen sind. Wenn sie nur nicht über Nacht passieren, weil wir es dann nicht schaffen, uns so schnell anzupassen, unser Leben und unser Weltbild neu zu justieren. Und es gelang uns nicht, weder dem MI6 noch dem MI5, der CIA oder einem anderen Geheimdienst. Es hat uns eiskalt erwischt. Mit einem Schlag landete eine ganze Reihe von Geheimdienstdinosauriern in einem Vakuum. Das erzeugte ein internes Chaos, hinterließ aber auch so große Risse in unseren Mauern, daß die Politiker sie sofort entdeckten und anfingen, an ihnen zu kratzen. Das ist der gleiche Mechanismus wie bei vielen anderen Dingen in der Gesellschaft. Die Politiker wollen immer möglichst schnell Erfolge aufweisen können. ›Kann gespart werden? Ja, warum eigentlich nicht? Die Roten sind weg, Der Feind ist eliminiert. Die Welt ist neu. Also kürzen wir diesen geheimen Diensten da, von denen wir sowieso nie so genau gewußt haben, was sie eigentlich treiben, ein paar Millionen weg.‹«

Sir Walter hielt inne. Es war ihm deutlich anzumerken, daß es ihm Vergnügen bereitete, diese Linien aufzuzeigen.

»Übrigens, darf ich Ihnen etwas zu trinken anbieten? Ich könnte selbst auch etwas vertragen.«

Sie nickte.

»Ein Bier, gerne.«

Sir Walter servierte es ihr auf dem Schreibtisch und schenkte sich einen Whisky aus einer Miniaturflasche ein. Dann hob er sein Glas, nickte ihr zu und probierte. Schließlich fuhr er fort.

»Budgets, das ist das Codewort, Miss Portland. Während des kalten Krieges hatten wir keine Probleme. Am Tag nach dem Fall der Sowjetunion begannen die ersten von Einsparungen in den Budgets zu reden. Es wurden immer mehr Stimmen, und sie wurden immer lauter. Wir konnten sehen, woher der Wind wehte. Mein Gott, nicht einmal Whitehall konnte leugnen, daß die Welt jetzt anders aussah. Also sollte Anfang der 90er reduziert und gekürzt werden. Aber jedem ist das eigene Kind das liebste, nicht wahr? Und ein Nachrichtendienst ist ein komplexes Unternehmen – aber dennoch mit einer simplen Staubsaugerfabrik zu vergleichen. Wer möchte seine Kollegen schon auf die Straße schicken, möchte zusehen, wie neue Investitionen sich in Rauch auflösen, Ambitionen zerbröckeln? Auch die Geheimdienste nicht, weder die britischen noch irgendwelche anderen. Das führt mich zu einem weiteren Schlüsselbegriff: Existenzberechtigung. Wir sollten plötzlich beweisen, daß wir es wert waren, weiter zu existieren ... Eine ziemlich heikle Situation.«

Sie nahm einen Schluck aus ihrem Glas und zündete sich eine Zigarette an. Sir Walter lehnte sich zurück und schaute zur Decke hinauf, als wollte er höhere Mächte um Bestätigung anrufen, daß das, was er gerade gesagt hatte, der reine Wahnsinn sei.

Er sprach genau, wie sie es sich vorgestellt hatte. Die Worte waren wohlgewählt, und sie kamen ohne Zögern und ohne irgendein Zeichen einer Gemütsbewegung.

Er rieb sich einen Moment lang die Wangen und lächelte sie warmherzig an.

»Das juckt immer noch. Ich hätte auch so eine neumodische Maske aus dünnem Plastik oder Silikon nehmen können, oder was für ein Zeug das nun ist. Aber ich bin damit nicht zurechtgekommen.«

Wieder lächelte er.

»Sie sollten Ihre Existenz rechfertigen, haben Sie gesagt. Wie denn?«

Sie nahm den Faden wieder auf, begierig, endlich zum Kern der Sache zu kommen. Das Problem war nur, daß Sir Walter kein Mann war, der sich drängen ließ.

»Hier muß ich einen neuen Begriff einführen, auf den wir später noch mehrmals zurückkommen werden. Eine Operation, die ›Operation Terra Nova‹ genannt wurde – Operation Neues Land. Ich will Sie nicht mit der Geschichte ermüden, von wem und wie sie erfunden wurde. Nur feststellen, daß es die Summe mehrerer Kräfte war, eine Expertengruppe im Geheimdienst, Hinweise mehrerer wohlwollender Politiker, Gespräche in den hintersten Ecken der Clubs, Gedanken, die in kleinsten Kreisen geäußert wurden. Alles zusammen zeichnete das Bild eines Klimas, das günstig erschien, wenn wir die Ware liefern konnten. Und die Ware, das war der Islam. Oder genauer gesagt die islamischen Fundamentalisten. Und hier sind wir immer noch im vorbereitenden Stadium im Frühling 1992 – also lange vor dem World Trade Center und Osama bin Laden. Wir Briten sind bekannt als ein gutgläubiges Völkchen. Wir haben viele neue Bürger aufgenommen, die auf der ganzen Welt in der Klemme steckten, nur um dann mit ansehen zu müssen, daß Begriffe wie Meinungsfreiheit und andere gute Dinge gegen uns mißbraucht wurden, sobald die Gäste ihren Fuß auf die Inseln gesetzt hatten. Londonistan nennt man London heute. Damals war das noch kein Problem, das man im Blick hatte.«

»Aber wir reden von radikalen Milieus wie das, das um Abu Hamza und die Moschee im Finsbury Park entstanden ist, oder? Ich war ja selbst dort«, unterbrach sie ihn.

»Ja, genau. Dort wetterten sie gegen die Gesellschaft, die sie mit offenen Armen aufgenommen hatte. ›Operation Terra Nova‹ zielte darauf ab, die Aufmerksamkeit auf dieses wachsende Problem im neuen Land der Ultrareligiösen zu lenken. Und gleichzeitig dienten uns die Islamisten dazu, unser eigenes ›neues Land‹ zu bestellen. Einen neuen Markt für krisengeschüttelte Firmen zu pflegen. Sicher, diese Milieus wurden bereits Anfang der 90er überwacht. Das Problem war nur, daß sie nicht wirklich etwas Ungesetzliches taten – oder Radikales, wenn man so will. Wo sollten wir also ansetzen? Wir mußten einen Haken finden. Zu diesem Zeitpunkt war ich schon lange aus Moskau heimgekehrt, wie ich nur kurz anmerken möchte. Ich saß zunächst im Hauptquartier in der Westminster Bridge Road und später im neuen Hauptquartier in Vauxhall Cross.«

Sie nickte.

»Ja, ich war sowohl am Vauxhall Cross als auch am Thames House …«

Sir Walter probierte erneut den Whisky und beugte sich auf seinem Sessel vor. Er fing ihren Blick ein und fuhr fort.

»Die Pointe dabei ist, daß ›Operation Terra Nova‹ eine Coveroperation war. Wir schlugen wegen der Fundamentalisten Alarm – vielleicht sogar mit Recht –, aber damals nur, um unsere eigenen Budgets zu retten. MI5 und MI6 arbeiteten hierbei zusammen. Denn beide steckten in der Klemme. Da die radikalen Moslems sowohl ein nationales Anliegen sind und somit unter MI5s Zuständigkeit fallen, als auch ein internationales Anliegen und somit MI6 betreffen, bedeutete das, zwei Fliegen mit einer Klappe zu schlagen, Miss Portland. Jetzt mußten wir sie nur noch dazu bringen, uns vor die Tür zu scheißen, wenn Sie mir diese drastische Formulierung gestatten. Die Lösung lag in dem, was wir ›agent provocateur‹ nennen. Das ist auch eine Größe, die in Polizeikreisen diskutiert wird, nicht wahr?«

»O ja, in Dänemark ist das schon mehrere Male zur Sprache gekommen. Aber hier ist es verboten, mit ›agents provocateurs‹ zu arbeiten. In den USA ist das etwas anderes …«

»In den USA ist es immer etwas anderes, oder? Nun, wir wollten jedenfalls ein Verbrechen von ganz großem Format in den fundamentalistischen Kreisen provozieren. Wir wollten ein Erdbeben auslösen, das selbst der Blinde sehen und der Taube hören konnte. Dazu benutzten wir unter anderem ein Schiff, das Sie nur zu gut kennen, Miss Portland. Das deutsche Schiff, die MS Ursula …«

Nina zuckte zusammen. Das Axtschiff war langsam aus ihrem

Bewußtsein geglitten, weil es mit der Zeit einfach unmöglich geworden war, noch im Auge zu behalten, wo die Geschichte eigentlich anfing und wo sie aufhörte, und wie es dazu gekommen war, daß sie jetzt mit einer Schußwunde in der Schulter hier saß.

»Hmm, die Ursula. Und da komme ich mit ins Bild, oder? Aber wie?«

»Ja, doch lassen Sie uns noch einen Moment damit warten. Wir setzten unsere Leute an die Sache. Unsere sogenannten agents provocateurs. Sie bekamen Kontakt mit Personen aus einem der radikalen Kreise. Wir boten ihnen an, sechs große Behälter mit biologischen Kampfstoffen zu liefern.«

»Biologische Kampfstoffe ... Giftgas?«

»Nein. Gase gehören zu den chemischen Kampfstoffen. Das hier ist in vielerlei Hinsicht schlimmer. Wir reden von Bakterien und Viren. Drei Behälter mit Hasenpest, dem Bakterium *francisella tularensis*, einem der ansteckendsten Mikroorganismen, die man kennt. Wir ...«

Sir Walter zögerte. Tiefe Falten erschienen auf seiner Stirn.

»Und was war in den drei anderen Behältern?«

Sie konnte sehen, wie das Unbehagen sich auf seinem Gesicht ausbreitete.

»Die drei anderen? Das Schlimmste von allem ... Pocken ... *Variola major* ...«

»Pocken? Sind Sie vollkommen wahnsinnig geworden?«

»Das können Sie mit vollem Recht behaupten, Miss Portland. Die Überlegung scheint gewesen zu sein: je gefährlicher – desto besser fürs Budget ... Für Fundamentalisten, die einen Terroranschlag planen, eine einzigartige, todbringende Waffe, eine regelrechte Massenvernichtungswaffe. Und schnell meldeten sich auch finanzkräftige Käufer, die gleichen Menschen, die wir mit offenen Armen in Londonistan willkommen geheißen hatten. Unsere Leute traten als Zwischenhändler und Verbindungsglied zu den Verkäufern auf, und das war ...«

»Die russische Mafia? Die Bratsewo-Liga?«

Es rutschte ihr einfach so heraus. Sie hatte so konzentriert zugehört, daß ihr fast schwindlig wurde. Je weiter Sir Walter fortschritt, um so deutlicher begann sie die Konturen von etwas zu ahnen, das sie schon lange gequält hatte.

Sir Walter nickte und sah sie zufrieden an. Die Falten waren wieder verschwunden. Sie fühlte sich wie eine Schülerin, die gerade ihrem alten Lehrer gegenüber brilliert hatte.

»Stimmt, die Bratsewo-Liga. Damals konnte sich jeder russische Mafioso Waffen beschaffen. Das ganze Land war ja damit überschwemmt, und niemand ahnte, wer eigentlich was produzierte. Die Russen haben schon immer eine größere Produktion an Stoffen sowohl für die biologische als auch die chemische Kriegsführung besessen. Sechs Behälter mehr oder weniger, was machte das schon. Die Bratsewo-Liga konnte die Ware liefern. Die Behälter wurden in großen Holzkisten angeliefert und auf einen Lastkahn verladen, der die Themse hinauffuhr, bis zu der kleinen Werft am Badcock's Wharf. Hier ging für unsere Observationsleute alles schief, denn als unsere Terroristen in spe mit den Behältern davonschipperten, verloren wir ihre Spur in Watford, Fulham und Manchester. Da war natürlich die Hölle los ... Zum Glück bekamen wir wieder Kontakt zu vier der Behälter, als die Käufer sie später aus London fortschaffen wollten. An Bord der MS Ursula. Die Bratsewo-Liga wußte genau, daß wir es in Wahrheit waren, mit denen sie ihr Geschäft abgeschlossen hatten. Sie legten uns auf das Peinlichste herein, als sie die Fracht auf hoher See kaperten – natürlich nur, um sie noch einmal zu verkaufen und so doppelten Gewinn zu machen. Es war unser Plan gewesen, die Behälter auf ihrem Weg zu verfolgen. Und dann machten die Russen alle unsere Pläne zunichte.«

»Dann hat also die russische Mafia die Besatzung der Ursula umgebracht?«

»Ja, mit Äxten. Das sind äußerst brutale Menschen. Sie haben die Leichen über Bord geworfen, die Fracht umgeladen und sind dann weggefahren. Wohin, konnten wir nicht sagen. Sie hatten nur ein kleines Detail übersehen.«

»Den russischen Seemann, Vitali Romaniuk ...«

»Ja, Ihren Seemann, Miss Portland. Nur ein kleiner Fisch. Er versteckte sich, als die Bratsewo-Leute das Schiff enterten. Wir hatten ihn beauftragt, auf der Ursula anzumustern und eventuelle Veränderungen der Ladung oder des Bestimmungsortes zu melden. Plötzlich stand er in Esbjerg und konnte nichts anderes tun, als seine Unschuld zu beteuern.«

»Bis die Bratsewo-Liga ihn mit Drohungen zwang, zu gestehen.«

»Genau.«

»Und MI5 und MI6, die ja hinter der ›Operation Terra Nova‹ standen, mußten unbedingt herausfinden, was bei den Polizeiermittlungen herauskam. Deshalb tauchten Tommy Blackwood und sein Kumpan in Esbjerg auf. Deshalb ...«

»Ja, was leider eine Reihe nicht beabsichtigter Unannehmlichkeiten für Sie mit sich geführt hat, Miss Portland. Ich bin kein Heiliger, aber diese ganze Coveraktion gefiel mir von Anfang an nicht – und auch nicht die Tatsache, daß ein Verbrechen provoziert werden sollte. Ich hätte dagegensprechen sollen, als noch Zeit dafür war. Aber das habe ich leider nicht getan.«

»Der Vater meines Sohns, Tommy Blackwood ... Sie haben in Schottland gesagt, er sei tot. Stimmt das?«

»Ja, ich habe Sie nicht belogen, Miss Portland. Aber ich habe gewisse Dinge verschwiegen.«

Sie nickte. Und vielleicht sah sie ja aus, als verlöre sie sich in heftigen Spekulationen. Jedenfalls betrachtete Sir Walter sie mit einem forschenden Blick, als versuchte er von ihrem Gesicht abzulesen, ob die wiederholte Bestätigung von Tommy Blackwoods Tod eine emotionale Reaktion bei ihr auslöste.

Gefühle? Nein. Spekulationen? Ja, viele. Sie nickte und gab ihm zu verstehen, daß er fortfahren konnte.

»Wie gesagt, wir haben die Spur der Russen und der Behälter verloren. Wohin sollte die Fracht gehen? In mehrere europäische Hauptstädte? In die USA? Die Möglichkeiten waren zahllos und ein Schreckensszenario schlimmer als das andere. Die einzige logische Überlegung führte dahin, daß die Bratsewo-Liga nicht so schnell neue Käufer finden konnte. Daher wäre es vermutlich für sie das einfachste, noch einmal den Preis zu verhandeln und die Ware denjenigen anzubieten, die sie schon einmal gekauft und bezahlt hatten: den Fundamentalisten. Wir wußten, daß die Behälter an Bord eines Schiffes waren. Von dessen Nationalität wir nicht die geringste Ahnung hatten. Es konnte russisch sein. Es konnte aus Panama stammen oder aus welchem Land auch immer. Ergo machten wir uns daran, den Seeverkehr zu analysieren und eine große Anzahl von Häfen zu überwachen.

Wir neigten zu der Annahme, daß die Fracht durch die Straße von Gibraltar ins Mittelmeer transportiert werden sollte. Das wäre eine günstige Position, von hier aus konnte man eine Reihe potentieller Abnehmer erreichen, beispielsweise im nördlichen Afrika oder im Nahen Osten. Ich habe Ihre Frage bezüglich Tommy Blackwood nicht vergessen ... Ich bleibe nur bei der chronologischen Reihenfolge, Miss Portland. Sind Sie damit einverstanden?«

»Fahren Sie nur fort.«

Sie nickte und zündete sich erneut eine Zigarette an.

»Nun ja ... Wieder wurden wir hereingelegt. Aber eher durch Zufall bekamen wir einen Tip aus Kaliningrad. Ein finnisches Frachtschiff war eingelaufen, und sein Logbuch war so löchrig, daß es kaum eine gründlichere Kontrolle überstehen würde. Das Schiff kam nämlich von nirgendwo her. Das heißt, es kam aus Turku in Finnland, und die Ladung bestand aus Holz. Aber wieso war das Schiff dann beobachtet worden, als es den schmalen Sund zwischen Dänemark und Schweden befuhr, hinein in die Ostsee? Wie üblich waren Zoll und Polizei geschmiert worden, und vier Holzkisten wurden mitten in der Nacht am Kai gelöscht und auf einen Lastwagen verladen. Hier hängten wir uns wieder dran und konnten den Lastwagen durch Weißrußland und die Ukraine verfolgen, bis hinunter nach Odessa am Schwarzen Meer. Von dort aus wurde die Fracht per Schiff nach

Varna in Bulgarien und dann weiter nach Mazedonien transportiert, um zum Schluß in der albanischen Hauptstadt Tirana zu landen.«

»In Tirana? Das war aber ein großer Umweg, wenn ich die Landkarte noch richtig in Erinnerung habe.«

Sir Walter nickte und leerte sein Glas.

»Ja, ein großer Umweg, aber durch sichere Gebiete, die die Bratsewo-Liga wie ihre eigene Westentasche kannte. Und jetzt ergab alles zusammen auch einen Sinn. 1993 lief das ehemalige Jugoslawien Gefahr, am Bürgerkrieg zu verbluten. Es war ein Embargo gegen die Serben ausgesprochen worden, und die Kontrolle in der Adria war scharf. Dagegen machten die Bulgaren und Rumänen nach Osten hin ein gutes Geschäft, indem sie beispielsweise Brennstoff auf diesem Weg hineinschmuggelten. Deshalb war diese Route für die Behälter sicher – und wenn es Probleme gab, konnte die Bratsewo-Liga sie durch Bestechung aus der Welt räumen.«

»Wer bekam die Sendung?«

»Ein gewisser Abdel Malik Al-Jabali, damals ein jüngerer Mann aus dem Jemen, der wie so viele andere nach Bosnien gekommen war, um hier den Heiligen Krieg zu führen. Er wurde von seiner Aufgabe als Kommandant der 7. Brigade beurlaubt, um den Empfang dieser Waffe zu überwachen, die größer und schrecklicher war als jede andere. Und es war dieser Abdel Malik Al-Jabali, der Tommy Blackwood ermordete. Ich ließ Tommy die Spur verfolgen, ohne daß wir die nötige Rückendeckung vor Ort hatten.«

»Dann gehe ich davon aus, daß sein Tod bestätigt wurde?«

»Ja, von einem von Al-Jabalis Helfern, der kurz darauf Selbstmord beging, indem er sich aus dem Haus stürzte, in dem wir unsere Verhöre durchführten. Abdel Malik Al-Jabali folterte Tommy Blackwood und richtete ihn anschließend mit einem Genickschuß hin. Vermutlich irgendwo oben in den Bergen von Nordalbanien. Seine Leiche ist nie gefunden worden. Es tut mir aufrichtig leid …«

Sie zuckte mit den Schultern und ließ ihren Blick auf Sir Walter ruhen. Sie hegte nicht den geringsten Zweifel, daß er es ehrlich meinte.

»Das ist jetzt ja schon so lange her …«

»Alles, was ich Ihnen in Schottland erzählt habe, stimmt. Er wollte sich zurückziehen, weil er in Sie verliebt war.«

»Als er abfuhr, wußte er nicht, daß ich schwanger war. Ich wußte es ja selbst nicht – bevor es zu spät war. Ich habe damals sehr hart trainiert. So etwas beeinflußt den Körper. Laut den Ärzten nichts Besonderes, daß ich es erst sehr viel später bemerkte, als man …«

Sie verstummte, als sie merkte, daß sie bereits im Begriff war, sich zu verteidigen. Im Begriff, diesem fremden Mann zu erklären, wie es passieren konnte – das, was sie immer noch als etwas Peinliches empfand. Daß sie schwanger gewesen war, ohne das geringste davon zu bemerken.

Sir Walter nickte lächelnd. Er saß einfach einen Moment lang still da, ohne etwas zu sagen, schlug ein Bein über das andere, entfernte irgendwelche unsichtbare Fusseln von seinem Hosenbein und faltete die Hände um das obere Knie.

»Die Behälter … Wurde ihr Inhalt jemals angewendet?« Nina lenkte das Gespräch wieder auf die richtige Spur.

»Nein, das wurde er nicht. Aber es gab offensichtlich Pläne, mehrere strategische Punkte zu treffen. Die Bosnier, die muslimische Bevölkerung von Bosnien, mußte ja an zwei Fronten kämpfen. Gegen die katholischen Kroaten und die orthodoxen Serben. Von einem Punkt in Albaniens Bergen aus konnten sie die Hauptstädte Zagreb und Beograd treffen, oder andere größere Städte wie Banja Luka oder Ni? Hätte sich das Kriegsglück nicht gewendet und hätten sich die Parteien nicht 1995 in Dayton an den Verhandlungstisch gesetzt, dann wären die Stoffe höchstwahrscheinlich benutzt worden. Vielleicht zögerten sie auch. Das wäre ein gewaltiger Schritt gewesen, hätten sie es getan. Vielleicht wurden die Pläne ja auch von der Wirklichkeit überholt, bevor die Trägersubstanzen an Ort und Stelle verfügbar waren.«

»Die Trägersubstanzen?«

»Fachsprache, entschuldigen Sie. Eine Trägersubstanz dient dazu, den biologischen Kampfstoff zu verteilen. Hasenpest und Pocken haben beide gemeinsam, daß man sich durch Einatmen der Erreger anstecken kann. In diesem Fall wäre ein einfaches Sprühflugzeug, wie man es von der Schädlingsbekämpfung kennt, vollkommen ausreichend gewesen. Aber es hätte schwierig sein können, so nah heranzukommen. Am wahrscheinlichsten ist, daß man eine Abschußrampe in den albanischen Bergen bevorzugt hätte. Es wäre nicht mehr als eine simple Mittelstreckenrakete nötig, um alle Ziele abzudecken. Es sollte keine unmögliche Aufgabe sein, sich eine Handvoll alter SS-20-Raketen mit Spezialsprengköpfen zu besorgen. Das Ergebnis wären im schlimmsten Fall Hunderttausende von Kranken und Toten. Pocken werden von Mensch zu Mensch übertragen, anders als die Hasenpest. Eine Rakete oder zwei würden wahrscheinlich ausreichen, um den Krieg zu stoppen. So lief es damals ja auch mit den Japanern.«

»Und damit wären wir also wieder zurück bei – mir?«

Sie sah ihn fragend an. Er nickte, und es zeigten sich erneut tiefe Falten auf seiner hohen Stirn.

»Inwiefern?«

»Insofern, Miss Portland, als Ihr Interesse an dem alten Fall mit dem deutschen Schiff, den Morden und dem Seemann uns eine offensichtliche Chance bot. Das alte Archivmaterial wurde in Verbindung mit dem Fund des Giftes Ricin letztes Jahr in London wieder hervorgeholt. Und da stolperte ein schlauer Kopf offensichtlich über Ihren Namen und Ihre Rolle bei der alten Ursula-Affäre. Alles weitere war dann so einfach. Sie mußten nur in Estland ins Spiel gebracht werden. Das Foto mußte Ihnen zugespielt werden, Sie mußten das Tagebuch des Seemanns finden. Alles zusammen von sicherer Hand gelenkt. Hinterher tauchen Sie natürlich in London auf und stellen Fragen. Gordon Ballard steht bereit, Sie zu empfangen. Er war tatsächlich gefeuert, bekam aber noch eine letzte Chance. Ballard trieb Sie in die

Arme des Feindes, denn die Islamisten, denen Sie Ihre Fragen stellten, waren keine Informanten, sondern Gegner. MI5 und MI6 waren sich klar darüber, daß Sie gründlich in der Brühe herumrühren würden, und natürlich verbreitete sich das schnell im Milieu. Bis nach Bosnien-Herzegowina, wo sich, wie wir annehmen, Abdel Malik Al-Jabali heute versteckt. Es war, als hätten Sie sich auf den höchsten Berg gestellt und laut gerufen … Nachdem Sie in London für Aufruhr gesorgt hatten, schickte MI6 eine Agentin, die Ihnen ähnlich sah, nach Sarajewo, um dort die Fragen zu wiederholen und noch weiteren Staub aufzuwirbeln.«

»Dann wurde ich also zum Lockvogel.«

»Ja, wo immer Abdel Malik Al-Jabali sich auch befand, es würde ihm zu Ohren kommen. Jeder, der in dem alten Fall herumwühlte und Fragen stellte, und sei es nur zu einem Tommy Blackwood, mußte aus dem Weg geschafft werden. Und da kommt so eine Person, also Sie, und betritt die Szene, ohne Kontakt zur Welt der Nachrichtendienste. Sie sind perfekt in der Rolle. Glaubwürdig, wie es kein Agent sein könnte. Ein wenig naiv, was sich aber dadurch erklärt, daß Ihnen jegliche Voraussetzungen fehlen. Abdel Malik Al-Jabali will Sie liquidieren, damit die Geschichte endlich in Vergessenheit gerät. Und er gehört zu der Sorte, die diese Art Job niemand anderem überläßt. Er hat schon auf dem Balkan zwei unserer Leute eigenhändig ausgeschaltet, die ihm auf der Spur waren. Per Genickschuß. Er vertraut niemandem. Das ist auch eine Frage von Stolz und Ehre. Ehre bedeutet in diesen Kreisen alles. Er wird selbst erscheinen, um Sie umzubringen. Hier in Esbjerg. Da gibt es keinen Zweifel.«

»Und was haben MI5 und MI6 davon? Sie wollen ihn gefangennehmen und ihn zwingen zu erzählen, wo die Behälter sind.«

Sie hatte ihre Frage selbst beantwortet, bevor Sir Walter es konnte. Aber sie hatte das Gefühl, als gebe es da noch weitere Antworten. Daß sie möglicherweise bei seinen langen Ausführungen etwas übersehen hatte. Sie wollte ihren eigenen Trumpf so lange wie möglich in der Hand behalten. Auch wenn der alte Brite ihr ehrlich erschien, so war er in einem ganz besonderen Auftrag unterwegs – und es wäre nicht das erste Mal, daß ihr etwas verschwiegen wurde.

Sir Walter nickte langsam. Dann stand er auf und ging im Zimmer auf und ab.

»Ich muß mal meine Beine ein bißchen strecken. Ich bin die letzten Tage ziemlich viel unterwegs gewesen.«

Er lehnte sich gegen den Fensterrahmen und fuhr mit seinem Bericht fort.

»Es gibt viel zu gewinnen. Punkt eins: Die Behälter können auf dem Balkan lokalisiert werden. Punkt zwei: Vielleicht weiß Abdel Malik Al-Jabali, wo sich die zwei letzten Behälter befinden. Die nie aus England hinausgeschafft wurden. Es ist an sich schon eine Katastrophe, daß sechs Behälter mit biologischen Kampfstoffen außer Kontrolle sind. Stellen Sie sich nur den Schaden vor, den sie anrichten können. Punkt drei, und der ist von großer Bedeutung: Es besteht der Verdacht, daß Abdel Malik Al-Jabali der Kopf eines großen al-Qaida-Netzwerks in Bosnien-Herzegowina ist. Osama bin Laden hat starke Wurzeln hier in Europa.«

Sie versuchte ihr eigenes Mißtrauen einzugrenzen. Die Informationen hinsichtlich eines al-Qaida-Netzwerks wogen natürlich schwer, was das Motiv betraf.

»Warum haben Sie nicht selbst versucht, der Sache auf den Grund zu gehen und diesen heiligen Krieger zu finden? Warum erst jetzt, nur weil eine ganz normale dänische Kriminalkommissarin ganz zufällig ins Minenfeld gerät?«

»Glauben Sie mir, das ist schon mehrere Male versucht worden. Er hat bereits zwei Agenten getötet, wie ich schon erwähnt habe. Es ist ungemein schwer, die einzelnen Zellen zu sprengen und das Netz aufzuräufeln. Das fundamentalistische Milieu läßt sich nicht infiltrieren. Das ist ein geschlossener Kreis. Ein westlicher Agent macht soviel kaputt in diesen ultrareligiösen Zirkeln wie der berühmte Elefant im Porzellanladen. Aber Abdel

Malik Al-Jabali kann nicht untätig zusehen, wie Sie plötzlich in der Vergangenheit herumwühlen, in London und – wie er glaubt – auch in Sarajewo. Das Risiko kann er nicht eingehen, Miss Portland. Deshalb sollen Sie ausgeschaltet werden. Wer die Behälter hat, hat auch die Macht.«

Sir Walter setzte sich wieder in seinen Sessel. Sie meinte eine gewisse Müdigkeit in seinem Gesicht und seiner Stimme feststellen zu können. Welche Rolle spielte er, ein älterer Herr und pensionierter MI6-Chef, in diesem Spiel?

»Warum sind Sie in Esbjerg, Sir Walter?«

Die Frage erschien so einfach und direkt in Anbetracht dieses komplexen alten Falles, der sich auf höchstem internationalen Niveau abspielte.

»Ich möchte es einmal so sagen, daß ich …«

Er stockte plötzlich und schien zum ersten Mal nach den richtigen Worten zu suchen.

»Ich bin hier, weil die ›Operation Terra Nova‹ unter meiner Verantwortung stand – und immer noch steht. Dieses Mal darf es nicht schiefgehen. Aber ich habe gewisse Befürchtungen, daß es doch schiefgehen könnte. Abdel Malik Al-Jabali ist unberechenbar. Mein früherer Arbeitgeber hat Sie wie ein Lamm ins Spiel gebracht und Sie an einen Pfahl gebunden, während der Löwe da draußen herumstreunt. Ich kann nicht zulassen, daß man Sie opfert, Miss Portland. So wie Tommy Blackwood. Das war und ist meine Verantwortung. Jetzt muß es ein Ende haben.«

»Aber Sie sind ja selbst ein Teil dieses Spiels. Ihr Dossier hat mich schließlich nach Schottland geführt.«

Er nickte, und wieder bemerkte sie seinen anerkennenden Blick. Den Blick des Zauberers Merlin. Dann erzählte er kurz, wie der operative Chef in Vauxhall Cross, William F. Hunter, seinen alten Chef ins Spiel gebracht hatte. Um ihn zusammen mit den vier Männern seines Teams in den Kulissen zu haben – und um ihm eine letzte Chance zu geben.

»Mein Bonus ist es, daß nichts schiefläuft. Daß die Sache endlich gelingt, und daß Abdel Malik Al-Jabali erzählt, wo er die

Leiche von Tommy Blackwood versteckt hat. Er war der beste meiner Jungs. Ein verantwortungsbewußter Vorgesetzter bringt seine Leute nach Hause, damit sie in britischer Erde ruhen können.«

Sir Walters Antwort hatte nichts Theatralisches an sich. Die Worte kamen nüchtern und wohlüberlegt. Er schob sich eine lange weiße Locke nach hinten über die Glatze und sah sie mit ruhigem Blick an.

Nina zündete sich eine weitere ihrer unzähligen Zigaretten an und dachte, daß es sich so verhielt, wie er sagte. Dieser ältere Herr war genau das, was er in aller Bescheidenheit zu sein versuchte – ein anständiger Mensch mit Narben auf der Seele.

Sie wollte gerade ihre Trumpfkarte ausspielen, als sie es sich anders überlegte und es ein letztes Mal versuchte.

»Sicher, ich bin ein prima Lamm. Aber eine Riesenorganisation wie ein Nachrichtendienst, wie MI6, hätte doch sicher schon viel früher ein anderes Unschuldslamm gefunden. Warum ausgerechnet jetzt, Sir Walter?«

Sie hatte das Gefühl, als vergingen mehrere Minuten, bevor er langsam Anstalten machte, auf ihre Frage zu antworten.

»Sie sind das beste Lamm, Miss Portland. Und wie ich gesagt habe, es hat schon früher vergebliche Versuche gegeben. Aber … Und das, was ich Ihnen jetzt sage, müssen Sie als absolut vertrauliche Information betrachten, aber Sie sind es mir wert.«

Er machte wieder eine Pause. Dann fragte er langsam:

»Wo in der Welt stehen die Briten im Land, und es fehlt ihnen ein Beweis für die Existenz von Massenvernichtungswaffen?«

Wieder zögerte er, fuhr dann aber fort, bevor sie antworten konnte:

»Die Briten, die Amerikaner – und auch Ihre eigenen Leute, die Dänen? Wo, Miss Portland?«

Sie merkte, wie das letzte Puzzleteilchen mit feierlicher Hand an seinen Platz gelegt wurde.

Sie war nicht schockiert, verblüfft oder verwirrt. Sie wußte nur einfach instinktiv, daß jetzt alles zusammenpaßte. Sie zog heftig an ihrer Zigarette, und während ihr der Rauch durch die Lippen heraussickerte, antwortete sie:

»Im Irak …«

Sir Walter lächelte vorsichtig. Jetzt flüsterte er fast.

»Ja, im Irak … Stellen Sie sich vor, vier große Behälter mit Hasenpest und den gefürchteten Pocken im Wüstensand vergraben oder in einer Höhle verborgen. Vier Behälter, die jeder wissenschaftlichen Untersuchung standhalten: der Inhalt produziert in der Sowjetunion und aufbewahrt in den originalen, nicht geöffneten Zylindern. Die Hasenpest hergestellt im Vektor Institut von Koltsowo in Nowosibirsk. Die Pocken, die außerdem auch noch modifiziert sind, hergestellt im Staatlichen Forschungszentrum für angewandte Mikrobiologie in Obolensk. Glaubwürdiger kann es ganz einfach nicht sein … Der Tag, an dem die Behälter ausgegraben werden, wird ein Tag des Triumphes sein. Das wird die Opposition schwächen, die Meinung der Mehrheit ändern und den Krieg rechtfertigen. Es gab einen Grund dafür, daß die Inspektoren rausgeschmissen wurden. Aber was, wenn die Iraker tatsächlich biologische und chemische Massenvernichtungswaffen hätten und sie nur niemand findet? Ich habe nie begriffen, wieso es so schnell als Tatsache akzeptiert wurde, daß Saddam diese Waffen nicht besitzen soll. Der Irak ist ein riesiges Land. Da kann man jahrelang vergebens suchen. Aber das läßt sich ja hinbiegen. Man muß nur Abdel Malik Al-Jabali fangen – und die Behälter finden.«

»Und was halten Sie selbst von diesem Arrangement?«

Sir Walter zuckte mit den Schultern.

»Es ist unfein, wie so vieles in meiner Branche. Doch der Zweck heiligt die Mittel. Es ist geradezu unlogisch, daß Saddam nicht über derartige Waffen verfügt haben soll. Selbstverständlich hatte er sie. Mein Gott, der Mann hat seine eigene Bevölkerung abgeschlachtet. Hat sie gefoltert, erschossen, vergast.«

Sie nickte. Jetzt mußte sie aufstehen. Sie drückte die Zigarette in dem überquellenden Aschenbecher aus, legte die Jacke weg und zog sich den Pullover über den Kopf. Dann schob sie den Ärmel ihres T-Shirts hoch und zeigte ihm ihren Verband an der Schulter.

Sir Walter sah sie kurz an – verblüfft.

»Al-Jabali ist bereits hier«, sagte sie und setzte sich wieder hin.

Sir Walter rutschte auf seinem Sessel nach vorn und nickte in Richtung ihrer Schulter.

»Eine Schußwunde?«

»Ja ...«

»Wann?«

»Gestern, drüben auf Fanø, auf einem menschenleeren Strand. Ich konnte mich retten, indem ich in den Nebel gelaufen bin, weil ich mich dort auskenne, weil ich Glück hatte ...«

»Haben Sie ihn gesehen?«

»Nein, nur eine dunkle Gestalt in weiter Entfernung.«

»Ist Ihnen etwas aufgefallen? Im Alltag, in der Nähe Ihrer Wohnung oder sonst irgendwo? Wir wissen nicht, wie er jetzt aussieht. Wir wissen nur, daß ihm ein Glied an seinem rechten kleinen Finger fehlt.«

Sie fuhr hoch und schnappte nach Luft. Sir Walter sprang ebenfalls auf.

»Was ist? Haben Sie ihn gesehen?«

»Er ist in der kleinen Grillbar unten bei mir im Haus. Der Besitzer, Zlatan, hat erzählt, er sei sein Cousin aus Bosnien, der zu Besuch gekommen ist. Ihm fehlte ein Stück vom kleinen Finger! Mein Gott, er ist mit der Lasagne hochgekommen ... Er hat meinen Onkel mit der Pistole in der Hand gesehen ... Das ist er!«

»Es ist jetzt fast Mitternacht. Haben Sie abgeschlossen?« Sir Walter legte eine beruhigende Hand auf ihre unverletzte Schulter.

»Ja, natürlich, aber mein Onkel ist in der Wohnung.«

»Können Sie jetzt und hier herausfinden, wo der Besitzer der Grillbar wohnt? Dann gehen wir zu Ihrem Onkel, und anschließend muß ich sofort Hunters Leute aufsuchen und sie informieren.«

»Ich weiß, daß er in einem der beiden Hochhäuser hinten am Mølleparkvej wohnt, aber mehr auch nicht.«

Sie hatte bereits das Telefonbuch in der Hand und fing an zu blättern.

»Hier ist es! Zlatan Turajliç. Er wohnt Mølleparkvej 1, im 13. Stock rechts. Schnell, gehen wir!«

23

Das Hochhaus stand da wie ein riesiger Schuhkarton, den man auf die Schmalseite gestellt hatte, 16 Stockwerke hoch. Auf der anderen Seite der kleinen Straße, die Mølleparkvej hieß, lag ein Stück entfernt ein zweites Hochhaus der gleichen Art. Hinter den Zwillingsblöcken erstreckte sich eine große, offene Rasenfläche bis zu niedrigeren Wohnhäusern aus hellen Betonelementen.

Wenn man es genau betrachtete, so war der Ort geradezu ideal, weil das Hochhaus für sich allein stand, ohne Nachbargebäude, ohne viel Beleuchtung.

Sie hatten den Wagen am Ende des Parkplatzes abgestellt. Dort wurde er von einem niedrigen Garagengebäude verdeckt sowie der langen Reihe parkender Autos vor dem Wohnhaus. Von hier aus hatten sie gesehen, wie ein Licht nach dem anderen in den Fenstern ausging, während die Bewohner des Schuhkartons nach und nach ins Bett gingen.

Ian Warren setzte sich hinters Steuer. Er hatte eine letzte Runde durchs Treppenhaus gemacht und die Aktion vorbereitet. Die Tür, die zum Dach des Hochhauses führte, war mit dem Dietrich geöffnet worden, und er hatte das Schloß der Kellertür zerstört, so daß niemand dort hinauskommen konnte. Das Treppenhaus war abgeschlossen und gesichert. Sorgfältig studierte er seine Armbanduhr. Sie war mit denen der anderen synchronisiert.

»Meine sagt 00.07.25?«

»Stimmt.«

»Hier auch.«

Warren nickte.

»Gut, die Tür zum Dach ist gecheckt. Mit dem Kurzschließen des Fahrstuhls warte ich, bis ihr oben seid. Irgendwelche Bewegungen?«

»Ein junges Paar ist heimgekommen. Die Halbstarken von vorhin hängen immer noch am Haupteingang herum. Niemand ist rausgekommen. Das Licht im letzten Fenster oben im dreizehnten Stock ist vor elf Minuten gelöscht worden«, antwortete Tony Morris, der neben ihm saß.

»Gut. Beginn der Aktion um 00.40. Das gibt euch eine halbe Stunde Zeit, da oben in Stellung zu gehen. Beschränkt den Kontakt auf ein Minimum, aber um 00.30 will ich euren Lagebericht. Und gebt mir Bescheid, wenn ihr die Dosenöffner an den Scheiben befestigt habt und auf eurem Posten seid, klar?«

»Okay, das wird ungefähr um 00.39 plus 30 sein. Es gibt keinen Grund, länger als unbedingt notwendig als Schmuck an der Außenmauer zu hängen«, antwortete Mark Barnaby hinten vom Rücksitz.

»Ich selbst melde mich, wenn die Ladung auf der Wohnungstür sitzt. Ihr wartet auf mein Zeichen. Und vergeßt nicht: ALFA darf keinen tödlichen Schuß abkriegen. Schnell und sauber ... Verstanden?«

Beide Kollegen nickten zustimmend. Er setzte das Fernglas an die Augen und beobachtete die Wohnung dort oben. Die Vorhänge waren zugezogen. Alle Lichter waren gelöscht.

»Gut, dann los. Hals- und Beinbruch.«

Tony Morris und Mark Barnaby stiegen aus und holten ihre Ausrüstung aus dem Kofferraum. Jeweils mit einer großen Nylontasche über der Schulter schlenderten sie ruhig zum Hauseingang und kamen an der Gruppe Jugendlicher vorbei, die immer noch um den schwarzen BMW herumhingen, aus dem die Musik in einer Lautstärke herausdröhnte, die keinerlei Rücksicht auf den Nachtschlaf der Anwohner nahm.

Jetzt verschwanden sie im Aufgang. Warren war von der Ruhe der beiden ehemaligen SAS-Leute beeindruckt. Wenn sie genauso angespannt waren wie er, dann verstanden sie zumindest, es gut zu verbergen. Aber schließlich war das auch ihre Spezialität – eine Blitzaktion. Ganz gleich, ob Tag oder Nacht, ganz gleich, wie groß die Zahl der Objekte war. Es war ihnen in Fleisch und Blut übergegangen. Sie hatten das Hunderte Male in einem killing house geübt – und sie hatten es im Einsatz bewiesen.

»Who dares wins«, so lautete das Motto der Antiterroreinheit der SAS. Und er hegte keinerlei Zweifel daran, daß sie gewinnen würden.

Er sah erneut auf seine Armbanduhr. Vermutlich lag ALFA da oben hinter den dunklen Vorhängen und schlief, oder versuchte einzuschlafen. In knapp dreißig Minuten hatten sie ihn. Das durfte nicht schiefgehen. Anschließend war alles nur eine Frage des schnellen Abtransports.

Warren selbst war derjenige, der vor ein paar Stunden Alarm geschlagen hatte, als er ein neues Gesicht in der Grillbar entdeckte. Der unbekannte Helfer war aus dem Nichts aufgetaucht und dann im Treppenhaus von Nina Portland mit Tabletts auf dem Arm hinaufgegangen, bevor sie hatten reagieren können. Deshalb war er selbst ihm umgehend gefolgt – als wäre er nur jemand, der im Aufgang etwas zu erledigen hatte. Als er weiter die Treppen hinaufging, hatte der unbekannte Helfer auf der Fußmatte gestanden und Nina Portland die Tabletts mit dem Essen überreicht. Hinter der Kriminalkommissarin stand ein älterer Herr im Eingang, und Warren war sich ziemlich sicher, dass der Mann eine Pistole in der Hand hielt. Kurz darauf hörte er die Tür ins Schloß fallen und die Schritte des Imbißhelfers auf der Treppe, als dieser zurück ins Erdgeschoß ging.

Genau wie zuvor, als sie die beiden anderen Helfer in dem kleinen Sunrise Grill überprüft hatten, schickten sie Scott Miller hinein, um etwas zu bestellen. Er beherrschte die Landessprache und weckte somit keinen Verdacht.

Als er wieder herauskam und Bericht erstattete, war jeder Zweifel ausgeräumt. Dem Helfer fehlte das äußerste Glied des rechten kleinen Fingers.

ALFA war angekommen.

Danach ging es Schlag auf Schlag. Sie wollten keinen offenen Schußwechsel im Zentrum riskieren und warteten eine bessere Möglichkeit ab. Deshalb hatten sie das Haus überwacht, bis um neun Uhr der Laden schloß. Als der Besitzer und ALFA eine halbe Stunde später vom Hinterhof fuhren, folgten sie ihnen durch die Stadt. Und sie entspannten sich erst ein wenig, als sie mit eigenen Augen sahen, wie die beiden Männer über den offenen Laubengang in der Wohnung rechts im 13. Stock verschwanden.

Seitdem hatten sie den Wohnblock unter Beobachtung. Das einzige, was geschehen war: Der Besitzer der Grillbar war auf den Laubengang herausgekommen und hatte eine Zigarette geraucht. Inzwischen war Morris zurück zum Hotel gefahren, um bei Scott Miller ihre Ausrüstung zu holen. Dieser blieb im Hotel zurück, um die weitere Kommunikation zu überwachen und den Transport anzufordern, sobald sie sich bei ihm meldeten. Das war nötig, und außerdem wäre es nicht gut, den Mann von der Stockholmer Botschaft zwischen den Füßen zu haben. Seine Kompetenz lag nun einmal nicht auf diesem Spezialgebiet.

Jetzt war es nur noch eine Frage der Zeit. Es waren noch vierundzwanzig Minuten.

Er stieg aus und holte seine eigene Tasche aus dem Kofferraum, stellte sie auf den Beifahrersitz und setzte sich wieder ins Auto. Er ging den Inhalt durch und kontrollierte alles ein letztes Mal.

Schwarze Stiefel mit kurzem Schaft und Gummisohlen. Ein schwarzer Überziehpullover aus dem gleichen elastischen Stoff wie die schwarze Hose, die er bereits unter seiner normalen Hose trug. Eine Sturmhaube mit einem schmalen Schlitz für die Augen. Dünne schwarze Handschuhe. Schwarze, schußsichere Kevlarweste. Ganz unten in der Tasche die Waffe der SAS-Kräfte, eine Heckler & Koch MP5 Maschinenpistole mit Schalldämpfer und Nachtlicht, sowie die eigene Handwaffe, eine Sauer P-228.

In einer Seitentasche lagen die beiden Blendgranaten, von denen er jedoch nicht annahm, daß er sie brauchen würde, und der Dosenöffner – eine winzige Plastiksprengstoffanordnung mit ferngesteuertem Zündsatz, genug, um jedes Türschloß aufzusprengen. In der anderen Tasche sein Headset und seine Infrarot-Nachtsichtausrüstung, eine Voraussetzung, um eine Aktion in der Dunkelheit durchführen zu können, und schließlich in der Reißverschlußtasche diverse Strips, um den Gefangenen zu fesseln, sowie eine Rolle Klebeband.

Noch neunzehn Minuten.

Er setzte sein Headset auf. Jetzt waren Barnaby und Morris dabei, auf das Flachdach zu klettern. In der gleichen Ausrüstung wie er selbst würden sie sich jeweils auf einer Seite an der Hauswand herablassen. Der eine würde sich eines der Wohnzimmerfenster am Balkon vornehmen und der andere das Fenster, hinter dem das Licht als letztes gelöscht wurde, also höchstwahrscheinlich das Schlafzimmerfenster. Mitten auf der Scheibe sollten sie jeweils ihre kleine Sprengladung anbringen, während sie selbst direkt darüberhingen und warteten. Auf sein Signal hin würden sie die Scheiben sprengen und sich in die Wohnung schwingen. Er selbst würde die Tür sprengen und in der gleichen Sekunde hineinstürmen. Klassisch und simultan. Innerhalb weniger Sekunden würden sie ALFA lokalisieren und außer Gefecht setzen.

Wieder unten angekommen, würden sie ihn in den Kofferraum verfrachten, Miller aufsammeln und sich an den vereinbarten Treffpunkt begeben, einen leeren Strand zwischen Plantagen ein Stück nördlich der Stadt.

»Position 1 meldet: Alles klar auf dem Dach.«

»Position 2 meldet: Alles klar auf dem Dach.«

Er antwortete und legte das Headset zurück in die Tasche.

Als noch acht Minuten fehlten, verschloß er das Auto und ging zum Hauseingang. Im Treppenhaus, in einer kleinen Abseite links, wo ein paar Kinderwagen und ein Fahrrad untergestellt waren, zog er sich die Hose aus und wechselte die Schuhe.

Er wartete noch ein paar Minuten, dann lief er leise die Treppen hinauf.

Von außen hatte er sehen können, daß die meisten Lichter im Hochhaus schon lange erloschen waren. Auf seinem Weg die schmale Treppe hinauf kam er an einer Tür vorbei, hinter der ein Fernseher lief.

Auf dem Treppenabsatz unter dem 13. Stock blieb er stehen und setzte sich wieder das Headset auf.

Dann flüsterte er seine kurze Meldung und bekam von den beiden anderen die Bestätigung. Worauf er die schußsichere Weste anzog, sich den Kampfgürtel mit der Pistole und den Granaten um den Leib schnallte und den Riemen der Maschinenpistole über den Kopf zog, so daß sie schußbereit vor dem Bauch hing. Er nahm die letzten Schritte nach oben, öffnete die Tür zum Laubengang, klebte die Sprengladung auf das Türschloß direkt unter dem Türknauf und setzte seine Nachtsichtbrille auf.

Dann trat er einen Schritt zur Seite und preßte sich mit dem Rücken an die Wand.

Die Uhr zeigte 00.39.14. Er wartete mit angehaltenem Atem.

Um 00.39.30 meldeten sie sich draußen zur Aktion bereit.

Er holte ein paarmal tief Luft und schaute auf die Uhr. Dann entsicherte er die Maschinenpistole. Er fühlte sich gleichzeitig ruhig und bis zum Anschlag gespannt. Die letzten fünf Sekunden zählte er den Countdown.

Im gleichen Atemzug mit seinem »Go!« zündete er die Sprengladung.

Es krachte ohrenbetäubend, und die solide Tür hing nur noch im oberen Scharnier, als er, umgeben von Glasscherben, die in die Wohnung hineinregneten, in den Flur stürmte. Weiter vorn sah er einen grellen Lichtkegel wie einen Blitz in der Dunkelheit zucken. Das war Morris, der ins Wohnzimmer gesprungen war.

Er sicherte die Küche. Sie war leer. Dann eine Tür zu seiner linken Hand. Er öffnete sie. Warf sich mit einem Hechtsprung hinein und kam dann auf die Knie, während er gleichzeitig den Lichtkegel und die MP-Mündung im Raum herumfegen ließ.

Zwei Betten standen dort drinnen. In jedem Bett ein Kind. Sie fuhren erschrocken hoch. Jetzt schrien sie. Zwei kleine Mädchen.

Er rannte weiter ins Wohnzimmer. Eine Tür stand offen. Der Lichtkegel leuchtete in ein Zimmer, aus dem weiteres Kindergeschrei ertönte. Er lief zu einer offenen Tür am Ende des Wohnzimmers. Barnaby stand vornübergebeugt dort, die Maschinenpistole auf zwei Erwachsene gerichtet, die bäuchlings auf ihren Betten lagen. Die Decke war heruntergerissen und lag in einer Ecke. Die Frau schrie.

»Halte sie im Schach! Ich durchsuche den Rest.«

In dem hohen Kleiderschrank war nichts außer Kleidung. Er drehte sich um. Jetzt kam Morris hinzu.

»Ich mache das Licht an, runter mit euren Nachtbrillen! Jetzt!«

Warren rief sein Kommando und riß sich selbst die Nachtsichtbrille herunter.

Sie machten überall das Licht an. Die Wohnung war leer. Abgesehen von einem Elternpaar und vier verstörten, weinenden Kindern. Kein ALFA. Kein zu kurzer kleiner Finger …

»Zurück. Raus! Wo zum Teufel kann …«

Warren hielt abrupt inne. Eine Tür draußen auf dem Laubengang wurde aufgerissen, und er konnte sehen, wie ein dunkler Schatten die Treppen hinunterstürzte. Er rannte durch den Flur, durch die kaputte Wohnungstür und konnte sich gerade noch zu Boden werfen, als er einen ausgestreckten Arm unten auf der Treppe sah. Der Schuß traf die nackte Wand, und die Kugel riß direkt über seinem Kopf ein Stück Mauerwerk heraus. Dann folgte ein weiterer Schuß – und anschließend das Geräusch von Schuhsohlen auf Treppenstufen.

ALFA flüchtete. Sie mußten ihn jetzt schnappen.

Sie waren gerade noch rechtzeitig gekommen, um den schwarzen Schatten zu sehen, der an der Vorderseite des Hochhauses hing, wie eine kleine Spinne. Sir Walter Draycott hatte ihn zuerst bemerkt. Er ging davon aus, daß auf der Rückseite noch einer hing.

Als sie ihre Pistole aus dem Halfter zog, hatte er ihr eine Hand auf den Arm gelegt und den Kopf geschüttelt. »Nein, Miss Portland. Lassen Sie sie arbeiten. Das sind Profis.«

Sie hatten ihr Auto ein Stück weiter die Straße hinauf bei den niedrigen Häuserbocks geparkt, und statt zum Hochhaus hinunterzulaufen, waren sie in den schwarzen Schatten hinter einer Ecke getreten. Von hier aus hatten sie einen freien Blick über das offene Gelände zum Hochhaus hin.

Sie hatte Jørgen nach Fanø zurückschicken können. Nicht ohne Protest, denn er war so aufgewühlt und besorgt um sie gewesen, daß er zitterte. Zuerst hatte er sich einfach geweigert, wegzufahren. Doch zum Schluß hatte Sir Walter ihn überreden können. Vielleicht war es die Autorität des Engländers, die ihren Onkel gehorchen ließ, aber sie konnte in seinem Blick lesen, daß er nicht verstand, warum der eine Pensionär qualifizierter sein sollte als der andere. Erst als Jonas' Sicherheit zur Sprache kam, sah er ein, daß er hinüberfahren und ihn beschützen mußte. Denn wie sollte Astrid das allein schaffen? Er hatte sein solides Jagdgewehr, und er plante, es sofort hervorzuholen, natürlich mit den Patronen dazu. Und schließlich verabredeten sie, daß Jonas erst einmal nicht zur Schule gehen sollte.

Sie konnte sich nicht daran erinnern, Jørgen jemals so verängstigt erlebt zu haben, zum Schluß mußte sie ihn in sein Auto schieben und die Tür zuwerfen, bevor sie selbst zusammen mit Sir Walter zum Hotel Olympic fuhr, wo Hunters Team offenbar sein Quartier hatte. Sie hatten einfach das Hotel gewechselt, als sie herausfanden, daß Nina dabeiwar, die Gästelisten zu kontrollieren.

Es war nur ein Mann im Zimmer, ein Scott Miller, der die Kommunikation überwachte und die Stellung hielt. Er berichtete, daß seine Kollegen schon vor langer Zeit die Fährte des Helfers in der Grillbar aufgenommen hatten. Und daß sie im Augenblick mitten in der Aktion waren.

Es dauerte einige Zeit, bis er damit herausrückte. Miller wußte nicht, wer Sir Walter Draycott war, also mußte er auf Sir

Walters Aufforderung hin Hunter in London anrufen. Erst als der grünes Licht gab, war er zur Zusammenarbeit bereit.

Sie standen frierend in ihrem Versteck, hörten den Lärm und das Geräusch von zersplitterndem Glas und sahen die schwarze Gestalt, die sich mit voller Kraft durchs Fenster hineinschwang und verschwand.

Sie sahen die Lichtkegel dort oben, und kurz darauf wurden überall die Lampen eingeschaltet. Dann fielen zwei Schüsse.

Nina wollte gerade fragen, wohin die Männer den Terroristen bringen sollten, als sie eine Gestalt die Treppen hinunterstürzen sahen. Dann hörten sie einen weiteren Schuß. Die Gestalt riß die Haustür auf, lief zu einem schwarzen Auto, das dicht am Eingang gestanden hatte, und warf sich hinters Steuer.

Sie hörten, wie er Vollgas gab. Die Bremslichter leuchteten rot auf, als der Wagen mit quietschenden Reifen auf die Straße ausscherte. Dann kamen drei weitere Männer herunter, liefen zu einem anderen Auto. Der Motor wurde gestartet, das Gaspedal durchgetreten, dann nahmen die Männer die Verfolgung auf.

Nina lief auf den Fußweg und schaute die Straße hinunter. Das schwarze Auto hatte einen bequemen Vorsprung.

»Da ist irgend etwas verdammt schiefgegangen«, sagte Sir Walter, der auch herbeigeeilt war.

Es gab einen ohrenbetäubenden Knall, als das hintere Auto in einem grellen Lichtblitz explodierte. Dann waren da nur noch zischende Flammen und Wrackteile, die auf den Asphalt fielen. Scheiben zersplitterten, Autoalarmanlagen begannen zu jaulen.

Die Flammen verloren ein wenig von ihrer Kraft, und jetzt stieg dicker schwarzer Rauch aus dem Wrack empor. Hunters Leute waren umgebracht worden.

»Wir müssen weg – sofort!«

Sir Walter packte Nina am Handgelenk und zog sie mit sich.

»Aber, wir können doch nicht …«

»Bitte tun Sie, was ich Ihnen sage, Miss Portland.«

Einen Augenblick lang war sie unentschlossen. Dann folgte

sie ihm ohne weitere Proteste zu dem von ihm gemieteten Wagen. Sie setzte sich hinters Steuer.

»Verstehen Sie doch, Sir, ich bin Polizeibeamtin. Das ist mein Beruf. Ich bin hier mitten in …«

»Ich verstehe Sie nur zu gut. Aber im Augenblick sind Sie nicht nur Kriminalkommissarin. Sie sind auch in Lebensgefahr.«

Sie sah ihn an. Er sprach ruhig und geistesabwesend, als befände er sich mit seinen Gedanken ganz woanders. Er sah ernst und konzentriert aus. Seine Augenbrauen sträubten sich unter den tiefen Falten in der Stirn, und das lange, dünne Haar war in alle Richtungen geweht, doch er vergaß, es nach hinten zu streichen. Merlin spekulierte.

»Das war eine Falle«, kam es langsam von Sir Walter.

»Die Explosion?«

»Ja … Al-Jabali ist ein Teufel. Er hat sich von ihnen in der Grillbar finden lassen. Hat sie hierhergelockt. Sich irgendwo versteckt, während sie angriffen. Er hat Verbündete in der Stadt. Die haben Hunters Leute im Auge behalten. Die haben die Bombe versteckt. Die haben sein Fluchtfahrzeug bereitgehalten. Er hat mit einem einzigen Druck auf den Knopf drei Feinde eliminiert. Er ist ein Teufel.«

»Wir könnten Straßensperren aufstellen. Dann kommt er nicht weit.«

»Sie irren sich, Miss Portland. Er will gar nicht verschwinden. Nicht, bevor er fertig ist. Sie können jetzt fahren, zurück ins Zentrum.«

Sie startete den Wagen und bog auf die Straße. Sie wollte einen Umweg nehmen, um nicht auf die anrückende Polizei zu stoßen.

»Und was machen wir jetzt? Wohin fahren wir?«

Erst jetzt glättete er das wehende weiße Haar. Dann antwortete er:

»So schnell wie möglich, aber ohne Aufsehen zu erregen, zum Olympic Hotel. Wir müssen den vierten Mann warnen, diesen Miller.«

Als sie eine Viertelstunde später aus dem Fahrstuhl traten und den Korridor entlang auf das Zimmer zu eilten, in dem sie früher am Abend schon einmal gewesen waren, überfiel Nina plötzlich das Gefühl, daß etwas nicht stimmte.

Sie blieb mitten auf dem Gang stehen und legte Sir Walter eine Hand auf die Schulter.

»Warten Sie. Vielleicht ist das auch eine Falle? Vielleicht rechnet Al-Jabali damit, daß wir das tun? Vielleicht sitzt er da und wartet auf uns?«

Sir Walter nickte und zog seine Pistole aus der Tasche.

»Stimmt, es ist besser, die Waffe parat zu haben. Aber wir müssen hinein. Miller muß gewarnt werden.«

Sie klopfte an die Zimmertür, bekam aber keine Antwort. Dann drückte sie die Klinke herunter. Die Tür war nicht abgeschlossen. Sie schaute sich zu Sir Walter um, der ihr zunickte. Vorsichtig öffnete sie die Tür mit der linken Hand, während sie die Pistole in der rechten bereithielt. Im Zimmer brannte Licht.

Sir Walter machte ein Zeichen, daß er zuerst gehen wollte. Mit beiden Händen die Pistole umklammernd, drückte er sich an die Wand und ging vorsichtig ein paar Schritte in den kleinen Flur hinein. Er konnte ins Badezimmer gucken. Das war leer. Er machte noch ein paar Schritte. Dann hörte sie ihn rufen und sah, wie er die Pistole senkte.

Der Mann, der Miller hieß, lag auf dem Rücken neben dem Bett. Mitten auf seiner Stirn war ein kleines, rotbraunes Loch.

Schnell schloß sie die Tür. Sir Walter kniete sich neben die Leiche und untersuchte sie rasch. Dann stand er entschlossen auf.

»Wir müssen zusehen, daß wir hier rauskommen. Sie gehen zuerst. Wir treffen uns am Auto.«

Sie schüttelte den Kopf und ließ sich auf die Bettkante fallen.

»Das geht so nicht. Wir müssen meinen Chef informieren. Und dann müssen andere das hier übernehmen. Ich kann nicht so weitermachen. Ich muß auch an Jonas denken. Ich muß zu ihm. Alles andere ist egal. Jetzt muß es ein Ende haben!«

Sir Walter seufzte schwer.

»Das klingt löblich, Miss Portland, aber …«

»Verdammt, können Sie mich nicht einfach Nina nennen?«

Er nickte und lächelte kaum erkennbar.

»Nina, wenn du weiter hier herumläufst, gibt es nur noch mehr Leichen. Mindestens eine – deine eigene … Willst du das? Daß dein Sohn seine Mutter verliert? Wenn du jetzt den ganzen Laden aufscheuchst, Polizei, Geheimdienst und so weiter, dann bringst du alles durcheinander. Es wird erst ein Ende haben, wenn wir Abdel Malik Al-Jabali gefaßt haben. Willst du weiter jeden Tag in Angst leben? Soll dein Sohn nicht endlich wieder ein normales Leben führen dürfen? Wir müssen unsere Arbeit zu Ende bringen. Lassen Sie uns jedenfalls hier rauskommen. Dann können wir weiter überlegen.«

»Und was ist danach? Ich werde aus dem Polizeidienst gefeuert. Ich liebe meinen Job. Ich kann mir keinen anderen vorstellen …«

»Miss Portland … Nina … Ich verspreche, daß ich einige Fäden für dich ziehen werde. Mit Hilfe von allerhöchster Stelle. Das wird sich schon regeln lassen.«

Schweigend blieb sie einen Moment lang sitzen. Damit hatte er einen Trumpf in der Hand, zumindest einen. Sie konnte den Gedanken an Jonas nicht ertragen, der die ganze Zeit hin und her geschoben wurde. Er sollte seine Ruhe haben. Nicht unter Bewachung leben müssen.

»Mit Hilfe von Vauxhall Cross?«

Er nickte.

»Okay, na gut. Und sagen Sie ruhig weiter Miss Portland, wenn das andere Ihnen so verdammt schwerfällt.«

Sie hatten sich gerade ins Auto gesetzt, als Ninas Handy klingelte. Sie schaute auf die Nummer.

»Der Frieden hat ein Ende. Das ist vom Polizeirevier, war ja klar.«

Sie drückte den Knopf und nahm die Anweisungen entgegen. Es war Thøgersen. Er hatte noch keinen vollständigen Überblick über die Situation, aber möglicherweise handelte es sich um eine Autobombe. Es gab drei Tote, alle drei waren Männer.

»Das war mein Chef. Ich werde in fünf Minuten von einem Kollegen zu Hause abgeholt.«

Sir Walter schrieb seine Handynummer auf einen Zettel und gab ihn ihr.

»Hier. Rufen Sie an, sobald Sie die Gelegenheit dazu haben. Aber gehen Sie unter keinen Umständen in Ihre Wohnung hoch. Ich denke inzwischen nach. Wir haben zumindest einen kleinen Vorteil.«

Sie ließ den Motor an und bog vom Hotelparkplatz ab.

»Einen Vorteil? Und welchen bitte?«

»Al-Jabali ahnt zumindest nichts von meiner Anwesenheit. Seine Leute haben Hunters Team beschattet, aber ich habe mich wie der Pensionär, der ich ja bin, nur an der Peripherie aufgehalten. Er kennt mich nicht. Er weiß nicht, daß ich hier bin. Er wird sicher einen Fehler begehen.«

Es war inzwischen kurz nach halb zwei. Die Straßen lagen menschenleer in der Nacht, die beißend kalt erschien. Sie hatte nur kurz warten müssen, bis ein Streifenwagen am Kantstein bremste. Sie sah, daß Svendsen am Steuer saß.

»Hallo, Nina.«

»Hallo, Svendsen, ich dachte, du liegst krank im Bett?«

»Eigentlich wollte ich morgen wieder zum Dienst kommen. Aber Thøgersen hat mich angerufen. Ihm fehlen Leute. Es scheint ziemlich chaotisch zu sein.«

»Ich weiß so gut wie nichts. Erzähl mir alles.«

»Draußen auf Spangsbjerg Møllevej, da hinten bei den beiden Hochhäusern. Ein Auto explodiert, drei Männer getötet. Ein Einbruch oder etwas in der Art oben in einer Wohnung im 13. Stock. Da wohnen Einwanderer. Die Fenster sind zerschmettert worden. Ich möchte wetten, daß das Junkies waren.«

»Wieso?«

»Einwanderer und Drogen. Das hängt doch irgendwie zusammen, oder? Und wer außer Drogenhintermännern kommt auf die Idee, sich gegenseitig in die Luft zu sprengen? Na gut, Rocker vielleicht noch …«

»Hmm, wie viele sind draußen?«

»Alle, die kriechen können. Die Techniker sind auch unterwegs.«

Svendsen fuhr in gemessenem Tempo durch die Stadt und hinaus auf die Stormgade. Weiter draußen konnten sie die riesigen Wohnblocks aufragen sehen. Es schien, als wäre jetzt in wesentlich mehr Fenstern Licht als noch vor einer knappen Stunde, als Sir Walter und sie den Ort verlassen hatten. Sie bogen nach links in den Spangsbjerg Møllevej ein. Die ganze Straße war mit rot-weißem Plastikband abgesperrt. Trotz der späten Stunde standen einige Neugierige herum und guckten zu.

Svendsen parkte, dann gingen sie zu einer Gruppe von Kollegen, die an dem Autowrack standen. Dahinter hielt ein Kranwagen. Ein Blitzlicht flammte auf. Einer der Polizisten machte Fotos. Ein paar Meter weiter stand ein Pressefotograf, den sie schon ein paarmal getroffen hatte. Blinklichter drehten sich und warfen blaue und gelbe Lichtstreifen über das Geschehen.

Svendsen schüttelte sich in der Kälte und fluchte leise, als er das Autowrack sah. Sie nickte und begrüßte die anderen. Sie fühlte sich schlecht. Litt darunter, sich verstellen zu müssen. Das, was ihre Kollegen jetzt eifrig Stück für Stück zusammentrugen, Teilchen für Teilchen, Aussage für Aussage, das wußte sie bereits. Sie konnte nur nichts davon sagen.

Normalerweise hätte sie Fragen gestellt, Befehle erteilt und das Terrain in diesem Anfangsstadium erobert. Jetzt verhielt sie sich so passiv, wie es möglich war, ohne daß es Aufmerksamkeit erweckte.

Der neueste und gleichzeitig jüngste Kollege, Lisdorff, faßte sie beim Arm.

»Es sind Waffen im Wrack gefunden worden, sogar mehrere. Unter anderem Maschinenpistolen. Was glaubst du, Nina? Ein Bandenkrieg? Drogen?«

»Was ich glaube? Na, dazu ist es sicher noch zu früh, nicht wahr?«

Svendsen hatte Teile ihres Gesprächs gehört und trat näher zu ihnen heran.

»Maschinenpistolen, sagst du? Was zum Teufel ist das nur für eine Welt, in der wir leben?«

»Wo ist Birkedal?« Sie fragte Lisdorff, der zum Hochhaus nickte.

»Da oben, im dreizehnten Stock, erste Wohnung links, glaube ich.«

Sie ging zur Straße und dann weiter den kleineren Weg entlang, der zu den Wohnblocks führte. Dort hielten mehrere Streifenwagen – und einige der Zivilen. Das ganze Gebiet um den ersten Block herum war abgesperrt. Vor dem kleinen Glaskasten, der den Eingang schützte, entdeckte sie Kriminaldirektor Birkedal. Er stand dort zusammen mit Thøgersen und rauchte, ein seltenes Bild. Er hob die Hand, als er sie sah.

»Guten Abend, Portland.«

»Ja, oder besser gute Nacht.«

Sie lächelte so natürlich, wie sie nur konnte.

»Was wissen wir?« Sie sah erst Birkedal an, dann Thøgersen.

Der Kriminaldirektor erzählte das gleiche, was sie bereits gehört hatte, dann kam aber noch ein Zusatz:

»Und auf beiden Seiten des Gebäudes hängen Seile. Solche, wie man sie zum Fassadenklettern benutzt. Es mag verrückt klingen, aber es sieht aus, als hätte jemand eine Art Blitzangriff auf die Wohnung veranstaltet. Und das im dreizehnten Stock. Wie im Film.«

»Wer wohnt dort?«

Thøgersen antwortete ihr.

»Ein Mann, der eine Grillbar in der Stadt hat, mit seiner Familie. Bosnier. Offenbar ist nicht ein Schuß in der Wohnung selbst gefallen. Aber jemand hat Schüsse im Treppenhaus gehört. Wir müssen sehen, was die Techniker herausfinden. Was glaubst du?«

Die Frage ließ wieder das Unbehagen in ihr aufsteigen. Das war das zweite Mal. Normalerweise gab es nichts, was »glauben« hieß. Das hatte etwas mit Religion zu tun. Hier ging es um Wahrheit, Lüge und Theorie. Warum sollten jetzt plötzlich alle etwas glauben? Vielleicht war das hier so eine Riesensache und so ungewöhnlich, daß es gerechtfertigt war, etwas zu glauben? Spätestens im Laufe des Vormittags würde noch eine weitere Leiche auftauchen, wenn die Putzfrau des Hotels Miller fand. Dann wurde es noch schlimmer.

Sie zuckte mit den Schultern und zündete sich eine Zigarette an.

»Ich bin ja gerade erst gekommen. Deshalb glaube ich noch gar nichts.«

Thøgersen nickte und schien etwas verlegen wegen seiner Frage zu sein. Schließlich war er ja der Chef.

»Natürlich. Geh hoch, Portland und guck dir das an. Dann reden wir drüber. Und ... schnapp dir gleich mal Svendsen. Ihr müßt einen Teil der Nachbarn übernehmen. Alle werden hier Türklinken putzen müssen.«

Gegen sieben Uhr hatte Sir Walter sie mitten in einem Gespräch mit einem der Hausbewohner angerufen. Sein Anliegen war wichtig und merkwürdig. Er hatte sie gebeten, sich zwei, drei Plätze im Freien zu überlegen. Plätze mit freier Sicht in alle Richtungen. Plätze, wo niemand hinkam. Plätze, die so nah lagen, daß man sich vorstellen konnte, während einer kurzen Mittagspause dorthin zu fahren, um seine Ruhe zu haben.

Sie verstand den Sinn des Ganzen nicht, begriff aber den Auftrag. Es gab keine Zeit für längere Erklärungen, und sie versprach ihm, mit geeigneten Vorschlägen zu kommen.

Es war Mittag geworden, bevor sie ins Revier zurückkamen, um etwas zu essen. Birkedal hatte zu einer Besprechungsrunde gerufen, damit er ins Bild gesetzt wurde und vor der großen Pressekonferenz am Nachmittag einen Überblick über die Situation bekam.

Die Medien hatten das Gelände um die beiden Hochhäuser belagert, und im Radio hatten sie bereits Vermutungen hinsichtlich eines größeren Drogenkrieges in Esbjerg mit dazugehörendem Blitzangriff und Autobomben geäußert.

Sie ging auf die Toilette, um in Ruhe nachdenken zu können. Bald mußte sie Sir Walter anrufen. Er mußte schon gute Vorschläge bringen, um sie davon abzuhalten, doch noch alles zu beichten.

Das war's also. Bye-bye, Traum von der Kriminalhauptkommissarin. Ich werde gefeuert. Das dürfte sich nicht vermeiden lassen. Ich halte die ganze Truppe zum Narren. Eigentlich könnte ich ja zur Pressekonferenz gehen, mich neben Birkedal setzen und den Journalisten folgende Erklärung in die Notizblöcke diktieren.

»Sehen Sie, es handelt sich hier um sechs Behälter mit russischen Bakterien, wir reden von biologischen Massenvernichtungswaffen, liebe Freunde. Vier der Behälter befinden sich wahrscheinlich auf dem Balkan. Sie sollen gefunden und im Irak vergraben werden – um dort erneut gefunden zu werden. Damit Ihre Kollegen von der Weltpresse daheim von einem Erfolg berichten können. Zwei Behälter sind vielleicht in London, vielleicht auch nicht. Und im kleinen Esbjerg treibt ein verdammter heiliger Krieger sein Unwesen. Er ist gekommen, um mich umzubringen, weil ich meine Nase in seine Angelegenheiten gesteckt habe. Weil er seine mächtigen Waffen für sich haben will.

Die toten Männer? Ja, wissen Sie, das waren Spezialagenten vom MI6. Die wollten sich den heiligen Krieger schnappen, dessen verflixten Namen ich mir einfach nicht merken kann. Haben Sie das notiert? Es wird kaum einen Grund für weitere Pressekonferenzen geben … Vielen Dank, meine Damen und Herren.

Ich bete darum, daß Sir Walter Ordnung in dieses Chaos bringt. Daß die obersten Chefs ein Auge zudrücken. Sie müssen einsehen, daß ich nur im besten Glauben gehandelt habe. Ich hatte doch überhaupt keine Ahnung, was ich damit aufwühle!«

Der erste, den sie auf dem Flur traf, war natürlich Svendsen. Er hatte sie gesucht. Seine Augen wurden ganz groß, als er sie entdeckte.

»Nina! Die haben noch einen gefunden, du glaubst es nicht. Einen Mann, ermordet, ein Schuß direkt in die Stirn. Unten im Olympic Hotel. Jetzt drehen wohl alle durch. In was für einer Welt leben wir eigentlich? Kannst du mir das erklären? Birkedal hat eine neue Besprechung angesetzt, in zehn Minuten.«

Es gelang ihr, ihn abzuwimmeln und hinauszuschlüpfen. Sie ging auf den Hinterhof, zündete sich eine Zigarette an und zog Sir Walters Nummer hervor. Er antwortete sofort.

Sie setzte ihn kurz über die Lage in Kenntnis. Daß sie nicht damit rechnete, mehr als ein paar Stunden für den nötigsten Schlaf freizubekommen. Sie verabredeten, daß sie ihn in seinem Hotelzimmer aufsuchen sollte, sobald es ihr möglich war. Und daß sie dafür sorgen sollte, nicht gesehen zu werden. Abdel Malik Al-Jabali erwartete sie dort draußen, irgendwo.

»Die Plätze, von denen ich sprach. Haben Sie darüber nachgedacht, Miss Portland?«

Sie waren wieder im normalen Ton zurück. Die Anrede »Miss Portland« war für ihn so natürlich, daß alles andere verkrampft klingen würde.

»Ja, ich habe nachgedacht. Haben Sie etwas zu schreiben?«

Sie nannte ihm drei Plätze, die ihr eingefallen waren. Den Tauruskai draußen zwischen den Kohlenhalden und dem Vesterhavsrals Bunker, den Strand hinten bei der Marbæk Plantage und die Gegend bei der Sneum Schleuse. Es hatte so viel anderes zu bedenken gegeben. Aber die Plätze entsprachen jedenfalls mehr oder weniger seinen Wünschen nach offenem Gelände und Überblick. Hinterher erzählte sie ihm, wie er jeweils dorthin gelang.

»Noch etwas, Sir Walter. Haben Sie mit Vauxhall Cross gesprochen? Wird die Leitung sich einschalten und mich unterstützen?«

»Ja, natürlich. Das ist kein Problem. Zunächst einmal wird der Kontakt zu unseren Partnern in Dänemark aufgebaut werden, Ihrem PET. Auf höchstem Niveau. Von dort wird der Kontakt zum Polizeipräsidenten von Esbjerg und zu Ihrem Revierchef geschaltet. Vauxhall Cross bietet Ihnen die volle Unterstützung.«

»Und ich werde nicht geopfert? So etwas gibt es ja auch, nicht wahr?«

»Ich lasse Sie nicht im Stich, Miss Portland. Diesmal nicht.«

Sie verabschiedeten sich voneinander, und sie ging zurück. Auf dem Weg ins Büro sah sie, wie Zlatan von Hauptkommissar Eriksen aus einem Verhörraum geführt wurde. Als Zlatan die Treppe hinunter verschwunden war, fragte Nina:

»Was hat er gesagt?«

»Daß er überhaupt nicht weiß, was los ist. Daß es entweder ein Einbruch war – oder die Täter sich in der Wohnung geirrt haben müssen. Die Kinder haben geschrien, und plötzlich waren die drei Männer wieder verschwunden. Er ist sprachlos.«

»Und was sagt deine Nase dir?«

Eriksen zögerte einen Moment lang. Es wurde am anderen Ende des Flurs nach ihm gerufen.

»Meine Nase, die sagt etwas in Richtung Rache, internen ethnischen Streitigkeiten, Drogen oder etwas in der Art. Der Mann hatte die Hosen gestrichen voll. Aber ich muß jetzt laufen. Vergiß die Besprechung nicht, die gleich anfängt!«

Ihr Handy klingelte. Es war Jørgen. Er schien außer Atem zu sein.

»Verdammt noch mal, Nina, ich habe alles gerade in den Radionachrichten gehört. Drei Tote, in die Luft gesprengt. Hat das was mit dir zu tun? Wart ihr da, der Engländer und du? Was ist passiert? Bist du okay?«

»Ich muß schnell zu einer Besprechung, Jørgen. Aber mach dir keine Sorgen, mir geht es gut. Ich werde später anrufen und dir alles erklären. Wie geht es Jonas?«

»Er guckt Fernsehen. Er versteht nur nicht, warum er nicht draußen spielen darf. Ansonsten fühlt er sich wohl. Aber warum …«

»Du, ich muß jetzt weg. Ich rufe später zurück.«

Sie legte auf und lief den Flur entlang. Gleich würde die Presse erfahren, daß es sich nicht um drei, sondern um vier Ermordete handelte. In einer Minute würde die Sitzung beginnen.

Ihr Handy klingelte erneut, gerade als sie den Raum betreten wollte. Sie konnte sehen, daß es Martin war. Aber er mußte warten.

Es wurde spät, fast halb zehn, bevor sie an die Zimmertür klopfen und von Sir Walter hereingelassen werden konnte. Die letzte halbe Stunde hatte sie damit verbracht, Haken durch die Stadt zu schlagen, um sicherzugehen, daß sie nicht verfolgt wurde.

Sie war zum Umfallen müde und hatte heftige Kopfschmerzen.

Der Tag war ein einziger langer Hürdenlauf gewesen. Das Polizeirevier brummte auf Hochtouren. In jeder Ecke summte es. Leute liefen emsig und mit ernstem Blick im Haus herum, von einem Raum in den anderen, Autos kamen an und rückten wieder aus wie im Shuttleverkehr, überall klingelten Telefone. Ihr selbst war es elend gegangen. Sie hatte ein schlechtes Gewissen, war voller Zweifel und Schuldgefühle. Irgendwann hatte sie dem nachgegeben und war ins Büro des Chefs gegangen. Aber der saß in einer Besprechung. Sie hörte laute Stimmen. Und gab wieder auf.

Statt dessen setzte sie ihre Arbeit draußen am Hochhaus im Møllepark fort, das zum Tatort Nummer eins ernannt wurde, nachdem Millers Leiche im Hotel entdeckt worden war, dem Tatort Nummer zwei. Kriminaldirektor Birkedal war wie verwandelt. Er zeigte sich tatsächlich als der kühle, nüchterne Heerführer, der die Aufgaben delegierte und seinen Leuten die nötigen Befehle erteilte. Je weiter der Tag voranschritt und je chaotischer die Situation wurde, um so wohler schien er sich zu fühlen.

Ihr lief der kalte Schweiß über den Rücken bei dem Gedanken, jemand hätte bemerken können, daß sie im Hotel gewesen war. Aber offenbar war sie niemandem aufgefallen. Sie hatte ihre Kollegen gefragt, die nach mehreren Stunden Arbeit im Hotel ins Revier zurückkamen. Niemand hatte etwas von einem älteren Herrn im Trenchcoat und einer jüngeren Frau in brauner Lederjacke mit rotbraunem Haar und winzigem Pferdeschwanz erwähnt. Aber es war noch nicht ausgestanden. Sie hatten bisher noch nicht alle vom Personal befragt.

Am späten Nachmittag hatte sie eine halbe Stunde geschwänzt und war zum Würstchenwagen gegangen, um Jørgen anzurufen. Sie erzählte ihm alles und beruhigte ihn, so gut sie konnte. Aber das half nicht viel. Er hatte sein Jagdgewehr im Kleiderschrank parat.

Astrid und er hatten Jonas erzählt, daß er am besten bei ihnen bliebe. In seiner Schule herrsche ein Virus. Die Kinder würden sehr krank werden. Das war die beste Erklärung, die ihnen eingefallen war. Hinterher hatte Nina noch mit Jonas gesprochen. Er begann die Lunte zu riechen. Kinder wittern Unruhe schneller als man ahnt.

»Warum darf ich plötzlich nicht mehr in die Schule, Mama? Was ist das da mit diesem komischen Virus?« Sie hatte ihm versichert, daß es sich nur um ein paar Tage handeln werde. Dann dürfe er wieder in die Schule, und sobald sie mit dem Riesenfall fertig war, auch wieder nach Hause in die Kirkegade. »Seid ihr kurz davor, die Verbrecher zu schnappen? Ist das die Mafia? Habt ihr schon jemanden festgenommen?« Sie wehrte seine Fragen mit der Bemerkung ab, daß es sich größtenteils um langweiligen Papierkram handele, Stapel von Berichten, die sie lesen müsse, um die Verbrecher zu finden.

Sir Walter schwieg, als sie eintrat und sich auf einen Sessel fallen ließ. Er konnte ihrem müden Gesicht sicher ansehen, was sie durchgemacht hatte. Er holte ein kaltes Bier aus der Minibar. Er selbst nahm einen Miniwhisky.

»Haben Sie heute schon etwas gegessen, Miss Portland?«

Er sah sie mit einem mitleidigen Gesichtsausdruck an.

»Nicht richtig, nur ein paar Happen im Vorbeigehen.«

»Ich werde etwas bestellen. Das können wir uns aufs Zimmer bringen lassen. Ich habe auch noch nicht gegessen.«

Sir Walter nahm den Telefonhörer ab und bestellte irgend etwas, sie war zu müde, um darauf zu achten, was es war.

»Wann müssen Sie wieder aufs Revier?«

»So schnell wie möglich. Aber fünf, sechs Stunden wegzubleiben, ist schon in Ordnung. Alle haben heute fast den ganzen Tag durchgearbeitet.«

»Gut, dann lassen Sie uns effektiv vorgehen und gleich loslegen, damit Sie noch ein bißchen Schlaf kriegen.«

Sir Walter stand auf und holte eine kleine Plastiktüte und einen Block Papier. Dann zog er seinen Stuhl ans Bett heran, holte eine Mappe mit Fotos aus der Tüte und begann die Fotos auf der Bettdecke auszubreiten.

Sie zog ihren Sessel näher heran und schaute ihm neugierig zu. Er begann erst zu sprechen, als das halbe Bett mit Fotos bedeckt war.

»Ich habe die Zeit dazu genutzt, einen Plan auszuarbeiten«, begann er. »Ich habe von den drei Plätzen, die Sie mir genannt haben, den richtigen ausgesucht.«

»Sneum Schleuse ...« Sie erkannte es sofort auf den Fotos wieder.

»Ja, Sneum Schleuse. Der Platz übertrifft meine Erwartungen. Er ist perfekt für uns.«

»Wir haben überhaupt noch nicht darüber geredet, was Sie eigentlich vorhaben«, sagte sie und sah ihn fragend an.

Zauberer Merlin klang energisch. War es die felsenfeste Überzeugung, daß alles gut enden würde, die sie in seinem ruhigen Blick sah? Eine dünne Strähne seines weißen Haars schwebte auf seine Stirn herab, und er strich sie sorgfältig zurück.

»Nein, natürlich nicht. Dazu kommen wir jetzt. Ich werde Ihnen den Plan erläutern.«

Sir Walter begann ihr zu erklären, warum er nicht den Strand hinten an der Marbæk Plantage und auch nicht den Kai an den großen Kohlehalden des Kraftwerks ausgesucht hatte, ihre anderen beiden Vorschläge. Er war sich seiner Sache so sicher, daß er gar nicht erst zur Plantage hinausgefahren war, nachdem er die Sneum Schleuse als zweites Ziel bei seiner Erkundungsfahrt aufgesucht hatte.

Sie kannte die Gegend sehr gut. Im Sommer fuhren Jonas und sie manchmal mit einem Picknickkorb dorthin. Dennoch beharrte Sir Walter darauf, daß sie sich genau die Fotos ansah, die er ausgesucht hatte, während er ihr bis ins einzelne erklärte, was auf sie zukam.

Nachdem sie alle Fotos durchgegangen waren und er sicher war, daß sie beide die gleiche Auffassung von dem Terrain hatten, den Abständen und der Plazierung der Dinge, sammelte er die Fotos wieder ein, ließ nur die wichtigsten noch vor ihnen liegen.

Er hatte gerade eine schnelle Skizze auf dem Schreibblock gemacht, als es an die Tür klopfte. Schnell wie ein sehr viel jüngerer Mann war er auf den Beinen und an der Tür. Eine Frauenstimme erklang auf der anderen Seite. Mit der Pistole hinter der Tür versteckt, öffnete er langsam. Es war ihr Essen. Die Frau schob einen kleinen Rollwagen herein und wünschte ihnen guten Appetit, als sie wieder ging.

»Steak, im Ofen gebackene Kartoffeln, Gemüse und Whiskysauce«, erklärte Sir Walter, als er die Deckel hob.

»Es war die Whiskysauce, der ich nicht widerstehen konnte. Und Kaffee, und da sind noch Kopfschmerztabletten für Sie, Miss Portland.«

Sie aßen schweigend und teilten sich die Karaffe mit Eiswasser. Sie schlang das Essen in sich hinein. Im Laufe des Tages hatte es nur für ein Brötchen und ein paar Scheiben Brot gereicht – und Kaffee – und Zigaretten. Ihren Plan, den Zigarettenkonsum zu reduzieren, hatte sie schon lange aufgegeben, und im Augenblick war ihr das auch herzlich egal. Wenn alles überstanden war, würde sie in ihr gewohntes Leben zurückkehren, zusammen mit Jonas.

Als sie fertiggegessen hatten, nahm Sir Walter schnell wieder Papier und Kugelschreiber auf und zeichnete weiter, während sie neben ihm saß, konzentriert zuhörte und Fragen stellte. Er zeichnete ihre Route, Schritt für Schritt, malte Kreuze und schlug um ihre Endposition einen Kreis.

Als er damit fertig war und alle ihre Fragen, die währenddessen auftauchten, ausführlich beantwortet hatte, begannen sie noch einmal von vorn. Erst als sie den ganzen Plan dreimal genauestens durchgegangen waren, erklärte er sich zufrieden.

Sie zündete sich eine Zigarette an und schenkte ihnen beiden mehr Kaffee ein. Dann lehnte sie sich zurück und starrte an die Decke, folgte mit ihrem Blick dem Rauch, der sich unter der Dekkenlampe ausbreitete. Sie schwieg nachdenklich. Das konnte klappen – und es konnte schiefgehen. Die Risiken mußten gegen die konstante, unsichtbare Bedrohung abgewogen werden, die Abdel Mali Al-Jabali bedeutete. Gegen ihr Leben – und letzten Endes auch gegen Jonas' Leben. Sie wollte gern noch einmal überzeugt werden, deshalb formulierte sie ihre Frage ein wenig anders.

»Und warum warten wir nicht, bis Vauxhall Cross Verstärkung schickt, mehr Leute – jüngere Leute?«

Falls Sir Walter das als Beleidigung empfand, ließ er es sich zumindest nicht anmerken. Er war auch kaum der Mann, der sich in so einer Situation Eitelkeit gestattete. Er schaute sie mit seinen freundlichen Augen an und nickte. Ihm war klar, daß sie alles noch einmal durchgehen mußten.

»Wir könnten warten. Aber ich fürchte, daß wir dann das Ruder aus der Hand geben und daß er zuschlägt, während wir Wasser treten. Tut er das nicht, wird er vielleicht unsicher, wenn unsere Helfer auf den Plan treten. Und verschwindet, nur um später wieder aufzutauchen. In einem Monat, in zwei Monaten, in drei. Der Gedanke ist unschön. Denn zu der Zeit werden Sie eine leichte Beute sein, wenn Sie vorhaben, so weiterzuleben, als ob nichts passiert wäre. Und dazu kommt, daß das, was ich vorhin ausgeführt habe, absolut keine Frage von Muskelkraft oder Bewaffnung ist. Es geht um List und Gerissenheit. Seine eigenen Waffen. Und wir ergreifen die Initiative. Wir haben den

Vorteil, die Bühne zu kennen. Und schließlich bin ich noch nicht so klapprig, daß ich meine Rolle nicht voll und ganz spielen könnte.«

Er schaute sie lächelnd an, als wollte er aus ihrem Gesicht ablesen, in welche Richtung ihre Überlegungen gingen.

»Falls nur die geringste Unsicherheit entsteht, falls auch nur eine Kleinigkeit eintrifft, die wir nicht vorhergesehen haben, dann blasen wir natürlich das Ganze augenblicklich ab. Es ist und bleibt allein Ihre Entscheidung, Miss Portland. Sie haben das letzte Wort, und ich respektiere Ihre Entscheidung, wie immer sie auch ausfallen mag.«

Sie stand langsam auf und streckte sich. Ihr Körper war müde, aber ihr Kopf war in höchster Alarmbereitschaft und voll mit Gedanken, die ihr Gehirn durchschossen wie das Blitzlicht der Fotografen vor vielen Stunden. Gedanken, die sie jetzt nicht festhalten und zu Ende denken konnte.

»Könnte ich bei Ihnen duschen? Ich brauche ein bißchen Zeit. Hinterher kann ich Ihnen eine Antwort geben.«

»Aber natürlich. Es hängen saubere Handtücher am Haken.«

Soll ich, soll ich nicht, soll ich … Das ist ja wie das Zupfen von Blütenblättern … Er liebt mich, er liebt mich nicht … Ich kann so nicht weitermachen. Jonas und ich, wir können so nicht weitermachen. Astrid und Jørgen auch nicht. Vater ahnt nichts, jetzt, wo es mit ihm in die richtige Richtung geht. Das wird auch noch zerstört.

Alternativen, Nina, überleg dir Alternativen! Ein neues Leben, ein neuer Name. Witness Protection Program wie beim FBI. Das gibt es auch hier bei uns – aber im Film geht es immer schief. Und ich bin ja auch keine Zeugin, oder?

Vielleicht löst sich auch alles von selbst in Luft auf. »Die Gefahr zieht vorbei, Nina Portland. In einem Monat oder zwei hat er doch längst seinen Plan aufgegeben, dieser heilige Krieger.«

Gibt es etwas zu verlieren? Wir blasen die ganze Geschichte ab, falls es nicht nach Plan verläuft. Bald kann Schluß sein. Bald kann Jonas wieder zu Hause sein. Ich bin nur noch wenige Schritte vom Ausgang des Labyrinths entfernt.

Das heiße Duschbad tat ihr gut und entspannte ihren verkrampften Körper. Sie trocknete sich ab und zog sich wieder an. Gerade als sie die Tür öffnen wollte, klingelte ihr Handy. Es war wieder Martin. Sie zögerte einen Moment lang, dann ging sie ran.

»Ich bin es. Ich wollte nur hören, ob alles bei dir okay ist. Warum hast du nicht zurückgerufen? Ja, ich habe das ja im Radio gehört und heute abend auch im Fernsehen gesehen. Mir ist angst und bange geworden ... Bist du auch irgendwie darin verwickelt?«

»Nein.«

»Ja, und sonst?«

»Und sonst ist nichts ...«

»Ach zum Teufel, Nina! Ist es das mit Lisbeth, bist du deshalb sauer?«

»Ich bin nicht sauer.«

»Das war doch nur ein dummer Scherz. Entschuldige. Das heißt, eigentlich stimmte es schon. Sie konnte nur an dem Abend. Sie ist in Rente gegangen, hat das dann aber bereut. Die Zeit wird ihr einfach lang. Ja, und da habe ich ihr vorgeschlagen, mir doch zu helfen. Und ich war enttäuscht, weil du den Kinobesuch abgesagt hast. Ich hatte das Gefühl, daß es jedesmal nach dem gleichen Muster abläuft. Nun ja, das war ein blödes Spiel. Tut mir leid. Aber ich habe doch gedacht, du rufst später wieder an, dann hätte ich dir alles erklären können.«

»Und warum hast du nicht selbst angerufen? Ich sollte also ein wenig schmoren, ja? Hast du wirklich geglaubt, ich würde eifersüchtig werden?«

»Ja, kann schon sein. Doch, ja! Du solltest schmoren und auf glühenden Kohlen sitzen. Aber das war Blödsinn. Kindisch. Du mußt das entschuldigen. Ja?«

»Pech für dich. Ich bin nicht eifersüchtig geworden. Aber ich muß jetzt los. Ich habe gleich noch eine Besprechung.«

»Arbeitet ihr jetzt Tag und Nacht?«

»Ja, das kann man wohl so nennen. Wir reden noch mal darüber. Bis dann.«

Sir Walter wartete mit der Kaffeetasse in der Hand und übergeschlagenen Beinen auf sie, als sie aus dem Badezimmer kam.

Sie mochte ihn immer noch gern. Sanft, mit scharfem Verstand, altmodisch und tatkräftig. Er hätte einen sehr viel besseren Vater abgegeben als der, den sie abbekommen hatte.

Er vermied es, ihr direkt in die Augen zu sehen, um ihr zu signalisieren, daß er nicht sofort einen Entschluß von ihr erwartete. Es war schon in Ordnung, wenn sie noch ein wenig Zeit brauchte.

Sie setzte sich wieder in den Sessel, winkte abwehrend, als er ihr Kaffee einschenken wollte. Sie mußte bald ins Bett.

»Und was ist, wenn er nicht anbeißt?«

Sie zündete sich eine letzte Zigarette an und stellte fest, daß sie seit der vergangenen Nacht schon fast zwei Päckchen geraucht hatte.

»Das wird er. Er hat es eilig. Wenn sich ihm morgen die Chance bietet, wird er zuschlagen. Wir bieten ihm die Gelegenheit ...«

Sie nickte mehrere Male bestätigend und fixierte einen dunklen Fleck auf dem hellen Teppich.

»Ja ... Meine Antwort lautet Ja. Wir machen es.«

24

Die Vormittagssonne stand tief und war messerscharf, als sie auf die Peder Skramsgade einbog und kurz darauf in die Vesterhavsgade. Sie fuhr langsam und achtete auf die Hausnummern. Als sie die richtige fand, hielt sie am Kantstein an und stieg aus.

Sie betrachtete das kleine Mietshaus. Ein rotes Backsteinhaus, das auch schon bessere Zeiten gesehen hatte. Die Farbe blätterte von den Fenstern, die Fugen waren zerbröckelt.

Sie konnte den Lärm vom Trafikhavn hören, der gleich hinten auf der anderen Seite lag. Es war nicht leicht für die Gebäude, ein Bollwerk gegen den Westwind zu bilden. Ihr fiel der große Sturm im Dezember 1999 ein. Damals waren die Straßen übersät gewesen von Dachziegeln, Fenster waren eingedrückt, Autos zertrümmert, der Strom ausgefallen. Es hatte ausgesehen wie nach einem Krieg. In der Gegend waren ganze Baumschulen zu Brennholz umgeknickt worden. Die Straßen zum Hafen hinunter waren am schlimmsten betroffen gewesen. Ihr eigenes Wohnhaus war heil davongekommen, aber der Turm des Missionshauses gegenüber war eingestürzt.

Sie zog den Reißverschluß ihrer Jacke hoch. Es war hundekalt. Vielleicht sogar Minusgrade. Das lag sicher daran, daß die Luft so klar war. Der Wind kam vom Meer hereingefegt und pfiff um die Häuserecken. Ein Zeitungsfetzen wirbelte durch die Toreinfahrt und an ihr vorbei, als sie zur Haustür ging.

Durch das Chaos des gestrigen Tages hatte sie ganz vergessen, daß sie Hauptkommissar Eriksen das Phantomfoto gegeben hatte, das von dem Verdächtigen in dem Brandstifterfall gemacht worden war. Die Lokalzeitung, Jydske Vestkysten, hatte das Bild heute morgen veröffentlicht.

Der Hinweis kam von einem jungen Mann, der meinte, den Mann auf dem Bild wiederzuerkennen. Er konnte außerdem berichten, daß dieser Mann, der über ihm wohnte, in der Nacht, als der letzte Brand im Grønlænderpark gelegt worden war, spät nach Hause kam und daß ihm ein Benzingeruch an ihm aufgefallen war, als die beiden sich auf der Treppe begegneten.

Eigentlich hätte sie Svendsen dabeihaben sollen, aber sie konnte ihn nirgends finden. Alle waren zu den beiden Tatorten ausgeschwärmt. Und eine Verhaftung war wohl nicht gleich zu erwarten, also würde sie das schon allein regeln können. Zunächst einmal ging es ja nur um ein Gespräch.

Sie trat ins Treppenhaus. Der Boden war fast vollständig mit Werbezetteln übersät, in einer Ecke stand ein ausrangierter Kinderwagen. Die Liste der Bewohner bestand nur aus einem Bogen Papier mit Blockbuchstaben, der mit Reißzwecken an einem Holzbalken befestigt war. Sie studierte sie. Emil Hyldeskov, 2. Stock links. Das war der Verdächtige.

Die Treppe knackte unter ihrem Gewicht. Sie war dreckig, und der Putz blätterte in großen Flocken von den Wänden. Sie blieb im zweiten Stock stehen und lauschte an der Tür. Die Wahrscheinlichkeit, daß jemand am hellichten Vormittag zu Hause war, erschien ihr gering.

Sie drückte auf die Klingel. Die funktionierte nicht. Also klopfte sie hart an die Tür.

»Herein«, ertönte es von der anderen Seite.

Sie drückte die Tür auf. Niemand kam ihr entgegen. Ein scharfer Geruch stand im Flur. Nach Rauch und stickiger Luft. Die Tapete war grau mit grauem Muster, und in der Auslegware waren Löcher zu sehen. Sie trat näher. Eine Tür stand offen.

Die Stimmer erklang erneut. Ruhig, als erwartete der Mann Gäste.

»Kommen Sie nur herein …«

Sie machte ihre Jacke auf, schob die Hand hinein und legte sie auf den Pistolenschaft. Dann ging sie vorsichtig zur Tür und steckte den Kopf ins Zimmer.

Ein Mann saß in einem alten Sessel am Fenster. Ein Mann mittleren Alters. Er lächelte sonderbar hohl und winkte sie herein.

Sie trat ins Wohnzimmer. Eine Reihe vertrockneter Topfpflanzen stand auf der Fensterbank, und auf dem Kacheltisch neben dem Sessel stand ein Aschenbecher, übervoll mit Zigarettenkippen.

»Guten Tag, Nina Portland, Kriminalpolizei.«

»Ja, kommen Sie doch herein. Ich habe Sie erwartet. Ich bin bereit.«

Wieder lächelte der Mann mechanisch. Sein Blick hinter der goldgefaßten Brille war ruhig, aber leblos.

»Meinen Sie nicht, daß wir zunächst miteinander reden sollten?«

»Gerne, aber setzen Sie sich doch.«

Sie setzte sich aufs Sofa. Auf dem kleinen Tisch dort lag auch eine Zeitung. Sie war so gefaltet, daß das Phantombild zu sehen war. Es ähnelte ihm in verblüffendem Maße.

»Ja, ich habe mich umgezogen, sobald ich das gesehen habe«, sagte er und nickte zur Zeitung hin.

Er saß in seiner besten Kleidung da, einem dunkelblauen Anzug, und über der Armlehne lag ein heller Trenchcoat.

»Ich bin gekommen, um mit Ihnen über eine Serie von Brandstiftungen hier in der Stadt zu sprechen. Ich würde gern …«

»Das war ich. Ich bin das graue Gold. Das graue Gold … Nicht wahr?«

Sie betrachtete ihn. Irgend etwas stimmte einfach nicht. Er saß nur da und starrte blicklos auf seine frisch geputzten Schuhe.

»Sie erklären also, daß Sie es getan haben? Sie haben Feuer gelegt?«

»Ich bin das graue Gold. Das sagen sie alle, immer wieder. Das graue Gold. Das bin ich. Und Gold ist wertvoll.«

Er drehte den Kopf und sah sie an. Dann nahm er ein Ringbuch vom Boden auf und reichte es ihr. Sie blätterte darin. Es waren lauter Bewerbungsschreiben. Der Mann war anscheinend Ingenieur. Sie nickte und legte das Ringbuch auf den Kacheltisch.

»Wie können sie behaupten, ich sei das graue Gold? ... Ich habe meiner Frau immer gesagt: ›Das wird schon gehen. Ich bin das graue Gold.‹ Aber jetzt ist sie weg. Geschieden, wir sind geschieden worden.«

»Wie lange sind Sie schon arbeitslos?«

»Sechzehn Monate und vier Tage. Nichts zu tun, zum ersten Mal überhaupt.«

»Und was haben Sie vorher gemacht?«

»Ich war Ingenieur, in einer Baufirma.«

»Wie alt sind Sie denn?«

»56 Jahre. In 93 Tagen werde ich 57. Das paßt alles, das mit dem grauen Gold ... Zu meinem Alter ...«

»Können Sie mir sagen, warum Sie das getan haben, Feuer gelegt?«

»Ich bin das graue Gold ...«

Er guckte blicklos auf seine Schuhspitzen.

Sie fühlte sich unwohl. Er war ein armer Kerl, verwirrt und deprimiert und allein in seiner kleinen, verstaubten Wohnung.

Sie kamen so nicht weiter, zumindest im Augenblick nicht. Sie mußte ihn mit aufs Revier nehmen. Dann würden sie weitersehen. Sie war überzeugt davon, daß er es gewesen war. Nur hatten jetzt alle so irre viel zu tun. Sie selbst hätte eigentlich auch draußen am Hochhaus sein sollen.

»Ich denke, wir fahren jetzt zum Polizeirevier, ja? Da können Sie eine Tasse Kaffee bekommen. Und ich werde jemanden finden, mit dem Sie reden können. Wollen wir gehen?«

»Ja, ich bin soweit.«

Der arme Kerl stand auf und zog sich seinen Mantel an.

Die Gesellschaft ist geisteskrank. Die Leute gehen vor die Hunde, während sie über Steuererleichterungen und Aufschwung reden. Der alte Herr Bergholt darf sich um sich selbst kümmern, bis er krepiert. Der Ingenieur ist verrückt geworden. Er hat es nicht geglaubt, aber in Wirklichkeit ist niemand an grauem Gold interessiert.

Wir sind eine Nation von Idioten, die sich einbilden, daß alle einen Platz in unserer selbstzufriedenen Großzügigkeit finden. Aber die Wahrheit sieht anders aus. Bist du jung, flexibel, belastbar und hast du Spitzenkompetenzen, dann kriegst du alles – ansonsten kriegst du nur einen Tritt.

Niemand würdigt Alter, Erfahrung und Routine im Beruf. Ex und hopp. Darum geht es doch. Alles andere ist nur Bullshit.

Sie fuhr die Torvegade hinunter, den Weg nach Hause. Sie wollte ihren Plan weiterverfolgen. Weiter mitten ins Chaos hinein.

Zum Glück hatte sie jemanden gefunden, der sich um den Mann kümmerte. Eine offizielle Vernehmung mußte noch warten. Im Augenblick saß er sicher in seinem guten Anzug oben in der Zelle.

Nicht einmal eine strafbare Handlung schenkte ihm die Aufmerksamkeit seiner Umwelt. Niemand, auch sie selbst nicht, hatte eigentlich Zeit, sich um ihn zu kümmern, während Esbjerg von einem der größte Fälle erschüttert wurde, die sich hier jemals abgespielt hatten.

Sie fuhr die Kirkegade hinunter und parkte auf dem großen Kiesplatz hinter dem Hof. Jetzt kam es darauf an. Den ersten Schritt nach Plan würde sie in wenigen Sekunden machen müssen.

Zlatan sah aus wie ein verschüchtertes Tier, als sie in seinen kleinen Imbiß trat. Er zuckte zusammen, als er aufsah und bemerkte, daß sie es war, und mit großen, verängstigten Augen verkroch er sich beinahe hinter dem Tresen.

Sie hatte zwar selbst Angst, aber der kleine Bosnier sah aus wie ein Mann am Rande des Nervenzusammenbruchs. Es schien, als träfe ihr Lächeln ihn wie ein Messer im Zwerchfell, und er krümmte sich noch mehr zusammen.

»Hallo, Zlatan. Meine Güte, ist ja schlimm, was da in deiner Wohnung passiert ist! Ich habe dich gestern kurz auf dem Revier gesehen. Was zum Teufel ist denn nur los gewesen?«

Er nickte, und mit zitterndem Unterkiefer brachte er stammelnd hervor:

»Weiß nicht ... Alles nur Chaos, Nina. Die Polizei will mit mir reden. Ich sollte eigentlich zu Hause sein. Meine Frau und die Kinder haben Angst – aber ... Ich muß den Laden offenhalten. Wir haben kein Geld.«

»Wir müssen einmal in Ruhe darüber reden, ja? Aber im Augenblick habe ich es schrecklich eilig. Kannst du mir einen Riesendöner machen? Zum Mitnehmen, ich will ...«

Zlatan begann zu weinen. Zuerst liefen ihm einfach die Tränen leise über die Wangen. Dann brach er zusammen. Das Gesicht in den Händen verborgen, den Oberkörper über den Tresen gelehnt, schluchzte er, daß der ganze Körper zitterte.

Es war eigentlich nicht eingeplant, daß es soweit kommen sollte. Sie betrachtete ihn, strich ihm übers Haar, während sie sagte: »Schhh. Ganz ruhig.«

Als er schließlich aufhörte zu schluchzen und die Hände vom Gesicht nahm, waren seine Augen ganz rot und geschwollen, und der Rotz lief ihm aus der Nase.

»Nina ... Nina, ich habe etwas Schreckliches getan. Etwas Böses. Entschuldige ... Ich verdiene nur noch den Tod ... Als der Feigling, der ich bin. Entschuldige, Nina. Wenn du nur wüßtest ... Hier ist ein Mann. Ein Teufel, der mich umbringen will, Nina ... Ich kann nicht anders, meine Frau, die Kinder ... Ich schäme mich so ...«

Zlatan begann wieder zu schluchzen, und sie legte ihm eine Hand auf die Schulter.

»Ganz ruhig ... Du mußt nichts weiter erzählen. Ich weiß alles. Und ich werfe dir gar nichts vor. Jetzt geh und wasch dir das Gesicht. Dann reden wir zusammen. Hörst du?«

Zlatan sah sie mit geröteten Augen an, die gar nichts verstanden. Dann schlich er nach hinten, und sie konnte hören, daß er den Wasserhahn öffnete. Nach einigen Minuten kam er zurück. Er sah immer noch ziemlich mitgenommen aus.

»Können wir uns für einen Moment nach hinten setzen?«

Er nickte und führte sie in das kleine Hinterzimmer, wo er auf einem Stuhl niedersank. Sie verschloß die Ladentür und setzte sich dann neben ihn.

»Zlatan, jetzt hör mir gut zu. Weißt du, wo Abdel Malik Al-Jabali sich aufhält?«

Zlatan schüttelte schluchzend den Kopf.

»Aber du hast seine Nummer? Du kannst ihm Bescheid geben, wenn du etwas über mich erfährst und weißt, wo ich mich aufhalte?«

»Ja ... Es ist mir so peinlich, Nina. Ich bin ein Angsthase ... Aber er wollte sie alle umbringen, wenn ich ihm nicht helfe. Und Al-Jabali stört es nicht, eine ganze Familie zu töten ...«

»Du kannst alles wiedergutmachen, wenn du mir jetzt genau zuhörst. Geht's wieder?«

Er rieb sich die Augen und wischte die Nase an seinem Hemdsärmel ab. Dann schaute er zu ihr auf und nickte.

»Ja, ich werde gut zuhören.«

»Wie gesagt ... Ich hätte gern einen Riesendöner – zum Mitnehmen. Ich habe es eilig. Auf dem Revier herrscht nur Chaos. Wir arbeiten rund um die Uhr. Ich muß mal in aller Ruhe eine kleine Denkpause einlegen. Und deshalb fahre ich zur Sneum Schleuse hinaus und esse dort meinen Döner, entspanne mich ein bißchen, rauche eine – vielleicht kann ich auch kurz im Auto schlafen. Das mache ich häufiger – zur Schleuse hinausfahren, um dort frische Luft zu schnappen. Ich werde dort eine knappe Stunde bleiben, bevor ich wieder zurückmuß.«

Sie sprach langsam und deutlich und sah ihm dabei in die Augen.

»Zlatan, hast du verstanden, was ich gesagt habe? Hast du alles mitgekriegt?«

Er nickte.

»Dann laß mich hören.«

Er wiederholte ihre Erklärung, und sie war zufrieden.

»Und du weißt genau, wo die Sneum Schleuse ist?«

»Ja, ich war schon einmal mit meiner Frau und den Kindern dort.«

»Gut. Wenn ich aus der Tür bin, rufst du Abdel Malik Al-Jabali an und erzählst ihm, was du weißt. Ganz einfach.«

»Aber was ist, wenn …«

»Keine Fragen. Tu einfach, was ich dir gesagt habe. Erzähl ihm genau das, was ich dir gerade erzählt habe. Dann wirst du nie wieder von ihm hören. Sind wir uns einig?«

Zlatan stand auf und versuchte zu lächeln.

»Okay, Nina. Einmal Döner.«

Sie rief Sir Walter an und gab ihm kurz Bescheid. Dann zündete sie sich eine Zigarette an, lehnte sich zurück und schloß die Augen.

Die Sonne schien immer noch von einem wolkenlosen Himmel, als sie auf ihren eigenen Untergang zufuhr. Dieses Gefühl überfiel sie in einem kurzen Aufwallen von Unbehagen. Da war der Gedanke an den Genickschuß …

Sie sah sie Seite an Seite stehen, hörte, wie die Erde auf den Sargdeckel prasselte. Schließlich gelang es ihr, die Bilder wegzudrängen, und statt dessen stellte sie sich vor, wie sie eine gestrichelte Linie entlangging, sich auf ein Kreuz stellte und wie vereinbart reagierte. Sie folgte einem einfachen Plan – als sammelte sie ihre Kleidung zusammen.

Es konnte nicht schiefgehen. Sie war kurz davor, aus dem Labyrinth herauszukommen.

Sie fuhr so langsam sie konnte, um Al-Jabali so viel Zeit wie nur möglich zu geben. Sie steuerte den Wagen in südlicher Richtung aus der Stadt heraus. Es herrschte Frost, die Straße war gestreut. Der Dreck von dem Auto vor ihr legte sich wie ein Schmutzfilm auf ihre Windschutzscheibe, sie schaltete den

Scheibenwischer ein und konnte gleich darauf den Alkohol in der Wischflüssigkeit riechen.

Die Strommasten standen an einigen Stellen in Gruppen beisammen wie Bäume in einem Hain, an anderen Stellen in schnurgeraden Reihen wie in einer Baumschule. Sie fuhr unter dem Netz dicker Hochspannungsleitungen hindurch, die von Mast zu Mast liefen und ein Wirrwarr schwarzer Striche bildeten, die in scharfem Kontrast zu dem klaren Himmel standen. Ihr Weg führte sie durch das flache Marschland bei Tjæreborg, wo die Landschaft zur Rechten eins wurde mit dem Horizont, während auf der anderen Seite die großen Windräder sich beharrlich im Sturm drehten. Der Wind blies sehr stark.

In der Ferne entdeckte sie einen kleinen dunklen Fleck unter dem Himmel hinter dem Spiegel des Meeres, das Niedrigwasser zeigte. Das waren Bäume, Büsche und die Dächer der kleinen Hütten, die sich in den Schutz des Deiches duckten. Sie bog auf den schmalen asphaltierten Weg ab, Sneum Slusevej, und fuhr aufs Meer zu, das sich dort draußen hinter dem grünen Deich erstreckte.

Kurz darauf tauchten die bunten Hütten mit ihren spitzen Dächern vor ihr auf. Sie lagen zu beiden Seiten des Wegs, abgetrennt durch Unterholz, Hecken, Zäune oder Windschutzanpflanzungen, die längst vom Westwind in die Knie gezwungen worden waren. Das waren keine Ferienhäuser. Dazu waren sie viel zu klein und primitiv. Das waren eher Kleingartenhütten, die eine Miniaturstadt bildeten, und Namen wie Frederik, Mette, Schöne Aussicht oder Meeresblick trugen. Diese Stadt erstreckte sich auf der einen Seite ein paar Reihen weit und wandte dem Sneum Bach den Rücken zu, der sich im Augenblick braun und übersatt durch die Wiesen schlängelte, flankiert von winterbleichem Schilf.

Im Sommer tobte hier das Leben, wenn die Leute aus der Stadt heraus und zum Deich hin strebten, wo der Himmel über ihren Köpfen unendlich war. Jetzt war kein Mensch zu sehen.

An der Schleuse angekommen, bog sie ab und parkte ihren

Wagen auf dem Kiesplatz. Sie blieb im Auto sitzen und biß einige Male von ihrem Döner ab, hatte jedoch keinen Appetit. Sie zündete sich eine Zigarette an, stieg aus und zog den Reißverschluß ihrer Jacke bis unters Kinn, schlug auch noch den Kragen hoch.

Es war verflucht kalt. Der Frost hatte dünne Eisränder am Ufer zwischen dem Schilf gebildet. Die kleinen Badestege vor den Hütten ragten in das erdfarbene Wasser, aber kein Boot war daran vertäut. Oben in den Gärten hinter den Hütten reckten kleine Jollen ihren Bauch wie tote Fische in die Luft. Der Winter und die Kälte hatten die Landschaft und die Hüttenstadt in eine Leichenstarre versetzt. Alles war kahl und steif.

Sie schaute auf die Uhr. Er konnte frühestens in einer Viertelstunde hier sein, schätzte sie.

Sie blieb am Holzzaun stehen, wo der Bach eine Biegung machte und unter der Brücke am Schleusentor verschwand. Der kleine asphaltierte Weg führte über den Bach, weiter Richtung Süden. Folgte man ihm durch die Wiesen, gelangte man zu dem kleinen Dorf Store Darum, das die nächste Enklave aus Bäumen, Büschen und Häuserdächern in der flachen Landschaft bildete.

Die Schleuse selbst war ein Schließmechanismus aus Stein, Beton und Metall, der wie ein Pfropfen in ein Loch im Deich gesteckt worden war. Als einziges Gebäude gab es einen kleinen, weiß gestrichenen Schuppen oben über dem Deichtor, von der Größe eines Hafenschuppens. Das Gebäude beherbergte den einfachen Schleusenmechanismus, der sich auf einem Satz Miniaturschienen bewegen ließ, die ganz oben die gesamte Breite des Tores einnahmen.

Sie ging die Steintreppe hinauf, die auf den Deich führte. Der kleine Schuppen war ein Stück in ihn eingelassen. Erst direkt dahinter erhob sich der Deich in seiner vollen Höhe, um anschließend zur Land- und zur Wasserseite hin jeweils auszulaufen. Sie ging langsam an dem Schuppen vorbei. Seine Holztür war durch ein solides Vorhängeschloß mit kräftigem Beschlag versperrt.

»Ich bin es, Nina.«

»Ist alles in Ordnung?« erklang es aus dem Schuppeninneren.

Sir Walter hatte sich jede Form von Kontakt verbeten, abgesehen von dieser kleinen Meldung, nachdem die Aktion angelaufen war.

»Ja. Ich nehme jetzt meine Position ein.«

Sie ging die letzten Schritte hinauf und blieb einen Moment lang oben auf dem Deich stehen. Hier schien der Wind noch kälter zu sein, und bald brannten ihr die Wangen und die Ohren.

Alles sah aus, wie es aussehen sollte. Wie sie die Details aus der Wirklichkeit und von Sir Walters Fotos in Erinnerung hatte.

Der Bach lief nur ein kurzes Stück durch das flache Deichvorland, bevor seine Mündung eins wurde mit dem Meer. Draußen, wo die braune Farbe verdünnt wurde und dann ganz verschwand, schwamm ein Schwarm Vögel, vermutlich Gänse. Vereinzelte Möwen waren in der Luft und flogen schreiend über das Schleusentor.

Sie stellte sich an den niedrigen Holzzaun oben an der Schleuse. Genau dorthin, wo sie stehen sollte.

Die Sonne ließ das Meer wie Silber glänzen. Sie konnte nach Fanø hinübersehen, das sich als dunkler Streifen am Horizont abzeichnete. Weiter oben an der Küste sah sie den Rauch aus dem riesigen Schornstein des Kraftwerks, er sah aus wie ein weißer Watteschwanz, der an den blauen Himmel geklebt worden war, während der Block 3 selbst wie ein Betonklotz hinter den schwarzen Kohlenhalden lag. Genauso verhielt es sich mit einem anderen Schornstein ein Stück weiter landeinwärts. Er mußte zur Müllverbrennungsanlage gehören, die wie ein Gürteltier aus schwarzem Glas hervorragte. Ganz hinten an der Uferlinie konnte sie die Erhöhungen und Wälle erahnen, die jahrzehntelanges Deponieren von Abfall um den Müllplatz in Måde herum geschaffen hatten. Die vielen Windräder standen wie weiße Türme an der Scheidelinie zwischen Land und Wasser, dort draußen, wo der Westwind die größte Macht besaß.

Zu beiden Seiten erstreckte sich der Deich, grün und endlos.

Normalerweise legten sie sich hier hin, um zu lesen und zu quatschen, Jonas und sie, ein Stück den Deich hinauf. Im Sommer konnte man hier geradezu riechen, wie alles wuchs und lebte, wenn die Insekten durch die Luft schwirrten. Dann toste hier das Leben. Jetzt waren sogar die Schafe fort. Die Todesstarre hatte eingesetzt.

Sie schaute zurück und begriff, warum Sir Walter ausgerechnet diese Stelle ausgesucht hatte. Sie war, wie er sagte, ideal, wenn man das Wort hier verwenden durfte. Wenn sie wie jetzt gegen den Bretterzaun gelehnt stand, gab es ganz einfach vom Hinterland her keinen möglichen Schußwinkel. Sie verschwand in dem toten Winkel zwischen der Deichkrone und der Deichflanke ein paar Meter tiefer. Niemand konnte sich von den Seiten her unbemerkt nähern. Es gab nur einen einzigen Weg für einen Menschen ohne Ortskenntnisse, den kleinen Schleusenweg.

Abdel Malik Al-Jabali würde nah herankommen wollen. Das mußte er auch. Nicht wie draußen auf der Sandbank, wo er von seinem Ritual hatte abweichen müssen. Wenn die Gelegenheit sich bot, würde er eine Hinrichtung mit Genickschuß inszenieren. Sein Kennzeichen.

Sie konnte das Loch sehen, das Sir Walter in die kleine Holzplatte gesägt hatte, die vor das Schuppenfenster zum Wasser hin eingesetzt worden war. Und sie wußte, daß der Beschlag mit dem Türschloß lose saß, so daß er augenblicklich eingreifen konnte. Ob Merlin Angst hatte? Sie konnte sich nicht vorstellen, daß der alte Mann jemals offensichtliche Zeichen von Nervosität gezeigt haben könnte. Die Kraft der Gedanken machte ihn souverän – aber er hatte schon früher Fehler begangen. Was er auch zugab.

Sie selbst spürte keine Angst. Das mußte ein irrationales Phänomen sein. Denn wenn sie jetzt nicht zu spüren war, wann dann? Das einzige, was sie merkte, war ihr Puls, der schneller schlug als normal, und außerdem das angespannte, wachsame Gefühl im Körper, das sicher vom Adrenalin verursacht wurde.

Der Vogelschwarm flog auf. Es waren Gänse. Sie konnte es an den langen Hälsen und den charakteristischen heiseren Schreien erkennen. Sie sammelten sich zur Formation und flogen gen Süden.

Als sie auf ihre Uhr sah, war es genau 33 Minuten her, daß sie den Wagen abgestellt hatte. Da hörte sie ein Geräusch in der Ferne. Es wurde immer deutlicher. Es klang wie ein Moped.

Sie ging ein paar Schritte den Deich hinauf und spähte zu den Hütten und der Straße hinüber. Jetzt kam er zum Vorschein. Ein Mann in Gummistiefeln, in einem blauen Overall, mit orangefarbenem Sturzhelm auf dem Kopf. Er hatte den traditionellen Milchkasten auf dem Gepäckträger und eine Angel dabei, die auf dem Lenker lag. Verdammt, ein Einheimischer. Wieso ausgerechnet jetzt? Wenn er sich hier in der Nähe hinstellte, mußten sie die ganze Aktion abblasen.

Der Mann stellte sein Moped unten auf dem Kiesplatz ab und trottete langsam auf die Treppe zu, die Angel unter dem Arm. Er hatte seinen Sturzhelm nicht abgenommen. Diese Tatsache ließ sie die Jacke öffnen und instinktiv fühlen, ob die Pistole auch dort saß, wo sie sein sollte.

Sie ging zurück zum Bretterzaun und nahm ihren Platz ein. Jetzt hörte sie seine Schritte auf der Steintreppe. Sie schaute sich über die Schulter um. Der Mann blieb oben auf dem Deich stehen und schaute in die Runde. Dann nickte er ihr zu. Er blieb stehen und fummelte mit Angelschnur und Spule. Das mußte einer aus Esbjerg sein. Aber das Schild »Angeln verboten« konnte niemand übersehen. Wahrscheinlich galt das nur für den Bach, sicher würde er weiter hinausgehen.

Ihr Herz schlug jetzt noch heftiger. Der Mann machte ein paar Schritte nach vorn und blieb dann wieder stehen, um die Angel zu ordnen. Dann ging er hinter ihr weiter, und sie ließ ihren Blick übers Meer gleiten.

Entweder jetzt, oder es ist falscher Alarm. Sie konnte den Gedanken gerade noch zu Ende bringen. Da spürte sie, wie ihr etwas Kaltes in den Nacken gepreßt wurde.

»Keine Bewegung!«

Der schroffe Befehl kam auf Englisch.

Sie erstarrte. Kälte und Wind waren verschwunden. Der blaue Himmel senkte sich über sie, und sie befand sich in einem kleinen, geschlossenen Raum. Es gab hier nur sie und den Feind hinter ihr. Es war soweit.

Der Druck auf ihren Nacken verschwand, und sie registrierte das Geräusch der Angel, die der Mann wegwarf.

»Hände in den Nacken! Umdrehen! Langsam!«

Sie gehorchte.

Der Mann stand vor ihr, die Pistole in der ausgestreckten Hand. Die Mündung zielte auf ihr Gesicht. Er hatte den Sturzhelm abgenommen. Seine Haut war dunkel, er hatte kurze Haare und trug einen Vollbart. Seine schwarzen Augen waren ruhig, sie konnte ein Lächeln in ihnen ahnen. Sein Gesicht war unerwartet sanft.

»Warum?«

Er antwortete nicht, aber sein Lächeln wurde deutlicher. Er machte eine Bewegung mit der Pistole und zeigte auf das Gras.

»Hinknien!«

Sie zögerte. Trat einen Schritt vor. Er machte einen zurück. Dann zeigte er wieder. Machte sich bereit für sein Ritual. Es geschah, wie Sir Walter es vorausgesagt hatte. Jetzt wartete Merlin auf die Gelegenheit für einen sicheren Schuß auf sein Ziel.

»Auf die Knie, Hündin!«

Seine Augen funkelten, aber er verzog keine Miene. Sie gehorchte, ließ sich auf die Knie ins Gras sinken.

»Hände auf den Rücken!«

»Warum? Warum?«

Sie schrie und starrte zu ihm hoch. Das Lächeln war verschwunden.

Der erste Schuß ertönte und ließ die Wände des kleinen Raumes in ihrem Bewußtsein zusammenstürzen.

Er schrie und verlor das Gleichgewicht, als die Kugel ihn am Schlüsselbein traf. Sie rollte zur Seite. Registrierte automatisch die vorgestreckten Arme. Arme, die auf der Fensterbank ruhten. Die Holzplatte vor dem Schleusenhausfenster war weg. Jetzt war da nur noch ein schwarzes Loch – und weiße Hände, nur wenige Meter entfernt. Merlins Hände – voller Zauberkraft.

Der zweite Schuß zerriß Al-Jabalis Nylonoverall an der rechten Schulter. Den Einschuß des dritten konnte sie nicht sehen. Aber eine unsichtbare Hand drückte den Angreifer nach hinten gegen den Bretterzaun, und seine Pistole verschwand in einem leichten Bogen.

Jetzt kam sie auf die Füße. Sie hörte, wie Sir Walter die Tür auftrat, und konnte sein weißes Haar vor dem blauen Himmel auf der anderen Seite der Deichkrone flattern sehen, als sie vorsprang. Abdel Malik Al-Jabali stand vornübergebeugt da, eine Hand auf dem Zaun.

Den Dolch sah sie zu spät. Das blanke Metall zerschnitt ihr Hosenbein und verursachte einen stechenden Schmerz in ihrem Schenkel, als sie ihm gegen den Brustkasten trat. Fast aus der Hocke heraus fegte er ihr mit einem Tritt das andere Bein weg.

Als sie fiel, hatte sie die Hand um den Pistolenknauf geklammert, aber die Waffe verschwand aus ihrer Hand, als der Feind sich auf sie warf. Sie fühlte sein Gewicht auf ihrem Körper und sah aus dem Augenwinkel einen Schuh, der auf die Pistole trat, nur ein paar Armlängen von ihrem Kopf entfernt.

Al-Jabali umklammerte sie mit eisernem Griff und rollte herum, so daß sie plötzlich oben lag, auf dem Rücken. Er packte ihr Haar und riß ihren Kopf nach hinten, während er ihr gleichzeitig den Dolch an den Hals drückte.

Sir Walter stand wenige Meter entfernt, die Pistole in der ausgestreckten Hand. Jetzt hockte er sich langsam nieder und hob ihre Pistole auf, ohne einen Blick von den beiden zu wenden.

Al-Jabali stöhnte in ihr Ohr und rang schwer nach Atem. Dann kam er auf die Knie und zog sie mit sich. Sie spürte die Klinge am Hals. Er konnte sie mit einem einzigen Schnitt töten.

Sir Walter trat zu ihnen, und ihr Kopf wurde noch härter nach hinten gerissen. Sie konnte nichts sehen, nur blauen Himmel.

»Noch ein Schritt, und sie ist tot!« Er schrie es direkt in ihr Ohr.

»Es ist aus, Al-Jabali. Komm zur Vernunft. Wenn du sie umbringst, bist du in der nächsten Sekunde tot.«

Das war Sir Walters Stimme. Fest und schneidend.

Al-Jabali stand ganz auf und zog sie wie einen Schild mit sich.

»Die Autoschlüssel, du Hündin! Wo?«

»In meiner Tasche ... Links ...«

Er ließ ihr Haar los, der Himmel verschwand. Sir Walter hatte immer noch die Pistole auf sie gerichtet.

»Erschieß ihn«, hustete sie. »Erschieß ihn doch, verdammt noch mal ...«

Sir Walter rührte sich nicht. Sie spürte Al-Jabalis Hand über ihre Jacke zur Tasche hin tasten. Im selben Moment drückte sie mit aller Kraft ihren rechten Arm unter seinen und bekam so den Dolch von der Kehle weg. Dann ließ sie sich fallen und kam frei.

Sir Walter schoß sofort. Sie packte den Sturzhelm, und in der Sekunde, als sie sah, wie Al-Jabali den Dolch hob, schleuderte sie ihn mit aller Kraft von sich und traf den Mann schwer am Kiefer. Er taumelte nach hinten und fiel zwischen die Verstrebungen des Bretterzauns. Er klammerte sich an ihnen fest und kam auf die Beine, stand nun am äußersten Rand.

Seine Augen waren weit aufgerissen. Da waren nur noch zwei schwarze Punkte in all dem Weiß. Die eine Seite seines Overalls war dunkel. Dann rutschte seine blutige Hand vom Zaun ab, er fiel nach hinten und verschwand.

Beide stürzten zum Zaun. Im Fallen hatte Al-Jabali offenbar den kleinen Steg gestreift, der direkt über der Wasseroberfläche über die ganze Breite der Schleuse lief. Jetzt trieb er wie eine blaue Puppe auf dem Bauch im Wasser.

Nina kletterte über den Zaun und sprang entschlossen in die braune Flut.

Der Schock des eisigen Wassers ließ eine ganze Serie von kleinen Lichtblitzen vor ihren Augen tanzen. Dann packte sie den leblosen Körper energisch am Kragen und zog ihn zu sich heran. Es gelang ihr, ihn umzudrehen, und auf dem Rücken schwimmend bugsierte sie ihn die wenigen Meter bis zu dem Ufer, auf dem Zementplatten lagen.

Sir Walter stand bereit und zog Al-Jabali aus dem Wasser. Dieser war bei Bewußtsein, hustete heftig, blieb aber regungslos Gras liegen.

Nina fand selbst einen Halt und kroch das letzte Stück die Platten hinauf. Nach Luft schnappend, drehte sie sich auf den Rücken. Erst jetzt traf sie die Kälte mit voller Wucht. Sie zitterte am ganzen Körper und spürte die Schmerzen von der Wunde am Bein und an der Schulter gar nicht.

Verwundert schaute sie zu Sir Walter auf. Er hatte ein Handy am Ohr. Er schrie gegen den starken Wind an.

»Bereit zum Transport! Kommt sofort! Bereitet Notversorgung von Objekt ALFA vor. Wahrscheinlich hoher Blutverlust.«

Sir Walter kniete sich neben sie und untersuchte die Wunde an ihrem Bein.

»Das blutet stark. Das muß schnell gestoppt werden. Ich fahre Sie gleich ins Krankenhaus. Ziehen Sie die nassen Sachen aus.«

Er half ihr aus den tropfnassen Kleidungsstücken und drehte sich höflich weg, als nur noch der BH fehlte. Dann zog er seinen eigenen Mantel und Pullover aus und reichte ihr beides. Anschließend begann er Abdel Malik Al-Jabali zu untersuchen, der beim Luftholen ein merkwürdig pfeifendes Geräusch von sich gab und sich nunmehr etwas bewegte.

Die Schußwunde in der Schulter war offenbar nicht von Bedeutung. Darüber hinaus war er jedoch zweimal in den obersten Teil des Brustkastens getroffen worden, unter dem rechten Schlüsselbein, und einmal etwas tiefer auf der gleichen Seite. Das war der letzte Schuß gewesen, der gefallen war, als Al-Jabali mit dem Dolch dortgestanden hatte.

Während der Planung hatte Sir Walter sich für seine mangelnden Fähigkeiten im Gebrauch einer Schußwaffe entschuldigt. Deshalb war es unabdingbar gewesen, daß die Aktion an einem Ort stattfinden mußte, an dem er mit nur wenigen Metern Entfernung zum Ziel agieren konnte. Von dem Aspekt her war es geglückt. Keine der Schußwunden war augenscheinlich lebensbedrohend – wenn sie auch umgehend eine professionelle Behandlung erforderten. Und die war auf dem Weg.

Sir Walter stand auf, als er das charakteristische Geräusch hörte. Er spähte hinaus über das Meer und entdeckte den Hubschrauber. Seinen Anweisungen gemäß hatte er abflugbereit auf dem Strand an Fanøs Südspitze gestanden, von wo aus er den Deich in wenigen Minuten erreichen konnte.

Zuerst war er nur ein schwarzer Punkt. Dann wurde er immer deutlicher, und auch der Lärm kam näher. Als er schließlich über ihren Köpfen hing, war der Krach infernalisch. Der Druck der Rotorblätter peitschte das trübe Wasser des Baches auf und schickte Druckwellen durch das niedrige Gras.

Sir Walter lief zur Wiese hinunter und dirigierte den Hubschrauber zu einer Stelle, wo der Boden eben war. Der Pilot setzte sicher auf. Ein Mann in Kampfuniform, mit einer Maschinenpistole über der Brust hängend, sprang heraus. Er winkte, und zwei Männer in weißen Overalls folgten ihm und liefen mit einer Trage auf sie zu.

Alles ging blitzschnell. Abdel Malik Al-Jabali wurde auf die Trage gehoben und in Windeseile zum Hubschrauber gebracht. Sir Walter sprach kurz mit einem Mann in dunkler Kleidung. Dann lief der Mann vornübergebeugt zurück und setzte sich wieder ins Cockpit.

Kurz darauf stieg der Hubschrauber auf und nahm Kurs übers Meer, wo er hergekommen war.

Sir Walter strich sein flatterndes Haar zurück. Er lächelte übers ganze Gesicht, als er die Hand ausstreckte und sie hochzog.

»Das war's, Miss Portland. Alles ist in besten Händen.«

Die Vor Frelser-Kirche hatte nie schöner ausgesehen als an diesem Abend. So kam es ihr jedenfalls vor. In das weiche Licht getaucht, war sie wieder ihre vertraute Wegmarke in der Dunkelheit geworden. Dort, wo die Schatten verschwunden waren. Dort, wo das Labyrinth endlich seinen Ausgang gezeigt hatte.

Sie war satt. Sie spürte, wie der Rotwein sich angenehm bis in die Fingerspitzen verbreitete. Es war lange her, daß sie Rotwein getrunken hatte. Wann hatte sie sich zum letzten Mal so ruhig und zufrieden gefühlt? Sie konnte es nicht sagen …

»Woran denken Sie?«

Sir Walter sah sie an und lächelte freundlich.

»Daran, daß ich endlich den Ausgang des Labyrinths gefunden habe …«

»Des Labyrinths?«

»Ja, die ganze Zeit fühlte ich mich wie in einem Labyrinth, dessen Ausgang ich nicht finden konnte.«

»Das ist eine gute Metapher, Miss Portland, ein Labyrinth. Alle nachrichtendienstliche Tätigkeit findet in Labyrinthen statt.«

Sie schaute ihn an, und ihr kam in den Sinn, daß er wohl der Letzte seiner Art war.

»Aber jetzt können wir endlich das mit dem ›Miss Portland‹ lassen, nicht wahr? Dafür haben wir ja wohl genug miteinander durchgemacht. Wir müssen uns duzen. Nenn mich doch Nina.«

»Nun ja, ausgezeichnet, danke.«

Wieder lächelte er. Eine Art Onkellächeln, ähnlich dem von Jørgen. Jetzt müßte er ja wohl sagen, daß sie ihn Walter nennen sollte. Aber das tat er nicht. Er saß nur ruhig da mit seinen freundlichen Augen hinter den hohen Kerzen.

»Skål, Walter. Und vielen Dank.«

Sie hob ihr Glas und nickte ihm zu. Er tat es ihr nach.

»Skål, Nina.«

Sie hatten sehr lecker gegessen, Zlatan hatte darauf bestanden, ihnen ein ganz spezielles Menü zu kochen, natürlich auf Kosten des Hauses.

Er hatte sogar wieder angefangen zu weinen, als sie durch die Tür trat. Hatte sie an sich gedrückt, sie auf die Wange geküßt – und geweint – und um Verzeihung gebeten.

Wie es mit Zlatan und seiner Familie weitergehen würde, wußte sie nicht. Sie hatten Angst vor Repressalien von Al-Jabalis Sympathisanten. Aber dem kleinen Bosnier konnten sie nichts vorwerfen. Er hatte getan, was er hatte tun müssen. Al-Jabali die Information gegeben. Daß es eine Falle war, das war nicht seine Schuld. Außerdem war es unwahrscheinlich, daß Leute, die nur Handlangerfunktion hatten, auf eigene Faust Rache übten. Dennoch überlegte Zlatan, mit seiner Familie nach Deutschland zu ziehen, zu seinem Bruder. Nina hoffte, daß er wieder auf bessere Gedanken kam, wenn die ganze Aufregung sich erst gelegt hatte.

Jetzt hatten sie genußvoll seine Hähnchenspieße, gewürzte Frikadellen, Salat und Ofenkartoffeln gegessen und den Wein getrunken, den er aus irgendwelchen Verstecken hervorgezaubert hatte.

Sie hatte darauf bestanden, daß Sir Walter bei ihr aß, obwohl er sie ins Restaurant hatte einladen wollen.

Das Drama draußen am Deich hatte ein langes Nachspiel gehabt. Nachdem sie beim Unfallarzt gewesen war, fuhren sie zum Polizeirevier. Es war ein Erlebnis, Sir Walter zu beobachten. Ruhig spazierte er den langen Flur entlang und wies höflich, aber bestimmt Kriminaldirektor Birkedal in die Schranken, als dieser ihm weismachen wollte, daß der Polizeipräsident keine Zeit für einen Besuch habe.

Die unaufdringliche Autorität, mit der sich Sir Walter präsentierte, öffnete alle Türen, und sie hatten sich gerade erst auf die Stühle vor dem Schreibtisch des Polizeipräsidenten gesetzt, als Birkedal hinzukam und sich entschuldigte, daß er zunächst so kurz angebunden gewesen war. »Aber wir haben es hier im Augenblick mit vier Morden zu tun.«

Polizeipräsident Sønderskov hörte konzentriert zu, während Sir Walter die Zusammenhänge erklärte. Von Miss Portlands erstem Interesse an dem russischen Seemann und dem alten Mordfall auf der MS Ursula bis zur Autobombe und der Leiche im Hotel.

Er erwähnte natürlich nichts davon, daß die Massenvernichtungswaffen aller Wahrscheinlichkeit nach wie ein Schatz in irakischem Sand vergraben werden sollten. Er unterstrich nur, von welcher äußersten Wichtigkeit es war, daß dieser Abdel Malik Al-Jabali als ein Führer des Al-Qaida-Netzwerkes in Bosnien-Herzegowina zum Verhör an den britischen Geheimdienst MI6 überstellt wurde.

Sie hatte das Gefühl, daß der Polizeipräsident die Geschichte glaubte, zumindest teilweise. Er hatte bereits begonnen, vertiefende Fragen zu stellen, als das Telefon klingelte.

Das Gespräch dauerte eine ganze Weile, und als er auflegte, lächelte er Sir Walter freundlich zu und nickte.

»Das war Ove Gudmundsen, Leiter des Polizeilichen Nachrichtendienstes. Er hat mir eine vorläufige Erklärung gegeben und vorgeschlagen, daß wir uns morgen treffen sollten, in meinem Büro. Und soweit ich verstanden habe, wird auch ein Repräsentant des MI6 daran teilnehmen, neben Ihnen.«

Der Polizeipräsident hatte den letzten Satz in fast andächtigem Ton ausgesprochen. Nina hatte sich auf ihrem Stuhl zurückgelehnt und gedacht: Wann wird ein Polizeipräsident in Esbjerg es wohl jemals wieder erleben, daß der Chef des dänischen Inlandsgeheimdienstes und ein Abgesandter des britischen MI6 gemeinsam an seiner Bürotür anklopfen. Ihrem obersten Chef schienen ähnliche Gedanken durch den Kopf zu gehen, denn er hatte sehr zufrieden ausgesehen.

Sie zündete sich eine Zigarette an und sah Sir Walter fragend an.

»Ich bin die einzige, die das letztendliche Ziel der Operation kennt, nicht wahr? Die anderen werden nichts über den Irak erfahren, oder?«

»Natürlich nicht. Aber warten wir es erst einmal ab. Es ist eine riskante Sache, die Behälter dort zu deponieren. Ich sehe es erst einmal so, daß die Möglichkeit, es zu tun, in die Wege geleitet ist.«

»Warum hast du es mir erzählt?«

»Du hattest einen Anspruch darauf, alles zu erfahren, Nina. Deshalb …«

»Und was ist, wenn ich es jemandem erzähle?«

»Das wirst du nicht tun.«

»Warum nicht?«

»Weil du dafür zu intelligent bist. Zum einen gibt es niemanden, der dir glauben wird. Zum anderen wirst du doch nicht in den Krieg gegen MI6 ziehen. Wenn du das tätest, könntest du schnell erleben, daß du wieder in einem neuen Labyrinth landest.«

»Ist das eine Drohung?«

»Nicht von meiner Seite. Aber ich weiß, wie das System reagieren würde. Wenn du theoretisch gesehen plötzlich eine Gefahr darstellst, wird man deine persönlichen Verhältnisse analysieren und schnell herausfinden, daß du verwundbar bist. Du hast einen Sohn, du hast eine Familie, du hast einen Job, der dir wichtig ist. Das sind genug Schwachpunkte.«

»Würde man das tun?«

»Ja, ohne mit der Wimper zu zucken. Und genauso wird man auch versuchen, Al-Jabali zu brechen.«

Sie goß den letzten Schluck Wein in sein Glas. Zur Feier des Tages hatte sie selbst zwei Gläser getrunken, aber jetzt war sie zu Bier übergegangen. Sie sah ihn an. Er sah immer noch freundlich aus. Sie konnte nicht sagen, warum, aber sie hatte das Gefühl, daß sie ihn vermissen würde.

»Wie, brechen?«

»Es gibt das Gerücht, daß er Frau und Kinder hat. Früher oder später bricht er zusammen.«

»Wirst du bei den Vernehmungen dabeisein?«

Sir Walter schwieg einen Moment und schaute in die Flammen der beiden Kerzen. Dann nickte er.

»Ja, ich werde zum Teil bei den Vernehmungen dabeisein.«

»Warum, gibt es dafür einen bestimmten Grund?«

»Ich will wissen, wo wir Tommys Leiche finden können. Das ist das mindeste, was ich tun kann. Das ist ein Teil des Preises, ein

Teil meiner Absprache mit Hunter. Tommy Blackwood soll in britischer Erde begraben werden. So ist es nun einmal. Man holt seine Leute heim …«

»Und hinterher, was dann? Du willst aus Schottland wegziehen?«

»Ja, ich werde so schnell wie möglich nach Südafrika gehen. Ich vermisse meine Tochter und ihre Kinder. Dort werde ich mich in einem kleinen Dorf nicht weit vom Kap der Guten Hoffnung niederlassen, Simons Town heißt es, eine friedliche Urlauberstadt. Da kann man zusammen mit Pinguinen baden. Ist das nicht merkwürdig? Und für den Rest meiner Tage will ich nur noch Großvater sein …«

25

Die Kakteen standen in Winterruhe auf der Fensterbank in ihrer knochentrockenen Erde. Sie hatte gerade jeden einzelnen begutachtet, und es ging ihnen gut. Vielleicht hatte Jørgen doch recht? Vielleicht war sie mit diesen zähen Biestern mit ihren nadelscharfen Stacheln verwandt, wie er neckend behauptet hatte? Aber eigentlich hatte sie sich in letzter Zeit eher wie eine verletzliche und erschöpfte Topfpflanze gefühlt.

Eine dünne Schicht Pulverschnee lag auf den Bürgersteigen, dem Kirchendach und den kahlen Zweigen hinten auf dem alten Friedhof. Draußen waren minus sechs Grad, aber in ihrem Wohnzimmer glühten die Heizkörper.

Es war noch früh am Samstagvormittag. Der zweite Samstag im Januar. Alle praktischen Dinge waren erledigt. Sie hatte eingekauft, damit der Kühlschrank für das Abendessen gefüllt war, so gut sich das gleich nach dem Weihnachtsmonat machen ließ, nachdem das Konto wie selbstverständlich weit überzogen war. Ansonsten schuldete sie niemandem etwas. Es standen keine Rechnungen mehr offen, alle Zweifel waren ausgeräumt. Niemand wollte etwas von ihr.

Sie zog die Decke bis zum Kinn hoch, legte das neue Buch über Sukkulenten, das sie zu Weihnachten geschenkt bekommen hatte, auf den Couchtisch und schloß die Augen. Sie war frei, so frei, wie es nur ging.

Jonas saß am Computer, die Kopfhörer auf den Ohren, damit sie nicht die Schußsalven und Explosionen mit anhören mußte. Er spielte ein neues Actionspiel, das Astrid und Jørgen ihm zu Weihnachten geschenkt hatten. Das einzige, was sie hörte, war das Geräusch seiner kleinen, flinken Finger auf der Tastatur und die Luftsprünge, die er ab und zu auf dem Bürostuhl machte.

Das waren beruhigende Geräusche, wenn man mit geschlossenen Augen dalag, und sie bestätigten, daß er ganz in ihrer Nähe war. Endlich.

Sie drehte sich um. Ab und zu durchschoß ein kurzer Schmerz ihren rechten Schenkel, dort, wo der Dolch hineingestoßen worden war. Die Klinge hatte den Muskel zerfasert, aber laut Arzt war es nur eine Frage der Zeit, bis die Schmerzen ganz aufhörten.

Es schien Lichtjahre her zu sein, daß sie über die Betonplatten bei der Schleuse gekrochen war und sich keuchend im Gras gewälzt hatte, vor Kälte zitternd. Damals hatte sie ganz und gar nicht das Gefühl gehabt, daß alle Fäden entwirrt werden könnten und das Ganze gut endete. Aber so war es gekommen.

Das Treffen im Büro des Polizeipräsidenten war das einzige, bei dem sie dabeigewesen war. Der Rest war hinter den Kulissen geregelt worden, von denen, die sich mit Labyrinthen auskannten.

Der Zauberer Merlin, Sir Walter Draycott, war in Begleitung des operativen Chefs von Vauxhall Cross erschienen, William F. Hunter, der wiederum vorher in Kopenhagen gewesen war, um mit Ove Gudmundsen zu sprechen, dem Leiter des Polizeilichen Nachrichtendienstes PET. Er war natürlich auch bei dem Gespräch mit dem Polizeipräsidenten in Esbjerg dabeigewesen, wie auch Kriminaldirektor Birkedal, der aussah, als erlebte er durch diese dramatischen Ereignisse einen zweiten Frühling. Er war aufgeräumt wie nie zuvor.

Die zentrale Frage lautete, wie der Fall abgeschlossen werden konnte, nachdem die Ermittlungen unter so intensiver Medienbeobachtung stattgefunden hatten. Drei Opfer einer Autobombe und eine Leiche in einem Hotelzimmer, das konnte man nicht so einfach wegzaubern und aus dem öffentlichen Gedächtnis löschen.

Sie hatte genau zugehört und alles aufgesogen, was die Meister des Labyrinths sagten, wobei sie sich teilweise untereinander so souverän die Bälle zuspielten, daß Sønderskov und Birkedal nur noch große Fragezeichen waren. Am Ende kam etwas dabei heraus, was sie als »eine moderne Lösung« bezeichneten.

»Offenheit ist das beste Mittel. Das löscht alle derzeitigen Spuren und läßt uns anschließend in Ruhe weiterarbeiten«, hatte Hunter mit einem Lächeln erklärt, das einem Wolf nicht schlecht gestanden hätte.

Die Lösung sah so aus, daß die Öffentlichkeit ganz ehrlich in die Geschichte eines al-Qaida-Mitglieds eingeweiht wurde, der zu einem Rekrutierungsbesuch in Esbjerg war. Der MI6 war ihm auf den Fersen gewesen, und eine kleine Überwachungsgruppe hatte sich gezwungen gesehen, ohne lange Überlegung einzugreifen, als das al-Qaida-Mitglied offensichtlich untertauchen wollte.

Es wurde bewußt betont, daß der Entschluß, auf dänischem Boden aktiv zu werden, eine absolute Notlösung gewesen sei. Die ganze Zeit sei es die Absicht von MI6 gewesen, die dänischen Kollegen in die Sache miteinzubeziehen. Außerdem entschuldigte man sich bei der Regierung gebührlich für diese Aktion, nachdem die Opposition sofort scharf protestiert und erklärt hatte, es sei nicht hinnehmbar, daß die Souveränität des dänischen Geheimdienstes auf diese grobe Art und Weise unterminiert wurde.

Nach dem Austausch der obligatorischen Noten zwischen den beiden Außenministerien wurde die Sache fallengelassen und geriet erstaunlich schnell in Vergessenheit. Zwar hatte die Presse die Affäre lang und breit behandelt. Schließlich war es aufsehenerregender, dramatischer Stoff. Und die Öffentlichkeit war beunruhigt, weil ein Terrorist jetzt auch auf dänischem Boden zugeschlagen hatte, aber die Wogen glätteten sich sehr viel schneller, als es vor dem 11. September 2001 der Fall gewesen wäre.

Die Welt – und die Dänen – waren dabei, sich daran zu gewöhnen, daß die Länder aufgrund der globalen Terrorgefahr enger als je zuvor zusammenarbeiten mußten. Und sollte diese Gefahr von einigen vergessen worden sein, ja, dann hatten die Zugbomben in Madrid ihnen gewaltig wieder auf die Sprünge geholfen. Man begriff die Notwendigkeit einer Zusammenarbeit, und man war erleichtert über das resolute Eingreifen.

Man ließ verlauten, daß der Mann hinter den vier Morden in Esbjerg, das al-Qaida-Mitglied, verhaftet worden sei, als er in Harwich an Land ging, nachdem er mit der Fähre von Esbjerg aus geflohen war. Er befand sich nun also in britischer Haft, was das dänische Justizministerium nach anfänglichem Zögern akzeptierte, da er des Mordes an vier britischen Staatsangehörigen beschuldigt wurde und es außerdem Gerüchte gab, daß die Anklage möglicherweise noch um den Mord an britischen Agenten in Bosnien-Herzegowina in den Neunzigern erweitert werden sollte.

Somit konnte die Esbjerger Polizei die umfangreichen Ermittlungen beenden, bevor sie eigentlich richtig in Fahrt gekommen waren.

Hunter und Gudmundsen hatten offenbar ihre Trümpfe vor dem Treffen in Esbjerg gut gemischt, so daß die Entscheidung nicht mehr Gegenstand größerer Diskussionen war. Sir Walter hatte nur schweigend dabeigesessen, mit einem leisen Lächeln um die Lippen.

Dafür hatte er anschließend darum gebeten, noch einen einzelnen Punkt zu diskutieren: »Miss Portlands zukünftige Situation«, wie er es genannt hatte.

Sie war wie ein Schulmädchen vor die Tür geschickt und nach einer Viertelstunde wieder hereingerufen worden.

Der Polizeipräsident erklärte, daß der Fall keine Konsequenzen für sie haben werde, sie jedoch eine Rüge bekomme, weil sie auf eigene Faust Nachforschungen in Tallinn und in London angestellt habe, und überhaupt sei es völlig unakzeptabel, der eigenen Dienststelle Informationen vorzuenthalten.

»Nachdem das gesagt ist, muß ich zugeben, daß ich jedoch ein gewisses Verständnis für die delikate Situation habe, in der du dich plötzlich befunden hast, Portland«, erklärte Polizeipräsident Sønderskov.

Anschließend hatten sie zusammen mit Gudmundsen, Hunter und Sir Walter zu Mittag gegessen. Gudmundsen hatte in einem diskreten Moment gemeint, daß sie aus dem Stoff sei, den der PET immer brauchen könne, wenn sie also, irgendwann einmal ... Später hatte der MI6-Chef sie auf dem Flughafen beiseitegenommen und ihr seine Zufriedenheit und Bewunderung für ihre Hartnäckigkeit und Tatkraft ausgesprochen. Ihr gesamtes Handeln habe, wie er sich ausdrückte, »ein großes Potential« gezeigt.

Sie öffnete die Augen, blieb regungslos liegen und schaute hinauf zu einer Spinne, die sich in einer Ecke über ihrem Kopf ihr Netz gewebt hatte.

Jonas' Finger liefen immer noch emsig über die Tastatur, und jetzt schrie er in seinem eigenen Universum vor Begeisterung auf. Ob er wohl einen Verbrecher erschossen hatte?

Dann schloß sie die Augen wieder und gähnte. Vielleicht war das eine Art raffiniertes Jobangebot von den Männern des Labyrinths gewesen, wer weiß. Männer sagten soviel, was sie doch nicht meinten. Der Abstand zwischen der Welt, in die sie einen Einblick bekommen hatte, und dem armen Ingenieur, der Müllcontainer in Brand setzte, war riesig.

»Ich bin das graue Gold«, hatte er mehrere Male während der Vernehmungen und der richterlichen Anhörung wiederholt. In der nächsten Woche würden sie das Ergebnis der psychiatrischen Untersuchung erhalten. Das war der Hilferuf eines deprimierten, überflüssigen Mannes mittleren Alters gewesen. Dessen war sie sich sicher.

Sie hatte Sir Walter zum Abschied umarmt. Mit so etwas sollte man nicht geizig sein, wenn man wirklich festgestellt hatte, daß jemand eine Umarmung wert war. Er hatte sie mit seinem sanften Blick angeschaut und ihr auf altväterliche Art übers Haar gestrichen. Sie konnte sich noch genau an seine Worte dabei erinnern:

»Es war mir ein ausgesuchtes Vergnügen, dich kennengelernt zu haben, Nina.«

Bevor er zum Flugzeug ging, erklärte er, daß er sich melden werde, sobald Tommy Blackwoods Leiche gefunden war, falls sie bei der Beerdigung dabeisein wollte.

Mit einer Entscheidung in dieser Sache wollte sie lieber warten, bis es soweit war. Aber sie hoffte, daß sie Abdel Malik Al-Jabali knacken würden, damit zumindest die Blackwoodfamilie ihren Frieden bekäme.

Es war halb zwölf, als sie aufwachte. Jonas saß immer noch gespannt vor dem Bildschirm. Eine kleine Siesta auf dem Sofa unter einer Wolldecke, das war doch das Schönste. Draußen schneite es jetzt. Die meisten behaupteten ja, daß ihnen das Schlimmste noch bevorstünde, Januar, Februar und März. Kälte, Dunkelheit, Matsch und Regen.

Svendsen würde die meiste Zeit erkältet sein, und er würde erklären: »Nina, ich bin erst wieder im April ein richtiger Mensch.«

Aber ihr ging es nicht so. Zumindest dieses Mal nicht. Sie war froh und gut gelaunt, ausgeruht und durchgewärmt. Sie würde gleich Johnny Madsen in den CD-Player legen und anfangen, das Essen für heute abend vorzubereiten.

Das sollte ein großer Abend für sie werden. Für alle. Ihr Vater kam sie und Jonas zum ersten Mal besuchen, zusammen mit Astrid und Jørgen. Sie hatten auch Weihnachten zusammen gefeiert. Das schönste seit langem. Der alte Kapitän war klar im Kopf und fröhlich gewesen, und während die anderen Rotwein tranken, war er bei seinem Leitungswasser geblieben. Seine Augen wurden feucht und glänzten, als sie zu fünft um den Tannenbaum gingen, einander bei den Händen gefaßt. Während des Kaffees hatte er sie mit Geschichten von den sieben Weltmeeren unterhalten, während der Duft von Jørgens Cavendish durch die niedrige Stube in Sønder Land zog. Es war dieser Heiligabend, der sie hatte hoffen lassen.

Sie stand auf, ging vorsichtig zum Computer und tippte Jonas auf die Schulter. Er sah sie verblüfft an, als sie ihm die Kopfhörer abnahm.

»So, mein Schatz, für heute reicht es. Schluß …«

»Ja, aber ich bin doch mitten in einem Spiel.«

»Das ist schade. Aber mach jetzt aus. Wir wollen das Essen zubereiten.«

»Ach, Scheiße!«

»So etwas möchte ich nicht hören, verstanden?«

»Hm. Du, Mama, als dieser al-Qaida-Mann hier in Esbjerg war. Seid ihr nie so dicht an ihn rangekommen, daß ihr auf ihn schießen konntet?«

Er wußte Bescheid über die Sache. Natürlich hatte er davon in der Schule gehört und zwei und zwei zusammengezählt.

»Du, da war gar kein Virus, nicht? Ich sollte nur auf Fanø bleiben, weil er hier herumgerannt ist, dieser Terrorist, und weil du Polizeibeamtin bist. Dann hätte er mich als Geisel nehmen können, oder die Tante oder den Onkel.« So sah sein Weltbild aus, und sie hatte zugegeben, daß schon einiges an dem Gerede dran war, sich aber im großen und ganzen doch an die offizielle Version der Geschichte gehalten.

»Nein, mein Lieber. Wir haben ihn nicht gesehen. Warum hätten wir dann also schießen sollen?«

»Aber wenn du ihn erwischt hättest, was dann?«

»Dann hätte ich ihn festgenommen, wie es sich gehört. Hätte ihm Handschellen angelegt.«

»Und wenn er sich gewehrt hätte?«

»Dann hätte ich ihm höchstens einen Kinnhaken verpaßt, mein Lieber. Man schießt nur, wenn man in Lebensgefahr ist.«

»Ich habe gerade acht Level geschafft – und jede Menge geschossen. Ich bin ein CIA-Agent, und im letzten Spiel habe ich einen Auftragskiller erschossen und gewonnen.«

»Mensch, bist du tüchtig, mein Schatz. Aber einige Erwachsene meinen, daß solche Spiele nicht gut für Kinder sind. Vielleicht bin ich ja eine schlechte Mutter.«

»Wieso? Warum soll das nicht gut sein? Das ist doch nur ein Spiel ...«

»Na los, jetzt komm. Wir müssen anfangen, das Essen vorzubereiten, wenn wir alles schaffen wollen.«

Ihr Vater hatte während des Weihnachtsessens verraten, daß er sehr gerne orientalisch aß. Heute wollte sie die besten Leckerbissen aus einem ihrer Kochbücher servieren, »Die Küche des Ostens«. Am Abend zuvor hatte sie gründlich die Rezepte studiert. Es gab viel vorzubereiten.

Jonas war gerade dabei, Hähnchenteile in Marinade einzulegen, als es an die Tür klopfte. Sie ging hin und öffnete. Es war Bent.

»Hallo, Nina, wie geht's? Herrlicher Schnee draußen, was?«

»Hallo, ja, sieht richtig schön aus. Hoffentlich bleibt er noch eine Weile liegen.«

»Hast du schon von deinen neuen Nachbarn gehört?«

»Nein, wer ist es denn?«

»Sie ziehen in Bergholts Wohnung. Der ist doch jetzt im Pflegeheim. Weißt du das gar nicht?«

»Ach, ich habe ganz vergessen nachzufragen.«

»Ich habe die Neuen letztens gesehen, ein junges Paar mit zwei Kindern, einem Jungen und einem Mädchen. Der Junge ist in Jonas' Alter. Der Mann arbeitet in einem Reserveteillager, vielleicht kann ich mal mit ihm ins Geschäft kommen. Und sie ist Krankenschwester. Ich habe ihnen gesagt, daß sie sich hier im Haus sicher wohl fühlen werden, und daß sie sich keine Sorgen machen müssen, schließlich ist ihre Nachbarin eine scharfe Bullin. Ist inzwischen im Revier wieder Ruhe eingekehrt?«

»Ja, alles läuft wieder seinen gewohnten Gang. Jetzt müssen die Engländer den Rest erledigen.«

Bent nickte und trat von einem Bein aufs andere.

»Habt ihr nicht Lust, heute abend zu mir zum Essen zu kommen? Ich könnte was bei meinem guten Freund Zlatan holen.«

»Tut mir leid, Bent, das geht nicht. Wir bekommen Familienbesuch. Aber wie kommt es denn, daß Zlatan auf einmal dein guter Freund ist?«

»Er hat eine Dunstabzugshaube eingebaut, und an dem Abend hat er mich in sein Hinterzimmer eingeladen. Dort haben wir Bier getrunken und irgend so ein gewürztes Fleisch gegessen. Er ist wirklich ein feiner Kerl. War total gut drauf. Zuerst hat er nach all den Aufregungen überlegt, nach Deutschland zu ziehen, aber jetzt will er doch lieber hierbleiben. Die Polizei hat ihm gesagt, daß er nichts mehr zu befürchten hat.«

»Das denke ich auch. Ja, Zlatan ist ein feiner Kerl. Das habe ich doch die ganze Zeit gesagt, oder?«

»Doch, ja – nun, dann gehe ich mal wieder. Ich will mir noch einen alten Audi angucken. Sag Bescheid, wenn du …«

»Das ist nicht aktuell, mein Lieber. Bis bald.«

Der gute Bent wollte gerade zurück in seine Wohnung gehen. Da drehte er sich plötzlich noch einmal um.

»Ach, Nina, weißt du eigentlich, wo der größte Kaktus der Welt steht?«

»Nee, ich glaube nicht. Ist das ein Quiz? Wo steht er?«

»Keine Ahnung … Darüber mußte ich nur gestern den ganzen Abend nachdenken. Bis bald!«

Sie schlug die Wohnungstür zu und wäre fast auf all den Werbebroschüren und Anzeigenblättern ausgerutscht, die der Postbote durch ihren Briefschlitz gezwängt hatte.

Ein weißer Briefumschlag kam ganz unten im Stapel zum Vorschein. Sie hob ihn auf und sah ihn verwundert an. Die Briefmarke war fremd, nicht dänisch. Auf der Rückseite stand mit Schnörkelschrift ein Absender. Da stand … Ihr Herz begann heftig zu pochen. Dort stand: V Romaniuk, Tallinn, Estonia. Was um Himmels willen …?

Sie ging zu Jonas in die Küche, öffnete das Fenster und zündete sich eine Zigarette an. Er saß immer noch am Küchentisch und legte sorgfältig die Hähnchenstücke in die Schüssel. Sie setzte sich zu ihm und drehte den Umschlag in der Hand hin und her. Sie war alles andere als überzeugt davon, daß sie ihn wirklich öffnen wollte.

»Ein Brief? Von wem ist der?« Jonas schaute auf.

»Der ist aus Estland, weißt du, wo ich zum Kursus war.«

»Ja, aber von wem ist er?«

»Ach, nur von einem alten Bekannten. Paß gut auf, daß alle Teile mit Marinade bedeckt sind, ja?«

Mit einem Messer schlitzte sie den Umschlag auf. Wenn sie erwartet hatte, daß nun ein Unglück nach dem anderen herausgepurzelt käme, dann war jedenfalls das erste davon erstaunlich harmlos. Sie zog einen gefalteten, linierten Bogen heraus und begann zu lesen. Die Handschrift war die gleiche wie auf dem Umschlag, verschnörkelt und krakelig. Der Text war in einfachem Englisch geschrieben.

»Liebe Nina Portland, Sie haben vor langer Zeit eine Nachricht in meiner Wohnung hinterlassen. Jetzt habe ich erfahren, daß das, was die Engländer da gemacht haben, zu Ende ist. Deshalb kann ich jetzt antworten. Ob das dumm ist, weiß ich nicht. Ich bräuchte es ja nicht. Aber vielleicht tue ich es, weil es menschlich ist, daß man seine Unschuld beteuern will, oder? Der Herr weiß, daß ich an vielem schuld bin, aber nicht an dem, was Sie glauben.

Man hat mir gesagt, daß Sie viele Jahre lang in der Ursula-Affäre herumgeforscht haben. Sie müßten inzwischen also wissen, daß ich die anderen Besatzungsmitglieder und den Kapitän nicht erschlagen habe. Es ist gut, daß wenigstens einige der Gesetzeshüter in Dänemark Bescheid wissen.

Ich war und bin nur ein kleiner Fisch, wie man sagt. Ich arbeite als Seemann auf der Fähre und mache Geschäfte mit denen, die am besten bezahlen. Das habe ich auch 1993 gemacht. Sie kennen ja die Geschichte. Der Freispruch in Deutschland hat natürlich Empörung geweckt – aber er war letztendlich nur gerecht. Das wissen Sie jetzt.

Ja, und dann habe ich wieder einen kleinen Handel gemacht, als ich das Tagebuch geschrieben habe, das Sie finden sollten. Ich habe keine Ahnung, was das Ganze sollte. So etwas erzählt einem ja keiner. Ich habe nur gehört, daß alles so gelaufen ist, wie es geplant war.

Ein Grund meines Briefes ist, daß ich fragen wollte, ob Sie noch weitere Informationen besitzen, die wir zusammen mit meinem Wissen eventuell ausnutzen könnten. Dann könnten wir die Engländer dazu bringen, uns eine Art Belohnung zu zahlen. Das wäre ein kleiner Schadenersatz für das, was Sie durchgemacht haben, und für mich ein Beitrag für meinen Lebensunterhalt, der in Estland für einen Seemann mit bescheidener Heuer eine teure Angelegenheit ist.

Ich hoffe, ich habe mich verständlich ausgedrückt und möchte mich noch einmal entschuldigen. Wenn Sie eine Möglichkeit sehen, auf meinen Vorschlag einzugehen, schreiben Sie mir bitte zurück.«

Sie legte den Brief auf den Tisch. Er war unterzeichnet »mit freundlichen Grüßen, Vitali Romaniuk«.

Sie drückte verärgert ihre Zigarette aus. Diese miese kleine Ratte. Der würde seine eigene Großmutter verkaufen, wenn er könnte. Und jetzt wollte er also mit ihr gemeinsame Sache machen und den MI6 um ein paar Kröten erpressen.

Sie knüllte den Brief zu einer Kugel zusammen und warf ihn gezielt ins Spülbecken. Nach so einem hinterhältigen Kerl mußte man lange suchen ...

»Mama, warum schmeißt du ihn denn weg?«

»Ach, der ist nur von einem Idioten.«

»Und warum hat er dir geschrieben?«

»Das weiß ich wirklich nicht, mein Schatz. Sag mal, bist du bald fertig, damit wir weiterkommen?«

Sie schaute hinaus auf die Schneeflocken, die langsam herabsanken. Vitali Romaniuk war kein von Reue gebeugter russischer Seemann. Er war, wie er selbst schrieb, nur ein kleiner Fisch – ein jämmerlicher kleiner Fisch, der den Raubfischen folgte und ihre Reste fraß.

Sie hatte gerade die Entenbrust in Scheiben geschnitten, als ihr Handy klingelte. Sie konnte sehen, daß es Martin war, und ging mit dem Apparat ins Wohnzimmer.

»Hallo, ich bin's. Ich wollte nur hören, ob du für den großen Abend parat bist?«

»Ja, wir bereiten gerade das Essen vor. Alles läuft prima.«

»Du freust dich sicher schon?«

»Wahnsinnig. Stell dir vor, daß er herkommt und uns besucht. Davon habe ich mein Leben lang geträumt. Ich habe es nur nie für möglich gehalten. O ja, ich freue mich riesig. Und was machst du?«

»Ich rufe von Fanø aus an. Sofie ist das ganze Wochenende bei mir. Wir übernachten bei meinen Eltern. Meine Mutter hat übrigens heute vormittag deinen Vater gesehen. Er ging mit seinem Hund spazieren und sah ganz zufrieden aus.«

»Seinem Hund?«

»Ja, er hatte einen Hund an der Leine.«

»Ich habe gar nicht gewußt, das er einen Hund hat. Hm, keine schlechte Idee.«

»Nun, ich will nicht weiter beim Kochen stören. Ich sitze gerade an der Kalkulation für ein paar neue Häuser. Wenn ich die Aufträge kriege, brauche ich einen Mann zusätzlich.«

»Du wirst noch ein großer Zimmermannsmeister, Martin. Aber verschenk nicht alle Häuser, okay?«

»Keine Sorge. Ich werde schon meinen Teil abkriegen. Laß uns Mitte der Woche besprechen, ob wir uns nächstes Wochenende sehen können. Hast du schon mit Jonas gesprochen?«

»Nein, noch nicht. Aber ich werde es tun. Bis dann.«

Es war seit langem alles zwischen ihnen geklärt. Sie hatten sich am zweiten Weihnachtstag getroffen. Es war gar nicht geplant gewesen, aber dann hatte sie ihm die ganze lange, verwikkelte Geschichte erzählt. Er erfuhr alles – bis auf die Sache mit dem Irak. Es gab wohl Grenzen dafür, wie lange ein Mensch so etwas mit sich herumschleppen konnte? Auf jeden Fall fühlte sie sich anschließend erleichtert.

Martin hatte ihr zugehört, ohne sie viel zu unterbrechen. Anschließend sah er die Zeit seit Estland in einem anderen Licht. Plötzlich begann er zu verstehen. Warum alles die ganze Zeit schiefgelaufen war. Und sogar die Vorwürfe, wie gedankenlos sie teilweise gehandelt hatte, schluckte er herunter. Vielleicht hatte er ja etwas gelernt. Daß sie Kriminalkommissarin war. Daß sie immer bei der Polizei sein würde – und daß er sich am besten gleich an diesen Gedanken gewöhnen mußte.

Seit dem zweiten Weihnachtstag war es bergauf gegangen. Und sie konnte spüren, daß es in ihr wieder einen Platz für ihn gab. Dieses Mal wollten sie zu dritt ausgehen. Und es sollte nichts wieder dazwischenkommen.

Sie ging zurück in die Küche. Jonas saß am Fenster und schaute in den Schnee hinaus.

»Sag mal, soll ich hier alles allein machen? Die ganze Zeit hast du was anderes zu tun. Wer hat denn jetzt angerufen, Mama?«

Sie stellte das Fleisch in den Kühlschrank und begann die Apfelsinen für den Salat zu schälen.

»Wer war das? Doch wohl keiner von der Arbeit oder?«

»Nein, das war einer, der heißt Martin. Einer, den ich kenne. Ja, einer, den ich gut leiden kann ...«

Jonas schaute sie aufmerksam an. Dann grinste er.

»O je, ein Liebster. Ist er dein Liebster, Mama?«

»Ja, so kann man es wohl sagen.«

»Ich wußte gar nicht, daß du einen hast. Warum hast du mir das nicht gesagt? Warum habe ich ihn noch nie gesehen? Was macht er?«

»Er ist Zimmermann, baut Häuser und so.«

»Interessiert er sich für Fußball?«

»Er ist ganz heiß auf Fußball.«

»Und für welchen Verein ist er?«

»Natürlich für den EfB. Ich habe mir überlegt, ob er nicht nächstes Wochenende zu uns kommen soll. Dann könnten wir hinterher alle drei ins Kino gehen. Ich glaube, er wird dir gefallen. Was meinst du?«

»Doch, ich denke schon. Aber … Er soll doch nicht hier wohnen, oder?«

»Nein, spinnst du? Hier wohnen wir. Du und ich. Wir wollen nur ins Kino!«

26

Eine plötzliche Eingebung ließ sie abbiegen und an Marinas Trafikbar anhalten. Es war lange her, seit sie das letzte Mal bei Elsebeth vorbeigeschaut hatte.

Sie hatte einen Mordshunger. Und nach so langer Zeit war sie Elsebeth einfach einen Besuch schuldig – vielleicht konnte die dralle Würstchenverkäuferin ihr sogar helfen?

»Hallo, Elsebeth, wie geht's? Brummt der Laden?«

»Na so was, ist das nicht der Schrecken aller Verbrecher? Ja, danke der Nachfrage, es läuft wie immer, Nina. Ist ja eine Ewigkeit her, daß du hiergewesen bist.«

»Ja, das ist mir auch aufgefallen … Ich hätte gern zwei Bratwürste in Plane und zwei Stück Brot. Zum Mitnehmen, aber warte noch damit. Gib mir vorher eine Tasse Kaffee, ja?«

Eine Wurst in Plane, das war eine eingewickelte Wurst. Wo sie den Begriff aufgeschnappt hatte, konnte sie nicht sagen, aber er klang herrlich verrückt, und Elsebeth gefiel er ausgezeichnet.

»Ha! Du sollst deine Planen kriegen. Machst du blau oder ist was am Laufen?« fragte Elsebeth, die so offenherzig redete, wie es im Hafen üblich war.

»Ich bin eigentlich gerade dabei, die Lage zu peilen. Ein älterer Mann ist gestern abend im Fischereihafen niedergeschlagen und beraubt worden. Er war mit dem Fahrrad unterwegs. Und plötzlich. Zack. Da hat ihn ein Mann hinten beim Kullerkaj angesprungen. Es hat ihn übel erwischt. Der Alte liegt noch im Krankenhaus. Er hat angegeben, dass der Täter eine rote Pudelmütze trug. Er soll nicht besonders groß gewesen sein, aber kräftig, und er hatte einen dicken Ohrring in einem Ohr. Hast du vielleicht so einen Typen hier herumschleichen sehen?«

»Sonntags haben wir zu.«

»Ja, aber sonst vielleicht?«

»Rote Pudelmütze? Nein, tut mir leid. Was ist das für eine Art, Leute am Sonntagabend zu überfallen. So was ist früher nicht passiert. Und wie läuft es sonst? Ihr hattet ja reichlich zu tun mit all den Morden – dieser Autobombe und so, nicht?«

Elsebeth zündete sich eine Zigarette an und schenkte sich selbst auch eine Tasse Kaffee ein.

»Sag mal, haben wir so lange nicht mehr miteinander geredet?«

»Nein, sag ich doch, daß es verdammt lange her ist. Du bist nicht mehr hiergewesen seit damals mit Svendsen.«

»Reichlich zu tun, ja, das kannst du wohl sagen. Das Polizeirevier summte wie ein Bienenstock. So etwas habe ich noch nie erlebt.«

»Und dann haben sie ihn in Harwich geschnappt?«

»Ja, zum Glück.«

»Das habe ich Ejnar doch gestern abend gesagt, als wir im Fernsehen diese Explosionen in Bagdad gesehen haben. Früher oder später passiert hier bei uns auch noch etwas Schreckliches. Eine Bombe und eine Unmenge Tote, vielleicht direkt in Kopenhagen. Oder auch in Esbjerg. Das andere war doch nur ein Vorgeschmack. Es sieht so aus, als würden die Leute glauben, so etwas passiert nur im Ausland. Nicht in unserem kleinen Dänemark. Oh, oh … habe ich nicht recht?«

»Ja, da stimme ich dir zu. Diese falsche Vorstellung, daß es immer nur beim Nachbarn passiert, die ist weitverbreitet. Und früher oder später kriegen wir dann den Megaschock. Wie in Madrid.«

Nina trank den letzten Tropfen aus ihrem Plastikbecher, während Elsebeth Würstchen und Brot einpackte.

»Schließlich sind sie ja sauer auf uns, die al-Qaida, wegen der Sache mit dem Irak, nicht wahr? Das vergessen diese Teufel nicht. Hier, kriegst noch eine extra dazu. Die ist ein bißchen dunkel geworden.«

»Danke. Ich muß jetzt auch sehen, daß ich weiterkomme. Und denk mal dran. Rote Pudelmütze und Ohrring.«

»Ich werde mich melden, wenn ich jemanden sehe. Aber laß nicht wieder soviel Zeit vergehen bis zum nächsten Mal, hörst du?«

»Nein, ich schau bald wieder vorbei. Mach's gut solange.«

Nina überlegte, ob sie zum Doggerkaj fahren und dort essen sollte. Aber dann wendete sie den Wagen, fuhr zurück auf die Zufahrtsstraße und bog dann zur Fanø-Fähre ab.

Das war ein häßlicher Überfall gewesen. War es tatsächlich schon so weit gekommen, daß man an einem Sonntagabend keine Radtour mehr in den Hafen machen konnte? Der alte Mann war auf den Kopf geschlagen und mehrere Male getreten worden. Das war schwere Gewalt und gehörte deshalb in Sektion A – ihre Sektion. Die Beschreibung erinnerte an einen ähnlichen Überfall vor einer Woche im Stadtpark. Auch eine rote Pudelmütze. Sie würden das Schwein schon finden.

Sie parkte den Wagen kurz vor dem Restaurant Pakhuset und ging an den Absperrketten vorbei, die den Fährverkehr in die richtigen Bahnen leiten sollten. Dann setzte sie sich auf den Rand des Hafenbassins, ließ die Beine über dem Wasser baumeln und machte sich über Elsebeths Würstchen her.

Hier im Dokhavn am Vestre Dokkaj hatte sie gelegen, die MS Ursula, nachdem die Norweger vor gut elf Jahren mit ihr im Schlepptau hereingekommen waren. Genau dort, wo sie jetzt saß.

Es war um den Gefrierpunkt und klares Wetter, auch wenn die Sonne nicht schien. Nur eine kleine Gruppe weißer Wolken lag über der Stadt, hinter den Silos und dem alten Wasserturm.

Es war windstill. Sie schaute zu dem Kraftwerk und Block 3 hinüber. Der Rauch lag nicht waagerecht wie meistens sonst.

Nicht weit von ihr lag das alte DFDS-Terminal mit seiner überdachten Fußgängerbrücke. Dort hatte die England-Fähre früher angelegt. Damals hatte es hier vor Leben gebrummt. Jetzt lag alles leer und verlassen da. Das gehörte nicht mehr zu dem neuen Projekt »Dokken«. Wenn die Visionäre Millionen von Kronen herbeischaffen konnten, sollte das gewaltige Turmgebäude eines schönen Tages 125 Meter in die Höhe ragen, und die Leute würden dorthin pilgern, den Kopf in den Nacken legen und sagen: »Nein, ist das hoch!« Und die Aussicht vom höchsten Gebäude des Landes würde atemberaubend sein.

Ein Stück weiter am Kai waren sie dabei, an der Esbjerg Offshore Base zu laden. Ein Lastwagen von Blue Water rollte aufs Gelände. Ein Kran schwang seinen Arm über das Schiff. Es war ein Versorgungsschiff in Quietschorange und Gelb. Die Viking Dynamic aus Haugesund. Ansonsten war es ziemlich ruhig im Dokhavn.

Eine Gruppe von Männern in Anzügen kam aus dem Hauptgebäude der Offshore-Firma gleich neben dem alten Silo, sie blieben stehen und zeigten in alle Himmelsrichtungen.

Ein Schlepper lag ganz am Ende, und hinten in einer Ecke lag das graue Schiff der Marinestreitkräfte.

Im Sønderhavn konnte sie am Jutlandia-Terminal eine lange Reihe von Containern sehen und einen Gabelstapler, der hin und her sauste. Hinter ihr legte die Fenja vom Anleger ab und nahm Kurs auf Fanø.

Schön, wie die Dinge sich ändern konnten. Noch vor wenigen Monaten hätte sie nicht an dieser Stelle sitzen können, ohne über das Axtschiff und Vitali Romaniuk nachzugrübeln. Jetzt war ihr beides gleichgültig geworden.

Sie legte das Würstchenpaket beiseite und zündete sich eine Zigarette an. Sie fühlte sich wohl und war bester Laune.

Das Essen am Samstag war phantastisch gewesen. Ihr Vater hatte sich tatsächlich einen Hund gekauft, und zu Jonas' großer Freude hatte er ihn mitgebracht. Einen kleinen Foxterrier, er hieß Vasco, natürlich nach Vasco da Gama.

»Der hat den Seeweg nach Indien gefunden. Und ich habe jetzt den Weg in die Kirkegade in Esbjerg gefunden. Ich weiß ja nicht, was schwerer war. Aber … Es ist ein gutes Gefühl, Nina. Danke …«

Ungefähr diese Worte hatte ihr Vater benutzt. Das sollte gar keine Rede sein, aber weil alle anderen verstummt waren, klang es doch fast so.

Er war gerührt gewesen, der alte Kapitän Portland, hatte sich aber gerettet, indem er sein Glas mit Wasser hob und lauthals einen Toast auf sie und Vasco ausbrachte. Sie wüssten ja schon, was er meinte.

Jørgen hatte zustimmend auf seiner Pfeife gepafft, und Astrid hatte ihr einen verschwörerischen Blick zugeworfen. Ninas Vater war wie verwandelt, seit er sich an Wasser hielt, und jetzt hatte er mit dem kleinen Vasco einen neuen Kumpel – und eine Verantwortung. Der kleine Hund schnüffelte erst einmal in der ganzen Wohnung herum, bevor er sich zu Füßen des Kapitäns niederließ.

Am Samstag wollten sie und Jonas den Alten besuchen. Sie wollten sich die alten Fotoalben aus den Pappkartons ansehen, die inzwischen aus dem Wohnzimmer auf den Dachboden verbannt worden waren. Aber vorher wollten sie ins Zoogeschäft. Jonas brannte darauf, einen Fisch für seinen Opa zu kaufen.

Ein mit Holz beladener Frachter glitt langsam herein und machte sich bereit, am Englandskaj anzulegen. Er sah aus wie ein schwimmender Schrotthaufen. Einige Buchstaben fehlten, so daß der Name nicht richtig zu lesen war, aber darunter stand Phnom Penh. Er war weit von seiner Heimat entfernt.

Sie hatte das Gefühl, endlich daheim angekommen zu sein.

Ein letztes Mal ließ sie ihren Blick über das Hafengelände und über die Häuserdächer wandern. Ja, das war ihre Stadt, und es gefiel ihr, hier am Kai zu sitzen und alles zu betrachten, was sie so gut kannte.

Vielleicht haben sie den Plan ja fallengelassen? Vielleicht war es zu riskant? Aber ich bin trotzdem darauf vorbereitet, eines Tages die Neuigkeiten aus dem Irak zu hören.

Es war Herbst, die Blätter fielen, als ich ins Labyrinth geschickt wurde. Es war Winter und Frost, als ich endlich heraus-

fand. Ein Zauberer mit weißem, flatterndem Haar half mir aus dem Labyrinth heraus, das seine Lehrlinge so kunstvoll konstruiert hatten.

Wenn ich etwas Gutes daran sehen soll, dann die Tatsache, daß ich auf der anderen Seite der Hölle eine Terra Nova gefunden habe. Ich glaube daran, daß jede Prüfung einen Grundstein bildet. Ich bin ein Stück weiter. Ich habe Einblicke bekommen.

Das Axtschiff hat meinen Hafen verlassen. Mein Sohn hat einen Vater bekommen. Ich habe Gewißheit erlangt.

Mein Name ist Nina Portland. Ich bin Kriminalkommissarin bei der Esbjerger Polizei. Und 1993 ist eine Jahreszahl, mit der ich endlich quitt bin.

NACHWORT

Das ist ein Roman, also die fiktive Erzählung eines Autors. Aber die Inspiration dazu stammt aus der Realität, entsprungen aus den Geschichten um das Axtschiff.

Was ist also Fiktion, was ist Wirklichkeit?

Ich habe mich bemüht, den Fall so präzise wie möglich wiederzugeben. Deshalb stimmt seine Darstellung, isoliert gesehen, mit Fakten, Jahreszahlen, Begebenheiten und dem gerichtlichen Nachspiel mit der Wirklichkeit überein.

Nina Portland und ihr Ausflug in die Welt der Nachrichtendienste ist einzig und allein meine Geschichte.

Die Personen im Roman sind alle fiktiv, eventuelle Ähnlichkeiten mit realen Personen des Falls sind nicht beabsichtigt. Nur ein Element ist aus der Wirklichkeit beibehalten worden: Die Beschreibung des russischen Seemannes und seiner Art, im Laufe der langen Ermittlungen zu reagieren.

In der realen Welt trägt er den Namen Andrej Lapin, geboren und aufgewachsen in Kaliningrad.

In der realen Welt hieß das Schiff MS Bärbel.

Der ermordete Kapitän hieß Heinrich Telkmann. Seine Leiche wurde von niederländischen Fischern am 14. September 1993 vor der Insel Texel gefunden.

Die ermordete Besatzung bestand aus: Maschinist Michail Michailow, Matrose Wladislaw Bogdan, Erster Steuermann Viktor Varenko und Koch Anatoli Smolijak. Ihre Leichen wurden nie gefunden.

Der Vorsitzende Richter des Landgerichts Osnabrück, der Andrej Lapin am 3. Februar 1995 freisprechen mußte, war Dr. Elmar Schürmann.

Jens Henrik Jensen

SERIE PIPER

Anna Jansson

Das Geheimnis der toten Vögel

Kriminalroman. Aus dem Schwedischen von Susanne Dahmann. 288 Seiten. Serie Piper

Kriminalinspektorin Maria Wern hat alle Hände voll zu tun: Auf Gotland ist eine tödliche Epidemie ausgebrochen, und als sich herausstellt, daß nicht genug Medizin zur Verfügung steht, bricht Panik aus. Warum gibt es noch keinen Impfstoff? Weshalb zeigen die Medikamente bei den Kranken offenbar keine Wirkung? Und wer profitiert womöglich von der fatalen Viruserkrankung? Packend und erschreckend realitätsnah erzählt Anna Jansson von Menschen, die bereit sind, für ihren persönlichen Gewinn alle ethischen Prinzipien zu brechen.

»Kundig zeichnet Anna Jansson ein erschütterndes Szenario – ein Spannungsroman der Spitzenklasse.«
Nerikes Allehanda

05/2168/01/L

Arne Dahl

Tiefer Schmerz

Kriminalroman. Aus dem Schwedischen von Wolfgang Butt. 432 Seiten. Serie Piper

Ein toter Nobelpreiskandidat und eine bis zur Unkenntlichkeit verstümmelte Leiche in einem Stockholmer Freizeitpark – haben sie etwas miteinander zu tun? Fieberhaft suchen die Sonderermittler um Paul Hjelm und Kerstin Holm nach dem Verbindungsglied in einer bizarren Mordserie. Der Fall führt sie nicht nur durch halb Europa, sondern auch in die Vergangenheit, bis hin zu einem monströsen Verbrechen vor langer Zeit.

»Arne Dahl beherrscht das Spiel mit der Spannung professionell. Seine Figuren sind vitale Geschöpfe, die in den Köpfen der Leser weiterleben.«
Der Spiegel

05/1993/01/R